听雨楼文辑

王友胜 著

上海古籍出版社

图书在版编目(CIP)数据

听雨楼文辑 / 王友胜著. —上海：上海古籍出版社，2018.7
ISBN 978‐7‐5325‐8750‐6

Ⅰ.①听… Ⅱ.①王… Ⅲ.①中国文学－古典文学研究－文集 Ⅳ.①I206.2‐53

中国版本图书馆 CIP 数据核字(2018)第 036664 号

听雨楼文辑

王友胜　著

上海古籍出版社出版发行

(上海瑞金二路 272 号　邮政编码 200020)

(1) 网址：www.guji.com.cn

(2) E-mail：guji1@guji.com.cn

(3) 易文网网址：www.ewen.co

上海惠敦印务科技有限公司印刷

开本 890×1240　1/32　印张 14.875　插页 2　字数 360,000

2018 年 7 月第 1 版　2018 年 7 月第 1 次印刷

ISBN 978‐7‐5325‐8750‐6

I·3252　定价：68.00 元

如有质量问题，请与承印公司联系

序

　　每个人都有自己的学术梦想，都有权利和可能实现自己的学术梦想。而每个人的学术道路都不一样，有的起点高，有的起点低，有的起步早，有的起步迟。起点高、起步早的，可能会捷足先登，顺利地实现自己的人生理想；起点不高，起步较迟的，只要努力，也同样能走向自己的理想高地。那些天生的"学霸"，一飞冲天，一鸣惊人，固然让人艳羡。那些起点不高而经过艰苦努力最终攀上高峰的学者，是不是更有励志的感召力呢？王友胜教授就属于这类起点不高而最终走向高峰的著名学者！

　　友胜兄1982年从桃源师范学校毕业后，到当地任中学英语教师。1984年后，他一边工作，一边参加常德师专汉语言文学专业函授学习。经过三年的努力，1987年拿到了大专文凭。接着又参加湖南师范大学举办的本科自学考试，当还剩只有两科就毕业时，他于1989年考取了安徽大学的研究生，师从程自信先生研究唐宋文学。三年后，顺利拿到硕士学位，先是到常德师专（今湖南文理学院）中文系任教，两年后调入湘潭师范学院（今湖南科技大学）中文系任教。求学的早晚，与未来学术成就的高低没有必然的因果关系；学校名声的大小，与个人学术成果质量的高低也未必成正比。虽然友胜兄读研究生的时间不算早，求学和工作的学校也都是普通高校，但他入行后，出手不凡。读研期间完成并发表的论文

《论中国古代文人的生命意识》，就视野宏通，行文老到，全然不似少作。虽是大题目，但作者有从容驾驭的大气，有纵横驰骋的灵气，更有既严谨又流畅的文笔才气。同样是在读研究生期间写成、到毕业后才发表的《陶渊明的人生思考与精神超脱》，也一样充溢着思想的锐气、创新的勇气和议论辩说的才气。初出茅庐，就敏锐发现陶学研究虽然积累深厚，但多年形成的思维惯性和研究模式，限制了陶学的开拓和深化。友胜兄将研究的视角转向创作主体深层的心理底蕴，从诗人的性格气质、志趣爱好、人生体验与日常喜怒哀乐等方面去作综合性考察，从而还原了陶渊明作为一个普通文人其思想的复杂性与完整性，阐述了陶渊明在中国文人思想认识史上的贡献和地位，多发前人之所未发。至今读来仍觉新鲜解渴！一颗学术新星的梦想正逐步变成现实。

　　硕士毕业后，友胜兄年年都有论文见诸报刊。1994 年调入湘潭师范学院后，生活也相当安逸。但他并不满足已取得的学术成绩，不满足只是能做学问，还想做好学问、做大学问。于是工作几年后，他又努力考博，经过两轮的拼搏，终于在 32 岁那年如愿考入复旦大学王水照先生门下攻读博士学位。名校名师名门，各种优良的学术资源、教育资源汇聚，使友胜兄如鱼得水。聪明加勤奋，三年的深造，使他有脱胎换骨般的进步。此前的学问，虽然有灵气才气，但力道劲道似有不足；虽然视野宽阔，但厚重沉实稍逊。而博士毕业之后，真力弥满，文献功夫硬朗，阐释手段圆融。治学路向也大有改变，原先是大处着手，此时则由博返约，小处着手，大处着眼，小题深作，小题大作。像此前《论中国古代文人的生命意识》这样宏观的大题目不见了，代之以个案的专题式的深耕细作，全力做苏轼诗歌研究史。后来他发表的系列论文如《苏门文人论苏诗的分歧及其原因》、《苏诗早期流播研究》、《宋人所撰苏轼年谱研究》、《施元之等〈注东坡先生诗〉平议》、《〈苏诗补注〉的文献诠释与历史价值》、《论纪昀的苏诗评点》、《明人对苏诗的接受历程及其文化背景》、《简论清代的苏诗选录》等，都是微观切入，宏观透视，小中见大，从个案中探求学术的发展历程和文化动因。专著《苏诗研究史稿》更集中展示了他对苏诗学术史全面深入的思考。

由博返约之后，再由点及面，渐次推拓研究领域的面向。一个学者，如果一辈子只是严守自己的一亩三分地，而缺乏纵横拓展的意识和能力，治学格局终嫌狭隘。友胜兄正有见于此，从苏诗研究史入手，深度掘进之后，再向宋诗研究史拓展延伸，先后发表了《宋诗总集五种叙录》、《宋诗宋注名著四种叙录》、《宋编宋诗总集类型论》、《〈濂洛风雅〉的选诗标准及其文学史意义》、《论〈宋艺圃集〉的文献价值与文献阙失》、《论〈宋诗精华录〉的编选宗旨与诗学思想》、《论〈王荆公诗笺注〉的学术价值与局限》、《历代苏黄优劣之争及其文学史意义》、《方东树〈昭昧詹言〉论黄庭坚诗述略》等系列论文，散点式探讨了宋诗宋注及宋诗研究的若干面向，为今后全面梳理探寻宋诗研究史打下了坚实的基础。他有关宋诗总集研究的国家社会科学基金项目最近结题，项目成果《历代宋诗总集研究》即将出版，这是其宋诗研究的重要成果。想来友胜兄会加快宋诗研究史的研究进程，以满足学界的殷切期待。

友胜兄的学术视野，并不局限于宋代，唐代文学也是他重点关注的领域。他对李白的道教活动、游仙思想、游仙诗歌等研究尤为深入，发表了《李白歌诗中的神仙世界》、《游仙访道对李白诗歌的影响》、《李白游仙访道的思想契机》、《李白对游仙传统的拯救与革新》、《李白道教活动述评》等论文。对李贺、李商隐和杜牧也投注了不少心力。除校注汇评《李贺集》一书外，又撰有《李贺诗歌艺术三论》。清人冯浩《玉谿生诗笺注》的研究方法与学术创获，冯集梧《樊川诗集注》的成就与特点，冯应榴《苏文忠诗合注》对苏诗的补注与对前人旧注的辩驳等，他都有别具会心的见解，对这一学术家族的渊源与特点多有细致的分析与深入的探讨。

收录在这本论文集的论文,很能看出友胜兄的治学格局,他既长于文献考订,也善于艺术分析和理论阐释。早年受陶敏先生的影响和熏陶,他颇注重诗集整理校注,与陶敏先生合作,在上海古籍出版社出版了《韦应物集校注》,为此练就了一身过硬的文献考订功夫和一双火眼金睛。新出文献中存在的问题,他过目就能发现问题与不足。《全唐五代小说》和《沈佺期诗集校注》出版后学界颇有好评,而友胜兄却别具只眼,敏锐地发现并指出其中不少失误。指瑕勘误的文章,不仅要水平,要功力,更需要勇气。湖南学界前辈整理的一部韩国诗话,不无错失,而友胜兄不为尊者讳,秉承学术乃天下之公器的理念,直陈其误,很能体现出一位求真务实的坦荡学者对学术的敬畏与虔诚。

友胜兄做学术史、文献考订研究,已是炉火纯青,而对作家作品进行艺术分析,也相当娴熟老到。书中对古典诗歌意象的把握,特别是对柳、竹、梅意象的诗性分析,启人心智。指出陈与义喜欢咏雨,王禹偁、杨万里喜欢咏花,周敦颐诗中的孔颜之乐与林泉之趣,更是一种新发现,为古典诗学的研究提供了一个全新的视角。受此启发,我们可以像关注画家徐悲鸿喜画马、齐白石爱画虾那样,去发现古代诗人的独特爱好,从而更具象、深细地揭示诗人的艺术个性和审美追求,开拓出诗歌史研究的新篇章。

历史的研究,越来越关注社会生活史的内容。近年的文学史研究,也开始注意作家的日常生活,诸如衣食住行、人际交往、健康状况等,以便更贴近作家生活的原生态,深度理解作家的生存状况、生活态度与创作心理。友胜兄得风气之气,以苏轼为个案,相当全面地探讨了苏轼的饮食生活、养生思想、科技活动,从而丰富了我们对苏轼的认识和了解。苏轼不仅是文学大师、艺术大师,同时也是生活大师! 作为生活大师的苏轼,还有大力开拓的空间。

　　我与友胜兄结识多年,研究领域又相近,情趣相投,是可以彼此交心的朋友。自1991年5月在山东莱州举行的李清照辛弃疾学术研讨会上相识,此后差不多每年都会在中国宋代文学年会或中国唐代文学年会上见面,每次欢聚,都会畅谈。他不仅精于学术,还擅长管理,曾任湖南科技大学图书馆馆长十二年、继续教育学院院长四年。虽然长期双肩挑,但繁杂的行政事务没有影响他学术研究的热情和学术成果的产出。他的精力和智慧,很是让我敬佩。他作为湖南科技大学中国古代文学省级重点学科的学术带头人和负责人,把学科建设得风生水起,有声有色。前些年,他常常请我去他们学校讲学交流,分享他学科建设的成功经验;到他的城中别墅闲坐,分享他安逸而优裕的生活时光。他不是那种只会埋头做学问的书呆子,他会生活、会工作。工作上得心应手,生活上如鱼得水,学术上游刃有馀,有些方面他蛮像苏轼,但日子肯定比苏轼过得舒心。他的人生起点虽然不高,最终却走向了幸福而成功的人生高峰!

　　他的新著《听雨楼文辑》即将印行,嘱我为序。我既为故人的新成就而高兴,更为老友的生活状态而欣慰。遂书读后感及彼此交谊如上,以作纪念。

王兆鹏

2017年8月25日于武昌南湖

目　次

古代文人心态研究

论中国古代文人的生命意识

忧生惧死、去苦求乐是每个生命有机体的本能。这种潜在的本能一经唤醒,人类便会对自己在悠悠时空中的存在表现出浓厚的悲观意绪和幻灭情感。当古代文人背负着这种深沉的生命忧患进行诗歌创作时,其诗中便会弥漫出一种念天地之广大,悟兴废之无常,哀人生之须臾,惧凋落之无期的惆怅情调。唯其如此,只要我们站在历史的高远处,对那古老而漫长的诗坛作一次匆匆巡礼,便不难发现:在所有具有原型意义的诗歌意象中,有关时间、生命、宇宙、自然的意象最为丰富。"遵四时以叹逝,瞻万物而思纷",①天地山川、花草树木、清江明月、虫声鸟语都可以引发出骚人墨客对时光、生命的无限感伤与深沉忧患。这些意象在古代诗人长期的审美积淀与文化整合过程中,内涵逐渐丰富并趋向定型,并成为触动古代文人生命忧患的媒介。古代文人对人世苦难的超越与对生命短促的哀吟互为因果,共同建构了他们生命意识的丰富内涵。越是因死亡临近而恐惧的时候,越是需要从精神上得到解脱。只要这种恐惧还存在,他们寻求超脱的努力便一刻也不会停止。从这个意义上说,人生就是一个力图超越时空、对抗死亡的战场,人类几千年、几万年的文明史就是为争取永恒的时间与广阔

---

① 张怀瑾译注:《文赋译注》,第20页,北京出版社1984年。

的空间而努力的历史。两千多年来,从憔悴江泽之畔的屈原到病老孤舟之上的杜甫,从悲秋登临之际的宋玉到哀叹黄昏日落的李商隐,中国古代文人从来就不曾间断这种对时光匆匆、生命难永的悲叹。有感于此,本文拟就中国古代文人普遍关注的生死问题作一尝试性的探索。

一、生命意识:超脱与忧患的困惑

生存与死亡是人类自生命觉醒后最先遇到的问题,同时也是一个永远摆脱不了的神秘而深奥的问题。先秦时期,庄子对这一问题的思考最为深刻。他深感人生易失、时光难驻,其《知北游》曰:"虽有寿夭,相去几何? 须臾之说也","人生天地之间,若白驹之过隙,忽然而已"。① 面对着生死的困扰,庄子既没有采取如后来佛教厌世弃世的来世观,也不像儒家那样对生死避而不谈,而是采取一种极端自然主义的生死观,认为生存与死亡是生命发展的自然过程,生不过是生命的显现状态,死不过是生命的隐伏状态,生死乃是道之循环,气之聚散,诚如昼夜交替一样,是谁也抗拒不了的自然规律。"生也死之徒,死也生之始,孰知其纪? 人之生,气之聚也;聚则为生,散则为气。"又曰:"死生,命也,其有夜旦之常,天也。"②作为生命个体的人,"方生方死,方死方生"(《齐物论》),人类就处于这样一种生生死死、死死生生运动不息的发展过程中。庄子这种极端自然主义的生死观直接导致了他"齐生死"的相对主义哲学。在这一哲学观的指导下,人所应采取的态度是"不知说生,不知恶死"(《大宗师》)。人生不过是梦幻一场,功名不足恋,富

---

① 分别见陈鼓应注译:《庄子今注今译》,第569、570页,中华书局2006年。
② 分别见陈鼓应注译:《庄子今注今译》,第559、177页,中华书局2006年。

贵不足取。人们应该摆脱社会的束缚，以个体生命的存在为绝对价值，全身心地在"无何有之乡"做自由自在的"逍遥游"（《逍遥游》）。唯其如此，死亡在庄子眼里便失去了震慑人心的恐怖色彩，失去了玄之又玄的神秘特性。庄子于妻亡后鼓盆而歌，对于自身的死亡，他决意"以天地为棺椁，以日月为连璧，星辰为珠玑，万物为赍送"，[①]表现出一种自然的宁静与安寂。他从自我主观精神上打破了个体存在的时空有限性，打破了生死的绝对界限，体验出了超越生死的愉悦。到了东汉末年，在社会动荡不安，战争、饥荒、瘟疫连绵不断的环境中涌现了一批创作《古诗十九首》的无名文人。[②] 他们是一群官场失意者，为了求生而奔走于异地他乡，政治上没有出路，精神上没有慰藉。这种人生失意的感伤与空虚，使他们走向了与庄子的淡泊超脱相反的另一极端——纵情与享乐。他们对于生不胜其依恋之情，对于死又不胜其恐惧之念，往往为生死所拘束，惶惶然以生，戚戚然以死，汲汲于衣食住行。

　　生年不满百，常怀千岁忧。昼短苦夜长，何不秉烛游？为乐当及时，何能待来兹？

——《生年不满百》

　　人生天地间，忽如远行客。斗酒相娱乐，聊厚不为薄。驱车策驽马，游戏宛与洛。

——《青青陵上柏》

　　人生忽如寄，寿无金石固。万岁更相送，贤圣莫能度。服

---

① 陈鼓应注译：《庄子今注今译》，第 850 页，中华书局 2006 年。

② 按《古诗十九首》创作于东汉晚期，乃至建安时代，是近现代文学史的通行看法，刘勰《文心雕龙·明诗》、唐李善注《文选》卷二十九则认为写作于西汉。

　　食求神仙，多为药所误。不如饮美酒，被服纨与素。

　　　　　　　　　　　　　　　　　　——《驱车上东门》

　　越是纵情享乐，越觉得生命的短暂；越觉得生命短暂，便越感到死亡的恐惧。汉末无名文人这种对生的忧患、对死的哀悼使他们胸中萌发出一股无法抑制的悲哀，其诗歌创作中彰显出了浓厚的"忧生之嗟"。

　　我们可以看出，无论是以庄子超脱，还是汉末无名文人的忧患，都不是正确的和完善的生命观。当人们意识到自己作为个体生命存在于宇宙自然时，他感受到的不仅是生之快乐，而且也应有死亡正在临近的感觉；反之，当死亡的坟墓立在眼前，也不能一味的忧患，因为他正沉浸在生的欢乐之中。能正确认识到人类的这种生命观，在生命超脱与现实忧患之间达成辩证和解的是晋宋之际的陶渊明。陶渊明在中国古代文人中第一次诗化了庄子齐死生的生命哲学，没有因过度的生命忧患而走向颓唐、消沉；同时，在他的作品中，又不时显露出汉末无名文人对生命哀伤悲怆的情绪。陶渊明就是在这种现实忧患与生命超脱的夹缝中探索出了一条中国文人处理生死问题的正确方法。他那丰富而深沉的生死观是前人生命探索的逻辑发展，也是他以敏感的心体验生命后的必然结果。陶渊明崇高的生命智慧在其组诗《形影神》中得到了充分的体现。在这首诗中，他借助形赠影、影答形、神释的语言，集中表达了他对生死问题产生的亢奋与悲观相交织，感觉与理智相融汇而导致的复杂心理。首先，形对影说，山川、大地、草木等无情之物尚可长生永存，而人为万物之灵，却不免一死。因此，形主张饮酒，及时行乐；

　　　天地长不没，山川无改时。草木得常理，霜露荣悴之。谓人最灵智，独复不如兹……愿君取吾言，得酒莫苟辞。

——《形影神·形赠影》

影认为生命长存不可能，神仙之道不可通，主张求善，建功立业，留名后世：

存生不可言，卫生每苦拙。诚愿游昆华，邈然兹道绝……立善有遗爱，胡可不自竭？酒云能消忧，方此讵不劣！

——《形影神·影答形》

神则对以上两种人生观均不以为然，认为饮酒伤身，在没有是非标准的社会里，求善无用。他主张超脱：

三皇大圣人，今复在何处？彭祖爱永年，欲留不得住。老少同一死，贤愚无复数。日醉或能忘，将非促龄具？立善常所欣，谁当为汝誉？……纵浪大化中，不喜亦不惧。应尽便须尽，无复独多虑。

——《形影神·神释》

由此观之，在陶渊明的生命意识中，始终有两个自我在进行哲学式对话：一个是彻底超脱的自我，但这种超脱又时时被人生的空幻所困扰；一个是极为忧患的自我，但在其忧患中又蕴含着某种达观的成分。诗人既有生命忧患的痛苦，也有精神超脱后的坦然。生命智慧正是在这种彼此矛盾的心理中达成辩证的和解，使"人生似幻化，终当归空无"的陶渊明与"寓形宇内复几时，曷不委心任去留"①

① 分别见逯钦立校注：《陶渊明集》，第42、161页，中华书局1995年。

的陶渊明有机地融合成一个不可分离的整体。

拂开历史厚重的尘埃，窥探古人隐秘的心灵世界，便可发现生命超脱与现实忧患这一相反而相成的矛盾是何等深重地影响着他们，使其对个体生命在宇宙自然中的生存既表现出生命超脱后的愉悦，也兼具死亡临近时的恐惧。在人类历史的长河中，正是这种既矛盾又兼容的心理困惑着一代又一代的文人哲士，且历久弥深，深深地积淀在我们民族的文化心理中。

二、古代文人生命意识的多发契机

1. 春荣秋凋的生命感悟

处于广袤天地间的人类，时时处处都感受着如梭似箭的时光飞逝，感受到死亡坟墓在一天天迫近，一种朝不虑夕的生命危机感利剑般高悬心头。生，就意味着死，对生存渴求越厉害，对死亡恐惧便越强烈。从这个意义上说，死亡构成了生命逻辑的最高体验。然而，现实生活中，谁也未曾真正体验过死亡，而仅仅只是从自然界花草树木、春荣秋凋的自然规律中感悟到万物的生长盛衰过程，从花草树木因风霜雨雪摧残而衰败、凋零的过程中领悟到人生死亡的凄凉与痛苦。自然有节候之更迭，景物之变化；人生有老少之推移，生死之更替，花草树木的荣枯变化和人的生死经历大致形成一种异质同构，人们从草长草衰不可抗拒的自然规律中，远望到了自己生命的最后归宿。人生一世，草长一春，正是中国古代文人对自然与人生联系的精辟概括和智慧总结。明白了这一层意思，便会懂得为什么屈原思时移而伤心，见落叶而堕泪，"日月忽其不淹兮，春与秋其代序。惟草木之零落兮，恐美人之迟暮"，[①]为什么桓

---

① 朱熹集注：《楚辞集注·离骚》，第 4 页，上海古籍出版社 1979 年。

温会发出"木犹如此,人何以堪"的深沉叹息。①

　　生命的存在是以时间为尺度的,而时间无非是春夏秋冬的无限循环。《周易·系辞下》中说:"日往则月来,月往则日来,日月相推则明生焉。寒往则暑来,暑往则寒来,寒暑相推则岁成焉。"②古代诗人有着明显的季节病,伤春悲秋的诗词却远比描写夏冬的要多得多。故刘勰深有体会地说,"春秋代序,阴阳惨舒,物色之动,心亦摇焉",③春秋更迭,花开花落,自然中的一草一木都是那样的令古人牵愁惹恨,心动神摇。春秋是植物生长的两个突变期,而夏冬植物生长并无本质变化,可分别看作春秋两季的延续。春天之草木欣欣向荣,处于生长的上升期,象征着人生美好的青春年华。秋天之草木则枯黄凋残,处于生长的衰落期,昭示着人生沧桑的暮年。多愁善感的古代文人见草木春荣秋凋之变化,往往会产生春恨悲秋之情怀,"春女思,秋士悲"(《淮南子·缪称训》)便成了古人生命体验的一条普遍规律。唯其如此,古人对春天倍觉珍惜、留恋,"更能消、几番风雨,匆匆春又归去",④对秋天又极为伤感、悲叹,"悲哉,秋之为气也,萧瑟兮,草木摇落而变衰"。⑤ 他们热爱生命、眷恋生活的本能冲动及春恨秋悲的生命感悟,已完全浓缩在春荣秋凋的花草树木之中了。

　　春荣秋凋的生命觉醒与中华民族悠久的农耕制度有着极为密切的联系。千百年来,人们的农业生产都要受到自然节奏的调节与制约。春种、夏耕、秋收、冬藏,已成为农业生产的基本序节。这种春种秋收的生产循环,导致了古人对生死循环的简单类比。另

　　① 余嘉锡笺疏:《世说新语笺疏·言语》,第 114 页,上海古籍出版社 1993 年。
　　② 周振甫译注:《周易译注》,第 260 页,中华书局 1991 年。
　　③ 赵仲邑译注:《文心雕龙译注·物色》,第 376 页,漓江出版社 1985 年。
　　④ 邓广铭笺注:《稼轩词编年笺注·摸鱼儿》,第 55 页,上海古籍出版社 1978 年。
　　⑤ 吴广平编注:《宋玉集·九辩》,第 2 页,岳麓书社 2001 年。

外,泱泱农业大国也为古代文人接触自然提供了更多的机会。因此,他们对大自然中节候风物之变化观察得非常仔细,感受得相当细腻。草木的因时盛衰常常使他们触目惊心,虫鸟的因时啼鸣,又使他们感慨盈怀:"白露沾野草,时节忽复易。秋蝉鸣树间,玄鸟逝安适?"[1]"秋蝉号阶轩,感物忧不歇。"[2]由此可知,这些来自田野,带有泥土气息的生命忧患是何等紧密地贴近着古人的现实生活,又是何等深重地触动着他们的灵魂,使其胸中始终充塞着一种为人生须臾的苦难所燃烧的生命渴求与热望。

2. 登山临水的时空忧虑

山水永恒,人易湮灭。天地无际无涯,流水无终无始,在悠远而永恒的时空前,人不过是沧海之一粟。当古代文人秉受着这种人生如寄的心理走进永恒的自然山水之中时,他们或登高伤怀,慨天地宇宙之阔大深邃,人身之渺小卑微;或临水兴叹,哀时间河流之永恒悠远,人生之短促难持。曹操东临碣石,遥望高远,感叹大海吞吐日月、包容宇宙的宏伟气势:"日月之行,若出其中。星汉灿烂,若出其里。"[3]在阔大的时空前,人多么的微不足道,难怪清代沈德潜在评论陈子昂《登幽州台歌》时说:"余于登高时,每有今古茫茫之感,古人先已言之。"[4]魏晋以降,随着人们思想的解放,自由生命意识的觉醒以及山水诗文的不断产生,这种登山临水的时空忧患,几为古代文人的一种传统,翻开描写、吟咏山水的诗集文选,一种厚重的年命之叹便会扑面而来。

---

① 无名氏《古诗十九首》其七,见逯钦立辑校:《先秦汉魏晋南北朝诗》,第 330 页,中华书局 1983 年。

② 《古风五十九首》其三十二,见瞿蜕园、朱金城校注:《李白集校注》卷一,第 150 页,上海古籍出版社 1980 年。

③ 《步出夏门行》,见《曹操集》,第 11 页,中华书局 1974 年。

④ 沈德潜编选:《唐诗别裁集》卷五,第 158 页,上海古籍出版社 1979 年。

　　登高则自卑，行远则自迩。古人登高临水之时，常常触发对政治遇合的深深感慨，于是，忧生患死与怀才不遇、功业难就的情感又无比紧密地联系在一起。当他们登高望远，面对无边无际的天宇，苍茫辽阔的原野，遥想古往今来的前尘旧事，无限的时空，有限的生命，宏大的功业，短暂的人生，生存的眷恋，死亡的惶恐等复杂情感便交汇于胸，形成剧烈的冲突。掀天的巨浪，强烈地撞击着诗人的心扉：

　　　　前不见古人，后不见来者，念天地之悠悠，独怆然而涕下。
　　　　　　　　　　　　　　　　　——陈子昂《登幽州台歌》
　　　　弃我去者，昨日之日不可留。乱我心者，今日之日多烦忧。

　　　　　　　　　　　　——李白《登宣州谢朓楼饯别校书叔云》

昔人往矣，来者不闻。昨日往矣，今日多忧。陈子昂、李白这种人生易逝、壮志难酬的苦闷与忧愁非常典型地代表了古代有理想、有抱负的文人在登山临水之际特有的人生意绪。他们永远处于一种悲恨相续的历史河流中，意识到自己在这个世界仅是一位匆匆过客，有如电光石火，瞬间即逝。因此，报国无门，留下穷途之哭的阮籍在大河面前还依旧重复着先圣孔丘的同样哀叹："孔圣临长川，惜逝忽若浮。去者余不及，来者吾不留。"[1]由此可见，登高伤怀，临水兴叹，感慨人生如寄、功业未就，已成为中国古代文人生命忧患的重要内容。

　　古人还有集体登临，宴集雅会的风尚。在这样的诗酒之会中，

－－－－－－－－－－

　　[1]《咏怀八十二首》其三十二，见陈伯君校注：《阮籍集校注》，第310页，中华书局1987年。

他们往往追欢逐乐，醉生梦死。然而，"欢乐极兮哀情多"（刘彻《秋风辞》），"乐往哀来摧肺肝"（曹丕《燕歌行》），每当醉眼惺忪，不禁悲慨盈怀，一种历史宇宙之思，人生得失之慨油然而出，历史上著名的兰亭集会，盛况空前。他们置身于阳春烟景，畅谈古今，酣欢高歌，临流赋诗，兴奋异常，给人以强烈的生命诱惑。但转念沉思，此般良辰美景又会云消水逝，人生虽欢，到头来也不免一死。于是，"人之相与，俯仰一世"，"一死生为虚诞，齐彭殇为妄作"（王羲之《兰亭集序》）的人生虚幻意识便会潜滋暗长。滕王阁上文人雅士宴集聚会，怀才不遇的王勃因感叹生命危浅、功业未就，在皆大欢喜的环境中却透露出几丝莫名的哀伤："天高地迥，觉宇宙之无穷；兴尽悲来，识盈虚之有数。"[①]这种因集体雅会，乐极生悲的时空忧患将古人宴饮时的兴乐情感，由高峰推向低谷，使他们更加深切地感受到历史的沧桑感与人世的幻灭感。

3. 悲往悼逝的感伤情怀

晋代大将军羊祜喜游山水，在他登临历史名胜岘山时，慨然对其随从邹湛等说："自有宇宙，便有此山。由来贤达胜士，登此远望，如我与卿者多矣，皆湮灭无闻，使人悲伤。"[②]显然，羊祜是在将山水的永恒与阔远和人世的短暂与虚幻对比，让自然景致昭示出山水永恒、人生须臾的深刻哲理。而这，正是古代文人吊古伤今、悲往悼逝的心理基础。见古迹，忆古事，思古人，从古人身上重新体验人生，这绝非对往昔一味的眷恋与向往，而是对现实自我价值与人生意义的反思与观照。目睹眼前之"荒国陊殿、梗莽丘垄"，[③]自然会联想到古人之功业富贵已荡然无存，昔日之金谷、梁园等热

---

① 《滕王阁诗序》，见何林天校注，《重订新校王子安集》，第86页，山西人民出版社1990年。
② 《晋书》卷三十四，第1020页，中华书局1982年。
③ 杜牧《李贺集序》，见《樊川文集》卷十，第148页，上海古籍出版社1978年。

闹景观早已杂草丛生,历史上那些曾经显赫一时、叱咤风云的帝王将相、英雄豪杰也难免墓木已拱。历史发展延绵不断,天地日月灿烂永存。历史有沧海桑田之变化,人生有红颜白发之历程,一切的一切,都不能恒守常态。因此,仕途坎坷的陈子昂随武攸宜东征契丹,登临燕国旧都,面对芜没的历史陈迹,慨然仰叹,痛哭流涕:

> 南登碣石馆,遥望黄金台。丘陵尽乔木,昭王安在哉? 霸图今已矣,驱马复归来。

　　　　　　　　　　　　　　　　　　　　——《燕昭王》

在另一诗中,他也有同样的慨叹,"丘陵徒自出,圣贤几凋枯?"(陈子昂《岘山怀古》)这就是说,你执着追求的理想到头来不过是一场虚无,如同黄粱一梦,匆匆即逝。"昭王"安在?"圣贤"安在? 唯有古陌荒丘还孤零地残存在那凄凉之地。面对着历史陈迹,遥想着逝去的一切,古人心中不时地袭上无尽的悲哀。

　　"人事有代谢,往来成古今。"[①]历史无情,时光无情,淘尽古今风流人物。在永劫无穷的时空前,功名、钱财是多么的虚幻,只有实在的人生才是真实的。基于这样的认识,古代文人在其人生价值取向上多倾向于注重个体生命,而把王图霸业视若尘埃。"贵者虽自贵,视之若埃尘。贱者虽自残,重之若千钧。"[②]当古人或有迁谪他乡之苦,或有杨意不逢之慨,或有宗社沉沦之悲,或有身世性命之虑时,这种粪土功名,浮云富贵,充分享用本然生命与现实生活之快乐的心理便会得到清晰地彰显。因此,怀古之情越强烈,便

---

① 《与诸子登岘山》,见佟培基笺注:《孟浩然集笺注》,第19页,上海古籍出版社2000年。
② 左思《咏史诗》八首其六,见逯钦立辑校:《先秦汉魏晋南北朝诗》,第733页,中华书局1983年。

说明其现实失落得越厉害,生命价值越难以体现,因而也就越需要从对前人的悲叹中求得心理平衡与慰藉:

> 摇落深知宋玉悲,风流儒雅亦吾师。怅望千秋一洒泪,萧条异代不同时。
>
> ——杜甫《咏怀古迹》五首其二
>
> 秋坟鬼唱鲍家诗,恨血千年土中碧。
>
> ——李贺《秋来》

杜甫漂泊江湖,遥想萧条异代的宋玉。李贺有志难展,寄慨于出身寒门的鲍照。中国古代文人怀才不遇、人生寂寞的感慨,真是千古同调。他们从悼古伤今的咏叹中,从对历史上和他们有着共同遭遇与不幸的英才的伤感中,无不透露出一种暮年沧桑、青春已逝之感。即使是实际年岁不大,也往往以老夫自诩,叹老嗟卑,表现出一种人生得失,功业难就的悲怆情怀。他们哀悼着人生已逝的青春,如同衰秋悲悼逝去的春夏,恐惧寒冬的到来。

　　4. 夕阳明月的人生沉想

　　悠悠万世,明月亏又圆,圆又亏,永恒地孤悬于浩浩的夜空,将其一轮清辉洒向人间,照射着一代又一代的人。"清光万古复千古,岂止人间一夜看",[1]"海上生明月,天涯共此时"(张九龄《望月怀远》)。作为宇宙的象征,明月不仅在时间上具有照耀古今之永恒,而且在空间上具有普照天地之无限,月历今古,人们会联想到生命短促,人生如梦;月照天地,人们又会想到生命渺小,人生如寄。仰望天空,凝视明月,古今文人难免会发出诸多的探询:

---

　　① 普济编:《五灯会元》卷十二,第 763 页,中华书局 1984 年。

　　江畔何人初见月？江月何年初照人？人生代代无穷已，
江月年年望相似。不知江月待何人，但见长江送流水。

——张若虚《春江花月夜》

　　今人不见古时月，今月曾经照古人。古人今人若流水，共
看明月应如此。

——李白《把酒问月》

"明明如月，何时可掇"（曹操《短歌行》），这古老而神奇的明月引起
了古人无穷的探索和深刻的思考，触发了他们人生卑微、生命易失
的凄怆情感。在古人心中，明月是永恒的象征。故当苏轼"驾一叶
之扁舟"，于清江明月之间，感叹人生如梦，便有"抱明月而长终"
（《前赤壁赋》）的玄妙想象。

　　流水今日，明月前身。在宇宙与人生对照的艺术构思中，明月
往往是历史与现实的见证者：它既是历史上无数人间忧乐的永恒
背景，又是现实人间各处悲欢的共同底色，古人便在永恒而共同的
景致前演奏着五音繁响的交响曲。"淮水东边旧时月，夜深还过女
墙来"，[1]"共看明月应垂泪，一夜乡心五处同"。[2] 时光悠远，人们
从未看到它的所从来处，也不可能看到它的最后归宿；天地广大，
人们不知它起自何处，又要伸向何地。唯有这空中明月，它黯淡历
史辉光，吞噬人间业绩，成为宇宙与永恒的象征，也成为触发古人
生命觉醒的媒介。

　　太阳在空中运行形成昼夜交替，这是无法抗拒的自然规律，并
未察受人情。然而，古人每有生命之叹，便移情于物，感慨时光流

---

　　[1]《石头城》，见卞孝萱校订：《刘禹锡集》，第310页，中华书局1990年。
　　[2]《自河南经乱，关内阻饥，兄弟离散，各在一处，因望月有感，聊书所怀，寄上浮梁
大兄於潜七兄，乌江十五兄，兼示符离及下邽弟妹》，见顾学颉校点：《白居易集》，第267
页，中华书局1979年。

逝之迅速,埋怨日月运行之匆忙。《淮南子·原道训》说,"夫日回而月周,时不与人游",这便是以上心理的反映。假定夸父追日的神话指向是对时光的挽留与珍惜的话,那么这种神话精神曾引得后来无数文人对生命的眷恋,对日月不居的感叹。屈原想象奇特,他喝令羲和放下鞭子,让太阳缓慢行走,"吾令羲和弭节兮,望崦嵫而勿迫"(屈原《楚辞·离骚》)。此后,这种因日月不居而导致的生命感叹在古代诗词中不绝于耳:"惊风飘白日,光景驰西流"(曹植《箜篌引》),"骋哉日月逝,年命将西倾"(陈琳《游览》),"白日与明月,昼夜尚不闲。况尔悠悠人,安得久世间"(李白《杂诗》),"夕阳无限好,只是近黄昏"(李商隐《乐游原》)。逝者如斯,曾无日夜。太阳的运行昭示着时光的流逝,时光的流逝又意味着死亡的近至。遥望匆匆运行的太阳,古人又怎能不产生人生若浮的喟然感慨呢?

人事之于自然,生命之于宇宙,主体之于客体,永远显示着存在的有限。因此,对生命的眷恋,对死亡的恐惧,这种复杂的情感经过多种媒介的触发,将始终困扰着中国古代文人的灵魂。人类在饱受生命痛苦的折磨后,便会萌生一种解脱的潜在欲望,便会去寻找解脱或冲淡痛苦的灵丹妙药。并且,这种寻求解脱的欲望与人生的苦难几乎是同时产生。生命觉醒了的中国古代文人,在承受着宇宙无穷,人生短促的情感折磨时,也在自觉不自觉地寻找适当的途径来延长生命的长度,增加生命的密度,使自己从人生虚幻与尘世苦难的双重困惑中解脱出来。

三、古代文人生命忧患的超越方式

1. 长生久视的美好期待

长生久视是中国古代神仙思想的核心所在,是中国本土宗教道教努力追求的终极目标。它是有感于人类生命的短暂性与一次性，有感于人类忧生惧死、去苦求乐这一本能欲望而产生的一种生命超脱方式。中国古代长期而悠久的农业耕作制度养成了中华民族务实恶虚的文化心理，使他们对其他民族那种讲求来世的、彼岸的、灵魂不朽的生命超越方式普遍不感兴趣，而似乎与生俱来地就与执着于今生的、此岸的、肉体永生的生命超越方式结下了不解之缘。早在中国上古时代，这种长生不死的思想在原始人类中便已初露端倪。以不死国、不死民、不死山、不死树、不死药等"不死"观念为主导思想的昆仑神话体系自不待说，就是因受海市蜃楼变幻不测景象刺激而产生的以上下于天、龙马飞升、快乐逍遥等"飞升"幻想为宗旨的蓬莱神话体系也与长生不死的思想紧密相连。这就说明原始人类不仅有着生命意识的朦胧觉醒，而且还产生了肉体长生的美好愿望。到了中国古代文化全面繁荣的战国时代，古人的生命忧患更加清晰而明确地表露出来。在诸侯争霸的动乱中，他们普遍地体察出一种人生短暂、尘世束缚的虚幻意识与苦难意识。于是，从神话衍化而来的以长生不死、自由快乐为旨意的神仙思想应运而生。当我们翻开《山海经》、《韩非子》、《淮南子》、《史记·封禅书》时，便会发现关于古人寻求长生不死的记载屡见不鲜，"不死民在其东，其为人黑色，寿，不死"；[1]"有人焉三面，是颛顼之子，三面一臂，三面之人不死，是谓大荒之野"。[2] 齐国的威王、宣王，燕国的昭王是将这一思想付诸实践的开山祖师。他们以帝王之威，耗费大量人力、物力"使人入海求蓬莱、方丈、瀛洲。此三神山者，其传在渤海之中……诸仙人及不死之药皆在焉"。[3] 至

---

①《海外南经》，见袁珂校注：《山海经校注》，第 196 页，上海古籍出版社 1980 年。

②《大荒西经》，见袁珂校注：《山海经校注》，第 413 页，上海古籍出版社 1980 年。

③ 司马迁：《史记·封禅书》，第 1369—1370 页，中华书局 1982 年。

此以后，这种长生不死的思想有增无减，而秦皇、汉武更是将其发展到登峰造极的程度。他们除了效仿前代帝王，派人到蓬莱仙岛采集长生药、不死草外，还大量召集神仙方士传播神仙思想，主持神仙活动，编撰神仙故事，使朝野上下，从皇家贵族到普通庶民，对长生的前景无不神往之至。

东汉末期，神仙道教的产生又为人们长生久视的思想起了推波助澜的作用。反过来说，人们求生存、求快乐的本能欲望是道教所赖以形成并发展的温床与土壤。这时统治两汉数百年的儒家思想趋向式微，外来的文化冲击着旧有的价值观念，人的生命意识、主体意识在否定之否定的历史循环中完成了本质意义的回归，死亡的威胁掀动并叩击着人们的心扉。"生年不满百，常怀千岁忧"（《古诗十九首》其十五），是这一时期的典型音调。在这样的心理氛围中，道教乘虚而入，因势利导，它"主生"，"主乐"，制造一系列的金丹玉液让人服食，编造一整套的方术符箓让人使用，以满足人的生存欲望与享乐心理。在道教的神仙世界里，时间凝固了，"山中方七日，世上已千年"；①空间缩小了，"遥望齐州九点烟，一泓海水杯中泻"（李贺《梦天》）。时空这一客观存在被主体有意淡化，人们仿佛置身于一个没有时间流逝与生命忧患的神秘氛围中。同时，在这个想象的天国里，人们逍遥自由、逸乐无比，"饮则玉醴金浆，食则翠芝朱英，居则瑶堂瑰室，行则逍遥太清"。②总之，在这个世界里，人们可以长生久视、逸乐永存。唯其如此，道教才受到汉末文人的无比青睐。当他们在反复咏叹人生飘忽、性命不永、欢乐少有、哀伤实多的生命忧患时，不约而同地想到了年寿八百的彭祖，向往着仙人王子乔优哉游哉的生活，更期望着妙手回春的仙人

---

① 叶盛：《水东日记》卷十，第106页，中华书局1980年。
② 葛洪：《抱朴子·对俗》，第17页，上海古籍出版社1990年影印本。

"来到主人门,奉药一玉箱。主人服此药,身体日康强。发白复更黑,延年寿命长"。① 在这以后的中国文人中,炼丹服药者有之,企图游仙飞升者亦有之,他们希望用非科学的道法魔术来超越生死,达到永恒;试图在虚构的天国中复活已死的理想,从而神奇地实现人世间诸多美好愿望。而这,尽管虚幻,却给人以慰藉。因为它契合中国文人追求不死与享乐的心理。

如果说服药是以现实的方式追求生命的长度,使人们从人生如梦的痛苦中得到暂时的解脱;那么游仙则是以想象的方式求得对人世虚幻与苦难的超越。并且,在游仙世界中,现实纵欲的快感依然在起作用。在神仙世界中依然有现实情欲的折射,既能长久,又能享乐,何乐而不为呢? 正因为如此。神仙题材才屡屡活跃于中国古代诗人词客的笔下。在他们的诗集文选中,游仙步虚之篇、轻举飞升之词及赠答唱和羽士仙翁的作品所在多见。他们或高蹈风尘,或寻仙林泉,或托神蓬莱,或遨游太清,以期在一个超越时空的天国中让其生命快感在虚幻中满足,在宣泄中平息,并获得一种象征性的长生久视的精神愉悦:

> 带我琼瑶佩,漱我沆瀣浆。踟蹰玩灵芝,徙倚弄华芳。王子奉仙药,羡门进奇方。服食享遐纪,延寿保无疆。
>
> ——曹植《五游咏》
>
> 早服还丹无世情,琴心三叠道初成。遥见仙人彩云里,手把芙蓉朝玉京。先期汗漫九垓上,愿接卢敖游太清。
>
> ——李白《庐山谣寄卢侍御虚舟》

在这些诗中,长生久视的企求、逸乐永存的遐想、乘云驾雾的幻境、

---

① 《长歌行》,见逯钦立辑校:《先秦汉魏晋南北朝诗》,第262页,中华书局1983年。

羽化登仙的快乐巧妙地融为一体。诗的灵感在生命智慧的电光石火中点燃,生的欲念在虚幻的仙国里升腾,此岸人生的短暂在想象的世界中得到了无限的延伸,人生如梦的痛苦在登虚蹑景中得到了彻底的超脱。

2. 纵酒享乐的自我宽慰

仙国里虽然有精金美玉,灵丹妙药,然而那不过是让仙人在意念上"享用"的假陈之物,形同虚设。在仙国中长生不死、童颜永驻的欲望也被事实证明是不切实际的想象。"人生非金石,岂能长寿考"(《古诗十九首》其十一)。时光永恒,人生须臾,大千世界,芸芸众生,谁也无法活到千秋万岁,这是不可抗拒的自然规律。既然生命的长度延续不了,为此,人们又转向对生命密度的追求,试图将自我的心思倾注于现实世俗生活中去,以现实的占有来巩固和扩充自我的存在,以现实占有欲望的自我膨胀来解脱或冲淡对死亡的焦虑。因此,有人主张在有限的时光里吃喝玩乐,纵酒逍遥,充分享用人的本然生命与现实生活,以穷今生之欢乐。于是,享乐主义的人生哲学便成了中国文人生命超脱的又一方式。

中国古代的《列子·杨朱》、《庄子·盗跖》两篇文章便是这种享乐主义的极好反映。杨朱、盗跖是中国两位典型的自我享乐主义者。他们认为人生一世,真正欢乐幸福、无忧无虑、怡然自得的时光实在是太少。面对岁月的匆促及死亡的临近,人最为明智的做法是放弃功名利禄的追求,保全生命,愉悦情志,及时行乐。他们这种享乐主义的思想前提是历史的虚无,人生的短暂及死亡的必然,"百年,寿之大齐。得百年者,千无一焉","十年亦死,百年亦死。仁圣亦死,凶愚亦死。生则尧舜,死则腐骨。生则桀纣,死则腐骨。腐骨一矣,孰知其异?"不管你寿命多长、地位多高,最终都难免死神的宰割,唯有"且趣当生,奚遑死后"①才是正确的做法,这样的生活即使再短暂,也有意义;反之,若终日忙碌奔波于功名利欲,惶惶然以生,戚戚然以死,那么即使活到百岁、千岁、万岁,也不会体悟出人生的乐处。杨朱、盗跖这种对死亡的冷静态度以及由此而来的及时行乐的思想观,确实代表了中国古代一部分文人的生活态度。他们面对着人生如梦,时光易失的焦虑时,常常饮酒纵欲,逍遥自得,用增加生命的密度来弥补人生须臾的缺憾,使自我从对死亡的不胜惶恐中解脱出来。

在中国文人纵欲行乐的生命超脱中,酒对消释与淡化人生苦难起着极为重要的作用。"何以解忧? 唯有杜康"(曹操《短歌行》);"五花马,千金裘,呼儿将出换美酒,与尔同销万古愁"(李白《将进酒》),作为人生虚幻与苦难意识的缓解物,酒具有解忧消愁、畅神忘物的功能,全在于它强烈的刺激作用。从生理学的角度来看,当饮了过量的酒后,人便会因酒而醉,因醉而忘。这时,外来的一切生死忧患、种种烦恼便会抛到九霄云外,全然进入齐生死、等贵贱、泯是非的愉悦境地。《庄子·达生》中的"死生惊惧,不入乎其胸中",曹植《酒赋》中的"卑者忘贱,窭者忘贫",其意义指向正在于此。因此看来,饮酒不仅是单纯的饮食活动,而且还是一种高雅愉悦的精神享受。在消释中国文人生命忧患的诸多方式中,饮酒也是一个重要的方式。唯其如此,饮酒纵欲之作,在古代文人的诗集中比比皆是。

两汉的无名文人便已明白了"生之可贵""死之可期"的现实及长生不死的虚望,明白了饮酒在泯灭生死、享乐人生时的诸多妙处。"服食求神仙,多为药所误。不如饮美酒,被服纨与素。"②人

---

① 均见《列子·杨朱》,见慕容真点校:《道教三经合璧》,第431—432页,浙江古籍出版社1991年。

② 《古诗十九首》其十三,见逯钦立辑校:《先秦汉魏晋南北朝诗》,第332页,中华书局1983年。

生如寄,性命难常,古今贤愚,同归一死。与其炼丹服药,追求意念上的长生久视,不如且满足衣食口腹之欲,饮酒长醉,快慰人生。因之,在不死的渴望与现实的享乐之间,他们毅然地选择了后者,并受此思想的支配,发出了"斗酒相娱乐,聊厚不为薄","为乐当及时,何能待来兹"的强烈呼声。① 从此以后,这种"对酒当歌,人生几何"(曹操《短歌行》)的生命悲叹,千古诗坛,不乏回响。陶渊明身处乱世,颇感性命危浅,人生飘忽,写道:"人生似幻化,终当归空无。"(《归园田居》其四)于是,他以一种淡然宁静的心理,挂冠弃官,归隐田园,终日以诗酒自娱。在其并不多见的诗中,他反复表明要享乐今生主题,"且极今朝乐,明日非所求"(《游斜川》)、"今我不为乐,知有来岁否"(《酬刘柴桑》)、"何以称我情? 浊酒且自陶。千载非所知,聊以永今朝"(《己酉岁九月九日》)。即使死后,他还"但恨在世时,饮酒不得足"(《拟挽歌辞》三首其一)。李白在怀才不遇的境况下,倍觉"浮生若梦,为欢几何"(《春夜宴从弟桃李园序》),为了解除这份难耐的痛苦,他举起酒杯,借酒消愁,"即事已如梦,后来我谁身? 提壶莫辞贫,取酒会四邻"(《拟古》十二首其三)、"今夕不尽杯,留欢更邀谁"(《宴郑参卿山池》)、"且乐生前一杯酒,何须身后千载名"(《行路难》三首其三)。即使对人生旷达超脱的苏轼,在消释其人生如梦的苦难中,酒的作用依然少不了,"人生如梦,一樽还酹江月"(《念奴娇·赤壁怀古》)、"世事一场大梦,人生几度秋凉……酒贱常愁客少,月明多被云妨"。② 因此可见,酒在中国文人的生命之虑中,起着消释剂与平衡物的作用。

　　奥地利诗人里尔克《慕佐书简》曾说:"只有从死这一方面,才

---

　　①《古诗十九首》其三、其十五,分别见逯钦立辑校:《先秦汉魏晋南北朝诗》,第329、333 页,中华书局1983 年。

　　②《西江月》,见邹同庆、王宗堂著:《苏轼词编年校注》,第 798 页,中华书局2002 年。

有可能透彻地判断爱。"对死亡恐惧得越厉害,对生命的渴求便会越强烈。因之,在我们对古代文人纵酒享乐的生命超越作出如上分析后,千万不要误以为这是对生活的消极悲观,虚无绝望。因为,在古人饮酒纵欲、强作宽慰的背后所隐蔽着的是他们对人生、生活强烈的欲求与留恋,是因生存渴望所导致的生命冲动与精神迷狂。中国文人那浓厚的年命迫促之感也消释在那诱人的酒中,那因死亡临近而致的惶恐也得到了暂时的平息与解脱,生命的快感在真实的世界里洋溢。

3.　达观超脱的宁静心理

如果说游仙是借助想象来战胜死亡的恐惧实现长生之梦,纵欲是借助酒精刺激肉体生命来增强人的生命快感的话,那么达观则是借情欲的内敛与淡化来获得精神上的解放与自由。"神龟虽寿,犹有竟时。腾蛇乘雾,终为土灰。"①死亡,是任何人也难免的。在这一既定事实面前,人们只能以精神上的超脱来自我慰藉。关于这一点,先秦时代庄子的人生哲学给了我们以极好的启示。诚如孔子及其儒家哲学一样,庄子也认识到人生易失、时光难驻,认识到人的生老病死如同自然中的昼夜交替,是再也正常不过的事。在古代诗人中,继陶渊明之后,苏轼对人生清醒的认识最为典型。《苏轼诗集》九次出现"吾生如寄耳",亦多次出现"人生如梦"的感叹。其二妻一妾,发妻王弗、继室王闰之、爱妾王朝云均先他早卒。王朝云所生苏遁(幹儿),不周岁即早夭。四个兄姐,其中两个夭折,两个早卒。母亲与父亲相继于嘉祐二年、治平三年去世。历经一连串的生离死别,苏轼并未消沉虚无,遁入空门,仍然保持对生死的达观心态。第一,他人认为人生短暂,苏轼则认为生命是一个长久的流程。《水调歌头》曰:"人有悲欢离合,月有阴晴圆缺,此事

---

① 《龟虽寿》,见《曹操集》,第11页,中华书局1974年。

古难全。但愿人长久，千里共婵娟。"第二，他人发现人生短暂，陷入无法自拔的悲哀，苏轼则扬弃悲哀，保持旷达乐观的情怀。《浣溪沙》："谁道人生无再少，门前流水尚能西，休将白发唱黄鸡。"苏轼以审美的眼光透视生死，从主观精神上超越个体的时空有限性，打破生死的绝对界限，审美地体验出生死的齐一及超越生死的精神愉悦，从而在其不幸的现实人生中为后人营造出了乐观主义的仙境。

达观超脱是人类生命觉醒后中国文人在主体理念层次上所唤起的明智的生命智慧。因为，一个人如果沉溺于生死的恐惧与悲哀中，整日忧心如焚，如履薄冰，这不仅会加速死亡的来临，缩短自身的生命，而且还会将人生的全部意义冲洗得干干净净。而"不乐寿，不哀夭，不荣通，不丑穷，不拘一世之利以为己私分，不以王天下为己处显"，①泯灭生死、旷达超脱的人生哲学却可以充实为死亡的焦虑所震慑和掏空的心灵，可以将人从朝不虑夕的生命忧患中彻底解脱出来，使其以一种安寂宁静、坦然怡然的心理愉快地踏上人生之旅，去享受个体生命的无穷快乐。从这个意义上说，这种人生哲学使中国文人在多愁善感的心理气质中，又平添了许多洒脱超旷的因素。甚至说它使中国传统文化呈现出更多的阳刚之气，也并不过分。

这种达观超脱的生命哲学曾涵养了历史上无数中国文人。如曹操、阮籍、嵇康、刘伶、陶潜、李白、李贺、苏轼、文天祥、龚自珍等诗人墨客无不饱受其泽。在中国文人生命咏叹的和声中，不仅有着人生如梦的哀婉之辞，而且还有一种纵浪大化、囊括大块、超旷洒脱的豪放之音：

---

① 陈鼓应注译：《庄子今注今译·天地》，第298页，中华书局1983年。

　　纵浪大化中，不喜亦不惧。应尽便须尽，无复独多虑。
——陶潜《形影神·神释》

　　草不谢荣于春风，木不怨落于秋天。谁挥鞭策驱四运，万物兴歇皆自然。……吾将囊括大块，浩然与溟涬同科。
——李白《日出入行》

在这些诗中，没有生的留恋，没有死的哀怨，没有春荣秋凋的悲叹，没有时光流逝的感喟。所有的只是安时处顺，适应自然，委运任化，淡泊宁静。天地广大，宇宙无穷，而我心可以"囊括大块"，达到"天地与我并生，而万物与我为一"（《庄子·齐物论》）的崇高境界。人生飘忽，时光不再，而我可以与"溟涬同科"，达到"与天地兮比寿，与日月兮齐光"（屈原《涉江》）的美好前景。自然有沧海桑田之变化，人生有生老病死之历程，若以不变的观点来通观这一切，那么人生的时间将会无穷无尽。是的，人类是有精神、有智慧的万物之灵，岂能俯首屈服于命运。他们将要努力寻找并肯定自我在宇宙中存在的价值、意义，企图具有主宰宇宙自然的力量。他们还期望在短暂中追求永恒，在相对中探索绝对，在渺小中显示伟大，使自我从生命忧患、尘世束缚的困惑中彻底解脱出来。

　　4．立志求善的宏伟抱负

　　人的生命意识不仅包含有自我存在的思想，而且还应有自我在社会中存在的价值与意义。就其深刻的意义上说，后者才是人类生命意识中最深层、最有价值的东西。作为处于社会群体的生命个体，自我所应努力追求的，也就在此。综观以上生命超脱方式，无论是遨游仙境的想象，放纵情欲的表白，抑或是心境怡然的展示，它们都有一个共同的特点，那就是将自我从国家、社会中分离开来，企图在一个远离尘世、没有人生束缚与外来压抑的环境中自得其乐，优哉游哉。而这与强调人社会属性的儒家精神大相径庭。儒家认为每个人都是社会群体中的一员，自我的人格价值、生命意义只有到社会实践中才能得以体现。任何生命个体，无论他的寿命是多么短暂，只要他最大限度地发挥自己的主观能动性，对人类历史的进步产生或多或少的积极意义，将其自身的有限价值汇入人类全体的无穷价值中去，那么他就是不朽的。因此，儒家激励人们寸阴是惜，积极进取，争取在有限的人生里立德、立功、立言，凭这"三不朽"的途径使人们的精神超越肉体存在的局限，获得永存。近人梁启超对儒家的这种人生哲学给予了极好的总结，"死而不死，不死曰名，'君子疾没世名不称焉。'其为教也，激励志气，导人向上"。①

　　作为儒家学派的开创者，孔子对待生死的态度是值得我们重视的。在生命意识的诸层面中，他所关心的不是那种非理性的肉体生命的长生不死，而是自我在社会生活中存在的价值与意义。"死生有命，富贵在天"（《论语·颜渊》），对人的寿命，孔子持一种不可知论思想。"未知生，焉知死"（《论语·先进》），对死后的情况，他也不作过多的沉思冥想。他主张人们应把主要精力放在现实人生中去，积极有为，干一番轰轰烈烈的事业，应该"发愤忘食，乐以忘忧，不知老之将至"（《论语·述而》）。儒家的另一大师孟子继承并发展了孔子的人生哲学。他主张人应涵养博大的人格与高尚的道德，培养一种浩然之气。若终日浑浑噩噩，无所作为，那么有生如此，不如无生。所以他在《告子上》篇中说："生亦我所欲，所欲有甚于生者"，"死亦我所恶，所恶有甚于死者"。可见，孟子是乐生的，但这种乐生必须建立在有为的基础上，建立在为了崇高的理想，敢于"杀身成仁"、"舍生取义"的基础上。如果背离了这一点，那将是为孟子所不齿的。要之，儒家文化传统中，立志求善的生命

---

　　① 《新民丛报》1902 年 9 月 15 日。

超脱强调节制自我、克服情欲以服从社会伦理道德规范,对潜藏在人类心灵深处的本能欲望更多地向社会理想作转化与升华,以充分展示生命的社会价值,塑造理想的人格形象,实现道德的自我完善,从而垂名青史。

这种立志求善的生命超脱不是把人的生命作为一次性完成来看待的,而是从人类的整体来考察一己的存在。在永劫无穷的时光前,人生如同电光石火,瞬间即逝。然而,一旦个体汇入人类生命的河流中,便会显示出无比的力量和永恒的价值。因此,儒家主张通过"正心、诚意、修身",实现自我完善,再"齐家",建立一个幸福和睦的小家庭,最后"治国、平天下",建立一个其乐融融、彼此亲密无间的大家庭,一个非常有系统、有组织的伦理整体。在这个大家庭中,子孙是祖先继续存在的确证,祖先的生命通过子孙的不断繁衍与绵延而获得永恒与不朽。同时,这种家族绵延意识还强化了子孙对祖先的认同心理。祖先要想得到子孙长久的怀念与敬佩(即不朽),就必须在世时有所作为。而这,反过来又促使中国文人更执着于立志求善,使其在对现实事业的追求中,得到精神上的不朽。

立志求善、以求不朽的信仰不仅规定和影响着人们对死亡的态度,而且还规定并制约着人们在现实人生中的生活态度和思想观念。一个胸怀大志,欲求兼济天下、积极有为的人是决不会终日沉溺于死亡的惶恐中而不能自拔的,相反,他会以一种乐观开朗的心情去面对人世中的一切,拼搏进取,留名后世。这种思想在历史上那些仁人志士、英雄豪杰身上表现得尤为明显:

老冉冉其将至兮,恐修名之不立。

——屈原《离骚》

老骥伏枥,志在千里。烈士暮年,壮心不已。

——曹操《龟虽寿》

　　人生自古谁无死,留取丹心照汗青。

——文天祥《过零丁洋》

　　千百年来,这种立志求善的思想在儒家文化长期地规范与整合下,已凝聚成巨大的心理能量与刚强进取的内驱力、感召力。中国古代文人无不受其熏染、教诲与鼓舞,从而在人生如梦、年华易逝的悲哀中,从死亡临近、生命毁灭的恐怖中振作起来,奋发图强,勇敢地投身于伟大的社会实践,救国救民,造福人类。因之,不朽的信仰是中国文人解脱尘世忧思,战胜死亡恐惧最普遍、最有效、最持久的途径。

　　人事之于自然,生命之于宇宙,主体之于客体,永远显示着存在的有限。生命与死亡,在这个古老而常新的课题上,中国文人以其敏锐的时空感受、非凡的理性思维,探索出了诸多超越生命的具体途径,显示了崇高的生命智慧。即使在科学极端发展的今天,认真研究前人的这份精神遗产,总结出一些带有规律性的东西,对我们正确看待生死问题,树立正确的人生观将不无借鉴意义。

陶渊明的人生思考与精神超脱

陶渊明(365—427)入宋更名潜,字元亮,自号五柳先生,私谥"靖节",世称靖节先生,浔阳柴桑(今江西九江)人。晋宋之际诗人、辞赋家。《晋书》《宋书》《南史》均有其生平事迹的记载。在中国诗歌史上,陶渊明与杜甫、苏轼并列为对中国文人影响最广泛、最深远的诗人,[①]历代诗人如孟浩然、王维、李白、杜甫、韩愈、白居易、林逋、欧阳修、王安石、苏轼、黄庭坚、陆游、辛弃疾、元好问、龚自珍等无不对陶渊明推崇备至。在古代诗苑中,吟咏、品评陶渊明的诗歌尚且不计,光《拟陶》《和陶》诗便不下千首。然而,人们不禁要问,陶渊明虽几次出仕,其政绩微不足道,一部《陶集》诗不过百多首,文不过十数篇,其数量远不能和历史上许多大诗人相比,他竟何以能对后世文人产生如此神奇的魅力?后世文人对他的喜爱、羡慕、景仰之情为何经久不衰?平心而论,新时期十几年来的陶学研究,对这个问题还是给予了一定的回答的。可令人遗憾的是,学术界总摆脱不了普遍盛行的社会批评的模式,受庸俗社会学与机械唯物主义思想的影响,人们往往习惯于简单地罗列一些如陶渊明"大济于苍生"的宏伟抱负,抨击现实的批判精神,不

---

① 参见朱自清《日常生活的诗——萧望卿〈陶渊明批评〉序》,见《朱自清古典文学论文集》(上),第89页,上海古籍出版社 2009 年。

为五斗米折腰的高尚人格，归隐田园的自然情趣等外部原因，很少将研究的视角伸向创作主体深层的心理底蕴，从诗人的性格气质、志趣爱好、人生体验与日常喜怒哀乐等内在心态去作综合性的考察，从而无法顾全陶渊明作为一个普通文人思想的复杂性与完整性。对其在中国文人思想认识史上的贡献、地位及意义的探讨更是鲜有人问津。为此，本文拟从主体批评的角度出发，对以上问题再作一些尝试性探索。

一

晋宋之际是中国历史上一个动荡、混乱的时期，战争频仍，生灵涂炭，阶级、民族矛盾日益尖锐。偏安江左的东晋王朝处在风雨飘摇、分崩离析的困境中，而下层文人有心报国、无路请缨，又难效阮籍穷途痛哭，嵇康狂歌山林。在这样的社会中，东晋士人遭遇到严酷现实的挤压，承载着比以往任何时代的文人都要沉重得多的历史重负，便静下心来对社会人生作理性的思考与反省。他们发现自己在恶浊的社会面前，是那样的孱弱渺小，随时都有被吞噬的危险。于是，如何避祸全身，如何获得独立人格与身心自由便成了士人普遍关注的问题。生活在这种人的自我意识全面觉醒时期的陶渊明，也以其敏锐的思想、丰富的人生体验对这些问题寄予了深深的思考。在儒与道、出与处、自我实现与人格自由独立之间，陶渊明时常陷入一种两难选择之中，并由此而导致了他不能自拔的思想苦闷。大致说来，这种出仕与归隐的矛盾主要表现在他中年改宗归田之前。

受其家世、家庭及青少年时期研读儒家经典的影响，陶渊明像历史上一切以求仕为出路的封建士大夫一样，他的思想深深植根于传统儒家文化的土壤之中。陶渊明的入世精神在早年表现得尤为明显。他出生于仕宦之家,曾祖陶侃是东晋王朝的开国功臣,受家风影响甚深,早年的陶渊明年轻气盛,志向远大,把社会看得过于理想,对未来充满希望。可以说他是带着一种积极乐观、天真自信的心情步入人生的。他在中年所写的《杂诗》中对这段生活进行了回忆:"忆我少壮时,无乐自欣豫。猛志逸四海,骞翮思远翥。"①为了丰富自己的知识,达到"大济于苍生"的宏伟目标,青少年时的陶渊明曾有过一段闭门苦读、研习儒家经典的经历。"少年罕人事,游好在六经"(《饮酒》其十六),便是这种生活的真实写照。受儒家传统思想的影响,他曾幻想建功立业,留名后世,"生有高世名,既没传无穷"(《拟古》其二),"朝与仁义生,夕死复何求?"(《咏贫士》其四)陶渊明二十九至四十一岁间的几次出仕,虽然有为食而谋的目的,但主要的还是为了实现自我价值,"立功"以求不朽。

　　坚守"归真返璞"的人生宗旨,追求思想解放、个性自由以求得人格的独立是陶渊明终生奉行的又一人生准则。他在给自己的几个儿子的信《与子俨等疏》中,说自己"性刚才拙,与物多忤"。"才拙"自是其自谦之辞,可"性刚"却是真实的,桀骜不驯,不肯向权贵俯首低眉、摇尾乞怜却是真实的。这可从他"为州祭酒,不堪吏职,少日,自解归"和不肯为五斗米折腰向乡里小儿,"解绶去职"等事件中得到证明。② 他在《饮酒》(其八)中感慨自己的才华、品格不为人所认识、了解,因而以孤松自喻,表达自己傲然不群、坚贞不屈的情志。他还作有《五柳先生传》以"示己志",其文曰:五柳先生"闲静少言,不慕荣利。好读书,不求甚解;每有会意,便欣然忘食"。③《宋书·隐逸传》说:"(陶)潜少有高趣,尝著《五柳先生传》

---

① 《杂诗十二首》其五,逯钦立校注:《陶渊明集》,第117页,中华书局1995年。
② 萧统《陶渊明传》,见李公焕:《笺注陶渊明集》卷末,《四部丛刊》本。
③ 逯钦立校注:《陶渊明集》,第175页,中华书局1995年。

以自况……其自序如此,时人谓之实录。"①

　　厌恶世俗,"质性自然"是陶渊明人格的基本思想。早在先秦的道家十分重视人的自然属性,强调人类应向"真"的本性复归。受这种思想的影响,他在《归园田居》其一中说:"少无适俗韵,性本爱丘山。"在中国文人中,像陶渊明这样迷醉自然的人并不多见。陶渊明热爱自然,一生大部分时间都在田园山水中度过。自然中的一山一水、一草一木常常成为他托物言怀的对象,"芳菊开林耀,青松冠岩列。怀此贞秀姿,卓为霜下杰"(《和郭主簿》其二)、"望云惭高鸟,临水愧游鱼"(《始作镇军参军经曲阿》)。在诗人笔下,这些凝霜的芳菊,耐寒的青松、恋云的飞鸟、戏水的游鱼都成了他超尘脱俗,酷爱自由的人格象征。

　　从以上可看出,在陶渊明的深层心理中,既有建功立业,自我实现的伟大理想,又有追求人格独立、个性自由的强烈愿望。然而,至关重要的是,这两者之间哪一种理想更值得诗人去刻意追求呢?陶渊明追求的是后者,也就是说,他的自我实现是以个体人格的独立自由为前提的。当他的个性人格受到损伤乃至亵渎时,他决不以人格为代价去求取功名。陶渊明最为人所称道的不为五斗米折腰的轶事便很能说明这点。当自由与物欲一致时,陶渊明并不排斥物欲的实现:"时来苟冥会,宛辔憩通衢。投策命晨装,暂与园田疏。"(《始作镇军参军经曲阿》)但是,若两者发生激烈冲突时,即物欲束缚了个性自由,成了他灵魂的桎梏时,陶渊明决不愿为物所役,成为物欲的奴隶。所以,面对巧饰虚伪、谄媚逢迎的官场,他"宁固穷以济意,不委曲而累己"(《感士不遇赋》),表现了不屈己、不干人的崇高精神。当然,任何事物都不是铁板一块,在物欲与自由彼此交战时,陶渊明也有着灵魂的痛苦,有着思想上的激烈搏

---

① 沈约撰:《宋书》,第2286—2287页,中华书局1993年。

斗,其追求个性自由、人格独立的灵魂与束缚自由、压抑个性的种种桎梏也有着剧烈的冲突,这使得他本来复杂的内心开始分化,不时地陷入一种强烈的精神分裂与思想苦闷之中。出与处成了困扰他灵魂的二难选择。当然,这种出仕与归隐的矛盾主要地表现在他的早年。当他经过了长期的徘徊、苦闷后,当他经过几次出仕认清官场的黑暗后,便毅然地从那因牢般的"樊笼"中挣脱出来,重见天日。他如大梦初醒,真有悔之不及的感受,正所谓"误落尘网中,一去三十年","久在樊笼里,复得返自然"(《归园田居》其一)。这时,在导致其精神分裂的合力中,个性自由、人格独立的分裂力量已远远大于自我实现、立善遗爱的一方,使原本就在官场与田园之间徘徊不定的陶渊明彻底退出仕途,坦然地走向自然。

二

自我实现与人格自由,价值关怀与本然生命产生绝对的分裂,而作为个体的人又不能对抗严酷的现实,无法获得某种价值时,很容易走向否定、诋毁价值本身而去重视个体的本然生命。陶渊明便是这种心态的典型代表。当他终于放弃价值关怀,归隐自然,在村野中荷锄夜归或眺望南山,恬然微笑之时,蓦然回首,却猛然发现自己又陷入了生存虚无之中,个体生存的本来面目与真实意义,个体生命的生存与死亡问题,人生的苦难与虚幻意识便如浮雕般凸显出来,于是,孤独、空虚、焦虑之感一阵阵向他袭来。

陶渊明所处的魏晋时期是人的觉醒的时代。人的生命意识已全面觉醒,人们生活在有清醒的自我意识的环境里,对于生死表现了前所未有的关注与热衷。这种对生死的感受,陶渊明表现得尤为敏锐。反复研读《陶渊明集》,我们就会发现诗中吟咏生死的诗句不绝于耳,"人生似幻化,终当归空无"(《归园田居》其四),"一生复能几？倏如流电惊"(《饮酒》其三)。陶渊明在对人生进行深深的思考与反省,体悟到时光易逝,人生短促之后,便陷入了一种新的精神苦闷之中,这是一种比因出处两难而致的苦闷更深层、更痛楚的思想苦闷。它来自人的灵魂深处,来自人在自然规律面前的无可奈何。它像利剑般高悬诗人的心头,震慑着诗人的灵魂,"日月有环周,我去不再阳。眷眷往昔时,忆此断人肠"(《杂诗》其三),"万化相寻绎,人生岂不劳!从古皆有没,念之中心焦"(《己酉岁九月九日》)。在前人那里,大多只把死亡看作人在生命终点遇到的一种自然而不幸的事情。可在陶渊明笔下,死亡远不只是生命终点才撞上的灾难,而是人类生命存在的基本境遇,是人类存在的本质特性。人的存在就是走向死亡的存在,在人的生命历程中始终都笼罩着死的阴影。也就是说,他把死亡从生命终点拉回到生命的现实过程中,让人自始至终都感受到死的恐惧与焦虑。这在《杂诗》前八首中表现得尤为明显。陶渊明所体验到的远非汉末文人那种比较单纯的死亡恐惧,而是一种深刻而难以名状的生存焦虑,一种生存的根基被连根拔起的空虚与孤独感,一种生存失却目的与意义的生存悲哀与恐惧。

　　然而,陶渊明比前人的伟大之处就在于他不是彻底的悲观主义者。面对生的忧患,死的焦虑,他没有走向消沉、虚无、绝望,相反地,其人格精神与生命意志朝着有利于人生的两个方面导向,即更执着于对人生的深情眷恋与对生死的大彻大悟。

　　记得西方一位美学家曾说过,"只有当主体认识到自己是精神的具有自我意识的唯一实在,有理由怕死,把死看作对自己的否定时,他才意识到上文所说的生的无限价值"。[1] 陶渊明对生命的探索也经过了这样一个苦难的心理历程。死亡在他那里往往并非一

---

① 黑格尔《美学》第二卷,第 281 页,商务印书馆 1982 年。

种罪罚,而是蕴含着丰富的积极的内涵,蕴含着推进生的价值。因为只有在死的震慑中,人才能真正获得一种深层醒悟,意识到个体自我的存在价值,从而在生命的悲剧意识中坚定对生存的信仰,在有限的人生中绽露出生的盎然生机。在《游斜川》一诗中,诗人虽"悲日月之遂往,悼吾年之不留",并由此而痛苦、焦灼、忧心如焚,但并没有陷入痛苦而不能自拔,他在对人生的虚幻与短暂的体验中认识到了生命的可贵。于是,他愁云顿释,心情爽快,游目骋怀,及时行乐,化人生的苦难为生活的释然。这时,死的恐惧,展现出来的,不是一种单纯的对生命的否定,而是一种积极的对生存的真正肯定。

对于生死,陶渊明有着非常清晰的认识,他在为自己写的《挽歌诗》中说,"有生必有死,早终非命促",又说"天地赋命,生必有死。自古贤圣,谁独能免"(《与子俨等疏》)。显然,这种思想是从庄子那里继承下来的。庄子曾说:"死生,命也;其有夜旦之常,天也。"(《庄子·大宗师》)陶渊明是中国古代第一个将庄子旷达人生哲学诗化的文人。在陶渊明的诗文中,他展现给我们的不是在死亡、毁灭中的悲哀沉沦,而是一条朝向永恒的超升之路,说得更明白些,他是企图将人的生命从有限延伸到无限,与自然融为一体,成为永恒的存在。"运生会归尽,终古谓之然"(《连雨独饮》),"聊乘化以归尽,乐夫天命复奚疑"(《归去来兮辞》),这便是陶渊明旷达超脱的人生哲学。唯其如此,在行将就木之时,他为自己撰写《自祭文》、《拟挽歌辞三首》,一反前人祭文挽歌那种悲怆凄绝之陈词滥调,以超旷的心怀坦然地面对死神。"茫茫大块,悠悠高旻。是生万物,余得为人",[1]陶渊明认为人是道(大块)的产物,人的形体不过是自然物质变化的一种暂时形态,因此,人死便是对自然的回归。"死去何所道,托体同山阿"(《拟挽歌辞三首》其三),这是何

---

① 《自祭文》,见逯钦立校注:《陶渊明集》,第 197 页,中华书局 1995 年。

等的洒脱。组诗《形影神》反映了陶渊明生命探索的心路历程,可算是他对生死问题进行思考、反省后的一个完美总结。在这首组诗中,陶渊明借助形赠影、影答形、神释的语言集中表达了他对生死问题产生的亢奋与悲观相交织,感觉与理智相融汇的复杂心理。从诗中所表达的观点来看,在陶渊明的生命意识中,始终有两个自我在进行哲学式对话:一个是彻底超脱的自我,但这种超脱又时时被人生的空幻所困扰;一个是极为忧患的自我,但在其忧患中又蕴含着某种达观的成分。诗人既有生命忧患的痛苦,也有精神超脱后的坦然。生命智慧正是在这种彼此矛盾的心理中达成辩证的和解,使"人生似幻化,终当归空无"(《归园田居》其四)的陶渊明与"寓形宇内复几时,何不委心任去留"(《归去来兮辞》)的陶渊明辩证地融合成一个不可分离的整体。执着进取的精神,旷达超脱的情怀与梦幻虚无的感觉、生年难持久的哀叹交汇于心中,使他在生命的超脱中又满怀对人世的眷恋。

在陶渊明之前,中国文人对待生死有两种截然不同的态度。一种是以庄子为代表的超脱,另一种是以汉末无名文人为代表的忧患。前者将人生看作零,因虚幻而超脱;后者视人生为全,因执着而忧患,这两种生死观表现有异而本质相同,都不是正确的生命智慧。能正确认识人类的生命智慧,在生命超脱与现实忧患之间达成辩证和解的是陶渊明。他诗化了庄周齐死生的生命哲学,使其不致因过度的生命忧患而颓唐、消沉;同时,他又继承了汉末无名文人忧患生死,眷恋世俗的传统。陶渊明就是在这种生命超越与现实忧患的夹缝中探索出了中国文人处理生死问题的正确途径。

三

魏晋时期,历史现实的残酷血腥,仕途中的无情倾轧,社会分裂和战乱的血雨腥风，将文人士大夫的人生理想击得粉碎，使这个时期文人的价值观念发生了巨大的变化，即由价值关怀状态向本然生存状态回归。陶渊明便是这一本质性转变的最后完成者。当陶渊明置身于布满"宏罗"、"密网"的社会中时，他想到的是人性的自足性才真实可靠，才值得个体去刻意追求。这种自足的本然生命的欲念是他否定价值关怀的根据，也是他不至于为价值关怀的毁灭憔悴得发疯自杀的根据。面对现实的邪恶，世道的不公，陶渊明选择了与屈原、贾谊、嵇康等截然不同的自救方式。他本着对生命的珍惜，把价值关怀置诸身后，去全身心地拥抱自然，对因反省人生而致的精神苦闷作诗意的化解，从而获得内心的宁静与灵魂的安泰。

在中国文化史上，陶渊明是第一个真正能够做到全身心走向田园的诗人。他的回归自然不是凭热情、赶浪潮，而是其自我实现与自由人格经过几番冲突后，对人生进行深刻的反思之后所作出的决定。因此，在主体与自然的关系上，陶渊明常常是达到了物我一体，与道冥一的人生境界。故李泽厚说："自然景色在他的笔下，不再是作为哲理思辨或徒供观赏的对峙物，而成为诗人生活、兴趣的一部分。"[1]我们不妨以人们熟悉的《归园田居》组诗为证。这些诗中，自然已不是纯客观存在，而是诗人生活的一个组成部分，它就在诗人眼前，在诗人心中；诗人已与自然融为一体。为此，他根本用不着对自然精雕细刻，只是将自然中的一切如实道来，虽平淡无奇，却纯真自然。这样的心境，是只有领悟到生生不息，充满勃勃生机的自然乃是自己身心安顿之所在的时候，才有可能出现的。试问，诗人以这样虚空澄明的心灵去感受、领悟生命，还有什么生死的忧患，出处的烦恼？

---

[1] 李泽厚：《美的历程》，第 130—131 页，中国社会科学出版社 1984 年。

　　庄子把实现个体的人格独立与精神的绝对自由作为人生最高理想。但是，究竟如何达到这一完美境界，尽管庄子阐述得详细周密，可那毕竟是纯哲理的、虚空的。而陶渊明却以其身体力行将庄子的理想实践化、人生化，为后世中国文人实现人格独立、精神自由提供了一个光辉的典范。在与自然的长期接触中，陶渊明努力创造一种审美的人生、诗化的人生、充实的人生，一种不为外物所累却能展现诗意世界的人生。如果我们考察一下他的隐居生活，便会发现他的生活丰富多彩，既普通平凡而又富有诗意。他或东轩读书，林园赋诗；或茅庐饮酒，衡门弹琴；或农庄谈谐，东篱采菊，表现出儒雅高洁、格调不凡的风貌。这便是作者诗意的性情，诗意的人生。

　　然而，"诗化的生活世界，必须以诗化的内心世界作为先决条件。贫乏的内心，必然造成贫乏的生活世界"。[1] 为此，陶渊明在回归自然的同时，又力求找回几近丧失的人的自然本性。陶渊明的一生，经历了三个朝代，这是中国历史上极为混乱、动荡的时期。处于充满杀伐、倾轧、纷争、黑暗的社会中，人们却还日夜劳苦奔波，忙碌于物质的占有，功名的获取。结果，人内心本来所应具有的感受、灵性丧失在这种对物欲的疯狂追求之中。陶渊明认为这是对人性的极大戕害。在《感士不遇赋》中，他深有感慨"咨大块之受气，何斯人之独灵"，认为人既然禀受天地之灵气而生，就应避免世俗的牵扰，保持其自然本性。唯其如此，所以在那个"真风告逝，大伪斯兴"（《感士不遇赋》）的异化社会里，陶渊明主张"归真返璞"、"抱朴守静"。在外在的物质追求与内在的心灵宁静之间，陶渊明选择的是后者。他的远尘绝俗，迷醉自然，为的是不让自己的心灵受到世俗的污染。当他当了八十多天的彭泽令，目睹了官场

---

　　① 刘小枫：《诗化哲学》，第 207 页，华东师范大学出版社 2007 年。

的倾轧纷争之后，便彻底地回归自然，结束了过去在"樊笼"中"人为物役"、"心为形役"的生活，从而走上了自我解放的光明道路。在归隐时所写的《归去来兮辞》、《归园田居》(其一)中，他反对封建异化，主张人性自由的愿望表现得颇为强烈。"质性自然"的陶渊明原本就有一颗不拘形迹、崇尚自由的心，热爱自然、保持童真是陶渊明的天性。然而，仕途中却有案牍之劳心，征奔之劳形。这极大地压抑了诗人的个性，与他的理想背道而驰。因之，诗人对自己早年"误落尘网"后悔莫及。在《归去来兮辞》的开头，他便以一个如释重负的解放者的口吻深深忏悔往日的选择，"既自以心为形役，奚惆怅而独悲！悟已往之不谏，知来者之可追。实迷途其未远，觉今是而昨非"。① 过去了的就让它永远的过去吧，好在迷途未远，来日方长，现在他终于成了彻底解放，精神自由的新我了。"久在樊笼里，复得返自然"(《归园田居》其一)，诗人的自由精神，个性解放精神在永恒的自然中终于找到了理想的归宿。

那么，什么样的社会才算是最具有灵性，最符合人的本然天性？或者说，要在怎样的社会里人的自由、平等，人格尊严，生存价值才能付诸实现？对这些问题，陶渊明进行了深入的思考。在《桃花源记并诗》中，他以天真烂漫的想象，丰富崇高的智慧，为人们建构了一个理想的王国——世外桃源。这里没有剥削压迫，没有战乱流血，有良田美池，芳草杂树。在这个真善美兼具的乐园中，人人劳动，家家富足，生活安定愉快，风气淳厚朴实。这是一个独立于价值世界之外的社会，一个人性自足、精神自由的社会。人的主体精神可以得到高扬，人的独立人格可以得到认同，人的自我个性可以得到舒展，人的生存价值可以得到实现。总之，陶渊明饱尝了官场"密网裁而鱼骇，宏罗制而鸟惊"(《感士不遇赋》)的惊险艰辛，

---

① 逯钦立校注：《陶渊明集》，第160页，中华书局1995年。

最终放弃仕宦之路,顺应人的自然天性,并为个体人格与自由生命的全面发展描绘了一幅理想的蓝图,也为渴望人性自由而又为物所累的人提供了一个身心可供安顿的精神家园。从这个意义上说,《桃花源记并诗》是中国文学史上一篇反对封建异化,反对"人为物役",主张自由平等的重要作品。尽管陶渊明囿于时代、阶级的局限,不能充分认识到异化的根源在于私有制,只有到了消灭私有制的社会,异化现象才能彻底根除这个道理。但是,他那种敢于蔑视物欲,追求自由的伟大心灵却闪烁着人性的光辉。

陶渊明一生既追求功业,忧患生死,又始终以一种超然的解脱方式,去抚慰那因人生反思、现实困厄所受损的心灵。他的前半生主要是处于出与处的两难选择之中,既看破红尘又执着人生,既难耐寂寞又厌恶喧嚣,这种矛盾心理致使他陷入了精神分裂与思想苦闷之中。归隐后思考的重点在于生命与死亡。在经过反省,发现人终有一死后,又陷入了新的生存虚无的苦闷中,这种对生命的忧患从反面促使诗人更眷恋人生,更超脱旷达。同时,对生死的思考与反省又淡化了诗人前期出处两难的思想苦闷,使其晚年的心境能保持一种平和闲适的状态。他迷醉自然,复归人性,以诗意的情感去拥抱生活,这对其因生存虚无与价值虚无而致的思想苦闷又是一种精神上的超越。陶渊明在归隐之时没有唱一己之哀歌,而是勇敢地担当起被哲学忘却的天命,以哲人的智慧、诗人的情趣,反省出处,冥思生死,并身体力行其思想主张,给后世中国文人提供了一个光辉典范。陶渊明的伟大就在这里,陶渊明对后人来说神奇而不朽的魅力亦在这里。

论元人散曲的悲剧意识

散曲在元代称为"乐府"或"今乐府"。散曲之名最早见之于文献，是在明初朱有燉的《诚斋乐府》中。有人说元人散曲是"牢骚"的艺术，元代作家写作散曲的目的是引为"自娱"。这个说法不是没有道理，翻开《全元散曲》，我们就会发现：潦倒不遇的哀叹，宦海风波的感喟随处可见；隐逸纵酒、怀古慨今之作俯首即是。前者是元人的"牢骚"，后者则是他们的"自娱"；前者是元散曲悲剧意识的表现，后者则是元人对其悲剧意识的化解。在乱世、末世与特殊时期，许多封建文人往往对现实感到绝望，常常产生人生的幻灭感与历史的虚无感，并进而乞灵于老庄明哲保身的哲学，将与世无争、超脱尘俗的隐居生活作为理想的人生境界，以此逃避现实，排遣忧愤。元代文人在这方面表现尤为明显，其散曲中忧虑一己之出处进退，感叹一己之荣辱得失的悲剧意识在中国文学史上并不多见。本文拟从主体批评的角度出发，对这一文学现象作一尝试性探索。

一、元人散曲悲剧意识的表现

文学史的现象告诉我们：一个时代的社会现实不仅决定着该时代作家的创作倾向，而且还制约其创作心理。元代文人所处的是一个阶级矛盾、民族矛盾异常激化的动乱社会，这种黑暗的现实便决定了元人哀感的创作心理，使其散曲濡染上了凄婉悲愤的情调。因此，元人散曲的悲剧意识表现了元代黑暗现实的诸方面。

在元散曲中，元人表现得最多的是对沦落潦倒、怀才不遇痛苦遭遇的悲慨。由于元蒙统治者彻底摒弃儒家秩序，堵塞文人仕进之路，致使大批儒生与功名无缘，被迫流落街头、隐居林泉，空怀满腹才学却无施展之地。元代文人正是在这种仕途穷蹇、潦倒沦落的悲惨处境下自觉地以散曲鸣其不平：

> 中州人每每沉郁下僚，志不获展。于是以其有用之才，而一寓之乎声歌之末，以舒其怫郁感慨之怀，盖所谓不得其平而鸣焉者也。
>
> ——胡侍《真珠船》

于是，元散曲中便有了"空岩外，老了栋梁材"（马致远《南吕·金字经》）的感慨，也有了"老夫满腹，都是《登楼赋》"（汤舜民《谒金门·闻嘲》）的哀怨。这种慨叹与哀怨是元代文人理想破灭后的满怀激愤，它不是一个人的愤懑，而是整个有元一代文人共同的苦闷心声。这种心声发自于悲剧时代的悲剧人物，因而它比任何时代文人的哀叹都要强烈而深沉：

> 不读书有权，不识字有钱，不晓事倒有人夸荐。老天只恁忒心偏，贤和愚无分辨。折挫英雄，浪磨良善，越聪明越运蹇。志高如鲁连，德过如闵骞，依本分只落的人轻贱。
> 不读书最高，不识字最好，不晓事倒有人夸俏。老天不肯辨清浊，好和歹没条道。善的人欺，贫的人笑，读书人都累倒。立身则小事，修身则大学，智和能都不及鸭青钞。
>
> ——无名氏《朝天子·志感》

元代是一个贪官污吏"仗权豪,施威势,倚强压弱,乱作胡为"(滕斌《普天乐》)的黑暗社会,元朝统治者以极为颠顸的手腕镇压人民。他们废弃科举,滥用奸佞,排斥贤良,造成了畸形的社会现象——贤愚不分、是非颠倒,从而导致了元代文人有志难酬、穷酸潦倒的不幸遭遇。以上这两首散曲就是对这一罪恶现实的牢骚与激愤,揭露与谴责。

对"朝承恩、暮赐死"(白居易《太行路》)这种宦海风波的忧患是元人散曲悲剧意识的又一表现。在元代文人中,尽管大多数属于布衣之徒,终身潦倒,可也偶尔有几个"用了无穷的气力,使了无穷的见识,费了无限的心机",①终于爬进官场。我们可以想见,在元朝那个倒行逆施的病态社会里,他们的命运并不会比托身林泉者好多少,有时甚至还会有灭顶之灾。张养浩几经宦海浮沉,最终还是带着"祸来也何处躲,天怒也怎生饶"(《朱履曲·警世》)的恐惧心理"挂冠弃官"了。贯云石虽然出身显贵,袭父官爵,可到头来也免不了弃官易服,卖药为生。他曾不无感慨地说:"竞功名有如车下坡,惊险谁参破? 昨日玉堂臣,今日遭残祸。"②显然,只有亲身体验过官场黑暗阴险,官吏彼此尔虞我诈、勾心斗角生活的人才能道出如此深刻的道理,才能真正领略"如今凌烟阁一层一个鬼门关,长安道一步一个连云栈"的阴森可怕。③ 从以上可以看出:元代朝政的腐败,官场的黑暗,使那些浮沉于宦海的人对自己的前景产生了深深的忧患与悲剧意识,也使那些徘徊于官场之外的人对此望而生畏。

既然社会如此霸道,文人不曾有丝毫立足之地,那么不问政

---

① 张养浩《双调·庆东原》,《全元散曲》,第403—404页,中华书局1991年。
② 《双调·清江引》,《全元散曲》,第368页,中华书局1991年。
③ 查德卿《寄生草·感叹》,《全元散曲》,第1156页,中华书局1991年。

治，闭门修书总该安然无事、清闲自在吧？答案是否定的，请看下面这首散曲：

> 笔头风月时时过，眼底儿曹渐渐多。有人问我事如何？人海阔，无日不风波。

——无名氏《中吕·喜春来》

元朝统治者对人民实行笼络与镇压的双重政策。他们一方面在"男女之大防"上实行"松弛"政策；另一方面却对人民的言行自由采取"高压"措施，在全国范围内布施苛刻残酷的文网。《元史·刑法志》就明确记载："乱制词曲，为讥议者，流。""诸妄撰词曲，诬人以犯上恶言者，处死。"因此，元代朝野上下，阴霾密布，文人言谈举止稍有不慎便会招来杀身灭族之祸。散曲作家曹德就是因二首《清江引》而遭到权臣伯颜的肖形缉捕。陶宗仪《辍耕录》载："太师伯颜擅权之日，剡王彻彻都、高昌王帖木儿不花皆以无罪杀。山东宪史曹明善时在都下，作《岷江绿》（按：即《清江引》）二词以讽之，大书于五门之上。伯颜怒，令左右暗察得实，肖形捕之。"正因为"笔头风月"也"无日不风波"，元代文人著述谨小慎微，从不敢妄议朝政，品评是非，对身外的一切采取回避的态度。他们说"风波实怕，唇舌休挂"（陈草庵《山坡羊·叹世》），"知荣知辱牢缄口，谁是谁非暗点头"（白朴《阳春曲》）。这样元朝残酷的刀笔吏禁锢了文人的思想，束缚了文人的言行，使他们对自己的处身立世抱着极大的恐惧心理，毫无疑问，这也是元人散曲悲剧意识的又一表现。

从主体的角度说，悲剧意识是对现实悲剧性的深刻认识与清醒把握。每个人的潜意识中都隐藏着这种悲剧意识，一个主体意识充分自觉的人很容易在文学艺术中感应到它。元人散曲中表现出的浓厚的悲剧意识正是元代黑暗现实的反映。透过元代文人的悲观心理及元代散曲的悲观情绪，我们完全可以窥见元代黑暗社会的真实面目。

二、元人散曲悲剧意识的成因

　　鉴于古代诗歌与传统文化水乳交融的关系，为此，我们在探求元人散曲悲剧意识的成因之前，有必要简略回顾一下元代文人所处的文化大背景。

　　众所周知，元朝是一个特殊的朝代，这种特殊性主要表现在它是中国历史上第一个少数民族一统天下的王朝。"只识弯弓射大雕"的蒙古贵族一声鼓鼙，定鼎中原，以极为残忍的手段对华夏民族实行黑暗统治。长期逐水草而生的游牧习性，尚武崇实的蒙元文化精神导致元朝统治者对讲求道德修养、注重诗书礼乐的汉文化的排斥和否定。元开国大帝忽必烈曾赤裸裸地说："汉人惟务课赋吟诗，将何用焉！"①因此，元蒙统治者推行民族歧视政策，猜忌、抵制汉族文人，《元史·选举志一》曰："蒙古、色目人作一榜，汉人、南人作一榜。"使得"台省要官皆北人为之，汉人、南人万中无一二，其得为者不过州县卑秩，盖亦仅有而绝无者也"。② 同时还废除自隋唐以来就普遍实行的科举取士的用人制度长达七十馀年。这样大批元代文人被排斥在官府衙门之外，终生"沉郁下僚，志不获展"。在《全元散曲》有姓名可考者二百一十三人中，除刘秉忠、姚燧、卢挚、胡祗遹等极少数散曲作家终生仕宦外，其他人或是宦海浮沉，或是屈居下僚，或是寄身林泉。刚刚过去的赵宋王朝儒生还居"士农工商"四民之首，享受优厚的政治与经济待遇，可一旦到了

---

　　① 《元史》卷一百五十九《赵良弼传》，第3746页，中华书局1976年。
　　② 叶千奇《草木子·克谨》。

元朝,散曲作家社会地位之低下在中国古代文人中可谓空前绝后。我们知道:古代知识分子是在儒家理想的导引下走完人生之路的。"起初,看书,只想学干禄",①少小认真读书,其目的是以俟将来济世经邦。然而,这种理想的人生之路到了崇武抑文的元朝被统治者彻底堵塞了,元代文人已被推到了绝望的边缘。

因此,已经统治中国千馀年之久的儒家传统文化在元朝出现了巨大的裂变与断层。元代知识分子因袭的并以此作为精神支柱的儒家伦理文化在当时失去了它赖以存在的现实土壤。这使得他们对自己的未来产生了深沉的失落感,对自我价值不能实现生发出了强烈的悲剧意识。这种悲剧意识具体表现在:元代文人实现理想的途径被堵塞了,而实现理想的欲望却依然存在。他们内心禀受的依旧是"学成文武艺,货与帝王家"②的传统心态,他们恪遵的仍然是儒家"修身、齐家、治国、平天下"的仕进之路。悲剧意识是由生命主体对理想的执着追求和这种理想在现实条件下不可能实现而产生的。元代文人那种理想之梦彻底破碎后的痛苦心情,那种仕途上欲进不得,欲罢不能的尴尬处境正是导致他们心中浓厚悲剧意识的温床。

元代文人对现实、对功名复杂而矛盾的双重认识心理是元散曲具有悲剧意识的又一原因。这种矛盾的认识心理便是他们既有敝屣功名、遗世脱俗的一面,更有钦羡富贵、渴望仕进的另一面。并且前者仅仅是元人的表层心理,而后者才是他们真实的深层心理。过去,研究元散曲的人误以为元人甘心畎亩、淡薄功名,愿以布衣终老林泉。可是只要我们一联系到元散曲作品的实际情况加以考察,就会发现事实并非这样。同样是张可久,虽有"名不上琼

---

① 汤式《谒金门·长亭道中》,《全元散曲》,第 1595 页,中华书局 1991 年。
② 无名氏杂剧《庞涓夜走马陵道·楔子》。

林殿,梦不到金谷园,海上神仙"这样的清高,更有"昨日在十年窗下,今日在三公位排,读书人真实高哉"那般的媚俗。[①] 在元散曲中,元人急功近利的思想相当普遍,比如"宁可少活十年,休得一日无权"(严忠济《天净沙》),"困煞中原一布衣","恨无上天梯"(均见马致远《金字经》),等等。他们甚至还幻想着:"有一日起一阵风雷,虎一扑十硕力,凤凰展翅飞,那其间别辨高低。"[②]要之,远离尘世、隐居田园而又不甘寂寞,向往功名、企慕仕进而又自命清高,清静无为、逍遥适意而又牢骚满怀,这样的矛盾心理是导致元人散曲悲剧意识的真正原因。当他们以这种复杂矛盾的心理来进行散曲创作时,当然不会有唐人那种昂扬的意气,飘逸的风采;也不会有宋人那种深邃的哲理,精辟的议论。在元散曲中,所有的只是愤世嫉俗、顾影自怜。他们始而愤世、骂世,继而叹世、厌世,最终玩世不恭、故作旷达。或托身田园山林,放浪形骸,期于自适;或出没秦楼楚馆,偎红倚翠,浅斟低唱;或者在仙风道骨的体悟中抑灭胸中的幻想;或者在吟诗纵酒的陶醉中消减人世的俗念。

当代西方美学家狄克逊曾经说过这样一句话:"只有当我们被逼得进行思考,而且发现我们的思考没有结果的时候,我们才在接近于产生悲剧。"[③]可令人无比痛惜的是,在短短的几十年内,元代出现了巨大的文化裂变,元代文人在还没来得及思考与适应的情况下,就已被推上了悲剧的舞台。

三、元人散曲悲剧意识的化解

如前文所述,黑暗的现实给元代文人心中罩上了忧郁的阴影,

---

① 分别见张可久《双调·水仙子》,《全元散曲》,第 760、981 页,中华书局 1991 年。
② 无名氏《双调·水仙子》,《全元散曲》,第 1753 页,中华书局 1991 年。
③ 转引自朱光潜:《悲剧心理学》,第 216 页,人民文学出版社 1983 年。

致使其散曲作品表现出浓厚的悲剧意识。然而,只要我们掩卷沉思,就会发现他们也只是对自我生存有些忧患与悲悯而已,元散曲并没有凄婉的哀号,痛楚的呻吟,更没有血淋淋的刀光剑影。这是因为"天下有道则见,无道则隐"(《论语·微子》)的儒家理想早已给他们设计好了一条退隐之路,道家"不为有国者累"的思想也潜移默化地影响着他们的心理。为了抚慰受创的心灵,元代文人总是自觉不自觉地努力寻找某种精神补偿物,以此来协调或转移人生的价值观念、理想追求,从而获得心理上短暂的平衡。

1. 寻思此世人心别　又爱功名又爱山

元代文人很懂得山水之乐。当他们仕途不得志时,便摆脱尘世的俗念,全身心地投入自然的怀抱,作倜傥不羁的逍遥之游。因此,元人对自然显得无比亲近。在他们看来,尘世是险恶可怕的"是非海"、"虎狼丛",而自然则是理想的"安乐窝"。欧阳修说:"凡士之蕴其所有而不得施于世者,多喜自放于山巅水涯。"[1]元代文人就是在这种"山巅水涯"的陶醉与启发下,才从那"不得施于世"的困境中,从那"比人心山未险"的激流旋涡中彻底地解脱出来,从而求得"有青山劝酒,白云伴睡,明月催诗"的愉快境地。[2]

在元人心中,自然已不仅仅是人之外的客观存在,还是人自身一个不可或缺的组成部分。自然已具有了人的情感,能与人同忧共欢,它就像朋友一样地抚慰着文人一颗受创的心。他们也乐于以自然为友,在自然的陶醉中啸傲人生:

　　黄芦岸白苹渡口,绿杨堤红蓼滩头。虽无刎颈交,却有忘

---

[1]《梅圣俞诗集序》,李逸安点校:《欧阳修全集》,第 612 页,中华书局 2001 年。
[2] 张养浩《中吕·普天乐》,《全元散曲》,第 422 页,中华书局 1991 年。

机友。　　点秋江白鹭沙鸥。傲杀人间万户侯。不识字烟波
钓叟。

——白朴《沉醉东风·渔父》

秋江上那自由飞翔的"白鹭"、"沙鸥"便是慰藉作者心灵的"忘机
友"，或者说就是作者理想的化身。它昭示人们：自然是美丽的，
无拘无束的。难怪有人要将作者推荐给朝廷，他却辞而不就，隐居
江湖，放浪自适。

清风明月、山光物态的熏染也增强了元代文人孤芳自赏、遗世
隐居的信念，淡化了他们向往功名、渴慕富贵的情感。在与山水自
然的长期接触中，他们发现高台赏月、烟波垂钓、茅庐饮酒、禅房赋
诗远比在官场挣扎要有趣得多，也就是说，山水之乐、林泉之趣胜
于庙堂之乐。浪迹江湖的张可久说："风清月白总相宜，乐在其中
矣。"（张可久《朝天子·湖上》）因此，元人总是渴望"跳出红尘恶风
波"，投身自然。下面这首散曲就是元人追求山水之乐，鄙视功名
这种普遍心理的典型代表：

不占龙头选，不入名贤传。时时酒圣，处处诗禅。烟霞状
元，江湖醉仙。笑谈便是编修院。留连。批风抹月四十年。

——乔吉《绿幺遍·自述》

综而观之，元代文人正是在迷惘与徘徊中，在绝望与痛楚中找到了
自然这个极好的朋友。当他们一旦与自然结成亲密无间的关系
后，那种从尘世中带来的牢骚与激愤便大为减少，从而使得他们内
心的悲剧意识呈现出柔和的基调。

2. 今朝有酒今朝醉　且尽樽前有限杯

与隐逸自然山水紧密相连的是纵酒。酒，是中国饮食文化的

重要组成部分。饮酒不仅是单纯的饮食活动,而且是一种高雅愉悦的精神享受。元散曲中纵酒之作比比皆是,若把这类作品抽去,元散曲的精髓将减去大半。在元人看来,自然的熏染似乎不够刺激,只有酒的麻醉才能真正忘世忘忧。为了消减内心的"愁山闷海",他们痛苦地端起了酒杯。于是,纵酒也给元人提供了一种抗拒逆境的精神力量和消融内心苦闷的合理途径。试看这首散曲:

　　　　长醉后方何碍,不醒时有甚思?糟腌两个功名字,醅淹千古兴亡事,曲埋万丈虹霓志。不达时皆笑屈原非,但知音尽说陶潜是。

　　　　　　　　　　　　　　　　　　——白朴《寄生草·饮》

从这首散曲可以看出:酒在化解元人悲剧意识的过程中经历了两个阶段。首先,在于它的畅神忘物作用。借助酒的麻醉,人可以"忘形"、"忘忧"、"忘餐",求得全身心的彻底解脱,达到"方何碍?""有甚思?"的豁达程度。其次是酒"和"的作用。人因酒而醉,因醉而忘,因忘而和,和要比畅神忘忧高一个层次。和的思想教人虚无处世,教人泯是非、等贵贱、一贫富、齐死生。在这样的思想支配下,"功名"也成了"糟腌"的文字,"千古兴亡事"如同一梦,"万丈虹霓志"应彻底"曲埋"。人世间无得无失,无恩无怨。对于外来的欢乐与忧愁,要坦然超然,安之若素。

　　同时我们还可以看到,元人不仅喜欢饮酒,而且还讲究多饮、痛饮、天天饮。他们追求着"酒杯倾,鲸量宽"(汪元亨《沉醉东风·归田》)的痛快之饮,追求着"百年里,浑教是醉,三万六千场"(苏轼《满庭芳》)的长醉不醒。历史上那些以酒名世的圣贤更是他们努力追慕的对象,"醉李白名千载,富陶朱能几家,贫不了诗酒生涯"。① 方伯海在《重订〈昭明文选〉集成》中评价刘伶《酒德颂》时说:"古人遭逢不幸,多托与酒,谓非此无以隐其干济之略,释其悲愤之怀。"

3. 千古是非心　一夕渔樵话

元人在化解内心悲剧意识的过程中,除了采取隐逸和纵酒的方式外,还将目光投向遥远的历史往古,从古人中寻求知音,作为淡化内心苦闷的精神武器。所以,元散曲中凭吊古迹,怀古慨今的作品也非常的多。

当然,元代文人的思古怀旧并非一味地对往昔眷念与向往,而是有目的地对现实社会进行反思与关照。因为历史往往有惊人的相似之处,实际上,类似元代文人不得志于世、抑郁满怀的现象在古代也相当的多。元人从古仁人志士坎坷不平的人生经历中看到了自己生命的归宿,懂得了"古来圣贤皆寂寞"(李白《将进酒》)的深刻道理,明白了"故纸上前贤坎坷,醉乡中壮士磨跎"(张可久《折桂令·读史有感》)是历史的普遍规律。所有这些都给元人以极大的心理安慰与解脱,使他们能非常坦然地看待自身的遭遇与不幸,而不再是牢骚难排、激愤不已。

唯其如此,元代文人总是以一种否定历史、否定功业、否定人生的眼光来审视、评价古人,并按其对待功名的态度不同具体划分三类。第一类是像范蠡、张良、严光、陶潜等这些曾立下功名而又最终激流勇退的人。元人对他们孤傲不凡的品格产生了由衷的仰慕与敬佩,并在他们身上倾注了满腔的热情。于是,元代文人对自己"进身的疾,收心的晚"的行为深为愧疚,对那些功成名遂身退的人大为钦羡:

① 张可久《水仙子·山斋小集》,《全元散曲》,第854页,中华书局1991年。

> 五湖去来越范蠡,甘作烟波计。功成心自闲,名遂身先退。早寻个稳便处闲坐地。
>
> ——钟嗣成《清江引》

第二类是那些曾显赫一时而最终免不了湮没无闻的帝王将相、英雄豪杰。为了给自己的穷居野处找到合理的逻辑,缩短甚至消灭自己的心理落差,元代文人对这类人极力否定。他们认为国家兴亡无关紧要,千秋功业也不过是噩梦一场,功名、荣誉、钱财、地位都将流水般逝去,自己只需安心隐居、清心养性,完全不必到尘世中追名逐利、招忧惹祸。还是让他们自己来说话吧:

> 布衣中,问英雄。王图霸业成何用,禾黍高低六代宫。楸梧远近千官冢?
>
> ——马致远《拨不断》(二首其一)

最后一类是像钮虁、豫让、伯夷、叔齐、伍子胥、屈原、韩信等那些孜孜于功业或名声的人。这类人共同的特点是不畏困苦,执着于理想,与元人高蹈遗世的思想相去甚远。因此,元代文人对他们报以极大的嘲讽,偏激地认为他们贪恋功名富贵而不惜青春生命是极其不值得的。为了自我慰藉,元人只得在一片嘲讽声中无奈地发泄胸中的痛苦:

> 伤心来笑一场,笑你个三闾强,为甚不身心放?沧浪污你,你污沧浪?
>
> ——贯云石《殿前次·吊屈原》

作者分明是胸怀干济之略,却反作嘲讽冷漠之词,以此自嘲。

　　文人的不幸是散曲的大幸，元代黑暗的社会将一代文人推向街头，推向林泉，然而元人这种苦难不幸的遭遇却成就了他们千秋不朽的散曲。他们在仕途穷蹇的处境下，借"词章之学"抒发胸中的苦闷，写出了一首首精妙的绝唱，使散曲作为"一代之文学"在中国古代诗坛上熠熠生辉。

古代文学与文化研究

《幼学琼林》与青少年伦理教育思想初探

　　《幼学琼林》原名《幼学须知》，为明末清初以来民间流行甚广的儿童启蒙读物，①它在长期传播过程中形成了不同的版本与名称，如《幼学故事琼林》、《故事寻源》、《成语考》、《幼学求源》、《幼学故事珠玑》等。原编者学界说法不一，清钱元龙校释、江西宝文堂木刻本《幼学须知句解》认为是明末西昌（今江西新建）人程登吉。程氏（1601—1648）字允升，号退斋，一生无功名，家境贫寒，性情淡泊，博览群书，尤善诗文。咸丰六年粤东省登云阁校刻本《成语考》则认为该书作者是明代中期著名学者、政治家、文学家、海南琼山人丘濬（1421—1495）。两说素有争议，讫无定论。此书行世后，续作增补不绝如缕，其中清代布衣学者邹圣脉的改编影响最大、流传最广。他在《幼学须知》原编的基础上增补了360联，其篇幅几与原作等，并对全书逐一注释，改名《幼学故事琼林》，简称《幼学琼林》。邹氏（1691—1762）字宜彦，号梧冈，福建连城人。自幼聪慧，六岁入家塾，十三岁读经史，善书法，天文地理、经史百家无不涉猎，著有《寄傲山房诗文集》及名家巨制之笺注评点多种。乾隆二

---

① 按旧时蒙学读物主要有"三百千千廿四孝，幼学增广弟子规"，即《三字经》、《百家姓》、《千字文》、《千家诗》、《二十四孝》、《幼学琼林》、《增广贤文》、《弟子规》。

十七年病逝,终年 72 岁。① 此外,民国间费有容、叶浦荪及蔡东藩等人也进行过一些查漏补缺的工作,其最大特点是增补了当时的一些"新知"。

《幼学琼林》允称旧时蒙学读物中编写得较好的一部,篇幅并不很长,凡四卷,二万余字,然内容庞杂,上至天文地理,下至风俗人情,无所不包,为上千条成语、典故作了简洁、准确的考究与解释,洵为至理名言集锦。形式上打破传统蒙学读物四言的约束,虽求偶句成对,但并不为字数所限,句式不拘短长,自由灵活,也不强求整齐押韵。是书仿照类书的体例编排,凡分天文、地舆、岁时、朝廷、文臣、武职等 33 类,却又不同于真正的类书,盖因类书的编辑,意在收辑、保存文献资料,以供查考。相比之下,《幼学琼林》一书重在教育蒙童,兼有开蒙识字等功能,所选用的成语、典故虽重百科知识的介绍,但在某种程度上也表达了编者一定的价值观念与道德判断,其中政治伦理、家庭伦理与社交伦理的思想尤其鲜明。因此,《幼学琼林》一书不仅仅是介绍历史掌故常识的启蒙读物,而且是一部带有一定伦理思想的传统礼仪大全,对封建时期的蒙童与当今广大青少年均有重要的教育与启示意义。

一、《幼学琼林》与青少年的政治伦理教育

《幼学琼林》一书旨在教诚青少年修德励志,传授古代政治生活中的诸多行为准则,包含爱民、慎刑、简政、清廉等诸多比较完备的政治伦理思想。

《幼学琼林》体现的政治伦理,第一是爱民。"爱民"是古代政

---

① 按上海古籍出版社 1992 年出版、谷玉点校的《幼学故事琼林》之"点校说明"谓,邹圣脉"嘉庆元年(1796)增补",讹。

治伦理的核心，其地位比"忠君"还要高。《尚书·泰誓中》指出天有意志和知觉，可以视听，提出"天视自我民视，天听自我民听"，意即天的视听通过人民的视听来体现，按人民的意愿和喜好办事。早在几千年前的奴隶社会就产生了民心所向即天命所归的政治思想，在当时可说是非常先进的。《孟子》继承了这一思想，其《万章上》引用了《泰誓》的话，又进一步提出民贵君轻的思想。《幼学琼林》一书也非常重视爱民教育，书中多处引征古代圣贤帝王洁身自好、同情民瘼的善行。如卷一《朝廷》曰："帝尧用心，哀孺子又哀妇人；武王伐暴，廉货财还廉女色。六宫无丽服，玄宗罢织锦之坊；万姓有馀粮，周祖建绘农之阁。仁宗味淡而撤蟹，晋武尚朴而焚裘。"[1]其中"帝尧用心"一句，典出《庄子·天道》："昔者舜问于尧曰：'天王之用心何如？'尧曰：'吾不敖无告，不废穷民，苦死者，嘉孺子而哀妇人。此吾所以用心已。'"[2]尧帝关心人民，对小孩、妇女都十分关怀和怜悯。《幼学琼林》引用这样一个典故，实则体现了同情弱势群体的悲悯之心。"万姓有馀粮"一句，指五代后周世宗之事，《资治通鉴》载：世宗诏令左散骑常侍艾颖等三十四人分别视察各州，按地多少均衡确定田租；又留意农事，用木头刻成耕田农夫、养蚕农妇像，安放在宫殿庭院中。又如卷三《宫室》曰："潘岳种桃于满县，人称花县。"（页 131）说的是西晋文学家潘岳蠲免贫苦百姓的税收，而改为让他们种一棵桃树以替代，以致满县桃花，人称花县。魏晋名士怪诞风流，有此奇事原不足怪，然而这一则典故背后蕴含着编写者对民生疾苦的同情之心，用这样的典故来教育蒙童，无非是想在孩子的心中深深印下爱民的政治伦理。

---

① 程登吉编，邹圣脉增补，胡遐之点校：《幼学琼林》，第 26—27 页，岳麓书社 1986 年，下引此书仅标页码。

② 陈鼓应注译：《庄子今注今译》，第 344 页，中华书局 2006 年。

慎刑是《幼学琼林》体现的又一重要政治伦理。众所周知,刑罚是维系政治稳定、维护社会治安的重要手段。古代封建统治者或用严法,或施轻刑,或主张宽严相济,以此来钳制人民,巩固统治。《幼学琼林》一书则传承了传统儒家"道之以德,齐之以礼"的政治伦理,[①]主张轻刑、慎刑,所举有关刑罚的典故都倾向于轻刑,如卷四《讼狱》开宗明义,"圣人以无讼为贵","上有恤刑之主","下无冤枉之民"(页182),提出宁纵毋枉,以防冤案的法治理念。卷一《文臣》曰:"汉刘宽责民,蒲鞭示辱"(页33),说的是汉代南阳太守刘宽,为人温仁多恕,仅用蒲鞭这种象征性的刑罚来惩治犯罪,以示教诫。这与其说是一种惩罚,毋宁说是一种教育,以教育代替惩罚,为的是使犯罪分子认识自己的错误,而给其改过自新的机会。又曰:"鸾凤不栖枳棘,羡仇香之为主簿。"(页34)讲的是汉代仇香在任蒲亭长的时候,有个叫陈元的人,被母亲告他不孝。在古代,不孝是十恶不赦的重罪,被父母告发必死无疑。仇香并没有用严刑峻法来处理此事,而是耐心地劝谕这对母子,终于使母亲宽宥了儿子的过错,并使陈元受到感化,终于成了一名孝子,可见轻刑罚、重教化的好处与作用。此外,是书还举出了很多相似的例子,如约法三章的汉高祖,废除肉刑的汉文帝,令盗贼卖剑买牛的龚遂等,希风之情溢于言表,无不在向蒙童灌输轻罚慎刑的政治伦理。值得注意的是,历代封建统治者喜欢用大赦来收买人心,但《幼学琼林》认为大赦过多会导致民不敬法,这一论断与现代法制思想不谋而合,说明《幼学琼林》中的慎刑思想绝非一味放纵。

第三是简政。简政是古代重要的政治伦理,其思想源于道家的无为而治。简政并非不作为,而是不乱作为。乱作为的危害与不作为是一样的,有时候还更为严重。在古代政治实践中,很多统

---

① 杨伯峻译注:《论语译注》,第12页,中华书局2009年。

治者治国无方、扰民有术，柳宗元在《种树郭橐驼传》中对这种人进行了辛辣的讽刺。在《幼学琼林》中，卷一《文臣》"廉范守蜀郡，民歌五袴"（页33）中提到的廉范，在蜀郡太守的任上革除了为防止火灾而禁止百姓夜间做工的弊政，而代之以教民储水以防火。为防火灾而禁止工作，这是因噎废食的繁苛弊政，废除这类弊政正是简政的要旨。它如"政简刑清，姜谟号太平官府"（页36）中提到的唐代姜谟在家乡秦州任刺史时，"抚边俗以恩信，盗贼衰止"，[1]以简政放权、与民休息而闻名。

第四是廉洁。我国历代封建政权的法律都对贪污受贿行为设置了惩戒线与防火墙，然而从古至今贪官污吏还是屡禁不止。由此可见，在巨大的物质诱惑面前，光有法律的约束是不够的，最根本的还是要在从政者的心中树立以清廉为荣，以贪腐为耻的为官理念。在《幼学琼林》中，"项仲山洁己，饮马投钱"（页33）讲的是《三辅决录》中的一个故事。安陵人项仲山每次在渭水边饮马，都会投钱三文。渭河并不属于任何组织或个人，喝渭河的水并不需要付钱，项仲山这种行为表面上看来十分愚蠢，然而却体现了其人不肯妄取一物的清廉操守。试想有这种节操的人居官，又怎会贪赃枉法。"身修行洁，裴侠称独立使君"（页36）一句，讲的是北朝宇文周政权时的裴侠守河北时清廉奉公，入朝后周太祖命其独立于群臣之外，又让自以为与裴侠一样清廉的人与之并立，结果大家默默不语，故裴侠被称为独立使君。此外，《幼学琼林》还专门举出了一对截然相反的例子，"民爱邓侯之政，挽之不留；人言谢令之贪，推之不去"（页33）。讲的是百姓爱戴清官邓攸，千方百计想留住他；憎恨贪官谢氏，恨不能叫他早点滚蛋，爱憎之情昭然。

用现代的眼光来看待《幼学琼林》中的政治伦理教育，其实大

---

[1] 《新唐书》卷九十一《列传》第十六《姜谟》，第3791—3792页，中华书局1975年。

部分还是十分合理的。爱民、简政、轻刑、廉洁的政治伦理教育,都是值得我们借鉴甚至大力提倡的内容。书中关于照顾弱势群体、关心民生疾苦等爱民思想,直到今天依然是我国政治伦理中的核心部分;关于简政的政治伦理教育,在今天也是值得提倡的。中国革命时期提倡的"精兵简政",目前政府正在推行的简政放权,都是古代这种思想的合理发展;关于重教化、轻刑罚的政治伦理思想教育,可以说是当今我们慎用死刑、疑罪从无、惩前毖后、治病救人等法治思想的理论源头;关于廉政的政治伦理教育,在打虎拍蝇、反腐倡廉运动正如火如荼地推进的当代社会更具有极大的现实针对性与启发借鉴意义。

二、《幼学琼林》与青少年的家庭伦理教育

《幼学琼林》中的政治伦理提倡的是为官准则,而主张的家庭伦理则是父子、兄弟、夫妇等家庭成员之间的伦理道德,是做人的基本准则。该书的家庭伦理教育主要包括以下几个方面。

首先是作为中国古代家庭伦理核心的孝道。《幼学琼林》中提倡的孝道教育,要求子孙后辈首先要继承父祖的事业,以光大门庭,如"绍箕裘,子承父业;恢先绪,子振家声"(页 44),再如"父子创造,曰肯构肯堂;父子俱贤,曰是父是子"(页 43),这两联强调子承父业,不仅要继承祖辈的事业,而且还要绍述其德行。书中举出子承父业的具体例子,如"宋之问能分父绝,作述重光;狄兼谟绰有祖风,后先辉映"(页 47)。宋之问的父亲宋令文,富文辞,工书法,有力过人,世称"三绝",后之问以文章名,之悌以骁勇闻,之逊精善草隶,各得父之一绝,狄仁杰之孙狄兼谟刚正果敢有祖风,能不坠家声。以上皆为子孙后代能够继承父祖事业与德行的极好例证。子承父业的思想,其实是古代宗法观念的体现。宗法制度是我国

夏商周三代的王族和贵族按照血缘关系分配国家权力并进行世袭的一种制度，形成这种制度的思想就是宗法观念。整个中国古代社会，宗法观念在家庭伦理中有着非常重要的地位。宗法观念认为后代是父祖的化身，所以非常重视继承父祖的事业与德行。古代与贤能相对的词语叫"不肖"，"肖"是像的意思，就是说，贤能的人都像自己的父祖；反过来，不像自己的父祖，那便是不肖了。孔子早就说过，"三年无改于父之道，可谓孝矣"，①也将继承父祖视作极大的孝。《幼学琼林》的孝道教育还强调孝顺父母不在于物质而在于精神。如"菽水承欢，贫士养亲之乐"（页44），典出《礼记·檀弓》，说的是孔子主张即使只有粗茶淡饭供养父母，只要能使父母心情欢喜，那也是孝；又如"戏彩娱亲，老莱子之孝"（页45），说的是大家耳熟能详的孝子老莱子斑衣戏彩的故事。《艺文类聚·孝引列女传》："相传春秋时楚国老莱子事亲至孝，年七十，常着五色斑斓衣，作婴儿戏。上堂，故意仆地，以博父母一笑。"《二十四孝》中的第七则故事，也是讲的这件事。这个故事也教育人们，孝的实质是要让父母高兴，并不在于物质的贫富。

其次是尊卑有序。封建社会传统礼教明确了君臣、父子、夫妇、兄弟、朋友等人与人之间非常严格的尊卑长幼关系，个人绝不能跨越这根道德的底线。如君、父在伦理层面上能够宰制臣、子的生杀予夺，而丈夫对妻子却没有这样的特权，尽管双方的家庭地位并不平等。②《幼学琼林》中的家庭伦理教育也体现了这个观念。如"桥木高而仰，似父之道；梓木低而俯，如子之卑"，"得亲顺亲，方可为人为子"（页43—44），强调的就是父子之间非常严格的上下

---

① 杨伯峻译注：《论语译注》，第7页，中华书局2009年。

② 古代法律规定卑幼对尊长的犯罪惩罚十分严厉，例如唐代法律规定，子女辱骂父母判处绞刑，殴打父母斩首；反过来，父母杀害子女至多只判处徒刑。夫妻之间差别没有这么大，但也有类似规定。参见《唐律疏议》。

尊卑关系。不仅父子,夫妻之间的关系也是尊卑有序,"杀妻求将,吴起何其忍心;蒸梨出妻,曾子善全孝道"。吴起杀妻、曾参休妻的做法虽不足称道,但也反映了妇女在古代地位之低。妻子若阻碍了丈夫为官、行孝时,便会受到不公正的惩罚。唯其如此,《幼学琼林》中对于夫权妻夺的反常现象,则予以调侃与嘲讽,如"牝鸡司晨,比妇人之主事;河东狮吼,讥男子之畏妻"(页54)。同时我们还注意到,在强调尊卑有序的同时,《幼学琼林》亦提倡"不痴不聋,不作阿家阿翁"(页44),这一句话讲的是老人要尊重成年晚辈的生活自主权,算是对君父绝对权威的消解,这个现象颇值得玩味。

《幼学琼林》的家庭伦理教育,在强调尊卑有序的同时,也教育人们,维系家庭的不是父祖的权威,而是家庭成员之间的亲情。"弑父自立,隋杨广之天性何存;杀子媚君,齐易牙之人心何在。"(页45)书中引用这两个灭绝人性的故事并予以谴责,从反面说明不管是父母对子女的爱,还是子女对父母的孝,都出于天性,出自人心,是人类与生俱来的感情,不容破坏与践踏。故该书曰"伯俞泣杖,因母之老"(页45),说的是汉朝人韩伯俞因为母亲责打他时不痛,知道母亲年老力衰而感到悲伤,这体现了孝子对母亲发自内心的爱。"慈母望子"、"游子思亲"等,都体现了父母和子女之间这种无私的爱。兄弟之间也是如此,"患难相顾,似鹡鸰之在原;手足分离,如雁行之折翼"(页49)。用鹡鸰和大雁两种不离同伴的动物来比喻兄弟之情,用意也是说明兄弟之情出自天性。像"姜家大被以同眠,宋君灼艾而分痛"(页50),这两个典故分别讲的是汉朝人姜肱与其两弟虽各娶,仍作大被以同卧以及宋太祖赵匡胤之弟匡义患病时,太祖灼艾分痛的故事。①

《幼学琼林》一书还探讨了几个伦理冲突的问题。一是忠君与

---

① 按太祖灼艾分痛,有可能不实。

孝亲发生冲突时,忠君重于孝亲,如"焚裘伏剑,罗母与陵母皆贤"(页47),其中"陵母伏剑"是说汉高祖刘邦之将领王陵的母亲被项羽抓到,陵母为了让儿子安心辅佐刘邦,竟然伏剑自杀。这个故事就是告诉我们,当忠孝不能两全的时候要以国家为重。二是亲情与大义发生冲突时,大义重于亲情,如"东征破斧,周公大义灭亲"(页50)是说周公的两个兄弟管叔、蔡叔叛乱,周公东征,诛杀了这两个兄弟。国家的安定是大义,手足之情是亲情,两者发生了冲突,周公选择了大义。三是父子和夫妇之间的伦理冲突,《幼学琼林》中举出了一个很极端的例子,前揭曾子因妻子为他的后母蒸梨未熟,竟然将其休掉,可见在古人眼中,对父母的孝顺远比夫妇之爱要重要很多。

孝道是中华民族的传统美德,是做人最基本的道德准则。当前中国家庭独生子女多,很多青少年一出生就成为全家人的焦点,在全家溺爱的环境中成长,将父母的关爱视为理所当然,缺乏感恩的认识,这种现象甚至造成了很多青少年人格上的缺陷。在当前的时代背景下,对青少年进行孝道教育乃当务之急。学会爱父母,才能学会爱他人;懂得感恩父母,才懂得感恩他人。这个道理,古今皆然。《幼学琼林》一书所提倡的孝道,重视精神而轻物质,是符合现代青少年孝道教育要求的。当前有很多人错误地认为,孝顺父母就是让他们丰衣足食,忽视了对父母的精神照顾与人文关怀。《幼学琼林》中所强调的那种以"娱亲"为目的的孝,其实我们今天很缺乏。我们同时也必须要指出,《幼学琼林》中以封建宗法思想为指导的子承父业的孝道,是值得辨析的。固然,父祖辈优良的事业和操守,无论如何都是儿孙们值得学习与继承的,但不能以是否继承父祖的职业来衡量个人是否孝顺。《幼学琼林》中关于亲情的教育,也是值得我们借鉴的。血浓于水的亲情,是人生重要的依靠和寄托,亲情缺失的青少年,将来很容易人格缺失。和谐的家庭靠亲情来维系,靠亲情维系的家庭,不会出现因争夺家产而对簿公堂之类的矛盾。和谐的社会也要靠人与人之间的感情来维系。在现代商品经济环境下,人与人之间的感情越来越淡漠,我们提倡构建和谐社会,仅仅靠道德和法律来维系人与人之间表面的和谐,是靠不住的,一旦发生冲突,这种和谐就会被打破,利则相攘,患则相倾。因此,《幼学琼林》中提倡亲情教育的做法,对当代青少年的道德教育,有着莫大的借鉴意义。

关于《幼学琼林》中反映的伦理冲突,今天看来其实也基本上是合理的。自古忠孝不能两全的时候,都要求人为国尽忠。现代人虽然已经抛弃了忠君的思想,但爱国家、爱人民是古今一体的,当国家和人民遇到了危难,岂能因一家之私而不顾国家民族的大义大局。关于大义灭亲的观念,《幼学琼林》中所举之事例,只有反叛国家、危害社稷的大罪,才需要"大义灭亲"。古代的法律有"容隐"一说,就是说,对于亲属犯罪不应检举告发,①所谓"父为子隐,子为父隐,直在其中矣"。② 但是如果亲属的犯罪涉及危害国家和人民,比如谋反、叛国等大罪,就不能够容隐。在今天的法律实践中,也应该注意到人道亲情是和谐社会的根基,有必要吸收古代亲亲相隐蕴含的传统人本主义思想,完善亲属间包庇与作证的相关立法。③ 2013年新版《刑事诉讼法》增加了犯罪嫌疑人的配偶、父母、子女有权拒绝出庭作证的法律条文,④也体现了亲亲相隐的思

---

① 汉代以来就有子女不得告发父母的法律,到唐代得到完善,不仅父母,所有的尊亲属有罪都不得告发。参见《唐律疏议》。

② 杨伯峻译注:《论语译注》,第139页,中华书局2009年。

③ 彭凤莲《亲亲相隐刑事政策思想法律化的现代思考》,《法学杂志》2013年第1期。

④ 参见《中华人民共和国刑事诉讼法》第188条,根据2012年3月14日第十一届全国人民代表大会第五次会议《关于修改〈中华人民共和国刑事诉讼法〉的决定》第二次修正。

想对现代法律产生的影响。

三、《幼学琼林》与青少年的社交伦理教育

如果说家庭伦理是家庭成员之间的做人准则,那么社交伦理则是社会人际交往所应当遵循的伦理道德。《幼学琼林》中蕴含着丰富的社交伦理。人们常评价说:"读了《增广》会说话,读了《幼学》走天下",足见《幼学》在旧时社交中的作用。

《幼学琼林》提倡的社交伦理最主要的是谨守诚信,即孔子所谓"人而无信,不知其可也"的做人诚信守则。① 如"季布一诺千金,人服其信"(页117)讲的是汉初将领季布因信守承诺,得以青史留名的故事。又如"郭伋为并州守,儿童有竹马之迎"(页33—34)中提到的郭伋,在担任并州牧时,出外巡视,与路旁儿童约定返回的日期,结果早到了一天。郭伋为了不失信于儿童们,于是在野外亭中留宿,等到了约定日期才进城。以封疆大吏之尊,为了不失信于区区道旁孩童,在野外留宿一天,传为佳话。"唐太宗纵囚归狱,古人之诚信可嘉"(页184),说的是唐太宗贞观之治时,连死刑犯都能信守承诺,毅然回来就死。书中还列举了人们耳熟能详的故事商鞅徙木立信来说明守信的重要。值得注意的是,"尾生抱桥而死,固执不通;楚妃守符而亡,贞信可录"(页138—139),这一联讲的两件事很类似,尾生和楚妃都是为了守约,被突如其来的洪水淹死,所不同的只是主人公性别不同。编者对这两件类似事件的看法却大相径庭,他认为尾生固执不通,属于愚信,为了信守没有价值的诺言而付出生命并不值得;但却褒扬与尾生抱柱类似的楚妃守符的故事。这是古代男女之间不平等的一种体现。

---

① 杨伯峻译注:《论语译注》,第21页,中华书局2009年。

　　谦逊也是我国重要的传统美德之一,对此,《幼学琼林》颇多记载,如"不立崖岸,谓人天性和乐"(页118),"崖岸"即倨傲之意,此句指唐代郑群天性和乐,为人谦逊。又曰"汉冯异当论功,独立大树下,不夸己绩";"苻坚自夸将广,投鞭可以断流"(均页39)此处所举的两个事例:一是汉朝将领冯异因谦退自守而为人称道;另一个则是前秦国主苻坚,倾"百万之众"与东晋决战,但仗着军事优势自满轻敌而导致惨败。这两句运用可资对比的事例教人满招损、谦受益的道理。书中还认为张良折节于圯上老人而得传兵法,也是谦逊的缘故。唯其如此,《幼学琼林》中自谦之类的谦称、谦辞出现频率极高,多达19处,可见编者对谦逊的重视。

　　知恩图报是《幼学琼林》强调的又一社交伦理。如"铭心镂骨,感德难忘;结草衔环,知恩必报"(页111),"结草"之典出自《左传·宣公十五年》,讲的是春秋时魏颗没有按其父魏武子的遗愿将嬖妾殉葬而改嫁他人,后魏颗与秦作战,见老人结草以抗秦将杜回,故获之。此老人乃魏颗所嫁妇人之父。该故事意在教育蒙童对于他人的恩德要时刻感佩在心,不可忘怀。"人有一天,我有二天,便见大恩之爱戴"(页124),更是将他人的恩情看作天高海深。"事后方思友,周颢还崖王导悲"(页67)讲的是东晋周颢曾极力救王导性命,可王导并不知情,而周颢遇害之时,王导没有救他。等到王导知道当年周颢相救的事实,只得空叹"吾虽不杀伯仁,伯仁由我而死"(页67,见《晋史》)。这个历史典故中,王导并没有故意忘恩负义,却在不知不觉中做下了忘恩负义的事,在感慨命运诡谲的同时也提醒人们做人绝不可忘恩负义。

　　《幼学琼林》一书还强调在交友时应重视情义,而且书中的情义并非通常所理解的情谊,而是指情感和义理。除了帛人所理解的感情以外,还强调"朋友合以义,当展切偲之诚"(页66)。也就是说,朋友之间除了感情,更需要互相砥砺,互相规劝,共同进步。

因此,书中认为朋友之间的感情建立在志同道合的基础上,如"心志相孚曰莫逆"(页63)、"伯牙绝弦失子期,更无知音之辈;管宁割席拒华歆,谓非同志之人"(页65)。所举的两个例证一正一反地强调志同道合的重要性。在情义的基础上交往,年龄、贵贱、贫富的差异就不是问题,所以说"老幼相交曰忘年"(页63),"贵贱相忘,素犬丹鸡定约"(页67),"伯桃并粮于共事,甘殒流离;子舆裹饭于同侪,不忘贫贱"(页66)分别说明年龄、贵贱、贫富这些外在条件,在与人交往的过程中是不重要的。"伯桃并粮"一事,典出《烈士传》:传说战国时燕国人羊角哀、左伯桃同往楚国求职。行至鄜邑,忽遇风雪,盘费用尽,仅够一人生存。左伯桃将银两、食物悉数给了羊角哀,让其前往楚国,自己留此等候。羊角哀至楚国做了上大夫,后至鄜邑寻找左伯桃,而左已因冻饿死在树洞中。羊角哀遂拔剑自刎,后人将羊、左二人合葬一墓。"子舆裹饭"一事,典出《庄子·大宗师》,讲的是子舆和子桑是好朋友,子桑家里一贫如洗。有一段时间连续下雨十天,子舆怕子桑吃不上饭,于是赶快用布包着饭给子桑送去。

最后,《幼学琼林》的社交伦理教育还十分重视礼节。如"其容固宜有度;出言尤贵有章"(页105)。教育孩童要容止有度,出言有章法。并且书中罗列了大量当时的礼貌用语,如"献芹"、"赘敬"、"极切瞻韩"、"久怀慕蔺"等。虽然在今天的日常生活中,我们已经不使用这类过时的礼貌用语了,但在比较正式的书面语言中,若能恰当应用,可以显示出写信人恭敬而不失气度,依然有它的价值。需要指出的是,《幼学琼林》反对过度的礼节,认为"过于礼貌曰足恭"(页118),是不可取的。这一点在今天更有其价值,今天我们的社交伦理,建立在人人平等的基础上,因此在与人交往中,比起礼节,更重要的是不卑不亢。无原则的礼貌,那是"足恭",是不可取的。

　　总而言之，我们今天看待《幼学琼林》中的绝大部分伦理思想，都是符合当前青少年道德教育需求的，是华夏民族传承不绝的崇高品质，值得我们学习和借鉴。但《幼学琼林》毕竟是封建社会教育蒙童的读物，其伦理教育反映的是古代社会的道德伦理，与现代文明社会有着一定的距离。如《幼学琼林》中的政治伦理教育中，有一些迷信的成分存在。书中引用了汉代刘昆向火叩头灭火，以及汉代鲁恭治中牟，以德政感召，使蝗虫不入境等神异的人和事；又如该书对政治改革的态度是趋向保守的，其中讴歌了很多保守派的政治家，如萧规曹随的曹参，北宋熙宁变法的保守派领袖司马光等，而没有赞扬一位改革派政治家，这就很能说明编者的态度。因此，我们对《幼学琼林》中的伦理教育思想进行合理地辨析，有扬弃，有接受，才是正确的态度。

论《书林清话》的学术价值及其他

在清末民初湖湘文献家中,叶德辉(1864—1927)无疑是其中最为重要的一位。他集学者、藏书家与出版家于一身,在古籍收藏、书目题识、文字校雠与版本考辨诸端有着极高的学术造诣,尤其在书史研究上具有里程碑的地位与意义。叶氏谱名襌辉,小名庆,字焕彬,又作奂份,号直山,又署郋园。因幼时患天花,满脸瘢痕,故乡人戏称"叶麻子"。祖居江苏吴县,后随其祖父叶世业始自吴迁湘,居长沙坡子街,入湖南湘潭籍。自称宋代叶梦得的后裔。肄业于长沙岳麓书院,清光绪十一年(1885)中举人、十八年中进士。曾短期任吏部主事,因无意于功名,遂请假归里,从事著述,与长沙籍经学大师王先谦交往甚密,互相推为知己。著述中与文献学有关的有《书林清话》、《书林馀话》、《藏书十约》、《郋园读书志》、《观古堂藏书目》、《宋元版本考》及《四库全书总目版本考》等,其门人刘肇隅在《郋园读书志序》称其"著作等身,于群经、小学、乙部、百家之类,无不淹贯宏通,发前人未发之蕴"。其全部著作被收入民国二十四年长沙观古堂家刻本《郋园先生全书》(二百卷)。

综观全书,叶氏《书林清话》的学术价值与学术创获约有如下数端:

首先,《书林清话》堪称我国研究图书典籍的开山之作,开创了"书话体"体裁的先河。顾名思义,书话是指有关书和与书相关的轶事趣闻的知识小品。如同诗话、词话、曲话、赋话、文话一样，书话采用的往往是笔记体，融知识性、思想性、趣味性于一炉。与此同时，书话还吸取了古代藏书题跋的一些特点，因而虽属随笔杂感，但亦见作者的真知灼见，灵心隽语。在叶德辉之前，清末叶昌炽的《藏书记事诗》以诗的形式记载古代藏书家的逸闻，叶德辉有感于该书"唯采掇历代藏书家遗闻佚事"，于镂版缘始及宋元以来官私坊刻版本"莫得而详"，①遂遍阅诸家藏书目录与题跋之作，广采四部典籍，搜集了大量相关史料，又据自己多年来藏书、校书、刻书的经验体会，于宣统三年(1911)撰成《书林清话》十卷，"于刻本之得失，钞本之异同，撮其要领，补其阙遗"。书成后又发现有不少刻书掌故、琐记的资料为前书所无，遂于1923年撰成《书林馀话》二卷。作为叶德辉影响最大的一部著作，《书林清话》趣谈古代校书、抄书、刻书、卖书及藏书的掌故，像他这样比较系统、完整地谈论书的书，在我国还是第一部。著名版本目录学家缪荃孙在《〈书林清话〉序》中说：

> 焕彬于书籍镂刻源流，尤能贯串，上溯李唐，下迄今兹，旁求海外旧刻精钞，藏家名印。何本最先，何本最备，如探诸喉，如指诸掌。此《书林清话》一编，仿君家鞠裳(叶昌炽)之《语石编》，比俞理初之《米盐簿》，所以绍往哲之书，开后学之派别，均在此矣。(页19)

缪氏所评，诚笃论也。著者援引丰富的资料说明古代典籍与版片的名称，历代刻书规格与材料以及抄书、刻书、工料的价格，介绍书

---

① 叶启勋：《书林清话跋》，《叶德辉书话》，第278页，浙江人民出版社1998年。下引此书仅标页码。

籍雕刻、印刷、装订、鉴别、保存等方面的知识与方法，使读者能了解古代典籍运作的完整过程，阐明古代活字印刷、彩色套印的起始与传播方式，另外还记录了一些较为珍贵的刻本。写作上或衡得失，或辨真伪，或补疏漏，或纠讹误，既考又论，史料赅博，论证充分，其中诸多资料与新见迄今还为我们所征引、采用，故对后来学者探讨古代书籍由简书到帛书，由钞本到刻本的演变过程，考订古代重要刻本的源流起始、真伪优劣具有较大的参考价值。尤其是采用笔记体，以漫话的形式探讨古代图书的来龙去脉，颇具开创性，其体例与框架为后来"书话体"著作的写作奠定了可资借鉴的范本。

此书出版后，在学界影响甚大，类似著作如雨后春笋应运而生。如二十世纪 60 年代，书话创作一度繁荣。近二十年来，编辑、撰写与出版书话蔚然成风。虽然记述图书的对象已由古籍转向平装书乃至新平（精）装书，作者也由藏书家、编辑出版家发展至图书评论家、专家学者等，但书话探讨的内容、采用的形式无不受《书林清话》的影响。因一本书的写作、流传而开创了一种图书评论的新体式，《书林清话》厥功甚伟，允称经典。

其次，作为一部研究古代典籍的著作，《书林清话》通过征引书目、题跋、方志、地理、诗话及笔记等史料，详细探讨了我国唐以来雕版书籍的各种知识与方法，如解释了书籍何以称册、称卷、称本、称叶（页）、称部、称函的问题，辨析了宋代官刻本、坊刻本及家刻本的异同，考论了刻本的圈点、版权等极富学术内涵的问题。总之，凡属与版本有关的问题，无论巨细，皆有细致深入地研究，堪称中国版本学史上的典范之作。叶德辉对刻书的意义与作用非常重视，卷一"总论刻书之益"条说："积金不如积书，积书不如积阴德。"（页 21）然相比之下，刻书则"积书与积阴德皆兼之，而又与积金无异"。叶氏引录张之洞《书目答问》附"劝人刻书说"以论证云，"凡有力好事之人，若自揣德业学问不足过人，而欲求不朽者，莫如刊布古书一法"，"其书终古不废，则刻书之人终古不泯"，"岂不胜于自著书自刻集乎？且刻书者，传先哲之精蕴，启后学之困蒙，亦利济之先务，积善之雅谈也"（页23）。指出刻书既能留名，又可传播学术，二美兼得。关于刻书的起源，他主张"雕版肇祖于唐，而盛行于五代"（页38）。他在卷一"书有刻板之始"条中，据唐代的《柳玭家训序》指出，"书有刻本，世皆以为始于五代冯道，其实唐僖宗中和年间已有之"（页37），又据元稹撰写于长庆四年（825）的《白氏长庆集序》等文，提出"唐时刻板书之大行，更在僖宗以前矣"（页38）的新见。叶氏介绍了诸多版本的缘始、含义及刊刻地点等，如卷十"宋朱子劾唐仲友刻书公案"条解释当时出现的一种刻本，谓"世传宋刻书所谓司郡刻者，皆可支领公使库钱，故此类刻本又谓之公使库本"（页259）。按，公使库是宋代专供公使出差时饮食居住的机构，类似今天的官办招待所、办事处等。各地公使库常用公使钱刻书以广开财源，可见公使库本即宋代地方官刻的书。各地官吏常有贪污公使库钱物者，台州守唐仲友即其一例，为朱熹所弹劾。叶氏曾引朱子集弹劾唐仲友状第六状，论证唐仲友以罪人蒋辉等十八人刻《杨子》、《荀子》二书，从中谋利一事。

《书林清话》还通过个案研究的方式，对宋元明清一些重要藏书家在校勘、刻印典籍方面的成绩、失误作了恰当的评价，肯定了他们在中国刻书史上的地位。卷七"明毛晋汲古阁刻书之一"条对毛晋校刻古籍的成绩推崇有加：

> 明季藏书家，以常熟之毛晋汲古阁为最著。当时遍刻《十三经》、《十七史》、《津逮秘书》、唐宋元人别集，以至道藏、词曲，无不搜刻传之。观顾湘《汲古阁板本考》，秘笈琳琅，诚前代所未有矣。即其刻《说文解字》一书，使元明两朝未刻之本，一旦再出人间，其为功于小学，尤非浅鲜。（页186）

作为一位功绩卓著的刻书家，毛晋的生平事迹鲜为人知。叶氏在"明毛晋汲古阁刻书之二"条引陈瑚《为毛潜在隐居乞言小传》、钱谦益《隐湖毛君墓志铭》、荥阳悔道人《汲古阁主人小传》、庞鸿文《常昭合志稿·毛凤苞传》、蒋光煦《东湖丛记》、王应奎《海虞诗苑》等史料详加钩稽、考证，使毛晋的生平、家世、性格及学术成就逐渐凸显出来。叶氏探讨了毛晋藏书的渊源去向及自己购毛刻书的过程，论述了毛晋刻《十七史》的缘起，毛刻书版心的名称。另外，还考论了毛晋《津逮秘书》实由胡震亨初刻所藏古籍《秘册汇函》增损而来。此点过去不为人所知，乃叶氏之发现。与此同时，叶氏对毛刻书多而不精的批评亦不留情面。如批评"其刻书不据所藏宋元旧本，校勘亦不甚精。数百年来，传本虽多，不免贻侮宋者之口实"（页186），并一一列举孙从添、黄丕烈、顾广圻、段玉裁等人对毛刻书的批评，认为毛氏"刻书之功，非独不能掩过，而且流传谬种，贻误后人"（页187）。说毛氏刻书"于家藏宋本全不依据"，是"自道之而自蹈之矣"（页187），言语虽有些尖刻而道理却充分。

古人除刻书之外，还抄书，因而钞本亦是古籍流传的主要形式之一。卷十"明以来之钞本"条介绍了"吴（匏庵）钞"、"文（衡山）钞"等诸多名钞及各钞本版心所题藏书堂名，对抄书用旧纸、抄书工价之廉，尤其是对女子抄书等问题都有比较详细的论述。

第三，《书林清话》虽以研究古籍版本源流为主，然而也汇辑了一些藏书家与刻者的轶闻趣事，为后人研究中国古代书史提供了丰富的材料。关于藏书家的分类，卷九"洪亮吉论藏书有数等"条不同意洪亮吉《北江诗话》中将藏书家分为考订家、校雠家、收藏家、鉴赏家及掠贩家五类，而认为考订与校雠实际上是一回事，可统称之为著述家，把以刻书为事的藏书家称为校勘家，将钱曾、季振宜等只注意收藏、赏识的藏书家称为赏鉴家。关于古人校刻古籍的态度，卷十"朱竹垞刻书之逸闻"条引《鸡窗丛话》云："竹垞凡刻书,写样本亲自校两遍,刻后校三遍。其《明诗综》刻于晚年,刻后自校两遍。精神不贯,乃分于各家书房中,或师或弟子,能校出一讹字者送百钱。然终不免有讹字。"(页262)可见朱彝尊治学严谨,所刻之书付梓前要亲校二次,刻后再校三次,像《明诗综》那样大部头的书除自校外,还分送他人复校,能校出一讹字者送百钱。卷九"洪亮吉论藏书有数等"条批评"毛氏(晋)刻书风行天下,而校勘不精";批评纳兰成德、吴省兰"刻书虽多,精华甚少"(均见页241)。凡此皆吉光片羽,未作具体分析,却弥足珍贵,提醒后人阅读时须谨慎从事。

关于收藏古籍的择取标准,叶德辉认为不要厚古薄今,唯古是尊。在卷十"近人藏书侈宋刻之陋"条中,他虽然也承认宋元本具有可资文字校勘的作用,然批评清人盲目佞宋,唯古是尊,指出陆心源以"皕宋"名楼,自夸藏有宋本二百种为不实之词,如批评他"析《百川学海》之各种,强以单本名之","况其中有明仿宋本,有明初刻似宋本,有误元刻为辽金本,有宋板明南监印本。存真去伪,合计不过十之二三。自欺欺人,毋乃不可"(页258)。又如同卷"藏书偏好宋元刻之癖"条引《逊志堂杂钞》批评朱大韶佞宋,竟以爱妾美婢换宋椠袁宏《后汉纪》一书,"以爱妾美婢换书,事似风雅,实则近于杀风景。此则佞宋之癖,入于膏肓。其为不情之举,殆有不可理论者矣"(页277)。又在卷六"宋刻书多讹舛"条、卷十"日本宋刻书不可据"条等处,皆力主不可盲目佞宋。

叶德辉保护藏书的方法有很多,其中一条就是慎借,尝谑称"老婆不借书不借"。卷十"藏书家印记之语"条引用杜暹、赵孟頫、毛晋、钱谷、王昶、吴骞、钱曾等藏书家的题跋、印章,反复说明书来之不易,轻易不借。

《书林清话》除了记述刻书、藏书逸闻以外,还记载了当时吴门、都门书肆之盛衰及其他一些书籍铺的刊刻活动。卷九"吴门书坊之盛衰"条据黄丕烈《士礼居藏书题跋记》,把吴门书肆之牌记、书贾之姓名一一列出。并说吴门"书肆之盛,比于京师",还概要地介绍了宋元善本在清朝各藏书楼间聚散与流变的过程:始于虞山钱谦益绛云楼、毛晋汲古阁;钱谦益的书多归其从子钱曾,毛氏藏书则售之泰兴季沧苇振宜,而钱曾述古堂、也是园藏书,也多为季振宜并之;其后季氏之藏,半由徐乾学传是楼转入天府;乾嘉时,张金吾爱日精庐、黄丕烈士礼居,专收毛、钱二家之零馀;至太平天国战争时期,吴中二三百年藏书之精华,扫地尽矣;幸有常熟瞿氏铁琴铜剑楼保其子遗,聊城杨氏海源阁收拾馀烬;江浙间所有善本名抄,又陆续汇于湖州陆心源皕宋楼、仁和丁氏善本书室;陆书售之日本,丁书售之江南图书馆。凡此等等,考析图书之流播聚散,清清楚楚,原原本本,颇有资于学人察考文献出处。同卷"都门书肆之今昔"条转载李文藻《南涧文集》中《琉璃厂书肆记》,详细记述乾隆己丑(1769)时琉璃厂书肆的名号、书商姓名及其所买书的书名,并对比自己在都时,厂甸书肆与李文藻所记迥然不同,慨叹"鬻书者日见其多,读书者日见其少"(页251)。尤其值得肯定的是,学界历来对坊刻抱有偏见,以为坊刻质量低劣,错讹迭出,而叶氏则对古代坊刻本有较公允客观的评价。全书凡126条,论及坊刻本的就有29条,其中对坊刻在出版民众日常生活所需之历书、字书、医书等方面的作用,对像建阳书肆这样的重要坊刻在传播古代典籍中的作用多有称扬。

另外,叶氏还表扬了一批名不见经传的书贾、写工及装订工等。卷九"吴门书坊之盛衰"条从黄丕烈的《士礼居藏书题跋记》考证出大量书坊名称及书贾姓名,足资参考。卷十"女子钞书条"引用大量史料,记述了女子吴彩鸾抄书的内容与成就;还考证出会稽吴氏三十一娘抄《玉篇》,胥山蚕妾沈彩抄柳开《河东先生集》,明文端容抄宋王沂孙《碧山乐府》,朱彝尊侍妾抄其《竹垞词稿》等。

第四，叶氏于征引史料时，多附案语。或补充史料之不足，或考证史料之真伪，或论藏书方法。资料不详者，于案语中或缺疑，或待考。这种多闻阙疑科学严谨的方法，值得今天的文史研究者学习与借鉴。卷十"明王刻《史记》之逸闻"条中，作者引王士禛《池北偶谈》卷二十二载明代王延喆偷刻鬻者宋槧《史记》事，叶氏力驳其误云：

> 此说最不可信。以如许巨帙之书，断非一月所能翻刻完竣。且既欲仿刻以欺鬻书者，则其事当甚秘密。如其广召刻工，一月蒇事，鬻书人岂有不向其索还之理？此可断其必无之事。今王本《史记》，藏书家尚有流传，雕镂诚精，校勘亦善。有延喆跋云："工始嘉靖乙酉腊月，迄丁亥之三月。"明有年月可稽，并非一月之事。文简亦藏书家，其时距王刻《史记》时未及百年，岂其书文简竟未见欤。

此处论证充分，驳斥有力，诚可信矣。它如卷十"《天禄琳琅》宋元刻本之伪"、"坊估宋元刻之作伪"、"宋元刻伪本始于前明"、"张廷济蜀铜书范不可据"、"日本宋刻书不可据"等条皆为考辨版本真伪之力作。其中第一条认为《增刊校正王状元集注分类东坡先生诗》为元刻而非如一般所谓的宋刻本，因为"姓氏后有篆书条记建安虞平斋务本书坊刊"，而"虞氏所刻他书有年号者可证"为元刻本。彭元瑞等编《天禄琳琅书目后编》、杨绍和《楹书隅录》卷五、傅增湘《藏园群书题记》卷十三、《四部丛刊》影印虞本时皆误为宋刊。叶氏此论以孤证为定说，虽略嫌武断，然发人所未发，值得我们重视。卷九"纳兰成德刻《通志堂经解》之二、之三"条引乾隆五十年二月二十九日奉上谕及姚元之《竹叶亭杂记》，考证是书绝大部分实为其父纳兰明珠门人徐乾学所刻，而非纳兰成德所为，批评"徐乾学之阿附权门，成德之滥窃文誉"，诚为见道之言。

　　由于该书涉及范围广，征引材料富，加之条件所限，自然就不免有错误和遗漏之处。早在1936年，李洣即在《文澜学报》上发表专文《〈书林清话〉校补》纠正该书在版本学上的一些错误。最近二三十年来，也不断有文章涉及《书林清话》的疏漏与讹误。① 其实，《书林清话》的不足远不止以上这些。叶氏虽颇有学问，然有时亦狂妄自大，以贬斥他人来抬高自己，不是学者应有的态度。本文前面提到他在卷七"明毛晋汲古阁刻书之一"条批评毛晋汲古阁刻书时言语就十分的尖刻。卷十"近人藏书侈宋刻之陋"条批评晚清学者杨守敬"以贩鬻射利为事，故所刻《留真谱》及所著《日本访书志》大都原翻杂出，鱼目混珠"，讥讽"其用心固巧而作伪益拙矣"（页258）。按《日本访书志》为杨守敬公派日本时，大量搜集中国流散到日本的古籍，然后编撰而成，对考察汉籍外流颇有学术价值，叶氏如此评价实为过激之辞，不足为信。它如同卷"日本宋刻书不可据"条谓《留真谱》误以明翻宋刻为真宋本之类，殆如盲人评古董，指天画地，不值闻者一笑"（页258）。"《天禄琳琅》宋元刻本之伪"条谓"然则秘阁之藏，鉴赏尚不可据如此，则其他藏书家见闻浅陋，其为书估所骗者，正不知有几人也"（页252）。皆以自己的一点些小发现而自我欣赏。又如该书所引之书名、篇名系省称而非全称，也不注明卷次，如引述清代目录、题跋之书比比皆是，其所引者除《天禄琳琅书目》、《四库全书总目提要》之类官修书目外，大量私家书目、题跋之书，多作省称，所谓"黄记"实为黄丕烈《士礼居藏书题跋记》之省称。卷十"藏书偏好宋元刻之癖"条中的"张志"，即为张金吾的《爱日精庐藏书志》。诸如此类，不胜枚举，极不便于一般读

---

　　① 参张承宗《〈书林清话〉与书史研究》，《史学史研究》1984年第4期；彭清深《叶德辉及其所编三部书：〈双楳景闇丛书〉〈书林清话〉〈书林徐话〉》，《社会科学战线》1995年第3期。

者阅读。① 由于叶氏政治上一贯落后保守,反对康有为、梁启超维新变法,拥戴袁世凯复辟帝制,故书中存在不少对革命力量与进步势力的污蔑与诽谤之词,如卷九"吴门书坊之盛衰"条谩骂太平天国农民队伍说:"卒后二十馀年,赭寇乱起,大江南北,遍地劫灰。吴中二三百年藏书之精华,扫地尽矣。"(页 246)又作《后买书行》诗攻击"戊戌变法"说:"一朝海水飞,变法滋浮议。新学仇故书,假途干禄位。哀哉文物邦,化作傀儡戏。"

在叶德辉的全部著作中,《书林清话》无疑是学术质量最高,影响最大,流传最广的一部。该书甫出,即赢得学界一片赞赏。国学大师梁启超 1923 年撰《国学入门书要目及其读法》即收录《书林清话》,对其"论刻书源流及藏书掌故"的成绩评价甚好;同为著名藏书家的傅增湘在其《长沙叶氏藏书目录序》中则称扬此书与《郋园读书志》"于版刻校雠之学考辨翔赅,当世奉为圭臬"。② 余嘉锡的《目录学发微》多处引证乡贤叶氏此书中有关古籍版本的论述,受益良多。作为一部书史研究的草创之作,《书林清话》存在或这或那的错误与不足是可以理解的,这丝毫不影响它的学术史地位。该书自问世以来,一版再版。它成书于 1911 年,时值兵燹,刻而复停。叶德辉的侄儿叶启崟"因据稿本,取校原引各书,漏载者补之,重衍者乙之",又请叶氏亲自"鉴定",从弟康侯、定侯"检校"(页278),于 1919 年才付梓行世。《书林馀话》成书于 1923 年,1928年亦由叶启崟在上海刘肇隅所设印书馆用活字排印 500 部,这是二书最早的版本。其后近九十年间,《书林清话》不断再版,越来越受重视,足以说明其价值之大,影响之广。

---

① 浙江人民出版社 1998 年出版的《叶德辉书话》,末附《叶氏所引清代私家目录书目》,列有省称、全称对照表,可参酌。

② 傅增湘:《藏园群书题记》附录三,第 1086 页,上海古籍出版社 1989 年。

郑振铎《中国俗文学史》的学术
取向与写作特征

作为中国文化界最值得尊敬的人之一，郑振铎（1898—1958）无论在创作抑或在研究上都取得了骄人的成绩，堪称现代文坛的一座丰碑。著名史学家周予同在为作者的古史研究著作《汤祷篇》作序时，高度评价他的文化建树说："振铎兄治学的范围是辽广的，也是多变的。他从五四运动前后起，由接受社会主义思想而翻译东欧文学，而创作小说、抒写杂文，而整理中国古典文学，而探究中国古代文物。概括地说，他的学术范围包括着文学、史学和考古学，而以中国文学史的研究为他毕生精力所在。"诚然，郑振铎最突出的学术成就主要体现在中国文学史研究上，他于1927年出版了具有中外比较文学性质的《文学大纲》（其中约四分之一篇幅论及中国文学史），1932年出版了影响深远的《插图本中国文学史》，1938年出版了《中国俗文学史》，他还出版了具有小说史性质的《小说八讲》及未完成的《中国文学史》（中世卷第三篇上）。关于文学史研究的学术论文则有《中国古典文学中的诗歌传统》、《中国古典文学中的小说传统》、《中国古典文学中的戏曲传统》、《中国文学史的分期问题》、《中国小说的分类及其演化的趋势》等。此外，他曾有撰写《中国现代文学史》的打算，后因"九一八"事件而中辍。这其中学术质量较高、影响极其广大，并给郑振铎带来巨大学术声誉的著作当为《插图本中国文学史》与《中国俗文学史》。

一

　　《中国俗文学史》于1938年8月由商务印书馆出版，但因当时正处抗战期间，出版地不在商务印书馆所在地上海，而在内地长沙。全书既无前言，又无后跋，更没有作者其他著作惯用的插图。该书问世后也没有像其他学术名著一样，一版再版，流播甚广，而迟至1954年才由作家出版社根据原纸型再版，作者仅修改个别错字。但此举并没有引起多大的学术反响，反而在1958年的"批判资产阶级学术思想"、"拔白旗"运动中遭到激烈的批判。此后该书又在中国大陆沉默了二十馀年，倒是港台各地，如台湾商务印书馆、香港古文书店不断有翻印本。二十世纪80年代以来，学术上拨乱反正，该书也迎来了自己明媚的春天。如东方出版社1996年将其收入《民国经典文库·文学史类丛》，接着商务印书馆、上海人民出版社、中国文联出版公司、上海古籍出版社也相继出版该书，其中上海人民出版社还补配了由金良年搜集的插图238幅，从而与作者其他学术著作风格一致。

　　综观全书，《中国俗文学史》的主要学术价值与学术取向约有以下数端：

　　第一，该书是中国较早全面系统地研究俗文学，具有开创性与奠基性的一部专题文学史，用作者自己的话说，就是"填补了许多中国文学史的所欠缺的篇页"。该书问世前后，类似的著作有洪亮于1934年出版的《中国民俗文学史略》及杨荫深于1946年出版的《中国俗文学概论》等。洪著虽然早于郑著四年出版，但它在约七八万字的篇幅内论述了从先秦至民国间的俗文学，且取材上以人们较熟悉的小说、戏曲为主，兼及宋代语录，清末昆腔、徽调、弹词、宝卷，民国的歌谣、故事、谜语等，远不如郑著涉及的民俗文学文体之多,而且还着重参考过郑振铎此前已出版的《插图本中国文学史》及在刊物上发表过的相关论文。其实,郑振铎早在撰写《中国俗文学史》之前,就已关注并开始研究俗文学史。他在《评 H·A·Giles 的〈中国文学史〉》时就充分肯定该书"能第一次把中国文人向来轻视的小说与戏剧之类列入文学史";1923 年为顾颉刚整理、冯梦龙所编的《山歌》写跋时,亦称扬"山歌实在是博大精深,无施不宜的一种诗体"。早于《中国俗文学史》出版的《插图本中国文学史》也以三分之一的篇幅阐述小说、戏剧等历来为封建文人所不屑一顾的俗文学。关于俗文学的文学史地位,郑振铎在该书中理直气壮地说:"'俗文学'不仅成了中国文学史主要的成分,且也成了中国文学史的中心。"①作者这一石破天惊的学术判断并非空穴来风,而是建立在扎扎实实地研究与论证之上的。其一,他认为中国"俗文学"范围远比正统文学为广,"因为正统的文学的范围很狭小——只限于诗和散文","差不多除诗与散文之外,凡重要的文体,像小说、戏曲、变文、弹词之类,都要归到'俗文学'的范围里去"(页 1)。其二,正统文学的发展与"俗文学"密不可分,因为"许多的正统文学的文体原都是由'俗文学'升格而来的"(页 2)。

　　基于这一积极、进步的文学史观,作者对中国俗文学史的建构便顺理成章。全书凡十四章,约三十七万字,论述除小说、戏曲外的其他各体通俗文学。其中第一章《何谓"俗文学"》侧重探讨"俗文学"的概念、特质、内容、演变规律及编写此书面临的多重困难,为横向论述。以下各章则按时间顺序研究历代出现的俗文学,其章节依次是《古代的歌谣》、《汉代的俗文学》、《六朝的民歌》、《唐代的民间歌赋》、《变文》、《宋金的"杂剧"词》、《鼓子词与诸宫调》、《元代的散曲》、《明代的民歌》、《宝卷》、《弹词》、《鼓词与子弟书》及《清代的民歌》,可

---

① 《中国俗文学史》,第 1 页,商务印书馆 2005 年。下引此书只标页码。

谓纵向论述。尤其值得一提的是,《插图本中国文学史》只写到明代,而未完成的部分包括十分重要的宝卷、弹词、鼓词、明清民歌及其搜集与拟作,这些内容在《中国俗文学史》第十至十四章则得到了很好的弥补,从这层意义上说,《中国俗文学史》较之前者似应更系统而完整。全书重点论述的都是正统文人所鄙视的一些俗文学文体,如民歌、变文、宋金杂剧词、鼓子词、诸宫调、散曲、宝卷、弹词及子弟书等。这些文体不仅不为过去的文学史研究者所重视,没有将其纳入自己的文学史体系中去,而且一般读者也很陌生,对相关作品很少留意甚至闻所未闻。相反,作者则要花大量时间去搜集它,花大量精力去研究它。他自我总结该书的材料来源是,"以著者自藏的为主,而间及其他各公私所藏的重要者","许多的记述,往往都为第一次所触手的,可依据的资料太少;特别关于作家的,几乎非件件要自己去掘发,去发现不可"(页12—13)。作者敢为人先,亲自长期搜集大量俗文学史料,又以极简洁通俗,极亲切可读的文字表述,将古代俗文学的发展史,将其间各俗文学文体的来龙去脉、基本特征及相关作家作品讲析得清晰明了。如读者只需看书中《何谓"俗文学"》第四部分,对古代俗文学的消长与演变情势便会有大致的了解。因此,正如郑振铎自己所说,书中"评断和讲述多半是第一次的,故往往也有些比较新鲜的刺激和见解"(页13)。仅此一点,《中国俗文学史》就完全有理由跻身民国学术名著之列了。

　　第二,作为一部筚路蓝缕、开启山林的学术著作,《中国俗文学史》为学术界提出并解决了围绕"俗文学"研究中的一些重要理论问题。譬如什么是"俗文学",它应包含哪些内容,这是理应首先回答的。全书第一章《何谓"俗文学"》开宗明义:"'俗文学'就是通俗的文学,就是民间的文学,也就是大众的文学。换一句话,所谓俗文学就是不登大雅之堂,不为学士大夫所重视,而流行于民间,成为大众所嗜好,所喜悦的东西。"(页1)这里,作者并没有就俗文学的具体内涵来为其下定义,而是侧重就它的外延即它的范围、地位与流播来立论,其中俗文学即"民间文学"、"大众文学"的说法虽然还可进一步讨论,但他率先旗帜鲜明地打出"俗文学"的旗号,为"俗文学"正名,对提高"俗文学"的文学地位,扩大"俗文学"的影响,在当时的学术界具有振聋发聩的作用。关于俗文学的特质,作者也有很好的归纳与分析:一是"大众的",产生于民间,为大众所传播、喜爱,写大众生活,可谓之平民文学;二是"无名的集体的创作"(页3),不知其作者与写作时间,容易被修改、润饰,不断传播;三是"口传的",早先以口头方式流传,容易改动,当被用文字记录下来时便有了定型;四是"新鲜的,但是粗鄙的"(页3),尚未经文人雕琢;五是"想象力往往是很奔放的","作者的气魄往往是很伟大的"(页4),这些远非一般所谓正统文学所可比;六是"勇于引进新的东西"(页4),包括引进外来的歌调、事物与文体。我们认为,作者的分析比较全面准确,恰到好处地指出了俗文学的集体性、传承性、口头性、流变性及开放性等特点。关于俗文学的分类,作者结合大量俗文学作品,将其划分为诗歌、小说、戏曲、讲唱文学及游戏文章五大类。除"游戏文章"一类外,每一大类中又再细分为若干小类,如《诗歌》包括民歌、民谣、初期词曲等,从《诗经》里的民歌到清代的《白雪遗音》等都是。"小说"则专指"话本",包括短篇、中篇的"说话"与长篇的"讲史",但不包括"传奇"、"笔记小说"等文言小说。"戏曲"包括戏文、杂剧及地方戏等。"讲唱文学"包括变文、诸宫调、宝卷、弹词、鼓词等。作者虽对俗文学文体分类作出了很有建树的贡献,但仍然遗漏了诸如神话、故事、笑话、谚语、寓言、谜语等文体,此外既未给它们归类,全书更没有论及,这也不能不说是该书存在的一个明显失误。关于对俗文学的总体评价,作者的看法是:"'俗文学'有她的许多好处,也有许多缺点,更不是像一班人所想象的,'俗文学'是至高无上的东西,无一而非杰作,也不是像另一班人所想象的,'俗文学'是要不得的东西,是一无可取的。"(页4)作者的认识是辩证的,既没有像封建文人那样将其贬得一无是处,也没有把它无限拔高,体现出了实事求是的学术态度。这一认识也被很好地贯穿于全书的写作中,如作者分析清代乾隆九年(1744)梓行的民歌集《时尚南北雅调万花小曲》时,即特别强调其中"有很粗野的东西,但也有极真诚的作品;有极无聊的辞语,也有极隽永的篇章"(页638)。评价"宝卷"时亦说:"固然非尽为上乘的文学名著,而其中也不无好的作品在着。"(页538)

　　第三,《中国俗文学史》对俗文学各文体的基本特征,彼此的承继关系及相关代表作品有着颇富创见的探析。如作者论述"变文"的重要性及其对后世俗文学各文体的影响时说:"在敦煌所发现的许多重要的中国文书里,最重要的要算是'变文'了。在'变文'没有发现以前,我们简直不知道'平话'怎么会突然在宋代产生出来?'诸宫调'的来历是怎样的? 盛行于明、清二代的宝卷、弹词及鼓词,到底是近代的产物呢? 还是'古已有之'的? 许多文学史上的重要问题,都成为疑案而难于有确定的回答。"(页162)自从敦煌宝库打开后,"我们才在古代文学与近代文学之间得到了一个连锁。我们才知道宋、元话本和六朝小说及唐代传奇之间并没有什么因果关系。我们才明白许多千馀年来支配着民间思想的宝卷、鼓词、弹词一类的读物,其来历原来是这样的"(页162)。作者关于"变文"与后世俗文学文体关系的论述,在以后各章中又多次出现过,如"我们今日所知的最早受到'变文'的影响的,除说话人的讲史、小说以外,要算是流行于宋、金、元三代的鼓子词与诸宫调了。鼓子词仅见于宋,是小型的'变文'";"'变文'在民间却更流行而成为重要的　种新文体,即所谓'诸宫调'者是"(均见页300),"后来的'宝卷',实即'变文'的嫡派了孙,也当即'谈经'等的别名。'宝卷'的结构,和'变文'无殊;且所讲唱的,也以因果报应及佛道的故事为主"(页538);"弹词的开始,也和鼓词一般,是从'变文'蜕化而出的。其句法的组织,到今日还和'变文'相差不远"(页577);"鼓词的来源,亦始于变文"(页611)。以上论述或追溯源流,或探究体制与结构,内容极其丰富,可与作者的《从变文到弹词》《什么叫"变文"?》和后来的《"宝卷"、"诸宫调"、"弹词"、"鼓词"等文体有怎样的关系?》等论文互参。①

二

　　该书在写作上明显的特征是所征引的相关文献史料极其丰富。郑振铎既是作家、学者,又是藏书家,他曾耗费大量时间与精力搜集古代俗文学尤其是戏曲史料,尝编辑有《清人杂剧初集》、《清人杂剧二集》及《古本戏曲丛刊》一至四集。此书的写作时间只有两年,但为此所作的资料准备工作却花了十多年。他曾说,"著者在十五六年来,最注意于关于俗文学的资料的收集。在作品一方面,于戏曲、小说之外,复努力于收罗宝卷、弹词、鼓词以及元、明、清的散曲集;对于流行于今日的单刊小册的小唱本、小剧本等等,也曾费了很多的力量去访集","壮年精力,半殚于此"(均见页12)。作者对明代时曲、俗曲的搜集就非常用功,并对其充满喜好之情,如谓"在万历本的《词林一枝》里,可喜爱的时曲尤多,有《罗江怨》的,几乎没有一首不好"(页494),"又有《时尚急催玉》的,也都是首首珠玉,篇篇可爱,有若荷叶上的露水,滴滴滚圆"(页498),又评冯梦龙编辑的《山歌》、《挂枝儿》为"绝妙好辞,几俯拾皆是"(页503)。作者个人论述的文字不到全文的十分之一,绝大部分的篇幅都让位给了具体作品的征引。这样做,不仅让我们觉得作者言必有据,更主要的是,它无异于

---

① 见《郑振铎说俗文学》,上海古籍出版社2000年。

一部明代优秀民歌的选编本。读者阅读时不仅不会感到枯燥,反而觉得生动活泼,产生一种浓厚的阅读兴趣。因此,曾选评价该书"确是关于中国俗文学的非常完善的本子,尤其是许多参考书,为平常所不易搜求的,所以,材料丰富,引证广博"。①

《中国俗文学史》还有一个写作特点,即在研究内容与范围上擅长取舍,详人所略,略人所详,"对于许多易得的材料都讲述得较少,而对于比较难得的东西,则引例独多"(页 13)。首先,全书不涉及一般文学史著作中皆有的小说、戏曲部分,便是一个聪明的举措。其次,作者对俗文学作家的论述也体现了人详我略的原则。如介绍明代的民歌,也会有很多的内容,而作者的做法是,只述及"流行于民间的时曲或俗曲,以及若干拟仿俗曲的作家的东西。对于康、王、杨、陈、冯、常诸人,一概不复论到。他们自会有一般的中国文学史来论叙之的"(页 486)。再次,论述俗文学各体的演变时,一般只侧重谈该文体初期的发展,当其经文人学士的参与而成为一种正式的文学样式时,便不复论。例如讲词时,"只提到敦煌发现的一部分,而于温庭筠以下的《花间》词人和南唐二主,南北宋诸大家,均不说起"(页 13)。

诚如一切学术名著一样,《中国俗文学史》并不是没有缺陷,作者自己也承认该书"还只是一个发端,且只是很简略的讲述。更有成效的收获还有待于将来的续作和有同心者的接着努力下去"(页15)。但我们还是要说,《中国俗文学史》仍是迄今为止,读者学习和了解中国古代俗文学的最系统、最全面、最可信的学术著作。如果说王国维是最早研究中国俗文学的本土学者的话,那么郑振铎则是民国时期这一学科研究的集大成者。

---

① 《关于〈中国俗文学史〉之弹词部分的讨论》,上海《民间文艺季刊》1988 年第3 期。

陈子展《唐代文学史》的学术
价值与研究方法

　　陈子展(1898—1990)，原名炳堃，字子展，湖南长沙人。一生勤于治学，笔耕不辍，除"文革"时期外，不同阶段皆有论著问世。作者有关古代文学与文学史研究的著作有《中国近代文学的变迁》(中华书局，1928年)、《最近三十年中国文学史》(太平洋书店，1929年)、《中国文学史讲话》(上海北新书局，1933年)、《唐代文学史》(作家书屋，1944年)、《宋代文学史》(作家书屋，1945年)、《国风选译》(古典文学出版社，1955年)、《雅颂选译》(古典文学出版社，1957年)、《诗经直解》(复旦大学出版社，1983年)及《楚辞直解》(江苏古籍出版社，1988年)等，其研究的范围涉及先秦诗歌、唐宋文学及清末民初文学史。

一

　　《唐代文学史》是陈子展中年时期撰写的一部文学史著作，1944年由作家书屋在重庆初版，1948年商务印书馆曾再版。全书约6万7千字，内封页题为"中国文学史丛编——唐代文学史"，为"丛编"之一卷。1947年作者又将此书与1945年出版的《宋代文学史》合刊，题为《唐宋文学史》，亦由作家书屋在上海出版。我们知道,民国年间既有专题性质的唐代文学研究,也有探讨唐代文学繁盛景观及发展分期的综合研究。前者如胡云翼的《唐代的战争文学》(商务印书馆,1927年),孙俍工的《唐代底劳动文艺》(亚东图书馆,1932年),陆晶清的《唐代女诗人》(神州国光社,1931年)及刘开荣的《唐代诗中所见当时妇女生活》(商务印书馆,1943年);后者如朱炳煦的《唐代文学概论》(上海群众图书公司,1929年),胡朴安、胡怀琛兄弟合著的《唐代文学》(商务印书馆,1931年)及陈子展的《唐代文学史》等。前四部书所论仅囿于唐代文学的一个侧面;后三部书中,胡著仅三万字,所论内容虽涉及唐代的戏曲、杂文,唐代文学与外国文学的关系,唐代文人的轶事及研究唐代文学的书目等新鲜话题,但论证较平实一般;朱著约十一万字,论述到唐代文学发达的原因及其特点、派别、地位、价值等问题,也对唐代各体文学作了概述,但多泛泛之论,且常有讹误。相比之下,陈著晚出,参考、借鉴了前人观点,可谓后来居上,学术价值要大些。然该书自初版至今已六十馀年,就笔者目及,尚无专文评述,解放后未曾再版、重印,一般唐代文学研究论著引录者亦较少,且莫说没有《诗经直解》、《楚辞直解》的影响大,就是和他论清末民初文学史的两种著作相比,声誉也要小得多。基于这样的理由,作者觉得实有必要对《唐代文学史》进行初步评析并强力推介,以引起唐代文学研究者更进一步的关注。

二

细观全书,其学术创获约有如下数端:

首先,正如书名所昭示的,《唐代文学史》全面论述了诗歌、古文及唐代新出现的小说、词等文学样式的文体特征与嬗变轨迹,将唐代文学变迁的态势与发展规律描述得十分清晰。全书共分为八个部分。第一章"说到唐代文学"论述唐代文学兴盛的原因及唐代文学发展的分期；第二至五章分别为"初唐诗人"、"盛唐诗人"、"中唐诗人"及"晚唐诗人"，阐述唐代诗歌发展演变的历史进程；第六至八章分别为"古文运动"、"唐人小说"及"晚唐五代词人"，则先后探讨唐代的散文、小说及晚唐五代之词。作者认为"李唐一代是文学史上最好分期的一个时代"，①他承继高棅《唐诗品汇》中对唐诗的四分法，将唐代二百八十馀年的文学发展史也细分为初、盛、中、晚四个阶段，其中七世纪至八世纪初为初唐，八世纪初到九世纪中期为盛唐、中唐时期，他把李白、杜甫看作盛唐的代表，把韩愈、白居易看作中唐的代表。由于有这些大家的出现，作者以这一时期为"唐代文学最盛的时期"，而把九世纪中叶到末叶的晚唐看作是"唐代文学衰落的时期"。（页6）

与八代文学以古体诗与骈文为盛相反，作者认为唐代文学则以近体诗与古文为盛，该书首先讨论的也是这两种文体在唐代的发展态势。关于近体诗的起源与发展，他说："近体诗讲求声律，虽说因受佛典文学转读歌赞的影响而起于齐梁之际，实则到唐代近体诗的规律才算确立。"（页3）在第二章《初唐诗人》中，作者对这一结论演绎得更为充分，指出"五言古诗相传自苏、李而成立，五言律诗则自沈、宋而成立"，"到了初唐四杰，沈、宋诸人，他们的这类诗，不但属对精密，平仄也精到了，五言律诗的体制完成了。同时七言律诗也成立了，沈、宋就是兼工七言律诗的人"（页13）。近体诗是唐代及后世文坛十分重要的诗歌体式，作者以为其肇始于齐梁而成熟于初唐四杰及沈、宋之时，我们认为，这一学术判断既符合文学史发展实际，又与前人旧说相吻合，因而是可以信从的。该书在这一整体诗史框架下，对某些诗人的诗史地位也有较为精到

---

① 陈子展：《唐代文学史》，第2页，商务印书馆1948年。下引此书仅标页码。

的论证,如李峤擅长写咏物诗,作者则说"大约因为当时这种诗体还算新起,他才用这种诗体作咏物的尝试,他就成了唐代第一个咏物诗人"(页17)。又如评李白诗歌革新的贡献说,"李白不仅自己有革新诗体的宏愿,即从他同时的人看来,他也是一个风靡一世的诗体革命者。我以为他倡诗体革命正和后来韩愈倡文体革命一样"(页87)。李白诗歌以复古为革新,既有理论主张,又有创作实践,其成绩不容抹杀,作者对此是把握得相当准确的。又如评晚唐皮日休、陆龟蒙的杂体诗则说,"因他怪僻的个性,侧陋的遭遇,不免好奇立异。好像走路一样,不肯走人家走过的旧路,就拣偏僻窄狭的小路走"(页95),文中所谓"小路"即指皮、陆爱作的杂体诗,这是对皮、陆二氏诗体创新上的肯定。书中类似如此关于唐代重要诗人文学史定位的评述尚有很多,不胜枚举。

关于古文的发展及其与骈文较量时此消彼长的全过程,作者也理出了十分清晰的思路。该书首先肯定北周苏绰、隋代李谔"做文学上的复古运动",表彰初唐姚察、姚思廉父子撰《梁书》"也用古文体",但认为他们"对于那时的文学上似乎没有甚么影响"(页101),只有王勃、陈子昂及韩愈等人对古文的最终形成贡献才最为突出。他说:"初唐四杰之文不脱六朝之习,只有王勃算是一个奇才,给骈俪文开了一点玩笑。"(页102)"雕饰的纤巧的骈俪文到了这个时代已经不能束缚杰出的天才了,王勃就是首先不甘束缚的一个人。"(页103)不过作者认为王勃诸人的文风改革"还是想在骈俪文范围内改革",而不是从散文的内容与题材、风格上彻底地革新。这一任务要到陈子昂及其后来者才能最后完成。故作者评价陈子昂对古文的窝出贡献说"到了陈子昂,他才很明显地打出'复古'的旗帜","论到古文运动,就不能不算他做了先驱者"(页103—104)。对于唐代最有代表性的古文大家韩愈,陈先生更是评价极高，"韩、柳继起，古文运动就告成功了"（页106）。又说"韩愈是第一个把自己的散文称为'古文'的，他又是第一个有鲜明的主张，有坚决的态度，用全副的精神来作古文的"（页107）。作者不仅对韩愈的古文创作与古文理论主张作了恰当的定位，而且还充分肯定了他学古文、倡古道的重要作用，盛赞韩愈"是一个正统派的儒者"，"是圣人之徒"，他"提倡古文"的最终目的是为了宣传"圣人之道"（页108）。在作者看来，从王勃到陈子昂，再从陈子昂到韩愈，唐代古文的创作经历了不同的历史阶段，而他们三人在其中所起的作用也是各不相同的。

　　除此以外，关于晚唐五代词的演变与发展，作者所论亦详。第八章《晚唐五代词人》首先即提出"词是怎样起源的？由诗到词发展的进程如何？诗和词的关系怎样？"这三个极富学术内涵的问题。关于词的起源与早期发展，他说，"自中唐起才渐渐有长短句，稍后就渐渐有依曲作辞的了"（页126）。至于初盛唐时李百药的《火凤词》五律二首、《破阵乐》七绝、六律各一首，武后的商调曲《如意娘》七绝一首，章怀太子李贤的《黄台瓜辞》五古一首，武后表侄杨廷玉的《回波词》及李景伯、沈佺期的《回波乐》六言绝句等，作者认为以上作品"算是最早的唐人依曲填词"，但他们还是整齐的律、绝，只算入乐的诗，还不是长短句的词。而唐玄宗的《好时光》，李白的《忆秦娥》《菩萨蛮》等虽是长短句的词，但并不可靠，著作权尚有争议。基于这样的认识，作者认为"自初唐以至盛唐玄宗时候，继乐府古曲而起可歌的诗，大都是整齐的五言、六言、七言，尤以七言绝句为最多，长短句绝少，就是有，也在盛唐时候，还似乎不甚可靠"（页128）。作者认为词的出现当在中唐时候，如张志和、张松龄唱和的《渔父词》，韩翃与其爱姬柳氏唱和的《章台柳》，"他们一唱一和，这都好像是依调而填的词，这个时候，长短句的词已渐渐出来了"（页129）。"他们这班风流自赏的诗人，当贬谪失意的时候,不免有些感伤颓废的气氛,爱和妓女乐人接触,又能欣赏当地的民间歌曲,所以多有作诗即唱,依曲作词的机会。总之,长短句的词到了这个时候已经渐渐发展起来了,尤其是韦应物、刘禹锡、白居易三个人做了这种新型文学的创始者。""自从韦应物和刘、白在诗歌上开了词的一条新路,词人就渐渐多起来了。"(页133—134)作者认为,如果说词的出现在中唐的话,那么它的最终形成、成熟则在晚唐。该书通过列举与分析温庭筠、韦庄的词,作出"长短句的词是成立于晚唐时候"(页139)的结论。温、韦后数十年,李煜的出现则是词彻底成熟并由音乐的附庸变为抒情言志的新型诗的一个标志。该书对此有十分精妙地论述,他说:"他这种词已经不是享受的歌唱,而是悲苦的声诉。词本是统治阶级君主臣僚寻开心的曲子,到了亡国以后的李后主,词就成了他的发愤告哀的一种新体诗。从此以后,词虽还可以歌唱,却不必专为歌唱而作。由歌者的词变为诗人的词,应该从他数起。他是五代最后死的一个大词人,他开拓了词的一个新境界。"(页155—156)此处所论,当继承自四十年前王国维《人间词话》中谓李煜"遂变伶工之词而为士大夫之词"的论断。

　　关于诗、词的关系及诗是怎样发展到词的,作者说:"自初唐乐府古曲沦缺而后,继之而起的可歌之诗,是先有整齐的五七言律绝,后来才有长短句的词,这是谁也不能否认的事实。"(页139)作者又征引宋人关于词起源于"和声"与起源于"泛声"等不同说法,然后得出这样的结论:"我想将泛声或和声填着实字加入本辞,于是就由整齐的五言六言七言的诗而形成了长短句的词,并非完全出于沈括、胡仔、朱子(熹)、沈义父诸人无根据的臆说。"(页142)这里必须指出的是,词的起源有多种不同说法,或曰起源于《诗经》,或曰起源于六朝乐府,或曰起源于佛曲,或曰起源于诗歌,故谓之"诗馀"。作者提出的词由可歌的齐言的诗发展而来的说法是历来较为流行的一种词源观①。

　　其次,该书不仅论述了唐代文学之盛,而且对各体文学兴盛的缘由作了细致的分析与探讨。作者在第一章《说到唐代文学》中就从多个层面侧重分析唐代文学何以在中国文学史上异彩纷呈的原因。他说:"唐文学以固有的温柔敦厚的底子加上许多外来的慷慨悲歌的成分,通过南朝的铅华靡曼参以北朝的伉爽直率,因民族性格的融合与文化风格的融合,不知不觉中就产生出一种异彩来了。"(页5)这是从南北文学风格互补相融的角度来论述的。他又说:"玄宗这种粉饰盛时的政策,还是承袭了祖先的传统,因为从太宗、高宗历武后、中宗、睿宗各朝,莫不提倡文学,重用文人,先后设置了文学馆、弘文馆、崇文馆、修文馆等清要机关,招揽一班文人学士,又常常实行君臣酬乐、吟咏唱和的宴会。"(页5)这是从统治者的提倡与文学繁盛关系的角度来论述的。他还说:"兼用诗赋取士,开了文人获得利禄的一条捷径。同时文化的各方面如宗教、艺术等都很自由的得到相当的发展,也足以丰富文学的内容,提高文学的水准。"(页5)这是从文学与科举制度及相关艺术门类关系的角度来论述的。此外,作者还论述了唐代"武功之盛"、"中外交通"发达,文化交流对于文学的积极影响;而"安史之乱"、"藩镇之祸"使作家提升对于人生的认识,丰富对文学的表现,并从这些角度阐释了唐代文学繁盛之由。

　　又如对韩孟诗派何以会弃易就难,走生硬险怪的创作道路,该书从文学内部自身发展演变的客观规律出发,论证了这一文学现象的生成基因,他说"因为从建安以来,诗歌的发展,经过李杜及其同时诗人的努力,已经把古近体南北作风冶为一炉,锻炼极其纯

---

　　① 按叶嘉莹《论词的起源》(载《灵谿词说》)一文对此提出不同意见,认为"词与诗之关系,最多只能说是兄弟之关系,而并非父子之关系"。

熟,形式亦已凝固","到了韩愈这派刁钻古怪的诗人不肯再走凝固的纯熟平庸的老路,就不得不另辟放肆的生硬险怪的一条新路,这也是一种自然的趋势"(均见页 75)。这里充分肯定了韩愈、孟郊等诗人在唐诗的写作技巧日臻完善并已达到顶峰的前提下,不肯趋同,艺术上求新求异的变革精神。

再如作者在讨论唐五代词"何以特别流行"的原因时,能从创作主体与文学生态环境等多方面着手分析。作者认为词在唐五代的产生与发展是中国诗歌发展演变的结果,也与当时新兴的音乐密切相关,"由古体而律诗,由律诗而杂体,诗的道路已经被人走到了尽头,长短句的词应运而兴,自是一种自然的趋势","词的起来是和音乐有密切关系的"(均见页 156)。作者又以欧阳炯《花间集序》为例说明词的产生与所处的社会背景与文人心态有关,"词和南朝乐府、宫体是同性质的东西,各适应着当时统治阶级贵族官僚以及知识分子的要求","醇酒、妇人、歌唱三者,谐和醰美的享乐,正是他们所追求的"(均见页 156)。进而指出从唐初的"英雄乐"到晚唐五代的"儿女词","不能说文学与世变无关"。众所周知,温庭筠是中国词史上第一位大力写词的作家,他在晚唐的出现绝非偶然,作者对此细致地分析说:"温庭筠比较韦、白、刘、王为后进,承受了先进者宝贵的经验,适应社会环境的需要,加以个人的天才、兴趣和努力,依曲而作的词更多,所以他就成了词的初期一个大作家,而且给了继起的作家以莫大的影响。"(页 143)这是对此期经典词人何以会出现的主客观原因的归纳与探析。

我们常说唐诗为唐朝"一代之文学",作者却引刘攽、洪迈、赵彦卫、胡应麟等宋明人笔记,说明唐人小说与诗同样堪称"一代之奇",指出小说在唐代的繁盛与当时流行的"温卷"之风息息相关,提出"当时诗歌、散文的发达也足以促进小说的发达"(页 116)。作者抛开文学创作的外部环境,从文学内部各文体彼此之间的关联来着眼探讨唐人小说繁盛之缘由。我们不妨征引书中两段话来看他是如何论证这一结论的:"先就诗歌而说,从前的乐府里面有好些故事诗。唐代诗人元、白好为新乐府,也有些是故事诗。白诗如《长恨歌》,元诗如《会真诗》,不是顶有小说味的故事的吗?当时陈鸿看见了《长恨歌》就作《长恨歌传》,元稹似乎因为作了《会真诗》而意犹未尽,又作《莺莺传》。同时杨巨源有《崔娘诗》,李绅有《莺莺歌》,沈亚之作了《冯燕传》,司空图又作《冯燕歌》。这样说来,当时诗歌与小说二者在发展的进程中彼此确乎有些联系。次就散文而说,唐代散文最盛的时候在所谓中唐晚唐之间,唐代小说家十之八九生于此时,可见新的小说之繁兴正在新的散文成熟的时候。"(页116)"小说发展最盛的时期正和古文运动最盛的时期相当。我想:要是文体不解放,那么,自由活泼、描写有生气的小说,未必会这样发达起来。"(页122)以上是横向论证唐代小说与诗歌、散文的渊源关系,此外作者还对唐代小说与后世戏曲、小说的关系进行了纵向的比勘。作者在第七章《唐人小说》中,以表格的形式将唐代王度、张鷟、陈玄祐、沈既济、白行简、元稹、陈鸿、蒋防、李公佐、沈亚之、许尧佐、李朝威、牛肃、牛僧孺、薛应弱、薛调、裴铏、皇甫枚及杜光庭等十九位作家的二十八种小说与元明清的相关戏剧、小说加以对照,指出彼此的渊源与流变关系。

再次,该书作者陈子展先生既是学者,又擅创作,他克服了一般文学史以论带史,空谈理论,枯燥乏味或一味铺陈相关文史材料而缺乏作品分析的弊习,以作家的才情、学者的睿智,对文学流派,尤其是对唐代重要作家作品进行了深度剖析,论述了它们的艺术特征,文笔流畅,分析细腻,颇有令人会心解颐之处。我们首先以王维诗为例来看他对诗人艺术特色的分析,如评《使至塞上》"征蓬出汉塞"四句说:"这几句诗给人以边塞荒凉的深刻印象。把捉物象要点,而以单纯有力的手法描绘之,同时以瞬间涌现的情思移入之，真只有观察独到，精思入神的艺术家才能如此。"（页 30）王维的一些描写自然山水的五绝情景相生，含蓄蕴藉，颇富禅味，这点作者也看得很准，"他的五绝是较五律更好。写来不费力，却是由静中妙悟得来的，言外暗示透出的。这是诗趣，也是禅趣。诗家三昧在此，禅家三昧也在此"（页 32）。关于遣词用字，作者说"王维的诗常用静字、闲字"，"有时一诗中两字同用"，"唯其能闲能静，才能察物工画，审音精乐，独坐耽禅"（页 31）。另外，对王维诗"诗中有画，画中有诗"的创作特点也有诸多精妙的分析。又如对李白乐府诗以旧题写新意的创作成绩也高度认可，"他似以全力制作乐府古体，不甚措意于当时的律诗"，"李白的诗虽多用乐府古辞旧题，却不甚拘于原有意思，也不拘于原有声调形式，乃是为自己抒发胸臆而作的新诗"，"从来诗人摹拟乐府的作品大都只能算是一种戏作"，"到了李白，却能充分把自己肺腑中间潜流或膨胀的情感思想借着乐府而自然地歌唱出来"（页 38）。作者对李白绝句脱口而出、语淡情浓的特色也极其推崇，说他最喜欢读李白的这类诗，并以同样富有诗情的语言颂赞之，因为这些诗"真是语近情遥，使人神远。虽是小诗吧，他却用其生命的全力把瞬间的灵感呈现出来，并又不像故意去努力，只像一种不得不然的状态里，而已见其抒怀的紧张，兴会的深远，这真是抒怀诗人入神的妙技呵"（页 41）。再如柳宗元的诗，历来被与韦应物诗并称"韦柳"，多认为其主导风格是平淡，但作者则认为柳诗于平淡外尚有简傲孤愤的一面，"他以永州、柳州清幽奇丽的山水，佛家寂静超妙的情趣，陶诗冲淡自然的风格，熔铸而成一家的诗"（页 62）。但作者又说"不过他究竟是一个好事喜功的志士"，"他的诗有时看似平淡怡悦，而深忧至愤不难于言外得之"，"热烈与冷静，愁苦与怡悦，怨尤与悔悟，愤慨与恬淡，种种极矛盾的情绪错综起伏于他的心中"，"读了他的平静心情，怡悦山水的诗以外，同时还可以了解他怅触无已、情绪亢奋的诗"(页63)。作者对韩愈诗艺术的分析则更为精辟:"他的诗以七古为最工,喜用僻字险韵,喜压剧韵,也喜描述丑恶,所以有人说他'以丑为美'。他好使才,不免说尽。有时只是平面的叙述,或大发议论,使诗散文化,即篇章字句的结构都是散文的,所以有人说他'以文为诗'。"(页66)作者精辟地分析了韩愈七古的艺术特色及"以丑为美"、"以文为诗"的文体特征。

　　该书对唐五代词的艺术分析也相当精辟而独到。如评温庭筠《菩萨蛮》(玉楼明月长相忆)等三首词"通体无生硬字句,而清绮有味";评《更漏子》(玉炉香)"词定秋思离情,凄艳欲绝。'梧桐树'数句真是语弥淡,情弥苦";评《梦江南》(千万恨)说:"此词幽情远韵,低回不已,使人读之,徒唤奈何。论词者往往以温比屈,似觉过当。但此词幽绝韵绝,正复不让《九歌》'望夫君兮未来,吹参差兮谁思'、'嫋嫋兮秋风,洞庭波兮木叶下'诸语。温庭筠的词比诗更多富贵气,词的内容是富贵生活,词的形式多富贵辞藻。因此金玉锦绣、络绎笔端。"(页137—138)作者不厌其烦地列举温庭筠词在写容貌与化妆品物,写衣服被帐,写建筑工艺与室内装饰器物,写舟车与其他器物等方面常用的55个"富丽香艳的辞藻",以此说明温词喜带"绮罗脂粉的色泽",体现出他创作上以富丽为美的艺术特色。与温词的香艳相反,韦词的风格以清淡为主。作者所欣赏韦庄的《菩萨蛮》(人人尽说江南好)(劝君今夜须沉醉)、《女冠子》(四月十七)及《思帝乡》(春日游)这几首词即具有这种风格。他对韦庄词艺术的分析是通过与温庭筠词的比较来进行的,"我以为韦词出语似浅,而含情至深,不似温词故为富丽,而时有俗气"(页148)。又如李珣是《花间集》词人中独立于温、韦二派之外的人,他的《南乡子》十首,李冰若《栩庄漫记》举"骑象背人先过水"、"竞折团荷遮晚照"等句,评为"均以浅语写景而极生动可爱,不下刘禹锡巴渝《竹枝》",该书则评价李珣这十首词为"都用明洁之笔,绘影绘声,引人入胜"(页150)。同样一部《花间集》,作者却能分析出温庭筠、韦庄与李询三者词的差别,可见其法眼之高超,用心之细腻。

　　除开诗、词以外,作者对唐代小说与古文亦间有好评。第七章《唐人小说》对照表的"备考"中,作者偶尔有对该部小说艺术成就的分析,如同画龙点睛,有如在"张鷟《游仙窟》"条中,作者盛赞此篇"以俪语为传奇,中夹俗谚,在古小说中最为别致""'俪语'与'俗谚'结合,这也是包括《游仙窟》在内的大多数唐传奇的语言特色"(页117)。作者采用评点的方式,虽三言两语,却入骨见髓。他对柳宗元的山水游记也极为推崇,认为"他的最好的文章当然是他在永州、柳州所作的山水游记,描写精澈,意味深永,这是在《水经注》以后很难见到的美文"(页110)。

三

　　《唐代文学史》非唯在学术上取得了较大的成就,而且在研究方法与研究视角上也有一些可供我们思考与借鉴的地方。

　　第一,陈子展深受胡适、郑振铎等人白话文学观的影响,能从白话文学的视域关照唐代一些作家创作上的特点。胡适早在1916年留学美国时即在《逼上梁山》一文中说,"白话的文学为中国千年来仅有之文学",[①]其《白话文学史》虽未写完,但唐代部分从"唐初的白话诗"到"元稹、白居易",实已包含了多半部唐代白话文学史。他高度评价初唐的白话诗说,"我近年研究这时代的文学作品,深信这个时期是一个白话诗的时期"。[②]郑振铎所撰写的《中国俗文学史》第五章《唐代的民间歌赋》、第六章《变文》所论皆

---

　　① 《中国新文学大系·建设理论集》,第9页,上海良友图书公司1935年。
　　② 《白话文学史》,第32页,上海古籍出版社1999年。

为唐代的通俗文学,郑氏认为"唐代的通俗诗歌甚为发展",他盛赞王梵志、寒山、顾况、罗隐、杜荀鹤等人的白话诗,但认为"白居易的诗,虽号称妇孺皆解,但实在还是通俗诗;它们还不够通俗,还不敢专为民众而写,还不敢引用方言俗语入诗,还不敢抓住民众的心意和情绪来写"。① 同样地,陈子展对白话文学、通俗文学的鼓吹与宣传也乐此不疲。作者1934年曾与陈望道等人一起发动了一场声势不小的"大众语运动",倡导一种"大众说得出,听得懂,看得明白,写得顺手"的语言。基于这一文学主张,其早年所撰《最近三十年中国文学史》第六、七章即为《词曲的提倡和小说的发展》(上、下),第八、九章即为《敦煌俗文学的发见和民间文艺的研究》(上、下),后来的《宋代文学史》第七章也有《宋代平话》一节。在《唐代文学史》一书中,他对唐代近似此类风格的作家作品也尤为垂青。比如对王绩近似白话的诗浓墨重彩地予以介绍,对初盛唐王梵志、寒山等人诗喜用口语的特点就大加表彰,盛赞他们"在这文学沿袭江左馀风的时候","偏能别具一格,突破'当时体'的范围"(页18)。其推重、欣赏之程度丝毫不亚于那些一流的大诗人。他说王绩"有许多近于白话的诗,而又不伤雅正","王绩的人格和诗格都深受陶潜的影响"(页18—19)。说王梵志所作"都是讽世劝善的白话诗"(页20)。说寒山"他不讲什么四声八病,他不怕用凡言,他有意的要做不拘格律的白话诗。他也不管读者的反应如何",又说其诗"语带诙谐而意实严肃,外似平易而内藏机锋"(页22—23)。又如晚唐的罗隐,作者也高度肯定"他有些诗句还是如今的俗言谚语",并列举《自遣》"今朝有酒今朝醉,明日愁来明日忧",《筹笔驿》"时来天地皆同力,运去英雄不自由"等句,说"他每利用此等俗言谚语添加讽刺的风趣",还说其《谒文宣王庙》、《代文宣王

---

① 《中国俗文学史》,第95页,东方出版社1996年。

答》两首诗"叫人读起来就要发笑"（页98—99）。字里行间洋溢着对唐代白话诗、通俗诗的喜好之情。

第二,该书还能娴熟地运用比较的方法对同类作家作品与相关文学流派分析论证,比勘异同。如关于唐代两大诗人李、杜的比较即为显例。他说"李白眼中的杜甫只是一个态度严肃而认真的苦吟诗人","杜甫眼中的李白则是一个态度超脱而豪放的狂歌诗人"（页49）。李白与杜甫"一个肯自命为狂者,一个不讳言为腐儒。一个抱超世主义,源于道家思想;一个抱淑世主义,源于儒家思想。一个幻想超升仙境,一个不忍离开国君"（页50）。"大抵李、杜于诗的手法上,一个侧重自然,一个侧重雕饰。风格上一个豪放飘逸,一个沉郁顿挫。各有各的价值,各有各的生命。我们还该知道李白是主观主义的诗人,以个人的情绪为对象,长于抒情。杜甫是客观主义的诗人,以外物的真实为对象,长于写实。李诗偏于造境,是想象的境界,超于现实的境界。杜甫偏于写境,是经验的境界,囿于现实的境界。李杜都能在诗坛上开拓一个大境界,成为势均力敌的两大家"（页50—51）。作者对李杜的比较涉及双方的创作态度、创作手法、风格特征及思想世界观,可谓深入而全面,既富逻辑思辨,又不乏文采,如老吏断案,颇中肯綮,即使目前看来,这些论断也是富有启发意义的。

作者除了对唐代诗人个体加以比较外,还有对不同诗歌流派的比较,表现出了更为开阔的学术视域。如对盛唐田园诗派与边塞诗派的代表诗人进行比较,指出双方在诗歌题材、风格及诗人思想等方面之异同时说:"王孟多写田园山水,高岑爱写边塞风光。王孟所写自然界的美是优美,高岑所写自然界的美是壮美。读王孟诗生隐逸的思想,读高岑诗起功名的念头。"（页54）又如比较中唐韩派与白派在写作技巧与思想内容上之异同时指出:"就作风说,一派作诗如作文,一派作诗如说话。一派求其难,故为硬语险韵;一派求其易,不避俚语俗调。一派侧重技巧形式,是个人的;一派侧重思想内容,是社会的。二者虽似背道而驰,却同是古近体诗发展到烂熟而且平庸化了以后所生的一种反动。"(页85)以上所论,作者若非对唐诗深入沉潜、广泛阅读,是断断说不出此等言语的。

第三,该书引征史料极为丰富,但大都裁剪适合,取精用宏,没有像有些文学史著作长篇大段地引录原始材料,读者很难看到作者个人的想法,作者更没有简单机械的照抄照搬,而能在借鉴前人与时贤旧说的基础上,结合文学作品进行分析,大胆地融入己见。故全书篇幅虽不长却内容充实,胜义迭出。赵景深为其《最近三十年文学史》作序时说:"坊间有许多文学史的著作,大都是把别人的议论掇拾成篇,毫无生发,而造句行文,又多枯燥。本书则有他自己研究的心得,并且时带诙谐。"①我们认为,赵先生的这一学术评价对《唐代文学史》也同样适合。如讨论唐代文学繁盛的原因,这是一个十分重要的话题。明人胡震亨《唐诗丛谈》卷三所论较详,他认为可用"君主皆好文学";"唐试士初重策,兼重经,后乃镛重诗赋";"唐时风习豪奢";"节镇幕府多辟词人";"朝士文会之盛"等五条(页114)加以概括,前揭朱炳煦的《唐代文学概论》开宗明义,指出重视人才、讲学风盛、交通发达、社会变迁及思想自由等五个方面导致了唐代文学的彬彬之盛。如前所述,该书对这一传统的学术问题也作出了自己的回答,作者详细征引了胡说,而没有提及朱著,但我们还是可以看出,作者论证唐代文学繁盛的缘由时,应该说是受了胡震亨、朱炳煦两人的启发的,我们如若仔细对读,则会发现陈子展先生的表述虽对前人与时贤旧说有所承继但又不完全

---

① 《最近三十年中国文学史序》,见陈子展《中国近代文学之变迁　最近三十年中国文学史》,第115页,上海古籍出版社2000年。

相同,是有个人独创的心得体会的。

《唐代文学史》成书于二十世纪40年代,从唐代文学已得到充分研究的目前看来,该书并不是没有缺陷与不足。如论词的起源与发展时,只谈文人词,而丝毫没有涉及唐代非常流行的民间词。郑振铎《中国俗文学史》中即谓"那民间的'词',和温庭筠及韦庄、和凝他们所作的究竟有些不同"(页99)。民间词在内容和风格上与文人词确有不同,作者忽视民间词而不谈,这一做法也与他注重通俗文学的观念相违背。再者,作者机械地认为只有长短句形式的作品才算词,而把所有依曲而作的句式整齐的作品排斥在词的范围之外;并且在讨论词中大篇幅夹杂着对韦庄《秦妇吟》一诗的分析,显得有些不伦不类。在文学流派的划分上,作者将中唐诗分为韩、白两大诗派,但对有些诗人的归属却可再议。如将李益、顾况、张籍、王建划入诗风以奇险生涩著称的韩派实有些不妥。在研究内容的取舍上,该书论大诗人白居易,只探讨其诗学理论主张的得失,而几乎没有涉及白居易的诗歌,有取舍欠当、喧宾夺主之嫌。该书关于小说与古文两章篇幅实在太少(仅23页),约占诗词两体篇幅(128页)的六分之一。作者对于这两种文体的讨论也极其简略,许多问题没有展开分析,这不能不说是该书的一种遗憾。另外,第三章、第六章中将"卢藏用"误作"卢用藏",第六章将"沈千运"误作"沈运千",不知是作者记忆之误,还是梓者错排所致。

钱锺书《谈艺录》的学术成就与学术品格

钱锺书(1910—1998)原名仰先,字哲良,后改名锺书,字默存,号槐聚,曾用笔名中书君,江苏无锡人,当代中国著名学者、作家。学贯中西古今、知识渊博,在中国古典文学、外国文学及比较文学研究诸多方面皆有很高的造诣。他的著述,如《谈艺录》、《宋诗选注》、《管锥编》及《围城》等,均已成为二十世纪重要的学术与文学经典。《七缀集》、《宋诗纪事补正》(栾贵明整理)、[①]《钱锺书手稿集·容安馆札记》及与陈衍1932年的谈话录《石语》等均在学界广为传播。此外还著有旧体诗集《槐聚诗存》。三联书店2002年出版有多卷本的《钱锺书集》。

一

《谈艺录》是作者于抗战期间撰写的一部诗话性质的诗论批评著作。书前有撰于1942年的《序》,补订本有撰于1948年的《又记》及撰于1983年的《引言》。书名借用明代“前七子”之一徐祯卿

---

① 辽宁人民出版社、辽海出版社2003年,另有《宋诗纪事补订》影印手稿本,生活·读书·新知三联书店出版,凡4册,由杨绛撰写前言。

的同名诗话,①名为谈艺,实为谈诗。1939 年夏,作者由昆明返沪小居。其间友人冒效鲁劝其将平时谈诗言论整理成诗话,乃有撰写此书的动议。在国师任教的两年期间,山中"悄焉寡侣,殊多暇日",因着手写作,才及其半,即"养疴返沪",在上海沦陷区写成后半部分。全书 1942 年撰成初稿,后又"时时笔削之",至 1948 年 6 月才在王伯祥、叶圣陶的建议与支持下,由上海开明书店出版问世,此之谓初版。次年重印一次。五十年代后海外盗版不止。六十年代京、沪出版社有再版此书之想法,均被作者婉言谢绝。1984 年中华书局出版补订本。补订本"稍删润原书,存为上编,而逐处订益之,补为下编;上下编册之相辅,即早晚心力之相形也"。②上、下编前后写成,虽篇幅增加了约一倍,但其基本观点并没有很大的改变,下编只是弥补了原书"言之成理而未彻,持之有故而未周"(《引言》)的不足。该书前后耗用了作者四十多年的心血,可谓"半生辛苦不寻常"。张文江的《文学批评和比较文学的一本早期名著——读〈谈艺录〉》,③周振甫的《〈谈艺录〉补订本的文艺论》及后来与冀勤合著的《钱锺书〈谈艺录〉读本》,④陆文虎的《钱锺书〈谈艺录〉的文论思想》等相关研究论著对钱锺书是书的文论思想与研究方法皆有令人会心的解析,⑤但该书学术格局宏大,视野开阔,内容极其丰富,故仍有值得我们进一步深入研讨的地方。

　　《谈艺录》是中国最后一部集传统诗话之大成的书,也是第一

---

① 按:复旦大学伍蠡甫亦有谈论绘画的著作《谈艺录》。

② 钱锺书:《谈艺录·引言》,第 1 页,中华书局 1984 年。下引此书仅标页码。

③《读书》1981 年第 10 期

④ 周振甫文刊《文学遗产》1986 年第 2 期,与冀勤合著作品由上海教育出版社于 1992 年出版。

⑤《当代文坛》1988 年第 5、6 期。

部广采西方文艺理论诠释中国古代诗歌的书。是书征引或评述了宋代以来的诗话近 130 种，以论中国诗学为主，包括中国古代文学中数百位诗人及其诗歌，中国古代文学批评中的若干重要理论，旁及西方文论、艺论与美学、哲学、语言学等，内容极其丰富。该书以札记形式写成，初版包括正文 42 组，补遗 29 条。① 其中《补遗》为本书初版排就后，作者补撰之文，皆与正文诸则相关涉，目次为周振甫标立。故作者 1948 年《又记》云："余校阅时，见援据未备者数处，而排字已就，未宜逐处补阙，因附益于卷尾。"正文及"补遗"的大致内容，依次为：第一至六组杂论，诗分唐宋、黄山谷诗补注、近代人诗、诗乐离合与文体递变、性情与才学、神韵等；第七组专论李贺诗（补订本分为八则）；第八组以李贺为例谈模写自然与润饰自然问题；第九组及十一组专论韩愈其人其诗；第十、十二至十四组论王荆公诗注、《辨奸论》、朱子书与诗等与宋代文学相关之问题；第十五组专述陶渊明诗的接受史；第十六至二十组分说唐迄清诸家如张籍、赵孟頫、王士禛、朱彝尊等诗作，兼及严羽、竟陵派及王士禛之诗论；第二十一组说"圆"；第二十二至二十三组主论陆游诗；第二十四至二十七组探讨清代袁枚、赵翼、蒋士铨及龚自珍诗，兼及明清人师法宋诗、桐城诗派等；第二十八、二十九组由施（国祁）注元好问诗，述及元好问论金诗与江西派，以及元代刘因诗；第三十组讨论"文如其人"等；第三十一组为论梅尧臣诗及贺裳对梅诗的评论；第三十二组谈"七律杜样"，指出李商隐、黄庭坚、陈师道、陈与义、元好问及明七子学杜之得失；第三十三至三十五组专论清诗人钱载诗及清人对钱诗之评价；第三十六至三十九组皆论《随园诗话》及该《诗话》所涉及的人与诗；第四十组以比较之法论白瑞蒙等西方学者论诗与《沧浪诗话》颇有相通处；第四十一组言

---

① 按：1984 年订补本正文分为 91 则，补遗分为 18 则。

中西诗中用人名、地名之例；第四十二组论庾信诗及由此而引发的
作家文章与文论不一现象。

二

　　《谈艺录》不尚空谈，重视微观研究，不分尊卑，重视小家研究，
不涉政治，重视文学本体研究，举凡诗人之心思才力、诗歌之沿革
因创、理论之发展变化等，无不包容其中，虽然钱氏自称只做"小结
裹"，不做"大判断"，但事实上既有"大判断"，亦不乏"小结裹"。各
节论述细致入微，多有创见，行文或综述，或专论，或分析，或评点，
长短自如，不拘一格，取得了巨大的学术成绩。

　　第一，《谈艺录》论诗的路数属宋诗派，与陈衍一起为晚清宋诗
派作了理论总结。晚清宋诗派由程恩泽、祁寯藻等人提倡，到曾国
藩、何绍基发扬光大，再到光绪、宣统以及民国初年的宗宋诗人群
体陈三立、郑孝胥、沈曾植、陈宝琛、陈衍等集其大成。钱先生推崇
宋诗，大力研究宋诗，与晚清宋诗派巨子陈衍有着密不可分的学术
关联。"钱学"专家郑朝宗《叙怀旧》一文说："我只知道他少年时
期，如同一般才子，爱写风流绮靡的艳诗。后来经陈石遗先生指
点，才幡然易辙，舍唐音而趋宋调，专门在意境上力攀高峰。"①《谈
艺录》的撰写开始于作者 30 岁时，这也是他一生第一次开始全面

---

　　① 《随笔》1987 年第 2 期。按：关于钱锺书的学诗经历，吴忠匡《记钱锺书先生》所
载似有不同："19 岁始学为韵语，好义山、仲则风华绮丽之体，为才子诗，全恃才华为之，
曾刻一小册子。其后游欧洲，涉少陵、遗山之庭，眷怀家国，所作亦往往似之。归国以
来，一变旧格，炼意炼格，尤所经意，字字有出处而不尚运典，人遂以宋诗目我。实则予
于古今诗家，初无偏嗜，所作亦与为同光休以入西江者迥异，倘于宋贤有几微之似，毋
亦曰唯其有之耳。自谓于少陵、东野、柳州、东坡、荆公、山谷、简斋、遗山、仲则诸集，用
力较勤。少所作诗，惹人爱怜，今则用思渐细入，运笔稍老到，或者病吾诗一'紧'字，是
亦知言。"见《随笔》1988 年第 4 期。

关注宋诗。钱先生在该书中将宋诗的艺术技巧与美学特征予以详尽深入的阐释,可谓近代以来宋诗派的最后一位大师。南宋以来,唐宋诗优劣高下之争,众说纷纭,莫衷一是。钱先生可谓截断众流,开篇"诗分唐宋"条,实为全书文心所在,作者抛开无谓争论,着眼于唐宋之分合,实际上打通了朝代与朝代之界限,对唐宋诗风格的差异及影响进行了细致的比较分析。再者,作者侧重于谈论宋元明清诗,尤其是宋诗与清诗,唐以前诗人仅论及庾信与陶渊明,唐代仅谈及韩愈、孟郊、李贺、李商隐等,全书评议的重心是宋代诗人梅尧臣、欧阳修、王安石、苏轼、黄庭坚、陈师道、陈与义、杨万里、陆游,入元的元好问及方回等,论清代诗人王士禛、袁枚及钱载的部分亦以宋诗为参照,或以宋诗为渊源,从这层意义上说,《谈艺录》实际上也可视作是一部研究宋诗,为宋诗张目的著作。

　　第二,作者努力使文学研究摆脱传统的功利教化论的束缚,主要从文艺美学的角度探讨作家作品的文学价值,对中国诗史、批评史乃至学术史上若干重要问题,作出了精辟的阐述。如诗分唐宋、诗禅相通、诗与理趣、比兴之分合、谈艺有南北之见、妙悟与神韵、诗法与文法、性情与才学等,皆斟酌今古,剖析源流,实际上打通了诗学与哲学、宗教学等其他学科的界限。如论清人钱载的诗"原本经籍,润饰诗篇,与'同光体'所称'学人诗',操术相同,故大被推挹"(页176—177)。此处从诗歌艺术与创作方法上指出浙派诗"以经发诗"的特色。

　　第三,作者将中国文学及中国文学批评的传统提升到近现代西方文论和哲学的层面上考察,打通了中国文史的界限,打通了中国文学与西方文学的界限。郑朝宗《〈管锥编〉作者的自白》载,钱锺书致郑朝宗信云:"弟因自思,弟之方法并非比较文学,而是求'打通',以中国文学与外国文学打通,以中国诗文词曲与小说打通。"①作者这一研究方法在该书中就有很好的应用,如论李贺"笔补造化天无工",畅叙西方"摹写自然"与"润饰自然"两派,以与中国文论中"师心"与"写实"相互发明,论证二派"若反而实相成,貌异而心则同"(页61)的道理。《谈艺录》是一部具有开创性的中西比较诗论,尤擅中西打通,是书引述西方论著500馀种,内容包括曾作为思想理论界显学的佛学、精神分析学、结构主义、文化人类学、新批评和较新起的流派如超现实主义、接受美学、解构主义等。

　　第四,作者将文学研究的视野拓宽,既作一己的文学批评,又对已有的批评作再批评,即对文学研究的学术史课题十分重视。如"陶渊明诗显晦"条讨论陶渊明在南朝至唐代不受重视,到宋代之后才被苏轼等推举到崇高的地位,作者通过对陶渊明在后世的接受过程进行扫描,从而揭示了中国传统文学观念在宋代前后的巨大变化。他如"宋人论韩昌黎"条、"朱子论荆公东坡"条、"遗山论江西诗派"条及"贺黄公以下论梅宛陵诗"条等,作者皆能从学术史的角度对前人的论见进行诠释与剖析。

　　第五,《谈艺录》没有将主要精力用在建构系统的理论体系上,而侧重对中国古代诗歌中大量的材料进行系统、全面的梳理。作者《读〈拉奥孔〉》一文回顾思想史说:"许多严密周全的思想和哲学系统经不起时间的推排销蚀,在整体上都垮塌了,但是它们的一些个别见解还为后世所采取而未失去时效。好比庞大的建筑物已遭破坏,住不得人、也唬不得人了,而构成它的一些木石砖瓦仍然不失为可资利用的好材料。往往整个理论系统剩下来的有价值东西只是一些片断思想。脱离了系统而遗留的片断思想和萌发而未构成系统的片断思想,两者同样是零碎的。眼里只有长篇大论,瞧不

_____

① 见《人民日报》1987年3月16日。

起片言只语,甚至陶醉于数量,重视废话一吨,轻视微言一克,那是浅薄庸俗的看法——假使不是懒惰粗浮的借口。"①基于这一认识,作者重在材料的梳理、分析,书中征引古今中外书籍达一千一百馀种,加之晚年订补部分的七百馀部,总计达一千八百馀种,许多材料前人很少注意,为作者第一次征引,而引录的外文文献更让人佩服不已。作者丰富的知识储备,开阔的学术视野在书中得到了完美的体现,论述以唐宋明清为主,兼及中国先秦及外国古希腊罗马,凡哲学、美学、宗教、艺术、文化学、心理学、语言学等无不加以运用,凡英语、法语、德语、意大利语等任意驱遣,牢笼于笔下,使全书既有眼力、魄力,更有学力、功力。

三

　　作者在该书中体现出的求真务实的学术品格尤值得我们效法、学习。

　　首先,作者具有锋芒毕露、犀利泼辣却又不失君子风度的批判精神。钱先生撰《谈艺录》时取资广泛,针对它书的"脱"和"误",有时会心平气和地予以"补"和"正"。如《谈艺录补订》载:"宋人《鬼董》卷一载王氏女《妾薄命叹》,五言中杂七言三十四句,都二千六百五十八字,厉氏《宋诗记事》,陆氏《补遗》均未采撷。"(页620)但更多的时候,作者对他人著作中反映出的疏漏与错讹大胆批判,绝不作宽容与调和之论。如对陆游其人其诗的批评就毫无顾忌而直截了当,"放翁二痴事二官腔"条曰:"放翁诗余所喜诵,而有二痴事:好誉儿、好说梦。儿实庸才,梦太得意,已令人生倦矣。复有二官腔:好谈匡救之略,心性之学;一则矜诞无当,一则酸腐可厌。

____

① 《七缀集》,第29—30页,上海古籍出版社1985年。

盖生于韩侂胄、朱元晦之世,立言而外,遂并欲立功、立德,亦一时风气也。放翁爱国诗中功名之念,胜于君国之思。"(页 132)可谓一针见血,一语中的。又如王文诰《苏诗编注集成》卷二十六《惠崇春江晚景二首》其一按语曰:"此乃本集上上绝句,人尽知之,而固陵毛氏独不谓然。凡长于言理者,言诗则往往别具肺肠,卑鄙可笑,何也?"作者对这种谩骂式的批评十分反感,认为王氏"既不能道东坡苦心,复不肯引毛氏违言,卑鄙之词,著语不伦,直是文理欠通耳。"①四库馆臣从《永乐大典》辑宋人刘敞《公是集》时,误将王安石的《昼寝》诗羼入,对此,钱先生尖锐地批评说:"按四库馆臣误以此诗辑入刘原父《公是集》卷十九,以雁湖注为原父自注,尤可笑也。"(页 394)

第二,钱先生认为学术研究没有最好的结论,只有更好的结论。作者在尖锐批评他人的同时,也没有忘记自我批评,常自嘲为"钱文改公",《宋诗选注》、《管锥编》等学术著作都是不断增订、改写而成,体现了精益求精的治学态度。其《谈艺录》的撰写也体现了这种学术精神,订补本《引言》中云:"自维少日轻心,浅尝易足,臆见矜高;即亿而偶中,终言之成理而未澈,持之有故而未周,词气通傥,亦非小眚。壮悔滋深,藏拙为幸。"在正文的订补部分,他不断对上编中的疏漏进行检讨,如"余少年学问寡陋","余少见多怪耳","余皮相而等同之","余浅见妄言","词气率略,鄙意未申"。

---

① 按:作者早年亦年轻气盛,其《石语》一书即记载他 1932 年除夕与同光体大诗人陈衍谈诗时对晚近以来诗坛学人的尖锐批评,如:"交好中远如严几道、林琴南,近如冒鹤亭,皆不免空疏之讥。""章太炎黄季刚师弟,皆矜心好诋,而遇余均极厚。""清华教诗学者,闻为黄晦闻。此君才薄如纸,七言近体较可讽咏,终不免干枯竭蹶。""王壬秋人品纸低,似素亦罨,世昌知陈散原诗,予所不喜。且诗必须俾人读得,懂得,方能传得,散原之作,数十年后恐鲜过问者。""唐蔚芝学问文章,皆有纱帽气,须人为之打锣喝道。""李审言不免饾饤,所谓可愧在碎者是矣。""郑苏勘诗专作高腔,然有顿挫故佳。而亦少变化。更喜作宗社党语,极可厌。近来行为益复丧心病狂,余与绝交久矣。"

基于以上原因，该书初版后，作者又不断增补、修改，1984年出版的订补本，订旧本之误，补旧本之疏，其订补部分的篇幅几与原作相等。1987年中华书局重印订补本时，作者既改正了原书的四十馀处排校错误，又增入最新补正文字七十馀则，凡一万五千字。作者这种在学术上敢于自我批判的精神十分可贵，不仅表现出他不断思考、务实创新的踏实学风，更体现出他对真知孜孜不倦的追求。

钱先生还能以坦诚的态度，包容的精神对待他人的学术批评，凡认为正确者，即虚心接受，收补于《谈艺录》中，并实名记录，不掠人之美。如王安石《重游草堂寺》"鹤有思颙意，鹰无变遁心"两句，南宋李壁注云："支遁，字好养鹰马而不乘放，人或讥之，遁曰：'贫道爱其神骏耳。'"钱先生感慨李"注未言所引何书"，其《谈艺录补订》转载南宋吴曾《能改斋漫录》卷十之考，认同"世但称其赏马，不称其赏鹰"的结论，对吴曾提出苏轼《云师无著遗予支遁鹰马图》"莫学王郎与支遁，臂鹰走马怜神骏"的佐证不以为然，他引《高僧传》卷四仅载支遁养马事后说，"初未道养鹰事，不知《漫录》何据；且'神骏'之目，明指马言；物色鹰当言'俊'"，"《漫录》谓唯见坡诗，失之未考"。又云："释志常《佛祖通载》卷六记支遁养鹰复养马，元人著作更习焉不察矣。"（页395）钱先生显然没有找到支遁养鹰事的原始出处，但当刘永翔去函提示，谓王安石、苏轼诗句典出唐许嵩《建康宝录》注引晋许恂《许玄度集》："遁，字道林……好养鹰马，而不乘放，人或讥之，遁曰：'贫道爱其神骏。'"后，便在《谈艺录订补本补正》中激动地说："刘君永翔告余，比阅新校印唐许嵩《建康实录》，乃知唐人用支遁养鹰故实盖出晋许恂集。珠船忽获，疑冰大涣。"

第三，作者不迷信权威，不囿于陈说，具有不落凡俗，敢于开拓创新的学术精神。该书第一条"诗分唐宋"曰："唐诗、宋诗，亦非仅朝代之别,乃体格性分之殊。天下有两种人,斯分两种诗。唐诗多以丰神情韵擅长,宋诗多以筋骨思理见胜。""夫人秉性,各有偏至。发为声诗,高明者近唐,沉潜者近宋,有不期而然者。故自宋以来,历元、明、清,才人辈出,而所作不能出唐宋之范围,皆可分唐宋之畛域。"(页 2—3)此处跳出了南宋以来诗论家在唐诗、宋诗优劣、高下之争问题上的窠臼,认为双方各有所长,力主唐宋诗互参,成为后来唐宋诗比较的经典性名言。正是基于这样的原因,作者一方面认真研究宋诗,大规模搜集与整理宋诗文献,而在古体诗歌创作上又步趋"唐音",写作与宋诗异趣的"风华绮丽之体",其写于上海沦陷时的《寓蒲园且住楼作》:"袷衣寥落卧腾腾,差似深林不语僧。捣麝拗莲情未尽,擘钗分镜事难凭。槎通碧汉无多路,梦入红楼第几层。已怯支风慵借月,小园高阁自销凝。"此诗用语精丽、意蕴深广,颇有晚唐义山风调。又如,一般论者将八股文视作残渣馀孽、洪水猛兽,作者则从内容和发扬古代经典的角度对八股文的一部分积极意义加以肯定。①

---

① 按:此部分个别地方参考了曲文军的《〈谈艺录〉的审美原则与精神品格》一文,《山东教育学院学报》1999 年第 2 期。

古代诗歌意象阐释

中国古代诗歌意象论

在中国古代诗学中,意象是一个非常重要的艺术范畴。其中意是指内在的抽象的心意,象是外在的具体的物象;意源于内心并借助于象来表达,象其实是意的寄托物。在古代诗词中,意象的成功营造,可以将所要表达的感情物化,加深审美的愉悦;可以给读者留下意义空白,增加诗的张力性;还可以使作者避免与当时的政治发生冲突,形成温柔敦厚之美。我们只有理解了诗歌意象的审美内涵,才能正确把握古代诗歌的本质特征与内在规律。然而,由于中国古代诗论家惯于评点式语录体的写作模式,很少对某个问题或某种现象作学理分析与系统阐述,所以古代诗学中很多概念、范畴含义模糊。意象一词即是这样,它虽被广泛使用,见诸众多诗论中,可迄今为止,人们要给它一个能涵盖历代各种说法的定义是非常困难的。鉴于这种情况,本文拟从古人吉光片羽的言论中爬罗剔抉,钩沉提要,以便理清中国古代诗歌意象理论的成熟过程,并由此对意象与情感的契合规律,意象的基本特征等问题作一浅要探索,以就教于大方之家。

一

说到意象,或许有人认为它是舶来品,是英美意象派诗歌理论中 Image 一词的译文。其实,意象是中国古代诗论中固有的概念,它源远流长,早在先秦时期,人们就对这一问题进行了初步探索,提出了一些具有启示性的看法。《周易·系辞上》说:"子曰:书不尽言,言不尽意。然则圣人之意,其不可见乎?子曰:圣人立象以尽意,设卦以尽情伪。"①这说明二千多年前的古人就已意识到语言在表情达意上的局限性,并提出了"立象以尽意"的方法。对于什么是"象",该书也有明确的解释,"拟诸其形容,象其物宜,是故谓之象"(页249),意即蕴含着主观情意的自然物就叫象。《周易》是中国古代卜卦的书,其中所说的"意"是指神秘诡诞的天意,"象"指用八卦推演的图象,"立象以尽意"的意思是圣人通过卦象来推测天神的意志。魏晋时期,玄风日炽,《周易》、《老子》、《庄子》成为玄学家注解、学习的重要典籍,谓之"三玄"。魏晋玄学的开派人物王弼采用庄子"得意忘言"论注解前面所引之文时说:"故言者所以明象,得象而忘言。象者所以存意,得意而忘象。犹蹄者所以在兔,得兔而忘蹄。筌者所以在鱼,得鱼而忘筌。"②在他看来,言的作用是明象,象的作用是达意。言之于象,象之于意,都只是处于从属地位。正如筌的功能是捕鱼,蹄的功能是捉兔,只要得到了鱼、兔,大可不必管筌、蹄了。以上先秦诸子及魏晋玄学都是从纯哲学的角度来论述意、象关系的,远远没有涉及文艺领域,但他们提出的因象寄意的哲学思维方式对后世诗论,尤其是诗歌意象论影响深远。

在中国美学史上,第一次将意象范畴引入文艺领域的是晋宋之际的山水画家宗炳。他在其画论专文《画山水序》中说"旨微于言象之外"。这里的"旨"即创作主体所要表达的"意","微"是"隐"的意思,这句话的含义是说创作者的"意"要隐藏于"言"、"象"之

---

① 周振甫译注:《周易译注》,第249页,中华书局2006年。
② 《周易略例·明象》,《四部丛刊》影印宋本。

外。这一艺术思维方式显然是受《周易》"圣人立象以尽意"的启发而产生的,两者实际上是一个意思。齐梁之际的著名文学理论家刘勰,又首次将"意"、"象"二词合称并引入文学理论,其巨著《文心雕龙·神思》中说"独照之象,窥意象而运斤",意思是说作家总是先观照自然之物,在头脑中形成鲜明形象后才开始动笔写作,刘勰"身与物游"的理论亦是由此而产生的。以上宗炳说的"言象",刘勰说的"意象"含义相同,他们都看到了作家创作,表情达意,总离不开一个中介之物——象。这是因为人的思想感情禀赋在心,是一种无实在形体的精神现象,并且人的情感是丰富的,多元的。为此,作为表情达意的语言文字不能没有它的局限性,即便大作家也常有"言不尽意"的苦恼。当作家有了某种情感体验想要表达出来,而又苦于语言、概念的苍白无力,不能道尽那丰富的情感,找出一个人们所熟知的意象(客观之物)来物化人的情感,使抽象的感情具体化、客观化便再好不过了。

按照现代文艺心理学的解释,意象是一种审美心理现象,是主体对外物的一种知觉方式,是有一定意义的形象。意是象中之意,象是意中之象,意和象是内容与形式的关系,是物我同一,主客交融的和谐统一体。唐代的诗歌创作繁荣,大量的诗论、诗格应运而生,殷璠、皎然等便是唐代著名的诗论家,他们对诗歌意象的认识已经很接近我们今天所说的意象。殷璠论诗标举兴象,他一方面指责齐梁文学"都无兴象",另一方面赞赏陶翰"既多兴象,复备风骨",评价孟浩然的诗"无论兴象,兼复故实"。殷璠所谓"兴象"即指饱含诗人思想感情的客观物象,正如钟嵘《诗品序》所说"文已尽而意无穷"的艺术形象,是审美主体与审美对象的矛盾统一体。旧题王昌龄《诗格》云:"久用精思,未契意象,力疲智竭,放安神思,心偶照境,率然而生。"他从正反两方面论述意象的重要性,诗人在未契意象之前,尽管搜索枯肠,亦难达情意;相反,若是运用意象作为其情感载体,诗人的思维才会如同泉涌,永无枯竭。诗僧皎然对意象的解释更为清晰,他在其诗论著作《诗式》中说,"取象曰比,取义曰兴,兴即象下之意"。显然,皎然是在解释比兴的含义,从中也道出了意与象的关系,"象下之意"说明象中含意,意在象中,意、象两者交相融合,密不可分。以上三者所云"兴象"、"意象"、"象下之意"虽有细微差别,但就主张意与象的结合,亦即情感与物象结合这一点而言则不谋而合。

旧题司空图《二十四诗品》提出"超以象外,得其环中"以及"三外"说为主体的超象美学观,①这在中国古代诗学史上具有划时代的意义。受皎然《诗式》"但见性情,不睹文字"的启发,作者提出好诗的标准是"不着一字,尽得风流",即不用或少用语言文字作抽象说理,却能曲尽诗人丰富的思想感情。那么怎样才能达到这个标准呢?作者的看法是须将自己的情感凝聚于客体的物象之中,形成物我同一的整体。从审美接受这方面来说,读者必须以诗中的形象(情感载体)为基础,通过创造性的想象、联想,在自己头脑中形成"象外之象",才能真正体会到诗人所欲表达的"韵外之致"、"味外之旨"。这是《二十四诗品》的作者比前人要高明得多的地方。

最高的象是借象表现象外之意,这是艺术的极致,也是诗人所要努力追求的目标。围绕着如何凭借象来表达象外之意的问题,《二十四诗品》有很精辟的论述。作者认为诗人首先要深入细致地观察客观物象,把握对象的本质特征,只有"乘之愈往",方能"识之愈真"。② 其次还要对客观物象进行艺术提炼、概括和集中,做到"万取一收",以个别反映一般,以有限包融无穷,这样形成的意象才能准确无误地表达诗人的感情,才能达到"意象欲出,造化已奇"的极致。

---

① 揩《与极浦书》中的"象外之象"及《与李生论诗书》中的"韵外之致"、"味外之旨"。
② 旧题司空图《二十四诗品》之《纤秾》,《历代诗话》,第 38 页,中华书局 1981 年。

　　综上所述，意象是中国古代文艺理论中一个争论较多，意蕴纷繁复杂的美学范畴。它导源于先秦诸子哲学，发展于南朝的文艺批评，大盛并成熟于唐代众多理论家的诗歌评论。通过对散见于古代诗论中片言只语的搜集与爬梳，我们可以得出这样的结论：意象分而述之，意即诗人的思想感情，象指自然之物；意象合而称之，则指寄托着诗人丰富情感的客观物象或凝聚在自然之物中诗人的主观情愫。在艺术创作问题上，他们也达成了共识，即"言不尽意"，只有"观象取物"，将自己的审美感受寄托在客观物象之中，因象取意，方能表达出胸中丰富而强烈的思想感情。唐代以后，随着社会思潮与文艺思潮的发展，以及人们对艺术规律认识的深入，意象之理论触角已伸入到诗歌创作与欣赏两大领域，涉及内容与形式的各个层次，它的理论形态也逐步趋向深广、完善。

<h2 style="text-align:center">二</h2>

　　在各种文学体裁中，诗歌是最适合抒情的。情感是诗歌的血肉、灵魂，一首诗若了无情感则是很难想象的。诗人抒情，方式主要有两种：一种是直抒胸臆，另一种是因物言志，借景抒情。前文已述，语言虽有表情达意的功能，但这种功能极为有限，因此后者便成了诗人抒情的主要方式。纵观中国古代诗歌，我们会发现大量的自然之物被频繁地写进诗歌，成为诗人抒情言志的审美意象，便是这个原因。克罗齐有一句至理名言，可以对此作出极好的解释："艺术把一种情趣寄托在一个意象里，情趣离开意象，或意象离开情趣，都不能独立。"①

　　于是，这样的问题便提出来了，那就是意象与情感如何契合，

---

　　①《朱光潜美学文集》第2卷，第54—55页，上海文艺出版社1982年。

才能使两者融洽无间。从审美心理学的角度来说,某种特定的情感必须要某种意象来表达;反之,某种意象也只适合表达某种特定的情感。比如飞腾的瀑布、咆哮的黄河宜于抒发宏伟壮观之情,而潺潺的流水、依依的杨柳则只适合表现和平安逸之意。关于这一点,我们也可以从西方格式塔心理学的理论中找到论据,该理论的一个重要论点便是"异质同构"说,即事物的运动形式、形体结构必须与创作主体的生理、心理相似,而审美主体的思想感情必须与客体对象相契合。

月意象是中国古代诗歌中最为常见的审美意象之一。中国古代诗人常用月来抒发各种不同的情感,下面我们将以月意象为例来探索古代诗歌意象与情感的契合方式。首先,从视角上看,月在特定的周期内有规律地运行与圆缺变化,这极易与人的萍漂蓬转、聚散离合产生类比联想。南宋词人吕本中《采桑子》云:"恨君不似江楼月,南北东西,南北东西,只有相随无别离。　恨君却似江楼月,暂满还亏,暂满还亏,待到团圆是几时。"词人将月的"暂满还亏"与人乍合又离相契合,恨月与恨君同写,看似无情,实为有意。其次,"月印万川",人可共睹的现象又导致了人们月下怀人的习俗,如《诗经》中"月出皎兮,佼人僚兮。舒窈纠兮,劳心悄兮。"①(《陈风·月出》)这样古老的爱情民歌,表达的便是青年男子因月而生发的对恋人的思恋之情。南朝谢庄的《月赋》受其启发,写出了"美人迈兮音尘绝,隔千里兮共明月"的千古佳句。李白《静夜思》"举头望明月,低头思故乡",白居易《自河南经乱关内阻饥兄弟离散各在一处因望月有感聊书》"共看明月应垂泪,一夜乡心五处同",王建《十五夜望月寄杜郎中》"今夜月明人尽望,不知秋思落谁家"等诗句,也道出了千百万人的共同体验与美好情感。第三,月

---

① 《陈风·月出》,高亨注《诗经今注》,第184页,上海古籍出版社1984年。

光普照大地的特点及由东向西的运行规律又使人想到以月传情，尤其是当所思之人远在他乡，山水阻隔天各一方时，这一奇特的想象便会由此而生，故张若虚《春江花月夜》说"此时相望不相闻，愿逐月华流照君"，李白《闻王昌龄左迁龙标遥有此寄》亦说"我寄愁心与明月，随君直到夜郎西"。第四，岁月流逝、人事变迁，唯有明月依旧，月的这一特征又启发诗人对人生哲理的思索，对宇宙奥秘的探求以及对美好生活的憧憬。如张若虚《春江花月夜》说"江畔何人初见月？江月何年初照人？人生代代无穷已，江月年年只相似"，李白《把酒问月》说"青天有月来几时？我今停杯一问之。人攀明月不可得，月行却与人相随"。第五，明月深夜普照，光线柔和，因而它又成了光明纯洁的象征，成了温柔多情、善解人意的伙伴。王维《竹里馆》"深林人不知，明月来相照"，李白《月下独酌》"举杯邀明月，对影成三人"的诗句便是中国古代文人这一心理的体现。另外，月过十五，清辉日渐减少，诗人们又将它与思妇消瘦憔悴的面容联系起来，故张九龄《赋得自君之出矣》说"思君如满月，夜夜减清辉"。从以上分析可看出，月意象与人的情感确有许多相契之处，正是这样的原因，月便被古代诗人频繁吟咏，成为他们抒发情感的极好载体，成为他们亲密无间，足以慰藉人生的好朋友。

艺术的天敌在于重复、雷同，咏月诗词数以千计，然而首首不同，各有妙处。这是因为不同诗人以不同的审美心境观照客体对象，使月多方面的属性都得到了反映，也使诗人各不相同的情感得到了表现。只要想象存在，艺术将永远不会枯竭。所以著名美学家朱光潜说："情感是生生不息的，意象也是生生不息的。换一种情感就是换一种意象，换一种意象就是换一种境界。即景可以生情，因情也可以生景。所以诗是做不完的。"①

---

① 《谈美·谈文学》，第 83 页，人民文学出版社 1988 年。

三

意象是一种因物感于心而生出的包含人的情感、意念的感性形象，它有两个最基本的要求。首先，单纯说理或直接抒情都不能构成意象，意象赖以存在的前提条件是物象。其次，意象要求诗人不能对物象进行简单地复制或照相，而必须运用审美经验对物象进行淘汰与筛选，以符合自己的美学趣味。所以，歌德曾经说过："艺术家对于自然有着双重关系：他既是自然的主宰，又是自然的奴隶。他是自然的奴隶，因为他必须用人世间的材料来进行工作，才能使人理解；同时他又是自然的主宰，因为他使这种人世间的材料服从他的较高的意旨，并且为这较高的意旨服务。"[1]而成了融进审美主体主观情感的审美意象，这个意象具有许多与物象、意境等近似概念不同的带有审美意义与文化学意义的显著特点。

积淀性：历史从来就不是割裂的，而具有一定的传承性，审美意象也是这样。中国古代诗词中一些常见的感染力很强的典型意象，一旦被某位天才诗人发现、使用，后来的诗人就踵而效之，反复沿袭，并将其类似的情感体验投射于审美意象中，从而稳定了它的含义，使之能为更多的诗人所接受。内容积淀为形式，形式一经形成，就能唤起读者类似的联想。如夕阳芳草、梧桐秋雨、烟波江涛、断鸿孤雁等意象经过历代诗人长期使用，便已成为凝聚着中华民族文化心理结构中离情别绪的典型意象群，尤其是唐宋诗词所创造的辉煌灿烂的意象体系已成为后人难以逾越的艺术高峰。

联系古代诗歌的实际情况，意象的积淀性特征便清晰可见。

---

[1] 《歌德谈话录》，第 187 页，人民文学出版社 1978 年。

如屈原《九歌·河伯》诗曰:"子交手兮东行,送美人兮南浦。"①古人远行一般走水路,故亲人送别多在水边,诗中的"南浦"即美人送别河伯之地。南朝江淹《别赋》描写各种人的离情别绪,其中"春草碧色,春水绿波,送君南浦,伤如之何"几句名言颇为人称道。他把送别之地放在南浦,显然是受屈原的影响。从此之后,"南浦"一词绝非字面上的意思——水的南边,而具有深刻的美学意蕴,常常与离别连在一起。当我们阅读古典诗词,看到"南浦"这个意象时,马上就会想到诗人是在抒发离别之情。如白居易《南浦别》"南浦凄凄别,西风袅袅秋",范成大《横塘》"南浦春来绿一川,石桥朱塔两依然",辛弃疾《祝英台近》"宝钗分,桃叶渡,烟柳暗南浦"等,此外像"别浦"、"春浦"、"断浦"、"芙蓉浦"、"青枫浦"等类似的词,同样表示离别之地。可见,"南浦"一词经过历代诗人长期的审美积淀,已形成了固定的含义,成为诗人表达离情别绪的极好意象。再如,作为陆上的送别之所,长亭也频繁地出现于古代诗词中:旧题李白《菩萨蛮》"何处是归程? 长亭更短亭",柳永《雨霖铃》"寒蝉凄切,对长亭晚,骤雨初歇",李叔同的歌词《送别》"长亭外,古道边,芳草碧连天",由此可见,长亭已成为陆上送别之所的代称。瑞士分析心理学家荣格《论分析心理学与诗的关系》说:"每个意象都凝聚着一些人类心理与人类命运的因素,渗透着我们祖先历史中大约按照同样的方式无数次重复产生的欢乐与悲伤的残留物。"

再生性:诚如文化一样,审美意象亦具有惊人的再生性。一些典型的诗歌意象,经过历代诗人不断地使用,随着文化背景与社会现状的变化,该意象会增生出许多新的含义。形成这一形象的原因有两点:其一,不同时代的文化背景不同,诗人的审美心境也有别,因而对同一客体物象便会赋予不同的情感,从而使意象的含

---

① 朱熹:《楚辞集注》,第43页,上海古籍出版社1979年。

义更新。其二,客体对象具有多方面的自然属性,随着人们认识能力的提高,这些属性便会不断地被人们发现并加以突出描写,从而导致意象的多重含义。

作为审美意象的菊与莲,在古典诗词中频繁出现,几乎是呈几何级数增长,它的含义也有一条历时性发展演变的轨迹可寻。

菊在先秦时期被视作傲霜之花,诗人多称赞其坚强的品格与清高的气质。屈原《离骚》即曰:"朝饮木兰之坠露兮,夕餐秋菊之落英。"作者以饮露餐花象征自己品行的高尚和纯洁。菊在秋天开放,不与春天百花为伍,故陶渊明又将其视作隐逸之花,成为诗人不慕富贵与繁华,崇尚简朴与淡泊的文化符号。陶渊明爱菊,菊爱陶渊明,二者已成统一的文化融合体。其《饮酒》其四"秋菊有佳色,裛露掇其英。泛此忘忧物,远我遗世情",其五"采菊东篱下,悠然见南山",《归去来兮辞》亦曰"三径就荒,松菊犹存",均表达了诗人超凡脱俗的隐逸风范。唐宋诗词中,诗人爱其孤高,尚其隐逸,咏菊之作不绝如缕,如元稹《菊花》:"秋丛绕舍似陶家,遍绕篱边日渐斜。不是花中偏爱菊,此花开尽更无花。"表达了诗人对坚贞、高洁品格的追求。郑思肖《寒菊》"宁可枝头抱香死,何曾吹落百花中"、范成大《重阳后菊花二首》"寂寞东篱湿露华,依前金靥照泥沙"等诗句,都借菊花来寄寓诗人的精神品质,这里的菊花无疑已成为诗人一种人格的写照。

莲又称莲花、荷花、芙蕖、菡萏等。《尔雅·释草》:"荷,芙蕖。其茎茄,其叶遐,其本蔤,其华菡萏,其实莲,其根藕,其中的,的中薏。"先唐古诗中,莲花以其是娇弱草本,多以喻指多情女子,在唐宋诗词中,有时甚至将其比作妓女形象;又因"莲"谐音"怜","荷"谐音"和","藕"谐音"偶","丝"谐音"思",故莲、荷又多喻指男女爱情。《诗经·陈风·泽陂》用莲花比喻美人,用莲的叶、花、实喻指所爱姑娘躯体的硕大、容貌的俊美、为人的诚实。《西洲曲》："开门郎不至，出门采红莲。采莲南塘秋，莲花过人头。低头弄莲子，莲子青如水。置莲怀袖中，莲心彻底红。"北宋时期，作为理学家的周敦颐"独爱莲"的"不染"、"不妖"，"中通外直，不蔓不枝"，"香远益清，亭亭净植"，将莲比作君子，赋予它伟岸的身躯与美好的品格，在创作手法上，这已经不是简单的文学创新，而是一次颠覆性的革命。

差异性：不同的诗人、不同的民族，不同的时代以及不同的地域有着各自不同的意象群，这就是审美意象的差异性。意象的差异性与文学风格的差异性是紧密相连的，因为能否建立独特的意象群是衡量一个诗人艺术水平高低的标准之一。

刘勰认为艺术风格出现"笔区云谲，文苑波诡"的差异性，是由于作家"才有庸俊，气有刚柔，学有浅深，习有雅郑"的结果。[1] 所以，不同作家内在的性情，天生的才气及后天的学习不同，其艺术风格各异，因而他们诗中所出现的审美意象也会迥然有别。杜甫诗中很少有李白飞腾的瀑布、咆哮的黄河，翱翔的大鹏及雷霆闪电等意象；同样地，李白诗中也很少有杜甫残暴的官吏、羸弱的老妪、苦戍的士兵及病橘枯楠、孤舟瘦马等意象。[2] 这就是诗歌意象在创作主体上所体现出的差异性。

不同时代的诗人由于时代精神有别，也会拥有不同的意象群。盛唐诗中大漠孤烟、长河落日等壮观意象与晚唐诗中残花败柳、枯枝落叶、夕阳芳草、寒蛩鸣蝉等衰飒意象不同。北宋词中绣帘罗幕、玉枕画屏的闺中意象与南宋词中金戈铁马、落日塞尘的沙场意象有别。这都是诗词意象在不同时代所体现出来的差异性。另

---

[1] 赵仲邑译注：《文心雕龙译注·体性》，第 254 页，漓江出版社 1985 年。

[2] 参袁行霈《李杜诗歌的风格与意象》，《中国诗歌艺术研究》，北京大学出版社 1987 年。

外,自然山水、地貌特征及风土人情也影响着作家的创作,使其诗歌意象出现一些地域差异。杏花春雨、小桥流水是南方诗人常用的意象;而铁马秋风、边塞草原则是北国诗人所独有的意象。

双向建构性:文化是人创造的,特定的文化又将构成人类生存的环境。唯其如此,中国古代诗歌意象与中华民族审美心理存在着明显的相互制约关系。一方面,审美心理制约、规范着诗歌意象;另一方面,典型的审美意象又反过来影响、强化着诗人的心理品格,它们之间存在着双向建构关系。

中国文人非常重视自我的本然天性,摆脱束缚,追求自由,憧憬理想,向往光明几乎是每个文人的文化品格。于是,可以销愁、解忧、壮胆、提神的酒意象便频频活跃于历代诗人的笔下,成为其快慰人生的兴奋剂。竹林七贤中的刘伶,为抵抗司马氏的高压,写作《酒德颂》以表现自己豪宕不羁、高蹈遗世的可贵品质,故谓"天生刘伶,以酒为名。一饮一斛,五斗解酲。妇儿之言,慎不可听。"[1]李白《陪侍郎叔游洞庭醉后三首》其一"三杯容小阮,醉后发清狂",《赠崔侍郎》"长剑一杯酒,男儿方寸心"等诗句抒发了作者蔑视功名富贵、追求幸福自由的强烈感情。杜甫诗《饮中八仙歌》画活了一代文人豪放旷达、傲视王侯的形象。同时酒意象在古诗中反复出现,又把它那丰富深厚的意蕴积淀在我们民族文化心理深处。由于这些咏酒诗的熏陶,中华民族又形成了不屈于恶势力压制,敢于反抗,敢于斗争的酒神精神。

诗歌意象的双向建构性还可以解释这样一个文学现象,即中国文人常以某一诗歌意象来寄托其高尚情趣,作为其人格的象征物,如陶渊明爱菊,林逋、陆游爱梅,郑思肖爱兰,周敦颐爱莲,苏轼、郑板桥爱竹等。这是因为,这些意象本身便是某种类似于君子

---

[1] 房玄龄等撰:《晋书》,第1376页,中华书局1982年。

的美好品德，兼之又经过历代诗人词客无数次地吟咏、描写，积淀了丰厚的美学意蕴，成为高雅纯洁，独立不迁等美好品格的象征。中国文人尤其是那些内怀高洁、外抗流俗的文人都可从这饱含情蕴的典型意象中找到自己所需要的精神营养。

　　中国古代没有像西方那样产生洋洋洒洒数万言的长篇诗歌，绝大多数都是一些体制短小的诗章。这些小诗讲究临景结构，或融情于景，或借景抒情；同时注重意境，要求主客交融、物我同一。所以诗人只有将自己丰富的情感体验注入审美意象中，才能在短小的篇幅内表达复杂多样的感情，才能避免平铺直露，达到含蓄蕴藉、神韵无穷的艺术效果。中国哲学上的"天人合一"论，儒家理论中的"比德"说以及楚骚美学、道家美学乃至后来禅宗美学中的自然观，都是形成中国古代诗歌意象及其基本特点的原因。明白了这一点，许多诗歌释读中的问题便可迎刃而解。

柳意象与古代诗歌阐释

　　意象是构成诗歌大厦的基本砖石，是组成诗歌意境的微小细胞。它是一个个表意的典型物象，是主观之象，是可以感知的。诗词中使用意象，可以给读者提供广阔的想象空间和回味馀地，使诗词的主题丰富多样和不确定，读来让人回味无穷。因此，我们在进行古典诗词的阐释过程中，固然需要了解作品的写作背景，查阅语词与典故出处，但更重要的是，要深刻理解诗词中意象所蕴含的思想意义，才能更透彻地把握诗人寄托其中的深层内涵。众所周知，一般选本对诗词中诸如梅、兰、竹、菊、月、水、风、草等看似简洁明了的自然意象并未注释，读者在阅读时也易忽视，而恰恰一首诗的蕴含就体现在这些意象中。本文以诗歌中经常出现的柳意象为个案，重点探讨柳意象与唐诗阐释的关系。

一

　　柳为落叶乔木或灌木，枝柔韧，叶狭长，春天开黄绿色花，种子上有白色毛状物，成熟后随风飞散，种类很多。柳文化内在的流变过程规定并制约着人们审美意识的迁移，因此，柳意象的含义也由此呈现出一条清晰可寻的发展演变轨迹。《诗经》中言柳诗凡四首，基本上处于借物抒情的初级阶段，但已开诗中言柳之先河。

《小雅·采薇》中"昔我往矣,杨柳依依。今我来思,雨雪霏霏"几句,借杨柳表达士兵的思乡恋亲之情,写的情景交融,堪为千古佳句。两汉时期,"柳"因与"留"谐音,可以表示挽留之意,且易种好活,可以寓示远行之人落地生根,随遇而安。清代褚人穫《坚瓠广集》卷四云:"送行之人岂无他枝可折而必于柳者,非谓津亭所便,亦以人之去乡正如木之离土,望其随处皆安,一如柳之随地可活,为之祝愿耳。"故在当时出现了折柳相送的习俗。西安的灞陵桥,是人们到全国各地去时离别长安的必经之地,而灞陵桥两岸杨柳掩映,成了古人折柳送别的地方,故旧题李白的《忆秦娥》有"年年柳色,灞陵伤别"的词句。流传至今的地理学著作《三辅黄图》卷六"桥"载:"霸桥在长安东,跨水作桥,汉人送客至此桥,折柳赠别。"因此,折柳送别以表达惜别之情,也成了后人诗歌创作永不枯竭的题材,古乐府中像《小折杨柳》《折杨柳行》《折杨柳枝》《攀杨枝》之类的题目几乎被人们用滥了。

　　魏晋时代,人物品评之风颇盛,柳又成了君子比德之物,被人们认为是一种文化人格的象征。《世说新语·容止》曰:"有人叹王恭形貌者,云:'濯濯如春月柳。'"①《南史·张绪传》载,齐武帝萧赜于旧宫芳林苑植杨柳,"尝赏玩咨嗟,曰:'此杨柳风流可爱,似张绪当时。'"②这说明魏晋六朝时期柳的人格化对象基本上还是男性,并且是有美好品格的男性。这种用法在唐宋诗词中几乎绝迹。

　　齐梁宫体诗以至初盛唐诗歌对柳意象的审美关注,除了在渲染离别情绪上胜前一筹外,从中又发现并赋予了更多的柔情媚意。人们惯于用柳叶比喻女子的眉与眼,用柳枝比喻女子们的腰与舞姿,用柳絮比喻女子的生死由人与情意无定,柳的女性化

---

① 余嘉锡笺疏:《世说新语笺疏》,第 625 页,上海古籍出版社 1993 年。
② 《南史》卷三十一,第 810 页,中华书局 1975 年。

意味在逐渐增强。据有人统计,《唐诗三百首》中柳意象出现达二十九次之多,且大多与女性有关。清代诗评家程梦星评李商隐诗时即云:"唐人言女子好以柳比之。"中晚唐迄至宋代诗词中,柳意象又多与青楼女子相联,成为贱称娼女的贬义词。于是汉语词汇依附着柳意象殖生、扩展出一系列具有丰富文化内涵的符号:贬毁女子轻浮为水性杨花,讥讽男子嫖娼为寻花问柳,娼女居住之处为柳市花街,甚至连性病也被称为"花柳病"。所以,柳意象经过长期积淀,逐渐成为一种凝聚着中国人特殊情感和思想的大众意象。

二

众所周知,艺术创作追求立意新颖,避免重复、雷同。咏柳诗词数以千计,然而首首不同,各有妙处,这是因为不同诗人以不同的审美心境关照客体对象,使柳多方面的属性都得到了反映,也使诗人各不相同的情感得到了表现。只要想象存在,艺术将永远不会枯竭。据初步统计,《全唐诗》中咏柳诗约有四百首,每首立意各不相同,柳意象的蕴涵因此呈现出丰富多样的谜面。

1. 柳为自然之物,本无情感可言,然诗人吟咏,往往移情于物,化无情为有思。如杜甫《后游》:"江山如有待,花柳自无私。"韩愈《晚春》:"杨花榆荚无才思,惟解漫天作雪飞。"李商隐《二月二日》:"花须柳眼各无赖,紫蝶黄蜂俱有情。"韦庄《台城》:"无情最是台城柳,依旧烟笼十里堤。"皆言柳之无情而恼人。

2. 柳寓示离情别绪。如王之涣《送别》:"杨柳东风树,青青夹御河。近来攀折苦,应为别离多。"戴叔伦《堤上柳》:"垂柳万条丝,春来织别离。行人攀折处,闺妾断肠时。"雍裕之《江边柳》:"袅袅古堤边,青青一树烟。若为丝不断,留取系郎船。"正因为柳与留别相连，柳促人离怀，故与前此相反，诗人有时不愿攀折柳条，不欲柳条生长。李白《劳劳亭》："天下伤心处，劳劳送客亭。春风知别苦，不遣柳条青。"李商隐《离亭赋得折杨柳二首》其二："为报行人休尽折，半留相送半迎归。"此可为情痴之语。

3. 柳柔弱细长，多喻姣好女子。李渔《闲情偶寄》卷五说："柳贵乎垂，不垂则可无柳。柳条贵长，不长则无袅娜之致，徒垂无益也。"故葛立方《韵语阳秋》卷十九说："柳比妇人尚矣，条以比腰，叶以比眉，大垂手、小垂手以比舞态，故自古命侍儿，多喜以柳为名。"①如杜甫《绝句漫兴九首》其九："隔户杨柳弱袅袅，恰似十五女儿腰。"李商隐《赠柳》："章台从掩映，郢路更参差。见说风流极，来当婀娜时。桥回行欲断，堤远意相随。忍放花如雪，青楼扑酒旗。"首联以楚王爱柳之典，写与美人的交往。颔联写美人的可爱，颈联写与美人的离别，尾联回忆昔日盛筵的欢乐，以反衬眼前离别的痛苦。正因为柳似美人，故唐代诗人往往因柳怀人。施肩吾《折柳枝》："伤见路傍杨柳春，一重折尽一重新。今年还折去年处，不送去年离别人。"白居易《忆江柳》："曾栽杨柳江南岸，一别江南两度春。遥忆青青江岸上，不知攀折是何人。"

4. 柳作为春光春景，寓示着青春、欢乐与幸福。如王昌龄《闺怨》："忽见陌头杨柳色，悔教夫婿觅封侯。"郑谷《淮上与友人别》："扬子江头杨柳春，杨花愁杀渡江人。"柳象征人的青春与欢乐，此时本当欢聚团圆，却要无奈分离，故曰"悔"、"愁"。后诗中的"杨花"与柳絮实为两种不同的花卉，植物学上有着严格的区别，但也有相似的地方，故古人多混为一谈。

5. 杨柳春荣秋凋，寓示人生短暂，生命无常。如白居易《勤政楼西老柳》："半朽临风树，多情立马人。开元一枝柳，长庆二年

---

① 何文焕辑：《历代诗话》，第 642 页，中华书局 1981 年。

春。"诗中大有人世沧桑，美人迟暮之感。又如李商隐的《柳》："曾逐东风拂舞筵，乐游春苑断肠天。如何肯到清秋日，已带斜阳又带蝉。"通过柳荣枯的对比描写，融合着诗人生命、政治与爱情的慨叹。

6. 柳絮为素白之色，又是暮春的标志，故多以喻白发，寓示人生老迈。如白居易《柳絮》："三月尽是头白日，与春老别更依依。凭莺为向杨花道，绊惹春风莫放归。"以柳絮之白比喻头发之白，别出心裁。雍裕之《柳絮》："无风才到地，有风还满空。缘渠偏是雪，莫近鬓毛生。"此诗绘柳絮传神逼真，呼之欲出，由柳絮联想到白雪，再联想到白发，最后写到人的苍老，贴切自然，形态毕肖。

7. 柳絮无根，随处坠落，这种飘荡无依、不能自主的状况寓示天涯游子漂泊不定、无法把握自己命运的生存状态。薛能《咏柳花》："浮生失意频，起絮又飘沦。"薛涛《柳絮》："二月杨花轻复微，春风摇荡惹人衣。他家本是无情物，一任南飞又北飞。"二诗借随风飘荡的柳絮抒发作者俯仰由人、不能自已的身世之感。与此同时，柳絮因微小繁多，暮春漫天飞舞，撩人思绪，且"絮"同思绪的"绪"谐音，故又寓示闲愁多而广。如刘禹锡《柳花词三首》其一："轻飞不假风，轻落不委地。撩乱舞晴空，发人无限思。"又如冯延巳《鹊踏枝》："撩乱春愁如柳絮，悠悠梦里无寻处。"

8. 柳絮随风飘荡，落入水中，化为浮萍，随波逐流，故多寓示女人的轻浮，谓之"风流之花"；又因柳絮的飞舞，极易让人想到小人的得意忘形和趋炎附势，故多寓示小人的轻狂，被贬为"颠狂之花"。杜甫《绝句漫兴九首》其五："颠狂柳絮随风舞，轻薄桃花逐水流。"柳絮同桃花一样为轻薄之花，在唐诗中成为倡女的代名词。而李绅的《杨柳》则曰："愁见花狂飞不定，还同轻薄五陵儿。"这里柳絮又是颠狂嚣张，得意忘形的小人的象征。

三

从上分析可见,柳意象是一种因物感于心而生出的包含人的情感、意念的感性形象,它有两个最基本的要求。首先,单纯说理或直接抒情都不能构成柳意象,它赖以存在的前提条件是物象。其次,柳意象要求诗人不能对物象进行简单复制,甚至照相式描写,而必须运用审美经验对物象进行淘汰与筛选,以符合自己的美学趣味。两千馀年来,柳意象被历代诗人反复地加以运用,由此呈现出诸多特点:

首先,中国古代诗歌经典意象的出现,往往是先有某位诗人率先使用,后来的诗人踵而效之,反复沿袭,将类似的情感体验投射其中,从而积淀成具有稳定含义,并为大众接受的情感载体。柳意象也是这样,它在营造方式与文化内涵上具有一定的积淀性。作为审美意象的柳,在古典诗词中频繁出现,几乎是呈几何级数增长,或单独出现,或与其他意象组合,有柳梢、柳条、柳叶、柳眼、柳堤、柳陌、柳絮、柳眉、柳丝、柳思、柳腰、柳浪、柳态、柳巷、柳桥、柳洲、柳蒲、柳鬟、柳岸、柳阴、柳绵、柳风、柳黛、柳花、柳径、柳莺、柳林、柳树、垂柳、杨柳、烟柳、雪柳、梅柳、杞柳、年柳、御柳、官柳、弱柳、纤柳、细柳、河柳、榆柳、枯柳、河柳,等等,不胜枚举。柳意象的蕴涵不断丰富,已积淀、凝炼出诸如离别、伤感、柔弱、漂泊、轻浮、轻狂等多重文化含义。尤其是在唐宋诗词中,柳意象蕴涵的丰富与稳定达到了无以复加的程度。

其次,诚如文化一样,柳意象亦具有极大的再生性。经过历代诗人不断的使用,柳意象不断派生出含蕴不尽的象征喻指。柳意象在先秦时不过是诗人托物言志、借景抒情的普通词汇,在魏晋时代多用于形容具有美好品格的男性,初盛唐则转而形容柔弱的女性,中晚唐迄至宋代又多与青楼女子与无耻小人相联系,成为一个具有负面道德人格象征意味的贬义词。形成这一文化现象的原因有两点:其一,不同时代的文化背景不同,诗人的审美心境也有别,因而对同一客体事物便会赋予不同的情感,从而使意象的含义更新。其二,客体对象具有多方面的自然属性,随着人们认识能力的提高,这些属性便会不断被人们发现并加以突出描写,从而导致意象的多重含义。柳意象的这一特点丰富了中国古代诗词的表情层次,使古代诗人的抒情方式趋向多元。

再次,不同文化背景与性格气质的诗人对柳意象的理解、运用有时呈现出较大的差异。如伤感的诗人可能会钟情于残花败柳,富有朝气与激情的诗人多着意于繁枝绿叶;阅历深厚的诗人会由杨柳而生发对社会与人生的感慨,多情善感的诗人则会因之而联想到离情别绪与意中人。如身处高位的贺知章所作《咏柳》:"碧玉妆成一树高,万条垂下绿丝绦。不知细叶谁裁出,二月春风似剪刀。"诗中以正苗壮生长的杨柳颂赞春的勃勃生机;而漂泊异地他乡的郑谷所写《淮上与友人别》:"扬子江头杨柳春,杨花愁杀渡江人。数声风笛离亭晚,君向潇湘我向秦。"杨柳、杨花则成了承载诗人表达离情别绪、孤独寂寞的情感载体。

总之,古代咏柳诗词从无到有,由少到多,不可胜数。人们对柳的审美认识经历了一个由简单到复杂,从形似到神似的过程。柳意象由此被赋予了丰富的文化内涵。

中国古代咏竹诗词审美谈

　　中国是世界上研究、栽培和利用竹子最早的国家,远古民歌《弹歌》"断竹,续竹,飞土,逐肉"①,表明上古时期的劳动人民就懂得用竹来狩猎的道理。竹生长快,适应性强,其用途广泛,涉及衣、食、住、行、用各方面,与人民生活息息相关,所谓"食者竹笋,庇者竹瓦,载者竹筏,爨者竹薪,衣者竹皮,书者竹纸,履者竹鞋,真可谓一日不可无此君也耶?"②竹竿挺拔修直,竹叶潇洒多姿,竹形千奇百态。古人尚竹,从竹子的这种形态特征中提炼出为人处事的道德标准,如虚心、有节等,其内涵已形成中华民族品格、禀赋和精神的象征。看到竹子,人们就会联想到不畏逆境,不惧艰辛,中通外直,宁折不屈等美好品格。中国古代文人嗜竹咏竹者不胜枚举。翻开其诗集词选,我们便会发现作为诗人比德之物的竹屡屡活跃于骚人墨客的笔端,成为他们托物言志,借物抒怀的媒介。这众多的咏竹诗词既绵延着诗人们永久不衰的共同爱好,又蕴含着他们代代相传的现成思路与精神原型。

一

　　竹是古代诗词的重要题材。《诗经》中就出现过写竹的诗句,

---

① 《弹歌》,见东汉赵晔编《吴越春秋》。
② 苏轼《记岭南竹》,《苏轼文集》卷七十三,第 2365 页,中华书局 1986 年。

如《卫风·淇奥》曰："瞻彼淇奥,绿竹猗猗。"从《水经注·淇水》可知,汉代以前淇水边多竹,故诗人以此起兴,比"有匪君子"的品格。中国文人对竹的爱赏、吟咏首先表现在形貌体态上,包括由此产生的竹声、竹荫。萧萧绿竹,虽则无牡丹之富艳,无桃李之妖冶,甚至没有青松之雄伟,可它茎干修长,枝叶扶疏,四季常青,给人以秀雅洁静、风姿绰约的审美感受,如"嫩节留馀箨,新丛出旧栏。细枝风响乱,疏影月光寒"(王维《沈十四拾遗新竹生读经处同诸公之作》),"冉冉偏凝粉,萧萧渐引风。扶疏多透日,寥落未成丛"(元稹《新竹》)。唯其枝叶扶疏错综,竹影摇曳,才有一种清淡空灵之美。郑板桥自题诗《题画竹》"一两三枝竹竿,四五六片竹叶。自然淡淡疏疏,何必重重叠叠",正是这种以疏为美的审美理想的反映。竹不似春花艳放一时,它四季常青,苍翠浓绿,秀色可餐。因而古人在竹的色彩描绘上,多写其青枝绿叶、翠茎琼节,如"绿叶吟风劲,翠茎犯霄密"(王绩《古意》其二)、"露涤铅粉节,风摇青玉枝"(刘禹锡《庭竹》)。微雨霏霏之时,竹含烟和露,迎风带雨,其枝于雾气朦胧之中依稀可见,其干经过雨洗风吹更加苍翠欲滴,如"无情有恨何人见,露压烟啼千万枝"(李贺《昌谷北园新笋》其一)、"烟叶蒙笼侵夜色,风枝萧飒欲秋声"(白居易《和汴州令狐相公新于郡内栽竹》)。若是晴天丽日,风贯竹林,竹叶交戛相摇,如叩琼击佩,馨然成韵,其声铮铮,清脆悦耳,如"哀响激金奏,密色滋玉英"(陈子昂《与东方左史虬修竹篇》)、"交戛敲欹无俗声,满林风曳刀枪横"(无名氏《斑竹》)。初春之际,新竹抽梢拔节,迅猛生长,焕发出勃勃生机,蕴藏着无穷力量,如"嫩条梢空碧,高枝梗太清"(徐渭《题画竹》)。李贺甚至夸张地说"箨落长竿削玉开,君看母笋是龙材。更容一夜抽千尺,别却池园数寸泥"(《昌谷北园新笋》其一)。不过,古人品竹却以老瘦见胜,老竹经风历雨,根干挺拔,给人以刚劲瘦硬之感,如"古竹老梢惹碧云,茂陵归卧叹清贫"(李贺《昌谷北园新笋》其四)、"人怜直节生来瘦,自许高材老更刚"(王安石《与舍弟华藏院此君亭咏竹》)。唐代中期画家萧悦画的墨竹首屈一指,无与伦比。白居易的《画竹歌》对他推崇备至:

> 萧郎下笔独逼真,丹青以来唯一人。人画竹身肥臃肿,萧画茎瘦节节疏。人画竹梢死羸垂,萧画枝活叶叶动。不根而生从意生,不笋而成由笔成。野塘水边敧岸侧,森森两丛十五茎。婵娟不失筠粉态,萧飒尽得风烟情。①

此诗评价萧悦给自己画的墨竹,盛赞萧悦为古今画竹第一人,表现了画家的高超技艺,也表达了诗人的艺术理想。由此可见,古人赏竹以疏、硬与老枝、瘦干者为贵,枝疏则风韵洒落,干瘦则骨格清癯,株老则苍劲古朴。

二

中国传统美学非常重视审美中介的作用。诗人创作时,直抒胸臆者少,大多将自己的主观心性、情感投射于具有某种文化含义的自然之物中,通过对自然之物的吟咏来表情达意。古代的吟咏赋竹之作即是这样。虽则它有很多的实用功能,但文人们欣赏、关注的主要是它瘁瘠、耐寒、竿直、心虚及有节等与其他植物不同的特征。谦谦翠竹,比君之德,这种异质同构的联想早在战国至秦汉年间便已露其端倪,《礼记·礼器》云:"其在人也,如竹箭之有筠也,如松柏之有心也。二者居天下之大端矣,故贯四时而不改柯易

---

① 《画竹歌并引》,顾学颉校点:《白居易集》卷十二,第234页,中华书局1979年。

叶。"①松、竹历经风霜雨雪，"不改柯易叶"，正以比君子人格。清代郑板桥在一幅竹石图的题辞中说得更为具体，"盖竹之体，瘦劲孤高，枝枝傲雪，节节干霄，有似乎士君子豪气凌云，不为俗屈"。②前者谓"人如竹"，郑板桥则说"竹似人"，其意一矣。所以，如前所述，竹的清幽窈窕、风神秀逸的确让人赏心悦目，但以竹自喻或以竹喻人才是中国文人慕竹之风的深层心理与真实目的。

首先，竹的生长不择环境，深山幽谷，河洲泽畔，庭园篱边，驿馆路旁，一簇簇、一丛丛，无处不显示它旺盛的生命力，如"家泉石眼两三茎，晓看阴根紫陌生"（李贺《昌谷北园新笋》其三），"春正好，见龙孙穿破，紫苔苍壁"（辛弃疾《满江红·点火樱桃》），"风味既淡泊，颜色不妖媚。孤生崖谷间，有此凌云气"（杨载《题墨竹》）。尤其可贵的是，竹不畏艰难，敢于斗争，并且环境越险恶，斗争的意志越坚强，显示出凛然不可侵犯的正气，如"咬定青山不放松，立根原在破岩中。千磨万击还坚劲，任尔东西南北风"（郑板桥《竹石》），"秋风昨夜渡潇湘，触石穿林惯作狂。唯有竹枝浑不怕，挺然相斗一千场"（郑板桥《题画竹》）。竹的这一品性，苏轼为画竹名家文同所作的《墨君堂记》给予了高度赞扬："（竹）得志，遂茂而不骄，不得志，瘁瘠而不辱。群居不倚，独立不惧。"③可见在古代文人心中，竹具有一种"人不知而不愠"的君子风格，一种不希名誉，自乐其志的坦荡胸怀，象征着疏远污浊政治，保全自身人格的美质。

其次，竹具有耐寒的特点。《说文解字》说："竹，冬生草也。"它秋冬不凋，四季常青，正所谓"一生孤贞，四时青茜，不争丽于夏色，

---

① 陈澔注：《礼记》，第 132 页，上海古籍出版社 1994 年。
② 《题画竹》，《郑板桥集》，第 222 页，江苏广陵书社 2011 年。
③ 《苏轼文集》卷十一，第 356 页，中华书局 1986 年。

不改贞于秋霰"①（高无际《大明西垣竹赋》）。尤其是百草凋零,木叶尽脱的隆冬之时,竹凌霜傲雪,冲寒而生,仍葆一派苍翠之色,将那一身迷人的青绿呈现给人们,如"不用裁为鸣凤管,不须截作钓鱼竿。千花百草凋零后,留向纷纷雪里看"（白居易《题李次云窗竹》）,"曾与蒿藜同雨露,终随松柏到冰霜"（王安石《与舍弟华藏院此君亭咏竹》）,"贞姿不受雪霜侵,直节亭亭易见心"（马谦斋《双调·水仙子·咏竹》）。竹正是以这种不畏严寒,经冬犹绿的品性与松梅并列被古人尊称为"岁寒三友"。南宋诗人楼钥赋诗赞曰:"梅花屡见笔如神,松竹宁知更逼真。百卉千花皆面友,岁寒只见此三人。"（《题杨补之画》）故而古人常常梅竹同写,松竹并咏,这样或梅竹呈祥,相得益彰;或松竹比肩,历寒经霜,如"竹里梅花相并枝,梅花正发竹枝垂"（刘言史《竹里梅》）,"宜烟宜雨又宜风,拂水藏村复间松"（郑谷《竹》）。封建时代,许多文人爱竹慕竹、咏竹赋竹,就是要学习、效仿竹瘁瘠耐寒的品性,虽坎坷挫折,襟抱未开,仍然苦苦求索,奋斗不止。

第三,竹还有着坚强、正直、谦逊及有节等优秀品质。这在白居易的《养竹记》一文中有十分透彻、深入地分析:

> 竹本固,固以树德;君子见其本,则思善建不拔者。竹性直,直以立身;君子见其性,则思中立不倚者。竹心空,空似体道;君子见其心,则思应用虚受者。竹节贞,贞以立志;君子见其节,则思砥砺名行,夷险一致者。夫如是,故君子人多树之为庭实焉。②

---

① 《全唐文》卷九百五十,第4373页,上海古籍出版社1995年。
② 顾学颉点校:《白居易集》卷四十三,第936—937页,中华书局1979年。

唯其如此,古人咏竹除了重其瘁瘠耐寒,积极进取的崇高精神外,还好其不尚荣华、淡泊处世的隐士气质与情怀。如"竹生空野外,梢云耸百寻。无人赏高节,徒自抱贞心"(刘孝先《竹》),"不随桃李争春色,独守孤贞待岁寒"(王禹偁《官舍竹》),"我自不开花,免撩蜂与蝶"(郑板桥《竹》),这是赞扬竹超尘脱俗,不与凡花为伍的美好品性。又如,"竹性不耐杂,志在干青云"(袁枚《芟竹》),"心虚根柢固,指日定干霄"(戴熙《题画竹》),这是赞扬竹具有虚怀若谷,志趣高远的精神。竹的这些优秀品质与历代文人高雅的情趣深相契合,因而常被他们用作人格的化身,以表现其脱俗不凡的精神。唐代诗人李程说竹可喻人,"常受凌寒竹,坚贞可喻人"(《赋得竹箭有筠》)。故白居易将其好友元稹与竹相比,"曾将秋竹竿,比君孤且直"(《酬元九对新栽竹有怀见寄》)。郑板桥纵使已弃官归隐,也要坚持竹钓,"写取一枝清瘦竹,秋风江上作渔竿"(《予告归里画竹别潍县绅士民》)。

三

依文化学的原理,人们往往在他的衣饰、生活用品、住宅环境、居室陈设当中,投射自己的性格。竹子无牡丹之富艳,无松柏之伟岸,无桃李之娇艳,但竹秀姿美态,风致雅韵,蕴含着士人进取的意志,以涵泳着他们淡泊的情怀。"惟修竹之劲节,伟圣贤之留赏"(许敬宗《竹赋》)、"日出有清阴,风来有清声"(白居易《养竹记》),基于这样的理由,历代文人雅士无不对竹倍加爱慕、赞赏。他们视竹为无比亲近的朋友,彼此促膝谈心,同斟共欢,以期达到"竹如我,我如竹"的陶然心境,"客思方无那,诗愁得共论。问渠能饮否?把酒酹霜根"(杨万里《咏十里塘芰店水亭前竹林》)。清代蒋廷锡甚至认为"竹梢枯劲竿清瘦,久久可以医吾俗"(《题小颠墨竹》),竹如同琴棋书画一样,成了古代文人生活中不可或缺的高雅之物。

"不有小园新竹色，君来那肯暂淹留"（崔道融《郊居友人相访》）、
"声拂琴床生雅趣，影侵棋局助清欢。明年纵便量移去，犹得今冬
雪里看"（王禹偁《官舍竹》）。奇花照眼，也只是一时艳红；修竹虚
心，却能万年常绿。故而古人常于房前屋后植竹数株，这样冬可挡
风避雨，夏可纳凉遮荫，"客来不用呼清风，此处挂冠凉自足"（施肩
吾《玩友人庭竹》），"借居未定先栽竹，为爱疏声与薄阴"、"窗间对
了添诗料，郭外移来费俸金。自笑明年何处在，虚檐风至且披襟"
（均见刘克庄《种竹》）。雅好幽竹的郑板桥在《竹》诗小序中对植竹
的妙处深有体会地说：

> 余家有茅屋二间，南面种竹。夏日新篁初放，绿阴照人，
> 置一小榻其中，甚凉适也。秋冬之际，取围屏骨子，断去两头，
> 横安以为窗棂，用匀薄洁白之纸糊之。风和日暖，冻蝇触窗纸
> 上，鼕鼕作小鼓声。于时一片竹影零乱，岂非天然图画乎！凡
> 吾画竹，无所师承，多得于纸窗粉壁、日光月影中耳。①

在郑板桥那里，竹不仅有生活之需，更兼艺术之源，他擅长写竹、画
竹，与其庭前栽竹，日夕把玩观察不无关联。有些文人对竹的爱慕
甚至达到了如痴似狂的程度。《世说新语·任诞》记载王徽之对竹
以"君"相称，一日不离君：

> 王子猷尝暂寄人空宅住，便令种竹。或问："暂住何烦
> 尔？"王啸咏良久，直指竹曰："何可一日无此君？"②

---

① 《郑板桥全集·题画》，第1—2页，中州古籍出版社据1935年世界书局影印本。
② 余嘉锡笺疏：《世说新语笺疏》（修订本），第759页，上海古籍出版社1993年。

王子猷即王徽之,东晋大书法家王羲之第五子,与其弟王献之均以书法名冠当世。王子猷即使暂住人家空屋,也要屋前种竹,不可"一日无此君",其爱竹之癖,无人能比。苏轼即使食无甘味,也要有竹笋之节,雅尚之好,尝曰:"可使食无肉,不可居无竹。无肉令人瘦,无竹令人俗。"(《於潜僧绿筠轩》)其关于"胸有成竹"的绘画理论,为千古墨竹画家所趋尚。湖州画派代表人物文同特喜竹,长于画竹,作为表弟的苏轼为其作《文与可画筼筜谷偃竹记》,苏辙的《墨竹赋》说他"朝与竹乎为游,莫与竹乎为朋。饮食乎竹间,偃息乎竹阴。观竹之变也多矣"。① 古人爱竹赏竹,不仅吟之以诗词,而且还绘之以丹青,歌之以管弦,古代文艺作品中,画竹佳作,吟竹名曲,何其多矣。甚至以竹名室,以竹为号者则更是不胜枚举,据陈乃乾《室名别号索引》一书所载,仅宋至清代以竹为室名别号者有一百三十一人之多,中国文人慕竹之风,由此可见一斑。

随着人们对大自然审美认识的加深,作为自然之物的竹已日渐人格化,成为中国文人寄托人文精神的重要审美意象。它饱含着丰富的文化内涵,典型地反映了人与自然感应相契,彼此交融的亲和关系。直到今天,我们仍然能从一丛庭竹、一帧竹画、一曲竹歌中真切地感受到氤氲于其中的君子气息,这不仅是诗歌的遗产,更是我们民族知识分子传统中可贵的精神文化遗产。

---

① 陈宏天,高秀芳点校:《苏辙集》,第334页,中华书局2004年。

中国古代咏梅诗词审美谈

梅是中国古代诗词中常见的审美意象之一。它以其瘁瘠耐寒的特性同松竹并列为"岁寒三友"，又以其高雅脱俗的品格与兰竹菊一道被誉为"花中四君子"。中国古代文人对梅花情有独钟，视赏梅为一件雅事。在古代诗词中，梅是孤傲幽洁、洒脱超旷的象征。唯其如此，它才赢得古代无数文人的吟咏歌唱。他们或托梅言志，或借梅抒怀，表现不慕荣华、淡泊处世的可贵品质及特立独行、洁身自好的高尚情操，为我们留下了一曲曲精妙的绝唱。

一

古人品赏梅花一般着眼于色、香、形、韵等方面，在审美标准上，则以贵稀不贵密，贵老不贵嫩，贵瘦不贵肥，贵含不贵开。我们先看其对梅形、梅姿的描写。梅的枝干以苍劲嶙峋为美，扶疏屈曲、遒劲倔强，形若游龙，给人以风神秀逸、仪态万方的审美感受。因此，古人笔下的梅多具有疏枝瘦肌，曲根虬干的形貌和倾斜横卧、曲折多姿的形体。前者如"疏枝横玉瘦，小萼点珠光"（陈亮《梅花》）、"细雨浥残千颗泪，轻寒瘦损一分肌"（苏轼《红梅三首》）；后者如"枝横却月观，花绕凌风台"（何逊《咏早梅》）、"雪满山中高士卧,月明林下美人来。寒依疏影萧萧竹,春掩残香漠漠苔"(高启《梅花》)。古人咏梅常以黄昏月下、清澈水边为其生活环境,这样既衬托出梅的高洁不凡,同时又使得梅更为美丽妖娆。如"疏影横斜水清浅,暗香浮动月黄昏"(林逋《山园小梅》),寥寥数笔,竟将梅的神态描写得历历在目、活灵活现。此外如"一夜相思,水边清浅横枝瘦"(陈亮《点绛唇·咏梅月》)、"空庭一树影横斜,玉瘦香寒领岁华"(王世贞《题画梅》)等诗句也很形象生动、真实自然,明显地受到林逋咏梅诗的影响。古人赏梅以老见胜,古梅枝干虬曲万状、苍苔鳞皴,给人以瘦硬、刚劲之感,如清代女诗人骆绮兰《绿萼梅》诗:"古干盘瘦蛟,数朵点苍雪。"大诗人陆游爱好古梅更是到了偏激的程度,其《古梅》诗曰:"一朝见古梅,梅亦堕凡境。重叠碧藓晕,夭娇苍虬枝。"综上所述,前人品梅多以斜、横、疏、瘦与老枝、怪奇者为贵。枝疏则风韵洒落,干瘦则骨格清癯,株老则苍劲古朴,枝干横斜则美丽多姿。诚如龚自珍《病梅馆记》所抨击的审美风尚:"梅以曲为美,直则无姿;以欹为美,正则无景;梅以疏为美,密则无态。"①关于梅的生态环境,南宋张镃的《梅品》提出所谓"二十六宜",即在淡云、晓日、薄寒、细雨、轻烟、佳月、夕阳、微雪、晚霞、珍禽、孤鹤、清溪、小桥、竹边、松下、明窗、疏篱、苍崖、绿苔、铜瓶、纸帐、林间吹笛、膝下横琴、石枰下棋、扫雪煎茶、美人淡妆簪戴等环境下,对梅的欣赏较之看取一株孤立的梅,更富有诗情画意。

　　次看梅香。陆佃《埤雅》说:"梅花优于香,桃花优于色。"可见,梅不仅形体优雅,而且香味清幽,隆冬时节,梅花半落而飞空,香气随风而远扬。若置身梅林,沉浸于无边的梅香之中,一种忘情人事、心旷神怡的出世感便会悄悄袭上心头。因之,古人赞咏梅"香中别有韵",梅花香味醇正浓郁,清幽久远。如陆游诗说"二十里

---

① 夏田蓝编:《龚定庵全集类编》,第 269 页,中国书店据世界书局 1937 年本影印。

中香不断"，"香似海沉黄似酒"（分别见《梅花绝句》、《缃梅》），杨万里《梅花下遇小雨》更是不无夸张地说："初来也觉香破鼻，顷之无香亦无味。虚疑黄昏花欲睡，不知被花薰得醉。"若微风拂过，缕缕幽香，便扑鼻而来，人会觉得神清气爽，如"朔风飘夜香，繁霜滋晓白"（柳宗元《早梅》），"风递幽香出，禽窥素艳来"（齐己《早梅》），"只闻风送暗香来，不识梅花在何处"（于谦《题画》其二），"梅花竹里无人见，一夜吹风过石桥"（姜夔《除夜自石湖归苕溪》其一）。正因为梅花芬芳馥郁，故宋代卢梅坡《雪梅》说"梅须逊雪三分白，雪却输梅一段香"，雪白则白也，可与白梅比较起来却缺少一股香味。残冬将尽，梅花已落，梅香犹存，"爱此骨中香，花馀嗅空枝"（赵秉文《同粹中师赋梅》），看来，古人对梅香的品赏似乎到了痴迷的地步。因此，他们常于房前屋后植梅数株，即便是百卉凋零的寒冬，也能闻到一股股怡人的馨香。范成大《梅谱序》说："梅，天下尤物，无问智、愚、贤、不肖，莫敢有异议。学圃之士，先必种梅，且不厌多，他花有无多少，皆不系重轻。"①

　　次看梅色。梅于冰中孕蕾，雪里开花，花色丰富而秀美，或承阳而发金，或杂雪而被银，或凌霜而绽红，真是万紫千红，各标风韵。据清代吴淇子《花镜》记载，当时全国各地有梅花品种二十一个之多，以花色而论，有朱梅、胭脂梅、白梅等。古人写红梅的诗如"故作小红桃杏色，尚馀孤瘦雪霜姿"（苏轼《红梅三首》其一），"香脸半开娇旖旎，当庭际，玉人浴出新妆洗"（李清照《渔家傲》）；写白梅的诗如"萼绿仙人下玉堂，清魂夜化雪芬芳"（谢宗可《绿萼梅》），"林下积来全是雪，岭头飞去半为云"（律然《落梅》）。在这些诗句中，诗人们用比喻、拟人的艺术手法，写红梅如涂满脂粉的美女，写白梅如身披白纱的仙人，使梅花具备了人的生命与灵性。红梅雍

---

① 孔凡礼点校：《范成大笔记六种》，第253页，中华书局2004年。

容典雅，生就一副富贵气；而白梅却素洁淡雅，与文人雅士超尘远俗、清贫处世的情趣正相契合，故深得他们喜爱与赞赏。也正因为如此，古人吟咏白梅的诗词较之吟咏红梅的诗词要多得多。尤其值得我们注意的是，他们在描写白梅时，常常佐以白雪、辅以疏竹。这样或梅雪互映、真假莫辨，或梅竹呈祥、相得益彰。宋代郑域深谙此理，《昭君怨》云"道是花来春未，道是雪来香异，竹外一枝斜，野人家"。王象晋《群芳谱》所谓"荔枝无好花，牡丹无美实"。同样地，香花不美，美花不香，梅却是香色兼得，它花形美丽而不妖冶，花味清韵且又芳香，颇得古代诗人雅士的青睐。

　　再看梅韵、梅格。范成大在《梅谱后序》中说："梅以韵胜，以格高，故以横斜疏瘦与老枝怪奇者为贵。"①在品梅趣味上，古人既爱其冰肌玉骨、仪态万方的风采，更好其洒脱不凡、幽独超逸的神韵。为此，古人或写梅的格调，如"诗老不知梅格在，更看绿叶与青枝"（苏轼《红梅三首》其一），梅格指梅的精神，苏轼特喜此诗，又曾将其改写成《定风波·咏红梅》词，又"奇香异色著林端，百十年来忽兴阑。尽把精华收拾去，止留骨格与人看"（吴淇《枯梅》）；或写梅的孤高，如"天与色香天自爱，不教一点上蜂须"（陆游《缃梅三首其三》），"皓态孤芳压俗姿，不堪复写拂云枝"（徐渭《王元章倒枝梅花》）。梅清华其外，淡泊其中，不作媚世之态，决非趋炎附势之辈可比。诗人们常在与其他花草的对比中来突出描写梅的高洁端庄、铮铮铁骨。"冰雪林中著此身，不与桃李混芳尘"（王冕《白梅》），这是将梅与妖冶的桃李对比；"原没春风情性，如何共、海棠说"（萧泰来《霜天晓月·梅》），这是将梅与富艳的海棠对比；"清香传得天心在，未许寻常草木知"（方孝孺《画梅》），这是将梅与普通的草木对比。梅高雅纯洁，一身傲骨，这种超凡的品格常被中国古

---

① 孔凡礼点校：《范成大笔记六种》，第 258 页，中华书局 2004 年。

代诗人用来寄托他们刚正不阿的气节和磊落坦荡的胸怀。

二

　　春为一岁首，梅占百花魁。梅是报春花，它神清骨秀，不畏残冬的风雪，俏然一枝，将春带给人间。表现梅这种品性的诗句不胜枚举，如"无端半夜东风起，吹作江南第一花"（丁鹤年《梅花》），"不信试看千万树，东风吹着便成春"（徐渭《题画梅》），"愿借天风吹得远，家家门巷尽成春"（李方膺《题画梅》）。在古代文人心目中，梅便成了春的象征，梅花开，春天来，"天涯也有江南信，梅破知春近"（黄庭坚《虞美人·宜州见梅作》）。故早在南北朝时的陆凯，就曾折梅暗送远在边塞的友人范晔，以示春天的来临，"江南无所有，聊赠一枝春"（《赠范晔》）。梅似乎还懂得人们怜惜春天的情感，在初春前悄然开放，让人们尽快品赏，"应知早飘落，故逐上春来"（何逊《咏早梅》），"庭梅对我有怜意，先露枝头一点春"（侯夫人《春日看梅二首》其一）。

　　梅虽是报春花，可它却"千霜万雪，受尽寒磨折"（萧泰来《霜天晓角·梅》）。当漫天飞雪、寒凝大地、万卉凋零的时节，唯有梅不畏严寒，挺立着傲干奇枝，喷红吐艳，悄然绽放，故人们常说："梅花香自苦寒来。"在古代诗词中，对梅这种品格赞赏的名句极多，如唐代诗僧齐已《早梅》中说"万木冻欲折，孤根暖独回。前村深雪里，昨夜一枝开"，尤其是后两句，常被人们认为是描写雪中梅开的典范之作而传诵千古。其他诗人亦有不少类似于此的诗句，如"雪虐风饕愈凛然，花中气节最高坚"（陆游《落梅》），"一朵忽先变，百花皆后香。欲传春信息，不怕雪埋藏"（陈亮《梅花》）。梅甘愿奉献、乐于清贫，独处空谷荒郊，过着默默无闻的生活，请看，"不受尘埃半点侵，竹篱茅舍自甘心"（王淇《梅》），"冰姿不怕雪霜侵，羞傍琼楼傍古岑"(秋瑾《梅》其十)。梅奉献给人们的很多,而所求甚少,生活清贫寂寞毫无怨言,这是何等的襟怀,何等的洒脱。尤其可贵的是梅的生命力极为旺盛,它不择地而生,"溪山深处苍涯下",到处都能显示它的勃然生机。"天涯沦落无人惜,憔悴欺霜傲雪姿"(秋瑾《梅》其三),梅虽生长在荒郊野处,受人冷落却不甘沉沦,它凌霜傲雪、潇洒不凡。中国历代文人,尤其是那些被贬到僻野蛮荒之地的文人,无不从梅的高标逸韵中受到鼓舞与启迪。

三

早期,人们对梅的认识还局限在梅子的实用性上。《尚书·说命下》曰"若作和羹,尔惟盐梅",又《左传·昭公二十年》引晏子语亦云:"和如羹焉,水火醯醢盐梅以烹鱼肉",①可见梅在当时只是与醋、酱、盐并列的一种调味品。《诗经》中有几处写到梅,其中《小雅·四月》中"山有嘉卉,侯栗侯梅"的诗句,反映出当时人已将梅视作嘉卉。屈原《离骚》多以香草喻美人,惟独不见梅花。唯其如此,杨万里《洮湖和梅诗序》中载:"梅之名,肇于炎帝之经,著于《说命》之书、《召南》之诗。然以滋不以象,以实不以华也。"②西汉开始有观赏梅花的习俗。《西京杂记》载:"初修上林苑,群臣远方,各献名果异树。""梅七:朱梅、紫叶梅、紫花梅、同心梅、丽枝梅、燕梅、猴梅。"③晋代的清商曲辞《梅花落》以梅花的易于飘落感叹春光的易于流逝。南朝宋陆凯折梅赠友,报春传情;梁何逊在扬州官舍欣赏吟咏梅花,所谓"东阁官梅动诗兴,还如何逊在扬州"(杜甫

---

① 蒋冀骋标点:《左传》,第333页,岳麓书社1997年。

② 杨万里撰,辛更儒笺校:《杨万里集笺校》卷七十九,第3223页,中华书局2007年。

③ 《燕丹子·西京杂记》,第6—7页,中华书局1985年。

《和裴迪登蜀州东亭送客逢早梅相忆见寄》）。鲍照的《梅花落》是古代文人诗中正面题咏梅花的第一首诗。作者依古辞古意创作，翻出新意，在对梅花的描写上，遗貌取神，在描写方法上，采取对比手法，将梅花与杂树对照，高洁与低俗，判然而明。唐五代时期，艺梅之风逐渐升温，名臣宋璟有《梅花赋》。宋元以至明清，梅文化的发展进入全盛时期，品格高超、气度非凡的梅深得文人雅士的喜爱与赞赏，他们咏之绘之唱之，文之以辞藻，饰之以丹青，被之以管弦。其中有终身不娶、栖隐西湖，以"梅妻鹤子"自娱自乐的林逋；有酷爱梅花，写作梅诗，撰写全世界第一部艺梅专著《梅谱》的范成大；有辑录唐至两宋之际咏梅之词数百首为《梅苑》的黄大舆；有"造次必于梅，颠沛必于梅"（杨万里《洮湖和梅诗序》），辑录古今咏梅诗八百首而尽唱和之的陈晞颜；有爱梅、咏梅、画梅成癖，在九旦山植梅千株，且以"梅花屋"题其室名的王冕。概言之，梅日渐一日地成为古代文人生活中无比亲切的伴侣，它已不再是独立于主体之外的客观存在，而是孤傲幽洁、高雅脱俗等一系列美好情操的体现。追求修身养性、自我完善的古代文人在梅伟岸的形象中正好可以找到他们所需要的精神营养。于是，他们便自觉不自觉地追求与梅浑融一体的审美境界，做到梅中有我，我中有梅，"何方可化身千亿，一树梅花一放翁"（陆游《梅花绝句》其一），"梅兄冲雪来相见，雪片满须仍满面"（杨万里《烛下和雪折梅》），"山妻骂：'为甚情牵挂？'大都来梅花是我，我是梅花"（景元启《殿前欢·梅花》）。

　　梅是中国古代文人情感的载体，志趣的象征。梅意象经过历代诗人的审美积淀，已饱含着丰富的情感，凝聚着高尚的品德。千百年后的今天，当我们吟诵一首首咏梅诗词时，仍然可以感受到古人那一颗颗炽热、纯洁、高尚的心灵。毫不夸张地说，梅的形象已熔铸了中华民族不畏艰难、顽强拼搏的美好精神及淡泊名利、洒脱旷达的博大胸怀。

齐己林逋律然咏梅诗比较谈

  梅花位列中国十大名花之首,它与兰花、竹子、菊花一起列为"花中四君子",又与松、竹被并称为"岁寒三友"。梅是中国古代诗词中常见的审美意象。它以其曲折多姿的形貌、瘁瘠耐寒的特性及超凡脱俗的品格受到古代文人墨客的喜爱与赞赏,赢得他们的纵情歌唱。古往今来,咏梅诗词难以数计,其中唐代诗僧齐己的《早梅》、宋代隐士林逋的《山园小梅》及清代和尚律然的《落梅》堪称咏梅绝唱。本文拟就这三首诗在构思、思想与神韵上的异同略作赏评。先全录三诗于次:

  万木冻欲折,孤根暖独回。前村深雪里,昨夜一枝开。风递幽香出,禽窥素艳来。明年如应律,先发望春台。(齐己《早梅》)
  众芳摇落独暄妍,占尽风情向小园。疏影横斜水清浅,暗香浮动月黄昏。霜禽欲下先偷眼,粉蝶如知合断魂。幸有微吟可相狎,不须檀板共金樽。(林逋《山园小梅》)
  和风和雨点苔纹,漠漠残香静里闻。林下积来全似雪,岭头飞去半为云。不须横管吹江郭,最惜空枝冷夕曛。回首孤山山下路,霜禽粉蝶任纷纷。(律然《落梅》)

  这三首诗在体制上,齐诗为五律,后两首诗均为七律;造语平淡,不事藻饰，想象丰富奇妙，感情真挚浓郁，蕴含深邃，在构思行文上更是独到新颖，各臻其妙，真可谓脍炙人口，允称佳作。齐己诗所咏为早梅。春为一岁首，梅占百花魁。梅本开放在百花之先，早梅就更属难得，因而古人吟咏早梅之作尤多，如仅唐代就有孟浩然、张谓、柳宗元、许浑、齐己等诗人写有《早梅》诗。齐诗紧扣一个"早"字，首尾照应，句句扣题，从早梅花开之早这个特点上布局谋篇，运笔行文。林逋诗中"群芳摇落独暄妍，占尽风情向小园"所写则为盛开之梅。诗人以简洁的笔触，形象地描绘出了百卉凋零后寒梅怒放，占尽风情的美丽图景。诗中的梅既不是含苞待放，也不是齐己诗的一枝独秀，而是群芳绽放，馨香四溢。与前二诗相反，律然诗所写的是落梅。"和风和雨点苔纹，漠漠残香静里闻"二句给我们展示的是这样的图景：在习习和风、绵绵细雨之中，梅花纷纷飘落，满地落英缤纷，青苔地面被落花点缀成一片锦绣；枝头梅花已落，梅香犹存，漫山遍野，到处都弥漫着梅的芳香。诗人不赏盛开之梅，却好已落之花及枝头之香，其情痴之极，由此可见一斑。当然，这三首诗的构思亦有相同之处：诗人所咏皆为白梅，且都善于以禽鸟窥视来衬托白梅之色艳香浓。齐己诗"风递幽香出，禽窥素艳来"，写梅色泽艳丽，幽香扑鼻，逗引得队队禽鸟飞来凑趣。林逋诗"霜禽欲下先偷眼，粉蝶如知合断魂"，写白鹤还未来得及飞，就迫不及待地先偷看几眼；蝴蝶如生活在冬天，也会为之而销魂。律然诗"回首孤山山下路，霜禽粉蝶任纷纷"，写霜禽粉蝶纷至沓来，汇集于孤山下的梅林之中。三诗均以禽鸟对梅的倾慕、留恋，衬托出白梅的绰约风姿，万端仪态。禽鸟为无情之物，竟如此倾慕白梅；人乃万物之灵，对白梅的喜好则自不待说。

　　由此，三诗在思想意义上便颇值得玩味。撰之色彩，梅有红梅、白梅之分，红梅雍容典雅，生就一身富贵气；而白梅却素洁淡雅，与文人士大夫超尘远俗，清贫处世的情趣深相吻合。齐己、律然均为诗僧,曾出家栖居寺庙,然其诗并不落禅门俗套。林逋为宋初著名隐士,《宋史》本传谓其"初放游江、淮间,久之归杭州,结庐西湖之孤山,二十年足不及城市"。① 终生不仕不娶,惟喜植梅养鹤,自谓"以梅为妻,以鹤为子",人称"梅妻鹤子"。他们的咏梅诗没有一般封建文人那种"寂寞开无主"、"无意苦争春"(陆游《卜算子》)的感伤情调,而是精神振奋,格调高昂,或托梅言志,或借梅抒怀,以表现其不慕荣华、淡泊处世的可贵品格及特立独行、洁身自好的高尚情操。齐己诗写早梅迎风斗雪,傲然开放,表现其不畏严寒,不惧风霜的美好品格。林逋诗写梅不争艳,不赶热闹、不逐时髦,在千花百草凋谢后独自开放,成功地描绘出梅花清幽香逸的风姿,被誉为"千古咏梅绝唱"。律然诗写的虽是落梅,可无一点消沉感伤的影子,而是充满乐观进取,积极向上的情趣。不过,仔细品味,三诗之蕴涵又有细微差别。齐己诗写自己内怀"幽香",外呈"素艳",不愿孤芳自赏,不甘潦倒寂寞。"明年如应律,先发望春台。"诗人对未来充满希望与自信,他渴望在望春台上鳌头独占,大显身手。林逋诗"幸有微吟可相狎,不须檀板共金樽"写自己鄙视权贵,淡泊名利,超然物外的美好情趣。诗人长期栖隐孤山,以梅为妻,自得其乐,无须权贵凑趣,此诗正是其人格的极好表征。律然诗表现出崇尚淡泊,欣赏残景的高雅情调。"不须横管吹江郭,最惜空枝冷夕曛",不伤落花,性喜空枝,足见其情趣之高雅,胸怀之坦荡。

这三首诗不仅构思奇妙,意蕴深刻,而且神形兼备,情趣盎然。我们知道,咏物诗最大特点在于作者对所咏之物要不粘不脱,不即不离。过于质实,则神韵不够;过于虚幻,则又不切题旨。只有虚实结合,方能神形兼备。对此,清人邹祗谟《远志斋词衷》中有 段

---

① 《宋史》卷四百五十七,第 13432 页,中华书局 1985 年。

精妙的议论:"咏物固不可不似,尤忌刻意太似。取形不如取神,用事不若用意。"①意即咏物要遗貌取神,神形兼备。这三首咏梅诗可谓深得此理。作者体物工巧,描绘细腻,对梅之色、香、形着意描写,使梅之风姿体态跃然纸上。与此同时,诗人并没有为咏物而咏物,停留在对梅的简单描写上,而是有所寄托,有所感怀,在对梅细致入微的描摹中恰到好处地表现了自己高超的品格与非凡的气度。因此,三诗在因形写神上的差异也是显而易见的。齐己诗深得"一与多"的艺术辩证法。"前村深雪里,昨夜一枝开",其中"一枝开"为画龙点睛之笔,一枝先于数枝而开,更见梅开之早,切合题意。此句虽平淡无奇,却令人回味,寥寥十字,便为读者描绘了一幅清新淡雅的雪中早梅图。据宋代陶岳《五代史补》卷三记载:齐己曾以此诗求教于郑谷,齐诗颔联原为"前村深雪里,昨夜数枝开",郑谷读后说:"'数枝'非早也,未若'一枝'。"齐己大为佩服,不觉下拜,士林遂以谷为一字师。林逋诗深得"虚与实"之艺术辩证法。林逋句:"疏影横斜水清浅,暗香浮动月黄昏。"黄昏月下,清澈水边,一株古梅枝影横斜,暗香弥漫,这是多么的富有诗情画意啊!可以说这既是一首含蓄的诗,又是一幅淡雅的画。据载南唐诗人江为有残句:"竹影横斜水清浅,桂香浮动月黄昏。"这两句既写竹,又写桂,不但未写出竹影的特点,且未道出桂花的清香,终究差点儿韵味,兼之无题,又没有完整的诗篇,故未能广泛流播。林逋化用此句,只将"竹"改为"疏",将"桂"改为"暗",专咏一物,梅之神态便历历在目。原因何在呢? 这便是诗人巧妙运用了"虚与实"的艺术手法。本来,梅影摸不着,梅香看不见,若对无形之物精雕细刻,则很难取胜。于是诗人匠心独运,抛开实景描写,从整体着眼,从虚处下笔,而又字字关合题意,有虚有实,虚实结合,使梅之形态神

---

① 唐圭璋编:《词话丛编》第一册,第 653 页,中华书局 1996 年。

韵活现于读者脑际。唯其如此,古代咏梅诗词数以千计,却无人能出其右。南宋王十朋称赞说:"西湖处士安在哉,湖山如旧梅花开。见花如见处士面,神清骨冷无纤埃。不将时节较早晚,风味自是花中魁。暗香和月入佳句,压尽古今无诗才。"①陈与义《和张规臣水墨梅五绝》其五亦云:"自读西湖处士诗,年年临水看幽姿。晴窗画出横斜影,绝胜前村夜雪时。"②认为林逋"疏影"一联,在意境上要好于齐己的"前村深雪里,昨夜一枝开"。姜夔甚至以"暗香"、"疏影"为词牌,填写梅词,可见其影响之深远。律然诗深得"动与静"之艺术辩证法:"林下积来全似雪,岭头飞去半为云。"此句想象丰富,比喻妥帖,林下落花似皑皑白雪,岭头飞絮如片片白云。如若我们闭目掩卷,脑中便会闪现出这样的图景:一片疏落有致的梅林中,花絮飘飞,或近落于地,或远扬于天。落花为静,飞絮为动,故而整个画面有动有静,动静结合,空濛迷离,煞是美丽。

---

① 《腊日与守约同舍赏梅西湖》,《王十朋全集》,第 123 页,上海古籍出版社 1998 年。

② 吴书荫,金德厚点校:《陈与义集》卷四,第 58 页,中华书局 1982 年。

唐宋诗歌探赜

《注解章泉涧泉二先生选唐诗》的诗学主张与诗学史意义

　　《注解章泉涧泉二先生选唐诗》为江西诗派后劲赵蕃、韩淲合选，宋末诗人谢枋得注解的宋编唐诗选本。① 此书虽有选有评，并出自名家之手，但在后世流传并不多，宋、元、明书目鲜见著录，惟钱曾《也是园书目》著录。② 经著名学者阮元收入《宛委别藏》后，传播稍广，日本亦有抄刻本。今人黄屏将此书整理校点后，由浙江古籍出版社 1988 年出版。该书的学术价值，一在选，二在评，其诗学史意义近年来已引起学者的注意，不过多关注谢注而相对忽略赵、韩二氏之选，如俞兆鹏、俞晖的《谢枋得的爱国思想和他的〈注解选唐诗〉》、张丽的《评谢枋得〈注解选唐诗〉》及卞东波的《〈注解章泉涧泉二先生选唐诗〉与唐宋诗学》等。③ 三文各有侧重，然仍有不少问题有待解决，本文试分而论之。

---

　　① 按，此书收入清刻本《谢枋得评注五种》，题作《注解选唐诗》，本文以此简称该书。

　　② 按，阮元《注解章泉涧泉二先生选唐诗五卷》提要曰："此书世罕传本，惟钱曾《也是园书目》有之，而不载于《敏求记》，枋得之书传世甚少，《宋史》本传、艺文志皆不载，书以人重，不仅以罕觏为珍也。"（《四库未收书提要》）

　　③ 三文分别载《南昌大学学报》1996 年第 1 期、《四川师范学院学报》2002 年第 1 期及《南宋诗选与宋代诗学考论》第五章，中华书局 2009 年。

一、《注解选唐诗》的编选原则与审美趣味

　　该书的两位编选者为南宋重要诗人,其中赵蕃(1143—1229)字昌父(一作昌甫),号章泉先生,信州(今江西上饶)人,著有《乾道稿》一卷、《淳熙稿》二十卷及《章泉稿》五卷,三集凡收诗三千六百八十九首。另一编选者韩淲(1159—1224)字仲止,号涧泉先生,祖籍雍丘(今河南杞县),寓居上饶,元吉之子,著有《涧泉集》二十卷、《涧泉日记》三卷,前者收诗二千六百零二首。因赵蕃、韩淲皆上饶人,两人之号皆有一“泉”字,故后人多将其并称为“上饶二泉”。谢枋得《萧冰崖先生诗卷跋》说:“诗有江西派,而文清昌之,传至章泉、涧泉二先生,诗与道俱隆。自二先生殁,中原文献无足证,江西气脉将间断矣。”①元人方回《次韵赠上饶郑圣予》序亦云:“上饶自南渡以来,寓公曾茶山得吕紫微诗法,传至嘉定中赵章泉、韩涧泉,正脉不绝。”②均充分肯定了二泉在江西诗派发展史上的地位与作用。

　　作为一部诗歌选本,《注解选唐诗》由两位诗名与人品俱高的大诗人联袂编选,彰显了选家的编撰目的与诗学主张。众所周知,宋人编选唐诗选本的目的多种多样,或为推行诗学主张,或为保存诗歌文献,或为初学写诗者提供模仿范本。该书虽没有序跋、凡例之类以交代编选的时间和目的,但从全书结构内容来看,当是为初学写诗者提供范本而选,兼及宣传编者的诗学主张。南宋中后期,士人阶层的分化加剧,大量游士、幕士、塾师、儒商、术士、相士、隐

---

① 萧立之:《萧冰崖诗集拾遗》附,《续修四库全书》(第 1321 册),第 64 页,上海古籍出版社 2002 年。

② 方回:《桐江续集》卷一五,文渊阁《四库全书》(第 1193 册),第 402 页,上海古籍出版社 1987 年。

士所组成的江湖士人群体纷纷涌现,这一士人社会角色的转化与分化,造成文化的下移,"布衣终身"者逐渐登上文学舞台。① 为了替广大江湖士人群体等诗歌入门者读诗、写诗提供良好范本,南宋中后期产生了大量诗歌选本,尤其是唐诗选本,《注解选唐诗》的出现即迎合了这一需要。关于该书的选目与内容,阮元《注解章泉涧泉二先生选唐诗五卷》提要曰:"此书五卷,自韦应物至吕洞宾共五十四人,②计诗一百单一首,皆七言绝句也,而李白、杜甫、韩愈、元稹之流皆不在选,惟刘禹锡选至十四首,为最多,其馀诸家皆寥寥。"③可见章泉、涧泉所选诗人之诗多为一、二首,连贾至、韦应物、王维、高适、钱起、戴叔伦、王昌龄、岑参、张籍、王建、白居易等大诗人也概莫能外,五十三人中仅刘禹锡诗入选 14 首、李涉 5 首、许浑 5 首、杜牧 8 首、李商隐 4 首、段成式 4 首、高骈 3 首、吴融 3 首、韦庄 4 首,入选数量相对较多,选者并不以诗人知名度的大小来确定其入选诗歌数量的多少。南宋诗人多宗晚唐近体,所编唐诗选本亦多选晚唐诗,赵师秀《众妙集》所选 76 家中,李白、杜甫、王昌龄、高适、韩愈、元稹、白居易、韦应物、柳宗元等盛中唐大家即失收。本书亦然,所选多为中晚唐诗人诗歌,胡应麟《诗薮》外编卷四即云:"章泉《唐绝》仅取晚、中(唐)。"④如仅选一首诗的大诗人王维、高适、岑参、韦应物等皆生活在盛唐、中唐前期,而入选多于三首的诗人如刘禹锡等则均为中晚唐人。⑤

---

① 参王水照、熊海英:《南宋文学史·前言》,第 4 页,人民出版 2009 年。

② 按,许浑重出,实仅五十三人。

③ 阮元:《四库未收书提要》,《续修四库全书》(第 921 册),第 10 页,上海古籍出版社 2002 年。

④ 胡应麟:《诗薮》,第 191 页,上海古籍出版社 1979 年。

⑤ 按:唐诗四期的分法始于明代高棅的《唐诗品汇》,宋代多将李贺、贾岛等同时代人视为晚唐人。

　　赵蕃、韩淲虽非理学家,但二人均为南宋理学家刘子翚的学生,与南宋理学渊源颇深,尤其是赵蕃。朱熹在《答徐斯远》中说:"昌父志操文词,皆非流辈所及……欲其刊落枝叶,就日用,间深察义理之本,然庶几有所据依,以造实地,不但为骚人墨客而已。"①黄宗羲亦谓:"(乾淳间)学道而工诗者惟先生(按,指赵蕃)……年且五十,更从朱子请益。"②受理学思想的影响,故此书选诗特重符合"温柔敦厚"、闲雅平和风格的诗歌,而对那些雄壮、奇丽风格的诗歌则颇不看重。唐代边塞诗人高适、岑参诗分别以豪雄、奇丽著称,而该书所选高适的《除夜》"旅馆寒灯独不眠,客心何事转凄然。故乡今夜思千里,霜鬓明朝又一年"和岑参的《送人》"西原驿路挂城头,客散江亭雨未休。君去试看汾水上,白云犹似汉时秋"二诗,③均为相思离别之作,诗风凄婉伤感,与其主体风格有别。明代著名诗话家谢榛曾指出:"赵章泉、韩涧泉所选《唐人绝句》,惟取中正温厚、闲雅平易;若夫雄浑悲壮,奇特沉郁,皆不之取。惜哉!"④对编选者偏嗜一端,置"雄浑悲壮、奇特沉郁"之类风格的诗歌于不顾的做法深表遗憾。

　　由于苏轼的推崇,宋代诗坛一度掀起陶渊明诗歌接受的高潮。受此风影响,"二泉"在生活上慕陶,创作上学陶,故该书多选表现隐逸思想的作品,对那些抒发建功之情、报国之志的诗歌则较少关注,而直接描写民生疾苦、反映社会黑暗的诗歌亦不见片言只字。⑤ 如

---

　　① 朱熹:《晦庵集》卷五十四,文渊阁《四库全书》(第1144册),第644页,上海古籍出版社1987年。

　　② 黄宗羲:《宋元学案》卷五十九《清江学案》,第61页,上海商务印书馆1934年。

　　③ 按,本文所引《注解选唐诗》均据《宛委别藏》本,江苏古籍出版社1988年。

　　④ 谢榛、王夫之著:《四溟诗话·姜斋诗话》,第41页,人民文学出版社1961年。

　　⑤ 详参周静、王友胜:《论南宋"上饶二泉"其人及其诗》,《湖南科技大学学报》2008年第1期。

所选李涉《魏简能东游》诗，谢氏评曰："此诗劝魏公当知命，当待时，不必奔趋也。"（卷二）所选韦庄《晏起》诗，谢氏评曰："此诗写尽幽人隐士之乐，吟此诗想见此风景，令人有超然高大、逍遥尘外之志。"（卷四）所选李九龄《山中寄友人》诗，谢氏评曰："此诗写尽隐君子之乐。"（卷四）该书甚至还以八仙中钟离先生的《题道院》、吕洞宾的《黄鹤楼》二诗殿后，谢氏以为"二公皆神仙，其诗出尘绝俗，不待学而能也。"从谢枋得的评语即可看出，该书的编选者是多么嗜好隐逸之作。

二、《注解选唐诗》的评诗宗旨及其局限

注解者谢枋得（1226—1289），字君直，号叠山，弋阳（今属江西）人，为宋末与刘辰翁齐名的诗文评点家。宝祐四年（1256），与文天祥同榜中进士，并为爱国志士。著有《叠山先生文集》，编有《千家诗》，除撰《注解章泉涧泉二先生选唐诗》、《诗传注疏》、《檀弓解》外，又尝评点《文章轨范》、《陆宣公奏议》等。枋得之父为赵蕃、韩淲两人的弟子，其《与刘秀岩论诗书》曾说："先人受教章泉先生赵公、涧泉先生韩公，皆中原文献，说诗甚有道。"①或许有这层关系，谢氏对章泉、涧泉的唐诗选作了深入而详细地评解，成为全书最有价值的部分。②

谢氏注最大的特点在于擅长挖掘诗歌文本背后隐藏着的创作

---

① 谢枋得著，熊飞等校注：《谢叠山全集校注》卷一，第 16 页，华东师范大学出版社 1995 年。

② 按：该书经谢枋得评注后，影响渐大，谢氏门人蔡正孙的《诗林广记》、明代高棅的《唐诗品汇》等书多次引录谢注；尝撰《朱文公〈感兴诗〉》注的胡次焱于元至元二十六年（1289），在谢枋得注解的基础上，又作《赘笺唐诗绝句》予以补注，今存明正德十三年（1518）刊本。

意图。关于谢注的写作时间，有学者主张在南宋灭亡前后，谢枋得两次执教期间；①也有人认为当写于宋亡后，枋得流落到福建时，即1279—1289年之间。② 谢注写作的准确时间虽难以确定，但在宋元之际是没有问题的。基于这一特定的时代背景，故谢氏的评解侧重从政治角度解释诗歌，善于发掘诗歌的言外之意。如吴融的《华清宫》"四郊飞雪暗云端，惟此宫中落更干。绿树碧檐相掩映，无人知道外边寒"，谢氏评曰："知华清宫之暖，不知外边之寒，士怨、民怨、军怨皆不暇问矣，如之何不亡！此诗意在言外，非诗人不能道。"（卷四）通过对华清宫内外气温差异的比较，体察出诗歌的主旨与内蕴。注者尤其擅长逐句阐释，以此挖掘诗歌物象的象征意义，如评刘禹锡《自朗州至京戏赠看花诸君子》云："'紫陌红尘拂面来，无人不道看花回'，奔趋富贵者汩没尘埃，自谓得志如春日看花，红尘满面也。'玄都观'喻朝廷，'桃千树'喻富贵无能者，'尽是刘郎去后栽'，满朝富贵无能者，皆刘郎去国后宰相所栽培也。"评《再游玄都观》亦云："《旧唐书·刘禹锡传》：'自朗州召还，游玄都观，道士种桃千树，灼灼如晨霞，因作看花诗讥讽，再出，后十年召还，重游玄都观，桃与道士俱不存，惟见兔葵燕麦动摇春风耳，又赋此诗。'百亩庭中半是苔'，喻朝廷无人也；'桃花净尽菜花开'，喻前日宰相所用之人已凋谢，今日宰相所用之人方得时也。'种桃道士归何处，前度刘郎今又来'，前日宰相培植私人者，今死矣，吾又立朝，穷达寿夭，听命于天，宰相何苦以私意进退人才哉。"（卷一）谢氏通过对两诗中特定意象与语句的阐释，发掘出诗人在诗中蕴藏的对权贵不满，对自己历经坎坷而又重返政坛的自得之情。

------

① 参俞兆鹏、俞晖：《谢枋得的爱国思想和他的〈注解选唐诗〉》，《南昌大学学报》1996年第1期。

② 卜东波：《〈注解章泉涧泉二先生选唐诗〉与唐宋诗学》，《南宋诗选与宋代诗学考论》，第121页，中华书局2009年。

类似的例子如评高蟾《下第后上高侍郎》云："'天下碧桃'、'日边红杏'，喻权要大臣之子弟门阀高也。'和露种'、'倚云栽'，喻知贡举者与权要大臣亲密如云露，与天日相依，易于行私也。'芙蓉生在秋江上'，自喻孤寒之士，势孤摇寡，如芙蓉种在江上，与天相远。生不逢时，如芙蓉开于秋日，不遇春阳，与碧桃红杏生而得地开，而逢春者大不同矣。'不向东风怨未开'，不敢怨知贡举者不能吹嘘也。"（卷二）通观全书不难发现，谢氏之评注虽不乏就诗解诗或通过解诗而申发一己之感慨，但借释词解句来探寻诗歌深层蕴涵的例证明显多而好，清代阮元高度评价说："枋得之注能得唐诗言外之旨，可以为读唐诗者之津筏。"①

谢枋得虽为理学家，却十分推崇诗歌，其《与刘秀岩论诗书》说："诗与道最大，与宇宙气数相关。人之气成声，声之精成言。言已有音律，言而成文，尤其精者也。"②他一反一般理学家"文以载道"的观点，认为诗与道可相提并论。为此，谢氏往往通过评诗来表达其理学思想，如杨巨源的《和炼师索秀才杨柳》："水边杨柳绿烟丝，立马烦君折一枝。惟有春风最相惜，殷勤更向手中吹。"谢氏评云："杨柳已折，生意何在？春风披拂，如有殷勤爱惜之心焉，此无情似有情也。仁人君子常以天地生物之心为心，兴衰于无用之地，垂德于不报之所，与春风吹断柳何异？"（卷二）这种"以天地生物之心为心"的言论，正与北宋大儒张载"为天地立心，为生民立命"的思想不谋而合。杜牧的《送隐者》后两句，"公道世间惟白发，贵人头上不曾饶"，说出了生老病死乃权贵、贫民皆所不能免的至理，故谢氏推许为"理到之言"（卷三）。谢氏评王昌龄《长信宫秋

———————————

① 阮元：《注解章泉涧泉二先生选唐诗五卷提要》，见《四库未收书提要》，《续修四库全书》（第 921 册），第 10 页，上海古籍出版社 2002 年。

② 谢枋得著，熊飞等校注：《谢叠山全集校注》卷一，第 16 页，华东师范大学出版社 1995 年。

词》曰:"此诗为宫中怨女作也,怨而不怒,有风人之义焉。"(卷二)
同样的话他在评杜牧《秋夕》诗中也说过:"牵牛织女一年一会,秦
宫人望幸,至有一十六年不得见者,卧看牵牛织女星,隐然说一生
不蒙宠幸,愿如牛女一夕之会,亦不可得,怨而不怒,正风人之诗。"
(卷三)凡此皆《论语》所说《关雎》乐而不淫,哀而不伤"之意,故谓
之"风人之诗"。正因如此,谢枋得《唐诗序》自谓:"枋得略说二先
生选唐绝句,与道可共观,其微言绪论,关世道、系天运者甚众。"①
宋末胡次焱《赘笺唐诗绝句序》引他人语曰:"叠翁所注,博洽正大,
真足以淑人心、扶世教。"②可见,无论是谢氏自己还是他人均将其
所评注唐诗视作有关世道天运,匡扶世教人心的行为。

　　该书擅长寻求诗歌的弦外之音,但有时过度阐释,不免出现穿
凿附会之嫌,取消了作品的独立价值。如章碣《东都望幸》诗"懒修
珠翠上高台,眉月连娟恨不开。纵使东巡也无益,君王自领美人
来",将此诗理解为以失宠的宫女喻指不遇于时的文人尚可,但一
定要着实为"乃省闱举子闻知贡举以私意取其门客,以此讽之"(卷
三),则似有牵强之嫌。按王定保《唐摭言》卷九载:"邵安石,建州
人也。高湘侍郎南迁归阙,途次连江,安石以所业投献遇知,遂挈
至辇下。湘主文,安石擢第,诗人章碣赋《东都望幸》诗刺之。"③可
见,谢氏是将王定保的这一并未证实的记载套用在章碣此诗上,从
而导致对该诗的误解。又如韦应物《滁州西涧》诗纯属描写西涧春
水之景,谢氏却评曰:"幽草而生于涧边,君子在野、考槃之在涧也;
黄鹂而鸣于深树,小人在位,巧言之如流也。潮水本急,'春潮带
雨',其急可知;国家患难多也,'晚来急',危国乱朝、季世末俗,如

---

　　① 赵蕃、韩淲合选,谢枋得注:《章泉涧泉二先生选唐诗》卷首,《宛委别藏》本。

　　② 胡次焱:《梅岩文集》卷三,文渊阁《四库全书》(第1188册),第552页,上海古
籍出版社1987年。

　　③ 王定保:《唐摭言》卷九,第95—96页,上海古籍出版社1978年。

日色已晚,不复光明也。'野渡无人舟自横',宽闲之野、寂寞之滨,必有济世之才,如孤舟之横野渡者,持君相不能用耳。"(卷一)此解完全从政治现实角度阐释诗意,借题发挥,极尽穿凿附会之能事,诗歌的审美价值丝毫没有引起解诗者的注意,从而招致不少非议。明代桂天祥《批点唐诗正声》、敖英《唐诗绝句类选》中"《滁州西涧》"条下即批评谢注,桂氏曰:"沉密中寓意闲雅,如独坐看山,淡然忘归,诗之绝佳者。谢公曲意取譬,何必乃尔。"①清代王士禛《唐人万首绝句选·凡例》、沈德潜《唐诗别裁集》卷二十亦有类同表述,王氏尤多不满:"元(按,当作"宋")赵章泉、(韩)涧泉选唐绝句,其评注多迂腐穿凿。如韦苏州《滁州西涧》一首'独怜幽草涧边生,上有黄鹂深树鸣',以为'君子在下'、'小人在上'之象,以此论诗,岂复有风雅耶!"②明代陈献章在《批答张廷实诗笺》中还就谢氏的评注唐诗整体加以排斥:"至如谢枋得虽气节凌厉,好说诗而不识大雅。观其注唐绝句诸诗,事事比喻,是多少牵强,多少穿凿也。诗固有比体,然专务为之,则心已陷于一偏,将来未免此弊。"③话虽说得有些过头,但多少道出了谢氏之评中存在的一些弊端。

三、《注解选唐诗》的诗学史意义

该书不仅是一部宋代的唐诗选评本,而且还是一部兼具诗学理论性质的著作,对研究宋代的唐诗学具有较大的价值与意义。

第一,该书有力地促进了后世唐诗选本在体制上的完善。今

---

① 桂天祥:《批点唐诗正声》,明嘉靖间胡缵宗刻本。
② 王士禛选,吴鸥校点:《唐人万首绝句选》,第 3 页,辽宁教育出版社 2000 年。
③ 陈献章:《陈白沙集》卷四,文渊阁《四库全书》(第 1246 册),第 122 页,上海古籍出版社 1987 年。

存《唐人选唐诗》十种，除《河岳英灵集》诗人名下有评语外，其他选本只有诗选而无评注，形式上略显单调，内容较为单薄；王安石的《唐百家诗选》等北宋唐诗选本亦鲜有评注。《注解选唐诗》则不然，除了"二泉"的诗选外，还有谢氏的注字、释词、诠句、阐义与征典，乃至文字校勘。结构上多采用先总后分的形式，方法上多用比较之法，将不同诗人创作方法进行比较，以让初学写诗者体会为文之用心。受宋学重义理的影响，其诗注没有把重点放在寻求语词与典故的出处上，而是侧重于评点诗歌的文本意义，故又具有诗话的性质。该书的出现，使诗歌选本作为诗人创作范本的意义得到加强，尤其是推动了后世唐诗选本评注之风的形成。南宋以后，有关唐诗笺注、评点的著作不断出现，所编唐诗选本在内容、体例、形式等各方面都比较完善，有分门纂类的，有笺注评点的，各家各派皆以选本的形式阐明自己的诗学主张，标示诗歌创作、学习的样本。谢枋得与刘辰翁一样，堪称宋末著名的诗文评点大家，其《注解选唐诗》与他的其他诗文评点著作一样，对推动、促进唐诗选本体制的完善产生过较大的作用。

　　第二，该书与其他唐诗绝句选本共同推高了南宋后期诗坛重近体、尤重绝句的风气。南宋专体唐诗选本大量涌现，孙琴安《唐诗选本六百种提要》著录宋代唐诗选本三十二种，其中专选绝句一体的选本即多达九种，且均在南宋，除赵蕃、韩淲合撰的《注解选唐诗》外，还有洪迈的《万首唐人绝句》，时少章的《续唐绝句》，林清之的《唐绝句选》，柯梦得的《唐贤绝句》，刘克庄的《唐五七言绝句》、《唐绝句续选》，胡次焱的《赘笺唐诗绝句》及佚名的《三舍人集》等。由此可见南宋选家对唐绝句喜好程度之深。谢枋得在其《唐诗序》中甚至认为写作绝句是学习、效仿杜诗的必由之途："唐人学子美多矣，无其志，终无其声音。独绝句情思幽妙，可联辔齐驱于变风境上。章泉、涧泉二先生诲人学诗自唐绝句始，熟于此，杜诗可渐进矣。"①

　　第三,该书在南宋诗坛重初盛唐与宗中晚唐的纷争中尤尊中晚唐诗歌。众所周知,中国诗学史上不仅有唐宋诗优劣之争,②还存在初盛唐诗与中晚唐诗优劣高下之争。南宋中后期,随着江西诗派末流的衰蔽与萎靡,诗坛转而尊唐。严羽的《沧浪诗话》"以盛唐为法",方回的《瀛奎律髓》亦推尊盛唐,不过推崇盛唐的唐诗选本并不多,就连北宋王安石所编通选有唐一代诗歌的《唐百家诗选》,也以晚唐诗为多;而以永嘉四灵与江湖诗派为代表的大批诗人则掀起了一场宗晚唐的诗风,赵师秀所编《二妙集》、《众妙集》即为典型范本。赵蕃、韩淲所选《章泉涧泉二先生选唐诗》也是这一诗学思潮影响下的产物。该书不录初唐诗,于盛唐只选王维、高适、岑参、王昌龄、贾至等五人,其馀所选皆为中晚唐诗人,其评注多将中晚唐诗与初盛唐诗加以比较,而往往以前者为优,如评崔橹《华清宫》谓"形容离宫荒废,寂寞之状尽矣,可与杜子美《玉华宫》诗参看。此诗只四句,尤简而切"(卷二);评戴叔伦《对月答元明府》谓"情凄婉而味悠长,正与杜子美《九日》诗相类,'明年此会知谁健,醉把茱萸仔细看',戴诗尤有味"(卷二)。明代唐诗选本的审美趣味则相反,多推崇盛唐诗而相对忽视晚唐诗。③ 高棅的《唐诗品汇》继元代杨士弘所编《唐音》后,首开明人宗盛唐诗的先河,以"盛唐为正宗","晚唐为正变、馀响",故于晚唐诗人诗歌仅取数人数首,李攀龙的《唐诗选》则将崇尚盛唐之风推向高潮,以致"文必秦汉,诗必盛唐"的口号唱响当时诗坛,连锺惺、谭元春的《唐诗归》也表现出宗盛唐的诗学倾向,甚至还出现了如余俨的《盛世精华》、

　　① 赵蕃、韩淲合选,谢枋得注:《章泉涧泉二先生选唐诗》卷首,《宛委别藏》本。
　　② 参齐治平《唐宋诗之争概述》,岳麓书社1983年;戴文和《"唐诗"、"宋诗"之争研究》,台湾文史哲出版社1997年。
　　③ 参贺严:《清代唐诗选本研究》,第6页,人民出版社2007年。

程元初的《盛唐风绪笺》、吴复的《盛唐诗选》及佚名的《初盛七律》等专选盛唐诗的诗歌选本。与此相反,曹学佺的《晚唐诗选》、张应文的《中晚唐诗选》、龚贤的《中晚唐诗纪》及朱茂㫮的《中晚唐诗选》等则专选中晚唐诗,以与宗盛唐的强大诗学潮流相抗争。这一争论一直延续到清代。

论《樊川诗集注》的成就与特点
——兼评冯集梧的家学渊源

与汉、唐之儒重点注经、注子不同，清儒则侧重校注、整理作家诗文别集，其中由冯浩、冯应榴与冯集梧父子三人分别笺注的《玉谿生诗笺注》(三卷)、《樊南文集详注》(八卷)、《苏文忠诗合注》(五十卷)及《樊川诗集注》(四卷)等可谓清代别集整理的佳构。本文尝试对冯集梧《樊川诗集注》的成就与特点等问题进行初步探讨，并顺便论证该书与冯浩《玉谿生诗笺注》、冯应榴《苏文忠诗合注》的关系，即冯集梧所受的家学渊源。

一

冯集梧，生卒年未详，字鹭庭，浙江桐乡人，出生于书香世家，幼承家学，肆力于诗。冯集梧与其父冯浩、其兄冯应榴父子三人所操同道，均以诗文笺注闻名于世，在文坛传为佳话。冯集梧所注杜牧诗，以杜牧外甥裴延翰所编《樊川文集》(二十卷)为底本，他没有像其父冯浩于义山诗、文兼注，仅取前四卷诗歌部分加以校注，凡二百六十三首，书名曰《樊川诗集注》。其中卷一前三首赋《阿房宫赋》、《望故园赋》及《晚晴赋》于体例有乖，将其删除。裴延翰与杜牧为甥舅关系，时代相同，故其所编诗较为可靠，仅卷四《江上偶见绝句》一首为刘禹锡《酬窦员外使君寒食日途次松滋先寄示四韵》诗的前四句。冯集梧不仅所注杜牧之诗悉取裴氏《文集》，而且连编次亦仍其旧。他在《樊川诗注自序》中说："牧之出处之迹，史传了如；即诗亦可概见。兹仍其编次，不加更定。"杜牧诗除裴氏《文集》外，宋代以来还流传《樊川外集》、《樊川别集》及《续别集》。《别集》为田概熙宁六年所编，凡六十首，《外集》编者待考，凡一百二十六首，二集因鉴别不精，羼入了不少他人之作，①冯集梧该书自序亦曰："此四卷外，又有《外集》、《别集》各一卷，兹多未暇论及，盖亦以牧之手所焚弃而散落别见者，非其所欲存也。赵岐于《孟子》，不为外书四篇作注，亦其例也。"②《外集》、《别集》中诗，确有伪作，但亦有杜牧之诗，集梧采取快刀斩乱麻的方法，仅予附录，不加校注，这样固然省事、稳妥，但从古籍整理"求全"的惯例来看，其做法又稍嫌武断。《续别集》南宋时就遭到了刘克庄、洪迈等人的否定，③元、明不显，至清代部分诗出现于《全唐诗》中，冯集梧注杜牧诗时未曾提及该集，更未收录，只是另辑补《樊川诗补遗》凡十四题十五首。

综观全书，《集注》的主要内容与成就主要表现在校勘与注释两端。

1. 校勘

关于校勘与注释的密切关系，清末民初大学者梁启超说："校勘之学，为清儒所特擅，其得力处真能发蒙振落。他们注释工夫所

---

① 按此二集杂有李白、张籍、张祜、韦承庆、赵嘏、李商隐、李群玉、何扶、许浑、权德舆等人之诗，参吴企明《樊川诗疏辨柿札》，见九庆《杜牧疑伪诗考辨》及胡可先《杜牧诗真伪考》等文。

② 均见《樊川诗集注》卷首，第 4 页，上海古籍出版社 1978 年。

③ 刘克庄：《后村诗话》（前集卷一），第 17 页，中华书局 1983 年。

以能加精密者,大半因为先求基础于校勘。"①冯氏在注释杜牧诗之前,也做过一些文字校勘工作。他没有单列校勘记,而是融校勘于注释之中,有些地方能提供校正的依据,有详细的辨析考证。如卷三《润州二首》其一"向吴亭东千里秋",裴延翰所编《文集》原作"句吴亭",《集注》据《孔氏杂记》及《一统志》改为"向吴亭"。同卷《湖南正初招李郢秀才》诗,各本皆作"湖南",《集注》亦"仍之",但在诗题有详细考证,以李郢《和湖州杜员外冬至日白蘋洲见忆诗》与杜牧此诗比较,以为两诗"用韵并同",得出"此题'湖南'当是'湖州'之误"的结论。卷二《读韩杜集》首句"杜诗韩集愁来读"中"集"下校云:"一作笔",然后引陆游《老学庵笔记》、姚宽《西谿丛语》等书之考证,以为自南朝始"称文为笔","无韵者笔也,有韵者文也",故当以"笔"为是。但因杜牧集各本但作"韩集",惟南宋洪迈《万首唐人绝句》作"韩笔",故《集注》仍依底本,未予改动,只作校记。此条考校凡二百八十馀字,引征繁富,论说有力,体现了冯集梧扎实严谨的学风。正因冯氏之校较为可信,上海古籍出版社1978年出版,由陈允吉先生校点的《樊川文集》诗歌部分38条校记,其中有27条即据《集注》本校改。

《集注》在一般情况下采用对校法:即以同书之祖本与他本对读,遇不同之处,则注于该字之下。此法最简便、稳妥,纯属机械法,只校异同,不校是非,优长在不参己见,得此校本,知各本之本来面目,局限在不负责任。底本或他本明显有讹,亦照录之。卷四《途中作》"碧溪风淡态"句校"淡"云:"一作'慢'","芳树雨馀姿"句校"馀"云:"一作'阴'","残花不一醉"句校"一"云:"一作'足'"。同卷《寄扬州韩绰判官》"秋尽江南草木凋"句校"草木"云:"一作

---

① 梁启超著,朱维铮校注:《梁启超论清学史两种》,第352页,复旦大学出版社1985年。

'岸草'，又'木'一作'未'。"冯氏对有绝对把握的异字则径予改正，不再做校记。卷一《李甘诗》"适属命鄘将"句，"鄘将"二字，明翻宋刻本作"麟将"，冯氏径改，并引原注交代赵儋生平后校云："'儋'，一作'耽'，误。"按当以《集注》为是，《旧唐书》卷十七《文宗纪下》"大和九年八月"条载："甲申，以左神策军大将军赵儋为鄘坊节度使。"

关于校勘的原则与体例，其《樊川诗注自序》云："若其字句之异同，则颇广搜他本，详为附注。盖二字以上谓之一云，一字谓之一作，实用王钦臣《（王氏）谈录》之例云。"①我们认为，《集注》以裴延翰《樊川文集》为底本，"广搜他本，详为附注"倒是做到了，然在校勘时既未将所依之版本标出，往往径称旧本，更没有严格遵守他自订"二字以上谓之一云，一字谓之一作"的校勘体例，如卷三《题禅院》有四条校记，于"十岁"下即校曰"一作'千载'"，卷四《重到襄阳哭亡友韦寿朋》诗题下校云："一作《重宿襄州哭韦楚老拾遗》。"凡此之例，不胜枚举。

2. 注释

冯集梧《集注》资料征引丰富，文史考订缜密，尤侧重注释杜牧诗题与诗句中所涉人物、地名、名物、本事、典故、典章制度及语词出处。以下试作评述。

寻绎写作背景：杜牧诗多涉史实与时事，弄清其创作背景，于读者至关重要，这也是冯集梧注杜牧诗时首先需要做的工作。如卷三《还俗老僧》题下注提供历史背景，引《魏书·释老志》说明僧尼还俗后的做法由来已久，又引《唐会要》谓："会昌五年八月其天下拆寺四千六百馀所，还俗僧尼二十六万馀人，收充两税户。"指出唐武宗灭佛，致使大量寺庙僧尼流入民间。有此注，读者对《还俗

---

① 《樊川诗集注》卷首，第4页，上海古籍出版社1978年。

老僧》的写作背景及历史缘由则不难理解。

　　考辨人物事迹：杜牧交游极广，诗中所涉人物较多，然多不直标其名，只称其字号或官职，冯集梧于杜牧诗中人物及其事迹考辨尤多。卷四《送卢秀才一绝》题下注，指出杜牧《送卢秀才赴举序》（见《樊川文集》卷十）中之卢秀才当与此诗所涉之卢秀才为同一人。又谓："卷三有《送卢霈秀才赴举》（全称作《句溪夏日送卢霈秀才归王屋山将欲赴举》）诗，未知即其人否？"论而不断，态度较为审慎。按杜牧与卢霈有交谊，卢死后，杜牧有《唐故范阳卢秀才墓志》载"秀才卢生名霈，字子中"，"开成三年，来京师举进士，于群辈中酋酋然，凡曰进士知名者多趋之，愿与之为交"，"开成四年，客游代州南归"。① 其与杜牧交往亦在开成三年，故杜牧《送卢秀才一绝》诗，《送卢秀才赴举序》文中之"卢秀才"很可能不是卢霈，冯氏说话留有馀地，体现出了严谨的学风。又如卷二《道一大尹存之学士庭美学士简于圣明自致霄汉皆与舍弟昔年还往牧支离穷悴窃于一麾书美歌诗兼自言志因成长句四韵呈上三君子》，题中所涉"三君子"，冯氏谓"道一、庭美，亦不知为何人？ 统俟再考。"②关于存之学士，冯氏引新、旧《唐书·毕诚传》"诚，字存之"，又引《旧唐书·毕诚传》"宣宗继位，为户部员外郎，历职方郎中，期年，为翰林学士"共两段文字，得出"此存之学士，当是毕诚"的结论，此说良是。冯氏据《新唐书·毕诚传》所载，考毕诚为翰林学士时，为宣宗力陈破羌入侵策略，深得宣宗赏识、重用事，此事《旧唐书·毕诚传》载发生在懿宗时，与《新唐书·毕诚传》存在着时间上的差异，冯氏引《旧唐书·宣宗纪》及《懿宗纪》，以为："所历悉与《新传》合，知《旧

　　① 均见陈允吉校点：《樊川文集》卷九，第 144 页，上海古籍出版社 1978 年。
　　② 按，据胡可先考证，此道一大尹为郑涓，庭（廷）美学士为郑处海，参《杜牧研究丛稿》，人民文学出版社 1993 年。

传》误也。《旧〔唐书〕·懿宗纪》：以河东为河中，则又字误。"《旧唐书·毕诚传》又载其咸通三年十二月二十三日卒于镇，对此，冯氏亦不认同，他据《新唐书·宰相世系表》，考知毕诚咸通四年四月方罢为兵部尚书，指出"当亦《旧传》误也"。此条长注多处批驳《旧唐书·毕诚传》的错误，澄清历史事实，考辨毕诚生平大事，颇有史料价值。

补正史之疏误：杜牧之祖杜佑为史学名家，著有中国第一部典章制度专史《通典》二百卷，其本人又喜谈政论兵，尝注《孙子》，多读史书，诗中多涉史实，非惟一般笔记小说家所谓之留连酒色者。故冯集梧在注杜牧诗时多引征史籍，常考史之误，或补史之漏。如卷二《奉和白相公圣德和平致兹休运岁终功就合咏盛明呈上三相公长句四韵》，引康骈《剧谈录》考白敏中、马植、魏扶、崔铉等相进诗宣宗之经过，又与《全唐诗》对检，发现《全唐诗》编者随意改窜白敏中诗原题（《圣德和平致兹休运岁终功就合咏盛明呈上》）。又据《新唐书·宰相世系表下》崔铉、魏扶大中三年四月入相，马植已于三月罢相，故系白敏中诗于大中三年四月后。引新、旧《唐书·白敏中传》驳《剧谈录》仅凭传闻对白敏中有过情之誉，所载白敏中出镇在收复秦、原诸州之先亦有误。马植会昌六年四月为刑部侍郎，六月转户部侍郎，而《旧唐书·宣宗纪》则误以刑部转户部为入相。新、旧《唐书·马植传》与《新唐书·宣宗纪》及《宰相世系表下》所载马植入相前官职亦有抵牾。又如卷四《寄牛相公》题注，驳《旧唐书·文宗纪》"太和四年正月"条载"以尚书左丞杜元颖检校户部尚书充武昌军节度鄂、岳、蕲、黄、安、申等州观察使"，认为"杜元颖未尝为武昌节度，并不为尚书左丞"，冯氏据《旧唐书·文宗纪》"太和五年八月"条及新、旧《唐书·元稹传》，考此"杜元颖为元稹之误"，指出元稹卒年有太和五年七月或八月两说。又谓"《旧〔唐书〕·〔文宗〕纪》于元稹卒后，继书以陕、虢观察使崔郾为鄂、岳、安、黄观察使，知僧孺、元稹俱以故相莅镇，故为复武昌军额。稹卒后，鄂、岳即仍为观察使。《新(唐书)·方镇表》于宝历元年，不云置武昌军，太和五年，不云罢军，俱脱误也"。此处或考史之误，或补史之漏，或两说并存，多管并下，收效甚大。

甄辨诗歌真伪：杜牧诗集在唐人别集中最为混杂，辨伪指误者历代不乏其人，冯集梧对此也做过一些工作。卷四《和野人殷潜之题筹笔驿十四韵》题下注云："牧之集各本，其诗列和殷诗之前，亦不言殷作。范元实《(潜溪)诗眼》云筹笔驿，殷潜之与杜牧诗甚健丽云云。今殷诗别见，而二诗中多有因缘缀合之处，知杜集故附有殷诗，而转写者混列之也。兹据正。"按殷潜之《题筹笔驿》诗见《全唐诗》卷五百四十六，小传云："殷潜之，自称野人，与杜牧同时，诗一首。"编纂作家别集时，多有将唱和之作与原作编在一起的惯例，此一现象六朝时即已出现，唐宋尤多。后人传抄转刻者，多有漏写原作作者姓名者，冯氏所见杜牧集旧本，亦有此弊，故特加辨正，用心极细，其说可信。卷四《正初奉酬歙州刺史邢群》诗题下注引唐代邢群《郡中有怀寄上睦州员外杜十三兄》诗，考辨该诗真伪曰："旧本邢诗混列牧之诗前，而题下有'歙州刺史刑群'六字，今据《全唐诗》正之。"这表明冯集梧所看到的杜牧诗旧本附有邢群诗，且署名，而他所据之底本虽有邢群诗而未署名，邢群诗被误作杜牧诗。冯氏据《全唐诗》加以改正，还邢群以著作权。按《全唐诗》卷五百四十六存邢群诗一首，题曰《郡中有怀寄上睦州员外杜十三兄》。杜牧除此诗外，另有《初春有感寄歙州邢员外》七绝一首，《唐故歙州刺史邢君墓志铭并序》一篇。

综上可见，《集注》成绩斐然，为读者阅读杜牧诗歌提供了极大的帮助，成为清代以来流传最广，影响最大的杜牧诗集本。然因冯氏缺少可资参考的前人之注，南宋时成书的《樊川文集夹注》又没有看到过，故属草创，难免出现瑕疵，偶有失注、误注之处。如卷四

《郑瓘协律》题下注,冯氏引《新唐书·宰相世系表》考郑瓘生平说:
"郑氏北祖房瓘,登州户曹参军。"按《新唐书·宰相世系表》并未载
郑瓘为协律之职,其时代也与杜牧不合,当为另一郑瓘。此诗中郑
瓘当为郑虔之孙,郑虔天宝九年授广文馆博士,人称郑广文,故杜
牧诗谓"广文遗韵留樗散"。又如卷二《今皇帝陛下一诏征兵不日
功集河湟诸郡次第归降臣获睹圣功辄献歌咏》"宣王休道太原师"
句,冯氏引《国语》注云:"宣王既丧南国之师,乃料民于太原。"按,
此注大错。杜牧所用当为《诗经·小雅·六月》"薄伐猃狁,至于太
原"句意,颂赞唐宣宗收复河湟之功胜于周宣王之伐猃狁,①与《国
语》所谓"料民于太原"之事毫无关联。关于冯氏注杜牧诗的疏误,
《钱锺书手稿集》第六百七十五则批评其"孤陋"而有所订误与补
充,胡可先亦有《〈樊川诗集注〉正补》一文为之纠谬补阙,②很值得
我们注意。

二

　　冯集梧注杜牧诗深受其父冯浩注李商隐诗与其兄冯应榴注苏
轼诗的影响。

　　冯浩(1719—1801)字养吾,号孟亭;冯应榴(1740—1800)字诒
曾,号星实,又号踵息居士。二人均为著名的学者、诗文作家与诗
文笺注家。冯浩尝充国史馆纂修,预修《续文献通考》,晚年以病告
归,家居四十年,养病丘园,寄情坟典,著书立说,著有《孟亭居士诗
稿》四卷、《文稿》五卷及《经进稿》一卷,潜心钻研古诗文,于义山尤

---

　　① 缪钺《樊川诗集注·前言》,见冯集梧注《樊川诗集注》,第 13—14 页,上海古籍
出版社 1978 年。
　　② 胡可先:《杜牧研究丛稿》,第 194—212 页,人民文学出版社 1993 年。

深,撰有《樊南文集详注》八卷及《玉谿生诗笺注》三卷。《笺注》刻印于乾隆二十八年(1763),是冯浩历时久、用功深、创获多的一部著作。该书不惟注释精审完备,编年比较准确,而且在史料征引中体现出来的学术规范,以史(事)证诗的诠释方式及笺评中发掘义山诗歌的潜在意旨等方面尤表现出鲜明的特色,具有较为重大的学术史意义。冯应榴著有《学语稿》,所撰《苏文忠诗合注》付梓于乾隆五十八年(1793)。该书荟萃旧注、补注苏诗、驳正前人注本之误,成为清人注苏诗著作中成就最高的一部。① 冯集梧的《樊川诗集注》则杀青于嘉庆三年(1798),晚于其父兄之作,从成书时间看,冯集梧注杜牧诗受乃父与兄之影响应有可能,在注释内容与方法上深受其父兄的影响,体现了浓厚的家学渊源。唯其如此,吴锡麒《杜樊川集注序》谓冯集梧为"班固能续父书,颜奂为得臣义","在小杜为功臣,在吾师为肖子"。②

　　首先,冯集梧《集注》以史(事)证诗的特点深受其父兄的影响。冯浩在注李商隐诗时运用考据与理论批评、历史与文学研究相结合的方法,以义山诗与晚唐史相互参照发明,他自序其书说:"征之文集,参之史书,不惮悉举而辨释之。"其门人、清代考史大师王鸣盛的《李义山诗文集笺注序》也高度肯定其师以史(事)证诗的卓越贡献:"盖义山为人,史氏所称与后儒所辨,均为未得其中。注之者倘非贯穿新、旧《唐书》,博观唐、宋人记载,参伍其党局之本末,反复于当时将相大臣除拜之先后,节镇叛服不常之情形,年经月纬,了然于胸,则恶能得其要领哉? 若先生之所注,信乎其能如是矣!"③冯应榴《合注》亦复如此,吴锡麒《苏文忠公诗合注序》即谓

---

① 王友胜:《冯应榴与〈苏文忠诗合注〉》,《文学遗产》2000 年第 2 期。
② 《樊川诗集注》卷首,第 1—2 页,上海古籍出版社 1978 年。
③ 蒋凡标点:《玉谿生诗集笺注》,第 818 页,上海古籍出版社 1998 年。

其"专精覃思,绳愆纠缪,比切时事,综纬史编,凡水注、山疏、竺坟、仙籍,咸加甄择无间暑寒"。① 冯集梧注杜牧诗时也采用了同样的注释方法,他博采史编,综核时事,举凡群经、诸子、史部、诗文别集、总集及佛道二藏,皆加以引录,并征引时事,做到以史实、时事阐释诗义,诗与史、诗与事相互参照发明。卷一《感怀诗》、《张好好诗》,卷二《华清宫三十韵》等诗多牵涉晚唐历史与时事,冯氏皆征引详明,诗史互参,很好地阐释了诗义。卷四《汴河怀古》"锦缆龙舟隋炀帝"句,冯氏注引《隋书·炀帝纪》"大业元年三月"条、同年"八月"条、"七年二月"条及《隋遗录》,这样既注明了隋炀帝游览江都时"舳舻相接,二百馀里"的浩大气势,同时又暗中批评其"锦帆彩缆,穷极侈靡"的生活作风。冯氏此注以史籍记载证实了杜牧诗的可信性。

　　其次,冯集梧《集注》在博采前人成说又自成一家这一点上与其父、兄有着明显的师承渊源关系。冯浩《笺注发凡》其十二主张"文有一定之解,诗多博通之趣",提出"前辈之精研,同时之浚发,各有会悟,不妨异同,自当并行,以俟后人之审择"。《笺注》评说义山诗时,除引纪昀《玉谿生诗说》、屈复《玉谿生诗意》外,其他诸家评点,如朱鹤龄、程梦星、姚培谦、徐逢源笺注本,陆昆曾专解七律刊本,以及冯舒、冯班兄弟、田兰芳、何焯、钱良择、杨守智及袁彪诸家评本,均加引录、纠补或辨析,从而提出新见。冯应榴《合注凡例》其三亦谓:"间采前辈及同人之说,各列姓名,不敢攘为己有也。"他在评说苏诗时,先引录他说,再以"榴案"的形式提出自己的看法。冯集梧《集注》解说杜牧诗时充分借鉴了这一做法,或发挥前说,或辩驳误解,或坦陈己见,融诗注与诗评于一炉,虽于体例有乖,然时有神来之笔。如卷四《赤壁》诗"铜雀春深锁二乔"句下注

---

① 黄任轲、朱怀春校点:《苏轼诗集合注》,第 2638 页,上海古籍出版社 2001 年。

引《许彦周诗话》："杜牧之《赤壁》诗，'折戟沉沙'云云：意谓赤壁不能缀火，为曹公夺二乔置之铜雀台上也。孙氏霸业，系此一战，社稷存亡，生灵涂炭都不问，只恐捉了二乔，可见措大不识好恶。"许顗批评杜牧在事关三国割据局面的历史大事上不关心吴国兴亡，只系念美女二乔，对此解说，冯氏十分不满，认为"诗不当如此论，此直村学究读史见识，岂足与语诗人言近旨远之故乎？"批评许顗不懂得杜牧借男女之事写兴亡之感的深意，所评甚是。

与此相关，冯集梧《集注》惯于旁征博引，亦效仿其父。其《樊川诗注自序》说："兹于地理职官，其各见于新、旧《唐书》及《六典》、《通典》、《元和郡县志》等书者，随条分缀，义在互著，似斯类推，难可枚举，亦借以参离合，备遗忘也。"如卷一《感怀诗》注所引征文献即有《史记》、《汉书》、《后汉书》、《三国志》、新旧《唐书》、《左传》、《资治通鉴》、《元和郡县志》、《方舆胜览》、《括地志》、《老子》、《庄子》、《荀子》、《墨子》、《周礼》、《唐会要》、《册府元龟》、《新书》、《吕氏春秋》、《春秋繁露》、《潜夫论》、《神仙传》、《韩诗外传》、李善《文选注》、《说文解字》、《广雅》、《玉篇》、《齐东野语》等数十种典籍，其引征之广，识见之博，不得不令人佩服。

再次，冯集梧注杜牧诗时严谨平实的学风亦有其父兄的影子。冯浩《笺注》可谓清代乾嘉学风中涌现出的佳构，其注释与评解能采取求实严谨、多闻阙疑的态度，对有些把握不准的问题或存疑以待他人确考，或提出一种意见以供他人参考，从不师心自用，妄自尊大。诚如乃父一样，冯集梧注杜牧诗时，对其没有绝对把握的问题常常采用较为审慎的态度，做到无征不信，宁付阙如。如卷二《重送绝句》"一灯明暗《覆吴图》"句下，冯氏按云："《覆吴图》未详，或云用晋杜预表请伐吴，帝与张华围棋，预表适至，张华推枰敛手事，存参。"又如卷一《冬至日寄小侄阿宜诗》注"阿宜"时说："唐杜氏世系表，牧之无亲兄，从兄弟愉之子为承照，羔之子为宗之，惊之子为裔休、述休、孺休。牧之亲弟顗，其子为无逸。"而《太平广记》引《南楚新闻》则云："杜惊长子无逸。考牧之作《(杜)顗墓志》，却云：'一男麟师，年十岁。'语各不合。岂麟师者，未及长成，而惊以己子继之欤？若此之阿宜，则又不可知为何兄之子也。"冯氏考知杜牧有六个侄儿，却不能考出阿宜为"何兄之子"，存以待疑，提供他人进一步研究之线索，其治学态度不可谓不严谨。

最后，受以上影响，引征有时过于繁冗，注词拘泥于"无一字无来处"，不当注而注，流于繁琐等受人诟病之处亦明显烙上了冯浩、冯应榴注诗之印痕，体现了浓厚的家学渊源。冯浩《笺注发凡》其七自谓"引据故实，未免繁冗，缘取义隐曲，每易以删摘，失其意指，故不可不详也。"冯集梧在该书自序中也说："兹于诠释所及，或遂衍及旁支，不知所裁，坐长繁芜，然不欲割弃，姑亦存之。"这一做法其长处在将事情的来龙去脉搞得清楚，其失在冗长，类同考史。有时一条注释数百言，甚至多达千馀言，所注之意往往被埋没在烦琐冗长的考辨文字中，让人读来枯燥乏味。《集注》字字句句必求来历，如卷二《奉和白相公圣德和平致兹休运岁终功就合咏盛明呈上三相公长句四韵》，引《新唐书·宰相表下》考白敏中为相之经历；引《史记·五帝本纪》考"圣德"出处；引《淮南子》考"和平"出处；引《宋书·文帝纪》考"休运"出处；引《左传》考"岁终"出处；引《晋书·王羲之传》考"功就"出处；引《汉书·班婕好传》考"盛明"出处；引《文心雕龙》考"和"、"韵"出处。如此注释，既显累赘，又嫌啰嗦，徒增篇幅，实无必要。

由于冯集梧注杜牧诗所遇到的学术背景、所注诗人的创作特点与其父、兄有别，故其与冯浩注李商隐诗、冯应榴注苏诗又体现出一些不同之处。冯浩于义山诗长于抉幽探微，发明隐秘之旨。他曾在《和友人题玉谿生诗详注后》不无感慨地说"诗体西昆竟赏评，个中真意半难明"，又说义山诗"往往有正言之不可，而迷离烦乱、掩抑迂回,寄其恨而晦其迹者,索解良难"。① 基于这样的认识,冯浩联系晚唐史实与李商隐生平,努力发掘其与诗人创作的内在联系,启发义山政治诗、咏史诗及爱情诗所寄托的隐衷,寻绎诗中潜在的意旨,在一些似有定评的诗中探索出与众不同的新解。而冯集梧则批评某些注家对于前人诗歌"不无求之过深",以为"牧之语多直达,以视他人之旁寄曲取而意为辞晦者,迥乎不侔",所以他在注杜牧诗时,"第诠事实,以相参验,而意义所在,略而不道"。② 冯浩解评义山诗,多有深文周纳、穿凿附会的地方,将许多无题诗附会成干求令狐绹之作即其显例;③冯集梧则因没有"求之过深",故做到了"不穿凿以侧附,不濛汏以诡随,情貌无遗,诠贯有叙"。④

　　在对所注诗歌的采择上,冯应榴《合注》于苏诗广搜博求,连"他集互现诗"、"补编诗"亦加注释;而冯集梧《集注》仅取裴延翰编《樊川文集》(二十卷)中诗歌部分加以注释,编次依旧,而对宋人所编之《樊川别集》(六十首诗)、《樊川外集》(一百二十六首诗),以其鉴别不精而弃之不顾。

　　冯浩《笺注》广泛征引诸家之注,其《笺注发凡》开宗明义:"自明以前,笺(李商隐)诗集者逸而无存。释石林(道源)创之,朱长孺(鹤龄)成之,行世百年矣。近则程午桥(梦星)、姚平山(增谦)各有笺本,余取而存其是,补其阙,正其误焉。"《笺注》初稿杀青后,冯浩得知徐逢源有李商隐诗集未刊笺本,又托人借观,"择其善者采

① 冯浩《玉谿生诗笺注发凡》其二,蒋凡校点:《玉谿生诗集笺注》附录二,第821页,上海古籍出版社1998年。
② 冯集梧:《樊川诗注自序》,第3页,《樊川诗集注》,上海古籍出版社1978年。
③ 王友胜:《冯浩〈玉谿生诗笺注〉的研究方法与学术创获》,《湘潭大学学报》2003年第2期。
④ 吴锡麒:《杜樊川集注序》,第2页,《樊川诗集注》,上海古籍出版社1978年。

之"，可见冯浩撰《笺注》时充分汲取了诸家旧注，以此为基础，自出己注，后来居上。冯应榴《合注》采用集注的方式，显然也在学习、效仿他父亲《笺注》一书的体例。李商隐、苏轼诗，前人笺注者较多，冯浩、冯应榴父子皆能采择、引录，而冯集梧注杜牧诗却没有这么好的条件，冯氏之前，杜牧之诗注释较少，仅有的一部《樊川文集夹注》，①冯集梧未曾寓目，故吴锡麒《杜樊川集注序》说"尝以樊川一集，前人未所发明"，"时阅乎千载之馀，而注成于一家之手"。可见，冯集梧注杜牧诗是在无所借鉴的条件下，自出新注的，无论怎样说，其敢于自辟新域的学术精神是值得肯定的。

---

①　按此书编者待考，包括正集四卷，外集一卷，刊行于明正统五年，参杨焄《论朝鲜刻本〈樊川文集夹注〉的文献价值》，复旦学报2004年第3期。

宋诗宋注名著四种叙录

　　宋代是诗歌别集注释的第一个高峰时期，涌现出了较多诗歌注本，其中"宋人注宋诗"就颇值得关注。据初步统计，宋人注宋诗凡 35 种，其中注苏诗 17 种，注黄诗 6 种，已占去了强半，亦有注宋祁、欧阳修、王安石、陈师道、陈与义、朱淑真、陆游、朱熹及魏了翁诗者。其中或佚或残，保存较全、学术质量较高者仅数部。清人徐康说："宋人注宋人集，如李壁注《荆公集》，王、施之注《苏集》，任、史之注《黄集》《陈后山诗》，皆风行海内，后世奉为圭臬，传本极多。去年，见宋刻《简斋集》，系宋人注宋本，已绝无仅有。昨无意中又得《断肠集》，郑元佐注，共十八卷，真希世之珍也。"①此跋提及的七部宋诗宋注分别是李壁的《王荆公诗笺注》（五十卷），旧题王十朋的《王状元集百家注分类东坡先生诗》（二十五卷），施元之、顾禧、施宿合撰的《注东坡先生诗》（四十二卷），任渊的《山谷内集诗注》（二十卷），史容的《山谷外集诗注》（十七卷），史季温的《山谷别集诗注》（二卷），任渊的《后山诗注》（十二卷），胡穉的《简斋诗集笺注》（三十卷）及郑元佐的《断肠集注》（十八卷）。其中前三部著

---

① 清汪氏艺芸书舍影元抄本《新注朱淑真断肠诗集》卷末，见《朱淑真集注》，第 225 页，浙江古籍出版社 1985 年。

作,笔者已有专文探讨,①兹将后几部集注之撰者生平、编撰过程、版刻源流、主要价值及局限逐条叙录,以供同好参考。

一、《山谷内集诗注》二十卷,《山谷外集诗注》十七卷,《山谷别集诗注》二卷 黄庭坚撰 任渊、史容、史季温注

黄庭坚诗集历来主要有两个版本系统,其一是按类编排,诗文皆收的全集系统,包括其外甥洪炎编辑的《豫章黄先生文集》三十卷(俗称《内集》)、其表弟李彤编辑的《外集》十四卷及其诸孙黄𦐁编辑的《别集》二十卷;其二是按年编排,收诗不收文的诗注系统,即任渊笺注的《山谷内集诗注》二十卷、史容笺注的《山谷外集诗注》十七卷及史季温笺注的《山谷别集诗注》二卷。任渊与史氏祖孙皆宋人,故三书当属宋人注宋诗。任渊,生卒年未详,字子渊,蜀新津(今属四川)人,新津境内有天社山,故又称"天社任渊",绍兴十五年(1145)文艺类试,为四川第一,官至潼川提刑。博览群书,于宋诗用功极深,尝注释黄庭坚、陈师道诗。著有《斤庵集》四十卷,已佚;又尝编注《山谷精华录》八卷,此书亦已佚,《四库全书总目》卷一百五十四以为所传者乃明人伪托。《全宋文》卷四千六百八十收有其文。史容生卒年不详,字仪甫,一字公仪,号芗室居士,眉州(今四川眉山,一说青神)人,仕至太中大夫。晚年退居故里,著述不辍。史季温,生卒年不详,字子威,史容之孙,绍定五年(1232)进士,宝祐中官至秘书少监,兼国史院编修、实录院检讨。《全宋文》卷

---

① 分别见《论〈干荆公诗笺注〉的学术价值与局限》,韩国《东亚人文学》(第十辑)2006年12月;《〈王状元集百家注分类东坡先生诗〉得失论》,台湾《宋代文学研究丛刊》(第七辑),2003年5月;《施元之等〈注东坡先生诗〉平议》,《中国韵文学刊》2002年第1期。

七千九百五十九收有其文,《全宋诗》卷三千二百八十四存其诗一首。

任渊先注黄、陈二家诗,待《豫章黄先生文集》传世后,才专取其中诗歌部分编年笺注而成《山谷内集诗注》。关于注二家诗的情况,其《黄陈诗集注序》云:"始山谷来吾乡,徜徉于岩谷之间,余得以执经焉。暇日因取二家之诗,略注其一二。第恨寡陋,弗详其秘。姑藏于家,以待后之君子有同好者,相与广之。"①可见任渊于黄庭坚曾执弟子礼,在其故里有过短暂过从。他在北宋所注山谷诗还较"寡陋",既未示人,更未付梓,藏于家数十年。据任渊此序,该书成于徽宗政和元年(1111),或曰任注陈诗成于政和六年魏衍《集记》、王云《题记》出现以后,不管何种情况,成于北宋则无疑。南宋建炎二年(1128),黄庭坚的好友胡直孺知洪州时,嘱洪炎主持编次其文集,朱敦儒及李肜(李常之子)协助编辑,此即《豫章黄先生文集》三十卷(俗称《内集》)。绍兴中,任渊得到《内集》,因感洪炎旧编"诠次不伦,离合失当"(见其《山谷内集诗注序》),乃择取其中卷二至卷十二诗歌部分,凡 700 首,以事系年,调整编次,于目录每条下皆系以简要的年月事迹,类同简谱;诗注则依旧稿,成《山谷黄先生大全诗注》(又称《山谷内集诗注》)二十卷,于绍兴二十五年(1155)与他前此完成的《后山诗注》六卷合刊于蜀中,许尹为作序。此书学术质量颇高,南宋即好评如潮。许尹于绍兴二十五年所作《黄陈诗集序》赞曰:"三江任君子渊,博极群书,尚友古人。暇日遂以二家诗为之注解,且为原本立意始末,以晓学者。非若世之笺训,但能标题出处而已也。既成,以授仆,欲以言冠其首。予尝患二家诗兴寄高远,读之有不可晓者。得君之解,玩味累日,如梦而寤,如醉而醒,如痿人之获起也,岂不快哉!"②陈振孙《直斋书录解

---

① 冒广生补笺,冒怀辛整理:《后山诗注补笺》,第 592 页,中华书局 1995 年。
② 冒广生补笺,冒怀辛整理:《后山诗注补笺》,第 593 页,中华书局 1995 年。

题》卷二十评任注黄、陈二家诗"大抵不独注事而兼注意,用功为深"。黄罃《山谷先生年谱序》亦谓:"近世惟传蜀本诗集旧注援据为详。"李彤尝协编《内集》,有感于是集仅收元丰元年黄庭坚34岁后之诗,遂独自补洪炎所遗,又收嘉祐六年黄庭坚17岁至34岁所作,以洪炎所编为《内集》,遂定名为《山谷外集》,凡十四卷。前七卷为诗,中间三卷为文,将山谷晚年自删的作品编在最后四卷,其成书当在孝宗时。史容效任渊之例,取《外集》卷一至卷七诗685首特为笺注,不收《外集》卷十一以下四卷诗,故《外集诗注》收诗数量要远少于《外集》。编次则悉依《外集》古、律分体之旧,将原本一卷扩充为二卷,成《山谷外集诗注》十四卷,卷首有宋钱文子《芗室史氏注山谷外集诗序》,称史氏"于山谷之诗既悉疏理,无复凝结,而古文旧事,因公之注,所发明者多矣"。是书最初于嘉定元年(1208)刻于眉山。付梓后十年内,史容又续有修订、增注,"且细考山谷出处岁月,别行诠次,不复以旧集古律诗为拘"(见史季温《外集跋》),即改李彤《外集》的分体为编年。其孙史季温于淳祐十年(1250)在福建提点刑狱司予以重刊,篇幅则由原来的十四卷扩充为十七卷。现存《外集诗注》以元至元间建安熊氏万卷书堂翻刻本为古,《四部丛刊续编》据以影印。《内集》、《外集》彼此并无优劣之分,但有缺遗,黄庭坚诸孙黄罃在整理家集的基础上,又广搜博求,补洪、李二集之所遗,于淳熙九年(1182)编为《豫章先生别集》二十卷。史季温继乃祖之遗志,采《别集》卷一之诗76首加以注释,成《山谷别集诗注》二卷。此本无序跋,宋元书目亦未见著录,后世多将其与《内集诗注》、《外集诗注》合刊,以成全璧。中华书局2003年出版刘尚荣校点本三家诗注《黄庭坚诗集注》。同年,上海古籍出版社亦出版黄宝华校点本三家诗注《山谷诗集注》。

关于以上三集的学术价值,《四库全书总目》卷一百五十四该书提要说:"是三集者,皆赖注本以传耳……任注《内集》、史注《外集》，其大纲皆系于目录每条之下，使读者考其岁月，知其遭际，因以推求作诗之本旨，此断非数百年后以意编年者所能为，何可轻也。"①"黄山谷诗补注"条亦有所赞扬。但三集的疏漏、讹误也不断有人纠补：关于编辑方面，如前所述，史容对《外集》卷十一至卷十四的诗既不加注，亦未采录。据李彤自跋，这四卷诗乃其掇拾黄庭坚亲自参与校订的《南昌集》（已佚）之诗而编定，黄庭坚已删除他自认为是伪作的诗 50 馀首。史容为求真，采取了快刀斩乱麻的做法。对史容所带来的这一缺陷，清代乾隆间谢启昆作了弥补。他将被史容未注的四卷诗凡 408 首，附刊于树经堂本《黄诗全集》三家注之后，定名为《山谷诗外集补》，有诗无注；又另外搜集散佚的山谷诗 28 首，编为《山谷诗别集补》一卷，刊于《外集补》之后。至于注释，《瀛奎律髓》卷二四曾指斥任注有误，姚范《援鹑堂笔记》曾补注山谷诗若干，方东树《昭昧詹言》卷十颇讥任注疏漏、史注恶劣，陈光汉与钱仲联各有《山谷诗任注补初稿》发表在无锡国专月刊（第四卷第一期、第四期）上，其中的补注则多达 59 条。

二、《后山诗注》十二卷　陈师道撰　任渊注

陈师道诗集历来主要流传着有注、无注两个版本系统。据其门人魏衍于徽宗政和五年（1115）所作《彭城陈先生集记》，陈师道去世后，其子陈丰、陈登将其亲笔手订的遗稿甲、乙、丙稿，托付给魏衍整理，并嘱其撰写行状。魏衍按原来目次编为二十卷，其中诗六卷，凡 465 首，文十四卷，凡 140 篇。又新编目录一卷。魏衍于次年将此本交给王云，王云写有《后山先生集题记》一则，然魏、王二氏当时均未刊刻。此编今有南宋蜀刻大字本《后山居士文集》传

---

① 《四库全书总目》卷一百五十四，第 2067 页，中华书局 1997 年。

世,卷首有谢克家绍兴二年(1132)所作的《后山居士集叙》。这是陈师道集的最早版本,但有文无注。上海古籍出版社1984年据国家图书馆藏本影印。

最早替陈师道诗作注的是曾注山谷诗的任渊。他在《后山诗注序》自叙其编撰情况说:"政和中,王云子飞,得后山门人魏衍亲授本,编次有序,岁月可考。今悉据依,略加绪正,诗止六卷,益以注,卷各厘为上下。"①可见任渊以"魏衍亲授本"为工作底本,将魏衍编的六卷诗,细分为十二卷,但对魏衍原来的编次做过一些调整,并未完全照搬,还将魏衍的《集记》弁于篇首。他并没有全注,而是有所删选,故诗的总数较魏衍亲授本少约三分之一。今存最早的任注刻本为南宋初蜀刻小字本,傅增湘《藏园群书题记》卷十三"宋刊残本后山诗注跋"对这个版本推崇备至,其云:"字体古劲,与《册府元龟》、唐人诗集相类,断为蜀中所刊。宋讳缺笔止于'构'字,而'慎'、'敦'不缺,盖南渡绍兴刊本也。"②任注侧重考述诗歌的系年、注解语词的出处,兼及友朋交游等,内容丰富,史料价值极大,堪与任注山谷诗相提并论。《四库全书总目》卷一百五十四该书提要高度评价说:"渊生南北宋间,去元祐诸人不远,佚文遗迹,往往而存,即同时所与周旋者,亦一一能知始末,故所注排比年月,钩稽事实,多能得作者本意。"又云:"援证古今,具有条理,其所得者实多。庄绰《鸡肋编》尝摭师道诗采用俚语者十八条,大致皆渊注所已及,可知其用意之密矣,固与所注《山谷集》均可并传不朽也。"③

任注后山诗远没有任注山谷诗流传广、影响大。《后山诗注》虽不断有翻刻本,不过在南宋小字本、宋元之际覆刻本后,就以明

① 冒广生补笺,冒怀辛整理:《后山诗注补笺》,第1页,中华书局1995年。
② 傅增湘《藏园群书题记》卷十三,第700页,上海古籍出版社1989年。
③《四库全书总目》卷一百五十四,第2068—2069页,中华书局1997年。

弘治间袁宏所刻《后山诗注》为最早，且元、明、清八百多年来无人对其补注、修正。清雍正三年(1725)嘉善陈唐出版的《后山居士诗集》，反倒将注文删去，只保留任注本诗歌原文，诗题、编次悉同，合为六卷。由于任注收诗不全，他又"遍搜他本"，另为补辑陈师道《逸诗》五卷，按体编排，凡219首。民国间，冒广生打破了这一僵局。他既对十二卷任注作补笺，又对陈唐所辑《逸诗》（新编为二卷）进行新笺，还给卷首的魏衍《集记》、王云《题记》作了笺注。如前所述，任注主要注解陈诗的典故出处，附带注陈的交游；冒笺则侧重笺释陈的交游与当时社会政治情况。这一工作主要在1932年至1934年间完成，上海商务印书馆1936年出版，题曰《后山诗注补笺》，中华书局1995年再次出版了由其孙冒怀辛整理的《后山诗注补笺》。

三、《简斋诗集笺注》三十卷　陈与义撰　胡穉笺注

　　如黄庭坚、陈师道一样，作为江西诗派的重要诗人，陈与义的诗在南宋亦有人作注，此即胡穉的《简斋诗集笺注》。胡穉，生卒年不详，字仲孺，号竹坡，光宗绍熙间人。胡穉除注此书外，还编有《简斋先生年谱》，该谱虽仅寥寥千馀字，但陈与义的生平大略已初具轮廓；又笺注过《无住词》十八首，此与傅幹的《注坡词》（二卷），曹鸿的《注琴趣外篇》（三卷），曹杓的《注清真词》（二卷），陈元龙的《详注周美成片玉集》（十卷）一样，均乃为数不多的宋人注宋词。

　　胡穉的《简斋诗集笺注》完成于绍熙元年(1190)，关于该书的编撰动机与过程，他在自序中说："余因暇日，网断义摘，所得逾十八九，乃编纪岁月而悉笺之，将使览者目击心谕，可抚而玩焉。"[①]

---

① 吴书荫、金德厚点校：《陈与义集》，第2页，中华书局1982年。

可见胡穉的笺注是为了满足读者阅读陈诗的需要,编排上采用的是编年的方式。他将《简斋集》十六卷本中的杂文(非诗)九篇去掉,每卷厘为二卷,故该书凡三十卷。除卷一按惯例将《觉心画山水赋》、《玉延赋》及《放鱼赋》置于前外,其馀二十九卷诗按年编次,与原本分体不同。卷首有《简斋先生年谱》一卷,末附《无住词》注一卷,还有胡穉的《胡学士续添简斋诗笺正误》。胡穉因其离陈与义的时代仅五十馀年,对诗中所涉历史事件、人物较为熟悉,故其所笺出处、时事及友朋酬答甚详。除此以外,对诗中典故出处的注释尤较详备。著名文人楼钥绍熙三年(1192)所作《简斋诗笺叙》对此褒奖有加,云:"(陈诗)用事深隐处,读者抚卷茫然,不暇究索。晓江胡君穉仲孺,约居力学,日进不已。得此诗,酷好之。随事标注,遂以成编……贯穿百家,出入释老,旁取曲引,能发简斋之秘,用意亦勤矣","胡君用心既专,数年之间,朝夕从事。而简斋之作,不过六百篇,故注释精详,几无馀蕴。"①阮元《研经室外集》卷三该书提要亦云:"今观所注,多钩稽事实,能得作者本意,绝无捃拾类书,不究出典之弊,凡集中所与往还诸人,亦一一考其始末,固读与义集者所不废也。"②胡笺本也存在一些疏漏、舛误,如引书有失规范,常有错误,注文中的脱文、误字俯拾即是。今天流传于世的《须溪先生评点简斋诗集》十五卷本,除保留刘辰翁的一百多条评语,删节胡穉原注外,还增添了不少新注,这个"增注"的作者尚有待考证,但他补充胡笺的疏漏,纠正胡笺的错误,值得我们特别关注。

　　这部由胡穉笺注,楼钥作序的陈与义集笺注本并不是南宋最早的刻本。前此尚有绍兴十二年(1142)陈与义的学生周葵在湖州任上所刊二十卷本,是集收诗五百馀首,由也曾担任湖州知州,此

---

① 均见吴书荫、金德厚点校:《陈与义集》,第 1 页,中华书局 1982 年。
② 吴书荫、金德厚点校:《陈与义集》,第 552 页,中华书局 1982 年。

时早已致仕的著名词人葛胜仲作序,即《陈去非诗集序》(见《丹阳集》卷八),然周葵刻本早已失传。据《须溪先生评点简斋诗集》中"增注"所引,南宋时陈与义诗歌有胡笺本、武冈本、闽本及简斋手定本,后三本亦已失传,唯胡笺本流传于世,故胡穉刻本是我们能看到的陈与义诗集最早的版本。该书宋代书目均无著录,清代瞿氏铁琴铜剑楼、张金吾、阮元、钱泰吉等均藏有胡笺宋刻本,阮元将其影印入《宛委别藏》中;上海商务印书馆将其与元刊《简斋诗外集》一并影印入《四部丛刊初编》中,今为通行善本。胡笺又有元刻本,题《增广笺注简斋诗集》三十卷,卷首有楼钥叙、胡穉题识及刘辰翁序各一篇。胡笺未见明、清刻本著录。民国九年蒋国榜以影抄瞿氏铁琴铜剑楼所藏宋本,刻于江宁湖上草堂,著名词学家冯煦校勘并作序,《四部备要》据以收入。中华书局1982年出版由吴书荫、金德厚校点的《陈与义集》,是书将"胡笺"注文加上注码,移于正文之后,又将《须溪先生评点简斋诗集》中的"增注",录于"胡笺"之后,兼有胡笺本与评点本二者之优长。上海古籍出版社1990年出版的白敦仁《陈与义集校笺》则是以《四部丛刊》影印瞿氏藏宋刻胡笺本及元刻《简斋诗外集》本为底本进行校笺的。

四、《新注朱淑真断肠诗集》十卷、《后集》八卷　朱淑真撰郑元佐注

朱淑真为南宋著名才女,然缘于封建礼教,死后"并其诗为父母一火焚之,今所传者,百不一存"。[①]约五十年后,宛陵魏仲恭同情其遭遇,欣赏其为人,遂多方搜求,得诗两百馀首,于淳熙九年(1182)辑为《断肠诗集》十卷,并为作序,不久淑真同邑郑元佐为之

---

①　魏仲恭《朱淑真诗集序》,《朱淑真集注》,第2页,浙江古籍出版社1985年。

作注，并增辑《后集》八卷，刊行于世。郑元佐，生卒年、事迹均未详，字名德，钱塘人。

　　此书明杨士奇《文渊阁书目》最先著录，然未著卷数；高儒《百川书志》著录《断肠诗》十卷、《后集》八卷。今存郑元佐注本有元刻本、明刻递修本，传世以元刻本最古，而以明刻递修本为常见。是书乃分类编排，《断肠诗集》十卷收诗凡二百馀首，其中卷一至卷二春景，卷三春景、花柳，卷四夏景，卷五至卷六秋景，卷七冬景，卷八吟赏，卷九闺怨，卷十杂题；《后集》卷一春景、卷二夏景、卷三秋景、卷四冬景、卷五花木、卷六至卷七杂题、卷八杂咏。其中或以季序分，或以题材分，足见其标准并不统一。清代藏书家、目录学家对该书颇有好评。瞿镛《铁琴铜剑楼藏书目录》卷二十一载："元佐未详，其注亦详赡。"徐康亦云："昨无意中又得《断肠集》，郑元佐注，共十八卷，真希世之珍也。"①是书局限有三：其一，注文有时删节过多或文义不明，致使不易理解；其二，注文所引诗句有与本集不符的地方；其三，时有漏注或误注出处者。此皆一般旧注的通病，兹不赘述。

　　《断肠诗集》注本自明初刻递修本后，传世版本较多，但影响较大的主要有清汪氏艺芸书舍影元抄本《新注朱淑真断肠诗集》，此本有著名目录学家徐康跋；民国十五年南陵徐乃昌影元刻本《新注朱淑真断肠诗集》，《前集》十卷从上海涵芬楼借得，《后集》八卷乃其所得天一阁旧藏本。浙江古籍出版社 1985 年出版冀勤辑校的《朱淑真集注》即以汪氏影元抄本为底本，而上海古籍出版社 1986 年出版张璋、黄畲校注的《朱淑真集》则以徐氏影元刻本为底本。

---

　　① 清汪氏艺芸书舍影元抄本《新注朱淑真断肠诗集》卷末，见《朱淑真集注》，第225页，浙江古籍出版社 1985 年。

宋代洗儿诗初论

一、宋代洗儿风俗的渊源与内容

洗儿礼是我国古代流传已久的一种习俗,即婴儿诞育三日或满月时会集亲友、宴请邻里,为婴儿洗浴以求吉祥的一种仪式,因多在降诞第三天举行,故又称"洗三"。① 洗儿时宾朋云集,宴饮歌吹,谓之"洗儿会";此时主人照例会对下人或来宾有所赏赐,所赐之物叫做"洗儿钱";文人墨客还会写些表示祝愿与期许的话,称为"洗儿文"。"洗儿"之礼究竟起源何时,尚待确考,②南宋著名学者洪迈就曾发出"莫知其事例之所起"③的感慨。从已见的史料来看,唐代开元年间就已出现"洗儿"的风俗。李德裕《次柳氏旧闻》

---

① 宋代有些地方将刚出生的婴儿溺死亦谓之"洗儿",如王得臣《麈史》"惠政"条:"闽人生子多者,至第四子,则率皆不举,为其赀产不足以赡也,若女则不待三,往往临蓐,以器贮水,才产即溺之,谓之洗儿。"见王得臣撰,徐鼎铭校对《麈史》卷上,第 14 页,王云五主编《丛书集成初编》本。

② 按任士英《唐代的洗儿礼》,《文史知识》1996 年第 1 期。该文认为洗儿礼起源于唐开元年间,与玄宗以生日为节日(千秋节)及当时流行的浴佛节有关,但该文称"唐朝时是否已扩衍于宫外,尚难妄测","与唐朝不同者,(宋代)是在婴儿满月时举行,而非三日时",则前者失考,后者明显有误。

③ 《容斋四笔》卷六"洗儿金钱"条,见洪迈:《容斋随笔》卷六,第 684 页,上海古籍出版社 1978 年。

载:"代宗之诞三日,上(玄)幸东宫,赐之金盆,命以浴。"①《新唐书》卷七十七《列传第二·后妃下》亦据此记载:"生代宗,为嫡皇孙。生之三日,帝临澡之。"代宗即当时皇太子李亨(即唐肃宗)的妻子郭氏在东都上阳宫所生之子李豫,其诞辰在开元十四年十二月十三日,三日洗儿时,玄宗亲自前来,赐金盆洗浴,这可能是"洗儿"的最早记载。姚汝能《安禄山事迹》卷上曾记载一个特殊的洗儿礼:

> 后三日,召禄山入内,贵妃以绣绷子绷禄山,令内人以彩舆舁之,欢呼动地。玄宗使人问之,报云:"贵妃与禄山作三日洗儿,洗了又绷禄山,是以欢笑。"玄宗就观之,大悦,因加赏赐贵妃洗儿金银钱物,极乐而罢。自是,宫中皆呼禄山为"禄儿",不禁其出入。②

此谓安禄山生日(天宝十年正月初一)过罢第三天,杨贵妃特召其入宫,替她这个年满五十的"干儿子"补办洗儿仪式。贵妃让人把禄山当作婴儿放在大澡盆中洗浴,然后用锦绣料子特制的大褓褓包裹,又让宫女们用彩轿抬着在后宫中走动,以此嬉戏取乐。玄宗观赏后大喜,特赐洗儿钱。此后安禄山被戏称为"禄儿",享受自由出入皇宫的特殊待遇。玄宗开元、天宝后,此礼在晚唐得到沿袭,韩偓《金銮密记》载:"天复二年(902),大驾在岐,皇女生三日,赐洗儿果子、金银钱、银叶坐子、金银挺子。"昭宗李晔在动荡流离中,还不忘为公主举行洗儿礼,可谓宫掖相承,欲罢不能。除宫廷外,唐代一般权贵、富豪之家亦有诞育三日"洗儿"的风俗。《资治通鉴》

---

① 见王仁裕等撰,丁如明辑校:《开元天宝遗事十种》,第 6 页,上海古籍出版社 1985 年。

② 《开元天宝遗事·安禄山事迹》,第 82 页,中华书局 2006 年。

卷二百一十三载：开元十八年(730)，大臣王毛仲妻李氏诞育三日洗儿，玄宗"命(高)力士赐之酒馔、金帛甚厚，且授其儿五品官"；白居易的《谈氏外孙生三日喜是男偶吟成篇兼戏呈梦得》诗也记载监察御史谈弘谟为外孙洗儿的事。

宋代承袭唐人洗儿的习俗，从宫廷到民间，社会各阶层中都广泛盛行，"洗儿礼"的仪式从形式到内容都有了极大地完善，其奢华热闹程度比起唐朝有过之而无不及。洗儿的时间除了三朝外，还可以是满月时，如苏轼说"况闻万里孙，已报三日浴"（《借前韵贺子由生第四孙斗老》），王禹偁则说"洗儿已过三朝会，屈客应须满月筵"（《张屯田弄璋三日略不会客戏题短什期以满月开筵》）。而杨万里的《贺必远叔四月八日洗儿》云："年年四月初八日，水沉汤浴黄金佛。今年大阮当此时，真珠水洗白玉儿。"这是在佛浴日洗儿，算是特例。宋人洗儿的风俗在宋人笔记中多有记载，《东京梦华录》卷五"育子"条载：

> 就蓐分娩讫，人争送粟米炭醋之类。三日落脐灸囟，七日谓之一腊，至满月则生色及绷绣钱，贵富家金银犀玉为之，并果子，大展洗儿会。亲宾盛集，煎香汤于盆中，下果子、彩钱、葱蒜等，用数丈彩绕之，名曰围盆；以钗子搅水，谓之搅盆；观者各撒钱于水中，谓之添盆。盆中枣子直立者，妇人争取食之，以为生男之征。浴儿毕，落胎发，遍谢坐客，抱牙儿入他人房，谓之移窠。[1]

可见宋代"洗儿"的礼仪非常繁琐、复杂，场面非常铺排、奢华，婴儿

---

[1]　孟元老撰，邓之诚注：《东京梦华录注》，第152页，中华书局1982年。又《梦粱录》卷二十记载"洗儿"详细的仪式与事项，与《东京梦华录》一书所云大同小异。

降诞三日时,要为其举行"落脐灸囟"的仪式,以示新生之子完全脱离了胎儿期,从此正式踏上了人生旅途;满月时,家人要邀请亲朋好友,举办洗儿会,用香汤为婴儿洗澡,在经过围盆、揽盆、添盆等程序后,还要抱婴儿逐一认亲。除了洗浴,主人在洗儿会上还要赠赏、宴乐,并且耗费的财物还相当的多。徐鹿卿的《贺判府生子》曰:"觅公洗儿钱。"陈藻的《丘景运生孙叔南生子戏赠以诗二首》(其二)亦云:"莫道丘公孙是女,林郎初画洗儿钱。"这是诗中的描述;笔记中记载得更详细,《铁围山丛谈》卷四:

> 祖宗故事,诞育皇子、公主,每侈其庆,则有浴儿包子并赍巨臣戚里。包子者,皆金银大小钱、金粟、涂金果、犀玉钱、犀玉方胜之属。①

《容斋四笔》卷六"洗儿金钱"条:

> 车驾都钱塘以来,皇子在邸生男及女,则戚里、三衙、浙漕、京尹,皆有饷献,随即致答,自金币之外,洗儿钱果,动以十数合,极其珍巧,若总而言之,殆不可胜算。②

可见宋时逢皇室诞育,无论男女,各有司衙门均要盛情进献,皇帝照例也会及时回赠,靡费财物,不可胜数。正因如此,大臣刘敞在嘉祐四年四月即上《论皇女生疏决赐予疏》予以劝止:

> 在外群情,皆云圣意以皇女生,故赐庆泽,恐非王者之令

---

① 蔡絛《铁围山丛谈》卷四,第 61 页,中华书局 1997 年。
② 洪迈:《容斋随笔》,第 685 页,上海古籍出版社 1978 年。

典也。

又闻多作金银、犀象、玉石、琥珀、玳瑁、檀香等钱，及铸金银为花果，赐予臣下，自宰相、台谏，皆受此赐。臣谓陛下无益之赐，无名之赏，殆无甚于此。若夸示奢丽，臣以辅主为职，奈何空受此赐，曾无一言焉？遂事不谏，臣愿陛下戒之。伏惟皇上开祐圣德，故后宫有多子之祥，陛下当明谨政令，深执恭俭，以答上天之贶，建无疆之基，不宜行姑息之恩，以损政体，出浮沉之费，以隳俭德。①

刘敞此疏虽未达到预期的目的，但却为我们留下了察考宋人洗儿风俗的珍贵史料。洗儿会上举办宴乐，也是顺理成章的事。王禹偁的《张屯田弄璋三日略不会客戏题短什期以满月开筵》诗末句云："至时担酒移厨去，请办笙歌与管弦。"既"担酒移厨"，又有"笙歌与管弦"，足见洗儿的场面非常热闹；前揭杨万里"今年大阮当此时，真珠水洗白玉儿"的诗句也明确告诉我们，南宋洗儿时是有乐器大阮弹奏的。

由上可见，"洗儿"这一习俗最晚起源于唐代开元间，至宋代则体类完备，蔚然成风。然其礼节繁缛，靡费财币，故洗儿会多适用于皇室宦家，或富贵之门，民间老百姓举行的洗儿礼相对要简单得多，正所谓"贫下之家，则随其俭，法则不如式也"。②

二、宋代洗儿诗的生成背景

任何一种文学现象都有它赖以存在的政治、经济与文化背景，

---

① 《全宋文》第 59 册，第 82 页，上海辞书出版社、安徽教育出版社 2006 年。
② 吴自牧：《梦粱录》卷二十"育子"条，见孟元老等著：《东京梦华录（外四种）》，第 308 页，古典文学出版社 1956 年。

宋代洗儿诗的生成也是这样。它的产生，主要有两个方面的因素：一是唐代洗儿诗的发展与影响，二是宋诗题材的生活化、琐细化。

洗儿诗几乎与洗儿的习俗同时出现，早在开元年间，岐王李范的门客张鄂就撰有《三日岐王宅》与《满月》两诗。前诗曰："玉女贵妃生，婴儿始发声。金盆浴未了，绷子绣初成。""金盆"为洗浴的器皿，"绷子"类似襁褓。中唐王建《宫词》（其七一）亦曰："日高殿里有香烟，万岁声长动九天。妃子院中初降诞，内人争乞洗儿钱。"后宫诞育时，大家齐声高呼"万岁"，宫女们争着讨"洗儿钱"。五代时期前蜀花蕊夫人《宫词》（其六三）说："东宫降诞挺佳辰，少海星边拥瑞云。中尉传闻三日宴，翰林当撰洗儿文。"可见当时洗儿诗的写作已成气候。不过，唐代洗儿诗写得多而好的诗人当属白居易，其庆贺谈弘谟为外孙洗儿的《谈氏外孙生三日喜是男偶吟成篇兼戏呈梦得》诗：

> 玉芽珠颗小男儿，罗荐兰汤浴罢时。茉莒春来盈女手，梧桐老去长孙枝。庆传媒氏燕先贺，喜报谈家乌预知。明日贫翁具鸡黍，应须酬赛引维诗。

还有《崔侍御以孩子三日示其所生诗见示因以二绝和之》（其一）诗："洞房门上挂桑弧，香水盆中浴凤雏。还似初生三日魄，嫦娥满月即成珠。"诗中提到"兰汤"、"香汤"，说明当时洗儿不是用清水。据孙思邈的《千金方》记载，"儿生三日，宜用桃根汤浴"，因为这种汤能够"去不祥，令儿终身无疮疥"。宋代洗儿诗词无论是在内容上还是在写法上明显承袭唐代而来，其创作的数量与所达到的艺术水平都要超过唐代洗儿诗。据初步统计，两宋约有 69 人写过130 馀首洗儿诗，如王禹偁的《张屯田乔璋二日喁不会寡戏题短什期以满月川筵》，欧阳修的《洗儿歌》，梅尧臣的《依韵答永叔洗儿歌》，苏轼的《洗儿戏作》、《贺陈述古弟章生子》、《借前韵贺子由生

第四孙斗老》、《减字木兰花》(惟熊佳梦)，李鹰的《王实洗儿歌》，朱
松的《洗儿二首》，王十朋的《万先之生两男作洗儿歌贺之》，杨万里
的《贺必远叔四月八日洗儿》，陈藻的《丘景运生孙叔南生子戏赠以
诗二首》、《子从生儿席上作》及徐鹿卿的《贺判府生子》等。就作者
的身份与知名度而言，既有著名诗人，亦不乏声名不显者，可见洗
儿诗创作在宋代具有广泛性。

　　宋代洗儿诗词大量出现与宋代诗人在题材上开拓创新，追求
题材的琐细化、生活化密不可分。众所周知，唐诗已经达到了中国
诗歌创作的顶峰，宋人要有所作为，必须另辟蹊径，在题材与意境
上下功夫。宋诗在气魄上虽然略逊唐音，但在诗歌题材的拓展、创
新上却较有唐一代为优，其广博、细密、精巧的风格特色正是他们
创作追求新变，自立门户的结果。莫砺锋说"宋诗在艺术上的任何
创新都是以唐诗为参照对象的，宋人惨淡经营的目的便是在唐诗美
学境界之外另辟新境"，又云"宋诗较成功的题材开拓是向平凡的日
常生活倾斜，唐人注意不够的琐事细物都成为宋人笔下的诗料，比
如苏轼有咏农具之诗，黄庭坚多咏茶之诗"。[1] 梅尧臣历来被认为
是宋诗的"开山祖师"，他的这一诗史地位正是其在拓展诗歌题材
上所做出的努力达到的。钱锺书评价梅尧臣及其诗歌创作时说：

　　　　他要矫正华而不实、大而无当的习气，就每每一本正经的
　　用些笨重干燥不很像诗的词句来写琐碎丑恶大不入诗的事
　　物，例如聚餐后害霍乱，上茅房看见粪蛆，喝了茶肚子里打呼
　　噜之类。[2]

　　① 莫砺锋：《宋诗三论》，《广西师范大学学报》2005 年第 2 期。
　　② 钱锺书：《宋诗选注》，第 16 页，人民文学出版社 1982 年。

这里虽然是在批评梅尧臣诗有过度琐碎的缺点，但我们仍然从中可以看出宋诗题材与宋人生活的关系是多么的密切。在这样的文化背景下，作为宋人日常生活的一个重要组成部分，洗儿礼的题材出现在宋诗中就是水到渠成的了。翻开《全宋诗》，我们不难发现，宋代早期洗儿诗的作者王禹偁、梅尧臣、欧阳修恰好是开拓宋诗题材的重要诗人。王禹偁《小畜集》卷十一所收录的《张屯田弄璋三日略不会客戏题短什期以满月开筵》，应该算是宋代第一首洗儿诗。梅尧臣与欧阳修的洗儿诗，一为自题，一为题赠，彼此唱和，既写题中应有之意，又多有申诉，借题发挥。

此外，宋代洗儿礼仪的衍生与发展还以当时的社会环境和经济文化为保障与基础，没有宋代高度发达的城市经济，没有宋代文人优裕的物质生活，没有宋代文人相互交游、彼此唱答的文坛风气，宋代洗儿诗的大量出现也是不可能的。

三、宋代洗儿诗的类型与叙述模式

洗儿诗，顾名思义，指婴儿降诞三日或满月举办洗儿礼时，所作以洗儿为主题，传达得子之喜，或寄托长辈对新生儿祝福与期许的诗歌。洗儿诗包括得子之人自创之作，以及他人题写、唱和之作，也就是说，就作者的身份而言，宋人洗儿诗创作有自题与题赠两大类型。前者主要有梅尧臣的《依韵答永叔洗儿歌》、苏轼的《洗儿戏作》与朱松的《洗儿二首》，王禹偁的《张屯田弄璋三日略不会客戏题短什期以满月开筵》、欧阳修的《洗儿歌》等其馀诗则属第二者情况。

自题洗儿诗在写法上多以长辈身份祷况了女将来的　生丰福安康，有时也会由子及己，感慨身世，抒发对社会与时事的不满，从而与咏怀抒情诗合流。梅尧臣的《依韵答永叔洗儿歌》是对欧阳修

《洗儿歌》的唱和之作。据朱东润《梅尧臣集编年校注》所考,此诗当写于嘉祐三年(1058),①此时梅氏已五十六岁,可谓晚年得子,故作者自谓"我惭暮年又举息"。诗的前半部分写婴儿降诞前作者夜梦道士、仰看星辰,寓示婴儿出生不凡;接着写婴儿降诞后以药辟邪、友朋庆贺及为孩子金盆洗浴的情形。后三句由子及己,以唐代狷介穷苦的文人卢仝晚年得子自况,感慨身世,抒发自己一生仕宦不显,坎坷潦倒,得子乃成一慰的心情。苏轼的《洗儿戏作》可以说是宋代自题洗儿诗的代表作,虽是七绝,寥寥二十八字,但影响比较大,后世许多文人都爱引用、唱和。一般自题洗儿诗按惯例会对初生的孩子寄予厚望,此诗却云:"人皆养子望聪明,我被聪明误一生。惟愿孩儿愚且鲁,无灾无难到公卿。"这首诗运用反语,无理而妙,制造了一个"聪明"与"愚鲁"的价值观上的冲突,诚如亚里士多德所说的"突转"②这样的对比往往会形成一种悲剧式的情感。此诗作于元丰六年(1083),诗人刚刚经过牢狱之灾,故其主题在于讥讽权贵,诉说平生失意,不在洗儿事本身。其实苏轼的这一思想渊源有自,白居易的《哭皇甫七郎中》诗亦云"多才非福禄,薄命是聪明"。苏轼深受政治斗争的折磨,深知才高受谤犹如貌美遭妒,故追求大智若愚之"愚",鲁钝之"鲁"而非鲁莽之"鲁",这才是苏轼对其爱子真正所期望的。清代苏轼研究著名学者查慎行就已明确看出"诗中有玩世疾俗之意"(《补注东坡编年诗》卷二十二)。此诗因其立意之奇而引起后世文人争相唱和,明代郎瑛《七修类稿》载,瞿佑撰诗反《洗儿戏作》意曰:"自古文章厄命穷,聪明未必胜愚蒙。笔端花与胸中锦,赚得相如四壁空。"郎瑛以为瞿氏"自慨不露圭角,似过东坡",显然是嫌苏轼诗过于直白。明代杨廉也有意与苏

---

① 朱东润编年校注:《梅尧臣集编年校注》,第1051页,上海古籍出版社2006年。
② 亚里士多德著,陈中梅译注:《诗学》,第89—90页,商务印书馆2008年。

轼唱反调,和了一首《洗儿诗》:"东坡但愿生儿蠢,只为聪明自占多。愧我生平愚且鲁,生儿哪怕过东坡。"明末清初钱谦益亦写《反东坡洗儿诗》曰:"东坡养子怕聪明,我为痴呆误一生。但愿生儿狷且巧,钻天蓦地到公卿。"

此外,朱松的《洗儿二首》绝句,也属自题之作。朱松是理学大儒朱熹的父亲,这两首洗儿诗便是他在建炎四年(1130)得第三子朱熹时所写。其一云:"行年已合识头颅,旧学屠龙意转疏。有子添丁助征戍,肯令辛苦更冠儒。"从"旧学屠龙"、"助征戍"、"更冠儒"等词语来看,朱松最初是想将朱熹培养成武士而非文儒,这或许与当时赵宋王朝被迫南渡,投降派秦桧力主和议的时局有关,朱松是主战派,故有这样的感慨。其二云:"举子三朝寿一壶,百年歌好笑掀须。厌兵已识天公意,不忍回头更指渠。"作者以三朝洗儿之事为楔子,以此讽刺赵宋王朝腐败无能,偏安江左的丑恶罪行,抒发自己壮志未酬、河山分裂的痛苦心情。这两首诗虽然篇幅短小,但写得颇有气概;若论讽喻,较之苏轼的《洗儿戏作》,似乎难分伯仲。

至于题赠洗儿诗,也可细分为两类:一是只传喜言乐,并述祝祷之语,言语平直,诗意浅易之作;二是多以典故铺陈,文字典奥华赡,诗意隐晦之作。前一类诗,我们试从王禹偁的《张屯田弄璋三日略不会客戏题短什期以满月开筵》为例加以论说。题中即称"张屯田",可见主人并非王公贵族、达官显要,说明宋代的洗儿礼已经普及到低级官僚;从"弄璋三日略不会客"与"期以满月开筵"等来看,表明作者虽在婴儿降诞三日时写诗表达了祝愿之情,但主人似乎要等到孩子满月时才会举办洗儿会;又曰"戏题短什",可见作者乃随意创作,与兴、观、群、怨的诗教无缘,这正是宋诗题材日常生活化的具体表现。诗中既叙双方"相知二十年"的友谊,又曰"桂子定为前进士",不忘客套地恭维几句,更表达了对"满月筵"笙歌管弦热闹场面的期望。王禹偁是宋初白体诗人的杰出代表,该诗题目与白居易的《谈氏外孙生三日喜是男偶吟成篇兼戏呈梦得》颇有相通之处,其"偶吟成篇"、"戏呈梦得",亦即王氏的"戏题短什";诗中"喜君新咏弄璋篇",白居易的《崔侍御以孩子三日示其所生诗见示因以二绝和之》(其一)亦有"弄璋诗句多才思"的诗句,两人皆用《诗经·小雅·斯干》中"弄璋"的典故,点明了主人"生男"的意思。此诗内容上比较平淡,起伏不大,尤其是后三联"洗儿已过三朝会,屈客应须满月筵。桂子定为前进士,兰芽兼是小屯田。至时担酒移厨去,请办笙歌与管弦",平铺直叙,并未用典,亦是典型的白体诗风。

后一类型的诗以欧阳修的《洗儿歌》与苏轼的《借韵贺子由生第四孙斗老》等为代表,《洗儿歌》诗题一作"前日送酒,遂助洗儿,辄成短歌,更资一笑,呈圣俞",当是为老友梅尧臣晚年得子而作。欧阳修时的宋代诗坛堪称"宋调初成",此期的宋诗开始渐渐摆脱唐诗的影响,逐步形成自己的特色,如文人好用典故。此诗用典即较多,开头"月晕五色如虹蜺,深山猛虎夜生儿。虎儿可爱光陆离,开眼已有百步威"四句,化用《后汉书》"不入虎穴,焉得虎子"之典,[1]"木星之精为紫气,照山生玉水生犀"一联,前句用老子李耳出生和骑牛过函关之典,[2]后句以山玉、水犀等珍贵之物作比兴。诗中叙述古代英雄与先贤的事迹,为的是表达对主人"才高位下"的惋惜与同情,最后几句乃劝慰与祝愿之辞:"翁家洗儿众人喜,莫

① 《后汉书·班超传》载:"不入虎穴,不得虎子";《三国志·吴志·吕蒙传》亦云:"不探虎穴,安得虎子。"

② 张守节《史记正义》引《玄妙内篇》云:"玄妙玉女梦流星入口而有娠,七十二年而生老子。"又裴骃《史记集解》引《列仙传》云:"老子西游,关令尹喜望见有紫气浮关,而老子果乘青牛而过也。"见司马迁著:《史记·老子韩非列传》,第2139—2141页,中华书局1982年。

惜金钱散闾里。宛陵他日见高门,车马煌煌梅氏子。"此诗用语华丽而不柔靡,故南宋黄震评价《洗儿歌》为圣俞作,简而劲"。① 苏轼的《借韵贺子由生第四孙斗老》诗用典更多,如"大壮泰临复"、"举家传好梦"、"可以耕衍沃"、"端解耗纸竹"、"我计久已熟"、"长留五车书"、"箪瓢有内乐"、"早谋二顷田"等句,皆以典入诗。其中"举家传好梦"一句乃应景之典,典出《诗经·小雅·斯干》"吉梦维何? 维熊维罴"二句。此为熟典,宋代的洗儿诗多陈陈相因。

宋代洗儿诗皆有大致类似的叙述模式。这些诗在内容上可以说大同小异,若翻译成白话文,就是以下几句话:"我前不久看到了征兆,过几天你果然得子了,真是有福之人","你的孩子长得很有福分,与一般人就是不一样","你的孩子将来肯定有出息"或者"我祝愿你的孩子未来前程无量"。其创作模式,也是有轨可循的,实际上就是上边那三层意思体现出的三个步骤,一步一步,由头及尾,话说完后便成了诗。首先,作者先来个"吉梦维何? 维熊维罴,维虺维蛇","大人占之,维熊维罴,男子之祥;维虺维蛇,女子之祥"一类的铺垫,②如梅尧臣的《依韵答永叔洗儿歌》曰:"夜梦有人衣帔蜺,水边授我黄龟儿。仰看星宿正离离,玉魁东指生斗威。明朝我妇忽在蓐,乃生男子实秀眉。"李廌《王实洗儿歌》云:"昔闻吉梦占罴熊,今见得子如阿戎。"又王十朋《万先之生两男作洗儿歌贺之》亦云:"君不见徐卿二子生绝奇,熊罴入梦非同时。"这是在用典言祥瑞之兆,以衬托福气。在这一个层次上,又有言其祖上梓里人杰地灵的,既为了衬托天遗子嗣之喜,又为下边第二层次的称赞做铺垫,如徐鹿卿的《贺判府生子》开宗明义:"西江最上流,南安古名城。庾山蔚然秀,章水浏其清。异代得伟人,分此风月平。往者程

<hr>

① 黄震:《黄氏日钞》卷六十一,《四库全书》,台湾商务印书馆1986年影印本。

② 《诗经·小雅·斯干》,高亨注:《诗经今注》,第265页,上海古籍出版社1980年。

伯温(程珦),关决烨有声。"其次,便是开始称赞主人之子的言辞,所谓"兰孙桂子"之类,极尽夸赞之能事。如苏轼的《减字木兰花》"惟熊佳梦,释氏老君曾抱送。壮气横秋,未满三朝已食牛",陈藻的《子从生儿席上作》"造化安排生,必也非凡儿"之类。最后,便是将古代的圣贤搬出来作榜样,从黄帝、周文王姬昌到孔子、释迦牟尼,如李廌的《王实洗儿歌》"五侯七貂十八公,当有八元为八龙",王十朋的《万先之生两男作洗儿歌贺之》"徒烦孔子与释氏,两回抱送麒麟儿","他时四乳类周士,森森八桂同敷荣"等等,都成了与新生儿比肩的对象,表达了对孩子未来美好的愿望,不管作者是否出于真情,反正都得这样客套恭维,主人也决不会嫌其僭越。但有时客套得过头了,便显得露骨而气格卑下,如王十朋诗中"慈颜戏语彩衣郎,汝子他年胜我子"、"我忝通家同笔砚,闻君得子欢无间。殷勤为作《洗儿歌》,觅取金钱三百万"[1]这六句,前两句像马屁精说的话,后四句则体现出了一个十足的文丐形象。

　　苏轼除自题《洗儿戏作》外,还有三首题赠之作,即《借韵贺子由生第四孙斗老》、《贺陈述古弟章生子》及《减字木兰花》(过吴兴李公择生子三日会客作此词戏之),后两首一是题赠友人陈襄之弟陈章,一是题赠友人李公择,内容落入一般洗儿诗的窠臼,写法也平淡无奇,只有"犀钱玉果,利市平分沾四坐。多谢无功,此事如何到得侬?"几句,多少体现出了一点文学幽默感。前一首诗题赠胞弟苏辙,或许是因为主人是自己亲弟兄的缘故,所以这诗里的感情和风格与后两首截然不同,当是此类诗之最佳者。前揭指出,一般洗儿诗多是赋颂铺陈之语,千篇一律、如出一辙,看得多了,让人不免感觉到厌烦。苏轼此诗虽也有祝贺之意,但写诗的主要目的是

---

　　① 《万先之生两男作洗儿歌贺之》一诗,见王十朋撰,梅溪集重刊委员会编:《王十朋全集》,第76—77页,上海古籍出版社1998年。

在规劝,诗中大量篇幅在劝说苏辙该如何及时避世归隐,如何培育苏家的第四孙斗老,诸如"无官一身轻,有子万事足"、"但令强筋骨,可以耕衍沃"、"不须富文章,端解耗纸竹"、"长留五车书,要使九子读。箪瓢有内乐,轩冕无流瞩"、"早谋二顷田,莫待八州督"等,情真语切,令人动容。之所以多劝勉、关怀之辞,是因为二苏情同手足,患难与共,苏辙《东坡先生墓志铭》曰:"抚我则兄,诲我则师。"再者,苏洵既亡,长兄为父,侄子即犹子,苏门添丁,非独苏辙一人之事,乃苏家一门之事。这样的风格主旨,在题赠类洗儿诗中可谓独树一帜。

四、宋代洗儿诗的文化内涵

宋代洗儿诗是宋代诗歌中比较有特色的一类题材,它既反映了宋代的社会现实与风俗民情,同时又蕴含着极其丰富的文化意义。

首先,宋代洗儿诗体现了古代社会浓厚的宗亲观。《孟子·离娄上》云:"不孝有三,无后为大。舜不告而娶,为无后也,君子以为犹告也。"①虽然孟子"无后"的原意是指没有尽到后辈的责任,并不是指没有后代,舜没有告知父母就结婚了,这就是"无后"。但东汉经学家赵岐撰《孟子章句》时,将"无后"曲解为没有为父母长辈留下子孙后代,认为这是不孝顺的。他说:"于礼有不孝者三者,谓阿意曲从,陷亲不义,一不孝也;家贫亲老,不为禄仕,二不孝也;不娶无子,绝先祖祀,三不孝也。三者之中,无后为大。"自汉文帝置《孝经》博士后,《孝经》开始流行于世,②赵岐的解释正好迎合了当

---

① 朱熹集注:《四书集注》,第411页,岳麓书社1995年。
② 按《孝经》的作者有不同说法,刘歆的《七略》说是孔子作,《史记·仲尼弟子列传》说是曾子作,朱彝尊《经义考》引宋代胡寅说认为是曾子门人作;因《孝经》多处引证《左传》、《孟子》、《荀子》而又被《吕氏春秋》引用,故其成书时间当在公元前三世纪。

时人们普遍奉行的孝道观,故被奉为圭臬,影响中国近两千年,人们普遍认为多子多福、儿孙满堂即是福,于是若有新诞的孩儿,这便是天大的喜事。这种宗亲观念亦深刻地影响着封建时代的文人们。洗儿诗里所蕴含的这种宗亲观,其源头可以上溯到《诗经·周南·螽斯》,所谓"宜尔子孙,振振兮"、"宜尔子孙,绳绳兮"、"宜尔子孙,蛰蛰兮",《毛诗序》、《诗集传》都解释为言周室子孙众多之事,清代方玉润《诗经原始》在对此篇进行解题时,亦言"美多男也"。洗儿这一风俗发展至宋代,形成了一套完善的礼仪制度,这为宋代的洗儿诗创作提供了生长的土壤。洗儿这一风俗,实际上是宗亲观念的一种体现,与洗儿相关的众多形式,都映射出长辈对晚辈的一种期许,一种期待后代能有所作为的愿景,如宋代文献中所提到的洗儿汤中加入葱、蒜、枣等物,皆取物之谐音,希望孩儿能够聪明、早立。

其次,宋代洗儿诗彰显了宋代文人强烈的功名观。春秋以降,儒家伦理思想中已经有"立德"、"立功"、"立言"的"三不朽"观。《左传·襄公二十四年》曰:"大上有立德,其次有立功,其次有立言,虽久不废,此之谓不朽。"在宋代的洗儿诗当中,长辈对晚辈的期盼,基本上都没有跳出这"三不朽"的藩篱。无论自题还是题赠洗儿诗,作者都会期许婴儿未来能建功立业,光耀门楣。杨万里的《贺必远叔四月八日洗儿》:"吾家英杰相间起,胄出关西老夫子。公家宣和中大夫,大江之西推名儒。六十年来谁继渠?愿儿长成读祖书,再起门户光乡闾。"①纵使苏轼的《借韵贺子由生第四孙斗老》一诗,表现出的是一种消极隐退的思想,但这种避世的价值观,只是作者对他们兄弟二人人生归宿的一种期待,而非对待下一代;

---

① 杨万里撰,辛更儒笺校:《杨万里集笺校》卷二十四,第三册,第1264页,中华书局2007年。

他真正对下一代的期望体现在"常留九车书，要使九子读"这一句中，因为"学而优则仕"，又有所谓"万般皆下品，惟有读书高"，自隋代以科举取士以来，读书与功名的关系不言而喻。宋代亦然，读书至仕毫无疑问是立德立功的最佳选择，实在不行，还可以退而立言，潜心文章学术，在那样一个崇文抑武的时代，亦可以丹青留名。洗儿诗作者对下一代功名的期许，实际上寄托了希望上一代的生命在下一代身上得到延续，上一代的人生价值在下一代身上得到体现的心理。宋代洗儿诗中提及的古人，往往是周公、孔子之类前代圣贤或英雄，而非凡夫俗子，其原因正在于此。后来民间洗儿时念诵的民谣"长流水，水流长，聪明伶俐好儿郎"，"先洗头，做王侯，后洗沟，做知州"，传达出的文化意蕴也是如此。

试论王禹偁的咏花诗

作为宋初七十年创作成绩最为突出的诗人，王禹偁（954—1001）在政治上是嫉恶如仇、敢于为民请命的正直官吏，然在个人生活中却是一位颇富柔情蜜意的赏花人。他爱花栽花、咏花赋花，其诗集给我们呈现了一座丰富多样、色彩艳丽的百花园。他的近600首诗中，直接以花为题的就有36首，涉及牡丹、杏花、海棠、芍药、海仙花、石榴花、白莲花、桃花、菊花、梅花、琼花、木芙蓉等，品种达12类之多，另外还涉及木瓜、樱桃等果实，其中咏牡丹、杏花、海棠、芍药、海仙花尤多。透过这些姹紫嫣红的鲜花，可以窥见作者丰富细腻的内心世界。

一

在古代诗词中，花木鸟兽不仅仅是一种纯粹的自然之物，而且也被诗人赋予了特定的文化内涵，它以其活色生香而娱人感官，更以其兴谢荣枯而撩人情思，由此与诗人结下不解之缘。从周代先民在《诗经》中"桃之夭夭，灼灼其华"（《桃夭》）、"维士与女，伊其相谑，赠之以芍药"（《溱洧》）之类的咏花佳构，到晚清龚自珍"落红不是无情物，化作春泥更护花"（《己亥杂诗》其五）的嗣响，古人咏花赋花，不绝如缕。叶嘉莹在《几首咏花的诗和一些有关诗歌的话》

一文中对此进行了精辟地分析：

> 至于花之所以成为感人之物中最重要的一种，第一个极
> 其浅明的原因，当然是因为花的颜色、香气、姿态，都最具有引
> 人之力，人自花所得的意象既最鲜明，所以由花所触发的联想
> 也最丰富。此外还有一个最重要的原因，我以为则是因为花
> 所予人的生命感最深切也最完整的缘故……人之生死，事之
> 成败，物之盛衰，都可以纳入花这一短小的速写之中。因之它
> 的每一过程，每一遭遇，都极易唤起人类共鸣的感应。①

基于以上缘由，王禹偁的咏花诗按其主题意旨可以分成两大类：
一类是着眼于花卉色香形态的描述，即目即景、直接感知花的形象
的诗。这类诗追求巧构形似，追求花这一审美客体形貌的逼真再
现，使人从中获得感官的愉悦。另一类侧重表现主观感情。诗歌
由感官向心灵开拓，由目接之花转为神遇之花，追求审美主体心灵
的感受，将人之情绪托于花之形象中表达出来。

王禹偁的咏花诗数量最多的是第一类，这些诗主要描写各类
花的形姿体态、风情神韵，主要着眼于花的色、香、形及韵等。他欣
赏牡丹的仙姿，以"王母亲将金粉傅，麻姑齐借霓裳来。主人盖是
神仙才，不然此物胡为而来哉?"(《和张校书吴县厅前冬日双开牡
丹歌》)形容牡丹超凡脱俗、反季而开，以"国色浑无对，天香亦不
堪。遮须施锦障，戴好上瑶簪。苞拆深擎露，枝拖翠出蓝"，形容牡
丹的国色天香，艳丽无比，致使"邻妓临妆妒，胡蜂得蕊贪"(均见
《牡丹十六韵》)，以"数枝擎露出朱栏"(《长洲种牡丹》)描写牡丹微
沾晶莹露珠，长短不一地伸出栅栏外的神态。明代农学家王象晋

---

① 叶嘉莹：《迦陵论诗丛稿》，第 136 页，北京大学出版社 2008 年。

《群芳谱》曾曰:"荔枝无好花,牡丹无美实。"诚然,牡丹之美全在花上,它花大色艳、香气浓郁。王禹偁也爱杏花的"繁如雪"、"落似梅",其《杏花七首》其一用"红芳紫萼怯春寒,蓓蕾粘枝密作团",形容杏花将开未开时娇羞的情态;"暖映垂杨曲槛边,一堆红雪罩轻烟。春来自得风流伴,榆荚休抛买笑钱"(其二),以榆荚反衬,写出红杏的娇美可爱;"陌上缤纷枝上稀,多情犹解扑人衣。双成洒道迎王母,十里濛濛绛雪飞"(其七),形象地描绘出了杏花雅淡的色彩和舞动的姿态。他赞美海棠"艳更繁"之花与色,以"浅着红兰染,深于绛雪喷"(《商山海棠》)、"一堆红雪"(《别堂后海棠》)描其色彩,以香"满县"(《题钱塘县罗江东手植海棠》)绘其芬芳,认为海棠"春里无劲敌,花中是至尊"(《商山海棠》)。他陶醉于芍药花之"繁艳可爱":"日烧红艳排千朵,风递清香满四邻"、"满院匀开似赤城"、"红药开时醉一场"(均见《芍药诗三首》)、"翻阶红药满朱栏"(《芍药花开忆牡丹绝句》),酷爱芍药,至谓花能醉人。其《芍药诗三首并序》曰:"芍药之义,见《毛诗·郑风》,百花之中,其名最古。""然自天后以来,牡丹始盛,而芍药之艳衰矣。"[1]感慨芍药自武则天后,其地位被牡丹取代的现状。他赞美海仙花,在《海仙花诗》三首中写道:

　　一堆绛雪压春丛,袅袅长条弄晓风。借问开时何所似,似将绣被覆薰笼。

　　春憎窈窕教无子,天为妖娆不与香。尽日含毫难比兴,花中应是卫庄姜。

　　何年移植在僧家,一簇柔条缀彩霞。锦带为名卑且俗,为君呼作海仙花。

────────

① 《全宋诗》,第二册,第765页,北京大学出版社1998年。

作者将海仙花形容为"绛雪"、"绣被"、"彩霞",状其多姿多彩。在该诗序中,他不认同世人将此花命名"锦带",以为太俗,因"此花不在海棠下,宜以仙为号",故"取始得之地(海州),命曰海仙",可见其对海仙花之喜爱。

除此之外,王禹偁咏花诗中还描写了菊花、梅花、野桃花、琼花、木芙蓉、白莲花及石榴花等。他写菊花"争偷暖律输桃李,独亚寒枝负雪霜。谁惜晚芳同我折,自怜孤艳袭人香"(《雪霁霜晴独寻山径菊花犹盛感而赋诗》);写梅花"春回积雪殊冰里,香动荒山野水滨。带月一枝斜弄影,背风千片远随人"(《梅花》);写野桃花"尽日馨香"、"满山隈","枝穿绿竹浑疑画,片落丹河去不回"(《南静川野桃花下独酌》);写琼花"洁白可爱","春冰薄薄压枝柯,分与清香是月娥。忽似暑天深涧底,老松擎雪白婆婆"(《后土庙琼花诗》其二);写木芙蓉花"轻团蜀江锦,碎剪赤城霞。香侵宾朋坐,艳拂人吏衙","朵朵开红蕊"(《栽木芙蓉》);咏白莲花"佳人方素面,对镜理新妆"(残句),"昨夜三更后,姮娥堕玉簪。冯夷不敢受,捧出碧波心"(《咏白莲》);咏石榴花"王母庭中亲见栽,张骞偷得下天来。谁家巧妇残针线,一撮生红熨不开"(《咏石榴花》)。

王禹偁的第二类咏花诗又可细分为两种:一种是纯粹地抒发作者的爱花、惜花之情;另一种则融政治感怀和自我志向于花中,乃托物言志之作,是其咏花诗中思想性最高的一类。

王禹偁爱花如痴,惜花成癖,以至于看到漂亮的锦带,竟嫌其名太俗,另名之为"海仙";在扬州后土庙看到洁白可爱的琼花,禁不住内心的喜悦,特赋诗以状其态(《后土庙琼花诗并序》);于僧舍目睹数千棵芍药、牡丹的繁艳可爱,就地赋诗三首,书于僧壁(《芍药诗三首并序》)。他常常担心花将遭到无情风雨的摧残,"长愁风雨暗离披,醉绕吟看得几时?只有流莺偏称意,夜来偷宿最繁枝"(《杏花七首》其四),面对繁艳的杏花,他不是快意地欣赏,而是想到杏花的凋零,恨不得每时每刻陪伴在杏花左右,但知道这不过是一种痴想,便嫉妒流莺可以夜宿花枝与杏花日夜为伴。这种妒意不是深深的热爱无以产生,内蕴感人至深的情意。他甚至会为美好的花儿不在同一季节开放而感到遗恨,如《樱桃渐熟牡丹已凋恨不同时辄题二韵》:"红芳落尽正无憀,吟绕空枝首重搔。最恨东君才思少,不留檀口待樱桃。"或者在此花开时忆彼花,如《芍药花开忆牡丹绝句》:"风雨无情落牡丹,翻阶红药满朱栏。明皇幸蜀杨妃死,纵有嫱嫱不喜看。"恨不得所有美好的花儿同时都姹紫嫣红、争奇斗艳地呈现于眼前。更有甚者,他会因为离开某种花儿而泪湿满巾,如他在 40 岁离开商州前往解州的时候,特别写了一首《别堂后海棠》,诗曰:"一堆红雪媚青春,惜别须教泪满巾。好在明年莫憔悴,校书兼是爱花人。"不仅写自己对海棠的依依不舍,还宽慰海棠不要伤心,后来的主人"校书"也是"爱花人",可见其对海棠的爱惜与珍重。诗人心中溢满了对花的深切爱恋,在他看来,花也是极富人情味的,花的一切都是那么美好,花就像自己的恋人,诗人欣赏她、赞美她,爱怜、痴迷之情无不流露于诗中。

托物言志的咏花诗在王禹偁的诗集中也很多,花成了诗人喜怒哀乐与精神志趣的寄托与象征,具有它物无法替代的作用。文学是人学,不仅反映着自然和社会这个无比广阔的世界,同时又能表现人类的内心世界。咏花诗作为文学的一种表现,反映了诗人丰富的内心世界。雍熙三年(986),王禹偁知长洲时所作《和张校书吴县厅前冬日双开牡丹歌》,诗云:"他年吾辈功业成,与君共作骑鲸客。"抒发了自己功成身退的政治理想,《长洲种牡丹》亦云:"晚来低面开檀口,似笑穷愁病长官。"用以自讽政治上的不遇。淳化二年(991),王禹偁因替徐铉辩诬,贬商州团练副使,眨眼间从荣耀的皇帝近臣一变而为商州谪官,其《商山海棠》云:"自期栽御苑,谁使掷山村。"心中感慨可想而知。写于此时期的诗歌大多抒发他失落忧愤之情，如《春居杂兴》：

> 两株桃杏映篱斜，妆点商山副使家。何事春风容不得，和
> 莺吹折数枝花。

《知州厅杏花昨日烂漫录事院今日零落唯副使公署未开戏题
二韵》：

> 知州宅畔繁如雪，录事厅前落似梅。副使官闲花亦冷，至
> 今未有一枝开。

《和仲咸杏花三绝句》其一、二：

> 莫道商山节候迟，晓来帘外半空枝。明朝落尽无蜂蝶，冷
> 暖人情我最知。
> 阶前已见三分落，枝上都无十日繁。谁伴多情王副使，吟
> 诗倾酒与招魂。

心情如此落寞敏感，连风都欺负他，吹折了他屋前的数枝桃杏，花
也冷落他，别人厅前的繁花开得似雪如梅，唯独他公署里的一枝未
开，人情冷暖感触之深，其内心深处的痛楚清晰可见。当然感叹之
馀，也有自我宽解的，《和仲咸杏花三绝句》其三："老去对花多感
叹，春来耽酒少康宁。也知此事终无益，免被渔人笑独醒。"世间皆
醉我独醒的悲哀感谁能了解，不但于事无益，还招来渔人嘲笑，不
如效仿陶渊明独善其身安静地过自己眼前的生活："谁惜晚芳同我
折，自怜孤艳袭人香。幽怀远慕陶彭泽，且撷残英泛一觞。"（《雪霁
霜晴独寻山迳菊花犹盛感而赋诗》）表达了诗人高洁的人格追求，

以致后来将贬谪当成"胜游"："平生诗句多山水,谪宦谁知是胜游。"(《听泉》)流连于山水之间,心境豁然开朗,生活饶有兴味:"马穿山径菊初黄,信马悠悠野兴长。万壑有声含晚籁,数峰无语立斜阳。棠梨叶落胭脂色,荞麦花开白雪香。"(《村行》)映入眼帘的秋景也是那么富有韵味,完全没有了之前"副使官闲花亦冷"的愤慨,这为他后面再次贬官滁州打下了心理基础。至道元年(995),王禹偁坐谤讪罢知滁州,他的心情已很平静:"冬来滁上兴何长,唯把吟情入醉乡。雪片引诗胜玉帛,梅花劝酒似嫔嫱。凝眸未厌频频落,拥鼻还怜细细香。谪宦老郎无一物,清贫犹且放怀狂。"(《雪中看梅花因书诗酒之兴》)豁达与乐观之情洋溢其中。

二

王禹偁的咏花诗创作想象奇特丰富,修辞手法灵活多样,或比喻,或拟人,或对比,颇富艺术感染力。我们首先来看其诗中的比喻。历来文人墨客都喜把美人比喻为花,而王禹偁却爱喻花为美人。他将花或比西施:"渥丹容貌着霓裙,何事僧轩只一株。应是吴宫歌舞罢,西施因醉误施朱。"(《朱红牡丹》)把僧轩里一枝朱红牡丹想象成因酒醉化错了妆的西施,在歌散舞罢之后独自一人留在吴国宫殿里,将朱红牡丹的袅袅风情描述得淋漓尽致,比喻奇特别致;或比嫔嫱:"雪片引诗胜玉帛,梅花劝酒似嫔嫱。"(《雪中看梅花因书诗酒之兴》)将雪中赏梅饮酒作诗之情境想象成嫔妃在劝帝王饮酒,可谓人间一大享受,心中雅兴展露无遗。他还多次以雪喻花,如"暖映垂杨曲槛边,一堆红雪罩春烟"(《杏花七首》其二)、"双成洒道迎王母,十里濛濛绛雪飞"(《杏花七首》其七),分别将杏花比喻成色彩不同的红雪、绛雪;以绣被喻花,如"借问开时何所似,似将绣被覆薰笼",将海仙花盛开的情景比作绣被覆盖在薰笼上,比喻新颖而多样。他在《海仙花诗》其二甚至说："尽日含毫难比兴，花中应是卫庄姜。"作者忽发奇想，竟将海仙花比作古代的"卫庄姜"。庄姜是春秋时齐国的公主，姜是齐国公族的姓，因为嫁给了卫国国君卫庄公，人称庄姜。据朱熹考证，《诗经》中《燕燕》、《终风》、《柏舟》、《绿衣》和《日月》等五首诗均出自她的手笔。王禹偁以才、色、貌兼得，且出身不凡的庄姜为喻，这的确是对海仙花的极高赞誉。

其次，王禹偁的咏花诗多用拟人的修辞手法，生动形象地描绘出花的多姿多彩，也从侧面映射出诗人未泯的童心与纯洁美好的心地。如其《海棠木瓜二绝句》中，《海棠赠木瓜》说："群花自合知羞耻，莫对西施更学颦。"海棠自恃貌美，笑群花不要东施效颦；《木瓜答海棠》说："莫夸颜色斗扶疏，秾艳繁香总是虚。看取《卫风》诗什里，只因投我得琼琚。"木瓜的回答别出心裁，它说貌美不足为凭，君不见"投我以木瓜，报之以琼琚"（《卫风·木瓜》），我木瓜可能不美，但很实用。又如"红芳紫萼怯春寒"、"春来自得风流伴，榆荚休抛买笑钱"、"桃红梨白莫争春，素态妖姿两未匀"（《杏花七首》其一、其二、其三）、"晚来低面开檀口，似笑穷愁病长官"（《长洲种牡丹》）等等。花本无心，作者诗中却赋予他人情，有着低头、开口说话等像人一样的行为举止，还有怕冷、知羞耻、爱打扮比美、嘲笑诗人的"穷愁病"等心理活动。

再次，王禹偁的咏花诗还喜欢运用对比的手法。一是在色彩上进行对比，形成色调反差。红、绿、紫是他经常运用到的色彩搭配，如"紫烂红繁夸胜异"、"枝拖翠出蓝"、"浅着红兰染，深于绛雪喷"、"红芳紫萼怯春寒"、"桃红梨白莫争春"、"青云随步登华榻，红雪飘香入杏园"、"枕穿绿竹浑疑画，片落丹河去不回""翻阶红药满朱栏"、"静拂红英密，微穿翠叶斜"等等，这类对花进行色彩描写的诗句在《小畜集》中不胜枚举，俯拾皆是，真可谓让人眼花缭乱、目不暇接。二是将花的开谢与人的荣辱进行联系。如"知州宅畔繁如雪,录事厅前落似梅。副使官闲花亦冷,至今未有一枝开"(《知州厅杏花昨日烂漫录事院今日零落唯副使公署未开戏题二韵》),知州、录事与遭贬的商山副使,地位悬殊,正如庭前的杏花也有盛开、飘落。"风雨无情落牡丹,翻阶红药满朱栏。明皇幸蜀杨妃死,纵有嫔嫱不喜看"(《芍药花开忆牡丹绝句》),"牡丹落尽正凄凉,红药开时醉一场"(《芍药诗三首》其一)等,这种同花不同命的感慨由花而起,为人而发,亦是对逢时之人与不遇于时之人的隐喻,极富自况特征。三是将不同品种的花在自然情状上进行对比,如"桃红李白莫争春,素态妖姿两未匀。日暮墙头试回首,不施朱粉是东邻"(《杏花七首》其三),将杏花与桃花、李花进行对比,以突显其清新淡雅、天生丽质的朴素美。

"人事有代谢,往来成古今"(孟浩然《与诸子登岘山》),王禹偁诗中的花虽早已是凋零萎落的"明日黄花",成为"昔日之陈迹",但我们今天仍可从中获得美的享受和情感熏陶,也可透过朵朵花瓣探寻到诗人那丰富的内心世界及其对真善美的执着追求。

周敦颐诗中的孔颜之乐与林泉之趣

——纪念周敦颐诞辰 1000 周年

作为"理学开山"、"道学宗主",周敦颐(1017—1073)的《太极图说》、《通书》允称经典,其散文名作《爱莲说》家喻户晓,其"文以载道"的文学主张响彻文坛,而他的诗歌创作成就却长期以来被严重遮蔽、忽视,一般文学史或诗歌史著作中没有他的一席之地;除理学家诗选《濂洛风雅》及具有理学色彩的《宋诗别裁集》外,一般宋诗选本则鲜见其诗名、诗作。其实,周敦颐的诗歌创作颇丰,潘兴嗣《周敦颐墓志铭》曰:"诗十卷,今藏于家。"潘兴嗣为周敦颐生前友人,其记载当为可信,因"当时未有文集"。[1] 待南宋朱熹等辑录其文集时,其诗已经所剩无多。清光绪十三年贺瑞麟《周子全书》本收其诗 27 首,今人陈克明辑《周敦颐集》以此本为底本,[2]复据它本补录《按部至春州》、《宿大林寺》、《暮春即事》、《读易象》诗 4 首,得诗 31 首。《全宋诗》卷四百一十一据清康熙间张伯行《正谊堂集·周濂溪集》本,参校它书,录其诗一卷,凡 33 首,较陈辑本多出《天池》、《题清芬阁》两首。又钱锺书《宋诗纪事补正》从《永乐大典》卷八百九十九辑录《永嘉薛师董同兄筮从友刘仁愿同来》、

---

① 《四库全书总目》卷一白五十三《周元公集》提要,第 2058 页,中华书局 1997 年。
② 陈克明点校:《周敦颐集》,中华书局 1990 年。

《怀古四首为知己魏卒元长赋兼呈王永叔宗丞戴少望》5首，故周敦颐诗今可得38首。① 关于周敦颐诗歌的评价，学界已有专文论其入仕与归隐的矛盾、诗心与思心、诗歌与人格及在宋代理学诗派中的地位等问题，然仍有进一步全面考析与深层揭示的必要。本文拟从孔颜之乐与林泉之趣两个维度展开，具体、细致地阐释周敦颐诗中深刻的思想蕴涵及其文学史意义。

一

周敦颐存世的诗虽然数量不多，但体裁完备，凡五绝、七绝、五律、七律、五古等均有尝试；题材广泛、内容丰富，如读书悟道，友朋酬答、探幽寻胜、寻仙访道、阐释义理等，均摄入笔端，特别是诗中的孔颜之乐与林泉之趣，尤其值得重点关注。

首先，我们来看周敦颐诗中的孔颜之乐。所谓"孔颜乐处"，指儒家先圣孔子与其爱徒颜回对待个人生活与物质享受的一种恬淡态度。《论语》中多处表现孔子贫而能乐的人格精神，其中《述而》篇曰："饭疏食饮水，曲肱而枕之，乐亦在其中矣。"②孔子吃粗粮，喝白水，弯曲手肘当作枕头，却乐在其中。孔子的学生中，颜回生活俭朴，一竹筐饭、一瓜瓢水，住在小巷子里却泰然自若，最能践履老师的生活态度，因此深得他的称扬："贤哉！回也。一箪食，一瓢饮，在陋巷，人不堪其忧，回也不改其乐。贤哉！回也。"③可能这样的原因，《卫灵公》篇记载孔子与弟子们周游列国，一路颠沛流

---

① 按周敦颐个别诗的著作权有争议，如《暮春即事》、《读易象》二诗今仅见邓显鹤本，其他各本均不载。钱锺书先生所辑五首与周敦颐诗风不合，且没有提供更多书证。今以陈辑本为据进行论证。

② 杨伯峻：《论语译注》，第70—71页，中华书局1980年。

③ 同上，第59页。

离,被困于陈,数日无粮以炊,"在陈绝粮。从者病,莫能兴。子路愠见曰:'君子亦有穷乎?'子曰:'君子固穷;小人穷斯滥矣。'"①文中原本只微讽子路不堪困境,但在后来《墨子》、《孟子》、《庄子》、《荀子》、《吕氏春秋》、《史记》、《孔子家语》等典籍的反复转述中,不断添入颜回择菜、索米、进食等细节,成为后人表彰孔、颜处穷而依旧弦歌不绝的极佳素材。

在北宋,被许为"乃得圣贤不传之学"(《宋史·道学传序》)的周敦颐,为官清廉、乐善好施、生活俭朴而处之泰然,堪称当时文人重修为、善涵咏,倡扬孔颜精神追求与精神境界的典型代表。周敦颐的《通书》多处提及颜子,其中《通书·颜子第二十三》曰:"颜子'一箪食,一瓢饮,在陋巷,人不堪其忧,而不改其乐。'夫富贵,人所爱也。颜子不爱不求,而乐乎贫者,独何心哉?天地间有至贵至爱可求,而异乎彼者,见其大而不忘其小焉尔!见其大则心泰,心泰则无不足。无不足则富贵贫贱处之一也。处之一则能化而齐。故颜子亚圣。"②天地之间还有比富贵更珍贵、可爱,且可以求的东西存在。这个东西就是人的精神追求,它与富贵根本不在一个层面,颜子对于富贵"不爱不求,而乐乎贫",在周敦颐看来,他是"见其大而忘其小",追求的是最高层面上人的精神境界。

唯其如此,周敦颐的诗自述心迹与行止,吟咏性情而不累于性情,将人格塑造、个体道德修养与诗歌创作紧密结合,多表现其安贫乐道、淡泊处世的思想与生活状况,表达对功名与利益诉求的鄙弃与不屑。其《题濂溪书堂》一诗实为周敦颐这一人格精神的诗意表达:③

---

① 杨伯峻:《论语译注》,第 101 页,中华书局 1990 年。
② 陈克明点校·《周敦颐集》,第 32—33 页,中华书局 2009 年。
③ 按诗题清乾隆间董榕编辑进呈本《周子全书》、道光间邓显鹤据《道州濂溪志》原本编辑的《周子全书》均作《濂溪书堂》。

元子溪曰瀼,诗传到于今。此俗良易化,不欺顾相钦。庐山我久爱,买田山之阴。田间有流水,清沚出山心。山心无尘土,白石磷磷沉。潺湲来数里,到此始澄深。有龙不可测,岸木寒森森。书堂构其上,隐几看云岑。倚梧或欹枕,风月盈中襟。或吟或冥默,或酒或鸣琴。数十黄卷轴,贤圣谈无音。窗前即畴圃,圃外桑麻林。芋蔬可卒岁,绢布足衣衾。饱暖大富贵,康宁无价金。吾乐盖易足,名瀼朝暮箴。元子与周子,相邀风月寻。

瀼溪源出江西瑞昌西北大瀼山、小瀼山之间,东南流入溢水。唐代元结尝居此,自称"瀼溪浪士",写有《瀼溪铭》、《喻瀼溪乡旧游》、《与瀼溪邻里》等诗文。周敦颐诗中以"元子"为同道,以曾在故里道州任过刺史的元结所居之"瀼溪",比照自己在庐山莲花峰下的"濂溪",以元结《瀼溪铭》中"瀼可谓让矣"的崇高人格寓示自己知足常乐、谦退、冲淡自守的精神追求,其中"饱暖大富贵,康宁无价金"两句,深得孔、颜淡泊名利、忧道不忧贫的人格精神,实为周敦颐处理物质享受与精神追求关系的座右铭,是其"君子以道充为贵,身安为富,故常泰无不足"(《通书·富贵》)伦理思想与价值观念的极好诠释,也是读者正确理解周敦颐精神世界的信息密码。

周敦颐在《通书·志学》中提出,"志伊尹之所志,学颜子之所学",除了以重视外在事功的伊尹为榜样外,还强调要努力学习重内在涵咏的颜回作为自己砥砺品格的楷模。他不仅自己在精神上积极追求孔颜之乐,认真践履,身体力行,还以此规范、教诲弟子与他人。程氏门人记二程语曰:"明道先生尝曰:'昔受学于周茂叔,每令寻仲尼、颜子乐处,所乐何事?'"[1]周敦颐要二程兄弟寻找孔

① 陈克明点校:《周敦颐集》卷三"遗事十六条",第81页,中华书局2009年。

子与颜回为何能在艰苦的环境中保持精神的愉悦,程颢在南安问学时才十五六岁,他究竟能否回答、怎样回答,我们不得而知,但从程颐《明道先生行状》"先生为学,自十五六时,闻汝南周茂叔论道,遂厌科举之业,慨然有求道之志"①的记载看来,他对这位老师的话体会应该很深。

　　周敦颐任永州通判期间,侄子仲章前来求情,希望谋取一官半职,周敦颐断然拒绝,并创作《任所寄乡关故旧》一诗,托其带回家乡,告诫其他亲朋故旧,自己虽然在本地做官,但依旧淡泊名利。诗曰:

> 　　老子生来骨性寒,宦情不改旧儒酸。停杯厌饮得醪味,举箸常餐淡菜盘。事冗不知筋力倦,官清赢得梦魂安。故人欲问吾何况,为道春陵只一般。

常人做官追求大富大贵,周敦颐却力求勤政、"官清",他"停杯厌饮"、"常餐淡菜",不随波逐流,不追求荣华富贵,保持文人"廉于取名,而锐于求志"(《宋史·周敦颐传》)的本性,积极追求自身的精神之乐,并借此告诫家乡父老乡亲要安于本分,不能借助他的官势有非分之想。由此可见,孔颜之乐的追求不仅完善了周敦颐的道德品格,还丰富了他的诗歌内容,深化了他的诗歌思想,以致诋毁理学诗人甚巨的陈延杰也不得不说:"周敦颐只寻孔颜乐处,故诗歌能自辟哲理一境界,饶有逸趣。"②

　　关于周敦颐淡于物质享受,追求孔颜乐处的事迹,友人潘兴嗣在《周敦颐墓志铭》中记载甚详:

---

① 王孝鱼点校:《二程遗书》卷十一,第 638 页,中华书局 2004 年。
② 《宋诗之派别》,第 8 页,《小说月报》1926 年第 17 卷号外。

君奉养至廉，所得俸禄，分给宗族，其馀以待宾客。不知者以为好名，君处之裕如也。在南昌时，得疾暴卒，更一日一夜始苏。视其家，服御之物，止一敝箧，钱不满百，人莫不叹服。此予之亲见也。

周敦颐一次得疾病濒死，复一日后方醒，潘兴嗣为其料理"后事"，翻检家什，发现堂堂的南昌县令，家中竟只有一口破箱，钱数十文，还"处之裕如"；妻兄蒲宗孟的《周敦颐墓碣铭》亦云："虽至贫，不计赀，恤其宗族朋友。分司而归，妻子馇粥不给，君旷然不以为意也。"①周敦颐为官三十馀年，辞职退守时，竟"妻子馇粥不给"，还"旷然不以为意"。不慕荣华富贵，贫而能乐，对一般文人士子而言，已属不易，对一位置身仕途，手握一定权力的封建官员来说，那就更是一种常人无法企及的崇高境界了。

周敦颐的散文名作《爱莲说》所阐发的核心思想，历来有不同说法。个人认为：主要就是"寻孔颜乐处"，这在南宋就有人论及，只不过不为今人熟知、乐道。该文表达作者本人的人生感悟和境界追求，有着特定的创作情景和历史语境。文中莲意象的营造虽与佛教有关，但"说"之为体，乃借物（事）言理，一如韩愈的《杂说》（四首）、《师说》。全文写莲只是手段，借莲明理，借莲咏怀，倡扬孔颜乐处的君子人格才是最终的目的。在中国传统文化中，莲有时被视作妖冶女子、男女情色的象征，周敦颐将莲赞为在泥不染、濯清不妖的花中君子，让莲荷有了大丈夫的躯干，这不是简单的文学创作新变，而是划时代的革命。周敦颐之爱莲，就是要像莲花那样，既不羡富贵（牡丹），又不慕隐逸（菊花），成为一个君子式的儒者。莲花"出淤泥而不染，濯清涟而不妖"讲的就是无论外在环境

---

① 陈克明点校：《周敦颐集》，第81页，中华书局2009年。

怎样改变，都要经得起各种挫折与磨难，在任何威逼利诱前，能够始终保持自己固有的本然状态。这和身处陋巷、粗茶淡饭，而不改内心之乐的贤者风范是一脉相承的。

唯其如此，南宋柴与之《敬题濂溪先生书堂》其二曰："一诵《爱莲说》，尘埃百不干。"称颂《爱莲说》能产生激浊扬清、荡涤尘垢的精神力量；其一又说："斯文传坠绪，太极妙循环。希圣诚何事，怀哉伊与颜。"以文学史上的《爱莲说》与哲学史上的《太极图说》相提并论，将其比作耕于莘野，乐尧舜之道，而后被商汤封官为尹（相当于宰相）的伊挚与贫而能乐的颜回。黄震《黄氏日钞》卷三十三甚至认为，《爱莲说》是对《通书·颜子》一章的补充，谓"《爱莲说》又所以使人知天下至富至贵、可爱可求者，无加于道德，而芥视轩冕、尘视珠玉者也"。在黄震看来，《爱莲说》具有无比强大的教育价值，它可使读者认识到常人所爱所求的至富至贵，于道德修养毫无作用，而轩冕、金玉等至珍至贵的东西都可以被视作极微极小的芥、尘。

怎样才能做到贫而能乐，周敦颐认为前提条件是"无欲"。如他为数不多的几篇散文之一《养心亭说》，敷衍《孟子》"养气"之说，倡扬孟子"养心莫善于寡欲"的思想，提出"圣贤非性生，必养心而至之"的观点。[1] 他的孔颜之乐及其在诗文中的表现，是其"道充是贵，身安是富"人生观与价值观的生活化与具体实践，是他发圣人义理、澡雪人心的有效方式。因此，周敦颐的人生态度或生活情调没有后世某些儒者的危苦味，始终保持孔颜之乐的人格魅力，赢得后人的仿效和追捧。友人潘兴嗣《赠茂叔太博》赞其："心似冰轮浸玉渊，节如金井冽寒泉。每怀颜子能希圣，犹笑梅真只隐仙。"颜子即颜回，梅真指汉代梅福，字子真，故称"梅真"。他弃官归里，传

---

① 陈克明点校：《周敦颐集》，第 52 页，中华书局 2009 年。

以为仙。在周敦颐看来,一个人修身的目的不是像梅真那样成仙、成佛,而是要像颜子那样成为垂范百世的圣人。周子这一人格精神在当时颇具代表性,在北宋文人所经历的由"先忧后乐"的家国情怀到追求"孔颜乐处"的君子人格之转变过程中,如果说范仲淹及其《岳阳楼记》是宋初文人淑世精神典型代表的话,那么周敦颐及其诗文中所倡扬的孔颜之乐的君子人格与慎独意识则标志着这一转型的完成。正是因周敦颐的表彰,颜子在宋人心目中成为涵咏情性、修身悟道的楷模。程颢《秋日偶成二首》其一曰:"退居陋巷颜回乐,不见长安李白愁。"后来吕大临那首为程颐所喜欢、称道的《送刘户曹》,所谓"独立孔门无一事,惟传颜氏得心斋"二句,亦是夫子自道。因此,习近平同志 2016 年 5 月 17 日《在哲学社会科学工作座谈会上的讲话》中指出:"中华文明历史悠久,从先秦子学、两汉经学、魏晋玄学,到隋唐佛学、儒释道合流、宋明理学,经历了数个学术思想繁荣时期。在漫漫历史长河中,中华民族产生了儒、释、道、墨、名、法、阴阳、农、杂、兵等各家学说,涌现了老子、孔子、庄子、孟子、荀子、韩非子、董仲舒、王充、何晏、王弼、韩愈、周敦颐、程颢、程颐、朱熹、陆九渊、王守仁、李贽、黄宗羲、顾炎武、王夫之、康有为、梁启超、孙中山、鲁迅等一大批思想大家,留下了浩如烟海的文化遗产。"周敦颐追求孔颜乐处,主张人品如玉,非惟高贵,且不容玷污,他所倡导的这一高尚人格精神,乃至他开创的宋明理学,作为中国古代优秀传统文化,理应得到传承与发展。

二

与表达孔颜乐处相联系的是,周敦颐诗歌中透露出的自然林泉之趣。儒家的孔颜之乐与沂水之乐在周敦颐的诗歌中均有鲜明的表现。有学者说周敦颐置身官场,却一直期望归隐,从而导致他徘徊于仕与隐的矛盾纠葛之中,这实则是只知其表,不明就里的肤泛之论。[①]积极入仕从政,身处污浊的环境而不随波逐流,保持独立自主的政治品格是儒家传统对封建文人的基本要求,而追求孔子的沂水之乐与林泉雅趣,乐以逍遥,不以得失为怀,同样是儒家君子人格的体现,两者并不矛盾。其《经古寺》说:"是处尘劳皆可息,时清终未忍辞官。"可见他对出仕与归隐有着清醒的认识。诗人秉持孔颜之乐,只求精神自适,何患之有?如果说周敦颐的《太极图》千年来第一次将老子提出的"太极"图象化,是一个创举;那么他将北宋文人普遍持有的君子人格诗化、生活化,表现出浓厚的自然林泉之趣,应该说,这也是一个巨大的贡献。

　　周敦颐对山水的热爱不是一般文人简单的所谓逃避现实,排遣忧愤的行为,而是将儒家的"仁者乐山,智者乐水",道家的寻仙访胜与禅宗的超尘出世、归隐林泉熔于一炉,体现了他在思想上统合儒道释的汇通精神与创新意识。钱锺书《谈艺录》曾说:"盖儒家性理有契于山水,道家玄虚亦有契于山水;而恣情山水者,可托儒家性理之说张门面,亦可借道家玄虚之说装铺席。一致百虑,同归殊途,人心善巧方便,斯其一端也。"[②]此言虽是就陶渊明作为自然诗人而立论的,但反过来亦可证明儒、道,乃至释在欣赏山水同化之乐上,其实可互通相融。因此,周敦颐行政之馀,多以山水游赏作为其探寻义理、澡雪人心的行为方式。正如他在送别离虔进京的同僚赵抃时所谓"公暇频陪尘外游"(《香林别赵清献》),与友人费琦游赤水县龙多山时所谓"到官处处须寻胜"(《游赤水县龙多山书仙台观壁》)。他存世的三十馀首诗中,探幽访胜,记游山水林泉

---

　　① 参董甲河《入仕还是归隐——从生命的视域看周敦颐诗歌中的困境》,《江南大学学报》2013 年第 5 期。

　　②《谈艺录》,第 582 页,生活·读书·新知三联书店 2008 年。

之乐的诗竟占去大半。其所游之地,以他特别钟情的庐山为最胜。故度正《周敦颐年谱》曰:

> (周敦颐)通判虔州,道出江州,爱庐山之胜,有卜居之志。因筑书堂于其麓,堂前有溪,发源莲花峰下,洁清绀寒,下合于溢江,先生濯缨而乐之,遂寓名以濂溪。谓友人潘兴嗣曰:"此濂溪者,异时与子相依其上,歌咏先王之道,足矣。"①

如其《游大林寺》诗,题一作《治平乙巳暮春十四日同宋复古游山巅至大林寺书四十字》。治平乙巳即英宗治平二年(1065),周敦颐自虔赴永,道经江州,与著名画家宋迪同游庐山大林寺,写诗云:"三月山房暖,林花互照明。路盘层顶上,人在半空行。水色云含白,禽声谷应清。天风拂襟袂,缥缈觉身轻。"大林寺在庐山大林峰,相传为晋代僧人昙诜所建,为中国佛教圣地之一。诗中描写大林寺的声色动静,可谓相得益彰,画面清新明丽,历历在目。又《宿大林寺》曰:"公程无暇日,暂得宿清幽。始觉空门客,不生浮世愁。温泉喧古洞,晚磬度危楼。彻晓都忘寐,心疑在沃州。"诗写夜景,故从听觉着笔,"温泉"、"晚磬"之声不绝于耳。沃州乃道教洞天福地,与前诗"天风拂襟袂,缥缈觉身轻",均表达出作者的"高栖遐遁之意"。

诗人为官三十馀载,所游多为为官之处。如任合州判官期间,雅好林泉的费琦知合州赤水县,两人同游龙多山等景,彼此唱和,留下数首山水之作。如"到官处处须寻胜,惟此合阳无胜寻。赤水有山仙甚古,跻攀聊足到官心"(《游赤水县龙多山书仙台观壁》),这是将寻山与寻仙结合;又"云树岩泉景尽奇,登临深恨访寻迟。

---

① 度正《周敦颐年谱》,陈克明点校:《周敦颐集》,第107页,中华书局2009年。

长栖未得于何记,犹有君能雅和诗"(《和费君乐游山之什》)、"寻山寻水侣尤难,爱利爱名心少闲。此亦有君吾甚乐,不辞高远共跻攀"(《喜同费长官游》),这是将寻山与访友结合。可见在周敦颐看来,寻山与访友两不相误,只有舍弃了追名逐利之心,才能够真正专心致志地去寻山访水,所以诗中感叹高岩可攀,而知心游侣难觅。周敦颐嘉祐八年通判虔州,与友人钱拓、沈希颜等同游罗岩,所作《同友人游罗岩》曰:"闻有山岩即去寻,亦跻云外入松阴。虽然未是洞中境,且异人间名利心。"罗岩在虔州雩都县,对游历过名山大川的周敦颐来说,可能不算什么胜景,但较之尘世,自然别有风味。

周敦颐有些诗在表达泉石之乐时,还淡淡地透露出一些企慕隐逸的思想情感。他在《同石守游》一诗中,这一思想有极为明晰地表达。诗曰:

> 朝市谁知世外游,杉松影里入吟幽。争名逐利千绳缚,度水登山万事休。野鸟不惊如得伴,白云无语似相留。旁人莫笑凭栏久,为恋林居作退谋。

诗人厌恶"争名逐利",向往"度水登山",与野鸟、白云结伴而游,表现出"恋林居"的山水林泉之趣。诗中看似有出处两难的矛盾,实际上是在借尘世与自然比照,传达其游赏山水的过程中所获得的物我一体、生命自由的快乐。又如《石塘桥晚钓》:"濂溪溪上钓,思归复思归。钓鱼船好睡,宠辱不相随。肯为爵禄重,白发犹羁縻。"《静思篇》:"静思归旧隐,日出半山晴。醉榻云笼润,吟窗瀑泻清。闲方为达士,忙只是劳生。朝市谁斗白,车轮未晓鸣。"所谓"溪上钓"、"船好睡",所谓"醉榻"、"吟窗"等,即彰显出诗人在大自然中优游岁月、醉心林泉的雅趣。作者认为,闲者才能达到精神的自适,成为自我的主人,也才能成为江山风月的主人;而奔波于官场与尘世,只能为精神所累,过着辛苦劳碌的生活。

周敦颐观山水之美,得泉石之乐,其性情、义理浸润于山巅水涯,在临水登山、赏音吟诗中不经意地传达出对人生的感悟,对宇宙自然的思考。关于他这种独特的山水林泉之趣,蒲宗孟理解最深、称扬最多。周在合州为官,阆中人蒲宗孟自蜀江取道合州,"初见先生,相与款语连三日夜",叹服之极,"乃议以其妹归之",①足见两人最为知心。故周去世后,蒲受二甥之托,所撰《濂溪先生墓碣铭》感叹常人仅知周敦颐"为贫而仕,仕而有所为",而不知其"孤风远操,寓怀于尘埃之外,常有高栖遐遁之意"。铭中对周敦颐的山水林泉之趣倍加称扬:

> 生平襟怀飘洒,有高趣,常以仙翁隐者自许。尤乐佳山水,遇适意处,终日徜徉其间……

> 乘兴结客,与高僧道人跨松萝,蹑雪岭,放肆于山巅水涯,弹琴吟诗,经月不返。及其以病还家,犹篮舆而往,登览忘倦。语其友曰:"今日出处无累,正可与公等为逍遥社,但愧以病来耳。"②

在蒲宗孟看来,周敦颐乐于认同自己"仙翁隐者"的身份,"乐佳山水",或"终日徜徉",或"经月不返",逍遥沉醉其间,以致"登览忘倦"。南宋大儒朱熹对周敦颐的人品与理学成就推崇备至,其《濂溪先生像赞》有所谓:"道丧千载,圣远言湮。不有先觉,孰开后人?

---

① 《周敦颐集》,第106页,中华书局2009年。
② 陈克明点校:《周敦颐集》,第94页,中华书局2009年。

书不尽言,图不尽意。风月无边,庭草交翠。"但是,对其山水林泉之趣却不以为然。他整理周敦颐文集,附录蒲氏铭文时,便将以上两段文字概予删除,以为不合宋儒"游山之乐,犹不如静坐"的理趣。在宋儒看来,静坐可修身、省过、见性、悟道,还可收敛身心、澄息思虑,有助于读书观理。与周敦颐同时的另一理学先驱邵雍即颇爱静坐,如"闲行观止水,静坐观归云"、"静坐澄思虑,闲吟乐性情"、"将养精神便静坐,调停意思喜清吟"①之类的诗句屡见于《击壤集》中;程珦亦雅好静坐,其子程颐的《先公太中家传》曰:

> (程珦)居常默坐,人问:"静坐既久,宁无闷乎?"公笑曰:"吾无闷也。"家人欲其怡悦,每劝之出游,时往亲戚之家,或园亭佛舍,然公之乐不在此也。尝从二子游寿安山,为诗曰:"藏拙归来已十年,身心世事不相关。洛阳山水寻须遍,更有何人似我闲?"顾谓二子曰:"游山之乐,犹不如静坐。"盖亦非好也。②

父亲"游山不如静坐"的教导,二程的看法并不完全相同。程颐对曾经南安问学的老师不甚恭敬,口口声声"周茂叔",平生绝口不提《太极图说》,至称"周茂叔穷禅客",③而尊称邵雍及他在太学时的老师胡瑗为"先生";程颢则不尽相同,他受周敦颐林泉之趣的影响颇深,尝谓《诗》可以兴。某自再见茂叔后,吟风弄月以归,有'吾与点也'之意"。④ 认同周敦颐徜徉山水、吟风弄月之乐。这里所谓"吾与点也"之意,典出《论语·先进》,可见周氏的泉石之乐其实

---

① 见《答会计杜孝锡寺丞见赠》、《独坐吟》之二、《旋风吟》之二。
② 《河南程氏文集》卷十二,王孝鱼点校《二程集》,第 652 页,中华书局 2004 年。
③ 王孝鱼点校:《二程集》第 85 页,中华书局 2004 年。
④ 王孝鱼点校:《二程遗书》卷三,第 59 页,中华书局 2004 年。

是与儒家至圣先师孔老夫子"吟风弄月"的沂水之乐一脉相承的：

> （曾皙）曰："莫春者，春服既成，冠者五六人，童子六七人，浴乎沂，风乎舞雩，咏而归。"夫子喟然叹曰："吾与点也。"①

程颢好"游山之乐"，创作了不少寻幽探胜的山水之作，比如《游鄠山诗十二首》、《西湖》、《环翠亭》、《郊行即事》、《春日江上》等。朱熹对此特别称许，所谓"（明道）是时游山，许多诗甚好"，②但他却特别计较蒲宗孟这几段文字。显然，朱熹更看重周敦颐理学开山的地位，更希望他是一位醇正的大儒，以承续先秦儒家以来的道统。殊不知周敦颐的山水林泉之乐正是他统合儒释道三家思想，援佛入儒、援道入儒，借山水之乐，发圣人义理之秘的手段与途径。

　　周敦颐亲近自然、走近自然，诗中的自然林泉之趣实际上是其哲学思想在其诗歌创作中的投射与反映。他足迹所至，往往临水登山、游目骋观，这既是一种人生态度与生活情调，又是诗人仰怀先贤、涵咏性情的主要方式。自然界的一草一木，均与他息息相关。程颢尝说："周茂叔窗前草不除去，问之，云：'与自家意思一般。'"③表明他要与生生不息的自然融为一体。基于这样的前提，"他的诗没有无病呻吟的低唱，没有怀才不遇的忧伤，没有人生短暂（的）悲愁，没有历史沧桑的慨叹"。④ 堪称继庄子、陶渊明之后又一位将生活与思想高度统一，将生活诗化的哲人与诗人。"青山

---

① 杨伯峻：《论语译注》，第 119 页，中华书局 1980 年。
② 黎靖德编，杨绳其、周娴君校点：《朱子语类》卷九十三，第 2120 页，岳麓书社1997 年。
③ 王孝鱼点校：《二程集》，第 60 页，中华书局 2004 年。
④ 龚祖培《周敦颐与"二程"的文学特点比较》，《湖南城市学院学报》2012 年第5 期。

无限好，俗客不曾来"（《题寇顺之道院壁》），其优游山水的林泉之乐凸显了他诗人的气质与品性，从而使他与一般理学家在对待山水自然的问题上分流。周敦颐这一林泉之趣得到蒲宗孟、潘兴嗣、赵抃、费琦、何平仲、任大中等友人与同僚的认可，更得到来自亲戚与朋友圈之外的苏轼、黄庭坚等文学大家的高度称扬。前者如费琦的《和签判殿丞宠示游山之作》曰："平上癖爱林泉趣，名利萦人未许闲。不是儒流霁风采，登山游骑恐难攀。"赞扬周敦颐的林泉之癖中，体现出的是高人雅士的儒家风范；何平仲《赠周茂叔》曰："竹箭生来元有节，冰壶此外更无清。几年天下闻名久，今日逢君眼倍明。"以"竹箭"、"冰壶"形容周敦颐的高尚的气节与品格。苏轼的性情和好尚与程、朱等道学家迥然不同，他特别不喜欢程颐，却称赏同为理学家的周敦颐。这除了周敦颐的高尚人格，还与他的山水自然之趣和诗文写作水平有关。周敦颐不是纯粹的道学家，北宋文人普遍认为，他是一位诗人气质突出的文人。从留存于世的材料来看，苏轼与周敦颐并无直接交往，而与周敦颐的次子周焘曾经同僚。[①] 他在周氏去世后所作的《故周茂叔先生濂溪》一诗中赞曰：

　　　　世俗眩名实，至人疑有无。怒移水中蟹，爱及屋上乌。坐令此溪水，名与先生俱。先生本全德，廉退乃一隅。因抛彭泽米，偶似西山夫。遂即世所知，以为溪之呼。先生岂我辈，造物乃其徒。应同柳州柳，聊使愚溪愚。[②]

----

　　① 按苏轼知杭州，周焘为两浙转运判官，两人同游天竺，周焘有《游天竺观激水》，苏轼有《次周焘韵并引》。
　　② 查慎行补注，王友胜校点：《苏诗补注》，第 943 页，凤凰出版社 2013 年。

"名与先生俱"、"先生本全德"、"先生岂我辈",一诗而三称"先生",许以"全德",又以不为五斗米折腰的陶渊明、不食周粟而宁可饿死首阳山的伯夷、叔齐及流贬至永州的柳宗元比况周敦颐的孔颜之乐与林泉之趣,足见其对周敦颐的推崇与钦佩。可能是这样的原因,《宋元学案·濂溪学案表》甚至将苏轼列入周敦颐的"私淑"弟子名单中。黄庭坚与周寿、周焘过从甚密,受其托而作《濂溪诗并序》,序云"舂陵周茂叔,人品甚高,胸中洒落,如光风霁月。好读书,雅意林壑","茂叔虽仕宦三十年,而平生之志,终在丘壑"。表彰周敦颐"雅意林壑"、志在"丘壑",具有淡泊名利、希企隐逸的高洁品格。其中"光风霁月"一词,南宋蜀中学者史容之孙史季温注曰:"'光风',和也,如颜子之春;'霁月',清也,如孟子之秋。合清、和于一体,则夫子之元气可识矣。"①认为周敦颐同时具有颜子与孟子的清和之气,其品格温如春阳、润如时雨。周敦颐这种恬静安闲、豁达宽容,近乎完美的品格受到了当时与后世文人的一致赞誉与称赏,鲜有负面的讥评与诟病,这在宋代的理学家中非常少见。

　　周敦颐及其诗中呈现出的孔颜之乐与林泉之趣,丰富了北宋诗歌创作的题材与内容,参与了宋诗风格与特点,乃至缺点的建构,也在某种程度上改变了宋诗发展走向。自此以后,北宋诗中除了写庙堂之忧、黎民之念外,又多了表达诗人仰怀先贤、涵咏性情的内容。这在苏门文人,特别是以黄庭坚为代表的江西诗派的诗歌创作中表现得十分突出。英国著名汉学家葛瑞汉认为,"十一世纪时周敦颐并不以哲学家著称"。② 诚然,在当时,周敦颐的确还只是以一位诗人的面貌出现,他交游的人,称扬他的人,以诗人居

---

　　① 诗、注均见刘尚荣校点:《黄庭坚诗集注》,第 1411—1413 页,中华书局2003 年。

　　② [英] 葛瑞汉著,程德祥译:《二程兄弟的新儒学》,第 227 页,大象出版社2008 年。

多,而鲜有理学家。所以,我们可以认为:周敦颐在北宋应该还只是一位有着独特创作风格,又不乏寡淡或流于肤浅等艺术缺陷的诗人,他的"理学开山"的宗主地位是南宋后湖湘学派的开创人胡宏,特别是朱熹,还有《宋史》中的《周敦颐传》,一步步把他扶上去的。全面评价、充分肯定周敦颐的诗歌创作成就,还他北宋诗史一席之地,对我们厘清北宋诗歌发展走势、认识北宋诗歌创作特点十分必要。

论《王荆公诗笺注》的学术价值与局限

与经注、史注、子注出现很早不同，集部书的注释则起步较晚，迟至宋代才大量出现，尤其对作家别集的笺注更是如此。据统计，宋人注宋诗凡 35 种，涉及宋祁、欧阳修、王安石、苏轼、黄庭坚、陈师道、陈与义、朱淑真、陆游、朱熹及魏了翁等知名作家，①其中大多或佚或残，保存较全、学术质量较高者仅数部。其详参本书《宋诗宋注名著四种叙录》一文。本文兹就李壁《王荆公诗笺注》（下称《笺注》）之得失作一初步探讨，以供同好参考、批评。

一、《王荆公诗笺注》的编撰过程及著作权问题

《笺注》的编撰者李壁（1159—1222）字季章，号雁湖，又号石林，谥文懿，眉州丹棱（今属四川）人，南宋史学名家、《续资治通鉴长编》的撰写者李焘之子。光宗绍熙元年（1190）进士，次年除秘书省正字，从此踏入仕途。开禧元年（1205）使金贺生辰，次年为韩侂胄草拟出师诏书，进权礼部尚书，拜参知政事。李壁依附韩侂胄之事曾招致后人不少批评，清代四库馆臣引录叶绍翁《四朝闻见录》（戊集）所载李壁协助韩侂胄兴兵之事，讥评其"附和权奸，以致丧

---

① 张三夕《宋注宋诗管窥》，《古籍整理与研究》（第 4 集）1989 年。

师辱国，实堕其家声，其人殊不足重"。①《宋史》卷三百九十八有传。赵希弁《郡斋读书志·附志》卷下著录《雁湖先生诗集》四十卷，足见其著述丰硕，然所存不多，《全宋诗》的编者从《永乐大典》等书多方搜求，得诗 108 首，编为一卷。

　　李壁注王安石诗之前的绍兴十年（1140），詹大和在王安石家乡抚州任知州，就闽、浙旧本重新校刊《临川文集》，还编撰了《王荆文公年谱》。历史往往有惊人的巧合，六十馀年后，即开禧三年（1207）至嘉定二年（1209），李壁因受韩侂胄牵连，为御史弹劾，亦贬官抚州，笺注荆公之诗。李壁当时的心情极为郁闷，与王安石引为同调，日读其诗，在创作上亦加学习、效仿。刘克庄《后村诗话·续集》卷四说："雁湖注半山诗甚精确，其绝句有绝似半山者，已采入《诗选》（指《中兴绝句续选》）矣。"②真德秀《故资政殿学士李公神道碑》亦云："知诗者谓（李壁诗）不减文公。"李壁笺注王安石诗即在贬官谪居抚州的三年。李壁当时没有自撰序跋或凡例之类交代其编撰动机与过程，而此书宋刻清人仅严元照、鲍廷博、吴骞、张燕昌、缪荃孙、傅增湘等著名文献目录学家见其残帙，就连补注过《笺注》的沈钦韩都没有寓目，今人更难觅求，好在著名理学家魏了翁嘉定七年（1214）所撰之序，为我们提供了李壁当年编撰《笺注》的蛛丝马迹。

　　　　石林李公（壁）曩寓临川，耆公（王安石）之诗，遇与意会，
　　往往随笔疏于其下。涉日既久，命史纂辑，固已粲然盈编，特
　　未书出以示人也。了翁来守眉山，得与寓目，见其窥奇摘异，

----

①　纪昀等《王荆公诗注提要》，《四库全书总目》卷一百五十三，第 2063 页，中华书局 1987 年。

②　吴文治主编：《宋诗话全编》，第八册，第 8450 页，江苏古籍出版社 1998 年。

抉隐发藏，盖不可以一二数。……今石林之于公，则有不然，其丰容有馀之词，简婉不迫之趣，既各随义发明，若博见强志，廋词险韵，则又为之证辩钩析，俾览者皆得以开卷瞭然。……而其门人李西美醇儒，必欲以是书板行，而属了翁叙所以作，乃书以授之。

从魏序可知以下两点：其一，李壁注王安石诗的地点在临川，其《笺注》当时并未刻印，更未示人。他只是在阅读王安石诗集时将其注释逐条记于旧本上，后由书吏誊录整理而成。故姚范《援鹑堂笔记》卷五十曾指出"盖书草创而未经修饰校订"。其二，李壁嘉定七年奉祠禄归家眉州后，其门人李醇儒欲刻《笺注》，时任眉州知州的魏了翁为作序，魏序亦作于嘉定七年，故此书首刻当在该年或稍后，刻印地点在眉山。

　　李壁所读为王安石诗歌的哪一种版本，他未交代，我们不得而知。我们所知的是，李壁的《笺注》五十卷实首开王安石诗歌单行本之先河，前此多为诗文合编之百卷本。北宋徽宗政和间，王安石门人薛昂（肇明）奉诏编定王安石集；宣和间王安石孙王棣又奉旨编撰乃祖之集。此二集是各自成书，抑或后者是前书的重编，学界意见不一①。王安石曾孙王珏说"后罹兵火，是书不传"②。魏了翁在该书序中进一步分析说"肇明（薛昂）诸人所编，率以靖康多难，散落不全"。南宋绍兴间，曾三次编刻王安石集。其一是前述之绍兴十年詹大和刻本《绍兴重刊临川文集》一百卷，即所谓"临川本"，这是今存王安石集最早之本。其二，绍兴十年之后，二十一年之

---

①　分别参祝尚书《宋人别集叙录》"临川先生文集一百卷"条，第317页，中华书局1999年；王岚《宋人文集编刻流传丛考》，第157页，江苏古籍出版社2003年。

②　瞿镛：《铁琴铜剑楼藏书目录》卷二十"《临川王先生文集》一百卷"条引王珏序，第550页，上海古籍出版社2000年。

前,庐州舒城县又有《王文公文集》一百卷刻本出现,因舒城古称龙舒,故此书亦称"龙舒本"。上海人民出版社 1974 年出版,唐武标校的《王文公文集》排印本,即以此"龙舒本"为底本。其三,绍兴二十一年,王安石曾孙王珏重新刻印《临川先生文集》一百卷,此即"杭本"。综观绍兴间所编三本,虽编次有异,但皆按体编排,如龙舒本四十四卷诗分为古诗、律诗、挽辞、集句四大类。既然北宋编定的文集佚而不传,李壁的《笺注》很可能是由绍兴间三种王安石集中的一种为基础,除掉文的部分,调整部分诗的编次而成。《笺注》卷一至卷二十一为古体诗 438 首,卷二十二至卷二十五为五律、五排 149 首,卷二十六至卷三十九为七律、七排 399 首,卷四十为五绝 79 首,卷四十一至四十八为七绝 513 首,卷四十九、五十为挽诗50 首,凡 1 628 首。

关于《笺注》的著作权,有两个问题不得不一提:一是南宋目录学家陈振孙所谓"助之者曾极景建",二是今存朝鲜活字本中的"补注"与"庚寅增注"。陈振孙《直斋书录解题》卷二十最早著录此书,其云:"《注荆公集》五十卷,参政眉山李壁(当作"璧")季章撰。谪居临川时所为也。助之者曾极景建。魏鹤山为作序。"赵希弁《郡斋读书志·附志》卷下著录"《王荆公诗注》五十卷",与陈氏之著录书名不同,没有提及曾极,魏序也从未提及曾极,而陈振孙则率先提出曾极曾协助李壁注释一说。按曾极字景建,临川人。南宋江湖派诗人,其诗为朱熹所赏。宝庆元年(1225)因《江湖集》案,谪道州,卒于贬所。他曾作《和李壁凌丹亭》,李壁亦有《酬曾景建》诗,足见二人为很好的朋友。曾极曾为李壁注王安石诗提供过材料,《笺注》卷二十九《次韵曾子翊赴舒州官见贻》题下注云:"(曾)子翊名宰。予居抚州,访遗文于其孙(曾)极,止得其甫公诗云。"此诗即曾极之祖、曾巩之弟曾宰的《舒州寄王介甫》,李壁注王诗是得到过曾极帮助的。《笺注》还引征过曾极的言论,卷三十二《次韵酬宋玘六首》注云："曾景建言：'宋玘是金溪人，公（王安石）少所厚。'"不仅李壁本人引录过曾极之语，就连"庚寅增注"的作者也参考过曾极的言论（详下），足见曾极于《笺注》一书是有贡献的。

今存朝鲜活字本是宋本与元本的合编重刻，①宋刻三本迄今均已失传。② 这个活字本应是我们今天所能见到的李壁《笺注》的最佳版本。该书中除卷十九、卷二十及卷三十七外，各卷均有"补注"，除卷十九、卷二十、卷三十二及卷四十外，各卷末均有"庚寅增注"。关于补注的作者，日本学者高津孝据名古屋市蓬左文库本《王荆文公诗笺注》考证，认为"补注"与"庚寅增注"一样，实出于与李壁接近的宋人之手，③王水照先生根据卷四《独归》诗"补注"中"余于临川见公真迹"数字，认为"补注的作者仍是李壁本人，这些补注或是书吏整理遗漏的，或是他后来修订的"。④ 至于"庚寅增注"的作者长期以来一直无人知晓，见过《笺注》宋刻残帙的吴骞在《拜经楼诗话》卷二中，亦感慨"不知出于谁手？"翁方纲、傅增湘等学者则据陈振孙"助之者曾极景建"的记述，推测"庚寅增注"的作者是曾极，如《藏园群书经眼录》卷十三即谓"注语间有刊补挤写者，每卷后有庚寅增注及抽换之页，即曾极景建所补也"。王水照先生列举三条理由否定了这一说法，其所谓"他（曾极）很可能死于绍定三年之前"，"不可能是像曾极这样与李壁及本书关系甚密之人"，显属推测之辞，但所举卷四三《重阳余婆冈市》"鲁叟"条注"后

① 上海古籍出版社 1993 年据以影印，书名改作《王荆文公诗李壁注》，下引此书仅标卷数。

② 按指嘉定七年魏了翁作序的眉山刻本，嘉定十七年胡衍作跋的抚州刻本，绍定三年的"庚寅增注"本。

③《关于蓬左文库王荆文公诗笺》，《东方学》，第六十九辑。

④ 王水照：《王荆文公诗李壁注》（前言），第 9 页，《王荆文公诗李壁注》，上海古籍出版社 1993 年影印朝鲜活字本。

见曾景建言此人姓鲁名赵宗"云云,却为铁证。① 我们认为,"补注"的著作权归属李壁本人,而"庚寅增注"的作者则依然待考。

二、《王荆公诗笺注》注释的内容与特点

李壁出生于书香世家,自幼好学,《宋史》本传谓其"嗜学如饥渴,群经百氏搜抉靡遗,于典章制度尤综练"。李壁这一学术背景是《笺注》具有较大学术价值的重要原因。前揭魏序即谓该书"窥奇摘异,抉隐发藏","随义发明","证辨钩析",使读者"开卷瞭然"。清人亦多有褒奖者,乾隆间曾据元大德本刻印过《王荆文公诗》(删去刘辰翁评点)的张宗松高度评价"李氏之注王诗,犹施氏之注苏诗",将李壁之注比作久负盛名的施元之、顾禧、施宿合注之《注东坡先生诗》(四十二卷),四库馆臣虽对李壁的人品提出过批评,但对《笺注》却给予了肯定,谓其"大致捃摭蒐采,具有根据,疑则阙之,非穿凿附会者比","笺释之功,足裨后学"。②

对王安石诗中所涉人物事迹、学行的注释与考证是《笺注》中最突出的内容与成就,这方面的例子不胜枚举,俯拾即是,试看李壁对孙侔事迹的考辨。按孙侔与王安石为知交,陆游《老学庵笔记》卷七尝论两人交谊始末,王安石有数诗记叙两人交游,如《笺注》卷十《寄孙正之》,卷十三《云山诗送正之》,卷二十四《沂溪怀正之》,卷三十五《次韵舍弟遇子固怀少述》,卷三十七《得孙正之诗因寄兼呈曾子固》、《答孙正之》、《寄孙正之》及卷四十八《无锡寄孙正

---

　　① 王水照:《王荆文公诗李壁注》(前言),第 9 页,《王荆文公诗李壁注》,上海古籍出版社 1993 年影印朝鲜沽字本。
　　② 纪昀等《工荆公诗注提要》,第 1325 页,《四库全书总目》卷一百五十三,中华书局 1987 年。

之》等。《寄孙正之》题下注云：

> 正之名侔，字少述，吴兴人。文甚奇古，内行孤峻少许可，非其所善，虽邻不与通也。庆历、皇祐中，与王安石、曾巩游，名闻江淮。屡举进士不中。母病革，因呜咽自誓，终身不求仕。客居吴门、吴兴、丹阳、扬子间，士大夫敬畏之。知扬州刘敞荐之曰："侔之为人，求之朝廷，吕公著、王安石之流也。"授校书郎、扬州州学教授。王陶、韩维等荐侔可备侍从，朝廷除官，并不赴。安石少与侔友善，兄事侔。及安石为宰相，道过真州，侔待之如布衣时。然侔晚年性卞急，至于骂坐怒邻，论者以为年耆而德衰也。初，王回、常秩、王令与侔皆有盛名，令行能尤异，诸公称述之。令最早死，回亦不寿，秩仕差显，惟侔以下仕终始。

这段注文未标明资料来源，但经比勘，我们还是可以看出其前部分实际上取材于林希的《孙少述传》。① 林传载王安石、晏殊、唐询、刘敞、钱公辅、沈迈、王陶、韩维、王鼎等当时名臣显宦皆器重孙侔，称扬其学行，刘敞曾二荐孙侔为官，沈迈、王陶合荐侔及王回、常秩为官，韩维荐之以常州团练推官。王鼎则妻之以女。李壁非惟抄撮林传，还多方搜集史料，增加了孙侔在王安石拜相后待之如布衣，孙侔晚年骂坐怒邻及孙侔与王回、常秩、王令四人的人生结局等数事，这样一个全面鲜活的隐士形象便活龙活现了。

　　对于王安石诗歌所涉史实与典章制度的注释是《笺注》的又一重要内容。这些注释甚至可以补史之疏漏，纠史之讹误。如卷六《酬王詹叔奉使江东访茶法利害见寄》题下注长达五百馀字，据其

---

① 见《宋文鉴》卷一百五十，第707—708页，《四库全书》本。

父所编《续资治通鉴长编》"嘉祐三年"条、"嘉祐四年"条记载北宋起初茶叶专卖,官茶收入甚微,叶清臣等朝臣上书请求解除茶禁,任民自由贸易,官收税租钱,韩琦、富弼等相遣王靖等分六路外出考察,朝廷最后采纳建议,以致出现"唯腊茶禁如旧,馀茶肆行天下"的良好现象。由此一注,则王安石此诗之写作背景与写作时间一目了然,读者还获取了北宋榷茶利弊的相关信息。他如卷二十九《和杨乐道六首》考辨北宋科举制度约七百字,记载嘉祐六年御试进士、明经、诸科举人之考题,当年点检官、初考经学官、复考经学官、进士初考官、进士复考官、详定官、对读官、编排官之姓名,王安石与杨畋在"状首"问题上的分歧,又转录赵阅道《手记》,记载仁宗皇帝考试期间的工作日程,体现"祖宗留意科选"的传统。借助李壁此条注释,读者便对王安石这六首诗的主要内容,诗作背景与时间、北宋科举制度等问题有了基本的了解。另外的例子如卷四十七《黄花》"四月扬州芍药多"句注,引刘攽《芍药花谱序》及孔武仲文,长达千馀字,详细介绍了宋代洛阳牡丹、扬州芍药的盛况。

　　《笺注》注释最多的自然是王安石诗中语词与典故的出处。李壁将江西诗派作诗讲究"无一字无来处"的观念移植到诗注中,十分重视王安石诗歌用字、用词及用事的出处与来源。所引史实极为丰富,经、史、子、集、佛道二藏都有,尤其是方志、地理、笔记、诗话、家谱、实录等,全书上万条注释,引书多达六七百种。如卷二十四《初憩和州》"粟馀三釜陈"句注云:

　　　　《语·雍也》篇:"子华使于齐,冉子为其母请粟。子曰:'与之釜。'"注:"六斗四升曰釜。"曾子:"吾及亲三釜而心乐。"《汉书》:"太仓之粟,陈陈相因。"

按"太仓之粟"二句当出自《史记·平准书》,李壁误记。此条注释将"釜"、"陈"(陈粮)的含义,三釜的出处及王安石当时较为充裕的经济境况解释得十分清楚。如若不注,就会影响读者正常的阅读与欣赏。卷四十七《吐绶鸡》注释"吐绶鸡"一词,引刘禹锡《吐绶鸡》、柳宗元《答韦中立论师道书》、崔豹《古今注》、张师正《倦游杂录》及胡仔《苕溪渔隐丛话》等,足见李壁见识之广,引证之博。

《笺注》详注语词出处是一把双刃剑,有时过于"袭常炫博","句字附会,肤引常言常语",①过分拘泥于作诗"无一字无来处"之说,对王安石诗所用的字或语词,差不多都要注出来历。如卷四十七《城东寺菊》"殷勤为折一枝归"句注云:

> 郑谷《菊》诗:"节云风愁蝶不知,晚庭还绕折残枝。"唐人《玉蕊花》诗:"应共群仙斗百草,独来偷折一枝归。"薛能《柳》诗:"立马烦君折一枝。"

这类例子在《笺注》中还有很多,几乎每篇注都有,徒费笔墨,实无必要。王安石是学识渊博的大学者,作诗时未必要袭用前人诗句,诗中也不一定有深衷密意。

诚如刘将孙所言,"李笺比注家异者,间及诗意",②《笺注》有时也解释诗意,分析王安石诗歌的篇章结构。卷三十二《梦张剑州》注云:"诗前六句皆叙梦事,至第七句,始言是梦,第八句又始思言,盖思因而得之也。其结体之精如此。"《笺注》还有对文学现象的考辨,卷十六《和微之药名劝酒》诗注,考证梁代简文帝、元帝皆有药名诗,唐人甚多,故"药名诗初不起于(陈)亚矣"。

---

① 元大德五年刻本刘将孙序,《王荆文公诗李壁注》卷首,第7—8页,上海古籍出版社1993年影印本。

② 元大德五年刻本刘将孙序,《王荆文公诗李壁注》卷首,第7页,上海古籍出版社1993年影印本。

《笺注》在写作上的特点有以下几点：

注重实地调查与实物文献。《笺注》注释之所以能取得较好的成就，这多源于其亲临其地考察或调查当事人取得第一手资料。卷七《白沟行》题下注曰："余顷因使燕，亦尝过所谓白沟者，河甚浅狭，可涉。地属涿州。"同卷《陈桥》题下注曰："余尝过陈桥，今改为郭桥。"卷四十八《韩子》"纷纷易尽百年身，举世何人识道真"句注云："余在临川，闻之曾氏子弟载南丰语云：'介甫非前人尽，独黄帝、孔子未见非耳'，讥其非人太多也。如此诗可见。"李壁注荆公诗，颇似司马迁写《史记》，必亲见亲闻而后方信。

《笺注》保存了王安石大量的自注与自序，这是该书能够取得较大学术价值的又一原因。自注如卷二十二《昼寝》注："公自注云：'甲子四月十七日午时作'，据甲子为元丰七年，公是年属疾，奏乞以宅为寺。疾愈，僦居城中。"另外，卷二十二《赠上元宰梁之仪承议》、卷二十四《何处难忘酒二首》均有作者自注，卷三十九《读诏书》则明确地说："'庆历七年'，此四字公自注。"卷二十七《送陈和叔》保留的"公自序"长达二百馀字，有云："元丰六年，某食观使禄，居钟山南，和叔经略广东，道旧故怅然。某作此诗，以叙其事。"卷二十《寄赠胡先生》的"公自序"，表达对理学先驱胡瑗的仰慕，颇有资于阅读原诗。这些自注或自序、自题，因属作者亲为，故其内容准确可信。

李壁在诗注中有时还发表议论，将诗注与诗评结合。由于他与王安石有共同的政治遭遇，故其注释中经常表彰和称扬王安石的品行。卷五《秋热》引录一僧跋语"元丰末，公居金陵秦淮小宅，甚热中，折松枝架栏御暑，历有此作"后说："元丰末，以公前宰相奉祠，居处之陋乃至此，今之崇饰第宅者，视此得无愧乎？"卷八《寄朱氏妹》题下注云："温公《朔记》：'工存辞检详官，以朱明之代之。'介父妹婿也。时熙宁四年。"补注又云："《朔记》：'熙宁四年，选人沈季常特令上殿。介父妹夫也。'温公再言妹夫,似讥介父私其亲。然苟贤而才,虽亲疏废不用,亦非公道也。"前者称赞王安石生活俭朴的美德,后条为其辩诬,认为他举荐妹婿是举贤不避亲。

《笺注》注释内容的丰富与精确引起了后人的关注,其中不乏利用者。与李壁同时而稍晚的王应麟在其《困学纪闻》卷十八中,就曾引录李壁对《明妃曲》、《日出堂上饮》及《君难托》三诗之注。《瀛奎律髓》的编选者方回虽"颇薄雁湖《半山诗注》",然对所选王安石五、七言律诗评点时,并没有少引录李壁之注。无独有偶,清代的闻人倓笺注王士禛的《古诗选》时,对所选王安石五、七言古诗的注释基本上抄撮李壁《笺注》中相关部分,个人的发明实在很少。蔡上翔《王荆公年谱考略》也经常引用李壁之注。

三、《王荆公诗笺注》的其他成就

《笺注》非惟注释较为全面、精确,而且在王安石诗歌系年、校勘、辨伪及辑佚诸方面亦颇有收获,以下试分而论之。

1. 系年

绍兴间王安石集的三个诗文合编本皆为分体编排而未编年,今存最早替王安石诗编年的是詹大和,其《王荆文公年谱》仅寥寥千二百馀字,系年之诗亦仅十馀首。《笺注》与詹大和《年谱》虽皆编于临川,时隔亦仅六十馀年,但却从未提及《年谱》,更没有采用詹氏的系年成果。《笺注》亦未编年,但对近三十首诗注明了作年或大致年代。卷二十二《送邓监簿南归》题下注曰:"邓名铸,公之故人,自临川至金陵省公,留逾月,公作此诗送之。又杂录诗一卷与邓,时元丰六年秋也。"此条注释非惟系年,还道出了诗的写作背景,联系诗中"不见骊塘路,茫然四十春"来看,诗正是作者晚年归隐金陵时所作。他如卷二十八《上元从驾至集禧观次冲卿韵》题注曰:"介甫仁宗时以工部郎中知制诰,嘉祐七年也。次年仁宗升遐。作此诗以拜相。冲卿时为枢密使。"卷四十五《答韩持国》题注曰:"持国(韩维)治平三年自司注知制诰,故用红药事,赠诗必在此时。"李壁保存了王安石诗的某些自注,其中有些注释标明了写作年代,这是王安石诗歌系年最可靠的部分。如卷十八《题舒州山谷寺石牛洞泉穴》引王安石自注云:"皇祐三年九月十六日,自州之太湖过怀宁县山谷乾元寺宿,与道人文锐、弟安国拥火游石牛洞,见李翱习之书,听泉久之。明日复游,乃刻习之后。"詹大和《年谱》"皇祐三年"条载:王安石该年"改殿中丞、通判舒州"。足见此条自注的系年是可靠的。故清人顾栋高《王荆国文公年谱》、蔡上翔《王荆公年谱考略》均据"公自注"系该诗于皇祐三年。卷四十六《题景德寺试院壁》采用"公自注"系该诗于至和三年八月四日。卷五十《渊师示寂》诗注,亦采用"公自题",系该诗乃渊师圆寂后作。李壁对有些诗不能准确系年,根据诗歌内容提出一个大致的写作时间,供读者参考。如卷十四《老树》注云:"此诗托意甚深,当是更张后作。"同卷《飞雁》注云:"奉使时作。"卷二十一《众人》注云:"反复此诗意,必是举朝争新法时所作。"卷四十七《北望》注云:"此必是荆公退居金陵时作。"有些诗系年则用不确定的语气,如卷六《寄曾子固二首》题下注云:"疑此诗公在馆中时作也。"卷三十《示长安君》题注:"此诗恐是使北时作。"

2. 校勘

李壁的校语不多,更没有单独的校勘记,而是融校于注中。其特点是网罗异本,犹重搜集手稿、墨迹及石刻等实物文献进行校勘,又曾借观北宋薛昂家中资料,访遗文于曾极,这使他掌握了大量第一手资料,故其校勘保存了许多有价值的异文。我们在李壁之注中,时常可以读到他辛勤搜集石刻文献的记载。如卷三《白鹤吟示觉海元公》末句注云:"余于临川得公此诗刻本。"

此石刻本还有跋，对解释诗意甚有意义。卷五《秋热》题下注云：
"余在临川得此诗石本。"卷十八《试茗泉》题下注云："此泉在抚州
之金溪翠云院，石本尚存。"此诗石本有诗序，序载王安石此诗作于
治平四年(1067)，作于同时同地的诗还有《跃马泉》及其子王雱的
《翠云院》诗。① 有时我们甚至还可以考知刻石者的姓名，卷四十
六《书陈祈兄弟屋壁》"能将孝友传家世，乡邑如君更几人"句注云：
"予于抚州得此诗石本，乃新授将仕郎、守惠州河源县主簿陈祈立
石。"卷四《白鹤吟示觉海元公》诗末句注云"有跋在后，今附见篇
末"，跋云："景齐久藏其本，今命工刻石。"李壁正是掌握了大量石
刻文献后才进行文字校勘的。如卷二十七《送陈和叔》"昼寓墩砖
常至夜"句注云："此诗有石本在临川饶蒙家，真迹'墩'作'橔'。"卷
四十二《蒋山手种松》："蒋山有公真迹石刻，'岩'字作'庵'，'近'字
作'别'。"卷四《独归》释"陂农"，补注云："诸本皆作疲农，余在临川
见公真迹，乃知是'陂'字。"当然他有时也采用理校，卷十六《寄茶
与平父》"碧月团团堕九天"句校云："碧，或作璧，义尤长。"这是根
据前后诗意的推测。

　　3. 辨伪

　　钱锺书曾说"李壁的《王荆文公诗笺注》不够精确，也没有辨别
误收的作品"。② 钱先生的话有失客观，其实南宋魏了翁为《笺注》
作序时既已指出世传《临川集》中杂有他人之作，李壁对此肯定是
知道的，《笺注》也对王安石某些诗的真伪作过辨正。如卷二十一
分别对《寄慎伯筠》、《望畹山马上作》、《汝瘿和王仲仪》、《勿去草》
四首诗的著作权提出疑问，指出《寄慎伯筠》诗"或云王逢原(令)
作"，《勿去草》诗"或云是杨次公(杰)诗"，《汝瘿和王仲仪》诗"《梅

---

① 按题当作《翠云山》，见元陈世隆《宋诗拾遗》卷十二。
② 《宋诗选注》(王安石小传)，第51页，人民文学出版社1982年。

宛陵集》亦载此诗"。按陆游《老学庵笔记》卷四载此诗乃王令赞颂慎东美(伯筠)书法之作,此诗载《广陵集》卷二,题作《赠慎东美伯筠》。《勿去草》诗载杨杰《无为集》卷三,《汝瘿和王仲仪》诗载《宛陵集》卷二十七,题作《和王仲仪咏瘿二十韵》。李壁还对造成误收的原因进行了分析,卷四十四《春江》题下注云:"或言此方子通诗,荆公爱之,书于册,后人误谓公作。方名淮,姑苏人,行高洁,隐居不仕。"按"方淮"显系李壁误记,当作方惟深,李壁所谓"或言"即指龚明之《中吴纪闻》卷四所言,其云:"方子通一日谒荆公,未见,作诗'春江渺渺'云云。荆公亲书方册间,因误载《临川集》,后人不知此诗乃子通作也。"方惟深有《方秘校集》十卷,已佚,《全宋诗》存其诗二十七首,此诗题作《谒荆公不遇》。类似的例子如卷四十七《临津》注谓"此平父(王安国)诗,误刊于公集"。对没有把握的诗,李壁仅提出疑问,并不急于武断地作出决定,为读者进一步研究提供线索。如卷四十《归燕》诗注谓"或云,此乃郑毅夫(獬)所作",卷四十六《访隐者》注谓:"《郑毅夫集》亦有此诗,未知果谁作。"郑獬《郧溪集》原有五十卷,已佚,今存《四库全书》本《郧溪集》(诗六卷)无此二诗。他如卷四十七《上元夜戏作》注谓:"疑此平甫(王安国)作。"卷三十二《送王詹叔利州路运判》注谓"此诗颇不类公作"。

当然,王安石集中的伪作还远不止李壁指出的这些,他如卷四十一《竹里》诗,当为释显忠作,见魏庆之《诗人玉屑》卷二十引《洪驹父诗话》,王安石尝题此诗于壁,后人遂谓荆公作,《全宋诗》(卷六百七十八)录于显忠名下,题作《闲居》;卷四十五《江宁夹口》其三,当为方惟深作,见《后村先生大全集》卷二十《题听蛙方君诗稿》其二白注,方回《瀛奎律髓》卷二十《和周楚望红梅用韵》白评,亦谓:"乃子通(方惟深)诗也,荆公爱之,书于座右,乃误刊入荆公集。"注文中所引用的诗也有错误,卷四十七《汀沙》诗注引王令《山茶花》

诗,不见《广陵集》,当为陶弼作,见《邕州小集》,题作《山茶二首》(其二),旧题刘克庄《分门纂类唐宋时贤千家诗选》卷十亦作陶弼作。①

4. 辑佚

李壁对王安石佚诗还做过辑佚补缺的工作,故该书比诗文合编之通行本多出 72 首,张宗松《重刊王荆公诗笺注略例》有详细篇目;《笺注》为宋人注宋诗,其所引资料当时尚存而不为后世所传者,因而该书又有辑佚的文献价值。如卷三十九《初去临川》、卷四十六《书陈祁兄弟屋壁》之注所引王安石的《再宿金峰》诗、《与陈君柬》文,不见于王安石本集;前述李壁在曾极处所得曾宰《舒州寄王介甫》一诗,这也是曾宰所存唯一的一首诗,《全宋诗》(卷五百七十九)的编者即据《笺注》予以收录。与此相关,《笺注》还对某些诗在流传中的离合进行了辨证,卷二十五《见远亭上王郎中》注曰:"此诗元有十韵,旧本却作绝句刊,今得全篇足之。"龙舒本卷六十七题作"见远亭一绝上王郎中"即如李壁所言,仅前四句,这大概就是魏了翁所说的"后先舛差,简帙间脱"。

四、《王荆公诗笺注》的局限及后人的补注

说了《笺注》那么多好话,对其局限与不足也应谈谈,这样做虽落了一般专书研究的窠臼,但为了引起读者注意,也只好如此。

《笺注》全引或转述长篇史料时多不标明篇目,如卷十《寄孙正之》所注多系抄撮林希《孙少述传》,卷三十六《答刘季孙》考辨刘季孙之事迹与文风,主要是撮述苏轼的《乞赙赠刘季孙状》、《记刘景文诗》两文,卷二十四《送董传》诗注中对董传生平事迹的考辨文字实引苏轼的《上韩魏公书》全文,卷二十五《射亭》考证金溪尉汪迈

---

① 参钱锺书:《谈艺录》(补订本),第 400 页,中华书局 1984 年。

造饮归亭的过程及别名射亭的缘由等文字系转录曾巩的《饮归亭集》全文,卷五十《苏才翁挽诗二首》注释苏舜元生平引蔡襄《苏才翁墓志铭》,以上均未指出篇名,有些甚至连作者也没标明。注释语词时,亦时常不指明作者或篇名,或仅交代大致出处。如卷三十七《题友人壁》"野林留日鸟声和"句注云:"唐人诗:'山明鸟声乐,日气生岩壑。'"同样的情况也表现在卷四十《楼上》"沧波浩无主,两桨邈难亲"句注:"唐人诗:'乱山无主鹧鸪啼。'又'无主杏花春自红'。"唐人那么多,究竟是哪位诗人的作品,很难查考。对书名的指称多不规范,或用简称,或前后抵牾。如卷四十三《同熊伯通自定林过悟真二首》题注引书称《建康续志》,而接下来的诗《悟真院》引书又称《续建康志》。

　　《笺注》在编次上也并非无懈可击。如有些诗目录与正文中的题目并不一致,也有重出的现象。卷四《对棋与道原至草堂寺》与卷四十八《对棋呈道原》实为同一首诗,仅"者"与"可","日"与"亦"两组字有别,而卷四十一《长干释普济坐化》与卷五十《哭慈照大师》亦复如此,二诗文字并同。卷四十二有《江宁夹口二首》,卷四十五又有《江宁夹口三首》,皆为七绝,写于同时同地,似不当拆开。龙舒本《临川集》卷七十一正作《江宁夹口五首》,编在一起。

　　《笺注》乃草创之作,故漏注、误注之处较多,后世不少学者曾予以纠误补缺。刘克庄虽褒评李壁之注"甚精确",但却在《后村诗话·前集》卷二中最早对其引用出处不当表示了不满:

　　　　雁湖注半山"归肠一夜绕钟山"之句,引韩昌黎诗"肠胃绕万象",非也。孙坚母怀妊坚,梦肠出绕吴阊门。半山本此,见《吴志》《和于脩良龟诗》云,"世论弃以中归冰",注虽引《庄子》,但出处无"疑"字,意公别有所本。后读卢鸿《嵩山十志》,有"疑冰"之语。又唐彦谦《中秋》诗云:"雾净不容玄豹隐,冰寒却恐夏虫疑。"乃知唐人已屡用之矣。①

清人全祖望《鲒埼亭集》外编卷三十一《题雁湖注荆公诗》,靳荣藩《绿溪语》卷下、郭频伽《爨馀丛话》卷一、张佩纶《涧于诗集》卷一《和唐彦猷华亭十咏》题下自注等都有对李壁注的纠误补缺,张佩纶在其《涧于日记》中还表示过要"求宋人稗说"补注李壁之注的愿望。清人真正对《笺注》下过一番功夫,创获较多的当属姚范与沈钦韩二人。姚范《援鹑堂笔记》卷五十订补其错误约百条之多。沈钦韩特作《王荆公诗集李壁注勘误补正》四卷。中华书局1959年出版该书句读本,将其与沈钦韩的另一著作《王荆公文集注》八卷合为一编,题曰《王荆公诗文沈氏注》。该书重点不在寻求典故出处与诠解字词之意,而志在考史,刘承幹1927年跋王秉恩勘定本时说:"全注依据正史,旁采众家杂说,随篇辨证,意在整齐旧闻,网罗散佚,凡朝章国故之沿革,君子小人之进退,与夫师友渊源之流别,靡不详考。所注虽为一家专集,实具史裁。"②二十世纪百年中,钱锺书与李之亮两人再次对《笺注》作了补注。钱先生的补注主要体现在《谈艺录》(增订本)"荆公诗注"条及后来的"补订"中。他多次批评李壁"好引后人诗作注,尤不合义法","用典出处,亦多疏漏","雁湖改字以附会荆公诗,尤不足为训"。③因而广搜文史典籍,纠补李壁之注多达49条,考辨王安石与刘敞、王令、王迈、释显忠、方惟深及唐代李涉等人诗歌重出的现象,所获极多。李之亮的《王荆公诗注补笺》以上海古籍出版社1993年影印的朝鲜活字本为底本,参考清代张宗松清绮斋本和文渊阁《四库全书》本,作过

---

① 吴文治主编《宋诗话全编》,第八册,第8370页,江苏古籍出版社1998年。
② 沈钦韩:《王荆公诗文沈氏注》,第405页,中华书局1959年。
③ 参钱锺书:《谈艺录》(补订本),第79、390页,中华书局1984年。

一些文字校勘，加以新式标点，将《笺注》原有的注释与沈钦韩的补注调整到诗中相应位置。《补笺》的内容包括李壁认为没有必要注释的词语及整理者认为当注而未注的史实、词语、人物、地名及制度等。① 但该书不太注意吸收学术界已有之前期成果，特别是前人已指出《笺注》中重出与误收的诗都未加说明。

　　顺便指出，后世有些学者由于他们没有看到该书宋刻原貌，仅凭经刘辰翁删节后流行较广的刻本发表议论，这难免就隔靴搔痒了，其所指责自当不能由李壁承担而是因刘辰翁删削所致，其所补注，经常有李壁之注不误或本有其注的现象。

---

① 参李之亮：《王荆公诗补笺》(前言)，第3—5页，巴蜀书社2002年。

方东树《昭昧詹言》论黄庭坚诗述略

一、《昭昧詹言》的体例与基本内容

《昭昧詹言》的作者方东树(1772—1851),字植之,别号副墨子,晚年以"仪卫"名轩,自号"仪卫老人",学者称仪卫先生。安徽桐城人。青年时受业于同里姚鼐主讲的钟山书院,与梅曾亮、管同、姚莹并为"姚门四杰",且随从老师门墙时间最久;中年时曾受著名学者阮元之聘,赴粤东编纂《广东通志》;晚年先后于广东、安徽等地聚徒讲学,潜心著述。方东树为清代桐城派的传人与后劲,他学宗朱熹,文师姚鼐,诗学姚范,著有《汉学商兑》、《仪卫轩诗集》、《仪卫轩文集》等书,生平以"明学术、正世教为己任"。① 《昭昧詹言》是方东树晚年对晚生后辈讲论诗学的内容汇编,在方东树的所有著作中价值最高、影响最大,堪称桐城派诗话的典范之作。其从弟方宗诚在《校刊仪卫轩诗集后序》中说:"先生论诗之旨,具于《昭昧詹言》一书。"②

《昭昧詹言》原评在家塾选本上,时有增删改易,所录各本文字亦有异同,道光二十一年(1841)作者 69 岁时汇编成书。前有道光

---

① 方宗诚《仪卫轩文集目录后识》,见方东树《仪卫轩文集》,清同治七年刻本。

② 方宗诚《校刊仪卫轩诗集后序》,见《柏堂先生文集续编》卷二,清光绪初刻本。

十九年(1839)自序,后有道光二十年跋及道光二十二年(1842)又跋。方氏自谦"此书粗记臆见,未尝敢以示人",①"讲解太絮,嫌近于陋,不欲播世,惟笃学好古之士传抄而已"。② 故其生前未尝刻印,直到光绪初,其从弟方宗诚在刊印《汉学商兑》、《书林扬觯》、《仪卫轩文集》、《仪卫轩诗集》、《大意尊闻》的基础上,又编刻方东树其馀各书,其《编辑仪卫轩遗书序》云:"其馀各书,力难尽付剞劂,且亦有语意重出之处,又或其言博奥繁赜,非初学所能知,不揣简陋,节而录之,辑为遗书,以传于世。"③经过一番删汰后予以刊印,编辑成《桐城方植之先生遗书》,《昭昧詹言》亦在其中,此为初刻本,俗称全集本。凡正十卷,续八卷,续录二卷。是书版本较多,以汪绍楹据民国七年武强贺氏刊本校点,删去贺本中吴汝纶、吴闿生父子的评语,增加方氏二跋,1961 年人民文学出版社排印之《中国古典文学理论批评专著选辑》本最为流行。全书凡二十一卷,其中卷一至十论五古,卷十一至十三论七古,卷十四至二十论七律,五律及绝句则未引起方氏的注意。该书所涉诗人以汉魏至唐宋为主,偶及明清诗人,基本上没有论述到先秦诗。所选之诗主要依据王士禛的《古诗选》与其师姚鼐的《今体诗钞》,并参以刘大櫆编选的《历朝诗约选》、《盛唐诗选》、《唐诗正宗》等。方氏于所依各选本有所增删,如五古不取王士禛《古诗选》之陈子昂、韦应物,而补出杜甫、韩愈、黄庭坚附陈师道;七古不取王士禛《古诗选》中的汉魏六朝初唐部分;七律未取姚鼐《今体诗钞》原选之晚唐、宋初诸家。所选各家诗之编次以时代为序,评点前又有总评数则,分别概述其人其诗之基本特征。卷一《通论五古》、卷十一《总论七古》及卷十

---

① 方东树《昭昧詹言》跋 ,第 557 页,人民文学出版社 1984 年。下引此书仅标卷数。

② 方宗诚《校刊仪卫轩诗集后序》,见《柏堂先生文集续编》卷二,清光绪初刻本。

③ 方东树《编辑仪卫轩遗书序》,见《柏堂先生文集续编》卷二,清光绪初刻本。

四《通论七律》置于各体前,总论古今体诗,表达对诗歌的基本见解及品评诗作的原则与方法。卷二十一论诸家诗话,引录了他认为"言之尤雅而可为要约"的历代名家诗论计二百馀则,尤以沈德潜《说诗晬语》为多,凡六十馀条,约占四分之一,足见其对格调说的推崇;编次上先引录诗话,再间加按语,或发挥申述,或辩驳商榷,时见新义。全书贯穿了桐城派"诗文一律"、"文法通于诗法"的理论,努力倡扬桐城派的道统与文统,鼓吹桐城派所主张的义理与法式,认为"近代真知诗文无如乡先辈刘海峰、姚姜坞、惜抱三先生者"(卷二)。所摘引各家之说,以姚范、姚鼐叔侄之言最多,推崇也最高,"论山谷者,惟姜坞(姚范)、惜抱(姚鼐)二姚先生之言最精当,后人无以易也"(卷二十)。其中姚范的《援鹑堂笔记》,他曾受姚莹之托予以校勘,姚鼐的《今体诗钞》,他曾逐一评点,可见其对二姚的著述与观点十分熟悉。因此,方氏于此书所论各家虽不乏新见,但总体上未能跳出桐城派论诗之窠臼。

二、《昭昧詹言》对黄庭坚与唐宋诗诸名家的比较

纵观《昭昧詹言》一书,方氏于唐宋诗诸名家中,最重杜甫,次则韩愈、苏轼,再次则李白、黄庭坚、欧阳修、陆游诸诗人,如谓"杜公乃佛祖","韩、苏是达摩","杜公如佛,韩、苏是祖,欧、黄诸家五宗也"(均见卷十一)。而对王维、白居易、李商隐、梅尧臣、陈与义、杨万里及范成大等则很少提及。故方东树在对黄庭坚诗的比较研究中,更多的是将其与李、杜、韩、苏的比较。

苏黄优劣乃千年学术之公案,关于这一话题,前人论述较多。[①]《昭昧詹言》对黄庭坚与苏轼两人之诗的异同亦进行了细微

---

① 参王友胜《历代苏黄优劣之争及其文学史意义》,《中国韵文学刊》2006 年第 2 期。

的辨析,且是全书较为精彩的部分。据初步统计,全书论苏轼诗(含合论)的有 136 条,论黄庭坚诗(含合论)的有 118 条,所选评苏轼七古 79 首,七律 24 首,选评黄庭坚七古 46 首,七律 25 首,五古则一首未加选评,似于体例有乖。桐城派文人多推崇黄庭坚,标举黄庭坚奇崛兀傲的诗风。姚范《援鹑堂笔记》卷四十说:“涪翁(黄庭坚)以惊创为奇,其神兀傲,其气崛奇,玄思瑰句,排斥冥鉴,自得意表,玩诵之久,有一切厨馔腥蝼而不可食之意。”梅曾亮也写诗说:“我亦低首涪翁诗,最怜作吏折腰时。”①时代稍晚于方东树的曾国藩酷爱黄庭坚诗,施山《望云诗话》即云:“今曾相国嗜黄诗,诗亦类黄,风尚一变,大江南北,黄诗价重,部值千金。”作为文坛政坛巨子,其文学趣味自然极具影响力,足见当时追摹黄庭坚诗风气之浓。方东树也推崇黄庭坚,在该书卷十、卷十二中两次将前揭姚范之语照旧移录,以示渊源有自。但是,方东树在苏黄优劣之争中突破了桐城家法,总体上认为苏要胜黄。该书卷十二在对苏轼《韩干马十五匹》以文为诗的成就进行高度评价后说:“章法之说,山谷亦不胜解。”方氏认为黄庭坚谨守诗法,不逾规矩;而苏诗则豪迈奔放,挥洒自如,此黄不如苏之最关键者。方东树在论苏诗时,经常李、杜、韩、苏并提,尤以杜、韩为重,李、苏次之,欧、黄等人则不与焉。如《昭昧詹言》卷一说:“南宋以来诗家,无有出李、杜、韩、苏四公境界。”又说:“诗以豪宕奇恣为贵,此惟李、杜、韩、苏四公有之。”宋代仅举苏轼,并将其与唐代李白、杜甫、韩愈三大家相提并论。方氏认为苏胜黄的原因远不止以上所论。他一方面认为“隶事以苏黄为极则”(卷十四),但同时又谓“李、杜、韩、苏所读之书博赡精熟,故其使事取字,密切赡给,如数家珍。今人未尝读一书,而徒恃贩买�忉,故多不切不确”,“虽山谷不免此病”(卷一),“文从字顺

---

① 梅曾亮《六月十二山谷生日》,见《柏枧山房诗集》卷八,清光绪廿七年刻本。

言有序,李、杜、韩、苏皆然,黄则不能皆然"(卷十)。其抑扬伯仲,
十分明显。当然,在与苏诗的比较中,方氏并没有将黄庭坚诗看得
一无是处,如苏轼有时逞才使气,诗意过于直露,犯有"滑易之病",
他就认为当以黄庭坚诗加以矫正。"东坡下笔,摆脱一切,空诸依
傍,直是前无古人,后无来者,所以能为一大宗;然滑易之病,末流
不可处。故今须以韩、黄药之。"(卷一)

　　方东树承继姚鼐"诗之与文,固是同理"的评诗方法,①对以援
文入诗的杜甫、韩愈特为推崇,他自己的诗风亦接近杜、韩、黄三
家,苏惇元《仪卫方先生传》谓方氏之诗"尤近少陵、昌黎、山谷",②
其门人郑福熙赞其"诗则沉雄坚实,深得谢、杜、韩、黄之胜,而卓然
自成一家"。③ 故对黄庭坚与杜甫、韩愈两人的比较在《昭昧詹言》
中也时有所见。方东树力求以文论诗,强调诗的气势与变化,认为
黄庭坚诗不如杜、韩诗之气势恢宏,境界阔大,但却有深沉兀傲之
妙。他说:"山谷之似杜、韩,在句格,至纵横变化则无之。"(卷一)
又说:"山谷之不如韩、杜者,无巨刃摩天,乾坤摆荡,雄直挥斥,浑
茫飞动,沛然浩然之气,而沉顿郁勃,深曲奇兀之致,亦所独得,非
意浅笔懦调弱者所可到也。"(卷十)他还就用韵将韩、黄进行比较,
批评黄庭坚诗《次韵时进叔二十六韵》诗"贪使事使字,每令气脉缓
隔",谓"此诗'与'字、'雨'字、'腐'字三韵,节去则文意不足,读之
实牵强未妥。于此乃知,韩公押强韵皆稳,不可及也"(卷十)。可
见其诗用韵不如杜、韩之稳妥。

　　在《昭昧詹言》卷十一中,他还对黄庭坚与诸家诗进行了综合
比较。如"诗中夹以世俗情态、困苦危险之情,杜公最多,韩亦有

---

　　① 姚鼐《答翁学士书》,见《惜抱轩文集》卷六,刘季高标校:《惜抱轩诗文集》,上海
古籍出版社 1992 年。

　　② 元好问《杜诗学引》,《遗山先生文集》卷三十六,《四部丛刊》本。

　　③ 郑福熙《方仪卫先生年谱》,见方东树《仪卫轩文集》(附录),清同治七年刻本。

之。山水风月,花鸟物态,千奇万状,天机活泼,可惊可喜,太白、杜公、坡公三家最长。古今兴亡成败,盛衰感慨,悲凉抑郁,穷通哀乐,杜公最多,韩公亦然。以事实典重饰其用意,加以造创奇警,语不惊人死不休,此山谷独有;然亦从杜中得来者,不过加以造句耳。杂以嘲戏,讽谏谐谑,庄语悟语,随兴生感,随事而发,此东坡之独有千古也”。这段话既有对不同诗人诗歌创作题材的比较,也有艺术特色异同的辨析,指出杜、韩之诗在题材上多抒穷愁、叹古今,而李、杜、苏之诗则善摹山水、写花鸟;艺术上苏诗长于戏谑嘲讽,而黄庭坚诗则喜锤炼字句。这样的例子在其《先集后述……》一文中也出现过,方氏比较李、杜、韩、苏与王、黄之诗说:“古之诗人如太白、子美、退之、子瞻四公,含茹古今,侔造化,塞天地,如龙象蹴踏,如蛟螭蟠挐,当之者莫不战掉眩慄,色变心死。降而若半山、山谷,沉思高格,呈露面目,奥衍纵横,虽不及四公之燀赫,而正声劲气邈焉旷世,云鹤戾天,匪鸡所群,不其然乎?”①前者气势恢宏,后者典丽精工,其风格与境界不同如此。

三、《昭昧詹言》论黄庭坚的诗学渊源

宋初诗人多学唐代之白居易、贾岛、姚合、李商隐、唐彦谦,稍后的欧、苏多学李白,方氏认为黄庭坚则转而学杜甫与韩愈。黄庭坚学杜诗,宋人早已言明,尤其金代元好问引“东岩君”之言谓“近世唯山谷最知子美”。宋元之际的方回在《瀛奎律髓》中提出了“一祖三宗”之说,将杜甫视作黄庭坚所开创的江西诗派之鼻祖。桐城派大家,方东树之师姚鼐对黄庭坚学杜之成绩亦高度评价,其《五七言今体诗钞序目》说:“山谷刻意少陵,虽不能到,然兀傲磊落之

---

① 方东树《先集后述》,见《仪卫轩文集》卷十二,清同治七年刻本。

气,足与古今作俗诗者澡濯胸胃,导启性灵。"①方东树承继桐城家学,对黄庭坚学杜的诸多层面均有论及。首先,他认为黄庭坚是古今学杜最多、最好的人。如说"山谷之学杜,绝去形摹,尽洗面目,全在作用,意匠经营,善学得体,古今一人而已"(卷二十)。其次,方氏指出黄庭坚长于学杜沉郁顿挫的风格与起承转结的章法,"杜公所以冠绝古今诸家,只是沉郁顿挫,奇横恣肆,起结承转,曲折变化,穷极笔势,迥不由人。山谷专于此苦用心"(卷十四)。方氏还指出黄庭坚能学杜之天工自然,不装点,不做作,认为杜诗"言高旨远","奇警而出之自然,流吐不费力","随意喷薄,不装点做势安排","沉着往来,不拘一定而自然中律"等妙处"惟苏、黄之才,能嗣仿佛"(卷十四),而他人如李商隐、杨亿、刘筠等,尤其是"今世伧才村夫"则无法如黄庭坚那样学习到杜诗之妙。再次,方氏还指出黄庭坚各体诗中艺术成就最高者在七律,学杜诗最力者亦在七律,如说:"欲知黄诗,须先知杜;真能知杜,则知黄矣。杜七律所以横绝诸家,只是沉着顿挫,恣肆变化,阳开阴合,不可方物。山谷之学,专在此等处,所谓作用。义山之学,在句法气格。空同专在形貌。三人之中,以山谷为最,此定论矣。"(卷二十)李商隐、李梦阳的七律亦学杜,然均不如山谷七律学杜之神形毕肖。因此,他认为黄庭坚乃学杜之楷模,倡导学杜当从读山谷诗开始,将黄庭坚诗视作学习、效仿杜诗的不二法门。其评《题落星寺》说:"此摹杜公《终明府水楼》,音节气味逼肖,而别出一段风趣。大约杜公无不包有山谷,读杜则可不必读山谷。然不读山谷,则不悟学杜门径,政可微会深思。"(卷二十)

　　黄庭坚学韩愈诗,方东树也看得较准。他指出黄庭坚能学韩愈诗在字法上翻新出奇,"涪翁以惊创为奇,意格境句选字隶事音

---

① 姚鼐:《今体诗钞》,第3—4页,上海古籍出版社1986年。

节着意与人远，此即恪守韩公'去陈言'、'词必己出'之教也。故不惟凡近浅俗气骨轻浮不涉毫端句下，凡前人胜境，世所程式效慕者，尤不许一毫近似之，所以避陈言，羞雷同也"（卷十）。黄庭坚既学杜又学韩，且杜、韩在方氏眼中是唐诗的典范，故他常将黄庭坚学杜、韩一并评说，如"学黄必探源于杜、韩，而学杜、韩必以经、骚、汉、魏、阮、陶、谢、鲍为之源"（卷十）。该书卷八中，方氏在批评"钱牧斋讥山谷为不善学杜"后说，"平心而论，山谷之学杜、韩，所得甚深，非空同、牧翁之模取声音笑貌者所及知也"。又说："山谷之学杜、韩，在于解创意造言不肯似之，政以离而去之为难能。空同、牧翁于此尚未解，又方以似之为能，是尚不足以知山谷，又安知杜、韩。"指出李梦阳、钱谦益不能领会杜、韩诗之精髓，更不知山谷学杜、韩之妙。正是基于这样的认识与理由，方东树常将黄庭坚与韩愈并称"韩黄"，与杜甫、韩愈、苏轼等大家并称为"杜、韩、苏、黄"，如"韩、黄皆学杜"云："韩黄之学古人，皆求与之远，故欲离而去之以自立。"（卷一）同卷在论述"《（文）选》体诗不可再学"后说："故贵必有以易之，令见自家面目。否则人人可用，处处可移。此杜、韩、苏、黄所以不肯随人作计，必自成一家，诚百世师也。"

　　方东树还指出，黄庭坚诗学古而不泥于古人，往往能自成一家。在该书卷一中，他先引录朱熹"李、杜、韩、柳，亦学《选》诗，然杜、韩变化，柳、李变少"的言论，然后申述说："以朱子之言推之，苏、黄承李、杜、韩之后，而又能变李、杜、韩故意，离而去之，所以为自立也。"黄庭坚学杜、韩之锤炼字句，然于段落章法则加变化，他说："固是要厚重，然却非段落板滞，一片承递，无变化法妙者。山谷学杜、韩，一字一步不敢滑，而于中又具参差章法变化之妙。"（卷一）其实，黄庭坚诗歌革新的内容并不仅限于章法，在诗歌写作的其他技巧上皆能翻新出奇，如说"黄只是求与人远。所谓远者，合格、境、意、句、字、音响言之。此六者有一与人近，即为习熟，非韩、黄宗旨矣"（卷十），这与那些徒事模拟古人或缺乏传统诗学修养的人绝然不同，某些诗人徒事模拟，不能创新或割裂传统，随意诨俗："山谷立意求与人远，奈何今人动好自诩，吾诗似某代某家，而冒与为近。又有一种伧父野士，亦不肯学人，而随口诨俗，众陋毕集，以此倾动一世，坐使大雅沦亡。"（卷十）正因黄庭坚诗学古而不泥于古，能取长补短，后来居上，从而使得他的诗较之他人而具有更高的诗史意义，"学一家而能寻求其未尽之美，引而伸之，以益吾短，则不致优孟衣冠，安床架屋之病。如空同之于杜，青邱之于太白，虽尽其能事作用，终不免于吞剥掊扯太似之讥；必如韩公、山谷，方是自成一家，不随人作计"（卷十四），"山谷之妙，在乎迥不犹人，时时出奇，故能独步千古，所以可贵"。又说"须知其（黄庭坚）从杜公来，却变成一副面目，波澜莫二，所以能成一作手"（均见卷十二）。以上诸如"独步千古"、"成一作手"、"自成一家"之类的美誉，显然只有像黄庭坚这样的大诗人才能担当。

四、《昭昧詹言》论黄庭坚诗之章法与句法

作为给子侄辈课艺的教科书，《昭昧詹言》多采用制艺、试帖诗的法式与名目，论诗尤重章法、句法与字法，[①]尝说"凡学诗之法"，"一曰创意"，"二曰造言"，"三曰选字"，"四曰隶事"，"五曰文法"，"六曰章法"，指出"所谓章法，大约亦不过虚实顺逆、开合大小、宾主人我情景，与古文之法相似"，"章法有见于起处，有见于中间，有见于末收"，认为"齐梁以下，有句无章"，"欧、苏、黄、王，章法尤显"（卷一）。方氏对黄庭坚诗之章法的论述，多在对具体作品的评点

---

① 按汪绍楹《〈昭昧詹言〉校点后记》列出题法、章法及字法三种类型凡六十馀种，敏泽《中国文学理论批评史》所列该书之技法则多达八十馀种。

中体现出来。如评《谢黄从善司业寄惠山泉》诗说："叙、写、议虽短章而完足,转折抵一大篇。凡四层,章法好,短章之式。"(卷十二)按,此诗七律凡八句,却尺幅之内兴波澜,且叙述、描写、议论多种手法齐头并进,因而十分符合方氏眼中"章法"的标准。而《书磨崖碑后》与《以团茶洮州绿石砚赠无咎文潜》两诗,前者仅被方氏评为"稍有章法",而后者则被批评为"后二段章法,毕竟拙笨"(均见卷十二)。方东树有时还详细分析黄庭坚诗章法中的起承转合与格局布置,如评《戏呈孔毅父》云:"起雄整,接跌宕,俱入妙,收远韵。凡四层。"评《题落星寺》云:"全抚杜。胂妙,乃非枯寂。起二句叙,三四句写。五六句换笔。收承五六,有不尽之妙。笔势往复展拓,顿挫起落。"(均见卷十二)字里行间表现出了方氏对以上二诗起、接(换笔)、收的高度肯定。方氏对诗的起承转合自有一套标准,如"起法"应以"突奇"为上,"叙起"最多也最平顺。他说"起法以突奇先写为上乘","其次则队(对)仗起,其次乃叙起。叙起居十之九,最多亦最为平顺","若平直起,老实叙,此为凡才,杜、韩、李、苏、黄诸大家所必无也"(卷十一)。又说"山谷之妙,起无端,接无端,大笔如椽,转折如龙虎,扫弃一切,独提精要之语。每每承接处,中亘万里,不相联属,非寻常意计所及。此小家何由知之,亦无此力,故作家不易得也。奇思,奇句,奇气"(卷十二)。可见他对黄庭坚诗章法之起接无端、出人意表总体上还是十分满意的。

　　与章法相联系的便是句法,章法是诗歌的整体布局,而句法则是诗中局部的修葺。方东树对黄庭坚诗之句法研习颇深,推崇之极,说:"大抵山谷所能,在句法上远:凡起一句,不知其所从何来,断非寻常人胸臆中所有。寻常人胸臆口吻中当作尔语者,山谷则所不必然也。此寻常俗人,所以凡近媚故,庸人皆能,不羞雷同。如山谷,方能脱除凡近,每篇之中,每句逆接,无一是恒人意料所及,句句远来。"又说:"入思深,造句奇崛,笔势健,足以药熟滑,山谷之长也。"(均见卷十二)从上可见,与推崇黄庭坚诗章法奇妙一样,方氏对黄庭坚诗句法之求新求奇,不蹈袭他人的做法高度肯定。方东树这种崇尚奇句的诗学观在对黄庭坚具体诗歌评点中经常出现,如评《王充道送水仙花欣然会心为之作咏》曰:"起四句奇思奇句,'山礬'句奇句,'坐对'句用杜,收句空,犹老。"(卷十二)方氏还能分析黄诗中的某些特殊句法,如评《谢送碾赐壑源拣芽》云:"起二句衬,三句入,借衬,五六句衬,'桥山'句衬,'右丞'句入正。"(卷十二)又评《和高仲本喜相见》云:"次句点题,却以首句跌衬起,唐人多此法。"(卷二十)对二诗衬句的分析可谓细致入微。正是基于黄庭坚这种精湛的句法,方东树在对黄庭坚与唐宋其他诸名家的比较时,多肯定黄诗在句法上所用之功,并将其视为句法精湛,可供效仿之榜样,"英笔奇气,杰句高境,自成一家,则韩、黄其导师也"(卷十)。又说"学诗从山谷入,则造句深而不袭;从欧、王入,则用意深而不袭,章法明辨"(卷十一)。

五、《昭昧詹言》论黄庭坚诗的艺术失误

黄庭坚在宋代诗人中最具代表性与独创性,他的诗风与中国传统诗歌,尤其是唐诗的风格差异最大。黄庭坚这种求新求变的做法成就了他的一代诗名,但也不可避免的带来了一些艺术失误,因而受到了包括方东树在内的后代诗评家的批评,甚至强烈指责。如对黄庭坚诗用典的批评,历来皆有,方氏虽然有时认为"黄诗秘密,在隶事下字之妙"(卷十),但较多的时候批评也不留情面,"山谷隶事间,不免有强拉硬入,按之本处语势文理,否隔无情,非但语不安,亦使文气与意磊嶝不合。盖山谷但解取生避熟与人远,故宁不工不谐而不顾,致此大病"(卷八)。这段明确地道出了黄庭坚诗用典"强拉硬入",致使诗歌的文气、语意与所用之典极不吻合。方

氏论诗首重"用意"，要求诗人"陈义高深，意脉明白"(卷一)。故对黄庭坚诗过于雕饰句法、字法而不讲求立意与造境亦多微辞。该书卷十一在称扬杜、韩、李、苏四家诗"能开人思界，开人法，助人才气兴会，长人笔力"，称扬欧、王两家"能开人法律章法"后，则曰："山谷则止可学其句法奇创，全不由人，凡一切庸常境句，洗脱净尽，此可为法；至其用意则浅近，无深远富润之境，久之令人才思短缩，不可多读，不可久学。"又曰："山谷死力造句，专在句上弄远；成篇之后，意境皆不甚远。"(卷十二)

《昭昧詹言》卷十二所评黄庭坚《送范德孺知庆州》等七古诗46首，悉出自王士禛《古诗选》卷十，编次亦同，惟《和答子瞻》、《次韵子瞻咏好头赤图》、《送刘季展从军雁门》、《次韵李任道晚饮锁江亭》、《次韵答和甫卢泉水》、《次韵晁补之廖正一赠答诗》、《简履中南玉》及《听崇德君鼓琴》八诗未予选评。方氏对所选评的黄庭坚诗时有不满，如批评《送范德孺知庆州》"自是老笔，而乏妙处"，评《次韵钱穆父松扇》"未佳"，评《次韵王炳之惠玉板纸》"此诗意甚平，无奇"，评《奉送周元翁锁吉州司厅赴礼部试》"无佳处"，评《雕陂》"无妙处"，评《戏咏子舟画两鹣鹆》"无味"，评《次韵无咎阎子常携琴入村》"似六一，二首皆薄"等等，不胜枚举。方氏对黄庭坚诗中个别诗句也时有微辞，如评《次韵子瞻题郭熙画山》诗"熙今头白有眼力，尚能弄笔映窗光。画取江南好风日，慰此将老镜中发"四句"枯寂"，评《听宋宗儒摘阮歌》诗云"三四赘语，不紧健。'落魄'句无味，掷。'手挥'一段写，未妙，太漫"，评《戏赠彦深》诗云"'君不见'以下，终是粗硬寡味，学杜之过"。方东树认为"凡结句都要不从人间来，乃为匪夷所思，奇险不测"，"不然，人人胸中所可有，手笔所可到，是为凡近"(卷十　)，因而他对黄庭坚诗某些结句语意平淡，缺乏言尽旨远的韵味多提出批评，如评《元明题哥罗驿竹枝词》云："结句衍，意竭无妙。"评《道中寄景珍兼简庾元镇》云："结

句亦不甚醒。"评《武昌松风阁》云:"收无远意。"评《和答梅子明王
扬休点密云龙》云:"收二句意太小。"(以上均见卷十二)

　　方东树虽对黄庭坚的七律推崇备至,尝说"七律宜先从王、李、
义山、山谷入门,字字着力"(卷十四)。然他要求"七律之妙在讲章
法与句法",故在评点黄庭坚七律诗的过程中,对其个别七律章法
缺少变化,常落俗套也多有不满。如评《郭明府作西斋于颍尾请予
赋诗》说"起原题,三四作斋,五六还题,收入自己,然余嫌其习气空
套",评《答龙门潘秀才见寄》说"收出场,然余嫌多成空套。山谷最
有此病,不足为法"(均见卷二十)。凡此之类,皆能切中肯綮,不留
私情。唯其如此,方东树特别提醒学黄庭坚诗者,当避免"成套",
以为"专学之,恐流入空滑,须慎之"。①

----

① 参方东树《寄黄几复》评语,《昭昧詹言》卷二十,人民文学出版社 1984 年。

陈与义咏雨诗初探

——兼与杜甫咏雨诗比较

陈与义(1090—1138)现今留下的 620 多首诗中,以雨题名,诸如《春雨》、《夏雨》、《秋雨》、《夜雨》、《风雨》、《连雨》、《雷雨》、《暴雨》、《积雨》、《遇雨》、《观雨》、《细雨》、《喜雨》、《雨中》、《雨晴》之类,有 29 首,其中单题《雨》的诗即有 7 首,其他虽未以"雨"题名,但诗中涉及雨或以雨为背景的诗有 30 多首,总体来看,陈与义涉雨诗约有 60 多首,占到其诗作的十分之一。这些咏雨诗,有对春雨、夏雨、秋雨的描摹,有对雨中山峰、海棠及芭蕉等的刻画,饱含诗人连绵秋雨的愁怨,雨后初霁的喜悦。这些咏雨诗有许多成为众口传诵之作,受到历代选评家的青睐与好评,方回《瀛奎律髓》卷十七晴雨类中收诗 135 首,其中选录陈与义涉"雨"的五七言律诗多达 26 首,超过选录杜甫的咏雨诗 24 首,其选录涉雨诗的数量为唐宋诗人之冠。非唯如此,陈与义还留下了不少传诵一时的咏雨佳句,如其"开门知有雨,老树半身湿"(《休日早起》)二句,曾自诩为"平生得意句"[1],并书扇赠给学诗于他的龚相;"疏疏一帘雨,淡

---

① 吴书荫、金德厚点校:《陈与义集》卷十二,第 183 页,中华书局 1982 年。下引陈与义诗仅标诗题。

淡满枝花"(《试院书怀》)一联,胡仔评为"平淡有工";①而"客子光阴诗卷里,杏花消息雨声中"(《怀天经智老因访之》)二句,甚至得到南宋高宗的赏识,②明代瞿佑《归田诗话》卷中"杏花二联"条,将其与陆游的"小楼一夜听春雨,深巷明朝卖杏花"两句相提并论。③因此,本文拟结合作者的人生经历,从文本解读的角度出发,探讨陈与义咏雨诗的写作特点及蕴含其中的雨情雨思。

一、雨貌与雨景的描摹

陈与义的咏雨诗极多,有学者说他有雨就有诗,④未免夸张了些,但雨能催发诗人的诗情与诗兴却是事实。他常常一场雨能写好几首诗,真是雨不停,兴不断。把雨作为审美观照对象,自然有视觉与听觉两个方面,陈与义这两个方面都有涉及,写听雨的,如"雨打船篷声百般"(《雨中》),写雨点打在船篷上的种种声音;"梦到龙门听涧水,觉来檐溜正潺潺"(《正月十二日至邵州十三日夜暴雨滂沱》),写暴雨之后屋檐水流的潺潺之声如同龙门的涧水流动之声。听觉的雨毕竟是有限的,视觉的雨更有多姿的风采。诗人善于用双眼来捕捉雨姿山态的动态之美,因而静坐观雨成了诗人的一种人生方式与生活乐趣。如《观雨》诗写大雨正下时的情景:"前江后岭通云气,万壑千林送雨声。海压竹枝低复举,风吹山角晦还明。"这一场雨下得是如此之大,雨声响彻了万水千山,远处的山林中一片云雾缭绕,水气蒸腾,近处的竹枝被密

① 胡仔:《苕溪渔隐丛话·前集》卷五十三,第361页,人民文学出版社1981年。
② 朱熹:《朱子语类》卷一百四十,第3330页,中华书局1986年。
③ 丁福保辑:《历代诗话续编》,下册,第1260页,中华书局1997年。
④ 赵齐平:《宋诗臆说》,第285页,北京大学出版社1993年。

集的雨点压迫得忽高忽低,如海潮澎湃。这首诗不仅描摹出了雨声、雨势,还勾画出了雨中的山姿水态。另一首《浴室观雨以催诗走群龙为韵得走字》写了一场急雨来去匆忙的过程,雨势来得很快,刚起了微云,一瞬间便化为"万银竹",雨点既快又猛,"摧击竟自碎,映空白烟走",但来得快去得也快,"馀飙送未了,日色在井口"。雨点还在,远处还有隆隆雷声,太阳已经映在井口了。

这些是正面写雨的,包括雨声与雨姿。诗人喜欢雨,甚至下雨之时不惜打开窗户,正襟危坐来观雨,但大自然中的雨,它的声形毕竟是有限的,像阳光和白雪一样,只有在万物的陪衬之下,它才显示出多姿的风采。因此诗人笔下更多地呈现出雨中峰峦、雨中花草以及雨后的山姿水态,即写雨的周边环境,形成复合意象。如下雨前后的山峦:"云起谷全暗,雨时山复明"(《雨》),忽明忽暗;雨后的山峰:"雨馀吴岫立,日照海门开"(《渡江》),显得更加挺拔耸立。雨中的山峰多姿多彩,雨中的花草更是姿态非凡,相关描写俯拾皆是,其爱雨之心在这些诗句中展露无遗。关于雨中海棠,诗人就于《海棠》、《春寒》、《雨中对酒庭下海棠经雨不谢》、《窦园醉中》(其二、其三)等诗多次写到,还有雨后的酴醾花(《酴醾》)、雨中月桂(《雨中观秉仲家月桂》)、雨中芍药(《黄修职雨中送芍药五枝》)、夜雨芭蕉(《寄大光二绝句》)等等,这些意象群都曾在诗人笔底得到栩栩如生的呈现。雨露滋润禾苗壮,经历雨水的浇灌、洗礼,生命力旺盛的花草会更为娇艳,姿态更为楚楚可怜,诗人对此寄予了无限的同情和怜爱。他不仅以审美的眼光努力捕捉它们的美,而且还以诗人的才情及时、准确地表现、传达它们的美。作者以拟人的手法,赋予花草以生命,仿佛它们在向诗人召唤,而诗人也积极地响应这种召唤,有时甚至为写不出好诗而自我责备:"何可无我吟,三叫恨诗恶"(《海棠》)、"燕子不禁连夜雨,海棠犹待老夫诗"

（《雨中对酒庭下海棠经雨不谢》）。正如诗人陆游"细雨骑驴"以觅诗，杨万里在《瓦店雨作》中感叹"诗人长怨没诗材，天遣斜风细雨来"一样，真可谓是风雨助诗兴，雨成了陈与义诗的催化剂和天然质料。

　　陈与义擅长写雨中之景，正好契合了中国艺术崇尚空灵之美的观念。宗白华在《论文艺的空灵与充实》中说："风风雨雨也是造成间隔的好条件，一片烟水迷离的景象是诗境，是画意。"①陈与义深谙此道，他这些关于雨貌雨景的描摹，体现了两种不同的美感特质。第一，体现了雨中景物凄艳的美。如雨中的海棠、月桂、芍药等。正如风雨之下，世间万物都是另一种神采，在诗人的笔下幻化为各种姿态。对于多愁而善感的陈与义，他眼中的雨下花草便产生了一种凄艳而迷离的色彩。这在他的海棠诗中体现最为明显，诗人不仅写了多首海棠诗，而且还多次强调风雨中海棠的艳丽姿色，如"东风吹不断，日暮胭脂薄"（《海棠》）、"海棠不惜胭脂色，独立蒙蒙细雨中"（《春寒》）；着力表现雨中海棠的顽强生命力，如"海棠脉脉要诗催，日暮紫绵无数开。欲识此花奇绝处，明朝有雨试重来"（《窦园醉中前后五绝句》其二）、"燕子不禁连夜雨，海棠犹待老夫诗"（《雨中对酒庭下海棠经雨不谢》），其中"海棠不惜胭脂色，独立蒙蒙细雨中"一联成了海棠诗中最具代表性的海棠形象。这里的海棠已被拟人化，赋予人的情感，仿佛在与雨作对抗。海棠被雨摧残、浸润，但它毫不顾惜，依然挺立于雨中，绽放其最艳丽的色彩，等待知音与赏花人的到来，这即是凄美的海棠。雨中的海棠这样，雨中的芍药亦复如此："煌煌五仙子，并拥翠蕤来。胭脂洗尽不自惜，为雨归来更无力。"（《黄修职雨中送芍药五枝》）芍药如仙子般的花朵，虽然为雨所侵蚀，胭脂洗尽，有无力之态，却依然不自怜

---

　　① 宗白华：《美学散步》，第 21 页，上海人民出版社 1981 年。

惜,无怨无悔。

第二,体现了雨后景物清新的美。诗人对雨的喜爱,很多时候是由于雨有濯洗风尘的特点。连日不雨,一切花草树木都沾上了厚厚的灰尘,善感的诗人心灵仿佛也蒙上了一层灰尘,因此诗人渴望雨的濯洗世尘,盼望呼吸雨后清新的空气。陈与义的写雨诗,这一方面体现得极为明显。如雨后的山峰"雨馀山欲近,春半水争流"(《晚步》),"雨馀吴岫立,日照海门开"(《渡江》);雨后的草木"叠云带余愤,远树增新绿"(《秋雨喜霁》),"西园芳气雨馀新,唤起亭中人定人"(《再赋》)。雨后的山峰更为挺拔耸立,雨后的草木更为青翠蓊郁。诗人深深地沉浸在如此清新的美景当中,呼吸如许新鲜空气,心情格外畅快。

陈与义的咏雨诗在艺术手法上也极为独特,往往体现出遗貌取神,将自然人化的特点,表现出浓郁而强烈的有我之境。如写雨后初晴的情景,"墙头语鹊衣犹湿,楼外残雷气未平"(《雨晴》),"积雨得一晴,开窗送吾目"(《积雨喜霁》);写出门遇雨,"出门知有雨,老树半身湿"(《休日早起》),都将自然气候、动植物视作有感情有思想的人。雨后的残雷、未散的叠云仿佛都还有馀气未消,而墙头的喜鹊虽然羽毛依然湿淋淋,却已经在为雨过天晴欢呼了,而夜雨过后,门外千年老树浸透在雨水中,仿佛是一个被雨淋湿了的老者挺立在那里。陈与义的雨中海棠诗最能体现诗人的这一写雨特点,也由此奠定了他在海棠诗史上的地位。杜甫那句"林花着雨燕脂湿"(《曲江对雨》)成为后世咏花诗词模仿的对象,宋代王雱点化而成"海棠着雨胭脂透"(《倦寻芳》词),苏轼的《海棠》诗"东风袅袅泛崇光,香雾空濛月转廊"写雾中海棠,各有特点,美则美矣,然终不如陈与义的雨中海棠写得有灵性,没有像陈与义那样把海棠人化,赋予人的情感。

二、雨情与雨思的展露

　　陈与义对雨景与雨貌的描摹是受自然美召唤的结果。诗人沉醉于这种美景当中，有时甚至忘记了尘世的烦恼，但沉醉毕竟是暂时的。作为生活于南北宋之交社会剧烈动荡环境当中的诗人，作为一名具有社会责任感和历史担当的诗人，陈与义的人生难免会遭受重大的挫折，其创作难免会受到一定的影响。陈与义的咏雨诗常常包含着深沉的国恨身愁，这种国恨身愁在他的前后期作品中又表现出很大的不同。如果以习惯的划分标准，陈与义的诗歌即以南渡为界分为前后两期，那么陈与义前期的作品多表现的是自己仕途不畅的抑郁以及客居他乡的羁旅情怀。这在其很多写雨诗中都体现出来。如《雨》诗写道："一凉恩到骨，四壁事多违。"宋末刘辰翁在评点此句时即看出"一凉恩到骨"句为"反语"①；另一首《雨》诗也写道："衮衮繁华地，西风吹客衣。"也写出了京华之大，无处容身的抑郁之愁。其客居异乡之愁在其雨诗中表现更为明显。风雨助诗兴，在陈与义那里，很多时候就是风雨生愁，作为流落他乡的诗人来说，就是雨中之客愁，正如汪元量所言："乡愁渐生灯影外，客愁多在雨声中。"（《邳州》）②陈与义24岁便中进士，之后直到南渡之前，他都远离家乡，一直辗转于各地为官，虽然也曾因《墨梅》诗受到徽宗赏识，但官职却一直未有大的升迁。作为少年时期便在写诗上崭露头角的诗人来说，他不遇于时的苦闷便是情理之中的事。他的写雨诗中频繁出现"客"、"客子"等字眼，如"龙公无乃倦，客子不胜愁"（《连雨赋书事四首》其一），因为绵绵不

---

① 陈与义著，刘辰翁评点：《须溪先生评点简斋诗集》卷六，《四库全书》本。
② 胡才甫校注：《汪元量集校》，第50页，浙江古籍出版社1999年。

断的雨更使诗人增加了客愁;"客子无定力,梦中波撼城"(《风雨》),即道出了诗人客愁的原因,是心无定力,离开家乡心灵没有了归宿感。当然前期的写雨诗除了写愁之外,也有写诗人极力排遣这种忧愁,寻求悠闲之心境。如《窦园醉中前后五绝句》写到雨后春寒,杨柳飞花,莺声婉转,诗人从此"客子从今无可恨",于是一腔闲情都投注到海棠、碧桃、春风、春雨之中,排愁去恨,饮酒赋诗。另一首《雨晴》则是写雨过天晴之后诗人的欣喜之情。在前期的诗歌作品当中,除了《连雨书事四首》其四"云移过吴越,应为洗馀腥"透露出点时事之外,其大多数写雨诗表现的是一己之愁,特别是客居羁旅之愁。

　　陈与义后期的诗歌创作中写雨诗所表现的情怀却有极大的不同,虽然仍有沉醉于雨姿山态的悠闲情怀,如"贪看雨歇前峰变,不觉蓺时已十分"(《题水西周三十三壁二首》其二)、"儿童笑老子,衣湿不知还"(《雨》),诗人之沉醉于雨景当中,丝毫不减当年。但是随着社会的动荡,诗人的流离失所,转徙于湖湘之间长达五年,后又辗转到达行在所临安,步履穿越了从北到南的大半个中国。其流离逃窜之苦,故国沦落之悲都毫无掩藏地体现出来,所以在其后期的咏雨诗中就体现出了更深的国恨家仇,更有无法磨灭的客居羁旅之苦。可能正如诗人所说的那样,"客思雨中深",在淅淅沥沥的南国雨声中,诗人"身在异乡为异客"之愁自然无法排遣,于是诗中的意象也由前期的"客"、"客子"一变为"东西南北客",较之前期的客子,这种东西南北漂泊不定的客居之愁更为浓郁,所以即便是看到异乡美景,却依然是"五湖七泽经行遍,终忆吾乡八节滩"(《雨中》)、"寒食清明惊客意,暖日迟风醉梨花"(《清明》)。这种客居之愁又是金兵入侵中原,朝廷无法抵御的社会现实造成的,所以一身之愁又不得不与一国之忧联系起来。战事的胜利与否,朝廷的战和政策都牵动着诗人的心。他渴望恢复中原,回归故土,因此面对

"前江后岭通云气,万壑千林送雨声。海压竹枝低复举,风吹山角
晦还明"的壮观雨势时,他有种胸中郁闷得以宣泄的痛快感,因此
也"不嫌屋漏无干处,正要群龙洗甲兵"(均见《观雨》),表现了赶走
金兵,恢复中原的强烈愿望。战事总是节节败退,朝廷已南迁到江
浙,但还是不得稳定。诗人此时只有"灭胡猛士今安在,非复当年
单父台"(《雨中再赋海山楼诗》)、"惜无陶谢手,尽力破忧端"
(《雨》)的感慨了。诗人在动荡的岁月中逐渐地衰老,这种无能为
力的悲哀也日见沉重。

三、写实与写意的差异及成因

　　由于诗人独特的个性气质与审美追求,兼之他对自然界雨的
诗性美的偏爱,陈与义的咏雨诗形成了极其独特的艺术风格。这
在与杜甫咏雨诗的比较中可以更明显地表现出来。陈与义的学杜
早已有学者点出,钱锺书说他"前期的作品,古体诗受了黄、陈的影
响,近体诗往往要从黄、陈的风格过渡到杜甫的风格"。又说靖康
之乱后,包括陈与义在内的诗人"要抒写家国之痛,就常常自然而
然效法杜甫这类苍凉悲壮的作品"。[1] 他自己也于诗中一再称引
杜甫,尤其是流落期间,与杜甫有了相似的人生经历,更对杜诗产
生了共鸣,故有相知恨晚之意。"但恨平生意,轻了少陵诗。"(《正
月十二月自房州城遇虏至》)其实他一生中都十分关注杜诗,从逃
难开始,就在《发商水道中》声称:"草草檀公策,茫茫杜老诗。"他学
杜不仅是在体裁、风格上学习杜甫,而且在题材上也步武其后,如
写雨的诗,就对杜甫心追手摹。据初步统计,杜甫诗集中以雨题名
的诗有 50 首,而涉雨诗有 200 多首,是唐代喜雨、写雨的典型诗

―――――――
① 《宋诗选注》,第 212 页,人民文学出版社 2008 年。

人。陈与义不断化用杜甫的诗句,在炼字造句上达到了出神入化的效果。如《夜雨》诗中,其"经岁柴门百事乖,此身只合卧苍苔",点化杜甫《漫兴》"呼儿日出掩柴门"、《惜游》"携子卧苍苔"句。"棋局可观浮世理",点化杜甫《秋兴八首》其四"闻道长安似弈棋,百年世事不胜悲"二句。"灯花应为好诗开"点化杜甫《独酌》"灯花何大喜,酒醁正相亲。醉里从为客,诗成觉有神"四句。不仅如此,对于诗人感受极深的诗句,如杜甫《曲江对雨》中"林花着雨燕脂湿"这一句,陈与义就反复化用,分别成为"东风吹不断,日暮胭脂薄"(《海棠》)、"胭脂洗尽不自惜,为雨归来更无力"(《黄修职雨中送芍药五枝》)、"海棠不惜胭脂色,独立蒙蒙细雨中"(《春寒》),特别是"海棠"一联,颇能遗貌取神、赋予海棠以人的面貌与心理,成为宋诗中咏物的绝妙佳句。

　　我们若将二者的咏雨诗略作比较,却发现它们有诸多不同:一是两人所关注的雨的性质不同。杜甫咏雨诗中多关注的是雨与农业生产和国家战事的关系,如久旱之雨,"西蜀冬不雪,春农尚嗷嗷"(《大雨》),"春旱天地昏,日色赤如血。农事都已休,兵戈况骚屑"(《喜雨》);而陈与义咏雨诗中关注更多的是雨诗性的美。他曾说:"山客龙钟不解耕,开轩危坐看阴晴。"(《观雨》)他不解农耕,也无暇顾及雨与农业生产的关系,而那"霏霏三日雨,蔼蔼一园青"(《雨》)的壮观景象却有着无穷的魅力。二是两人对雨的喜恶态度不同。因为所关注雨的性质不同,对雨的喜恶也就有了差异。杜甫由于关注的是雨与农业生产和国家战事的关系,因此对久旱之雨常表现出喜爱和赞美,而对《秋雨叹三首》中"雨中百草秋烂死","阑风长雨秋纷纷,四海八荒同一云","雨声飕飕催早寒,胡雁翅湿高飞难"等所描写的那种不仅残害庄稼,而且侵害花草与胡雁的淫雨即表现出极大的厌恶;而陈与义则不同,他所关注的是雨诗性的美,是以超脱世俗的诗性眼光来关注雨,故对雨更多的是喜爱、迷恋。雨在他的审美视野中与花、雪等自然物象一样受人青睐。三是两人所表达的雨情雨思有差异。雨让诗人杜甫产生的多是对民生的忧虑,对社稷的关心;而诗人陈与义由雨所产生的多是客旅之愁、闲适之态以及爱美之心。陈与义也不无社稷之忧,但这种忧虑却只是在雨的背景下产生的,并非对雨本身的忧愁,相反他喜欢自然界的雨,因此这种忧虑与杜甫诗歌中社稷民生之忧有较大的差异。总的说来,杜甫笔下的雨更多的是写实,陈与义笔下的雨更多的是写意。

陈与义与杜甫咏雨诗的差异与两人的人生经历、个性气质的不同有密切的关系。陈与义的表侄兼学生张嵲在《陈公资政墓志铭》载其学行说:"公资卓伟,自为儿童时,已能作文辞,致名誉,流辈敛衽,莫敢与抗矣。""始,公为学官,居馆下,辞章一出,名动京师,诸贵要人争客之。"①可见他从小在诗文写作上就锋芒毕露,在当时文坛名动一时。因作者与墓主的特殊关系,这篇墓志在陈与义生平研究中非常重要,元代的《宋史·陈与义传》主要是参考这篇墓志而写成。对于这样一位出生显贵的诗人,虽然也有流徙湖湘的经历,但却不至于像杜甫那样长期漂泊流离,生活无所着落。他一生多为学官,晚年官至参知政事,但政绩不显,尝自言:"风流丘壑真吾事,筹策庙堂非所致。"(《山中》)表现出对现实政治的疏离,对山水林泉之乐的向往。唯其如此,陈与义的心思更多的投注于山姿水态。反过来说,大自然不时地向他发出召唤,向他展示出无穷的魅力,如"燕子不禁连夜雨,海棠犹待老夫诗"(《雨中对酒庭下海棠经雨不谢》)、"洒面风吹作飞雨,老夫诗到此间成"(《罗江二绝》之一)、"尽取微凉供稳睡,急搜奇句报新晴"(《雨晴》)、"何可无我吟,三叫恨诗恶"。(《海棠》)可见诗人也正积极地响应大自然的

---

① 吴书荫、金德厚点校:《陈与义集》(附录),第541—542页,中华书局1982年。

召唤，并由此创作出诸多语淡情浓、言近旨远的咏雨之作。

　　再者，陈与义生性较为内向，早年还过着离群索居的生活。《墓志铭》说他"清慎靖一，与人语，唯恐伤之；遇有可否，必微示端倪，终不正言极议。然容状俨恪，不妄笑言"。① 说明诗人个性中有忧郁、孤僻的一面。这也注定了陈与义诗歌中多写的不是风和日丽，而是烟雨朦胧，是雨中的花卉，雨后的山川。陈与义正是因为找到雨这种最适宜于其个性气质的题材，从雨这一独特视觉表达其心绪，从而形成了自己诗歌创作的风格，成就了自己诗歌创作的成就，受到了历代读者与评论家的青睐。可以这样说，陈与义的咏雨诗是其全部诗歌中具有独特写作特征的一个品类，在宋代咏雨诗中也独具特色，占一席之地。它的大量出现丰富了宋代诗歌的题材内容，共同参与了建构宋诗崇尚平淡自然的审美风尚。

----

① 吴书荫、金德厚点校：《陈与义集》(附录)，第542页，中华书局1982年。

杨万里花卉诗的审美追求与生成契机

　　杨万里一生与花卉结下了不解之缘。他以独特的观察视角和超强的感悟能力,创作了大量花卉诗,为我们构筑了一个绚丽多彩的自然花卉世界。根据《全宋诗》电子版检索,杨万里共有 1 186 首诗中出现"花"字 1405 次,①占《全宋诗》45905 次的百分之三。其中以花卉为题的诗多达 370 馀首。诗人或描花形、或传花神、或抒情、或言志,从多个角度赋予花卉丰富的社会属性与人文意义。我们可以毫不夸张地说,无论从花卉诗写作的频率,还是作品艺术呈现的精度,杨万里均堪称两宋诗人之冠。本文拟从审美追求与生成契机两个维度展开,通过分析杨万里花卉诗的创作特征来探讨他的审美追求,通过考论其游园赏花、造园栽花等文化实践活动,追溯中国花卉诗词传统,呈现两宋花卉文化与文学盛况,并挖掘其花卉诗的生成契机,以为学界进一步研究之参考。

一

　　杨万里以其丰富的花卉诗充分展示出了各种花卉多样的自

---

　　① 另有《木犀花赋》、《梅花赋》两篇,见《杨万里集笺校》,第 2267、2283 页,中华书局 2007 年。

然属性,对花卉色、香、姿的描绘与呈现更是细腻入微、历历在目。但是,杨万里花卉诗的意义远非如此,他不仅仅将花卉诗写作视作一种文学活动,还在这个自然花卉世界中,融合了自己"活法"为诗,追求生动灵巧的诗学主张,融进了自己独特的审美追求。

1. 追求物我一体的精神境界

杨万里性喜山水,多与自然接触,尤嗜赏花、栽花,游园、造园,这促成了他善于将包括花卉在内的自然景物摄入笔端的写作特点。他说"城里哦诗枉断髭,山中物物是诗题"(《寒食雨中同舍人约游天竺,得十六绝句呈陆务观》其九),①又说"不是风烟好,何缘句子新"(《过池阳舟中望九华山》)。友人姜夔也调侃他"年年花月无闲日,处处山川怕见君"。② 综观杨万里的花卉诗,我们不难看出,诗人没有类似于照相式的对花卉进行简单复制,而是超越了花卉的物质属性,融进了自己的心性与情感,赋予它以人文属性与社会属性,以花作伴、与花为友,思考花卉与人生、与生活的密切关系,获得物我一体的精神享受。

在花卉诗歌中,他追求花卉形象与诗歌艺术意境的融合,追求各种花卉与个体性灵的融合,追求雅味与俗趣的统一,通过花卉自然属性的描绘和人文内涵的传达,彰显其超然脱俗的人格精神。基于这样的创作理由与心理需求,诗人见到梅花,称兄道弟,径呼之为"梅兄",其《烛下和雪折梅》曰:"梅兄冲雪来相见,雪片满须仍满面。一生梅瘦今却肥,是雪是梅浑不辨。唤来灯下细看渠,不知

---

① 杨万里撰,辛更儒笺校:《杨万里集笺校》,第 1008 页,中华书局 2007 年。下引杨万里诗、文同此,仅标题目。

② 《送〈朝天续集〉归诚斋时在金陵》,见《全宋诗》卷二千七百二十四,第 32036 页,北京大学出版社 1998 年。

真个有雪无。只见玉颜流汗珠,汗珠满面滴到须。""梅兄"一词①,
七见于《诚斋集》,让我们不仅看到诗人对梅花的热爱之情,而且还
体会出诗人与梅花之间兄弟朋友般的亲密感情。在他的笔下,梅
花居然像朋友一样冒雪赶来会晤。诗人把梅比作一个有漂亮胡须
的美男子,雪花挂满面颊、胡须,以致昔日瘦削的身躯显得有些肥
胖,又将梅花融雪比作朋友汗流如珠,滴到胡须,真是活灵活现,愈
显情真意切。他写杨花,"杨花知得人孤寂,故故飞来入竹窗"(《题
青山市汪家店》),杨花理解诗人寂寞的心情,经常飞进窗中探望。
他写细草,"细草摇头忽报侬,披襟拦得一西风"(《暮热游荷池上五
首》其三),细草知道诗人夏天闷热难解,随风摇摆,以示通风报信。
为了将花卉写活,赋予它人的情感,杨万里不惜调遣多种修辞手
法,常发人所未发。"司花手法我能知,说破当知未大奇。乱剪素
罗装一树,略将数朵蘸胭支"(《栟榉江滨芙蓉一株发红白二色二
首》其二),诗人将盛开于江边的双色木芙蓉比作一位花枝招展的
绝色美女,她披着一身白纱,又涂抹数点胭脂,楚楚动人。诗人将
满树的白色芙蓉花比作"素罗",而间杂的红色芙蓉则是因为蘸了
胭脂的缘故,看似在装聪明,其实想象新颖奇特。又如《戏笔二首》
其一曰:"野菊荒苔各铸钱,金黄铜绿两争妍。天公支予穷书客,只
买清愁不买田。"郊野金黄的菊花、遍地的青苔,一"金"一"绿",被
诗人比作金钱和铜钱。可在诗人眼里,它们好像是上天安排的特
殊之物,只能触发自己的愁怨而无法带来富贵,幽默中带着几丝苦
涩。张载在《西铭》中提出"民吾同胞,物吾与也",②意即人与万物

---

① 按:另六首诗是《昌英知县叔作岁,赋瓶里梅花,时坐上九人七首》其三、《和张
功父梅花十绝句》其七、《郡治燕堂庭中梅花》、《三花斛三首》其二、《过京口以南,见竹
林》、《寄题袁机仲侍郎殿撰建溪北山四景》其二。

② 张载《正蒙·乾称》,《张载集》,第 62 页,中华书局 1978 年。

本原相同,气脉相连,故所有的人都是我的同胞,一切有生命的无生命的物体都是我的朋友,人与人、人与物的关系应该如同兄弟朋友。杨万里为南宋理学名家,著有《诚斋易传》、《心学论》、《庸言》等,故对张载这一哲学命题感受颇深,并诗化于自己的大量花卉描写与咏叹之中。花卉是自然界最常见的生命体,它们生长、开花、结果、死亡的本性与人异质同构,都是天地孕育出来的,都与天地同呼吸、共命运。唯其如此,杨万里自觉或不自觉地将花卉引为同类,追求物我一体的精神境界。

2.　向往绝假纯真的童心童趣

杨万里的花卉诗歌既重意,复尚趣,他的创作善于捕捉日常生活中鲜活的形象,并以生动活泼的语言表达出来。细读杨万里的花卉诗,会发现其中跳动着一颗天真纯朴的童心,充满了无限活泼的童趣。在他眼里,儿童的世界是多姿多彩、无忧无虑的。"梅子留酸软齿牙,芭蕉分绿与窗纱。日长睡起无情思,闲看儿童捉柳花"(《闲居初夏午睡起》),诗人夏日睡起,百无聊赖之际,看到活泼可爱的儿童正在无忧无虑地"捉柳花",天真无邪的举动暂时消除了诗人的苦闷闲愁,激起了诗人对生活的热爱。"篱落疏疏一径深,树头花落未成阴。儿童急走追黄蝶,飞入菜花无处寻"(《宿新市徐公店》),对自然充满好奇的儿童见到翩翩起舞的黄蝶,就急急忙忙地追赶,结果黄蝶与颜色一样的菜花混在一起,难以寻觅,其顽皮好动的天性展现无遗。

诗人还常常以儿童的思维去观照自然花卉。在他眼里,蜂蝶可以作导游去替诗人做探花的先锋,"未委前头花好否?且令蜂蝶作前驱"(《寒食,相将诸子游翟园,得十诗》其六);在他眼里,雨打的杏花也会像人一样呈现喝醉模样,似乎要他夫扶,"雨里杏花如半醉,抬头不起索人扶"(《春寒》);在他眼里,荷花因为怕热而躲藏,"荷花入暮犹愁热,低面深藏碧伞中"(《暮热游荷池上五首》其三),诗人多像个天真的儿童,一切在他眼里都是那么有趣,对什么都是那么的感兴趣,又有着那么多的奇思妙想,碧绿的荷叶也成了荷花遮挡太阳的大伞。诗人还善于从儿童的视角去观察自然万物,"泉眼无声惜细流,树阴照水爱晴柔。小荷才露尖尖角,早有蜻蜓立上头"(《小池》),初生的小荷一般人还很难注意到,只有爱玩好动的小孩才会喜欢细微的事物。诗人用珍爱万物的心审视方露尖角的小荷,欣喜地看到蜻蜓早已立上尖角,正是儿童好奇心的体现。

从向往绝假纯真的童心童趣出发,诗人以能与子孙们筑园栽花、种草艺术为乐。淳熙十三年(1186)春,他在杭州为官时居住在蒲桥,曾做《幼圃》诗,序云:"蒲桥寓居,庭有刲方石而实以土者,小孙子艺花寘本其中,戏名'幼圃'。"其诗曰:"寓舍中庭劣半弓,燕泥为圃石为墉。瑞香萱草一两本,葱叶薤苗三四丛。稚子落成小金谷,蜗牛卜筑别珠宫。也思日涉随儿戏,一径惟看蚁得通。"诗人对孩子们筑园充满兴趣,描绘了一幅充满童趣的"劳作图":孙子们在庭中和泥垒石,筑园种花,忙得不亦乐乎。瑞香、萱草、葱叶、薤苗使得园内芳香满溢,生机蓬勃。更有趣的蜗牛也把这个小园当成了自己的别墅,每日在这里闲居,动静结合,相映成趣。诗人不仅写诗赞赏孩子们的艺术活动,自己也投身这种园林活动,向往每日随孩儿们围看蚂蚁爬过自己所筑小径的乐趣。后来的李贽著《童心说》,认为"夫童心者,真心也","夫童心者,绝假纯真,最初一念之本心也","失却童心,便失却真心,失却真心,便失却真人",提出"天下之至文,未有不出于童心焉者也",①杨万里在他的花卉诗中表现的正是李贽倡导的"童心"、"真心"、"一念之本心"。他爱花、赏花,如同儿童,完全没有考虑其功利性,也没有想到要私自占有,即使路边野花,如《野菊》、《野酴醾》、《野蔷薇》中写到的,同样

---

① 见李贽:《焚书·续焚书》,第 97—98 页,岳麓书社 1990 年。

美丽，如同诗人纯洁的内心。

　　3. 营造独具一格的花卉意象

　　意象是诗歌创作中的基本元素。按照现代文艺心理学的解释，意象是一种因物感于心而生出的包含人的情感、意念的感性形象，是主体对外物的一种知觉方式，是有一定意义的形象。陈植锷《诗歌意象论》一书，根据诗歌意象的内在意旨将其划分为泛称与特称两类。他说："所谓泛称意象，指诗歌中出现的物象的总名，如'花'、'鸟'、'山'、'水'；特称意象则为相应物象的专名，如'梅花'、'孔雀'、'泰山'、'涪江'。"①一般而言，一个艺术成熟的作家应该建构有属于自己独特的意象群。杨万里花卉诗中的意象与众不同的特点，在于诗人在其写作过程中多用特称意象，尤喜建构组合花卉意象，能够以小见大、以少总多。前代诗人笔下，咏花诗多用泛称意象，即直接用"花"来统称一切花卉，与之不同，杨万里的花卉作品中，大部分却是使用特称意象，从一般到特殊，细致到花卉的具体名称，其花卉意象虽具体细微而又能以小见大，善于发掘人人习见而又人所未言的美。也就是说，杨万里虽然重视具象的、个体的、经验的、形而下的物，但又能从个别到一般，表现花卉历史上长期以来积淀的共同属性。据《全宋诗》电子版再统计，杨万里花卉诗中，涉及花卉品种 44 类，按其出现频率，依次为梅花（147 次）、②荷花（含莲花、芙蕖、芙蓉）（75 次）、海棠（56 次）、牡丹（48 次）、桃花（47 次）、木犀（含桂花）（35 次）、杏花（30 次）、酴醿（26 次）、木芙蓉（含拒霜花）（24 首）、李花（23 次）、菊花（17 次）、芍药（17 次）、瑞香（17 次）、杨花（含柳花）（16 次）、水仙（15 次）、蔷薇（14 次）、桐花（10

----

①《诗歌意象论》，第 214 页，中国社会科学出版社 1992 年。

②　按：现代生物学认为，腊梅与梅花属于不同种类花卉，但在传统诗词中，作者一般都将其视作同类，故本人合并统计、分析。

次)、芦花(10 次)、蕙花(5 次)、含笑花(4 次)、紫薇花(4 次)、榴花(4
次)、金凤花(4 次)、柚花(4 次)、橘花(3 次)、山茶花(3 次)、牵牛花(3
次)、月季花(3 次)、碧桃(3 次)、兰花(3 次)、鸡冠花(3 次)、米囊花(2
次)、玫瑰(2 次)、金罂花(2 次)、栀子花(2 次)、葵叶(2 次)、山寒球花
(1 次)、山丹花(1 次)、报春花(1 次)、巴榄花(1 次)、樱桃花(1 次)、
红锦带花(1 次)、雁来红(1 次)、杜鹃花(1 次)①。宋人普遍爱梅,故
梅高居榜首;诗人有"接天莲叶无穷碧,映日荷花别样红"的名句,
故荷花次之。每一种花姿态万千,如他笔下的海棠花就有垂丝海
棠、秋日海棠、雨后海棠、半落海棠等,梅花则有山梅、瓶中梅、腊
梅、红梅等,牡丹有鞓红、魏紫、崇宁红、醉西施等,或因气候不同,
或因地理有别,或品种、色彩、形态的差别而风姿各异。

杨万里还善于在别人司空见惯的东西上能够发现出与众不同
的美来,如前人咏柳往往从其柔长的枝条入手,绘其姿态之妩媚,
然而杨万里却能在此基础上发现不同之处,"柳条百尺拂银塘,且
莫深青只浅黄。未必柳条能蘸水,水中柳影引他长"(《新柳》)。
"浅黄"指初春之柳,"深青"谓枝繁叶茂之柳,在诗人看来,"浅黄"
胜"深青",正如辛弃疾《摸鱼儿》"惜春长怕花开早"之意。诗人认
为,"浅黄"之柳条恐怕无法拂入水中,仔细观察后,发现原来是柳
条在水中的倒影与垂下的柳枝在水面相接造成的假象。从"未必"
到"引他长",从开始的怀疑到最后的肯定,这一态度上的彻底变化
表现了诗人观察生活之细腻,艺术洞察力之敏锐。前揭"小荷才露
尖尖角,早有蜻蜓立上头"二句,也只有像杨万里这样观察具体而
微的诗人才能发现其美。诗句喻示新生事物具有蓬勃的生命力,
或新人刚崭露头角,就引人关注。

一花独开不是春,百花齐放春满园。杨万里对花的欣赏深谙此

---

① 按:诗题、诗句中均出现,不重复计算,组诗的诗题只统计 1 次。

道,他在花卉诗歌中经常选取两种,甚至多种花卉放在一起入诗,通过彼此陪衬、对比,更显花的娇美。如《瓶中梅杏二花》:"梅花耿耿冰玉姿,杏花淡淡注胭脂。两花相娇不相下,各向春风同索价。折来双插一铜瓶,旋汲井花浇使醒。红红白白看不足,更遣山童烧蜡烛。"梅花高贵,杏花淡雅,各有其态,各展其容,诗人将两种花折回同插一瓶,这样白梅、红杏组成一个"红红白白"的世界,诗人白天看不够,晚上还要让山童点着蜡烛欣赏。这种对花的痴情专一丝毫不减于白居易的"明朝风起应吹尽,夜惜衰红把火看"(《惜牡丹花》)。再如"朱墨勾添眼底尘,今年春尽不知春。鞓红魏紫能相访,西子崇宁更可人"(《和张倅子仪送鞓红、魏紫、崇宁红、醉西施四种牡丹二首》其一),"红白莲花共玉瓶,红莲韵绝白莲清。空斋不是无秋暑,暑被花销断不生"(《瓶中红白二莲五首》其一),"红红白白定谁先?娲娲娉娉各自妍。最是倚栏娇分外,却缘经雨意醒然。晚春早夏浑无伴,暖艳晴香政可怜。好为花王作花相,不应只遣侍甘泉"(《多嫁亭前槛芍药红白对开二百朵》)等等,诗人采择不同品种或选取不同颜色的花来对比欣赏,组成重叠繁复的美,别有一番风味。

4. 崇尚淡雅清丽的语言风格

杨万里素有"白话诗人"之称,民国间熊念劬编选的《宋人如话诗选》竟然录其诗 241 首,占全书 1389 首的百分之七强。其花卉诗着色淡雅、语言通俗,富于民歌风味,体现出淡雅清丽的语言风格。

杨万里的花卉诗特别讲究意境的奇趣,却从不追求生拗词语或华丽辞藻,而是善于从日常生活中发现、采撷极其朴素平常的语言来表现花卉的奇情异态,试图用通俗易懂的口语为读者构建一个新颖独特的文学意境。他在尊重并主要使用当时书面语的同时,还能对当时各地流行的口语、俚语、谚语和民歌、民谣中的语言进行适当提炼,去掉其中粗糙鄙俗的成分,采择其中生动活泼的内容,恰到好处地加以应用,以丰富其花卉描写的表现力。如《郡圃杏花》其一：“海棠秾丽梅花淡，匹似渠侬别样奇”，“匹似”意为“好像”，这个俗语的运用使得诗歌不仅俗中带雅，诗歌意境也更加活泼更加生动。试看他的几首咏菊花的诗：“莺样衣裳钱样裁，冷霜凉露溅秋埃。比他红紫开差晚，时节来时毕竟开”（《黄菊》），“老子平生不解愁，花开酒熟万缘休。更教不为黄花醉，枉却今年一片秋”（《赏菊四首》其一），“白菊初开也自黄，开来开去白如霜。小蜂劣得针来大，不怕清寒嗅冷香”（《白菊》二首其一），“肠断黄花霜后枝，花干叶悴两离披。一花忽秀枯丛里，更胜初开乍见时”（《残菊》）。所谓“开差晚”、“老子”、“开来开去”、“乍见”等词，均来自生活口语，又能融入诗中，化俗为雅、浑然一体。杨万里用俚语、俗语很多，诸如“手忙脚乱”、“东扶西倒”、“拖泥带水”、“掉头摇手”、“怪底”、“若个”、“端的”、“些子”、“可人”等等，举不胜举。① 所以，清人李树滋《石樵诗话》卷四说：“用方言入诗，唐人已有之；用俗语入诗，始于宋人，而要莫善于杨诚斋。”

　　其次，诗人还善于创体，运用叠字、顶真等修辞手法，使诗歌语言形成回环往复，流丽自如的美学特征。叠字如“节节生花花点点，茸茸晒日日迟迟”（《红锦带花》），“积雨初晴偏楚楚，东风小缓莫匆匆”（《万花川谷海棠盛开，进退格》），“行穿一一三三径，来往红红白白间”（《雨霁看东园桃李，行溪上，进退格》），诗歌语言如行云流水，流畅自然。顶针如“州在三峰最上头，上头高处更高楼”（《中秋前一夕雨中登双溪叠𪩘，已而月出》），“梅从山下过溪来，近爱清溪远爱梅。溪水声声留我住，梅花朵朵唤人回”（《南溪弄水回望山园梅花》）。语言浅俗通畅，却使人读来朗朗上口，有一种音乐的回环往复之美在诗中。诗人的同乡好友周必大《跋杨廷秀石人峰长篇》评价杨万里诗歌语言说：“诚斋大篇巨章，七步而成，一字

---

① 张瑞君：《杨万里评传》，第 141 页，南京大学出版社 2011 年。

不改,皆扫千军、倒三峡、穿天心、透月窟之语。至于状物姿态,写人情意,则铺叙纤悉,曲尽其妙。"①不过,杨万里有时过于追求语言的通俗而流于浅易、油滑,受到后人严肃的批评。前揭《红锦带花》一诗,二句之中,叠词凡六见,未免弄巧成拙。

二

杨万里花卉诗书写频率高,描绘的品类多,作品艺术传达精巧、独特,堪称两宋咏花诗人之冠。这不仅因其长期投身自然,偏嗜游园赏花、造园栽花的心性,还与受到中国传统花卉诗词的沾溉,南宋花卉文化与文学的滋养不无关联,更是在宋人心态渐趋内敛、宋诗题材渐趋生活化的士风、文风影响后留下的印痕。

1. 游园赏花、造园栽花等文化实践的影响

杨万里的花卉诗给我们呈现的是一座五彩缤纷的大花园,展卷阅读,令人眼花缭乱、目不暇接。这首先与他爱游园赏花、造园栽花的嗜好关系无比密切。

杨万里的花卉诗很大一部分出自他的游园赏花体验。诗人十分爱花,每至一地,必以赏花为念。他曾三次在京城做官,当时的都城临安是南宋经济、政治与文化最为繁盛的地方,皇家园林与私人花园遍布京城。杨万里经常出入园林游览,留下很多花卉诗,如在上巳日与沈揆、尤袤、莫叔光、陆游、沈瀛等同游张氏北园,共赏海棠。此园即真珠园,为张俊旧园,在雷峰塔北。诗云:"东风吹我入锦幄,海棠点注燕支薄。不论宜雨更宜晴,莫愁倾国与倾城。半浓半淡晚明灭,欲开未开最奇绝。只销一线日脚红,顷刻千株开绛雪。伟哉诗人桑芋翁,持杯酌酒浇艳丛。坐看玉颊添醉晕,为渠一

---

① 见《益国文忠公集·省斋文稿》卷九,清道光二十八年刻本。

醉何须问?"①大诗人陆游持酒酹花,杨万里等走笔赋诗,文人集会雅聚,盛况莫过于此。《大司成颜几圣率同舍招游裴园泛舟绕孤山赏荷花晚泊玉壶得十绝句》②诗中,杨万里与国子监祭酒颜几圣等同游裴禧之山涛园,又泛舟孤山赏荷。裴园在钱塘门外,《西湖游览志》卷二、《都城纪胜·园苑》及《梦粱录》卷十九《园圃》均有记载。又《赋益公平园牡丹白花青缘》一诗,写其在周必大平园赏牡丹的情景,又有"江西春好不关渠,只说平园绝世尘","渠是花中异姓王,平园小试染花方"③的诗句,足见他应该算平园常客。《寒食相将诸子游翟园得十诗》其七中,"儿曹健走尽从渠,老脚微酸半要扶",诗人年老体衰,腿脚不便,还坚持和家人一起游赏翟园。诗人一生曾在多地为官,他借着上任、转任的便利,亦游览了各地许多名园,如零陵唐德明的玉立斋、奉新县圃、常州郡圃及翟园、苏州范成大的石湖、广东常平的西园、药州的碧落堂、建康的郡圃及南园等等。④ 每至一处,往往有花卉诗词留下。

园林是一个由建筑、花草、山水组合而成的综合艺术体,花卉只有与院中其他景物配置协调才能体现其十分的美感。与杨万里同时的张镃《梅品》中提出所谓"二十六宜",即在淡云、晓日、薄寒、细雨、轻烟、佳月、夕阳、微雪、晚霞、珍禽、孤鹤、清溪、小桥、竹边、松下、明窗、疏篱、苍崖、绿苔、铜瓶、纸帐、林间吹笛、膝下横琴、石枰下棋、扫雪煎茶、美人淡妆簪戴等环境下,对梅的欣赏较之一株

---

① 见杨万里《上巳日予与沈虞卿、尤延之、莫仲谦,招陆务观、沈子寿小集张氏北园赏海棠,务观持酒酹花,予走笔赋长句》诗。

② 按:喻良能有《次韵杨廷秀郎中游西湖十绝》,见《全宋诗》卷二千三百五十四,第27030—27031页,北京大学出版社1998年。

③ 分别见《和益公见谢红都胜芍药之句》、《益公和白花青缘牡丹王字韵诗,再和以往》两诗。

④ 胡建升《杨万里园林诗歌研究》,第8页,南昌大学2005年硕士论文。

孤立的梅，更富有诗情画意。杨万里更深谙此道，《寒食相将诸子游翟园得十诗》其五曰："小小茅亭短短窗，海棠围里柳中央。"诗写寒食日与诸子游翟园赏海棠花，不摹花的色、香、形，却将笔触放到茅亭、短窗与杨柳，给读者更好的视觉效果。因此，杨万里除了喜欢游园赏花外，更爱造园栽花，亲力亲为。绍熙三年（1192）九月，66 岁的杨万里终于回到故里湴塘，开始了他的退休生活。诗人当时的经济境况并不太好，罗大经《鹤林玉露》卷十四载："杨诚斋自秘书监将漕江东，年未七十，退休南溪之上，老屋一区，仅避风雨，长须赤脚，才三四人。徐灵晖（玑）赠诗云：'清得门如水，贫唯带有金'，盖纪实也。"①家中仅老屋一区，粗仆三四人，但第二年正月，他即自辟东园，垒假山、凿小池，种草栽花，吟诗颂花，如《癸丑正月新开东园》《庚申东园花发二首》《至后与履常探梅东园三首》《雨后步东园》《雪后东园午望》《溪边回望东园桃李》《初夏病起晓步东园二首》《雨霁看东园桃李行溪上进退格》《乙卯春日三三径行散有感》及《三三径》等描写东园的诗在《退休集》中多达 44 首。在前一首诗中，他抒发发现东园与开发三三径的欣喜之情："长恨无钱买好园，好园还在屋东边。周遭旋辟三三径，只怕芒鞋却费钱。"在他的耕种下，三三径花事正浓，"桃蹊李径旧分栽，红白教他各自开。可是桃花逞颜色，一枝穿过李花来"（《庚申东园花发》其二）。何谓三三径？诗人在其《三三径》序与诗中自作广告。序曰："东园新开九径，江梅、海棠、桃、李、橘、杏、红梅、碧桃、芙蓉九种花木，各植一径，合曰三三径云。"诗云："三径初开自蒋卿，再开三径是渊明。诚斋奄有三三径，一径花开一径行。"若从植物学和园林造景上来说，九种花木分属不同季节，有花有果，便于观赏，更是一种讲究经济和美感的独特意象组合。东园不大，但地四人显，它既赢得诗记，复见诸史载。

① 罗大经撰：《鹤林玉露》，第 63 页，中华书局 1983 年。

绍熙五年(1194)三月,已退归庐陵的周必大造访东园,赋诗曰:"杨监全胜贺监家,赐湖岂比赐书华。回环自剧三三径,顷刻常开七七花。门外有田聊伏腊,望中无处不烟霞。却惭下客非摩诘,无画无诗只谩夸。"①《吉水县志》记载:"东园,宋杨文节公万里所营址,在东山下。内开九径,江梅、海棠、桃、李、橘、杏、红梅、碧桃、芙蓉,九种花木,各植一径,命曰三三径。"②杨万里在长期的园林实践活动中,还积累了丰富的栽花经验,其《菊夏摘则秋茂朝凉试手》曰:"种菊君须莫惜他,摘教秃秃不留些。此花贱相君知么? 从此千千万万花。"指出种菊不要太多顾虑,夏天要及时掐尖,秋天才会开得茂盛。《为牡丹去草》亦曰:"手种名花梦亦随,一年年望好花枝。为花去草饶优处,两袖青苔十指泥。"指出栽种牡丹要经常为其除草、松土。若非亲身实践,绝道不出此等农夫言语。杨万里一官一集,九集中,惟《退休集》中咏花诗最多,其原因正在于此。

　　2. 花卉文化传统的沾溉

　　作为中国传统文化的一个组成部分,花卉文化有着近三千年的发展历史,深深地影响了中国文人的心性。《诗经》、《楚辞》中早就有了大量有关花卉的描写,但直至六朝才形成真正意义上的花卉文学。而在这之前,花卉最初是以一种物质文化形态进入人类的视野。花卉的开花结果,不仅完成了自身的繁衍发展过程,也为人类的生存提供物质来源。花卉在中国文化中作为食品的历史与人类文明同样悠久,《列仙传》卷上载:"赤将子舆者,黄帝时人,不食五谷而啖百草花。至尧帝时,为木工,能随风雨上下。"③可见上古时代,人类生产力水平低下,往往以各种花卉、草木的花和果实

---

　　①《上巳访杨廷秀,赏牡丹于御书匾榜之斋。其东园仅一亩,为术者九,名曰三三径,意象绝新》,见《全宋诗》卷二千三百二十六,第 26761 页,北京大学出版社 1998 年。

　　②《吉水县志》,第 548 页,台湾成文出版社 1989 年据清光绪元年刻本影印本。

　　③ 旧题刘向撰:《列仙传》(外一种),第 1—2 页,上海古籍出版社 1990 年。

为食物。《吕氏春秋·本味》亦载，商初大臣伊尹把"寿木之华（花）"、"浸渊之草"列为"菜之美者"①。更直接的例证是屈原的《楚辞》："朝饮木兰之坠露兮，夕餐秋菊之落英"（《离骚》），这里是以菊的花瓣为食；"播江离与滋菊兮，愿春日以为糗芳"（《惜诵》），则是把菊花和粮食掺在一起做成干粮用作春日出游的口粮。"蕙肴蒸兮兰藉，奠桂酒兮椒浆"（《东皇太一》）②，这里是把蕙、兰、椒、桂四种香草分别烹制成食物，酿制成美酒当作祭品去敬事天神。杨万里《洮湖和梅诗序》中载："梅之名，肇于炎帝之经，著于《说命》之书、《召南》之诗。然以滋不以象，以实不以华也。"诗人讲的是梅在当时"以实不以华"，但实际上对所有花都是适用的。随着生产力的发展，人们获得食物的方法越来越多样化，稻、黍等粮食作物开始出现，不再仅以花卉为食，转而从花卉上寻求审美的愉悦，赋予它以人的思想和情感。花卉最初的物质属性逐渐被人们赋予的人文属性所超越，逐渐进入文学、绘画等各种艺术领域，其色、香、味被人们用审美的眼光赋予了高雅、浪漫的情愫。

　　花卉文化从本质上说是一种闲情文化，古人把赏花、咏花当成是一种闲暇活动，用来调节、丰富日常生活。他们追求自我身心的修养和宁静，向往花卉的悠闲和自由，以此作为自由人格的象征。就历代花卉文学而言，作者需同时调动视觉、嗅觉、味觉、触觉等多种感官，从花卉的色、香、姿、韵四个方面来观赏，即从花卉的自然属性之美去表现。再者，《诗经》、《楚辞》以来，"君子比德"的花卉文学传统牢固地被植入历代诗词中，从而使诗人不仅仅局限于花卉的自然属性，而重点发掘花卉的人文之美。杨万里作为南宋大诗人、著名理学家，从小饱读诗书，自然免不了受到花卉文化传统

① 吕不韦著，陈奇猷校释：《吕氏春秋新校释》，第741页，学林出版社1984年。
② 分别见朱熹集注：《楚辞集注》，第7—8、78、30页，上海古籍出版社1979年。

的熏陶。杨万里的花卉诗,既有"谷深梅盛一万株,十顷雪波浮欲涨。是时雨后初开前,日光烘花香作烟"(《瓶中梅花长句》),"不是人间种,移从月窟来。广寒香一点,吹得满山开"(《丛桂》)等,专写花香、花姿,亦不乏"雨后精神退九分,病香愁态不胜春。落阶一寸轻红雪,卷地风来故恼人"(《垂丝海棠半落》),"佳菊独何为? 开花得我心。韵孤自无伴,香净暗满襟","持以寿君子,聊尔慰孤斟"(均见《多嫁亭前黄菊》)之类,通过咏叹海棠半落,黄菊独自开放,表现人的伤感孤独与落寞冷清。

　　3. 宋代园林艺术与园林文学的滋养

　　园林是由山水、建筑、花木等组成的一个综合艺术体,富有诗情画意。而这三个要素中,花木又是基础。造园艺术中可以没有山水,或者没有建筑,但决不能没有花木,离开了花草树木,便不成其为园林。名花、名木只有和谐搭配,园林方显生机。花卉一年四季交替变化的自然属性赋予园林春华秋实、夏荫冬枯的季节特征,花卉的奇姿异态也参与了园林视觉景观的形成。花木的姿态、风韵,可以给造园者独特的创造灵感,在造园艺术中发挥着独特的景象建构作用。因此,园林艺术的发展势必促使花卉艺术的发展,而园林文学的发展也势必会伴随花卉文学的发展。

　　中国园林艺术和园林文学有着悠久的历史,发展到宋代后,出现了一个繁盛时期。这时城市经济发达,农业增收,手工业及商业蓬勃发展,文化艺术活跃,促进了花卉业的再次繁荣,出现了花卉市场。北宋时期,造园之风蔚然兴起,出现了著名的皇家园林金明池、"艮岳"等,赵佶、张淏有《艮岳记》专记其盛况;私园已很兴盛,李格非《洛阳名园记》"记洛阳名园凡十有九处",皆为私园,而袁褧《枫窗小牍》卷上记载,北宋都城汴京除有玉津园、王家园、芳林园等十几处名园外,"其他不以名著约百十",其中相当一部分也是私园。司马光的独乐园、苏舜钦的沧浪亭、王诜的西园、林逋诗中的山园都是很有名的私家园林，并相应留下《独乐园记》、《沧浪亭记》、《山园小梅》等著名的园林作品。杨万里所处的南宋时期，园林艺术更为发达，尤以首府临安及周边地区园林最为集中。周密《武林旧事》卷五《湖山胜概》所记不下四十馀所，吴自牧《梦粱录》卷一九"园囿"条载："杭州苑囿，俯瞰细湖，高挹两峰，亭馆台榭，藏歌贮舞，四时之景不同，而乐亦无穷矣。"[①]其中所记既有皇家苑囿，也不乏私家园林。范成大的"石湖"、陆游诗中的沈园、韩侂胄的南园、贾似道的集芳园等都是当时比较有名的私人园林，为文人聚会写诗提供了极好的环境。

　　随着宋代园林艺术的快速发展，园林文学、花卉文学也随之兴起，并呈蓬勃发展之势。文人雅士乐于园林聚会、赏花颂花、宴饮赋诗，也勤于记载花卉的品种选育、栽培技术与莳养经验等。苏轼的《牡丹记序》说花王牡丹已经"见重于世三百馀年"，欧阳修的《洛阳牡丹品序》、陆游的《天彭牡丹花品序》分别记载了洛阳、天彭的牡丹品种九十馀种；蔡襄的《荔枝谱》，王观的《芍药谱》，陈思的《海棠谱》，范成大的《梅谱》、《菊谱》，刘蒙、史正志的《菊谱》等都是我国比较早的记载花卉果木的专门之论。文人倾心花卉，对花卉注入真情实感，花卉的美誉度与社会认可度由此提高，花卉诗文创作由此兴盛。杨万里身逢其时，受到宋人游园赏花、造园栽花浓厚风气的沾溉与熏染，自然也会经常和友朋故交在园林雅会，或独自赏花，并用生花妙笔记录不同季节开放、不同生长习性、不同色泽香味的花卉，留下大量吟咏花卉的作品，形成自己独具个性的花卉审美意识。可以说，诗人晚年在故里营造的东园"三三径"就是他实现其花卉审美理想的绝佳平台，也是他一生爱花、赏花、栽花、颂花等文化实践活动的极好总结。

------

① 孟元老等：《东京梦华录》(外四种)，第 163 页，中国商业出版社 1982 年。

苏轼散论

苏轼饮食文学创作漫论

苏轼是中国古代有名的美食家,自称"老饕",其《老饕赋》形象地描绘了作为美食家的自画像;他又擅长烹饪,常将关涉酒、茶、肉、鱼、蔬菜等酿造、焙煎、制作及品尝的生活写入诗文作品中,可谓饮食文学创作的高手。苏轼有关饮食的诗词多达百馀首,所作二十七首赋中,与饮食有关的即多达九首,如《服胡麻赋》、《后杞菊赋》、《酒隐赋》、《老饕赋》、《洞庭春色赋》、《中山松醪赋》、《酒子赋》、《菜羹赋》及《浊醪有妙理赋》等;就文而言,《苏轼文集》卷七十三《杂记》中收录"草木饮食"30条,旧题《物类相感志》中收录"饮食"103条,《格物粗谈》卷下收录"饮馔"78条,比较集中地反映了苏轼在饮食方面的观点与成就。

一

作为一代美食家,苏轼不仅品尝过不少名肴佳菜,吃过很多土菜土食,而且还喜欢亲手烹制菜肴,探讨饮食制作的方法,汲取食品制作的经验。《竹坡诗话》载,苏轼在黄州赴何秀才宴会,食油果甚酥,因问主人何以为名?主人无以对,又问为甚酥,坐客皆曰:"是可以为名矣。"油果"为甚酥"由此得名。① 正因苏轼勤奋好学,

---

① 何文焕辑:《历代诗话》,上册,第354页,中华书局1997年。

不耻下问,故其饮食制作能做到别出心裁,大胆创新,制作出许多非同寻常的饮食精品。苏轼烹制的红烧猪肉就颇具特色,其制作要领是水不要太多,火不要太猛,火候足即可。其《猪肉颂》一文介绍制作方法云:"净洗锅,少著水,柴头罨烟焰不起。待他自熟莫催他,火候足时他自美。"①宋代贵人不喜欢吃猪肉,而普通人家又不善制作,所以肉价很低,故苏轼精心烹制猪肉,人称"东坡肉",此菜由此流传甚广;又如其《东坡羹颂》记载将菘若、蔓菁、芦菔、荠菜等揉洗、去汁、下菜沸汤中,加生米为糁,放入少量生姜,制成"不用鱼肉五味,有自然之甘"的菜羹,自称"东坡羹";苏轼还写有《煮鱼法》一文,介绍其在黄州,"以鲜鲫或鲤鱼治斫冷水下入盐于常法,以菘菜心芼之,仍入浑葱白数茎,不得搅。半熟,入生姜、萝卜汁及酒各少许,三物相等,调匀乃下。临熟,入桔皮线,乃食之"。② 他的《鱼蛮子》一诗也记述了烹饪鲤鱼的方法:"擘水取鲂鲤,易如拾诸途。破釜不著盐,雪鳞芼青蔬。"③与此同时,苏轼还注重辨析饮食制作原料的细微差异,能够选取最合适的原料来制作精美饮食。如他认为不同地域的同一种作物品质不同,做出的饮食质量也会有别。比如用北方的麦子作曲子和南方的米酿酒,质量往往超过用南方的麦子作曲子和北方的米酿酒;又指出各地的泉水水性不同,烹出的茶味道就不一样。

苏轼的烹饪讲究菜肴的醇香与鲜美,注重色香味结合,还注重美味与营养结合,其《过子忽出新意以山芋作玉糁羹色香皆奇绝天上酥陀则不可知人间决无此味也》诗赞美儿子苏过用山芋制作玉糁羹,"香似龙涎","味如牛乳",堪比"南海金齑鲙";其《桂酒颂》则

---

① 孔凡礼点校:《苏轼文集》,第 597 页,中华书局 1986 年。下同。

② 孔凡礼点校:《苏轼文集》,第 2371—2372 页。

③ 孔凡礼点校:《苏轼诗集》,第 1125 页,中华书局 1982 年。下同。

称誉岭南隐者所赠之酒乃"酿成而玉色,香味超然,非人间物也"。
作为一代文化名人,苏轼于饮食没有停留在色、香、味上,而是将其
上升到美学的高度,提升到酸咸之外的文化境界,融美味、美感、美
文于一炉,一食一馔间聚万物之美。其《於潜僧绿筠轩》诗曰:"可
使食无肉,不可居无竹。无肉令人瘦,无竹令人俗。人瘦尚可肥,
士俗不可医。"①可见在苏轼看来,精神享受远比物质需求要重要
得多。

二

苏轼东漂西泊,南羁北宦,所到之处皆入乡随俗,能很快适应
并喜好当地饮食。孙奕所撰《示儿编》即载,苏轼在常州大胆品尝
有毒的河豚,竟发出"也值得一死"的感叹。他既食蔬菜、水果等素
食,又吃鱼、肉等荤食,还赋诗著文,将饮食生活中的各种美馔佳
肴、茶酒及食物原料等摄入其作品,故其饮食题材作品中凡园中嘉
蔬、山野奇珍、河鲜家禽、海产野兽、日常菜肴、水果点心及药膳食
品等莫不备具。遍检苏轼诗文集,我们发现以食品为题的作品比
比皆是,如《食雉》、《食甘》、《食槟榔》、《食荔支二首》、《食豆粥颂》、
《食蚝》、《食鸡卵说》、《书煮鱼羹》、《书食蜜》、《渼陂鱼》、《送笋芍药
与公择二首》、《丁公默送蝤蛑》、《豆粥》、《寒具》(馓子)、《玉糁羹》、
《苍耳录》、《春菜》、《菜羹赋》、《撷菜并引》、《咏槟榔》、《猪肉颂》、
《咏环饼》、《四月十一日初食荔支》、《荔支叹》、《得豌豆大麦粥》、
《和黄鲁直食笋次韵》、《安州老人食蜜歌》、《杜介送鱼》、《棕笋》、
《送牛尾狸与徐使君》、《元修菜并叙》、《蜜酒歌》二首、《鳆鱼行》、
《鳊鱼》、《戏作鮰鱼一绝》、《黍麦说》等。苏轼所食菜谱丰富多样,

_____

① 孔凡礼点校:《苏轼诗集》,第448页。

五花八门，其中既有山珍海味，又不乏民间流传的风味土菜，荤食类如蝤蛑、紫蟹、河豚、金鲫鱼、鲈鱼、鲥鱼、鳊鱼、鳆鱼、鳜鱼、五柳鱼、白鱼、鲤鱼、海螯、蛤蜊、脍缕（鱼脍）、红螺酱、江瑶柱、猪肉、羔羊、兔、牛尾狸、黄雀、春鸠、雉、薰鼠、蜜唧、蝙蝠、蛇及蛙等；水果类如蒲桃、樱桃、杏、梨、枣、石榴、黄柑、朱橘、荔枝、龙眼、木瓜、杨梅、槟榔、橄榄、乌菱、白茨及青菰等；蔬菜类如笋、芦笋、棕笋、藤菜、莼菜、蒌蒿、元修（巢）菜、芥蓝（大头菜）、菠菜、白菘、蕨菜、蔓菁、芦菔、苦荠、芹芽、芦芽、韭芽（菜）、姜芽及野荠等；其他食品如寒具（馓子）、酪粉、蔗浆、蜂蜜、新麦汤饼、槐芽饼、东坡羹、玉糁羹、鱼羹、菜羹、山芋羹、豆粥、豌豆大麦粥、槐叶冷淘、青蒿饼、为甚酥、烧笋子及蕈馒头等等。如此众多的食品极大地拓宽了文学的表现题材，丰富了作品的内容，同时也典型地体现了宋诗题材日趋生活化、细密化的特征。

苏轼乃儒雅文生，其饮食有度，并非无节制的豪饮暴食，其《东坡志林》卷一即提倡"已饥方食，未饱先止"。苏轼与人交往，难免相互宴请。他订立条约，自己吃饭，一杯酒，一个荤菜，请人吃饭不超过三个荤菜；别人宴请他，也不准超过三个荤菜。这样既可"养福"、"养胃"，又可"养财"，其《节饮食说》曰："东坡居士自今以往，早晚饮食，不过一爵一肉，有尊客盛馔，则三之，可损不可增。有招我者，预以此告之。主人不从而过是，乃止。一曰安分以养福，二曰宽胃以养气，三曰省费以养财。"[1]他在《过汤阴市得豌豆大麦粥示三儿子》诗中教育三子要以节约为本，生活艰难，无负百姓，《菜羹赋并叙》则谓："水陆之味，贫不能致，煮蔓菁、芦菔、苦荠而食之。其法不用醯酱，而有自然之味。"[2]苏轼喜欢亲自耕种，所撰《撷菜

---

① 孔凡礼点校：《苏轼文集》，第 2371 页。

② 孔凡礼点校：《苏轼文集》，第 17 页。

并引》谓:"吾借王参军地种菜,不及半亩,而吾与过子终年饱菜。夜半饮醉,无以解酒,辄撷菜煮之。味含土膏,气饱风露,虽粱肉不能及也。"①由此可见,相比鱼肉荤腥,苏轼更注重粗茶淡饭。

宋代文人人情味颇浓,经常彼此互赠酒、茶、鱼、肉、蔬菜等饮品、食品,并写入诗中。苏轼交游广泛,友朋多以食品、饮品相赠,他则以诗回赠,如《泗州除夜雪中黄师是送酥酒二首》、《次韵赵令铄惠酒》、《次韵乐著作送酒》、《杜介送鱼》、《次韵关令送鱼》、《走笔谢吕行甫惠子鱼》及《丁公默送蝤蛑》(蝤蛑即梭子蟹)等。苏轼为人廉洁、节俭,他的食品虽慷慨赠送友朋,但却不送达官显要,其《鳆鱼行》所谓"苞苴未肯钻华屋",即不愿奉献给权贵的意思。从他的《送碧香酒与赵明叔教授》、《闻钱道士与越守穆父饮酒送二壶》、《送笋芍药与公择二首》、《二月十九日携白酒鲈鱼过詹使君食槐叶冷淘》及《寄周安孺茶》等作品来看,所赠对象皆为文坛、画坛一般故交及过从较多的方外之友。其中《寄周安孺茶》凡六百字,为苏集中最长的诗之一,纪昀评为"此东坡第一长篇"。

三

苏轼喜饮酒,尝谓好酒无人能出其右,还善酿酒,多酿米酒、黄酒、果酒及药酒等,可以称得上是一位酿酒的行家。他曾经将用水、制曲、选粮等工艺流程撰写成《东坡酒经》(早于宋朱翼中的《北山酒经》及元宋伯仁的《酒小史》)、《饮酒说》二文,《东坡志林》中亦写到酿造蜜酒的过程。苏轼在黄州酿造蜜酒,调制过义尊酒;在定州酿造橘子酒、中山松醪,用黄桔酿造洞庭春色酒;在惠州用米、麦、水三种原料酿造真一酒,酒成玉色,有自然香味,还酿造过桂酒

---

① 孔凡礼点校:《苏轼诗集》,第 2202 页。

等;在海南酿造天门冬酒等。有关酿酒的作品有《蜜酒歌并叙》、《洞庭春色并引》、《洞庭春色赋并引》、《新酿桂酒》、《桂酒颂》、《真一酒并引》、《真一酒歌并引》、《真一酒法》、《庚辰岁正月十二日天门冬酒熟予自漉之且漉且尝遂以大醉二首》、《此韵赵德麟雪中惜梅且饷柑酒三首》等。因此,著名作家林语堂《苏轼评传》谓其为"造酒实验家,一个工程师"。《浊醪有妙理赋》还提出过鉴赏酒的理论与方法,他饮过的酒有竹叶青、碧香酒、蜜酒、酥酒、柑酒、桂酒等,所酿之酒多以"春"为名,尝谓"余家酿酒,名罗浮春"(《寓居合江楼》"一杯付与罗浮春"句下苏轼自注),"余近酿酒,名万家春,盖岭南万户酒也"(《浣溪沙》序)。正因如此,苏轼的饮酒诗文写得真切而美妙,醇香而动人。

苏轼从"少时望见酒杯而醉"到"能饮三蕉叶"(《东坡题跋》),再到"日欲把盏为乐,殆不可一日无此君"(《饮酒说》),"天下之好饮亦无在余上者"(《书东皋子传后》)。又从自己亲自尝试酿酒,到奉劝别人喝酒,"寄语公知否,还须数倒壶"(《夷陵县欧阳永叔至喜堂》)。不过苏轼的酒量并不大,彭乘《墨客挥犀》卷四说:"子瞻常自言平生有三不如人,谓着棋、吃酒、唱曲也。"[①]他不贪酒量,但求酒趣,其诗反复云"我饮不尽器,半酣味尤长"(《湖上夜归》),"我虽不解饮,把盏欢意足"(《与临安令宗人同年剧饮》),"少年多病怯杯觞,老去方知此味长"(《次韵乐著作送酒》),"偶得酒中趣,空杯亦常持"(《和陶饮酒二十首》其一),"譬如饮不醉,陶然有馀欢"(《送千乘千能两侄还乡》)等等,可见东坡饮酒,不是为了逞口腹之快,而只是为了获得精神上的"适"。

苏轼不仅喜欢种茶、烹茶、品茶,还研究茶具、茶政、茶史、茶俗与茶的功效,对我国茶文化的贡献甚大。如他特别擅长煎(烹)茶,

---

① 《龙川略志》(外十七种),上海古籍出版社1991年影《四库全书》本。

有《汲江煎茶》、《试院煎茶》二诗,提出"活水还须活火烹"、"贵从活火发新泉"的烹茶方法,诗中"活水"即流水,相对止水而言,"活火"即旺火。其《和钱安道寄惠建茶》曰:"我官于南今几时,尝尽溪茶与山茗。"《次韵曹辅寄壑源试焙新茶》曰:"戏作小诗君一笑,从来佳茗似佳人。"足见其对饮茶十分喜好。在茶的诸品种中,他特别偏爱一种名贵的龙凤团。欧阳修《归田录》载,"茶之品莫贵于龙凤,谓之团茶,凡八饼,重一斤",蔡君谟"始造小片龙茶以进,凡二十馀饼重一斤,其价直金二两","宫人往往缕金其花于上,盖其贵重如此"。① 苏轼多次在诗中提及饮此茶的经历,其《惠山谒钱道人烹小龙团登绝顶望太湖》说:"独携天上小团月,来试人间第二泉。"《记梦回文二首并序》亦云:"红焙浅瓯新火活,龙团小碾斗晴窗。"苏轼《月兔茶》中所写的月兔茶亦为团茶的一种,诗曰:"环非环,玦非玦,中有迷离玉兔儿。一似佳人裙上月,月圆还缺缺还圆,此月一缺圆何年。君不见斗茶公子不忍斗小团,上有双衔绶带双飞鸾。"

四

饮食与养生、治病密不可分。苏轼精通医理,懂得药食同源之妙,在长期的饮食生活实践中,总结出食药同用以利身体健康的道理。他注重饮食的主要目的是养生、健体、治病,乃至延年益寿。作者历经磨乱,身心俱乏,其《除夜病中赠段屯田》谓"龙钟三十九,劳生已强半",四十岁所作《乔太博见和复次韵答之》云"老病常居半",其《答任师中》云"我今四十二,衰发不满梳",它如《侄安节远来夜坐》(其一)有"心衰面改瘦峥嵘",《寄三犹子》有"而今憔悴一

① 李逸安点校:《欧阳修全集》,第五册,第 1931 页,中华书局 2001 年。

羸马"、"病疮老马不任鞍"等句,可见苏轼的确多病早衰。除此以外,他在给友人的书信中还多次提及自己的眼病,《与蔡景繁》其二云:"卧病半年,终未清快,近复以风毒攻目,几至失明。"其《答范蜀公书》其二亦云:"春夏间多患疮及赤目,杜门谢客,而传者遂云物故。"因此,苏轼一生十分注重挖掘食物的药用价值,如他认为"蜜中有药治百病"(《安州老人食蜜歌》),又谓食"姜蜜汤"可"使人意快而神清"(《书食蜜》)。唐代诗人多借酒消愁,苏轼饮酒则主要是为了滋补健身,其《桂酒颂》叙中转引《本草》语,指出桂枝有"利肝腑气,杀三虫,轻身坚骨,养神发色"等疗效,实"为百药先"。又如饮茶,其《漱茶说》认为茶有除烦祛腻的功效,饭后以茶漱口,可防牙病。他特别喜欢吃荠菜、竹笋、松脂及苍耳等,以此养生,其《服松脂法》指出服用松脂"能坚牢齿、驻颜、乌髭";《苍耳录》又认为"药至贱而为世要用,未有若苍耳者","其花叶根实皆可食,食之则如药治病","愈食愈善",可治风痹等多种疾病。除此文外,东坡在儋州还写有《海漆录》、《益智录》等饮食文章,当时缺医少药,其所以能安然无恙,多因其能就地取材,以饮食疗养之法。

苏轼饮食的目的除了养身、养形外,还为了艺术创作。精美的饮食既提高了苏轼的生活品味,又激发了他艺术创作的灵感,使其在饮食后所作之书、画与文技艺更趋精湛。黄庭坚《题子瞻画竹石》诗说:"东坡老人翰林公,醉时吐出心中墨。"可见苏轼喜欢醉中作画,也善于醉中作画。苏轼自己也多次在作品中表达饮食于艺术创作的妙处,他的《跋草书后》说:"仆醉后,乘兴辄作草书十数行,觉酒气拂拂,从十指间出也。"①可见其酒后作之草书,更觉奔放,更带醉态;其《安州老人食蜜歌》云:"蜜中有诗人不知,千花百草争含姿。"作者由蜜联想到蜜中蕴含的诗,再想到花草争妍,蝶舞

① 孔凡礼点校:《苏轼文集》,第2191页。

蜂飞的景象;其《和陶饮酒二十首》其三亦云:"俯仰各有态,得酒诗
自成。"可以说正是酒成就了苏轼的诗名,让他变得旷达、夷然。在
《后赤壁赋》中,作者针对"有客无酒,有酒无肴"的窘境,认为只有
良辰美景、佳朋知音与美酒佳肴结合,才是最惬意的。这些作品生
动说明,饮食使苏轼的创作精力充沛,灵感神来,进入创作的最佳
状态,创造出最具代表性的作品。我们完全可以说,没有那些高品
位的文化性很浓的饮食活动,苏轼的很多佳作都无法产生。

五

　　苏轼有时还借饮食题材的作品表现他的人生理念及对社会问
题的不同看法。如写于儋州的《菜羹赋》描写作者晚年虽过着"殷
诗肠之转雷,聊御饿而食陈。无刍豢以适口,荷邻蔬之见分"——
凭借野菜粗食以度日的贫困生活,却"心平而气和,故虽老而体
胖","忘口腹之为累,似不杀而成仁",面对逆境有着达观、开朗的
心境。该赋叙云:"东坡先生卜居南山之下,服食器用,称家之有
无。水陆之味,贫不能致,煮蔓菁、芦菔、苦荠而食之。其法不用醯
酱,而有自然之味。"①由此自称"葛天氏之遗民"。另一篇《浊醪有
妙理赋》则借用杜甫诗句"浊醪有妙理,庶用慰沉浮",大加发挥,认
为"明月之珠,不可以襦;夜光之璧,不可以馈。刍豢饱我而不我
觉,布帛燠我而不我娱。惟此君独游万物之表,盖天下不可一日而
无"。② 以此表现作者"酒勿嫌浊,人当取醇"的做人、处世理念,指
出其"内全其天,外寓于酒",心合大道,顺应自然的饮酒思想。
　　苏轼饮食题材作品在审美艺术上构思巧妙,手法新颖,体现出

---

　　① 均见孔凡礼点校:《苏轼文集》,第17页。
　　② 孔凡礼点校:《苏轼文集》,第21页。

了幽默、诙谐的风格特征与放达、聪颖的个性气质,如《食豆粥颂》云:"道人亲煮豆粥,大众齐念《般若》。老夫试挑一口,已觉西家作马。"①作者谓吃豆粥这一普通食物获得的享受仿佛如赴西方极乐世界,以此讥讽念经食素的苦行僧,不若自己信佛而不佞佛,圆通灵活的处世观。其《禅戏颂》曰:"已熟之肉,无复活理。投在东坡无碍羹釜中,有何不可。问天下禅和子,且道是肉是素,吃得是吃不得是? 大奇大奇,一碗羹,勘破天下禅和子。"②既然有生命的猪成了"无复活理"的"肉",那它到底是肉是素? 吃得吃不得? 作者通过这样的疑问又在调侃僧人死守禁食荤腥的戒律。其《判悖酒状》又曰:"道士某,面欺主人,旁及邻生。侧左元方之盏,已自厚颜;倾西王母之杯,宜从薄罚。可罚一大青盏。"作者对道士贪酒的判状,实在令人喷饭。苏轼饮食题材作品在写作上多用寓言形式与史传笔法,读来令人饶有兴味,如《江瑶柱传》以海鲜所受之境遇喻人的得失:"嗟乎瑶柱,诚美士乎! 方其为席上之珍,风味蔼然,虽龙肝凤髓,有不及者。一旦出非其时而丧其真,众人且掩鼻而过之,士大夫有识者,亦为品藻而置之下。士之出处不可不慎也,悲夫!"③《叶嘉传》、《黄甘陆吉传》两文亦复如此,尤其是前篇,作者通过寓言的手法,以柑(谐音"甘")、橘(谐音"吉")分别代表黄甘和陆吉两位隐士,以此揭示"女无好丑,入宫见妒,士无贤不肖,入朝见嫉"这种人际间交往的常见现象。

---

① 孔凡礼点校:《苏轼文集》,第 595 页。
② 孔凡礼点校:《苏轼文集》,第 595 页。
③ 孔凡礼点校:《苏轼文集》,第 428 页。

论苏轼的饮食养生思想

苏轼集儒学、道学、佛学及医学修为、美食养生于一身,将保养身形与修心养性合二为一,形成了自己独特的养生理念和方法。明末清初学者王如锡专辑苏轼的养生之论,编为《东坡养生集》一书,内容包括苏轼饮食养生、服药养生及修炼养生等资料。若细读其饮食题材作品及相关记载,我们会发现,苏轼的饮食除适口、饱腹外,其实还蕴含着丰富的养生思想,其食养的理论是他整体养生思想体系中的重要组成部分。目前已有学者对苏轼的饮食题材创作成就进行探讨,①但从其饮食实践及饮食作品的视域阐释其养生思想与方法的论述尚不多见,笔者拟对此作一专题探析,以引起学界的进一步关注。

一、苏轼饮食养生的思想渊源

饮食养生指通过用适当的饮食调养以达到补益精气、协调脏腑、抗衰延寿等目的的养生实践活动。苏轼早年所作《儒者可与守

---

① 莫砺锋《饮食题材的诗意提升——从陶渊明到苏轼》(《文学遗产》2010 年第 2 期)、王友胜《苏轼饮食文学创作漫论》(《古典文学知识》2012 年第 3 期)、陈喜珍《论苏轼饮食题材作品的创作风格》(《名作欣赏》2012 年第 5 期)、尹良珍《苏轼游宦经历与其饮食题材的关系》(《成都师范学院学报》2014 年第 11 期)。

成论》说:"夫武夫谋臣,譬之药石,可以伐病,而不可以养生;儒者譬之五谷,可以养生,而不可以伐病。"①此虽是从治国理政的战略高度立论,但也说明他早期持有药石只能治病、五谷方可养生的饮食养生理念。中国古代饮食养生的传统历史悠久、积淀深厚,传说中的养生家彭祖、孔子、张仲景、嵇康、陶弘景、孙思邈等均十分重视饮食养生,苏轼的饮食养生思想即渊源于前代众多医家的中医典籍及养生理论家的食养理念。

早在中国远古时期,先人就掌握了谷物种植和畜牧技术。周代先人已经关注饮食养生,宫廷除置膳夫、庖人、兽人、渔人、鳖人、腊人、酒正、酒人、浆人、凌人、笾人、醢人、醯人、盐人等专司食饮各项工作外,另设"食医"一职,《周礼·天官·冢宰》载:

> 食医掌和王之六食、六饮、六膳、百羞、百酱、八珍之齐。凡食齐视春时,羹齐视夏时,酱齐视秋时,饮齐视冬时。凡和,春多酸,夏多苦,秋多辛,冬多咸,调以滑甘。凡会膳食之宜,牛宜稌,羊宜黍,豕宜稷,犬宜粱,雁宜麦,鱼宜苽。凡君子之食,恒放焉。②

食医用来专门负责掌管周王与贵族阶层四季饮食及分量调配的工作。春秋时的孔子在《论语·乡党第十》中提出了"二不厌"、"三适度"、"十不食"的食饮原则,即:

> 食不厌精,脍不厌细。食饐而餲,鱼馁而肉败,不食;色恶,不食;恶臭,不食;失饪,不食;不时,不食;割不正,不食;不

---

① 孔凡礼点校:《苏轼文集》卷二,第一册第40页,中华书局1986年。下同。
② 陈戍国点校:《周礼仪礼礼记》,第12页,岳麓书社1989年。

得其酱,不食;肉虽多,不使胜食气;唯酒无量,不及乱;沽酒市脯不食,不撤姜食,不多食;祭于公,不宿肉;祭肉,不出三日,出三日,不食之矣。①

指出祭祀时要尽可能选用上好的米来烧,鱼、肉要切割得尽可能细些,便于咀嚼和消化,食品要有色、香、味,要按时饮食、适量饮食等,除此以外,还要符合"食不语,寝不言"的饮食卫生习惯。中医典籍《黄帝内经·素问》在世界饮食养生科学史上,最早提出平衡饮食的原理,②其《藏气法时论》篇载,"五谷为养,五果为助,五畜为益,五菜为充,气味合而服之,以补精益气","谷肉果菜,食养尽之,无使过之,伤其正也"。其中"五谷为养"是指稻、黍、稷(粟)、麦、菽(大豆)等谷物和豆类作为养育人体之主食;"五果"系指枣、李、杏、栗、桃等水果、坚果,"五畜"指牛、犬、羊、猪、鸡等禽畜肉食,"五菜"则指葵、韭、薤、藿、葱等蔬菜。意即谷物等主食是人赖以生存的根本,而所谓"助"、"益"及"充",则是指水果、蔬菜和肉类等作为主食的辅助、补益和补充,都是相对"养"而言,是对"五谷"营养的补充。现代营养学也认为,只有全面、合理的膳食营养,即平衡饮食,才能维持人体的健康。

秦汉以降,饮食养生的理论家与中医养生的典籍层出不穷。旧题彭祖《摄生养性论》载,人之食饮,"不欲甚饥,饥则败气。食戒过多,勿极渴而饮,饮戒过深。食过则症块成疾,饮过则痰癖结聚"。③ 阐述了食饮的时间、分量及过量食饮后的危害。彭祖是颛

① 杨伯峻译注:《论语译注》,第102—103页,中华书局1980年。
② 按《汉书·艺文志》著录称《黄帝内经》十八篇;东汉张仲景《伤寒论》引用称《素问》,《四库全书总目提要》引皇甫谧《甲乙经序》谓:"《针经》九卷、《素问》九卷,皆为《内经》",与《汉书·艺文志》十八篇合。
③ 按《摄生养性论》一书,一般认为是秦汉后养生家言,托之彭祖。

项的玄孙，相传他历经唐虞夏商等时代，活了八百多岁。《楚辞·天问》说他善于食养，"彭铿斟雉，帝何飨？受寿永多，夫何长（怅）？"东汉医圣张仲景《金匮要略》特别提到要食后保养："食毕当漱口数过，令牙齿不败口香。"指出饭后要注意口腔卫生，做到食后漱口。三国曹魏时嵇康作《答难养生论》曰：

> 养生有五难：名利不灭，此一难也；喜怒不除，此二难也；声色不去，此三难也；滋味不绝，此四难也；神虑转发，此五难也。

其中第四难"滋味不绝"指嗜食肥甘厚味，与结尾所提倡的"慎言语，节饮食"，都是就饮食养生提出的要求。南朝时期提倡饮食养生的代表人物是著名医药家、炼丹家，人称"山中宰相"的陶弘景，其《养性延命录》卷上《食诫篇》比较全面地阐释了饮食禁忌的方方面面：

> 故养性者，先饥乃食，先渴而饮。恐觉饥乃食，食必多盛；渴乃饮，饮必过。食毕当行，行毕使人以粉摩腹数百过，大益也。青牛道士言：食不欲过饱，故道士先饥而食也；饮不欲过多，故道士先渴而饮也。食毕行数百步，中益也。①

又提出不勉强进食，"不渴强饮则胃胀，不饥强食则脾劳"。脾胃是人体健康的"后天之本"，注意节食，保护脾胃，是得以健康长寿的关键。

隋唐之际的药王孙思邈《千金要方·食治方》详细论述了果

---

① 按《养性延命录》，一说为唐人孙思邈撰。

实、菜蔬、谷米、鸟兽对养生的功效,再次强调了《黄帝内经》中平衡饮食的思想,如其中引扁鹊话说:"安身之本,必资于食……不知食宜者,不足以存生也。"指出饮食的宜忌是养生之根本。又云:"食饱令行百步,常以手摩腹数百遍,叩齿三十六,津令满口,则食易消,益人无百病,饱食则卧,食不消成积,乃生百病。"倡导散步、摩腹、叩齿等餐后养生环节。其《保生铭》所谓"食了行百步,数将手摩腹",也是同样的道理。宋初养生家蒲虔贯的《保生要录·论饮食门》强调饮食不可偏食:"凡所好之物,不可偏耽,耽则伤而生痰;所恶之物,不可全弃,弃则脏气不均。"实际上也是《黄帝内经》中讲的平衡饮食的道理。

　　苏轼学识渊博,广泛汲取包括传统养生理论在内的中国古代优秀文化,其《读〈道藏〉》诗曰:"嗟予亦何幸,偶此琳宫居。宫中复何有?戢戢千函书。"①所谓《道藏》"千函书",自然也包括大量有关医药养生之书。苏轼丰富的饮食养生理论,来源于自己大量的养生实践,同时也与他广泛收集民间食养方法与汲取古代食养理论不无关联。其《止水活鱼说》一文引孙思邈《千金要方·人参汤》论证止水、活水之别,指出"鲫鱼生流水中,则背鳞白,生止水中,则背鳞黑而味恶"。《记惠州土芋》则引东汉时期集结整理成书的《神农本草经》,谓芋即土芝,有"益气充饥"之效。其《桂酒颂》叙中转引《本草》语,指出桂枝有"利肝腑气,杀三虫,轻身坚骨,养神发色"等疗效,实"为百药先"。苏轼在惠州还曾手写数本嵇康的《养生论》以赠罗浮山道士邓守安等人。凡此等等,无不证明苏轼的食养活动受到传统养生理论的滋养与熏染。

---

① 王友胜点校《苏诗补注》卷四,第107页,凤凰出版社2013年。

二、苏轼饮食养生的科学实践

苏轼一生东漂西泊,南羁北宦。他不偏食,注重饮食结构,所到之处皆入乡随俗,能很快适应并喜好当地菜肴。他的饮食品种丰富多样,五花八门,既有蔬菜、水果、食品等素食,又不乏鱼肉等荤食。其饮食不仅是满足口腹之欲,更多的是为了养生、健体、治病,乃至延年益寿。《黄帝内经·素问》提出"五谷为养,五果为助,五畜为益,五菜为充"的平衡饮食养生理论,在苏轼长期的食饮实践活动与大量的食饮题材作品中,都能得到很好的体现。

首先,我们来看其"五谷为养"。"五谷"之说是逐渐形成的,一般指稻、麦、黍、稷、菽五种粮食作物。其中黍指玉米,也包括黄米,稷指粟(高粱),菽指豆类。我们可以把这类食物统称为五谷杂粮。苏轼以五谷及由此加工而成的各类食品为主要食材,其品种异常丰富,如占城稻、秔稻、云泽米、米粉、粟、粱、粳米、黄糯、菽、寒具(馓子、环饼)、酪粉、薏苡、玉糁羹、山芋羹、豆粥、豌豆大麦粥、黄芪粥、槐叶冷淘、酥煎、新麦汤饼、槐芽饼、饼饵(饺子)、水饼、凉饼、汤饼、笋饼、青蒿饼、为甚酥(油饼)、薯芋及蕈馒头等等,可谓丰富多样。北宋时,水稻还没有成为主要的饭食,人们还是以豆类、麦子为主食。苏轼在黄州特地发明制作了一种大麦与小豆调配而成的饭食,其《二红饭》曰:

> 今年东坡收大麦二十馀石,卖之价甚贱,而粳米适尽,故课奴婢舂以为饭,嚼之啧啧有声。小儿女相调,云是嚼虱子。日中饥,用浆水淘食之,自然甘酸浮滑,有西北村落气味。今

日复令庖人,杂小豆作饭,尤有味。老妻大笑曰:"此新样二红饭也。"①

苏轼收入微薄、家庭人口较多,生活困窘,经常入不敷出,其《答秦太虚书》中有比较详细的描述,文中"粳米适尽"四字也透露了其中消息,恰如陶渊明的"瓶无储粟"(《归去来兮辞序》),故将卖价甚贱的大麦教仆人捣去皮壳,用浆水淘洗,杂以小豆,吃起来居然也"尤有味"。

宋人喝粥者众,喜粥者夥,颇知粥的养生奇效。张耒《粥记赠邠老》云:

　　张安定每晨起,食粥一大碗。空腹胃虚,谷气便作,所补不细。又极柔腻,与肠胃相得,最为饮食之良。妙齐和尚说:山中僧,每将旦一粥,甚系利害。如或不食,则终日觉脏腑燥渴。盖粥能畅胃气,生津液也。今劝人每日食粥,以为养生之要,必大笑。大抵养性命,求安乐,亦无深远难知之事,正在寝食之间尔。②

　　苏轼特别推崇粥食的养生作用,认为在"饮冷过度"后,喝热粥有祛寒、利胃、提神的功效。这一养生方法其实是从他的忘年交吴复古(子野)那里学来的。费衮《梁谿漫志》引苏轼《食粥帖》载:"昨某日饮冷过度,吴子野劝食白粥,云能推陈致新,利膈养胃。僧家五更食粥,粥既快美,粥后一觉,尤不可说,尤不可说。"苏轼经常与吴复古讨论养生之道,其《问养生》开头即谓"余问养生于吴子"。

① 《苏轼文集》卷七十三,第 2380 页。
② 李逸安等点校:《张耒集》,第 780 页,中华书局 1990 年。

他在给书法家米芾的信中亦说："某昨日饮冷过度,夜暴下,且复疲甚,食黄芪粥甚美。"(《与米元章》)黄芪为豆科多年生草本植物。中医认为,黄芪性味甘、微温,有补气升阳、固表止汗、脱毒生肌之功。苏轼就是食用过用黄芪与大米熬成的粥后祛病提神的。豆粥即豆子和大米熬制的粥,乃宋代普通的食物,但颇有养生之效。黄庭坚《答李任道谢分豆粥》有所谓"豆粥能驱晚瘴寒,与公同味更同餐"。苏轼的《食豆粥颂》一文载其吃了僧人煮的豆粥,津津有味,仿佛到了极乐世界。他还写成《豆粥》一诗:"地碓春粳光似玉,沙瓶煮豆软如酥。我老此身无着处,卖书来问东家住。卧听鸡鸣粥熟时,蓬头曳履君家去。"谓粳米经过春碓后光洁如玉,豆粥经过沙瓶煨煮后香软如酥,故鸡鸣拂晓,不待梳洗,急切地赶去东家品尝,可见其对豆粥的喜好。

苏轼在惠州,夜饥,吴复古煨芋两枚见啖,遂作《记惠州土芋》,记复古煨芋之法:

> 芋当去皮,湿纸包,煨之火,过熟,乃热嗷之,则松而腻,乃能益气充饥。今惠人皆和皮水煮,冷啖,坚顽少味,其发瘴固宜。①

认为山芋当去皮、纸包、煨火而热食,则"松而腻",且能"益气充饥",若如"惠人"和皮冷啖,则会生疾。他的诗《除夕访子野食烧芋戏作》亦曰:"松风溜溜作春寒,伴吾饥肠响夜阑。牛粪火中烧芋子,山人更吃懒残残。"诗人饥肠辘辘,故能于牛粪烧烤的山芋中品尝到生活的芳香。苏轼在儋州,"北船不到米如珠,醉饱萧条半月无"(《纵笔三首》其一),正所谓米珠薪桂,苏过用当地薯芋煮玉糁

---

① 《苏轼文集》卷七十三,第2365页。

羹,苏轼吃后夸赞其"色香味皆奇绝","香似龙涎仍酽白,味如牛乳更全清。莫将北海金齑鲙,轻比东坡玉糁羹"。[①] 篇中极尽描写玉糁羹的味美,说它香似龙涎,味比牛乳,胜过北海奇珍的佳肴。实际上,玉糁羹用料简单,只不过是用芋头熬煮成的芋头羹。这一吃法在《和陶劝农》小序中也有记载:"海南多荒田,俗以贸香为业。所产粳稌不足于食,乃以薯芋杂米作粥糜以取饱。"

苏轼常食五谷制作的饼类食品,借此养生。其《和蒋夔寄茶》曰:"清诗两幅寄千里,紫金百饼费万钱。"他将"清诗"与"百饼"相提并论,可见饼类食品在他心中的位置。如寒具,俗称"馓子"、"环饼",用面粉、糯米粉加盐或蜜、糖,搓成细条,油煎而成。苏轼有《咏环饼》、《寒具》诗,后诗曰:"纤手搓成玉数寻,碧油煎出嫩黄深。夜来春睡无轻重,压扁佳人缠臂金。"此诗从厨娘"纤手"揉面做馓子起句,描绘了炸馓子时的油温火候,馓子炸成后较嫩黄略深的颜色和一圈圈似手钏连在一起的"缠臂金"的形态。又如《约吴远游与姜君弼吃蕈馒头》曰:"天下风流笋饼餤,人间济楚蕈馒头。""餤"即饼,"蕈"指香菇、蘑菇类植物。作者似又对笋饼和以香菇为馅的馒头特别垂爱。

其次,再看苏轼的"五果为助"。《黄帝内经》中的"五果"为枣甘、李酸、栗咸、杏苦、桃辛,也就是我们现在所说的大枣、李子、栗子、杏、桃,泛指各种水果。苏轼对各地水果十分钟爱,如蒲桃、樱桃、桃、杏、梨、李、枣、椹(桑椹)、榧子(香榧)、石榴、黄柑、朱橘、荔枝、龙眼、木瓜、卢橘、杨梅、槟榔、橄榄、柚子、椰子、香蕉等,均为他享用之物,并以此养生。不过,比较而言,他似对岭南水果情有独钟。岭南气候湿热,适合热带水果生长。苏轼在惠州唱和苏过的诗中说:"栖禅晚置酒,蛮果粲蕉荔。斋厨釜无羹,野饷篮有蕙。"①特别是吃了"厚味高格"的荔枝后,以致乐以忘家。其《食荔枝二首》之二曰:"罗浮山下四时春,卢橘杨梅次第新。日啖荔枝三百颗,不辞长作岭南人。"又《四月十一日初食荔支》曰:

> 南村诸杨北村卢,白华青叶冬不枯。垂黄缀紫烟雨里,特与荔子为先驱。海山仙人绛罗襦,红纱中单白玉肤。不须更待妃子笑,风骨自是倾城姝。不知天公有意无,遣此尤物生海隅。云山得伴松桧老,霜雪自困楂梨粗。先生洗盏酌桂醑,冰盘荐此赪虬珠。似闻江鳐斫玉柱,更洗河豚烹腹腴。②

诗人夸颂荔支的形态与品格,首以卢橘、杨梅铺垫,又在"似闻"二句下自注:"予尝谓荔支厚味、高格两绝,果中无比,惟江鳐柱、河豚鱼近之耳。"诗中运用生动的比喻,把荔枝比作身着红衣、肤若凝脂的云外飞仙。宋人已流行嚼槟榔,《宋史》有"婚聘之资,先以椰子酒,槟榔次之,指环又次之"的记载。苏轼的《咏槟榔》诗"可疗饥怀香自吐,能消瘴疠暖如薰"二句,写这种果实"可疗饥怀"、"能消瘴疠",具有止饿、祛除瘴疠、使人体发热的作用。《食甘》一诗则描写采摘、切剖、品尝柑橘的具体过程:"一双罗帕未分珍,林下先尝愧逐臣。露叶霜枝剪寒碧,金盘玉指破芳辛。清泉蔌蔌先流齿,香雾霏霏欲噀人。坐客殷勤为收子,千奴一掬奈吾贫。"其中"清泉"二句,将柑橘的汁液、香味描述得栩栩如生。所以,苏轼在惠州的白

---

① 《正月二十四日与儿子过、赖仙芝、玉原秀才、僧昙颖、行全、道士何宗一同游罗浮道院及栖禅精舍,过作诗,和其韵,寄迈、迨一首》。

② 《苏诗补注》卷三十九,第 1202 页,凤凰出版社 2013 年。

鹤峰新居落成,他给程全父(天侔)写信求购的十种果树,首先提到的就是柑橘,①并在大门旁亲植两棵。

苏轼提出只有劳作所获,方食之有味,所谓"不缘耕樵得,饱食殊少味。"(《籴米》)他喜食水果,常栽果树,早在凤翔任职,即有此好。其《和子由岐下诗并序》载:

> 廊之两旁各为一小池。皆引汧水,种莲、养鱼于其中。池边有桃、李、杏、梨、枣、樱桃、石榴、樗、槐、松、桧、柳三十馀株,又以斗酒易牡丹一丛于亭之北。②

苏轼在黄州东坡,栽种果树更是乐此不疲,并屡屡见载于给友朋的书信中。《与杨元素八首》其七曰:"近于城中葺一荒园,手种菜果以自娱。"《与子安兄书七首》其一曰:"近于城中得荒地数十亩,躬耕其中。作草屋数间,种蔬接果,聊以忘老。"《与李公择》亦曰:"某见在东坡,作陂种稻,劳苦之中,亦自有乐事。有屋五间,果菜十数畦,桑百馀本,身耕妻蚕,聊以卒岁也。"

再次,看苏轼的"五畜为益"。《黄帝内经》中的"五畜"为牛甘、犬酸、猪咸、羊苦、鸡辛,即牛、狗、猪、羊、鸡等各种肉类。苏轼一生虽力倡禁杀、放生,但并不拒绝肉等荤食类食品,鱼类等水产食品在他的食谱中也十分丰富,如猪肉、熊掌、羊、狗、鹿、熊腊、兔、鸡、牛酥、牛尾狸、黄雀、雁、鹌、春鸠、雉、鸡、鸭、鹅、薰鼠、蜜唧(以蜜饲养的刍鼠)、蝙蝠、蚕蛹、虾蟆、蛇及蜻蜓、紫蟹、河豚、金鲫鱼、鲈鱼、鲋鱼、鳊鱼、鳆鱼、鳜鱼、五柳鱼、白鱼、肋鱼、赤鱼、长鱼、子鱼、淮鱼、石首、頳尾鱼、紫蟹、白蟹、石蟹、虾、鳖、鲂鲤、海螯、蛤蜊、脍缕

———————

① 参见《与程全父十二首》其七,见《苏轼文集》卷五十五,第1625页。
② 《苏诗补注》卷三,第63页,凤凰出版社2013年。

（鱼脍）、红螺酱、江瑶柱（牛耳螺）等，比比皆是，不胜枚举。众所周知，苏轼喜食猪肉。周紫芝《竹坡诗话》载"东坡喜食烧猪"，"东坡性喜嗜猪"，连禅林中人物佛印都"烧猪待子瞻"。他的《食猪肉》诗曰："黄州好猪肉，价贱如粪土。富者不肯吃，贫者不解煮。慢着火，少着水，火候足时它自美。每日早来打一碗，饱得自家君莫管。"这就是他在黄州发明的一种用慢火煨煮的"东坡肉"。这样的烹饪方法使肉质炖熟炖烂，细腻入味。他给堂兄的信《与子安兄》也说："常亲自煮猪头，灌血腈，作姜豉菜羹，宛有太安滋味。"潼南有鱼，其名"太安"，味美无比。苏轼以此为喻，足见其对猪头的喜爱。苏轼还懂得羊脊骨的食补作用，《仇池笔记》卷下载：

> 惠州市寥落，然每日杀一羊，不敢与在官者争买。时嘱屠者买其脊，骨间亦有微肉，熟煮熟漉，若不熟，则泡水不除，随意用酒薄点盐炙微焦食之。终日摘剔，得微肉于牙綮间，如食蟹螯。率三五日一食，甚觉有补。子由三年堂庖所食刍豢，灭齿而不得骨，岂复知此味乎！此虽戏语，极可施用，用此法，则众狗不悦矣。①

苏轼在惠州，市井"日杀一羊"，"官者"食肉，他因无钱可买，只得食用带里脊肉和脊髓的羊脊椎骨，却发现"甚觉有补"，还不无幽默地说，比起其弟苏辙三年公款食用的肉类食品味道要好得多。

鱼是中国传统饮食中的主要荤食。苏轼颇通食鱼之法，每至一地，因地制宜，常用此作为自己饮食养生之物。在凤翔，友人送来的鱼还没等煮熟，就迫不及待地提前品尝，"携来虽远鬣尚动，烹不待熟指先染"（《送陇鱼》）。知湖州时，喜食当地的蝤蛑，此物即

---

① 《仇池笔记》（外十八种），第 17 页，上海古籍出版社 1992 年影《四库全书》本。

梭子蟹,具有活血、化瘀、消食、通乳之功效。《丁公默送蝤蛑》曰:
"堪笑吴兴馋太守,一诗换得两尖团。"由于自己的"馋",竟用"诗"
换取友人的蝤蛑。在黄州时,有"长江绕郭知鱼美"的诗句。他的
《煮鱼法》一文,介绍制作鲜鲫或鲤鱼的办法:

> 子瞻在黄州,好自煮鱼。其法,以鲜鲫鱼或鲤治斫,冷水
> 下。入盐于常法,以菘菜心芼之,仍入浑。葱白数茎,不得搅。
> 半熟,入生姜、萝卜汁及酒各少许,三物相等,调匀乃下。临
> 熟,入桔皮线,乃食之。[1]

诗人用冷水加盐煮鱼,用葱、生姜、萝卜汁、酒及桔皮等为配料,足
见他很讲究色、香、味的调理与营养的搭配。苏轼食鱼主张切成薄
片,诗中描写鱼脍的诗句"运肘风生看斫脍,随刀雪落惊飞缕。不
将醉语作新诗,饱食应惭腹如鼓","吴儿脍缕薄欲飞,未去先说馋
涎垂"。笔下的庖厨运刀如风,技艺精妙绝伦,制作的鱼脍片片轻
薄如纸,光泽胜雪,让人口舌生津。孙奕所撰《履斋示儿编》载,苏
轼在常州,还大胆地品尝常人不敢食用的有毒河豚,竟发出"也值
得一死"的感叹,曾有"蒌蒿满地芦芽短,正是河豚欲上时"的诗句。
苏轼元符二年(1099)在儋州,学会了食蚝。其《食蚝》曰:"己卯冬
至前二日,海蛮献蠔,剖之,得数升,肉与浆入水,与酒并煮,食之
甚美,未始有也。""每戒过子慎勿说,恐北方君子闻之,争欲为东
坡所为,求谪海南,分我此美也。"蚝即"牡蛎",海产品,颇有营
养。苏轼发配海南,发现食蚝而美,就告诫苏过,劝其切勿声张,
免得朝廷士大夫知道了,也来争食,分走他的美味。如此乐观豁
达,实属不易。

---

[1]《苏轼文集》卷七十三,第 2371—2372 页,中华书局 986 年。

最后论其"五菜为充"。《黄帝内经》中的"五菜"为葵甘、韭酸、藿咸、薤苦、葱辛，并非是特指，而是泛指各种蔬菜。中医理论认为，五谷能够补精，五菜能够益气。蔬菜能营养人体、充实脏气，使体内各种营养素更完善，更充实。菜蔬种类多，根、茎、叶、花、瓜、果均可食用。苏轼诗文中呈现的蔬菜远非这么单一，其品种要丰富得多，其中既有民间长期流传的乡村野蔬，也不乏他自己亲自耕种、栽培、钻研烹饪方法的新鲜时菜，正所谓"庖人应未识，旅人眼先明"（《送笋芍药与公择二首》），举凡藕、笋、芦笋、棕笋、藤菜、莼菜、蒌蒿、元修（巢）菜、芥蓝（大头菜）、白菘、菠菜、蕨菜、蔓菁（白萝卜）、青蒿、豆荚、苜蓿、芦菔、芹芽、芦芽、韭芽（菜）、姜芽、荠菜、乌菱、白茨及青菰等，无不成为他自食或待客的盘中宝物。《春菜》诗曰："蔓菁宿根已生叶，韭芽戴土拳如蕨。烂蒸香荠白鱼肥，碎点青蒿凉饼滑。"其中"蔓菁"俗称大头菜，又叫芥蓝、玉蔓青等，是一种常见的家庭腌制咸菜的蔬菜；"韭芽"因隔绝光线，无阳光供给，不能进行光合作用，合成叶绿素，就会变成黄色，故又称"韭黄"。香荠蒸白鱼，青蒿做凉饼，均为苏轼喜吃之物。其《雨后行菜圃》描述芥蓝、白菘雨后苗壮成长，想象收获后烹食的滋味，"梦回闻雨声，喜我菜甲长"，"霜根一番滋，风叶渐俯仰。未任筐筥载，已作杯案想。艰难生理窄，一味敢专飨"，"芥蓝如菌蕈，脆美牙颊响。白菘类羔豚，冒土出蹯掌。谁能视火候，小灶当自养"。竹笋、芦笋为普通食用之菜肴，而食棕笋者则少见。苏轼喜食棕笋，其《棕笋》诗序曰："棕笋，状如鱼，剖之得鱼子，味如苦笋而加甘芳。"棕笋为棕榈的花苞，棕笋这一食材形状像鱼，味道奇特，像苦笋又带有甘甜的味道。要在二月间摘取，如果超过了这个时节，这一美味就沦为苦涩而不能食用的食材。苏轼烹饪棕笋采用浸泡腌制的方式，先将棕笋蒸熟，用蜜煮制，再加醋浸泡腌制。

苏轼绍圣四年（1097）初贬儋州，饮食条件极其艰苦，"此间食无肉，医无药，居无室，出无友，冬无炭，夏无寒泉"（《寄程儒书》），于是因陋就简，以野菜煮粥充饥，所作《菜羹赋》（并叙）曰："水陆之味，贫不能致，煮蔓菁、芦菔、苦荠而食之。其法不用醯酱，而有自然之味。"蔓菁、芦菔、苦荠均儋州当地的野菜。赋的正文以大段笔墨铺陈煮菜羹的具体过程，细腻生动、妙笔生花：

> 厥诗肠之转雷，聊御饿而食陈。无刍豢以适口，荷邻蔬之见分。汲幽泉以揉濯，搏露叶与琼根。爨铏锜以膏油，泫融液而流津。汤蒙蒙如松风，投糁豆而谐匀。覆陶瓯之穹崇，谢搅触之烦勤。屏醯酱之厚味，却椒桂之芳辛。水初耗而釜泣，火增壮而力均。滃嘈杂而麇溃，信净美而甘分。登盘盂而荐之，具匕箸而晨餐。助生肥于玉池，与吾鼎其齐珍。①

再辅以易牙、傅说、丘嫂、乐羊四个与羹汤有关的典故作为反衬："鄙易牙之效技，超傅说而策勋。沮彭尸之爽惑，调灶鬼之嫌嗔。嗟丘嫂其自隘，陋乐羊而匪人。"最后表达自己超然自适的怡然心态，"先生心平而气和，故虽老而体胖。计馀食之几何，固无患于长贫。忘口腹之为累，以不杀而成仁。窃比予于谁欤？葛天氏之遗民"。

苏轼对家乡的蔬菜情有独钟，尝谓"久客厌虏馔，枵然思南烹"（《送笋芍药与公择二首》），"北方苦寒今未已，雪底波棱如铁甲。岂如吾蜀富冬蔬，霜叶露牙寒更苗"，以致"明年投劾径须归，莫待齿摇并发脱"（《春菜》）。晋代张翰因想吃鲈鱼而思乡，苏轼则想到蜀地蔬菜而欲归隐。《元修菜》（并叙）载："菜之美者，有吾乡之巢，

---

① 《苏轼文集》卷一，第 17 页，中华书局 1986 年。

故人巢元修嗜之,余亦嗜之。元修云:'使孔北海见,当复云吾家菜耶?'因谓之元修菜。余去乡十有五年,思而不可得。元修适自蜀来,见余于黄,乃作是诗,使归致其子,而种之东坡之下。"这就是苏轼好食自种的"巢菜"或曰"元修菜"。

除"五谷"、"五畜"、"五果"、"五菜"等食品外,苏轼也注重茶、酒为主的饮品对调养身心的作用。

苏轼饮酒的嗜好以及对酒调养身心的认识有一个渐进的过程。其详参本书《苏轼饮食文学创作漫论》一文。饮酒时若佐以鱼肉等,在苏轼看来,那是绝美的享受。《二月二十六日雨中熟睡至晚强起出门还作此诗》即曰:"卯酒困三杯,午餐便一肉。"《丁公默送蝤蛑》又道出食蟹饮酒的滋味:"半壳含黄宜点酒,两螯斫雪劝加餐","堪笑吴兴馋太守,一诗换得两尖团。"

蜂蜜、蔗浆亦属饮品。苏轼喜饮蜂蜜,认为养生效果很好,这在南宋的笔记中即有记载。陆游《老学庵笔记》卷七云:"(苏轼)一日,与数客过之,所食皆蜜也。豆腐、面筋、牛乳之类,皆渍蜜食之,每多不能下箸。惟东坡亦嗜蜜,能与之共饱。"豆腐、面筋、牛乳皆其渍蜜而食,常人不能下箸,苏轼却乐以开怀。《书食蜜》甚至说:"吾好食姜蜜汤,甘芳滑辣,使人意快而神清。"谓饮"姜蜜汤"后,觉得"意快而神清",这就不是一般的满足口腹之欲了;《安州老人食蜜歌》还指出,蜜能治百疾,比茶的疗效要好,且不似茶的甘苦相杂"不食五谷惟食蜜,笑指蜜蜂作檀越","小儿得诗如得蜜,蜜中有药治百疾","恰似饮茶甘苦杂,不如食蜜中边甜"。

三、苏轼饮食养生的原则

苏轼自称"老饕",其《老饕赋》曰:"九蒸暴而日燥,百上下而汤鏖。尝项上之一脔,嚼霜前之两螯。烂樱珠之煎蜜,滃杏酪之蒸羔。蛤半熟而含酒,蟹微生而带糟。盖聚物之夭美,以养吾之老饕。"①作者以诙谐、幽默的笔调,写作自己在饥饿中幻想要品尝最鲜美的海陆产品。这只不过是作者以梦幻的形式形象地描绘出的一场虚幻的精神会餐。实际上,苏轼的饮食实践及养生思想决非如此。

1. 食饮有度,适量为佳

中国古代养生家十分重视饮食之度,早就认识到饮食过度的危害性。《黄帝内经·素问》曰"食饮有节,起居有常"(《上古天真论》),"饮食自倍,肠胃乃伤"(《痹论》)。作为医家的孙思邈《千金要方》有"凡常饮食,每令节俭","饮食以时,饥饱得中","每食不重用"之诚。苏轼很好地汲取了传统饮食养生理论的营养,反对暴饮暴食,提倡饥饱适中,要爱身节慎、节制饮食,适可而止,认为此乃长寿的基本条件。其《东坡志林》卷一即提倡"已饥方食,未饱先止。散步逍遥,务令腹空"。苏轼认为,饥饿以后再进食,即便是粗茶淡饭,其香甜可口会胜过山珍海味。吃饭时不要吃得太饱,如果吃饱了还勉强进食,即使美味佳肴放在眼前也难以下咽。过饥过饱都会使人生病。饭后一定要散步,要始终让肚子是空的。苏轼与人交往,难免相互宴请。他订立条约,自己吃饭,一杯酒,一个荤菜,请人吃饭不超过三个荤菜;别人宴请他,也不准超过三个荤菜。这样既可"养福"、"养胃",又可"养财"。他的这一良好的饮食习惯,在其《节饮食说》一文有详细地记载:

> 东坡居士自今日以往,早晚饮食,不过一爵一肉。有尊客盛馔,则三之,可损不可增。有召我者,预以此告之。主人不从而过是,乃止。一曰安分以养福,二曰宽胃以养气,三曰省

———————————
①《苏轼文集》卷一,第16页。

费以养财。①

他在《过汤阴市得豌豆大麦粥示三儿子》诗中教育三子要以节约为本,安于艰难生活,无负百姓,有所谓"玉食谢故吏,风餐便逐臣"之句。他在黄州所写的《与李公择》中说:"口体之欲,何穷之有,每加节俭,亦是惜福延寿之道。"在惠州,岭南人多暴食,他在《与钱济明》中亦云:"瘴乡风土,不问可知,少年或可久居,老者殊畏之。惟绝嗜欲、节饮食,可以不死。"前后两封书信中,苏轼均强调节制饮食可以延年益寿,可见他的这一养生思想是一以贯之的。

苏轼好饮酒,但不善饮,也很少过量,追求的是一种微醺的酒意,而不是如刘伶之"天生刘伶,以酒为名,一饮一斛,五斗解酲。妇人之言,慎不可听",李白《赠内》之"三百六十日,日日醉如泥",两人因嗜酒而醉到忘乎所以。苏轼反对豪饮,提倡有节制地饮。其《饮酒说》谓"嗜饮酒人,一日无酒则病,一旦断酒,酒病皆作"。故其诗曰:"我饮不尽器,半酣味尤长"(《湖上夜归》),"譬如饮不醉,陶然有馀欢"(《送千乘千能两侄还乡》)。其《书东皋子传后》中说得更具体生动:

> 予饮酒终日,不过五合,天下之不能饮,无在予下者。然喜人饮酒,见客举杯徐引,则予胸中为之浩浩焉,落落焉,酣适之味,乃过于客。闲居未尝一日无客,客至,未尝不置酒。天下之好饮,亦无在予上者。②

古代诗人中像苏轼这样能节制酒量的人少之又少。他的这一

---

① 《苏轼文集》卷七十三,第 2371 页。
② 《苏轼文集》卷六十六,第 2049 页。

做法在元代著名食疗保健专家忽思慧《饮膳正要》一书中能找到理论依据。该书卷一《饮酒避忌》说酒"味苦甘辛"，能"杀百邪，去恶气，通血脉，浓肠胃，润肌肤，消忧愁"，"少饮尤佳，多饮伤神损寿，易人本性，其毒甚也。醉饮过度，丧生之源"。

　　2. 不求奢靡，清淡为佳

　　纵观苏轼的饮食活动，决无"尊罍溢九酝，水陆罗八珍"（白居易《轻肥》）般的海吃豪喝山珍海味。他主张清淡素雅的饮食，力求简约实用，因地制宜。其《初到黄州》说"长江绕郭知鱼美，好竹连山觉笋香"，鱼、笋正是黄州当地习见之物；又比如他发明的东坡羹，既不是菜，也不是饭，更不是汤，乃是将蔓菁、芦菔、苦荠等野菜与生米配合，烹调出的一种廉价食品。其《东坡羹颂并引》载其制作方法甚详：

　　　　其法以菘若蔓菁、若芦菔、若荠，揉洗数过，去辛苦汁。先以生油少许涂釜，缘及一瓷碗，下菜沸汤中。入生米为糁，及少生姜，以油碗覆之，不得触，触则生油气，至熟不除。其上置甑，炊饭如常法，既不可遽覆，须生菜气出尽乃覆之。羹每沸涌。遇油辄下，又为碗所压，故终不得上。不尔，羹上薄饭，则气不得达而饭不熟矣。饭熟，羹亦烂可食。①

苏轼认为，普通的菜肴，因习见，常食用，其味与佳肴等；若饱食之后，即使肉类食品，惟恐其不去。他在黄州的《答毕仲举二首》其一即谓："菜羹菽黍，差饥而食，其味与八珍等；而既饱之馀，刍豢满前，惟恐其不持去也。"他的《撷菜并引》："吾借王参军地种菜，不及半亩，而吾与过子终年饱菜。夜半饮醉，无以解酒，辄撷菜煮之。味含土膏，

_____

　　①《苏轼文集》卷二十，第595页。

气饱风露,虽粱肉不能及也。"诗云:"秋来霜露满东园,芦菔生儿芥有孙。我与何曾同一饱,不知何苦食鸡豚?"①魏晋时的何曾生活奢靡无度,其家中厨房所烹饪的馔肴,胜过帝王之家。苏轼在惠州,借地耕种,他认为自种的蔬菜胜过达官显宦享用的粱肉,其淡味素食,实为延寿养生之道;我们既然都是追求饱腹,为什么非得要吃鸡食肉呢? 用语幽默诙谐,反映了诗人乐观豁达的生活态度。

苏轼喜吃的"东坡肉",其实在当时乃廉价之物,其《猪肉颂》说:"黄州好猪肉,价贱如泥土。贵人不肯吃,贫人不解煮。"《答秦太虚》也说:"羊肉如北方,猪牛獐鹿如土,鱼蟹不论钱。"苏轼在杭州,多以乌菱、白芡、青菰为食材,此亦价廉易得之物,正所谓"乌菱白芡不论钱,乱击青菰裹绿盘"(《六月二十七日望湖楼醉书五绝》其三),杭州气候湿润,乌菱、白芡、青菰等水生植物随处可得,其价格便宜到"不论钱"的地步。

苏轼不求精奢,简约实用的饮食养生有时实出无奈。神宗熙宁八年(1075),苏轼知密州,这年密州大旱,蝗灾继起,"日与通守刘君廷式,循古城废圃,求杞菊食之,扪腹而笑",遂仿陆龟蒙《杞菊赋》而作《后杞菊赋》以自嘲。末云:"吾方以杞为粮,以菊为糗。春食苗,夏食叶,秋食花实,而冬食根,庶几乎西河、南阳之寿。"苏轼在黄州,无米酿酒,只得换以蜜为料。其《蜜酒歌》云:"不如春瓮自生香,蜂为耕耘花作米。""先生年来穷到骨,问人乞米何曾得。世间万事真悠悠,蜜蜂大胜监河侯。"庄周因家贫而往贷粟于监河侯,监河侯以"将得邑金"相许,远水解不了近渴,苏轼故有"蜜蜂大胜监河侯"的感叹。在儋州,大米供不应求,更无小麦可食,他入乡随俗,所作《闻子由瘦儋耳至难得肉食》曰:"土人顿顿食薯芋,荐以薰鼠烧蝙蝠。旧闻蜜唧尝呕吐,稍近虾蟆缘习俗。"住"难得肉食"、

---

① 《苏诗补注》卷四十,第1237页。

"顿顿食薯芋"的情况下，连"虾蟆"之类的小动物也乐于品尝。

3. 养生治病、食药同源

饮食与养生、治病密不可分，合理的饮食可以调养身心、预防疾病。苏轼精通医理，是宋代医者儒化、儒者医化，医儒合一的典型代表，仅从旧编《苏沈良方》来看，他懂得药食同源之妙，在长期的饮食生活实践中，总结出食药同用以利身体健康的道理。他注重饮食的主要目的是养生、健体、治病，乃至延年益寿。

作者历经磨乱，身心俱乏，多病早衰。因此，苏轼一生十分注重挖掘食物的药用价值，如前揭"蜜中有药治百疾"（《安州老人食蜜歌》），即为利用科学合理的食饮，以达到治病养生目的的具体实践。汉代伏波将军马援征岭南，利用当地特产薏苡为将士们"御瘴"，苏轼受此影响，其《小圃五咏·薏苡》形容薏苡的功效与形态云："伏波饭薏苡，御瘴传神良。能除五溪毒，不救谗言伤。""不谓蓬荻姿，中有药与粮。春为芡珠圆，炊作菰米香。"他特地在自己的小圃栽种薏苡，用以食用祛瘴疬之疫。苏轼还懂得食用生姜的医疗、养生价值。其《服生姜法》载其在杭州，见净慈寺僧聪药王"年八十馀，颜如渥丹，目光炯然"，"自言服生姜四十年，故不老"。不过，与僧聪"和皮嚼烂"、"温水咽之"比较，苏轼食姜的方法要讲究得多。他说：

> 姜能健脾温肾，活血益气。其法取生姜之无筋滓者，然不用子姜，锉之，并皮裂，取汁贮器中。久之，澄去其上黄而清者，取其下白而浓者，阴干刮取，如面，谓之姜乳。以蒸饼或饭搜和丸如桐子，以酒或盐米汤吞数十粒，或取未置酒食茶饮中食之，皆可。①

---

① 《苏轼文集》卷七十三，第 2346 页。

此处详细地论述了姜乳制作、服食的办法及"健脾温肾、活血益气"的疗效。

　　4. 学用结合、总结提升

　　苏轼以高明的智慧、勤勉的态度广泛学习、吸取前贤与时人的饮食养生理论,还喜欢亲手烹制菜肴,探讨饮食制作的方法与经验,以此总结饮食规律与养生办法,传播饮食养生文化。其《服生姜法》、《食鸡卵说》、《猪肉颂》、《煮鱼法》、《书煮鱼羹》、《菜羹赋》、《东坡羹颂并引》、《玉糁羹》、《食豆粥颂》等,从日常生活中总结出了许多简便易行的饮食养生办法。苏轼食物烹饪的技艺不凡,方法多样,不光有煮、焖等较为普遍传统的工序,还有煎、炸、炒、烩等精致繁琐的烹饪工艺。就拿羹类来说,羹是用蒸煮等方法制作而成的糊状食物。《东京梦华录》中曾载有七八种关于羹的做法。苏轼的饮食题材作品中也描述了菜羹、鱼羹、玉糁羹等不同的做法。

　　苏轼《养生诀》说:"近年颇留意养生。读书,延问方士多矣,其法百数,择其简易可行者,间或为之,辄有奇验。"[1]此虽是就导引内功养生而言,其实他在饮食养生上亦长于实践,亲力亲为,故诸如"为甚酥"、"元修菜"、"东坡肉"、"东坡羹"等许多食品因他得名。《竹坡诗话》载,苏轼在黄州赴何秀才宴会,食油果甚酥,因问主人何以为名? 主人无以对,又问为甚酥,坐客皆曰:"是可以为名矣。"油果"为甚酥"由此得名。正因苏轼勤奋好学,不耻下问,故其饮食制作能做到别出心裁,大胆创新,制作出许多非同寻常的饮食精品。苏轼烹制的红烧猪肉就颇具特色,其制作要领是水不要太多,火不要太猛,火候足即可。其《猪肉颂》一文介绍制作方法云:"净洗锅,少著水,柴头罨烟焰不起。待他自熟莫催他,火候足时他自

---

　　[1]《苏轼文集》卷七十三,第2335页。

美。"①宋代贵人不喜欢吃猪肉,而普通人家又不善制作,所以肉价很低,故苏轼精心烹制猪肉,人称"东坡肉",此菜由此流传甚广。苏轼介绍了他被贬黄州时手自烹调鱼羹的经验,十分难得。他后来知杭州时,还以此待客,颇受欢迎。其《书煮鱼羹》记载了此事:

> 予在东坡,尝亲执枪匕,煮鱼羹以设客,客未尝不称善,意穷约中易为口腹耳。今出守钱塘,厌水陆之晶,今日偶与仲天贶、王元直、秦少章会食,复作此味,客皆云:此羹超然有高韵,非世俗庖人所能仿佛。②

苏轼的烹饪技术相当高明,他注重辨析饮食制作原料的细微差异,能够选取最合适的原料来制作精美饮食。他认为不同地域的同一种作物品质不同,做出的饮食质量也会有别。比如《黍麦说》载:用北方的麦子作曲子和南方的米酿酒,质量往往超过用南方的麦子作曲子和北方的米酿酒;又指出各地的泉水水性不同,烹出的茶味道就不一样。

　　苏轼还善酿酒,多酿米酒、黄酒、果酒及药酒等,著名作家林语堂《苏轼评传》谓其为"造酒实验家"。他曾经将用水、制曲、选粮等工艺流程撰写成《东坡酒经》、《饮酒说》二文。其诗文集中诸如腊酒、白酒、春酒、闽酒、卯酒、鹅黄酒、薄薄酒、碧香酒、重阳酒、浮蚁酒、冰堂酒、桑落酒、真一酒、醴酒、社酒、蜜酒、罗浮春、酸醅酒、莲花酒、中山酒、万家春、羊羔酒、酥酒、葡萄酒、洞庭春色、椰子酒、屠苏酒、松花酒、菖蒲酒、桂酒、天门冬酒、主业酒、渊明酒、茅君酒、英灵酒、红裙、蜒酒等,可谓琳琅满目。他饮过的酒有竹叶青、碧香

---

① 《苏轼文集》卷二十,第 597 页。
② 《苏轼佚文汇编》卷六,见《苏轼文集》,第 2592 页。

酒、蜜酒、酥酒、柑酒、桂酒等，所酿之酒多以"春"为名，尝谓"余家酿酒，名罗浮春"，[①]"余近酿酒，名万家春，盖岭南万户酒也"。苏轼在黄州，调制过义尊酒，效仿西蜀道士杨世昌酿造蜜酒，《蜜酒歌》："一日小沸鱼吐沫，二日眩转清光活。三日开瓮香满城，快泻银瓶不须拨。"将蜜酒酿制的过程描述得历历在目。在定州酿造橘子酒、中山松醪，用黄桔酿造洞庭春色酒；在惠州用米、麦、水三种原料酿造真一酒，酒成玉色，有自然香味，还酿造过桂酒等；在海南酿造天门冬酒等。有关酿酒的作品有《蜜酒歌并叙》、《洞庭春色赋并引》、《新酿桂酒》、《桂酒颂》、《真一酒歌并引》、《真一酒法》、《庚辰岁正月十二日天门冬酒熟，予自漉之，且漉且尝，遂以大醉二首》等。凡此或记载制酒工艺，或发掘酒趣意蕴，或探讨养生之道，皆写得真切而美妙，醇香而动人。又如，苏轼饮茶非惟解渴，实则为了养生、提神。他特别擅长煎茶，有《汲江煎茶》《试院煎茶》二诗，提出"活水还须活火烹"、"贵从活火发新泉"的烹茶方法，诗中"活水"即流水，相对止水而言，"活火"即旺火。

随着当今经济社会的快速发展，人们对生活质量的要求越来越高，有病治病、无病养生的思想已经深入人心。然究竟如何科学合理的养生，用哪些方式养生？作为中国传统文化的缩影，苏轼的养生思想丰富深邃、博大精深，他提出了从食养、药养，到动养，再到心养的完整、系统、科学的养生思想，其中饮食养生是根本与出发点，心养是归宿与最高境界。苏轼大量的饮食养生实践活动，既解决了口腹之需，又保养身心，他的饮食养生思想、理论与方法，因其丰富的社会关系与巨大的文化魅力，在当时以及后世，卓有影响，值得我们总结、借鉴与参考。

---

① 按，分别见《寓居合江楼》"一杯付与罗浮春"句下苏轼自注、《浣溪沙》序。

苏轼的科技活动论析

　　作为世界文化名人,苏轼不仅是伟大的文学家、政治家、书画家,而且还是一位科学家与科普文学作家。他积极参与科技活动,在美食、酿酒、焙茶、医药、农矿、水利、建筑、园林及笔墨纸砚琴制造等方面均有相当技艺,达到一定专业水准,对科技推广与应用作出了较大贡献。中国古代社会主要是农耕文明,士人视科技为末技、小道,文学作品中涉及科技题材者较少,苏轼则致力于科技的推广与应用,其诗文集中有大量描写和反映其从事科技活动的诗词文赋及书信、笔记等,为后人留下了一笔宝贵的文化遗产。据初步统计,苏轼有关科技题材的作品多达 300 馀篇(尚不包括一般吟咏酒、茶的诗文),在其全集中占有相当大的比例。苏轼虽没有担任过专司科技的职业官吏,但却是古代文人参与科技活动,从事科普文学创作的杰出代表,以下试分而述之。

一

　　苏轼好医,或采药莳种,遍集验方;或研讨医理,医民济世;或交结名医,表彰医术。合编苏轼与沈括相关著述的《苏沈良方》,其中记载处方 170 馀剂、论述 60 条,被人们称作"济生之具,卫家之宝"。苏轼诗文集中所载药名有地黄、人参、天麻、当归、甘菊、薏茋、枳枸、黄连、益智、松脂、茯苓、苍术及苍耳等众多品类。《东坡志林》记载他曾向当时有名的医生或技师庞安时、仇鼎、王元龙、李惟熙、九江胡道士等请教或商讨医学理论与治病的疑难问题。《赠眼医王彦若》诗即盛赞了王彦若针治目翳技术之绝超,同时说明中国早在宋代即有利用手术器械割治白内障的医疗技术。

　　苏轼的医学实践贯穿其一生,如任密州知州时,当地蝗旱灾害并起,百姓饥馑、贫病交加,他便大力推广《济众方》以治疗民病。苏轼贬官黄州期间,那里时疫连年,他用"苦求得之"于同乡友人巢谷的密方"圣散子"配药分发,"所活不可胜数"(《圣散子叙》);在此期间,他还结交了出生于中医世家的著名聋医庞安时,前后写有《答庞安常二首》《寄庞安常圣散子》《庞安常善医》等诗歌、书信与文章九篇,其中《与庞安常书》记载双方探讨治病用药之理甚详。苏轼还违背了与巢谷指长江水所发的毒誓,将"圣散子"传给庞安时,希望将此良方传之后世,亦使巢谷之名一并不朽。苏轼元祐四年(1089)知杭州时,捐献私帑 50 两,又从公款里拨出二千缗钱,在宝石山下楞严院内创办了一所名曰"安乐坊"的病坊,选僧人主持医院工作,专为贫困患者治病。其《与某宣德书》与苏辙《亡兄子瞻端明墓志铭》记之甚详,苏辙曰:"公又多作饘粥药剂,遣吏挟医,分坊治病,活者甚众。"南宋周煇《清波别志》亦载:"苏文忠公知杭州,以私帑金五十两助官缗,于城中置病坊一所,名安乐,以僧主之。三年医愈千人,与紫衣。"[①]安乐坊维持治病开支的经济来源主要是接受捐施,因而它可谓中国历史上第一所官办民助,以救治贫困民众为目的的慈善医院。有了安乐坊作为治病基地,他便招募信士到此修制"圣散子"药,然后分发给病人喝,这是他继黄州后再一次用此良方。《圣散子叙》说"状里危急者,连饮数剂,即汗出气通,

----

　　① 《清波杂志》(外八种),第 99 页,上海古籍出版社 1991 年影《四库全书》本。

饮食稍进,神守完复","若时疫流行,平旦于大釜中煮之,不问老少良贱,各服一大盏,即时气不入其门"。① 足见其药效之佳,治愈病人之众。苏轼贬官惠州时,其地多瘴毒,他既采购药材,合药施舍;又开辟园地,莳种人参、枸杞、甘菊、薏苡等中草药,为人治病;他贬谪儋州时,"食无肉,病无药",便"手书药法",著述医方 10 种,抄集验方 50 卷,用以自治与医人。《海漆录》、《辨漆叶青粘散方》、《苍耳录》、《苍术录》、《记海南菊》、《天麻煎》、《四神丹说》、《益智录》等百馀字的短记即是苏轼居儋时研讨与服食药物的真实记录。

苏轼具有良好的医德,他致力于研讨医理主要是为了爱人利物,具有自我牺牲精神。《钱子飞施药》载,钱子飞为人治疗"大风方(麻风病)"时受鬼神胁迫而"不施",谓"若余则不然,苟病者得愈,愿代受其苦"。他早年向好友巢谷求"圣散子"密方时曾"约不传人,指江水为盟",可为了治病救人,宁可毒誓及身。他即使在廪入不继的情况下,还"复发囊中黄金五十两,以作病坊"。《楞伽经跋》中还提倡医生要加强学习,钻研《难经》,批评"俚俗医师,不由经论,直授药方,以之疗病"是不负责的做法。他还强调医药的实际效果,认为只有"经验有据",才能写进书中,体现了严谨、科学的态度。

二

苏轼的养生理论继承了庄周、葛洪及孙思邈等道家的养生思想,主要包括药物养生、运动养生、食物养生与调摄养生等层面。他对一些食物的养生功效,对养生的方法与途径均达相当水准。

---

① 《苏轼文集》卷十,第 331 页,中华书局 1986 年。下同。

据初步统计,苏轼有关行医用药的作品约 30 篇,养生的作品有《问养生》、《论修养寄子由》、《养生说》、《续养生论》、《书养生后论》、《养生诀》及《养生偈》等 20 篇。清王如锡编的《东坡养生集》即收录其诗词文与书信中相关论述 1140 馀条,足见其多。从总体来说,苏轼强调运动养生,认为"善养生者,使之能逸而能劳"(《教战守策》)。与此相关,他不主张用长生药养生,认为"药石可以伐病而不可以养生"(《儒者可与守成论》),"养生者,不过慎起居、饮食,节声色而已。节慎在未病之前,而服药在已病之后"(《论管仲》)。可见他认为善药不如慎起居饮食。苏轼对食物养生很感兴趣,《服胡麻赋》、《石芝并引》、《服生姜法》、《服地黄法》、《服松脂法》等,多为描写食物养生的文章。苏轼多酿黄酒、果酒及药酒,多低度酒,与唐人饮酒消愁不同,苏轼饮酒主要是为了滋补健身;苏轼喜饮酒而不能多饮,稍饮即醉,有着"与众共享为义,饮酒适度为尊"的人文精神。与食物养生相比,他更主张调摄养生,认为饮食只可养身、养形,加强精神修养方可养心、养神,从而达到以神御形,故他提出了"三养"的养心理论,即"一曰安分以养福,二曰宽胃以养气,三曰省费以养财"(《节饮食说》);还开出"四味药",即"一曰无事以当贵,二曰早寝以当福,三曰安步以当车,四曰晚食以当肉"(《书四适赠张鹗》)。其养生名篇《养老篇》曰:"软蒸饭,烂煮肉。温美汤,厚毡褥。少饮酒,惺惺宿。缓缓行,双拳曲。虚其心,实其腹。丧其耳,忘其目。久久行,金丹熟。"①寥寥四十二字,即从饮食、心理、衣着、被褥、行走、行气及五官等诸多方面论述了日常生活中的养生之道,比较鲜明地体现了他的养生理念,堪称苏轼从长期实践中总结出来的养生宝鉴。

苏轼养生重内丹而轻外丹,认为内丹的吐纳导引可使血气畅

---

① 《苏轼佚文汇编》卷一,见《苏轼文集》,第 2421 页。

通,而外丹则有危及生命的副作用,这在他写给友人的一些书信中可以得到证明:其《与富道人尺牍二首》其二谓"承录示秘方及寄遗药,具感厚意。然此事,本林下无以遣日,聊以适意可也,若恃以为生,则为造物者所恶矣"。《与王定国尺牍四十一首》其八谓"近有人惠丹砂少许,光采甚奇,固不敢服",其十二谓"丹砂若果可致,为便寄示。吾药奇甚,聊以为闲中诡异之观,决不敢服也"。《与章致平尺牍二首》其一奉劝章援养生"只可自内养丹,切不可服外药也。舒州李惟丹,化铁成金,可谓至矣,服之皆生胎发,然卒为痈疽大患,皆耳目所接,戒之、戒之"。其《藏丹砂法》亦谓"药物火候,皆未必真,纵使烧成,又畏火毒而不敢服"。与之相反,内丹的妙处要好得多,其《养生诀》认为炼内丹"其效初不甚觉,但积累百馀日,功用不可量,比之服药,其力百倍"。他还在《赠王仲素寺丞》、《赠陈守道》、《辨道歌》、《养生颂》等诗中对内丹理论进行了详细阐述,在《阳丹阴炼》、《阴丹阳炼》、《大还丹诀》、《续养生论》、《养生诀》、《胎息法》、《学龟息法》及《龙虎铅汞说》等文中对宋代的吐纳导引修炼法作了探讨。

三

苏轼对园林建筑亦颇多兴趣。他不仅主持修建了喜雨亭、黄楼等公用建筑,搭建了雪堂、桄榔庵等私家住宅,而且还创作了大量以园林、建筑为素材的诗文作品。南宋旧题《百家注分类东坡先生诗》将苏诗共分为79类,其中与园林建筑有关的诗就有宫殿、省宇、陵庙、城郭、都邑、村坞、舟楫、桥径、车驾、居室、堂宇、斋馆、楼阁、亭榭、园林、田圃、寺观、坟塔、庙宇、碑文、佛像、古迹等22类。苏轼虽无私家园林,但特喜游赏、吟咏园林,并亲自参加造园活动。其《和子由岐下诗并引》云:

　　　　予既至岐下逾月,于其廨宇之北隙地为亭。亭前为横池,
　　长三丈。池上为短桥,属之堂。分堂之北厦为轩窗曲槛,俯瞰
　　池上。出堂而南,为过廊,以属之厅。廊之两旁,各为一小池。
　　三池皆引汧水,种莲、养鱼于其中。池边有桃、李、杏、梨、枣、
　　樱桃、石榴、樗、槐、松、桧、柳三十馀株,又以斗酒易牡丹一丛
　　于亭之北。①

此嘉祐七年(1062)仕凤翔时作,诗序记载了苏轼在官舍旁垒石造
亭、凿池引水、植树栽花的过程,反映了作者高超的造园技巧与水
平。一般而言,宫殿代表帝王建筑,庙宇代表宗教建筑,亭、台、楼、
阁、馆、轩、斋、榭、堂、厅、舫、廊、桥、墙等则代表文人建筑,它们既
有实用价值,还有观赏价值;既是园林建筑的主要内容,又是文人
题咏的主要对象。作为文人,苏轼描写与表现亭、台、楼、阁的诗文
也相当的多,以亭为例,他既有咏亭词,《喜雨亭记》、《放鹤亭记》、
《灵璧张氏园亭记》、《墨妙亭记》、《野吏亭记》、《遗爱亭记》、《书游
垂虹亭》等咏亭文,咏亭诗如《北亭》、《绿筠亭》、《四望亭》、《东阳水
乐亭》、《李行中秀才醉眠亭三首》、《吏隐亭》、《霜筠亭》、《颜乐亭
诗》、《露香亭》、《无言亭》、《涵虚亭》、《溪光亭》、《过溪亭》、《批锦
亭》、《登常山绝顶广丽亭》等,则多达数十首;出现于苏轼作品中的
亭五花八门,如尘外亭、归真亭、四望亭、永慕亭、石林亭、会景亭、
尉水亭、临皋亭、妙峰亭、登介亭、蒜山亭、巽亭、斗野亭、占山亭、望
湖亭、阅世亭、种银亭、镇亭、义园亭、万松亭、岐亭、此君亭、归雁
亭、舒啸亭及老安亭等。这些作品在对园林建筑的具体描绘中完
整地体现了苏轼"君子可以寓意于物,而不可以留意于物"(《宝绘
堂记》)的思想,反映了简远、疏朗、雅致、天然的造园理念;它们陈

---

　　① 《苏轼诗集》卷三,第 134 页,中华书局 1982 年。

了充分展示园林建筑的自然美以外，同时还体现了人文美与艺术美。进入了苏轼笔下的园林建筑，其意境得到升华，其美誉度得到彰显，从而为当今社会留下了重要的文化旅游资源。

四

苏轼是治水专家，深知《管子·水地篇》所谓"圣人之化世也，其解在水"的道理。其《禹之所以通水之法》亦谓"治河之要宜推其理而酌之以人情"，指出了治水不仅要顾及"水"的问题，更要注重社会经济和人类发展。他多次在担任地方官员时兴修水利，嘉祐六年（1061）初仕凤翔后即倡导官民整治"古饮凤池"，引凤凰泉水入湖，沿堤植柳，兴建亭台，以为游憩之地，并作长诗《东湖》等。任杭州通判时，协助知州陈襄修复已经废弃的"钱塘六井"，解决百姓的饮水问题；又作《钱塘六井记》，批评时人认为水灾、旱灾"以其不常有而忽其所甚急，此天下之通患也"。熙宁十年（1077）知徐州，刚上任，澶州曹村处黄河决口，兼之暴雨如注，洪水直淹城下，苏轼立即组织军民抗洪，次年作黄楼以记其事，后有《九日黄楼作》，回忆当时"水穿城下作雷鸣，泥满城头飞雨滑"的水灾惨景，苏辙、秦观又分别有《黄楼赋》以赞其行；不久旱灾，又蓄水抗旱，为作《再次韵答田国博部夫二首》记载此次赈灾经历；他在徐州还为百姓求雨，有《起伏龙行》诗记其事。任杭州知州时，西湖淤塞一半，他组织人力疏浚城内连接运河的盐桥、茅山二河，使大运河、钱塘江畅通，并建闸以防海潮倒灌；然后又开湖筑堤，疏浚西湖，用淤泥修成一道长堤，堤上建成映波、锁澜等六桥。苏轼治水注重实际调查，在颍州上任之前，朝廷已经决定开挖八丈沟，但他经过反复勘测，发现淮水涨时，高出新沟一丈，若凿开淮水，则必淹颍地，遂连上三道奏折，禁开八丈沟，得到认可，为朝廷与百姓免去了大量资费与劳役。苏轼在儋州时，发现百姓常年饮用咸滩积水，极易患病，遂挖井取水饮用，于是远近乡民纷纷效仿，一时挖井成风，改变了过去饮用塘水的习惯，这些工程被百姓亲切地称作"东坡井"。据苏轼《与王敏仲书》载，广州食用咸水，常常患疾疫，他以"垂老投荒"之年，贬谪海南途中，还不忘向广州太守王古写信建议，从二十里外的蒲涧山用竹筒引水入城，解决广州居民的饮水卫生问题。王氏予以采纳，建成了世界上最早的自来水供水系统。

<h2 style="text-align:center">五</h2>

苏轼推广石炭（煤），改良秧马（一种家具），宣传水车，研讨制琴、制墨与种松、种竹之法，在古代作家中独树一帜。他知徐州时，老百姓灾后炊饭取暖的燃料陷于困境，便派人四处勘查石炭（煤），终于在徐州西南白土镇之北获得了石炭，既解灾民燃眉之急，又可冶铁作兵器。苏轼在欣喜之馀，创作了中国第一首咏煤诗《石炭》。苏轼南迁岭南，过庐陵，见曾安止所作水稻专著《禾谱》不谱农器，遂作《秧马歌》以教人，用以吟咏过去在武昌所见农夫拔秧、栽秧时乘坐的一种木制农具秧马。绍圣二年，苏轼在惠州又将《秧马歌》出示博罗县令林抃，加以改良、推广，并作《题〈秧马歌〉后四首》以记其事。南宋时，曾安止侄孙曾之谨补作《农器谱》，并将其与《禾谱》一道寄送当朝大诗人陆游。陆游特作《耒阳令曾君寄〈禾谱〉〈农器谱〉二书求诗》诗，对苏轼和曾氏祖孙关心农业的精神大加赞扬。苏轼熙宁七年所作的《无锡道中赋水车》也是一首关于农具的诗。他对一些乐器与文房四宝的制作也比较熟悉。《杂书琴事十首》"家藏雷琴"条探讨了古代名琴"雷琴"的形状与发声原理。《苏轼文集》卷七十《题跋》中关于笔的记载 16 条、砚的记载 13 条、纸的记载 4 条，而墨的记载多达 35 条，创作《谢人送墨》等诗 9 首，涉

及墨的色香、光泽、形状与品类等,他还自蓄墨数百方。苏轼对植物的栽培与研讨也颇感兴趣。他创作有《予少年颇知种松手植数万株皆中梁柱矣都梁山中见杜舆秀才求学其法戏赠二首》《戏作种松》《种松得来字》《种松法》等诗文,传授种松之法,《牡丹记序》记录和论述了植物生长形态变异的过程。旧题《格物粗谈》与《物类相感志》凡1 200多条,记载了广泛的科学知识,为我国古代重要的博物学著作,如"防竹根蔓延法"提出用皂夹刺或芝麻秆埋土中以防竹根的蔓延,就是苏轼长期爱竹、种竹的经验总结。

苏轼的科技活动不仅具有广泛性,而且还有着务实性与创新性。他善于运用行政力量推广、普及科技知识,在徐州推广石炭,在杭州建医院即如此,即使贬谪时也不忘将其科技题材作品"录示邑宰",借其行政力量予以推广。苏轼强调科技发明,更重视应用,将其充分转化为生产力。他见四川盐户制盐,采用"筒井用水鞴法"比较先进,便记录其法,并向百姓广为推广;又向社会介绍过绢纸、麻纸、海苔纸与四川名纸"布头笺"。

苏轼善于将他的科技活动提升到美学高度与文化境界,写入诗文作品中,以此拓宽文学的表现题材,丰富作品的思想内容。他的科技题材作品既表达其对科技研讨、推广与应用的经验和体会,彰显其严谨求是的科学精神与热爱科技的进步理念,又反映其爱民济物的政治理想与儒雅从容的人生态度。

苏轼对宋丽关系的基本态度及其原因分析

公元960年,后周大将赵匡胤陈桥兵变,建立天水一朝,又经过多年征战,宋太宗于公元979年基本统一了中原地区,结束了五代十国分裂的政治格局。但在赵宋之外,北方还有以契丹族为主的强大的辽(907—1125)政权。辽太祖耶律阿保机于公元916年统一契丹各部,辽太宗继位后不断扩张地理版图,插手中原事务,先是938年占领了燕云十六州,又于947年率军南下中原,攻灭五代后晋,拥有了东临日本海,北到外兴安岭,西至阿尔泰山脉,南至河北、山西一带,成为东北亚不能小觑的政治力量。与幅员辽阔的辽与北宋同时,东北亚还存在一个偏安一隅的高丽王朝(918—1392)。公元918年,新罗部将王建推翻弓裔,自立为王,定都开京(今朝鲜开城),改国号为高丽。公元935年,高丽灭新罗,936年灭后百济,基本统一朝鲜半岛,结束了国内的混乱局面,确立了府、州、郡、县的行政区划体系。高丽王朝还接收了部分被辽朝灭亡的渤海国遗民,与中国五代时期的诸王朝保持着良好关系,进入了全盛时期。由此可见,东北亚地区以唐王朝为中心的旧的政治格局逐渐被北宋及辽、高丽等其他民族政权三足鼎立的局面所取代。在这样一个国际关系风云变幻的时代,宋朝与周边国家的关系比起其他朝代更复杂,而高丽作为汉族政权旧日的藩属,与宋朝的关系就更为微妙。高丽自 962 年与宋建交以来到 1127 年北宋灭亡，与宋朝的关系时好时坏，时断时续。关于如何处理宋丽关系，宋朝内部争论不休，其中苏轼的观点颇为典型，反映了当时文人的一般看法，学界于此曾有过讨论，先后有韩国申采湜《苏轼的高丽观》、陈飞龙《苏轼高丽观之探讨》，韩国柳基荣《苏轼对韩国古代文学的影响及其高丽观之探讨》及王水照《论苏轼的高丽观》等文，①从苏轼的夷族传统观念、丽宋辽三国之间的政治外交形势、苏轼涉丽奏札的事实真伪及苏轼涉丽态度偏颇的原因分析等角度进行了有益的探讨。本文即从苏轼的角度探讨宋丽关系，以此作为苏轼思想研究，乃至为宋代外交关系研究者提供参考。

一

苏轼一生，著述丰硕，其中涉及宋丽交往的诗文凡 14 篇，尤以元祐年间所作《论高丽进奉状》、《论高丽进奉第二状》、《乞令高丽僧从泉州归国状》、《乞禁商旅过外国状》、《论高丽买书利害札子三首》等特别突出，比较典型地表达了作者在关涉宋丽关系一事上的政治、经济与文化观。

首先，苏轼认为天水一朝在与高丽的交往过程中消耗了大量人力与财物，加重了朝廷的财政支出，也给百姓带来了沉重的负担。神宗即位后，于熙宁四年（1071）恢复断交了四十年的宋丽外交关系，希望在政治上笼络高丽以牵制契丹，对高丽使臣百般优待，彼此交往又重新活跃起来，"元丰以后，待高丽之礼特厚，所过

---

① 分别见韩国《中国学报》第 27 辑（1987 年）、台湾《"国立"政治大学学报》第 64 期（1992 年），复旦大学 1996 年博士论文及《文史》第 46 辑（1998 年）。

州皆旋为筑馆,别为库,以储供帐什物".① 元丰七年(1084)二月,为迎接高丽使臣进京,神宗下诏"高丽使入贡,依式用伎乐",即宋政府在举办迎接高丽使者的宴会上,常用乐舞助兴;又下诏沿途修造馆亭,于京东、淮南二地大兴土木,建造高丽馆,百姓不堪其苦,致使"密、海二州,骚然有逃之者"。苏轼元丰八年五月起知登州,赴任途中见此景象,不胜感慨,遂作诗批评曰:"檐楹飞舞垣墙外,桑柘萧条斤斧馀。尽赐昆邪作奴婢,不知偿得此人无?"②表达了对朝廷因过度优待高丽使而靡费扰民的深度关切及要求朝廷正确处理丽宋关系的远见卓识。苏轼在元祐间所进奏章中对朝廷的这一外交政策所作的批评更是鞭辟入里,《论高丽进奉状》曰:"臣伏见熙宁以来,高丽人屡入朝贡,至元丰之末,十六七年间,馆待赐予之费,不可胜数。两浙、淮南、京东三路筑城造船,建立亭馆,调发农工,侵渔商贾,所在骚然,公私告病。朝廷无丝毫之益,而夷虏获不赀之利。"《论高丽买书利害札子三首》(其一)亦云:"臣伏见高丽人使,每一次入贡,朝廷及淮浙两路赐予馈送燕劳之费,约十馀万贯,而修饰亭馆,骚动行市,调发人船之费不在焉。"作者认为这样做于朝廷"并无丝毫之利,而有五害",其中首害即在于"(宋朝)所得贡献,皆是好玩无用之物,而所费皆是帑廪之实,民之膏血"。③这句话清楚地表明了丽宋之间"贡赏"的不平衡性,高丽带给宋的只是华而不实的"玩物",而宋赏赐给高丽的却是给百姓带来沉重负担的民脂民膏。苏轼还认为,高丽得陇望蜀,贪得无厌,若任凭发展,则宋朝所陷更深,"无厌之虏,事事曲从,官吏苟循其意,虽动

---

① 叶梦得:《石林燕语》,第 44 页,中华书局 2006 年。

② 《元丰七年,有诏京东、淮南筑高丽亭馆,密、海二州,骚然有逃广者,明年,轼讨之,叹其壮丽,留一绝云》,《苏轼诗集》卷二十六,第 1378—1379 页,中华书局 1982 年。下同。

③ 《苏轼文集》卷三十五,第 994 页,中华书局 1986 年。下同。

众害物，不以为罪，稍有裁节之意，便行诘责，今后无人敢逆其请。使意得志满，其来愈数，其患愈深。"①

　　其次，苏轼认为，宋朝频繁的和高丽交往不利于国家的安全。在苏轼看来，作为契丹的臣属国，高丽若不与之"阴相计构"，想堂而皇之地往来于宋是不可能的，故其《论高丽进奉状》一针见血地指出："使者所至，图画山川，购买书籍。议者以为所得赐予，大半归之契丹。虽虚实不可明，而契丹之强，足以祸福高丽；若不阴相计构，则高丽岂敢公然入朝中国？有识之士，以为深忧。"《乞禁商旅过外国状》也说："不惟公私劳费，深可痛惜，而交通契丹之患，其渐可忧。""不惟免使高丽因缘猾商时来朝贡，搔扰中国，实免中国奸细，因往高丽，遂通契丹之患。"他在《论高丽买书利害札子三首》（其一）中进一步分析说："高丽所得赐予，若不分遗契丹，则契丹安肯听其来贡，显是借寇兵而资盗粮。""高丽名为慕义来朝，其实为利，度其本心，终必为北虏用。何也？虏足以制其死命，而我不能故也。今使者所至，图画山川形胜，窥测虚实，岂复有善意哉？"在熙宁年间，高丽贡使向所经过的州县索要地图，图上有详尽的山川、道路、地势，于是苏轼就做了一定的推测，指出高丽朝贡宋朝名为慕义，实则慕利，且其所得多分与契丹。宋朝相对于唐积贫积弱，不仅本朝的社会危机不断地加剧，而且周边又有虎视眈眈的其他民族政权，所以不得不谨小慎微，步步为营。苏轼一生虽未曾到过高丽，但这种推测也不是全无根据，他曾转引淮东提举黄实的话说："见奉使高丽人言：'所致赠作有假金银锭，夷人皆坼坏，使露胎素，使者甚不乐。夷云：非敢慢也，恐契丹有觇者以为真尔。'由此观之，高丽所得吾赐物，契丹皆分之矣。而或者不察，谓契丹不

知高丽朝我,或以为异时可使牵制契丹,岂不误哉。"①苏轼指出,高丽所得宋朝赏赐定分与契丹,这无异自损其力而资仇寇以粮,那种试图以夷制夷,用高丽来牵制契丹的想法实在是误国之谈。

苏轼主张禁止向高丽流传图书文献,也是从国家安全的战略高度来考虑的。元祐八年,高丽使臣欲买国子监《册府元龟》、历代史、太学敕式等图书,苏轼作为礼部尚书,坚决反对,并作《论高丽买书利害札子三首》上奏朝廷,分析利害。第一篇开宗明义地说:"臣窃以谓东平王骨肉至亲,特以备位藩臣,犹不得赐,而况海外之裔夷,契丹之心腹者乎?""臣闻河北榷场,禁出文书,其法甚严,徒以契丹故也。今高丽与契丹何异?若高丽可与,即榷场之法亦可废。"②按汉宣帝的第三子刘宇,公元前52年十月受封为东平王,建都无盐(今山东东平县),死后由儿子刘玄继任为第二代东平王。史称刘宇骄淫无道,对皇帝不忠不孝,刘玄诅祝皇帝,窥觊皇位,故朝廷对二人防范甚严。作者从远近纵横各方面对比阐释,指出"榷场之法"应适用于高丽。在札子第二篇中,他接着论述说"以谓文字流入诸国,有害无利","中国书籍山积于高丽,而云布于契丹矣"。③ 其三亦云:"臣所忧者,文书积于高丽,而流于北虏,使敌人周知山川险要边防利害,为患至大。"④在这篇札子中,苏轼对宋朝图书外流、情报泄密的现状深感忧虑,体现了国家利益至上的高度责任感。在宋辽丽的三角关系中,高丽采取的是非常务实的外交政策:因其与强虏为邻,故政治、军事上多依托辽国,而在经济与文化交流上则与宋朝有着密切的联系。高丽在得到宋朝所赐图书

---

① 《东坡志林》卷三"高丽"条。
② 《苏轼文集》卷三十五,第995—996页。
③ 《苏轼文集》卷三十五,第999页。
④ 《苏轼文集》卷三十五,第1000页。

文献后部分地与契丹分享,苏轼谓宋朝图书"积于高丽,而流于北虏"的推测不是没有道理的。高丽所得之物分与契丹的猜测,有些学者认为这是苏轼狭隘的"天朝大国"思想在作怪,可苏轼的前辈至交张方平、其弟苏辙均提出了和苏轼相似的观点:"臣窃闻高丽国进奉使人下三节人颇有契丹潜杂其间,经过州、县,任便出入街市买卖,公然与百姓祗应交通,殊无检察。所至辄问城邑山川、程途地理、官员户口,至乃图画、标题意要将还本国。自诸边关一虏入界,谓之细作,种搦甚严。今契丹之人与高丽相参遂至京辇,中外动静,何事不闻? 漏泄国情,深为不便。"①"徒使淮、浙千里,劳于供亿,京师百司,疲于应奉,而高丽之人所至游观,伺察虚实,图写形胜,阴为契丹耳目。或言契丹常遣亲信隐于高丽三节之中,高丽密分赐予,归为契丹,几半之奉。朝廷劳费不訾,而所获如此,深可惜也。"②如果说前揭多系听闻之辞,那么苏辙以"北朝皇帝生辰国信使"的身份出使契丹,回朝之后所云则是有理有据的了:"本朝民间开版印行文字,臣等窃料北界无所不有。臣等初至燕京,副留守邢希古相接送,令引接殿侍元辛传语臣辙云:'令兄内翰(谓臣兄轼)《眉山集》已到此多时,内翰何不印行文集,亦使流传至此?'……臣等因此料本朝印本文字多已流传在彼。"③宋对于契丹采取的是书禁的政策,可有流传在契丹的文字,并不能说这些书绝对都是从高丽流向契丹的,可在这个民族关系十分微妙的时代,出现这样的情况的确足以给宋王朝敲响警钟。

再次,苏轼认为过多地与作为辽臣属国的高丽接触会造成辽

---

① 《乐全集》卷二十七《请防禁高丽三节人事奏》。

② 《栾城集》卷四十六《乞裁损待高丽事件札子》,第 1003 页,上海古籍出版社 1987 年。

③ 《栾城集》卷四十二《北史还论北边事札子五道》(其一)《论北朝所见于朝廷不便事》,第 937 页,上海古籍出版社 1987 年。

的不满,从而引起战乱。宋辽自从真宗景德元年(1004)签订了澶渊之盟后,两国一直处于相对和平的状态。宋朝用输给契丹岁币的方式来换取和平,虽然丧失了大国的尊严,但没有了连年的征战,百姓得以休养生息,故满朝文武很珍惜这来之不易的稳定局面。苏轼则担心过多地接触高丽,会导致契丹的不满,从而引发战争。他在《论高丽买书利害札子》中,这种担忧展露无遗,"庆历中,契丹欲渝盟,先以增置塘泊为中国之曲,今乃招来其与国,使频岁入贡,其曲甚于塘泊。幸今契丹恭顺,不敢生事,万一异日有桀黠之虏,以此借口,不知朝廷何以答之"。① 从国家的利益出发,苏轼对变幻莫测的周边形势做出必要的分析和预测,不得不说他具有高瞻远瞩的眼光。这种防患于未然的认识不仅表现在政治上,而且还体现在宋丽两国的经济贸易上。苏轼主张宋朝不要与高丽通商,以免影响与辽的外交关系。他在《乞禁商旅过外国状》中不无担忧地说:"据泉州纲首徐成状称,有商客王应升等,冒请往高丽国公凭,却发船入大辽国买卖……显见闽、浙商贾因往高丽,遂通契丹,岁久迹熟,必为莫大之患。"②从宋朝当时的主流意见来看,大多数人主张与高丽友善,以牵制辽,苏轼则反其意而行之,虽然可能会对宋丽之间正常外贸有一定的影响,但在总体上却表现了他的良苦用心。他在元祐五年知杭州时果断地处理了"专擅为高丽国雕造经版二千九百馀片"的泉州商人徐戬,从根本上遏制了宋丽民间私自交往,尤其是杭州、泉州等七州的人借着从商的名义与外国相互勾结,走私军火,泄露国家机密,以牟取暴利的不法行为。这一做法在政治上也要承担风险,弄不好会灾祸及身。为不影响他人,苏轼在《论高丽买书利害札子三首(之一)》的奏折中说这是

① 《苏轼文集》卷三十五,第 994—995 页。
② 《苏轼文集》卷三十一,第 888 页。

他个人的观点,"不干僚属及吏人之事。若朝廷以为有罪,则臣乞独当责罚,所有吏人,乞不上簿"。为此,南宋陆游对苏轼的这种忧国忧民思想给予了由衷的赞许:"公不以一身祸福,易其忧国之心,千载之下,生气凛然。"①甚至连乾隆年间来华游历过的朝鲜文人朴趾源也不得不说:"子瞻以当时招徕高丽为失计,观其诸所记述,俱为国家深长之虑。"②

二

苏轼出于政治与军事的考量,出于国家利益和国家安全因素的考虑,虽反对宋代图书外流高丽,但并没有被"严华夷之防"的传统观念所束缚。他对正常的宋丽文化交流还是支持的,对高丽文化并不排斥,高丽文物多次出现在他的诗文作品中。

宋朝虽然军事上没有唐朝那么强大,但科技与文化辉煌灿烂,依然是整个东北亚的文化中心。唯其如此,高丽不断地派使者来宋,一方面是为了寻求大国的庇护,用宋来制衡辽的武装侵略;另一方面是对华夏文化的仰慕与认同。高丽开国帝王王建临终说:"为我东方,旧慕唐风,文物礼乐,系尊其制,殊方异土,人性各异,不必苟同。契丹乃禽兽之国,风俗不同,言语亦异,衣冠制度,慎勿效焉。"③作为高丽的最高统治者,他的遗言对高丽的外交政策有着深刻的影响。高丽虽然迫于军事压力臣服于辽,与宋断交了四十多年,但是在思想情感上却是仰慕华风的。所以在与宋交往的过程中,高丽派遣了大量的留学生、文人、诗僧来华学习中国传统

---

① 《陆游集》,第 2262 页,中华书局 1976 年。

② 《热河日记》,第 731 页,朝鲜国立出版社,1956 年。

③ 《五代辽宋夏金元阿拉伯拜占庭英国法国德国》,王岩主编《那时的中国看世界:中西上下五千年文明比较(第六卷)》,第 66 页,内蒙古大学出版社 2011 年。

文化。苏轼《送杨杰并引》说:"无为子尝奉使登泰山绝顶,鸡一鸣,见日出;又尝以事过华山,重九日饮酒莲华峰上;今乃奉诏与高丽僧统游钱塘。皆以王事而从方外之乐,善哉,未曾有也。作是诗以送之:天门夜上宾出日,万里红波半天赤。归来平地看跳丸,一点黄金铸秋橘。太华峰头作重九,天风吹艳黄花酒。浩歌驰下腰带鞚,醉舞崩崖一挥手。神游八极万缘虚,下视蚊雷隐污渠。大千一息八十返,笑厉东海骑鲸鱼。三韩王子西求法,凿齿弥天两勍敌。过江风急浪如山,寄语舟人好看客。"①从这一诗一序可以看出,苏轼对于宋丽之间单纯的文化交往是非常肯定的,并没有夷夏之辨的狭隘之心,而是以一种"天朝大国"的心态接纳邻邦的慕名而来。高丽朝进贡的高丽松扇、高丽盆、高丽铜瓶、高丽磨衲在苏轼的笔下也曾多次出现过。曾经出使高丽的宋代使臣徐兢在其《宣和奉使高丽图经》卷二十九云:"松扇,取松之柔条细削成缕,槌压成线,而后织成。上有花文,不减穿藤之巧,唯王府所赆使者最工。"元丰七年,钱勰出使高丽,回国后将所得高丽松扇分与友人苏轼、孔武仲、张耒等,众人赋诗记其事,孔武仲有《钱穆仲有高丽松扇馆中多得者以诗求之》,张耒有《谢钱穆父惠高丽扇》,苏轼有《和张耒高丽松扇》,诗曰:"可怜堂上十八公,老死不入明光宫。万牛不来难自献,裁作团团手中扇。屈身蒙垢君一洗,挂名君家诗集里。犹胜汉宫悲婕妤,网虫不见乘鸾子。"②张耒原作颂"三韩使者文章公"为官廉洁,出使高丽仅带回松扇两只;苏轼立意与原作不同,用拟人手法,为松无法被重用去筑明光宫,却不幸被裁作扇而鸣不平。"十八"上下组成"木","木"右加"公",即为"松",故"十八公"即指"松"。黄庭坚亦有《谢郑闳中惠高丽扇》诗。苏轼还得到过高丽使

---

① 《苏诗补注》卷二十八,第758页。
② 《苏诗补注》卷二十九,第851页。

者赠送的铜盘，用以盛装他精心收藏的仇池石，其《仆所藏仇池石希代之宝也王晋卿以小诗借观》诗曰："盛以高丽盆，藉以文登玉。"又《鳆鱼行》："三韩使者金鼎来，方奁馈送烦舆台。"[①]他的《万石君罗文传》曰："其后于阗进美玉，上使以玉作小屏风赐之，并赐高丽所献铜瓶为饮器，亲爱日厚，如纯辈不敢望也。"[②]表现了苏轼对于异域文明的认可和赞赏。元丰八年，长老佛印了元大师游京师，天子闻其名，以高丽所贡袈裟磨衲赐之。苏轼特作《磨衲赞并序》："当知此衲，非大非小，非短非长，非重非轻，非薄非厚，非色非空。一切世间，折胶堕指，此衲不寒，烁石流金，此衲不热，五浊流浪，此衲不垢，劫火洞然，此衲不坏。"宋朝也有过派苏轼前往高丽的想法，后来因为同行的人担心风急浪高，而就此作罢。他在《与林子中五首》其三说道："且寄数字，贵知此行果决如何？若不能免，遂浮沧海、观日出，使绝域知有林夫子，亦人生一段美事也。"[③]可见他勇于追求不同的人生体验，有着开放的文化心态。

基于以上的行为表现，苏轼不仅没有被高丽文人仇恨，反而赢得了普遍尊重，其强大的文化影响不仅遍布中土，而且远及包括高丽、日本在内的整个"汉文化圈"。高丽王朝文士们最推崇的中国古代作家即是苏轼。著名诗人李奎报（1168—1241）在《答全履之论诗文书》中说："且世之学者，初习场屋科举之文，不暇事风月，及得科第，然后方学为诗，则又嗜读东坡诗，故每出榜之后，人人以为今年又三十东坡出矣。"[④]徐居正（1420—1488）《东人诗话》亦云"高丽文士专尚东坡"，"高、元间，宋使求诗，学士权适赠诗曰：'苏

---

① 《苏诗补注》卷二十六，第769页。

② 《苏轼文集》卷十三，第425页。

③ 《苏轼文集》卷五十五，第1656页。

④ 见《东国李相国集》卷二十六，转引自张伯伟著《域外汉籍研究入门》，第287页，复旦大学出版社2012年。

子文章海外闻,宋朝天子火其文。文章可使为灰烬,千古芳名不可焚。'宋使叹服。其尚东坡可知也"。① 由此看出,"专学东坡"在高丽已经成为一种社会风尚,其影响可见一斑。

三

　　苏轼对宋朝与高丽外交关系的主张及其正确性可以从宋丽辽三方当时的政治企图与军事实力得到印证。宋朝与高丽、辽在东北亚陆地三足鼎立,其中辽是敌国,高丽是辽的臣属国。宋丽两国隔海相望,所辖地域被辽隔离,宋辽、丽辽战争不断,而宋丽则没有发生直接战争,因而宋朝的联丽制辽貌似合理,但实际上两国却无法达成联盟,因为相比较于辽,宋丽两国军事实力弱小,尤其是宋朝还没有显示出足够的力量让高丽愿意将自己的国家命运绑在其战车上,因而联丽制辽的想法无异痴人说梦。

　　首先,我们来看宋辽在当时的军事态势。北宋于 979、980、986 年分别与辽发生高梁河之战、莫州之战、涿州之战,宋皆败绩。尤其是雍熙三年(986),宋为了收复后晋石敬瑭割让给辽的燕云十六州,太宗在灭北汉后,派遣 20 万大军兵分四路,从太原大举北伐。在伐辽之前,太宗就派人游说高丽,希望高丽与宋联手,共同夹击辽,但是高丽给予的只是口头上的承诺,并没有实际出兵去帮助宋,此时的高丽作为宋的臣属国,是有义务出兵的,却没有做到自己所承诺的。雍熙北伐以宋的惨败而结束,从而成为宋王朝对契丹政权最后一次大规模的战略性进攻。此战的失利,使宋对辽的战略关系由军事进攻转变为战略防御。景德元年(1004),辽南侵宋朝,宰相寇准力排众议,劝真宗赵恒御驾亲征,双方会战于距

---

　　① 张伯伟:《域外汉籍研究入门》,第 291 页,复旦大学出版社 2012 年。

都城东京三百里外的澶渊,局势有利于北宋,但赵恒惧于辽的声势,并虑及双方交战已久,互有胜负,不顾寇准反对,以每年给辽一定金银为"岁币",于澶渊定盟和解,史称"澶渊之盟"。从此以后,辽也没有再组织大规模对宋的侵略战争,双方势均力敌,处于战略相持阶段。

其次,丽、辽前期的战争时断时续,互有胜负,辽以武力征服高丽的企图一直无法实现,到后来则双方相安无事,和睦共处。926年,契丹消灭渤海国后,欲将军事存在延扩到朝鲜半岛。高丽太祖则吸纳渤海遗民,欲与宋结盟,对契丹采取敌对政策,积极北伐,以收复被辽占领的失地。942年,契丹送给高丽50匹骆驼,遭高丽太祖拒绝。契丹来使被放逐到孤岛,所送骆驼也都被饿死。为了防止宋丽结盟,联合对付契丹,契丹先后于983年、985年、989年三次小规模偷袭高丽。993年,契丹80万大军从辽国出发,越过鸭绿江大举入侵高丽西北部。高丽军队与契丹在凤山郡展开激烈的斗争,进行了顽强的抵抗,契丹意识到以武力征服朝鲜半岛的代价将是巨大的,于是开始与高丽进行谈判。在高丽同意断绝与宋的联盟后,契丹撤退,并将鸭绿江以东土地还给高丽。1009年,高丽发生兵变。抗辽大将康肇杀死对辽妥协的穆宗,拥立显宗为王。契丹趁机以为穆宗报仇为由,发动40万大军再次入侵高丽。康肇率军奋力抵抗,但最终不敌契丹而战死沙场,显宗也逃离皇城。契丹占领开城后,由于深入敌境,战线拉得太长,担心会受到高丽反击,开始撤退。高丽趁势反攻,给予契丹以沉重打击。1018年,契丹不甘心失败,再派10万大军卷土重来,仍不敌高丽军队。双方再次谈和,契丹自此再也没有大规模入侵高丽。

再次,我们来看宋丽两国的外交关系。高丽有着"皇彼辽左,式是海东"的优越地理位置,故宋建国以来每一个帝王的梦想是联合高丽以抗辽,收回幽云十六州,而辽则希望不断向南进行军事扩张。早在仁宗庆历四年，富弼就上奏说："来则善遇之，许其岁朝京师，赐予差厚于前，使回其心，优为诏命之辞，以悦其意。他时契丹复欲犯顺，以逞凶志，我遣人使高丽激之。丽素怨契丹侵其地，又敛取过重，向者恨无大国之助以绝之，闻今之说，则欣然从命，然则契丹不足破也。"①雄心勃勃的宋神宗继位后，继承先帝们的遗愿，任用王安石变法，综合国力大幅度提高，国家政治的相对稳定为外部的扩张提供了有利条件，于是一改过去对契丹消极防御，转变为积极备战，采取"以夷制夷"，对辽形成夹击的策略。其中"通好"高丽是北宋经营北方的一个重要环节。宋朝为了拉拢高丽，在经济上、政治上采取了极其优待的政策，从中央到地方无不如此，对高丽的重视程度很多方面都超越了契丹。《乐全集》卷二十七《论高丽使人相见仪式事奏》云："臣（张方平）近见江淮发运司牒报：今（熙宁九年十月）高丽系外蕃，其进奉使人乃陪臣也，宣徽使班秩同见任两府，出城接送礼更重于契丹。"②朱彧《萍洲可谈》卷二亦云："元丰待高丽人最厚，沿路亭传皆名高丽亭。高丽人泛海而至明州，则由二浙溯汴至都下，谓之南路。或至密州，由京东陆行至京师，谓之东路。二路亭传一新，常由南路未有由东路者。高丽人便于舟楫，多赍辎重故尔。"③宋如此大费周章地拉拢高丽，其目的是很明显的。

　　高丽因国力弱小，一直积极发展与宋的外交关系。早在建隆三年（962）十月，高丽光宗王昭就"遣其广评侍郎李兴祐、副使李励希、判官李彬等来朝贡。"④同年十二月，高丽用宋年号纪年，与宋的外交关系正式建立。宋丽中途断交四十年，但熙宁四年（1071）

----

① 曾枣庄 刘琳主编，《全宋文》第 14 册，第 661 页，巴蜀书社 1991 年。
② 郑涵点校：《张方平集》，第 423 页，中州古籍出版社 2000 年。
③ 宋晞主编：《宋史研究论丛》第 5 辑，第 50 页，中国文化大学出版部 1999 年。
④ 脱脱等：《宋史》，第 14036 页，中华书局 1985 年。

又复交,并于神宗、哲宗与徽宗三朝达到高潮,直至南宋隆兴二年(1164)再次绝交。两国外交关系的发展不能一帆风顺,时断时续,时浅时深,主要原因在于受契丹(辽)政权的制约而变得复杂微妙。高丽在与宋的交往过程中,早先更多的是出于经济、文化的考虑,也想与宋结盟,但后来迫于辽的军事压力。高丽作为汉文化圈中文明程度仅仅次于宋朝的一个国家,"思慕华风"是千真万确的,高丽国第十一代君主文宗王徽就做过"中国梦":"高丽自端拱后不复入贡。王徽(1019—1083)立,尝诵《华严经》,愿生中国。……徽一夕梦至京师观灯,若宣召然。遍呼国中尝至京师者问之,略皆梦中所见,乃自为诗识之曰:'宿业因缘近契丹,一年朝贡几多般。忽蒙舜日龙轮召,便侍尧天佛会观。灯焰似莲丹阙迥,月华如水碧云寒。移身幸入华胥境,可惜中宵漏滴残。'"①表现了高丽从最高的统治者到文人志士对汲取华夏文明的不遗馀力。但是要把这种对文明的倾慕变为政治军事上的联盟是基本不可能的,相对于辽、宋这样的大国,高丽小国寡民,联合宋去攻击辽,不亚于火中取栗,把自己的国家和百姓置于水深火热之中,不管是宋还是高丽,任何的外交政策都是以自己本国的利益为出发点的,所谓的仰慕、联盟只是在不触碰国家的根本利益情况下的权宜之计。忽宋忽辽、又宋又辽,才是其真正的国策。

　　基于以上分析可见,在北宋与辽对峙的情况下,北宋希望联合高丽以牵制辽的军事扩张,实际上是行不通的。"联丽"过分地强调高丽与辽的宿怨及高丽对宋的归附之心,而忽略了高丽在三角外交网络中对自身利益的追求和维护。高丽国的外交很务实,希望以小博大,同时与宋、辽建立朝贡关系,以减轻来自北边强邻辽军事侵略的压力,同时可以大力发展国内经济、文化。无论高丽多

---

① 叶梦得撰,侯忠义点校:《石林燕语》卷二,第28—29页,中华书局2006年。

么仰慕华风,在错综复杂的情势下,是以自己国家的根本利益为出发点的;同样地,宋朝曾一度优待高丽的政策,也不能排除自身利益的考虑。

"读史使人明智",纵观整个东北亚当时历史,我们不难发现,苏轼对宋丽关系的认识与看法完全正确。宋是一个民族矛盾层出不穷的朝代,周边有辽、西夏、金等一些少数民族政权,所以统治者始终都生活在不安当中,从宋仁宗、神宗时的"联丽抗辽"(实际从来都没有达到联盟的状态),到徽宗的"联金抗辽",再到理宗的"联蒙抗金",虽然相继使得辽、金灭亡,可是唇亡齿寒,没有其他民族政权的相互牵制,以及自身的软弱和腐败,最终导致了本民族政权的分崩瓦解;到了明末时,蒙古部落联合当时的女真部落,抗击明朝的统治,明朝的腐败预示着它最终的灭亡,可是蒙古部落也没能阻止女真的铁骑,最终臣属于后金政权。历史的教训见证了一个事实:除非自身足够的强大,否则依靠外族的力量,是无法达到统治的长治久安。北宋中期,以神宗为首的政治势力仍然想延续一个已经被历史证明是错误的国策,苏轼从一开始就不赞同与高丽朝过多的交往,是有先见之明的,浪费人力、物力、财力去做一件收效甚微的事,从百姓、国家的利益出发,去反对是无可厚非的。因此,百年之后,著名理学家朱熹对北宋当时联丽制辽的国策也提出了与苏轼类似的看法:"神宗其初要结高丽去共攻契丹。高丽如何去得!契丹自是大国,高丽朝贡于彼,如何敢去犯他?"[1]维持和平是在敌我双方势力相当的情况下才会出现的。南宋另一大儒胡寅在呈给皇帝的万言书中,十分清楚而理智地说:"盖和之所以可讲

---

[1] 朱熹:《朱子语类》卷一百三十三,第 2880 页,岳麓书社 1997 年。

者,两地用兵,势力相敌,利害相当故也,非强弱盛衰不相侔所能成也。"①胡寅所云虽是就南宋与金两国关系而言的,对北宋与辽的交往同样适应。宋本身的国力虚弱,制定联盟的外交政策,恰如空中楼阁,最终招祸及身则是一种必然。苏轼自熙宁至元丰,大概有十六七年的时间目睹了宋对于高丽的种种优待,而在政治、军事上却得益其微,宋丽的军事联盟始终都没有如愿以偿,因此,苏轼反对频繁与高丽交往并不是一时的冲动,而是出于日积月累的深思熟虑。

---

① 《上皇帝万言书》,胡寅撰:《崇正辩斐然集》之《斐然集》卷十六,第337页,中华书局1993年。

苏轼南贬儋州经行路线考论

"诗人例穷苦,天意遣奔逃。"(《次韵张安道读杜诗》)苏轼唱和父辈张方平的这句诗既是古今诗人的共同命运,又道出了自己的人生遭遇。他一生东飘西荡、南羁北宦,其中远贬儋州可谓其宦迹的最后一站。苏轼于绍圣四年(1097)四月十九日离开惠州,再贬琼州别驾,昌化军安置,同年七月二日到达儋州。元符三年(1100)六月上旬遇赦北归,建中靖国元年(1101)一月四日到达大庾岭,结束了岭南贬谪生活,回到内地。其间南下、北归经行路线及创作情况对深化晚年苏轼研究不无裨益,目前尚无人系统、全面地加以探讨①。本文拟以苏轼南贬的记行诗文为主,结合相关历史文献,对此进行初步考析,以引起学界同仁的关注与进一步思考。

一、南下徐闻

苏轼南贬惠州,虽经历过远离朝廷、思念亲人、失去爱妾朝云等各种人生苦楚,然还能排遣苦闷,自娱自乐,有着"日啖荔支三百颗,不辞长作岭南人"(《食荔支》二首其二)、"报道先生春睡美,道

---

① 按杨子怡《苏轼南贬入粤路线图考论》(《乐山师范学院学报》2006 年第 8 期)对苏轼元符元年(1094)离开定州,南贬惠州的经行路线与创作做了初步探讨,可参。

人轻打五更钟"(《纵笔》)等富有诗意的快乐。但好景不长,绍圣四年,已经 62 岁的苏轼再一次被命运所捉弄。是年朝廷加重对元祐党人的惩罚,苏辙、秦观、吕大防、刘挚、范纯仁等再贬岭南,苏轼则于闰二月十九日被贬为琼州别驾,昌化军(儋州)安置,也就是说,要流放海外,到天涯之远的儋州去谪居了。海南远离大陆,是唐宋时期朝廷流贬罪人最为遥远的地方。再历二月,他正式接到朝廷诰命,便匆匆启程,离开惠州,离开刚落成不久还没更多享用的白鹤峰新居,其《到昌化军谢表》载:"今年四月十七日,奉被告命,责授臣琼州别驾昌化军安置,臣寻于当月十九日起离惠州,至七月二日已至昌化军讫者。"①四月十七日的不幸之日似乎命中注定,其《僧伽同行》载惠州知州方子容携告命来时说:"此固前定,可无恨。吾妻沈素事僧伽,谨甚。一夕梦和尚告别。沈问所往? 答云:'当与苏子瞻同行,后七十二日,当有命。'今适七十二日矣,岂非前定乎?"(页 2323)苏轼将家人留在惠州,由刚来此地不久的长子苏迈照料,只带幼子苏过随其前行。送行者有李思纯之子李光道。他在儋州回忆临行时的情景说:"臣孤老无托,瘴疠交攻。子孙恸哭于江边,已为死别;魑魅逢迎于海外,宁许生还?"(页 707)可见当时的境况十分凄凉。苏轼乘舟沿东江顺流而下,这正是他三年前来惠州时走过的路线。达到番禺(属广州)东部小镇扶胥,曾泊舟小憩,时接友人广州知州王古函,②知其已由广州改知袁州。王古约其相遇于途中,苏轼知其不可,乃回简,"以代面别"。内云:"某垂老投荒,无复生还之望,昨与长子迈诀,已处置后事矣。今到海南,首当作棺,次便作墓,乃留手疏与诸子,死则葬于海外。"(页

---

① 孔凡礼点校:《苏轼文集》,第 707 页,中华书局 1986 年。下引此书仅标页码。
② 按王古字敏仲,曾祖王旦,《元祐党人传》卷三载:"(绍圣)四年,坐谢表诞妄,缔交合党,夺职知袁州"。

1695)可见他已作好了终老海南的心理准备。苏轼到达广州时,王古已经北上袁州,故他在此并没有过长时间停留,便匆匆赶路了。其渡海前的书简《与史氏太君嫂》回忆说"某谪海南,狼狈广州",看来当时的情形十分困苦。

过广州后,苏轼改由西江乘船逆流而上,至新会时涨大水而停留数日,因爱月华寺之胜,题咏徘徊,又传访道人钟鼎于金溪寺。新会亦属广州,在其西南三百三十里。过新会后,即出了广南东路,到达梧州。梧州治苍梧县,属广南西路,从此至元符三年北归再次途经此地,其行踪均在广南西路。苏轼在梧州,闻及苏辙已达藤州,遂追赶,其详见诗题《吾谪海南子由雷州被命即行了不相知至梧乃闻其尚在藤也旦夕当追及作此诗示之》所记。兄弟俩虽同贬岭南,苏轼还不忘在该诗中打趣地说:"莫嫌琼雷隔云海,圣恩尚许遥相望。"据苏轼《和陶止酒并引》载,他与苏辙一家"五月十一日,相遇于藤,同行至雷。六月十一日,相别,渡海"。① 二苏相遇,当有前约。苏辙绍圣四年二月二十八日责授化州别驾,雷州安置,苏轼在惠州既已闻弟贬讯。兄弟俩重逢后,尝舣舟登岸,题咏江月楼。自藤州后,便离开西江主航道,折向西南沿西江支流绣江而上,至容州,尝晤道士邵彦肃。至高州,又游览冼夫人庙,其《和陶拟古九首》之五首开吟咏冼夫人之先河。六月五日,抵达雷州。雷州治海康县,仅辖海康一县。州守张逢、海康令陈谔接见郊外。张逢系苏轼的学生,前此以书通殷勤,当日至门首迎接,第二天又"延入馆舍,礼遇有加"。离雷州时,张逢差人津送,亲送于郊,足见对这位大文豪的赏识,但由此也被帅臣段闻之弹劾而"坐除名"。②

---

① 《苏诗补注》卷四十一,第 1248 页。
② 《独醒杂志》卷四,见《清波杂志》(外八种),上海古籍出版社 1991 年。

苏轼在雷州写有《雷州八首》的组诗，表达当时的政治处境与生活境况。① 但他并未过久停留，仅稍作休憩，停留四日即南下，王文诰《苏诗总案》卷四十一的解释是："公必以八日离雷，始能于十一日渡海，留雷不及四日。朝命严迫，亦不便更留也。盖自五月十一日发藤州，至六月五日至雷，无须行二十馀日，正以雷州不可逗留，故缓程于途中。两公所欲言者，已于斯时尽矣。"苏轼离开雷州后，来到中国大陆的最南端徐闻递角场，故该书同卷又曰："九日达徐闻。冯太钧迎至海上，祷于两伏波庙，止递角场。"当地官员冯太钧（一作冯大钧）前来迎接，带领苏轼父子祈祷于两伏波庙，以求渡海平安，又送至"递角场"海边。苏轼第二天作有《与冯太钧书》。徐闻已于开宝四年（971）与遂溪一道并入海康县，晚至乾道七年（1171）复置，治隶（递）角场，在雷州南二百二十里。苏轼《与林济甫二首》其一谓："今日到海岸，地名递角场，明日顺风即过琼矣。"（页1804）足见苏轼在徐闻仅作短暂停留，很快就与苏辙分别，与幼子苏过仓皇渡海。兄弟俩前此已有数年未见，此次相聚刚好一月，从此以后，便成永诀，直到苏轼去世，兄弟俩再也没有见面了。

二、海南历程

徐闻与琼州仅一海之隔，乘船半日可到。周去非《岭外代答》载："今雷州徐闻县递角场，直对琼管，一帆济海，半日可到。"②琼管，即指当时统辖海南全岛各州军的行政机关所在地琼山。苏轼

---

① 王文诰《苏诗总案》卷四十一："留雷不及四日，而痔疾复作，何暇为《雷州八首》，况其诗中时叙全不类乎。"按此诗或为秦观作，见《淮海集笺注》卷六《雷阳书事》其一、其三及《海康书事》其一至其六，上海古籍出版社1994年。

② 见《岭外代答》卷一《边帅门·琼州兼广西路安抚都监》。

当日即顺利到达琼州岸,其北归途中所作《伏波将军庙碑》回忆他上岸后的所见所感时说:"自徐闻渡海,适朱崖,南望连山,若有若无,杳杳一发耳。舣舟将济,眩栗丧魄。"(页506)这时旧交张景温前来迎接,劝其稍留,苏轼以病为辞。① 琼州倅黄宣义亦会苏轼,转送郑靖老的信函,苏轼复函并作《众妙堂记》寄上。② 琼州治琼山县,辖琼山、澄迈、文昌、临高、乐会五县。其城东北隅有双泉,味甚甘,苏轼北归时所作《洞酌亭诗并引》说:"丁丑岁六月,南迁过琼,始得双泉之甘于城之东北隅。"《苏诗总案》卷四十一载苏轼到达琼州后,"遂赁舆行,过琼城之东廓,止于逆旅,得双泉而异味,公饮之"。苏轼离开琼州后的经行路线,《苏诗总案》卷四十一亦载:"(苏轼)道出三山庵,遇僧惟德,啜泉而行,遂发西路,至澄迈,止赵梦得家,并题清斯、舞琴二榜,书陶杜诗。"足见其在澄迈时有过短暂停留。周必大《二老堂诗话》亦云:"广西有赵梦得,处于海上,东坡谪儋耳时,为致中州家问。坡尝题其澄迈所居二亭:曰'清斯',曰'舞琴'。仍录陶渊明、杜子美诗及旧作数十纸与之。"③苏轼经澄迈到昌化军,其间有《行琼儋间肩舆坐睡》诗云:"四州环一岛,百洞蟠其中。我行西北隅,如度半月弓。登高望中原,但见积水空。此生当安归,四顾真途穷。眇观大瀛海,坐咏谈天翁。茫茫太仓中,一米谁雌雄。幽怀忽破散,永啸来天风。"诗中的"四州"指当时海南的琼州、昌化军(儋州)、万安军(万安州)、朱崖军(崖州)等四个州军。经过两个半月时间的折腾,苏轼终于在七月二日到达贬所昌化军,在按惯例所作的《到昌化军谢表》中心酸地说,"并鬼门

---

① 见《与张景温书》,孔凡礼点校:《苏轼文集》卷五十八,第1763页,中华书局1986年。下同。

② 见《与郑靖老》(第二简),《苏轼文集》卷五十六,第1675页。

③ 魏显廷,胡令远编纂《周必大诗话》,见吴文治主编:《宋诗话全编》(六),第5910页,江苏古籍出版社1998年。

而东骛,浮瘴海以南迁。生无还期,死有馀责","曾无毫发之能,而有丘山之罪。宜三黜而未已,跨万里以独来。恩重命轻,咎深责浅"(页707)。此地汉代称儋耳,唐代为儋州昌化郡,宋熙宁六年(1073)废为昌化军,治宜伦县,东至琼州二百六十里,西至海十里,离都城东京七千二百八十五里。

　　元符三年(1100)正月十二日,哲宗卒,其弟徽宗立,翌日即大赦天下,苏轼移廉州安置,苏辙及苏门四学士黄庭坚、秦观、晁补之、张耒等皆有新授。廉州治合浦县,属广南西路。五月中,苏轼接到朝廷诰命,作《移廉州谢上表》云:"拜望阙庭,喜溢颜面。否极泰遇,虽物理之常然;昔弃今收,岂罪馀之敢望。"(页716)虽然是客套话,但多少也反映出了作者当时苦尽甘来的喜悦心情。时秦观尚在雷州,两人互有书简,期于途中一见。元符三年(1100)六月,苏轼在儋州贬居近三年后,终于踏上了北归的征程,其同行者除苏过及专程自广州来看望他的吴复古外,还有他在儋州驯养的宠物狗"乌觜"。从其所作《余来儋耳得吠狗曰乌觜甚猛而驯随予迁合浦过澄迈泗而济路人皆惊戏为作此诗》来看,"乌觜""昼驯识宾客,夜悍为门户",泅渡"似鹅鸭"。儋州父老亦多有送别,苏轼作《别海南黎民表》诗以惜别,诗曰:"知君不再见,欲去且少留。"据《晚香堂苏帖》中给赵梦得的书简,苏轼六月十三日已宿澄迈,则其离儋当在此前一、二日。返途经澄迈时,尝寓宿于友人赵梦得家。赵梦得当时远在桂林一带,东坡只好写信留给他的儿子赵荆代为转达。这封信,后人取名为《渡海帖》。《苏轼诗集》卷四十三有《澄迈驿通潮阁二首》载其登阁游览一事,可见至此曾稍有停留。诗中有云:"余生欲老海南村,帝遣巫阳招我魂。杳杳天低鹘没处,青山一发是中原。"十七日至琼州东三山庵,应僧惟德之请,作《琼州惠通泉记》,内云:"琼州之东五十里曰三山庵,庵下有泉,味类惠山。东坡居士过琼,庵僧惟德以水饷焉,而求为之名。名之曰惠通。元

符三年六月十七日记。"(页 400)同日又游城东北隅之双泉,作《洞
酌亭并引》:"丁丑岁六月,南迁过琼,始得双泉之甘于城之东北
隅……庚辰岁六月十七日,迁于合浦,复过之。太守承议郎陆公求
泉上之亭名与诗。名之曰'洞酌'。"①可见,苏轼前此来琼时,就已
经在府城发现了双泉,但直到北归到琼山渡海时才应郡守陆公之
请,为双泉命名并题诗。门人姜唐佐来见,赠其诗一联:"沧海何曾
断地脉,白袍端合破天荒",并对他说:"异日登科,当为子成此篇。"
不久,唐佐果然中举,成为海南历史上第一个举人。六月二十日夜
渡海,有诗记行。在《六月二十日夜渡海》诗中,苏轼说"九死南荒
吾不恨,兹游奇绝冠平生",算是他对南贬儋州的自我安慰与总结。

有学者根据苏轼出发前《与姜唐佐》所说"某已得合浦文字,见
治装,不过六月初离此。只从石排或澄迈渡海,无缘更到琼会见
也",②认为苏轼由(临高)石排或澄迈离开海南,而非琼山。信中
"得合浦文字",指的是当时东坡遇赦量移广西廉州一事,石排为海
港。南宋王象之《舆地纪胜》亦有"(东坡)元符五年量移廉州,由澄
迈北渡",③"徽庙登极,量移廉州,由澄迈北渡"等记载。按,苏轼
确有乘友人许九的船从石排或澄迈离境的打算,但后来情况有变
化,他给当时尚在雷州的秦观的信《答秦太虚七首》(其六)中说:
"治装十日可办,但须得泉人许九船,即牢稳可恃,馀蜑船多不堪。
而许见在外邑未还,须至少留待之,约此月二十五六间方可登舟。"
(页 1537)《苏诗总案》卷四十三说得更清楚:"公将发,不及待许珏
(按"珏"当作九)船。遂罢石排之渡,改计出陆。"可见,东坡已等不
及许九的船,决定改变乘船从临高石排港或澄迈直接赴广西廉州

---

① 《苏诗补注》卷四十三,第 1315 页,凤凰出版社 2013 年。
② 林冠群编注:《新编东坡海外集》,第 407—408 页,银河出版社 2006 年。
③ 按,此处有误,宋哲宗元符年间仅三年。

的计划,走陆路沿来时的路径直返琼山,由琼山离岛。且王文诰《苏诗总案》卷四十一载:"凡(海南)四州过雷者,必由琼山出口。以其地渡舶所集,凡风色早晚迟速,皆有一定故也。雷、琼人号此路为'福海',其他处不渡审矣。"①

三、北归路线

苏轼平安登岸后,首达徐闻递角场。重踏旧地,苏轼要完成的最大心愿是到伏波庙答神贶,故撰《伏波将军庙碑》一文曰:"轼以罪谪儋耳三年,今乃获还海北,往返皆顺风,念无以答神贶者,乃碑而铭之。铭曰:'至险莫测海与风,至幽不仁此鱼龙,至信可恃汉两公,寄命一叶万仞中。'"(页506)再至雷州,稍作停息,时苏辙已移永州,晤门人秦观及海康令欧阳献。② 师徒两人见面后,秦观作《江城子》抒其重逢时悲喜交集的心情:"南来飞燕北归鸿,偶相逢,惨愁容。绿鬓朱颜,重见两衰翁。别后悠悠君莫问,无限事,不言中。"又有《赠苏子瞻》诗,见《淮海后集》卷三。苏轼六月二十五日离开雷州,少游临别出《自作挽词》呈东坡。苏轼后来所作《书秦少游挽词后》忆其别时情境,谓秦观"意色自若,与平日不少异"。然此为师徒之永别,秦观八月十二日即卒于藤州光化亭。从儋州一路同来的吴复古亦在雷州与苏轼离别而去。

苏轼自雷州赴廉州道中,尝宿于兴廉村净行院,有《自雷适廉宿于兴廉村净行院》、《雨夜宿净行院》二诗。③ 他七月四日在贬所廉州所作《书合浦舟行》回忆来廉州时的坎坷经历说:"予自海康适

---

① 参林冠群《东坡谪琼居儋往返路径考》。

② 按,秦观元符二年由横州编管雷州,三年四月已有诏授英州别驾移衡州居住,七月启行北归,见徐培钧《秦少游年谱长编》卷六,中华书局2002年。

③ 均见《苏诗补注》卷四十三,第1316、1317页,凤凰出版社2013年。

合浦,遭连日大雨,桥梁尽坏,水无津涯。自兴廉村净行院下,乘小舟至官寨。闻自此以西皆涨水,无复桥船。或劝乘蜒舟并海即白石。是日,六月晦,无月。碇宿大海中,天水相接,疏星满天。"(页2277)可见他沿海康一路乘船西行,经兴廉村,六月三十日到达官寨,时江水暴涨,桥梁尽坏,无法江行,遂改由海路前往,七月初自白石舍舟登岸。① 白石为镇,属石康县。苏轼当于七月四日或前一、二日已达贬所廉州。廉州属广南西路,治合浦县,辖合浦、石康二县。苏轼再贬廉州,总算回到大陆,在一个多月的时间里,他访问故旧,勤于创作。时州守张仲修多与游从,并于八月二十四日留宿署内清乐轩,有作《题廉州清乐轩》,离开廉州时写有《留别廉守》,有"悬知合浦人,长诵东坡诗"句;八月二十八日,苏轼将别,刘几仲饯饮,奏瓶笙,苏轼为作《瓶笙并引》。石康令欧阳辟,字晦夫,乃梅尧臣过去的门人,此间亦前来与苏轼游从,出其诗稿数十幅,并赠琴枕、接䍦二物,苏轼有作《欧阳晦夫惠琴枕》、《欧阳晦夫遗接䍦琴枕戏作此诗谢之》、《琴枕》、《梅圣俞之客欧阳晦夫……》、《书圣俞赠欧阳阀诗后》②等诗。其间还有《廉州龙眼质味殊绝可敌荔支》、《合浦愈上人……》、《记合浦老人语》等诗文。苏轼自儋州北归前的元符三年四月十三日,因徽宗生皇子(即钦宗赵桓)恩改授舒州(今安徽安庆)团练副使,永州安置③。永州治零陵县,属荆湖南路,至东京三千五百里,虽亦属蛮荒之地,但离都城的距离尚不及儋州的一半。但直到八月底在廉州时,苏轼方得诰命,按例写下了《谢量移永州表》,其曰:"海上囚拘,分安死所;天边涣汗,诏许生

---

① 按,孔凡礼《苏轼年谱》卷三十九谓苏轼经高州至廉州,恐非是。高州在雷州东北,而廉州在雷州西北。

② 按,《百斛明珠》所载此跋,查慎行认为欧阳阀实为欧阳辟(晦夫),见《苏诗补注》卷四十三,第1318页。

③ 见《宋史·徽宗纪一》。

还。驻世之魂,自招合浦;感恩之泪,欲涨溟波。"(页 718)苏轼自以为处必死之境而帝许以生还,故其感恩之情溢于言表。宋时信息资讯落后,这道四月十三日苏轼还在儋州时既已下达的诰命,直到四个多月后的八月底才收到,从而让苏轼与廉州有了一段本不该有的关联。

苏轼八月二十九日离开廉州,在廉近两月。他在《与郑靖老》(第三简)中已经安排好了前往永州的路线及途中与苏迈、苏迨团聚的计划:"某留此过中秋,或至月末乃行。至北流,作竹筏,下水历容、藤至梧。与迈约,令般家至梧相会,中子迨,亦至惠矣。却雇舟溯贺江而上,水陆数节,方至永。"(页 1675)至白州博白县,从容守之侄陆斋郎处得秦观凶讯,闻知秦观过容州留多日,饮酒赋诗如平常,容守遣人送归衡州,至藤州而卒。九月六日至郁林州,次日遂行,其间有《与欧阳元老》简,哀秦观之死,又有《次韵王郁林》诗曰:"晚途流落不堪言,海上春泥手自翻。汉使节空馀皓首,故侯瓜在有颓垣。平生多难非天意,此去残年尽主恩。误辱使臣相扶拭,宁闻老鹤更乘轩。"[1]至容州,尝晤旧友都峤山道士邵彦肃。邵道士乘舟送苏轼到藤州,两人留连山水,苏轼有《藤州江上夜起对月赠邵道士》,谓"仍呼邵道士,取琴月下弹。相将乘一叶,夜下苍梧滩"。两人分手之际,苏轼作《送邵道士彦肃还都峤》,有"相随十日还归去,万劫清游结此因"句,可见苏轼在藤州停留的时间不短。在藤州,州守徐畴还曾邀苏轼、苏过父子同游东山。苏轼作有《徐元用使君与其子端常邀仆与小儿过同游东山浮金堂戏作此诗》记其事。至梧州,苏迈、苏迨未能如期达到,去永州的贺江因水干无舟,乃改计由广州北上。九月二十四,至康州,与弓允、苏过同游三

---

[1] 《苏诗补注》卷四十四,第 1322 页,凤凰出版社 2013 年。

涧岩。将至广州,苏过作诗寄二兄,①苏轼亦作《将至广州用过韵寄迈迨二子》,有"北归为儿子,破戒堪一笑"句。转运使摄知广州事程怀立差人来迎,有谢简。时新知广州朱服尚未到任,按宋制,节员缺额,由转运使兼摄。至广州,与迈、迨二子及孙苏箪、苏符等阖家大团圆。

绍圣元年,苏轼贬谪惠州途经广州时,因位于城西北隅的净慧寺正在重建宝塔,未能到寺,故程怀立等官员将其迎至净慧寺设斋接风。苏轼在广州停留一月有馀,多次流转于擎天宝塔与六株古榕之下,并应寺僧恳请,留题"六榕"墨宝,故该寺亦名六榕寺。十月十五日应东莞资福禅寺僧祖堂之请,作《广州东莞县资福禅寺罗汉阁记》、《广州东莞县资福寺舍利塔铭》、《东莞资福堂老柏再生赞》等三文。十六日晤部刺史王进叔,观其父王周《峡中石刻诗》。王进叔出示所藏古琴及徐熙、赵昌的名画,苏轼作有《书王进叔所蓄琴》一文及《跋王进叔所藏画五首》。其间与广州城西天庆观崇道大师何德顺游,有《广州何道士众妙堂》诗;与广南东路提举常平孙叔静游,有《和孙叔静兄弟李端叔唱和》诗;又与广州通判萧世范游,有《广倅萧大夫借前韵见赠复和答之二首》及《周教授索枸杞因以诗赠录呈广倅萧大夫》等诗。

苏轼离开广州,继续乘舟赴永州。孙叔静与其子引舟相送数十里,饯别于城西之崇福寺,同登鉴空阁,苏轼作《和黄秀才鉴空阁》。洪迈《容斋续笔》卷十六:"顷予游南海,西归之日,泊舟金利山下,登崇福寺,有阁枕江流,标曰'鑑空',正见诗牌揭其上,盖当时临赋处也。"②又登灵峰山,题诗宝陀寺壁。③ 据《广州志》,灵峰

---

① 苏过:《将至五羊先寄伯达仲豫二兄》,见《斜川集》卷一。
② 洪迈:《容斋续笔》卷十六,《容斋随笔》,第410—411页,上海古籍出版社1995年。
③ 《题灵峰寺壁》,见《苏诗补注》卷四十四,第1332页。

山又名灵洲山,在城西六十五里,郁水出其下。十一月十四日到清
远,作《书罗汉颂后》:"佛弟子苏轼自海南还,道过清远峡宝林寺,
敬颂禅月所画十八大阿罗汉。"(页 2073)何德顺、昙颖、祖堂、通
老、黄洞、李公弼、林子中等自番禺来清远峡,同游广庆寺。至峡山
寺,作《与谢民师推官书》,论为文在于辞达,有云"今日已至峡山
寺,少留即去"。

　　苏轼将至英州,孙叔静、谢民师皆报苏轼已提举成都府玉局
观,故其《与孙叔静三首》其二曰:"玉局之除,已有训词,似不妄也。
得免湖外之行,余生厚幸。至英,当求人至永请告敕,遂渡岭过赣,
归阳羡,或归颍昌,老兄弟相守,过此生矣。"湖外指永州,永州属荆
湖南路,苏轼原拟去永州,得知改授后,遂经韶州渡岭入赣,从而与
荆湖南路无缘。倘若贺江有水,计其日程,则苏轼早已达到永州
了。① 到达英州,苏轼得到朝廷正式诰命,以朝奉郎提举成都府玉
局观,准在外军州任便居住,开始恢复自由,遂按例上《提举玉局观
谢表》。时苏辙行至鄂州,得旨奉祠,因往颍昌居住。在英州,州守
何智甫建石桥方成,苏轼为作四言诗《何公桥》颂其德政;南下赴广
州知州任的朱服此时亦达到英州,双方各示诗文,论神宗未取士及
教坊瑟二事。又在此晤旧友郑侠,有《次韵郑介夫二首》。

　　苏轼离开英州,朱服借搬行李人,至城北三十里金山寺,与苏
坚简,言舟行艰难。赴韶州途中,与新任广南东路转运判官文勋相
遇;至曲江县蒙里镇,又蒙陈承务差借人轿。将至韶州,冯祖仁来
迎。韶州属广南东路,治曲江县,为岭南重镇,南至英州一百九十
五里,东北至南安军三百三十里。苏轼在韶州,士人纷纷来访。韶

---

　　①《观大水望朝阳岩作》,见《苏诗补注》卷四十四,第 1326 页。按朝阳岩在永州城
南一里余,苏轼实未至永州,此诗当为沈辽作,见《全宋诗》卷七百一十八,第 8283 页,文
字略有异同。

守狄咸有诗相赠,苏轼作《次韵韶守狄大夫见赠二首》,有"无钱种菜为家业,有病安心是药方"句,又作《狄韶州煮蔓菁芦菔羹》,谓"谁知南岳老,解作东坡羹。中有芦菔根,尚含晓露清"。苏轼过去尝"自煮花蔓菁",南贬后多年没有吃到,故尝到狄咸所煮蔓菁芦菔羹,倍觉珍贵。苏坚来函谓在南华寺等待,苏轼寄诗,以将游南华为报。① 举家游南华数日,晤明老、苏坚,作《南华寺六祖塔功德疏》、《谈妙斋铭》;与"龙眠三李"之一的李公寅(字亮工)同游曹溪,夜观《传灯录》,作诗一首,② 又作《次韵韶倅李通直(公寅)二首》、《李伯时画其弟亮工〈旧隐宅图〉》诗。十二月十九日,生日,苏过作《大人生日》诗,有"七年野鹤困鸡群,匪虎真同子在陈"句,感叹苏轼七年来南贬惠州、儋州,如同孔子厄陈、蔡的不幸遭遇。将离韶,冯祖仁、李公寅送行,冯祖仁又专使追送。至南雄州,与保昌县(南雄州治)进士徐信交,建中靖国元年(1101)正月初三日过其书斋,煮茗题壁,有《书赠徐信》论作诗之法。发南雄州,至大庚岭,抵龙光寺,留诗珪首座;③遇岭上老人,见岭上梅已开过,有作《赠岭上老人》、《赠岭上梅》诗。④ 前诗云:"鹤骨霜髯心已灰,青松合抱手亲栽。问翁大庚岭头住,曾见南迁几个回。"⑤诗中既叹老嗟卑,有播迁之感,又为自己能重回中原而不胜庆幸。至岭颠,次南下时所题龙泉钟韵,即《余昔过岭而南题诗龙泉钟上今复过而北次前韵》,颇寓朝廷再次召用之意。又作《过岭二首》,其中第二首,《栾城后

---

　　①《苏诗补注》卷四十四《昔在九江与苏伯固唱和……今得来书知已在南华相待数日矣感叹不已故先寄此诗》,第1336—1337页。

　　②《曹溪夜观传灯录灯花落一僧字上口占》,见《苏诗补注》卷四十四,第1337页。

　　③《东坡居士过龙光求大竹作肩舆得两竿南华珪首座方受请为此山长老乃留一偈院中须其至授之以为他时语录中第一问》,《苏诗补注》卷四十四,第1342页。

　　④ 苏辙《栾城后集》卷二有《子瞻赠岭上老人次韵代老人答》,僧道潜《参寥子诗集》卷二有《次韵代岭上老人答》)。

　　⑤《苏诗补注》卷四十四,第1342页。

集》卷二《和子瞻过岭》、《姑溪居士文集》卷四《次韵东坡还自岭南》、《参寥子诗集》卷四《次韵东坡居士过岭》皆有唱和。

　　苏轼过岭后，终于回到了中原内地。他于建中靖国元年(1101)正月下旬至虔州，又经永和、吉州、新淦、南昌、南康军、湖口、池州、芜湖、当涂，五月一日抵金陵，六月初经真州、润州，至常州，七月二十八日终老于孙氏藤花旧馆，与小儿子苏遁，共担着同一个忌日。至此，一代文学大师精彩而又坎坷的人生完满谢幕。

永远的东坡

——千年苏轼研究历史进程描述

作为文化巨人,苏轼是中国文学史上不朽的丰碑,如巍峨的昆仑,浩瀚的长江,具有永恒的生命力与历久弥新的魅力。他那渊博的学识,敏捷的诗才,刚正守节的政治风范及幽默风趣的行为方式,令古往今来无数骚人墨客为之倾倒;他那洒脱自如、从容儒雅的人格鼓舞、激励了无数封建文人追求思想解放与个性自由;他那丰富而技艺精湛的作品是历代作家学习、效仿的范式,是无数读者阅读的文本,也是无数学者研究的对象。苏轼在诗、文、词、书、画等方面均取得了登峰造极的成就,是中国历史上少有的文学和艺术天才,是领一代风骚的宋朝超级万人迷。林语堂《苏东坡传序》说:"苏东坡自有其迷人的魔力。就如魔力之在女人,美丽芬芳之在花朵,是易于感觉而难于说明的。苏东坡主要的魔力,是熠熠闪灼的天才所具有的魔力,这等天才常常会引起妻子或极其厚爱他的人为他忧心焦虑,令人不知应当因其大无畏的精神而敬爱他,抑或为了使他免于旁人的加害而劝阻他、保护他。"①苏轼巨大的文学成就与多样的文化性格使其与历代读者建立了异乎寻常的亲切关系。从人品气节来讲,他是可尊可敬的苏东坡;从大众形象来

---

① 《苏东坡传》,第 7 页,百花文艺出版社 2000 年。

讲,他是可亲可爱的苏东坡,从文学作品来讲,他是可喜可乐的苏东坡,从人生经历来讲,他是可悲可叹的苏东坡。本文即以时间为序来逐一探讨苏轼的学术与人格魅力。

一

　　苏轼生前即文名满天下,上至皇帝、宰臣,下到平民百姓,无不对苏轼充满景仰、崇拜之情。从北宋仁宗到南宋孝宗,苏轼一直是宋代皇帝、皇后及妃嫔们心目中的偶像。嘉祐二年三月仁宗亲临崇政殿主持策问,苏轼以《春秋》对义(口答春秋的问题)获得第一名。据说殿试结束后,仁宗回到后宫十分高兴,对曹皇后说:"我今天为子孙得了两个太平宰相。"英宗的高皇后也是苏词的忠实读者,苏轼每有新词,她必吟诵再三,并安排宫中乐人演唱。王巩《随手杂录》载:神宗特别喜爱苏轼的诗文,吃饭时总要诵读苏轼作品,常因入迷而"举箸不食"。在北宋上层统治者中,政治家、文坛领袖欧阳修对苏轼最为赏识。嘉祐二年苏轼入京应举,参加礼部考试,试题《刑赏忠厚之至论》,所作虽仅六百馀字,然见解独到,说理透辟,笔力稳健,文风质朴自然,副考官梅尧臣阅后以为"有孟轲之风",主考官欧阳修亦颇为赞赏,原以为只有弟子曾巩才能写出,为避嫌疑,故批第二名;接到苏轼的谢书后,又在《与梅圣俞》中感佩之至地说:"读轼书,不觉汗出,快哉快哉!老夫当避路,放他出一头地也。可喜可喜!"①又曾预言"更三十年无人道着我也"。连与苏轼持不同政治见解的刘安世也对他推崇备至,曰:"东坡立朝大节极可观,才意高广,惟己之是信。在元丰则不容于元丰,人欲杀

---

①《与梅圣俞》其三十,《欧阳修全集》卷一百四十九,第 2459 页,中华书局 2001 年。

之;在元祐则虽与老先生(司马光)议论亦有不合处,非随时上下也。"①

　　苏轼在平民百姓中更是拥有大量追星族:陈岩肖《庚溪诗话》载:黄州歌妓李宜因"语讷",未得到过苏轼赠诗。苏轼将量移临汝,李宜"哀鸣力请",苏轼诗云:"东坡居士文名久,何事无言及李宜? 恰似西川杜工部,海棠虽好不题诗。"②黄州进士李委则在元丰五年十二月十九日东坡生日,特谱新曲《鹤南下》吹奏,向苏轼献曲求诗。《宋元学案补遗》卷九十九载:苏轼贬官海南,江阴葛延之于元符间"自乡县不远万里省苏公于儋耳",拜东坡为师,请教作文之法。《栾城后集》卷二十四《巢谷传》亦载:苏轼贬儋州、苏辙贬循州,"士大夫皆讳与予兄弟游",四川隐士巢谷(字元修)却于元符二年(七十三岁)徒步从眉山至岭南,见苏辙于循州,欲去海南见苏轼,未及渡海即病逝。唯其如此,巢谷的事迹被列入《宋史·卓行传》。《邵氏闻见后录》卷二十亦载:"东坡自海外归毗陵,病暑,着小冠,披半臂,坐船中。夹运河岸,千万人随观之。"③其受追捧程度丝毫不亚于当今影视明星。还有人因为极度崇拜苏轼而走了极端。李廌《师友谈记》载:"章元弼顷娶中表陈氏,甚端丽。元弼貌寝陋,嗜学。初,《眉山集》有雕本,元弼得之也,观忘寐。陈氏有言,遂求去,元弼出之。元弼每以此说为朋友言之,且曰缘吾读《眉山集》而致之也。"④相貌丑陋的章元弼娶漂亮的表妹陈氏为妻,因废寝忘食地阅读苏轼的《眉山集》,以致孤枕难眠的陈氏主动要求离婚,章元弼被妻子所"休",还以此为荣,逢人即说自己休妻是因

　　① 马永卿《元城语录》卷上引朔党人物刘安世语,《四库全书》本。
　　②《庚溪诗话》卷下,第173页,丁福保辑,《历代诗话续编》(上),中华书局1983年。
　　③ 刘德权,李剑雄点校:《邵氏闻见后录》,第160页,中华书局1997年。
　　④ 李廌:《师友谈记》,第180页,上海古籍出版社1992年影《四库全书》本。

为读苏轼集入迷而致。

　　苏轼的作品当时不仅在宋朝流传，而且还远播域外，其传播方式有刻印、传抄、刻石、歌唱及其亲笔手迹等多种形式。《东坡集》、《东坡后集》、《眉山集》、《钱塘集》、《超然集》、《黄楼集》、《和陶诗》以及《南行集》、《岐梁唱和诗集》、《汝阴唱和集》等合集已经编撰，部分曾经刻印；其传抄本层出不穷，不胫而走，文章一经落笔，人们争相传阅。曾敏行《独醒杂志》卷三载：苏轼在徐州登燕子楼，作《永遇乐》词，脱稿即"哄传于城中"；书商甚至以刻印苏诗而牟取暴利。据说，殿帅姚麟以苏轼的墨迹书简为珍，遇人持赠，即以羊肉数斤为报，并刻之于石、拓下拓片出卖，供人做临摹书法之用。苏轼的《眉山集》曾在辽国契丹族流布，苏辙《北使还论北边事札子五道》其一载："臣等初至燕京，副留守邢希古相接送，令引接殿侍元辛传语臣辙云：'令兄内翰《眉山集》已到此多时，内翰何不印行文集，亦使流传至此？'"此为《眉山集》流播契丹，为辽人所阅读之确证。辽国文化人多能背苏诗，指出苏诗好用佛典。高丽（935—1392）人金觐元丰三年（1080）曾来汴京，因仰慕二苏，为二子取名金富轼、金富辙。苏轼作品还曾被朝廷当作文化礼品赠送给高丽王朝。

　　除作品外，苏轼的饮食、用物也得到人们的喜好、摹仿。东坡肉、东坡鱼、东坡羹的故事家喻户晓，东坡帽的流行亦别有意味。苏轼曾经自制一种高筒短沿、脱戴方便的高帽子，没戴几回就在全城流行起来，人们美其名曰"子瞻帽"，[①]京城的儒生、外地的考生，一般后生乃至中年男人竞相仿效，每逢节日更是流行于大街小巷。凡此种种，足以看出苏轼早在宋代即有着天皇巨星般的社会地位及由此生成的名人轰动效应。

---

① 参胡仔《苕溪渔隐丛话前集》"东坡三"条。

二

苏轼在杭州深得民心，以至"家有画像，饮食必祝，又作生祠以报"（《宋史》本传）。建中靖国元年（1101）七月二十八日在常州孙氏宅逝世，举国悲痛：苏辙《亡兄子瞻端明墓志铭》说："吴越之民，相与哭于市。其君子相吊于家，讣闻四方，无贤愚皆咨嗟出涕。太学之士数百人，相率饭僧慧林佛舍。"①黄庭坚悬挂苏轼遗像于正厅，每早整肃衣冠，上香拱拜。李廌在祭文中说："道大不容，才高为累。皇天后土，鉴平生忠义之心；名山大川，还千古英灵之气。识与不识，谁不尽伤？闻所未闻，吾将安放？"②时人以失去一位千年难一遇的杰出天才而悲痛不已。

苏轼去世后的北宋二十馀年：宋徽宗与蔡京之流实行元祐党禁，崇宁二年（1103）甚至诏毁苏集印版，可越禁传越盛。朱弁《风月堂诗话》云："东坡诗文，落笔辄为人所传诵。……是时朝廷虽尝禁止，赏钱增至八十万，禁愈严而传愈多，往往以多相夸。士大夫不能诵坡诗，便自觉气索，而人或谓之不韵。"据费衮《梁溪漫志》卷七"禁东坡文"条载："宣和间，禁东坡文字甚严，有士人窃携《东坡集》出城，为逻卒所获，执送有司，见集后有一诗云：'文星落处天地泣，此老已亡吾道穷。才力漫超生仲达，功名犹忌死姚崇。人间便觉无清气，海内何曾识古风。平日万篇谁爱惜，六丁收拾上瑶宫。'京尹义其人，因阴纵之。"当时苏轼的文章和书法一字千金：朝廷曾以五万文制钱赏购苏轼一篇文稿，太监梁师成以三十万文制钱

---

①　陈宏天、高秀芳点校：《苏辙集》，第1117页，中华书局1990年。

②　朱弁《曲洧旧闻》第五，《仇池笔记》（外十八种），第319页，上海古籍出版社1992年影《四库全书》本。

购颍州桥上苏轼的碑文。金人甚至索取苏轼的字画作战利品。

南宋高宗、孝宗皆为苏轼的超级"粉丝"，故当时文禁大开，高宗赠苏轼资政殿学士，赐封其孙苏符高官；孝宗追谥文忠，特赠太师，亲为文集作序，赞其"雄视百代，自作一家，浑涵光芒"。又作《赠苏文忠公太师制》云："人传元祐之学，家有眉山之书。"上有所行，下必效之，全社会由此掀起了一股浓厚的宗苏风气。陆游《老学庵笔记》卷八引时语说："建炎以来，尚苏氏文章，学者翕然从之，而蜀士尤盛。亦有语曰：'苏文熟，吃羊肉；苏文生，吃菜羹。'"①王十朋《国朝名臣赞·苏东坡》曰："东坡文章，百世之师。群邪所仇，敛不及施。万里南迁，而气不衰。我读公文，慕其所为。愿为执鞭，恨不同时。"②字里行间，洋溢出对苏轼人品、文章的无比崇敬之情。正是在统治者与著名文人的倡导、鼓吹下，南宋时期苏轼研究出现第一次高潮，其具体表现在：

第一，注苏之风颇浓，其盛况不亚于注杜、注韩。集注有四注、五注、八注、十注，分类注有托名王十朋的《王状元集百家注分类东坡先生诗》二十五卷，编年注有施元之、顾禧、施宿合编《注东坡先生诗》四十二卷。文选注有郎晔的《经进东坡文集事略》六十卷，词注则有傅幹的《注坡词》十二卷。③陈鹄《西塘集耆旧续闻》卷二载："赵右史家有顾禧景蕃《补注东坡长短句》真迹。"可见，顾禧也补注过苏词。

第二，年谱编撰成风。据各种书目及有关序跋统计，宋人所编苏轼年谱，计有八种（已佚五种），现存的三种是：施宿《东坡先生年谱》，二万五千字，附于施、顾编年注本中；王宗稷《东坡先生年

①《老学庵笔记》(外十一种)，第 66 页，上海古籍出版社 1993 年影《四库全书》本。
②《王十朋全集》，第 673 页，上海古籍出版社 1998 年。
③ 刘尚荣校证：《傅幹注坡词》，巴蜀书社 1993 年。

谱》,一万五千字,附于各种《东坡七集》本中;傅藻《东坡纪年录》,一万五千字,附于各种类注本中。

第三,散见于诗话、笔记、书信以及序跋中的苏轼论评材料比较丰富,涉及面较广。关于苏轼的政治品节,"苏黄"诗歌优劣高下,苏诗的用典、议论、说理,苏轼的政治诗、次韵诗及和陶诗等问题还展开过争议,意见歧出,彰显了各自不同的诗学观。

总之,两宋有关苏诗的辑录、编刻与注释,有关苏诗的系年、考辨,有关苏诗主题、艺术的探讨等均有不俗的成绩,为后世的苏诗研究奠定了坚实基础。

三

与南宋对峙的金(北方)亦对苏轼颇为崇拜。金朝立国时间,约相当于南宋。南北阻隔,宋金"声教不通",故南宋文化传入金源者少,而北宋文化则传入较多,其中苏诗在金源的流布、影响就非常广泛。金代大诗人元好问《赵闲闲书拟和韦苏州诗跋》即谓"百年以来,诗人多学坡、谷"。当时有所谓"苏学盛于北",金代中叶甚至还出现了"苏诗运动"。金人学苏主要表现在诗歌创作上模仿苏轼,风气甚浓,其论评苏诗有一个突出的特点,即大多数言论都是围绕"苏黄"优劣而展开。

元明两朝诗坛宗唐,对苏轼的热情有所减弱,但仍有苏诗的推崇者。宋元之际刘辰翁、方回首开苏诗评点之风,评价甚高。明代公安三袁弘扬苏诗不遗馀力,袁宗道诗学白居易、苏轼,其书房取名"白苏斋",文集取名《白苏斋类集》(二十二卷),袁宏道《与李龙湖》谓"近日最得意,无如批点欧、苏二公文集","苏公诗高古不如老杜,而超脱变怪过之,有天地来,一人而已"。其《答梅客生开府》亦谓"苏公诗无一字不佳者"。祝允明楷书《东坡记游》卷,这卷小楷书录东坡"记"游若干节,为祝允明五十三岁时书写。凡此,亦见东坡在明代的反响。

　　随着清代宗宋诗风的兴起,苏学再盛,注释、评点及研究成风,成为继南宋苏轼历史接受的第二次高潮。我们先以清代注苏诗者为中心来看其对苏轼的崇尚。清初著名诗人宋荦尝画苏轼像于坐右,自侍其侧,搜讨苏诗编年注本数十年,终于从江南藏书家得其残帙三十卷,主持编撰整理《施注苏诗》四十二卷。查慎行书斋名"初白庵",取自苏诗"僧卧一庵初白头",既评点苏诗四百馀首,又历时三十年作《补注东坡先生编年诗》五十卷。翁方纲藏苏集宋刻残本及手迹《嵩阳帖》,书斋名"苏斋"、"宝苏室",亦作《苏诗补注》八卷,遇东坡生日则焚香奠椒,与友朋饮酒赋诗,谓之"祭苏会",绘己像于宋刻苏诗残帙上。冯应榴荟萃旧注,自出新注而作《苏诗合注》五十卷,尝梦见苏轼,遂请人绘《梦苏图》。王文诰七岁时即受父命注苏诗,亲到广东考察苏轼渡海胜迹,所作《苏文忠公诗编注集成》四十六卷,即为中华书局 1982 年版《苏轼诗集》所用的底本。

　　清代诗评家同样对苏轼极其尊崇。赵翼《瓯北诗话》卷五"苏东坡诗"条开门见山地说:"以文为诗,自昌黎始;至东坡益大放厥词,别开生面,成一代之大观。今试平心读之,大概才思横溢,触处生春,胸中书卷繁富,又足以供其左旋右抽,无不如志。"[①]张道《苏亭诗话》卷一则对苏轼多方面的才华作了全面总结:"余尝言古今文人无全才,惟东坡事事俱造第一流地步。六朝以前无论已,自唐而下,李太白、杜子美以诗名,而文与书法不甚爆。韩昌黎以诗古文名,而书法无称之者。白乐天以诗名,而文与书法俱不传。陆放

---

　　① 郭绍虞编选,富寿荪校点:《清诗话续编》,第 1195 页,上海古籍出版社 1983 年。

翁以诗名,而文与书法亦不传。此世目为诗中大家最著者也。即同时欧阳永叔、王介甫,古文为大家,诗亦名家,无书名。曾子固古文为大家,并无诗名。即子由古文为大家,诗亦次乘。东坡则古文齿退之而肩庐陵,踵名父而肘难弟,故有'韩苏'、'欧苏'、'三苏'之称。诗则上接四家,空前绝后。书法独出姿格,不袭晋唐面目,与山谷、元章、君谟,并号大家。至标举馀艺,以雄健之笔,蟠屈为词,遂成别派,后惟稼轩克效之,并称'苏辛'。画墨竹,齐名湖州。乃复研讲经术,作《易传》《书传》,文人之能事尽矣! 若其忠直孝友,要为冠罩千古!"①《苏亭诗话》是专门评述苏轼诗歌的唯一诗话,此处对苏轼多样的文化成就、多元的艺术风格作了全面地评价,堪为苏轼的隔代知音。

四

民国期间,战乱不已,学者连安放书桌的地方都没有,论述苏轼的文章仅数十篇,倒是远在美国的著名作家林语堂用英语撰写了《苏东坡传》。他自序其书赞扬苏轼的多才多艺说:"元气淋漓富有生机的人总是不容易理解的。像苏东坡这样的人物,是人间不可无一难能有二的。对这种人的人品个性做解释,一般而论,总是徒劳无功的。在一个多才多艺、生活上多姿多彩的人身上,挑选出他若干使人敬爱的特点,倒是轻而易举。我们未尝不可说:苏东坡是个秉性难改的乐天派,是悲天悯人的道德家,是黎民百姓的好朋友,是散文作家,是新派的画家,是伟大的书法家,是酿酒的实验者,是工程师,是假道学的反对派,是瑜珈术的修炼者,是佛教徒,

---

① 四川大学中文系唐宋文学研究室编:《苏轼资料汇编》(下编),第 1990—1991 页,中华书局 1994 年。

是士大夫,是皇帝的秘书,是饮酒成癖者,是心肠慈悲的法官,是政治上的坚持己见者,是月下的漫步者,是诗人,是秉性诙谐爱开玩笑的人。"①

内地学者虽无苏轼研究专著,但在一些文学史著作中对苏轼还是充满敬意。胡云翼《宋诗研究》第八章说:"没有欧阳修,决不能廓清西昆体的残馀势力;没有苏轼,决不能造成宋诗的新生命。""不能不承认欧阳修以后活动两百多年的宋诗的生命是苏轼创造的了。开辟宋诗的新园地,不让它永远依附唐人篱下,这便是苏轼唯一值得讴歌的伟大处所。"②郑振铎《插图本中国文学史》第三十四章称"苏轼是欧阳、梅、苏后最有天才的诗人。他是一位多方面的作家,诗、词、古文,无不精好,随手拈来,皆成妙谛。而他的诗的情绪与风格,也是多方面的,有的清新,有的瘦削,有的丰腴,有的险峻。他上迫梅、欧,下启山谷、后山。他的笔锋是那么样的无施不可,他的才调是那么样的无所不能"。③ 刘大杰在《中国文学发展史》(中)第二十章说:"与王安石同出欧阳修的门下,独成一家,给予宋诗以新的成就和开拓,而成为当日诗坛的代表的,是才高学富的苏轼。"④

新中国成立以来学者对苏轼的研究经历了三次变化:解放后头三十年,学界研究侧重于政治家的苏轼,八十年代复归于文学家的苏轼,九十年代以来则又拓展于文化史上的苏轼。"文革"中,罗思鼎(上海市委写作组)的《从王安石变法看儒法论战的演变——读〈王荆公年谱考略〉》⑤一文给苏轼扣上"投机派"、"两面派"的大

---

① 《苏东坡传》,第5—6页,百花文艺出版社2000年。

② 胡云翼:《宋诗研究》,第64,66页,商务印书馆1930年。

③ 郑振铎:《插图本中国文学史》,第473—474页,北京出版社1999年。

④ 刘大杰在《中国文学发展史》(中),第676页,上海古籍出版社1982年新1版。

⑤ 《红旗》1974年第2期。

帽子,梁效(北京大学、清华大学写作组)又加上"顽固派苏轼"的恶谥。江天(文化部写作组)将苏轼的政治诗一概斥为"诬蔑新法"的"黑诗"。有的人说他是"大地主顽固派",将其视作"反对大法家王安石的历史罪人"。还有两篇文章,一看标题就觉得荒唐,《揭露苏轼尊儒反法的两面派嘴脸》①、《北宋尊儒反法的反动政客》②。诸多苏轼遗址、景园一片荒芜,无人修理,眉山三苏祠飨殿被改为毛泽东诗词馆,塑像甚至被捣毁。苏轼在"文革"中受到的批判,相关遗迹受到的冷遇与破坏,从一个侧面彰显出其人格与学术具有无穷的魅力。

五

　　新时期以来的三十馀年为苏轼历史接受的第三次高潮。据不完全统计,见诸报刊的文章三千馀篇,各类著作多达百馀部。刘尊明、王兆鹏《本世纪东坡词研究的定量分析》即统计"苏东坡居二十世纪宋代词人研究成果排行榜第一名"。③ 本时期苏轼研究与接受表现在如下数端:

　　1. 学术会议不断召开,相关论文集接连出版。全国苏轼研究会先后主办了二十一次全国性学术研讨会。主办时间与地点依次是:第一次会议 1980 年 9 月在苏轼故里四川眉山三苏祠召开,此堪称新时期苏学研究全面复兴的标志,从此以后,苏轼研究从分散走向有序。第二次,湖北黄州(1982 年 11 月)。第三次,广东惠州(1984 年 9 月)。第四次,河南平顶山(1986 年 9 月)。第五次,浙

① 《南京大学学报》1974 年第 2 期。
② 《湖北文艺》1975 年第 2 期。
③ 《湖北大学学报》1999 年第 5 期。

江杭州(1988年9月)。第六次,陕西凤翔(1990年9月)。第七次,山东烟台(1992年9月)。第八次,海南儋州(1995年8月)。第九次,四川眉山(1997年9月)。第十次,山东诸城(1998年8月)。第十一次,江苏徐州(1999年10月)。第十二次,河北栾城(2000年8月)。第十三次,四川眉山(2001年8月,纪念逝世900周年)。第十四次,河南郏县(2002年8月,纪念葬郏900周年)。第十五次,江苏江阴(华西村、2004年8月)。第十六次,江苏徐州(2009年9月)。第十七次,江苏常州(2011年8月)。第十八次,四川乐山、眉山(2013年7月)。第十九次,四川成都(2015年10月)。第二十次,北京(2016年6月)。第二十一次,河南平顶山(2017年8月)。大多数的苏轼研究会议公开出版或内部准印有会议论文集,其详可见中国苏轼研究学会编辑的《三十年回顾》一书。

另外,全国各地还举办过一些苏轼纪念会,如眉山1987年9月召开了"纪念东坡诞生950周年学术研讨会",2007年11月召开了"纪念苏东坡诞辰970周年暨苏东坡的民本思想研讨会",2010年8月召开了"中国苏轼研究会成立30周年暨苏轼创新理论与实践研讨会",还多次举办东坡国际文化节,在苏轼生日举办寿苏会,在清明节举办公祭活动;海南儋州1987年12月召开了"纪念苏轼贬儋890周年学术讨论会",2010年12月召开了"2010首届东坡节·东坡国际论坛",2017年5月召开了"第二届东坡居儋文化思想交流会";黄冈2001年9月举办"首届中国黄冈东坡赤壁文化旅游节",同时召开"纪念苏轼逝世九百周年暨东坡文化学术研讨会",又于2010年3月举办"苏东坡来黄州930周年纪念大会";广州从化2010年1月举办了"苏东坡国学论坛暨纪念苏东坡诞辰973周年"大会等。

2. 学术组织与学术刊物不断涌现。1980年9月全国苏轼研

究会成立（省内登记，全国活动），秘书处设在四川大学，2005 年 1
月迁入眉山市三苏祠博物馆迄今。此后苏轼为政与居住过的城市
纷纷成立学会与研究机构，如河南郏县苏轼研究学会于 2002 年 8
月成立，常州市苏东坡研究会于 2002 年 10 月成立，眉山市三苏文
化研究院于 2007 年 3 月成立，徐州市苏轼文化研究会于 2008 年 3
月成立，黄冈市东坡文化研究会于 2009 年 12 月成立，儋州市东坡
文化研究会于 2010 年 1 月成立。

　　发表苏轼研究论文的书刊则有中国人民大学中文系主办，朱
靖华、刘尚荣主编的《中国苏轼研究》（2004 年创刊），全国苏轼研
究会主办的《苏轼研究》（2005 年创刊），眉山三苏祠博物馆主办的
《三苏祠》（2002 年 7 月创刊，出版 11 期后于 2004 年停办，2008 年
复刊），常州市苏东坡研究会主办的《苏学通讯》，出版的《苏东坡研
究丛刊》（已出三辑），徐州市苏轼文化研究会主办的《放鹤亭》
（2009 年创刊），儋州市东坡文化研究会主办的《载酒堂》（2010 年
创刊），潍坊市地方文化研究会主办的《超然台》等。

　　此外，代表海外五十万苏氏族人的世界苏姓宗亲总会于 1994
年 3 月在菲律宾马尼拉成立，中国大陆各地亦成立有苏氏联谊会，
如四川苏氏宗亲联谊会、广东苏氏联谊会、北京苏氏联谊会、河北
栾城县苏氏联谊会、山东济南章邱苏氏联谊会等等。许多苏姓人
编撰家谱，认苏轼为祖；自费参加苏轼会议；到眉山祭祖朝圣，捐款
捐物。

　　3. 苏轼遗址、景园的整理、修复与开放。全国各地保留、修复
及新造了许多有关苏轼的遗址与景园，人们永远用最真诚的方式
虔诚地纪念这位文化巨人，以其到过本地而颇感自豪。河南开封、
陕西凤翔、浙江杭州、江苏宜兴、山东密州（今诸城）、江苏徐州、浙
江湖州、湖北黄州、山东登州（今蓬莱）、安徽颍州（今阜阳）、江苏扬
州、河北定州、广东惠州、海南儋州、河南郏县、江苏常州、河北栾城

等地都能结合自身实际,倾力打造苏轼遗址景园。眉山市提出了苏轼遗址地缔结文化旅游联盟的战略构想,以便联合申报世界文化遗产。眉山市政协还效仿栾城组织"苏味道及三苏考察团"的做法,2007年组织"东坡足迹行考察团",该团沿苏轼当年宦游路线,行程万馀里,历经十六市,实地考察了苏轼当年留存下来的遗址、遗迹、遗物一百多处(件),参观了各地的东坡纪念馆、历史博物馆十六处,编辑出版大型画册《千年英雄苏东坡图传》及考察报告《东坡足迹万里行》,拍摄十八集电视专题片《东坡足迹行》。2009年9月徐州市人民政府主办了"全国第十六次苏轼学术研讨会暨全国苏轼遗址景园旅游发展论坛",与苏轼有关的十八个城市派出专家或官员与会,共襄盛举。

眉山三苏祠为三苏的故居,元延祐间改宅为祠,明末毁于兵火,清康熙四年(1665)重建,民国十七年扩建;三苏祠博物馆创建于1984年,该馆是全国苏轼遗址、景观保存最丰富、最完好的纪念地,内有文峰、并蒂丹荔、木假山堂、瑞莲亭、快雨亭、披风榭、飨殿、洗砚池、启贤堂、苏宅古井、来凤轩、云屿楼、百坡亭、苏氏宗族纪念馆、东坡盘陀塑像、千年银杏、碑亭、南堂、景苏楼、式苏轩等景点及新建的纱縠行商铺、西园、东园(有晚香堂、碑廊)。该祠发行三苏祠光碟、三苏祠邮资信封(正门为图案,发行五百万枚)。眉山市斥巨资在三苏祠对面新建的三苏纪念馆于2007年11月开馆。眉山市还有三苏坟(苏洵夫妇及王弗葬于此)及新建的三苏铜像广场(三苏巨型雕塑)、远景楼等。以东坡命名的单位与地址有东坡区、东坡报、东坡诗社、东坡湖、东坡大道、苏轼酒楼、东坡中学等。河北栾城是三苏的祖籍,新建"苏东坡祖籍纪念馆"于2002年7月开馆。常州是苏轼生前多次到过与去世之地,有东坡公园(舣舟亭、东坡古渡、洗砚池、抱月堂、御碑亭、仰苏阁、东坡铜像)及孙氏楠木厅——藤花旧馆(苏轼卒于此)。河南郏县(上瑞里峨眉山)是苏轼埋葬之地,建有三苏园,内有三苏坟、三苏塑像、三苏博物馆、三苏祠等,该县在 2002 年 8 月还召开了"纪念苏轼葬郏 900 周年暨中国十四届苏轼学术研讨会"。

　　苏轼为政、居住的城市十六座,主政八州,这些城市所存留或新建的遗址景园则更多。江苏徐州有黄楼(内有"黄楼赋碑")、百步洪、曲港跳鱼、快哉亭、放鹤亭、东坡石床、苏公塔等五十餘处,为全国面积最大、景点最多的苏轼文化旅游城市;宜兴有东坡书院及东坡海棠园,该市东坡小学的校歌为《东坡书院源远流长》,扬州有谷林堂,南京有苏轼与王安石会面的半山园。陕西凤翔东湖建有"苏文忠公祠"、"东湖碑林"、"喜雨亭"、"凌虚台"等。浙江杭州有苏东坡纪念馆,西湖十景有"苏堤春晓",又有东坡剧院,湖州有墨妙亭。山东密州(今诸城)有超然台(在苏公岛上),登州(今蓬莱)蓬莱阁前有苏公祠、卧碑亭。河北定州有雪浪石(在众春园旧址雪浪亭内)与东坡槐。该石黑质白脉,中涵水纹,展现出一副若隐若现的山水画卷,犹如当时著名画家蜀人孙位、孙知微所画的石间奔流、百泉涌涌、浪花飞溅之态,遂名"雪浪石"。湖北黄州有东坡赤壁公园(东坡塑像、二赋堂、坡仙亭、放龟亭等)。安徽颍州有沧浪亭,宿州(今宿县)有扶疏亭,专藏苏轼绍圣元年所作墨竹图。江西湖口有怀苏厅、坡仙楼。广东惠州有苏东坡纪念馆,西湖苏堤、逍遥台。广州从化苏东坡纪念馆于 2006 年 1 月开馆(苏轼后裔创办的民间纪念馆),正筹办苏轼岭南事迹展、兴建东坡碑林,拟建成东坡文化园。海南儋州有东坡书院(东坡笠屐铜像、载酒堂、载酒亭、东坡井、东坡讲学塑像)、桄榔庵,海口有苏公祠。为了宣传苏轼遗址景园,不少学者不辞辛劳,搜集资料,撰写著作,如韩国强的《寻访东坡足迹》(南海出版公司 2001 年)、刘少泉、胡惠芬的《三苏祠楹联》(重庆出版社 1985 年),朱玉书的《东坡胜迹诗联选》(海南人民出版社 1985 年),余实秋的《东坡遗迹楹联集注》(江苏文艺出版社 1993 年)等。

目前,苏轼遗址景园属于国家文物保护单位的有眉山三苏祠、郏县三苏祠与墓、黄冈东坡赤壁、海口五公祠、儋县东坡书院等五处。东坡文化已成为一种产业,四川眉山、江苏徐州、河南郏县、河北栾城、湖北黄冈、广东惠州、海南儋州等地东坡文化产业发展势头良好。与此相应,东坡文化旅游产业的研究态势日益迅猛,有学者提出应该将苏学划分为理论苏学(或苏学理论学)与应用苏学(或苏学发展学),两者应得到同等重视。周成仕即主编有《东坡文化产业发展概论》(四川师范大学电子出版社 2009 年 8 月)一书。

4. 中国大陆苏轼研究风气颇浓。新时期以来,海内外学界涌现出了大量著名苏学专家,如孔凡礼、王水照、曾枣庄、朱靖华、刘乃昌、刘尚荣、张志烈等。其中孔凡礼先生为中学教师,三十馀岁即丧妻,发愤研究苏轼,著述等身。孔先生腰系草带、脚穿破鞋,啃馒头、喝开水,在国家图书馆阅读苏轼书籍,成为一道文化风景。苏轼作品整理与选注选评著作,苏轼传记年谱著作,苏轼各体文学研究史著作,苏轼文化成就研究著作,苏轼分文体研究、分题材研究及分时段研究著作如雨后春笋,大量呈现。其中苏轼研究基础文献整理的著作有,孔凡礼点校的《苏轼诗集》(中华书局 1982 年)、《苏轼文集》(中华书局 1986 年)及编撰的《苏轼年谱》(1998年),张志烈、马德富、周裕锴主编的《苏轼全集校注》(河北人民出版社 2010 年),曾枣庄、舒大刚主编的《三苏全书》(语文出版社 2001 年),黄任轲、朱怀春辑注的《苏轼诗集合注》(上海古籍出版社 2001 年),王友胜点校的《苏诗补注》(凤凰出版社 2013 年),邹同庆、王宗堂所著的《苏轼词编年校注》(中华书局 2002 年),薛瑞生笺证的《东坡词编年笺证》(三秦出版社 1998 年),王水照师编的《宋人所撰三苏年谱汇刊》(上海古籍出版社 1989 年),四川大学中文系唐宋文学研究室编的《苏轼资料汇编》(中华书局 1994 年)等。

　　苏轼一生南羁北宦，东飘西荡，为官与贬谪各地，所到之处，留下了大量作品与故事，当地学者则以弘扬地方文化为己任，编撰了诸多论著。如彭宗林著的《苏东坡与三苏祠》（四川人民出版社1985年），朱玉书著的《苏东坡在海南岛》（广东人民出版社1993年），韩国强著的《苏东坡在儋州》（华夏出版社2002年）、《诗意儋州》（香港新闻出版社2016年），林冠群的《新编东坡海外集》（中州古籍出版社2015年），孔凡礼著的《苏轼在密州》（齐鲁书社1995年），李增坡主编的《苏轼密州作品赏析》（齐鲁书社1997年），丁永淮、梅大圣、张社教编注的《苏东坡黄州作品全编》（武汉出版社1996年），饶学刚著的《苏东坡在黄州》（京华出版社1999年），苏泽民著的《苏东坡在江苏》（江苏人民出版社1997年），陈弼、苏慎主编的《苏东坡与常州》（中国社会出版社2001年），邵玉键、包立本著的《东坡常州奇缘》（珠海出版社2008年），管仁福主编的《苏轼徐州诗文辑注》（中国矿业大学出版社2014年），孟昭全编著的《苏轼与利国》（中国文史出版社2009年），靳占信、杨梅山编的《苏味道三苏与栾城》（中央文献出版社2000年），卢武智著的《苏轼在凤翔》（中国和平出版社2001年），张文利著的《苏轼在关中》（三秦出版社2005年），袁光主编的《苏东坡与惠州》（惠州市政协2004年编），平顶山市政协编的《苏东坡与平顶山》（河南大学出版社2008年）等。

　　苏轼在当今也不乏虔诚的崇拜者，铁杆的"粉丝"，海南儋州市文体局韩国强十馀年跋山涉水，遍搜史料，撰写《寻访东坡踪迹》（海南出版社2015年）等书，2007年起又在家中办"仰苏书屋"，无偿供青少年阅读；烟台旅游学校高级讲师刘艳琴撰《来牛便嫁苏东坡》与《千年绝版苏东坡》，[1]使用很有震撼力的标题以示对苏轼的

　　──────
　　① 《散文选刊》2006年第5期。

崇拜。眉山市编撰《清廉东坡》一书作为全市中小学生、机关干部、社区群众、企业职工必读课本；眉山市某中学编写校本教材《走进东坡》(四川教育出版社 2005 年)，纳入课程计划；眉山学生代表高考前参加"拜谒东坡，励志成才"活动；徐州利国东坡小学、试验小学编写《苏东坡的故事》作为学生的必读教材。

苏轼在当代受到的热捧与政治家的提倡与喜好不无关联，毛泽东曾提倡学习苏轼的"八面受敌"读书法，朱德 1963 年为三苏祠题词："一家三父子，都是大文豪。诗赋传千古，峨嵋共比高。"方毅(国务院副总理)1981 年为三苏祠题词："蜀中多才子，三苏天下奇。"陈毅的《冬日杂吟》诗饱含深情地赞叹说："吾喜长短句，最喜是苏辛。东坡胸次广，稼轩力万钧。"

5. 海外苏轼研究来势正旺。中国台湾、香港及日本、韩国、东南亚、美国、德国等地苏轼研究者不乏其人，可见苏轼及其文学在海外亦深受喜爱、热捧，苏轼既属于中国，又属于世界。日本国从五山禅僧、江户文人到明治、大正时代的长尾雨山、富冈铁斋多次举行寿苏会、赤壁会。如明治初中期的向山黄村(1826—1897)号"景苏"，即景仰苏轼的意思，所盖房屋名"景苏轩"，1888 年冬，为祝贺房屋的落成，举办寿苏会，孙点(寿苏会参与者)编辑参与人所做的诗文为《景苏集》；日本宋代诗文研究会主办的《橄榄》杂志第 7、8 号开设"苏轼的文学"专辑，译介钱锺书《宋诗选注》中苏轼诗及注，连续发表苏轼研究论文。美国华盛顿州西华盛顿大学唐凯林博士原研究英国文学，阅读过苏轼的作品后，深为感动，遂专力研究苏轼，先后在北京大学、四川大学学习与研究，与曾枣庄先生过从甚密。2000 年 7 月法国《世界报》连载十二位生活在公元 1000 年的东西方人物，将苏轼誉为"一千年来影响世界进程的千年英雄"。台湾也经常举办一些苏轼纪念会，1995 年 4 月台湾邮政还发行过一套四枚苏轼的《黄州寒食帖》邮票。

　　与此同时,研究著作亦不断出现,如韩国岭南大学洪瑀钦先生的《苏东坡文学背景》(岭南大学校出版部 1983 年)及东国大学朴永焕的《苏轼禅诗研究》(中国社会科学出版社 1995 年),台湾李一冰的《苏东坡新传》(联经出版社 1996 年),台湾大学王保珍的《东坡词研究》(台北长安出版社 1979 年),新加坡南洋理工大学衣若芬的《苏轼题画文学研究》(台湾文津出版社 1999 年)及《赤壁漫游与西园雅集——苏轼研究论集》(线装书局 2001 年),海军少将罗海贤的《东坡军事思想》,日本大学保苅佳昭的《苏词研究》(线装书局 2001 年)及日本中央大学池泽滋子的《日本的赤壁会和寿苏会》(上海人民出版社 2006 年)等。

　　6. 苏轼题材的文艺作品纷呈。新时期以来,人们用不同的文艺形式宣传、歌颂苏轼,相关影视剧、小说、戏剧作品大量出现:如东方龙吟(华岩)所著十二卷本大型历史文侠小说《万古风流苏东坡》,分人望、人伦、人杰、人民、人籁、人文等六部分,吉林文史出版社、光明日报出版社 2003 年起连续出版;易照峰所著长篇历史小说《苏东坡》,凡 135 万字,青海人民出版社 1997 年出版;王中亚所著长篇小说《大宋文豪》,第一部为《但愿一识苏徐州》,第二部为《乌台诗案说从头》,第三部为《春江水暖鸭先知》;此外还有李时英所著的长篇历史小说《苏东坡》,成宗田所著的长篇小说《风流学士》等。电视剧及电影则有廖全京编剧的十集电视系列专题片《大江东去》,徐芬夫妇编剧的二十集电视连续剧《苏东坡》(四川影视艺术制作中心录制),冷成金编剧的四十集电视连续剧《苏东坡》及香港亚洲电视台拍摄的电影《骚东坡》(又叫《才子苏东坡》)等。

　　苏轼来到这个世界快一千年了,离开这个世界超过九百年了。苏轼是中国传统文化的缩影,折射出了中国文化人情感与事功的世界,其光芒辉映着千年的文化天空。他既植根在中国的文化土壤上,也是属于世界人民的共同精神财富。

学术争鸣

《全唐五代小说》得失论

近十年来，先后出版了两部唐五代小说总集，一是王汝涛编校的《全唐小说》，一是李时人编校的《全唐五代小说》。前书因属草创，又未能很好地界定小说概念，故在体例、题解、底本、校点、辑佚等方面存在较多问题。① 晚出之《全唐五代小说》，网罗有唐一代文献，收录小说或接近小说规制的作品 2114 篇，分为正、外二编，厘为 125 卷，共二百馀万言，堪称唐五代小说整理的集大成之作，是继《全唐诗》、《全唐文》之后又一唐代文学文献整理的巨著。

《全唐五代小说》（下简称《小说》）最大的创获，在于观念的更新。② 在唐代文学总集的编纂中，小说总集的编纂最为困难，因而也是较薄弱的一环。困难不在于史料的搜集、整理和编纂，而在于小说文体的界定，即收录标准的确定。因为，诗、词、文等都有较为明显的文体特征，小说则不然。我国古代小说的观念本来就十分混乱，而唐代又处在小说改型转轨的发展时期。新的成熟的小说已经出现，它和孕育小说的母体即带有传奇志异色彩的各种杂传和笔记等杂然并存，常常难以截然区分。后人不得不把"笔记"和"小说"这两个在现代人观念中并不相干的文体凑合到一起，生造

---

① 参见跃进《〈全唐小说〉献疑》，载《古籍整理出版情况简报》1994 年第 7 期。

② 李时人编校，何满子审定：《全唐五代小说》，陕西人民出版社 1998 年 9 月。

出一个非驴非马的名词——"笔记小说"。时至今日，人们还往往沿用"笔记小说"的提法，正说明唐人小说文献整理工作中的窘束和无奈。《小说》最大的特点或者说最大的优点就是冲破了这种传统小说观的束缚，大胆、明确地提出了要"用近世的小说观念去界定中国古代小说"（见《前言》），这样做的本身，无疑就已经把唐五代小说的研究工作大大地向前推进了一步。

概念的更新必然带来文献整理工作的新进展。正是在新观念的指导下，《小说》冲破传统观念的束缚，扩大了视野，放开了手脚，对于小说文献广泛进行搜采，故所获极为宏富。《小说》所收，除人们公认为小说的传奇作品外，还自别集、总集、类书、杂史、笔记、地志、佛道二藏、敦煌遗书中辑入了大量小说作品。这样，不仅仅是唐五代人所作的文言传奇，唐五代的通俗小说和讲唱文学（如敦煌俗赋《晏子赋》、话本《韩擒虎话本》、变文《降魔变文》等），唐五代文人所撰寓言或其他描写生动的叙事作品（如韩愈《毛颖传》、柳宗元《童区寄传》等），以及唐人所撰各种仙传或僧传（如《晋洪州西山十二真君传》、《续仙传》、《仙传拾遗》、《神仙感遇传》中的神仙传记，自《续高僧传·感通》录入正编卷一的勒那漫提等五传和录入外编卷一的道仙等六传）都进入了小说研究者的视野。为了避免因思虑不周或见仁见智而漏收，编者在"对小说与非小说别择时采取了'宁宽勿严'的态度"，另设"外编"，收录那些"还没有达到小说标准，但在某些方面具备了一些小说因素，或者说接近小说规制的叙事作品"。① 因此《小说》既大量收入了篇幅较长、叙事完整、描写生动的作品，对稍存梗概的小说也概加收录（如外编卷九自《桂林风土记》所辑《石氏射灯檠传》等），志怪笔记中的大部分作品亦予

---

① 李时人：《〈全唐五代小说〉编纂有关问题介绍》，《古籍整理出版情况简报》1999年第5期。

收入。这样，就使唐五代小说异彩纷呈的面貌得以真实、具体而全面地再现，为唐五代小说研究提供了丰富的史料。

对于辑录一代文献总集来说，一要求全，二是求真。为了求全，《小说》大大放宽了小说史料搜采的范围。除唐人著述及后世小说、笔记、总集、类书、丛书之外，编者对许多人所罕用之书，也狠下了一番爬罗剔抉的工夫。《小说》中辑自宋以后人著作的，如卷五十七罗隐《中元传》据《岁时广记》引《摭遗》辑出，卷六十二佚名《达奚盈盈传》据宋王铚之《默记》辑出，卷八十五《余媚娘叙录》据宋《绿窗新话》、《续补侍儿小名录》等书辑出，外编卷七孔眘言《王果》据《太平御览》卷五百五十九、李瀚《蒙求》徐子光注引《神怪志》辑出。以上《岁时广记》等书往往都是辑小说史料者所易忽视的。为了求真，《小说》的《前言》指出："本书颇用力于纠讹辨异，注意对所收作品的作者辨证和文字校勘。"编者不仅为每位作家撰写了较为详尽翔实的小传，又考虑到有些作者的作品曾经结集，有些作品曾赖专集或专书流传，遂于小传后附以该专集或专书的叙录，对其著录、流传、亡佚等情况作了简明扼要的介绍。正文的存录注意到善本的选择，"以所能见到的最好版本校录"，文后笺语除介绍该篇所据版本及篇名根据外，还兼叙作品流传情况，考订作品真伪归属。卷三十四据《太平广记》卷一百零六引《报应记》录《杨媛征验》，文云："故岳州刺史、丞相弘农公因睹其事，遂叙之，名曰《杨媛征验》。"但唐宪、穆、敬、文、武诸朝，无杨姓岳州刺史曾为宰相者，故笺语考云："《金刚经报应记》撰者卢求，宝历二年（826）杨嗣复下进士及第，且其乃李翱婿，嗣复则为李翱之妹婿，故所谓'丞相弘农公'当指杨嗣复。嗣复由江州刺史还朝，道卒于岳州，文称'岳州刺史'，或因此而误。"对作者作了信而有征的考订。卷四十李复言小传，除了简述李复言生平外，还指出："《唐诗纪事》卷四十三谓李谅字复言，论者或谓《续玄怪录》作者即大和时岭南节度使李谅，或谓

《续玄怪录》既有李复言作品,亦有李谅作品,不确。因《续玄怪录》自述行实与李谅经历不合,且记有李谅卒后事,而《唐诗纪事》所言李谅字復言无他证,或有误。"对有关问题作了要言不烦的说明。又如卷八薛用弱《郑郊》条出于《太平广记》卷三百五十四,原未注出处。但《施注杜诗》卷十三《台头寺雨中送李邦直赴史馆分韵得忆字人字兼寄孙巨源二首》其二注引郑郊事作《集异记》,编者遂据以辑于薛用弱名下。这些都大大地提高了全书的学术价值。正如编者在《〈全唐五代小说〉编纂有关问题介绍》中所云,《全唐五代小说》确实与《五朝小说》、《旧小说》、《全唐小说》等不同,"是一部在广泛收集材料基础上编纂而成的断代小说总集;也是一部建筑在新的小说理论探讨基础上,又逐篇有考证、有校勘的小说总集"。

但是,作为一部试图按全新的小说观念和全新的体例编纂的断代小说总集,既属草创,又以个人之力来完成,存在某些缺憾和不足也是必然的现象。约而言之,有以下数端:

(一)体例未臻至善。作为一部囊括一代文献的总集,对于所涉及的文献应当尽可能完整地予以存录,以便读者。唐代的小说情况较为复杂,单篇传奇或传奇集中作品可视之为现代意义的小说,而志怪笔记中却只有部分篇章可视为小说,另一部分具备了小说的某些因素,还有一些却可能连小说的边也沾不上。于是编者对于志怪笔记采取了分而治之的办法,将其中符合小说标准的篇章列入正编,近于小说规制的篇章列入外编,与小说无关者则摒而不录。此外,志怪笔记中的篇章或原本于他人传奇之作,于是编者又将这些篇章分别移至原作者的名下。这样一来,一部完整的著作中的文字或录入或不录,录入的又被分置数处或不同的人的名下,遂弄得七零八落。这样做,一般的小说读者可能不会感到不便,但对于研究者而言,《小说》存录文献的价值却大打折扣,应该说这是违背编者的初衷的。依我们管见,考虑到唐五代小说的实际情况,较理想的做法似乎应当将文献分为四个部分:1. 小说,即完全符合编者小说标准的单篇作品或作品集;2. 志怪笔记,原则上应尽可能完整收录,其中符合小说标准者不妨列入其他部分,原作者可考知者亦可列他人名下,但此集中均应列出标题,并加注说明;3. 其他准小说,即辑自笔记、杂史、别集、总集、杂传记等文献中近似小说的零星作品;4. 小说史料,包括零星见于他人著述的唐人小说之题目或故事梗概(如数量无多,亦可附入第三类)。如此,则庶几类别层次分明而无割裂淆乱之嫌。

(二) 辑录尚有误漏。编者虽然制定了一个颇为全面的小说入选标准,且多至十条,但除了"因果毕具的完整故事"、"较为细致宛曲的描写"等条较为客观,容易掌握外,其他各条多和编者的主观判断有关,实行起来有许多困难。例如,说小说"超越故事的寓意"、"提出促人思考的现实人生问题"等等,仁者见仁,智者见智,恐怕对同一篇作品很难求得一致的看法,也很难用它们来区别小说与非小说的叙事作品(如史传文学等)。由于标准很难掌握,所以《小说》中也选入了一些不能算是小说或准小说的作品。如正编卷四十五据《谭宾录》辑《孙思邈》条,实综述卢照邻《病梨赋·序》及《朝野佥载》卷六、《大唐新语》卷十所载卢照邻问医道于孙思邈事,基本上没有叙事成分,更谈不上"因果毕具的完整故事",不当视为小说。又如正编卷二十六据《大唐新语》辑入之《卢藏用》条,记藏用生平大略及其与司马承祯关于"终南捷径"的谈话,无论以何种标准衡量,都很难说是小说。上述二条为《新唐书》编者采入卢、孙二人传,也说明了这一点。由于标准难以掌握,与上述情况相反,《小说》之外仍有可收而未收之作。如卷四十五据《太平广记》引韦绚《戎幕闲谈》辑入《颜真卿》一篇,但《广记》卷二百二十四引《戎幕闲谈》尚有《范氏尼》一篇,亦言颜真卿事,又《唐语林》卷六"补遗"、《永乐大典》卷七千七百五十六引《柳常侍言旨》所载颜真卿服食及死后全形事,均极具小说意味,而《小说》未予辑入。类似情况,当不止此。

(三) 考订尚有疏失。《小说》虽较多地吸收了前人及时贤成果,并在考订方面下了很大的工夫,但仍有可议之处。如卷二十一郑伸《僧鉴虚》,据《广记》卷二十八引《宣室志》校录。《小传》却据《八琼室金石补正》卷六十八韩皋《唐故朝请大夫守国子祭酒郑伸碑》及两《唐书》有关记载采入郑伸事迹。但据碑"治学之岁试太子典设郎"语,郑伸代宗初年已入仕。《僧鉴虚》但云"贞元中"之"荥阳郑伸",则郑伸贞元中尚未仕,故非此郑伸。郑伸实另有其人,为郑老莱曾孙,郑叔规子,郑叔则侄。历漳、邵、夔、淄等五州刺史,见《唐代墓志汇编》"大中一三五"《唐故邵州郑使君墓志有铭》;其权知漳州刺史事在宝历元年,见同书"宝历〇〇七"《唐故乡贡进士范阳卢府君墓志》,计其年,贞元中正游学求仕之时也。《文苑英华》卷九百三十九穆员撰《郑叔则墓志》谓叔则荥阳人,郑伸当亦荥阳人。编者因《旧唐书·德宗纪下》误郑绅为郑伸,而推断此郑绅亦郑伸之误,是不足信的。何况,此文是否为郑绅作亦未可必。文末云:"郑君常传其事,谓之《稚川记》。"即"郑君常"为契虚作名为《稚川记》的传奇。传奇焉能"常作",故"常"不可能是"常常"之"常",而当是郑君之名。唐贞元中确有郑常,官至殿中侍御史,贞元三年为吴少诚所杀,见《新唐书·德宗纪》,其诗见高仲武《中兴间气集》,或即其人。又如卷七录张说《镜龙记》,笺语据《玉海》卷九十一引《中兴馆阁书目》,谓"本篇应为张说原作,并为陈翰选入《异闻集》"。但文中既记天宝三载(744)事,又记天宝七载事,而张说已于开元十八年(730)卒,编者对作者为张说之说据而不疑,亦所未安。又如卷二十六《李秀才》条,据《太平广记》卷二百八十一引《大唐新语》录,置于刘肃名下。《大唐新语》成书于元和二年,然此文云"唐郎中李播典蕲州日",又称其时荆南节度使姓卢"名弘宣"。

但李播典蕲州实在开成中，见《全唐诗》卷三百五十九刘禹锡《送蕲州李郎中赴任》等诗、《全唐文》卷七百七十三李商隐《为汝南（当作濮阳）公与蕲州李郎中状》等，卢弘宣虽未任荆南节度使，其仕宦显达亦在开成以后，故此条实非《新语》中文，亦不当置刘肃名下。卷三十八《崔绍》一则，《太平广记》卷三百八十五引作《玄怪录》，重编《说郛》卷六十、明抄本《说郛》卷四《墨娥漫录》则引作《河东记》，编者笺云："本篇所记大和八年（834）事已在牛僧孺身后，故本篇当为薛渔思作。"按牛僧孺大和八年为淮南节度使，后为东都留守、左仆射等，大中二年（848）卒，具见两《唐书》僧孺本传及《樊川文集》卷七牛僧孺墓志，何得云大和八年之事已在其"身后"？故断此文为薛渔思作的理由难以成立。又如外编卷八《李揆》条，出《太平广记》卷一百三十七，注出《异苑》，笺云"《广记》之《异苑》当为《博异志》之误"。按《博异志》为郑还古作，但编者却将此条收入《集异记》作者薛用弱名下，就使人莫名其妙了。有些疏误如稍加留意是完全可以避免的，如卷三十四佚名小传，两《唐书》李纾传载德宗兴元元年拜兵部尚书，但两《唐书》李纾传实作兵部侍郎，所录《李令绪》文中亦云"李令绪即兵部侍郎李纾堂兄"。卷二十赵业小传云："赵业生平不详。"但所录《魂游上清记》文中明云："明经赵业，贞元中，选授巴州清化县令。"不知编者何以不取。

　　（四）体例未能划一。《小说·前言》制定了若干条凡例，但执行中却未能严格遵循。如卷二十据段成式《酉阳杂俎》前集卷二辑赵业《魂游上清记》，笺云："底本文末有'赵著《魂游上清记》，叙事甚详备'语，当为段成式识语，径删，并据之复原题。"但同卷自《明皇杂录》辑刘复《周广传》，末云"水部员外郎刘复为广作传，叙述甚详"，显为郑处诲语，卷二十一自《宣室志》辑《稚川记》，末云"郑君常传其事，谓之《稚川记》"，显为张读语，卷八十一自《北梦琐言》辑李琪《田布尚书传》，末有"梁国相公李琪传其事"云云，显为孙光宪语,则均未删。又前举数条均辑自志怪笔记,因原书记录了原作者姓名,遂收归原作者名下,但卷三十九据钟辂《前定录》辑之《韦泛》,尽管文云"沙门法宝好异事,尽得其实,因传之",知法宝所作《韦泛传》为钟辂所本,但此文却仍置于钟辂名下。《小说》所辑录之文字有经他人节录改写者,但编者或于题下括弧中注"节文"二字,或不注,已不一律。而将有关文字置于原作者名下而非改写者名下,似亦欠妥当。因为,粗陈一部小说梗概之情节介绍已非原作,其作者不等于原小说的作者。如卷七十六据《北梦琐言》所辑刘山甫《金溪闲谈》中文字,就很难说是刘书中原文,而其中《刍灵祟》一条仅云"闻于刘山甫",文实为孙光宪作,就更不能列于刘山甫名下了。

（五）标点颇有失误。古书标点看似容易,实则艰辛。《小说》在这方面也有较多疏失。如卷二十二据《全唐文》卷七百一十七辑长孙巨泽《卢陲妻传》,载陲妻崔少元（按当作玄,此避清讳改）语,自云为玉皇侍书,"与同宫三侍女默议其状况,然悟世情之秽,欲共愤。叹之未竟,而仙府责其心兴欲端,各谪降下世"。中华书局影印本《全唐文》（原仅断句,新式标点为本文作者所改）原作:"与同宫三侍女默议其状,恍然悟世情之秽欲,共愤叹之。未竟,而仙府责其心兴欲端,各谪降下世。"显然《全唐文》的文字与断句都是正确的,不知编者何以如此改作。该文又记崔少玄与其父崔恭的对话,说:少玄预知崔恭年寿将尽,"遂启绛箱,取《黄庭内经》,献于恭曰:'……念之万过,只可延一纪。'恭惊曰:'汝焉知吾之运日月邪?''吾尝遇异术人,告余前期,吾不能出口,而心患之','汝将若之何?'女乃……"依标点,"吾尝"三句为崔少玄语,但少玄乃玉皇侍书谪降人世,何待"遇异术人"方知寿算? 又少玄既已告其父寿算将尽,又说"不能出口而心患之",岂不大违事理? 所以,遇异术人的当是少玄父崔恭,"吾尝"三句显为恭语,《小说》编者未细审文意，遂将人物的一段话误分为二人的对白。又如卷五《萧氏女》载，萧氏鬼魂附一女婢，"使传语向家内大小云：'吾适崔家以来……令汝男女知吾受罪苦痛虚实。'"但所传语中有"语大夫及儿女等"、"临去之时语男女云"，很明显是叙述性语言，依《小说》原标点则都被当成了人物的独白。这是将分别叮嘱家人的三段话合为一段话的例子。卷八十四佚名《代民纳税》云："方今四海区分，诸侯角立，无非重敛以瞻强兵，是天使然，不由人事。古者为政尚宽，简务俭素，不炫聪察，不役智慧。昔宓子贱得之不下堂，而单父之人化，汲黯得之，不出阁而东海之政成。"则当标点为："方今四海区分，诸侯角立，无非重敛，以瞻强兵。是天使然，不由人事。古者为政尚宽简，务俭素，不炫聪察，不役智慧。昔宓子贱得之，不下堂而单父之人化；汲黯得之，不出阁而东海之政成。"同页："三年何处？所止服已阕矣。"则当作："三年何处所止？服已阕矣。"误字和误断，使人难以卒读。卷五十《杨积》："（红裳）唯霾晦则不复至。常遇风雨，有《婴儿送红裳》诗，其词云……"红裳为小说中灯焰幻化之女子，既"霾晦则不复至"，故遇风雨时，遣小儿代送一诗，"婴儿送红裳"不当加书名号。再如 727 页"如此色，目共十郎相当矣"。色目为唐人俗语，意即名目，一词不当分属二句，文当作"如此色目，共十郎相当矣"。此语出传奇名篇《霍小玉传》，检诸家选本即得，实不当误。类似情形尚多，此不一一赘述。

　　此外《小说》录文方面，也没有尽可能根据最早的文本。如卷二十四崔蠡《义激》据《全唐文》卷七百一十八录文，而此文实出《文苑英华》卷三百七十九。卷六十七据孟棨《本事诗》录《乐昌公主》条，然此条最早出处为韦述《两京新记》卷三，见岑仲勉《〈两京新记〉卷三残卷复原》，作者亦非孟棨。卷十九辑顾况《仙游记》，笺云："本篇南宋王象之《舆地纪胜》阙文引，《全唐文》卷五百二十九载……此以《全唐文》为底本校录。"但《舆地纪胜补阙》卷一实据抄本《舆地碑记目》。《小说》全书文字校对工作亦欠细致，故误字较多。卷二十一《郑权传》小传云权充"左卫使"，据《旧唐书·郑权传》乃"左街使"之误。卷二十二王建小传"卫博幕"乃"魏博幕"之误，卷二十四崔蠡小传"华州遭遇使"乃"华州刺史"之误，同页正文"故姓不逢知"乃"故姓不自知"之误。卷四十五胡璩小传后《谭宾录》叙录"清兴绪"乃"清光绪"之误。这些虽多是电脑输入之误，但校对也过于粗疏。《小说·前言》本有"在不同情况下使用文意实际有区别的异体字亦不相混淆"的规定，但实际操作中却未完全实行，如将製作之"製"改成了"制"（740页），宝历之"曆"改成了"歷"（939页），都可能引起误解。既以繁体字排印，似仍以有所区别为宜。

《沈佺期诗集校注》注释商兑

　　沈佺期诗历来无注，1991年中州古籍出版社出版连波、查洪德合著之《沈佺期诗集校注》(下称《校注》)填补了这一空白。该书注释颇有注者会心独到之处，其筚路蓝缕之功尤当肯定。然而《校注》因属草创，又囿于注者之闻见，故而舛讹疏漏时见书中，尤其是对某些词语的注释望文生义，主观臆断，从而造成了许多明显的错误，给读者阅读带来了诸多不便。笔者不揣谫陋，试图对《校注》中存在的问题摘要条述，并正其讹误，补其罅漏，使《校注》成为一个更有价值的本子。

　　汉字中一词多义的现象极为普遍；且一个汉字是独立成词还是作为复合词的词索，又没有明显的标志。如果不联系具体的语言环境仔细辨析，仅就字面上加以解释，或只知其一义而不知其多义，便会使其所训与词语本义相去甚远。《校注》一书便时有类似于此的错误，兹举数例加以说明。

　　例一，《扈从出长安应制》："赐帛矜耆老，褰旒问小童。复除恩载洽，望秩礼新崇。"注①云："复除，两次除官……佺期侍从长安期间，长安元年冬迁考功员外郎，二年迁考功郎中。"按"复"为表示动作重复、继续之义的副词，相当于现代汉语中的"再"、"又"，但并不等于"两次"。而"复"在此是免除义，《汉书·高帝纪上》三年正月颜师古注："复者，除其赋役也。"或作"复除"，《韩非子·备内》云：

"徭役多则民苦,民苦则权势起,权势起则复除重。"上文所引的四句诗分别指武后矜赐耆老,访问风俗,免除赋税,望祭山川,均为帝王出行时的活动,故连类而及。若作伹期"两次除官"解,则文义不通。又,李峤《汾阴行》有"家家复除户牛酒,声名动天乐无有"。苏颋《奉和圣制过晋阳宫应制》有"里颁慈惠赏,家受复除恩"。中"复除"一词亦为免除赋税徭役之义。

例二,《安乐公主移入新宅》:"初闻衡汉来,移往斗城隈。"注②解"衡汉来"时云:"言安乐公主出生在衡山汉水之间的房陵(今湖北竹山)。"按:此乃典型之望文生义。安乐公主诞生于其父中宗被废幽居房陵时,距作诗已有二十馀年,且并无可夸耀之处,沈诗焉能于开头即揭其创痕? 再者,即使指房陵,用"襄汉来"、"江汉来"不是更妥帖吗? 为何要用"衡汉来"一词? 按《文选》鲍照《玩月城西门廨中》"夜移衡汉落,徘徊帷户中"。唐李周翰注:"衡,北斗也;汉,天河也。"衡汉,即指天上,诗中指皇宫。苏颋《夜宴安乐公主新宅》亦云:"天上初移衡汉匹,可怜歌舞夜相从。"

例三,《仙萼池亭侍宴应制》:"闲花开石竹,幽叶吐蔷薇。"注者翻译这二句诗为"闲静的花悠然地开在竹间石上,幽闲的叶在蔷薇枝上悄悄吐出"。按,大误。独孤及《答李滁州题庭前石竹花见寄》云:"不怕南风热,能迎小暑开。"石竹乃一种多年生草本花卉,其叶似小竹叶,有节,开红白花,与夏初开花之蔷薇同时,故诗人用以作对。此联当为"石竹开闲花,蔷薇吐幽叶"之倒置。

例四,《夜泊越州逢北使》注①"金华使"为"由金华(今浙江金华市)来"的使者,亦误。按,金华,汉未央宫中殿名,后用以泛指宫殿。① 李白《送杨燕之东鲁》"一辞金华殿,蹭蹬长江边",即其例。因此沈诗中"金华使"当为朝廷使者,而非从金华来的使者。

---

① 事见《汉书·叙传上》。

例五,《过蜀龙门》:"我行当季月,烟景共春融。"《校注》释"春融"为"日暮时的景色"。按:不确。"春"为"冲"之假借字,"春融"即"冲融",为叠韵联绵词。唐人诗中多以之形容烟雾、云气等轻而流动之物。如杜甫《往在》"端拱纳谏诤,和风日冲融",韩愈《游青龙寺赠崔大补阙》"魂翻眼倒忘处所,赤气冲融无间断",窦庠《于阗钟歌送灵彻上人归越》"精气激射声冲融,护持海底诸龟龙",以上诗中"冲融"都是指气体、声音充溢迷濛之貌。沈诗中"春融"亦然。

例六,《初达驩州》:"流子一十八,命予偏不偶。"注者释"不偶"为"无伴","独自到驩州"。按:此为不明通假所致之误。与沈佺期同时流放之人甚多,如宋之问贬泷州,杜审言流峰州,他们都是天各一方,为何说沈"独自"、"无伴"呢? 偶,通"耦",不偶即不耦、不遇,指遭遇不顺利,没有成就。《诗经·柏舟序》云:"《柏舟》,言仁而不遇也。卫顷公之时,仁人不遇,小人在侧。"又《汉书·霍去病传》亦云:"诸宿将常留落不耦。"[①]王念孙曰:"耦之言遇也,言无所遇合也,故《史记》作留落不遇。"[②]故诗中"不偶"当指沈佺期遭遇不幸,流放地最远。

《校注》中像这样的现象还有很多,如《夏日梁王席送张岐州》中"秋麦"本指成熟之麦,注者却释为"麦在晚秋播种,所以叫秋麦",《奉和幸韦嗣立山庄侍宴应制》中"赤松"本指传说中的仙人赤松子,旧题刘向所撰《列仙传》卷上开卷即为"赤松子",注者却误释为"松树的一种"。

沈佺期诗经常用典,且多为活典、僻典,读者稍不注意便会轻易错过。《校注》中便有因注者掉以轻心而致的误注。

---

① 班固:《汉书》卷五十五,第八册,第2481页,中华书局1975年。
② 王念孙《连语》"留落"条,《读书杂志·汉书第十六》。

如《奉和圣制幸礼部窦希玠宅》："水从金穴吐,云是玉衣来。"注⑤云:"金穴,宅中修造的金属制的喷水的东西。"按:误。金穴,藏金之窟,喻指外戚富贵之家。《后汉书·光武郭皇后传》载:"(郭后弟)况迁大鸿胪。帝数幸其第,会公卿诸侯亲家饮燕,赏赐金钱缣帛,丰盛莫比,京师号况家为'金穴'。"窦为睿宗昭成顺圣皇后窦氏之从兄弟,①诗用此典,极为妥帖。又如《同李舍人冬日集安乐公主山池》："兴尽方投辖,金声还复传。"注⑨云:"投辖:登车。辖是车轴头上挡轮的键,这里代车。"按辖既为固定车轮的键,投辖则车不能行,故《汉书·陈遵传》云:"遵耆(嗜)酒,每大饮,宾客满座,辄关门,取客车辖投井中,虽有急,终不得去。"后遂以投辖为主人留客的典故,此释为"登车",恰与诗意相反。再如《哭苏眉州崔司业二公并序》："家爱方休杵,皇慈更撤悬。"注㉓云:"自己回来了,妻子为他捣衣的杵停下了,慈仁的皇帝也解除了悬悬之心。"按"休杵"当是停下舂米的杵,而非捣衣之杵。《礼记·曲礼上》云:"邻有丧,舂不相。"相,送杵声,舂不相,即舂米时不吆喝号子,以示对死者的哀悼。撤悬,乃撤除悬挂的乐器,如钟磬之类,亦示哀悼之意。《魏书·世宗纪》云:"己亥,帝以旱灭膳徹悬。""徹"通撤。二句谓苏、崔卒后,百姓家家为之休杵,皇帝伤悼亦为不举乐,《校注》所释,其谬误实不可以道里计。

佺期一生二度出入宫廷,侍从皇帝,所交游及诗歌酬答者多为朝廷命官,而其诗又喜用官职代人名。《校注》一书就因对沈诗中出现的官职不甚清楚,从而导致了一些误注。如《酬苏员外味道夏晚寓直省中见赠》注⑦云:"苏味道时为凤阁侍郎即尚书郎。"按:误。据《新唐书·百官志二》载,早在沈佺期写此诗之前的武后光宅元年,既改中书省为凤阁,故苏所任凤阁侍郎即为中书侍郎,属

---

① 见《旧唐书》窦威等传。

中书省；而尚书郎属尚书省。又如《寄北使并序》："南省推丹地，东曹拜琐闱。"注⑦云："东曹，汉官名，主二千石长吏迁除及军吏事，这里代指他原任的考功郎中。"按：亦误。西汉尚书四人分四曹办事，掌录文书期会，与佺期前任之考功郎中不同，不能代称。按东曹即东省（门下省），因上句有"南省"一词，为避免文字重复，故称。再如《和元舍人万顷临池玩月戏为新体》曾释舍人为中书舍人，这是正确的，但于诗"有美司言暇，高兴独悠哉"下注⑨云："司言，元万顷时为通事舍人，为司言官，主管朝廷通奏。"按：亦误。据《旧唐书》卷一百九十载：元万顷任通事舍人在第一次配流岭南之前，而此诗约作于他遇赦朝后的垂拱元年，元时任凤阁舍人（即中书舍人）而非通事舍人。凤阁舍人，正五品上，掌侍进奏，参议表章，代草王言，故诗以"司言"代称。

　　《校注》还有一些地方因弄不清古代地名及其历史变革而致的误注。如《伤王学士并序》："吾与君，陇西李子至为友。"注②云："陇西：陇山之西，今甘肃一带。"按：误。据《汉书·地理志下》及《隋书·地理志上》载：陇西，当为郡名，秦置，汉晋因之，隋废，治所在今甘肃陇西县。李子至（适）郡望为古陇西，故诗称陇西李子至。又如《送友人任括州》："瓯粤迫兹守，亦阙从此辞。"注④云：瓯粤，"瓯江和粤江"，"瓯江在浙江东南境"，"粤江即珠江的旧称"。按：此说大误。粤通越，瓯粤即瓯越，古代部族名，秦汉时分布在今浙江永嘉一带，因地临瓯江，故称。瓯越亦名东越，为百越之一。《元和郡县图志》卷二十六处州条载："隋开皇九年平陈，改永嘉为处州，十二年又改为括州。"据诗题知，沈佺期友人将出任括州，也就是古瓯越分布的永嘉。

　　除上述各种原因产生的误注外，《校注》中还存在着许多失注的现象。究其缘由，有如下三点。

　　其一，不知诗句所用之典而误作普通词语，轻易放过。如《同狱者叹狱中无燕》："食蕊嫌丛棘，衔泥怯死灰。"句中"丛棘"、"死灰"二词失注，给读者带来了文字障碍。按"丛棘"，古时拘禁犯人的地方，四周用棘堵塞，犯人不得逃走。《易·坎》云："系用徽纆，置于丛棘，三年不得，凶。"置于丛棘，意即将犯人囚执于棘丛。"死灰"，燃尽的冷灰。《庄子·齐物论》云："形固可使如槁木，而心固可使如死灰乎！"又《史记·韩长孺列传》亦云："（韩安国）坐法抵罪，蒙狱吏田甲辱安国。安国曰：'死灰独不复然乎！'田甲曰：'然即溺之。'"后遂以死灰喻指人痛苦、绝望之心情。又如《喜赦》："还将合浦叶，俱向洛城飞。"句中"合浦叶"一词亦失注。不注则读者难于理解诗意。按："合浦"，汉郡名，治所在今广西合浦东北。《太平御览》卷九百五十七引刘欣期《交州记》云："合浦东二百里有一杉树，叶落随风入洛城内。"经过注释后，诗意便清楚明白，原来沈佺期时已闻赦，借用此典，以示其归心似箭之情。另外，《奉和幸韦嗣立山庄侍宴应制》："岩泉他夕梦，渔钓往年逢。"诗用傅说、吕尚韬光养晦之故事，《校注》亦未加注明。

其二：诗中人物生平失考而失注。如《夏日梁王席送张岐州》注①云："张岐州，名无考。"按张岐州为张昌期，武后宠臣张易之之弟，先后历岐、汝二州刺史，神龙元年被诛，附见《旧唐书·张成行传》。又《资治通鉴》卷二百零七还载有武后欲授张昌期雍州长史，宰相魏元忠反对之事。又如《李员外秦援宅观妓》注①云："李秦援，生平无考。"按李秦援即李秦授。"援"，"授"之误，形近而致。李为武后朝酷吏，官考功员外郎，神龙元年三月配流岭南，附见《旧唐书·中宗纪》。又《资治通鉴》卷二百零五注引潘远《记闻》载：李秦授曾向武后建议杀尽李氏及诸大臣流放在外之亲族，以绝后患，武后采纳并云："卿名奉授，天以卿授朕也。"再如《夏日都门送司马员外逸客孙员外佺北征》注①云："司马逸客，生平无考。"按司马逸客，河南人，晋琅琊王司马馗十三代孙，景龙四年官赤水军大使,凉州都督,历吏部侍郎,卒赠鸿胪卿,谥烈,事见《元和姓纂》卷二及岑仲勉《元和姓纂四校记》。了解诗中人物生平仕履,行踪交游对透彻理解诗意帮助极大,所谓知人论世是也。

其三：因不明某些诗为两属之作而失注。沈佺期诗集早已亡佚,现存多为明人所辑,其中羼入不少他人之作。仅据河南大学中文系编《全唐诗重篇索引》统计,沈佺期诗歌与他人之诗相重者就达二十二首之多。如《秦州薛都督挽词》,《唐诗纪事》卷九又作崔湜诗。又如《和上巳连寒食有怀京洛》及《和常州崔使君寒食夜》二诗,《全唐诗》卷一百一十八,《文苑英华》卷一百五十七,《古今岁时杂咏》卷十一均作孙逖诗。对此,注者应作交代,以引起读者的注意。

《唐宋分门名贤诗话：中国最早的
诗话类编》中的失误

　　《唐宋分门名贤诗话》二十卷，宋代佚名编，中国本土久已失传，韩国学者赵钟业教授于二十世纪 80 年代初在该国书肆偶得一刻于明弘治四年(1491)的朝鲜刊本(残存前十卷)，并撰《宋代最早之分门诗话总集——〈唐宋分门名贤诗话〉》一文，载于台湾《中国书目季刊》第 15 卷 3 期，①后又附刊于其所编的《韩国诗话丛编》中，此书遂得以重新流布于世。笔者曾于复旦大学陈尚君教授处得到《丛编》本《唐宋分门名贤诗话》之复印件，因对该书颇为关注。近读《文学遗产》1997 年第 5 期编发的蔡镇楚先生《唐宋分门名贤诗话：中国最早的诗话类编》一文(以下简称蔡文)，却并不畅快，反倒有一种如鲠在喉，不吐不快之感。蔡文虽仅寥寥数千字，然在史料的引证与甄辨上存在着多处重大失误，从而导致了立论的主观与武断，这在文章第三部分论该书的文献价值时表现得尤为突出，现特为指正，以免以讹传讹。

　　1. 补遗：蔡文认为《唐宋分门名贤诗话》中某些材料不见于历代诗话，其中"所辑录的唐宋名贤诗作，尚有《全唐诗》与《全宋诗》之未收录者，可补唐宋诗之遗"。而所引录的二个例证　亦也不能

---

　　① 台湾学生书局 1981 年。

成立。如所引该书卷九"隐逸"门"陈陶"条,已载《诗话总龟》前集卷四十六、《五代诗话》卷三,其中陈陶"蟠溪"二句诗已收入《全唐诗》卷七百四十六《闲居寄太学卢理璟博士》注;所引卷五"知遇"门"杨大年"条,已载《玉壶清话》卷四、《渑水燕谈录》卷七,其中杨亿之诗已收《全宋诗》卷一百二十二《贻诸馆阁》;所引卷八"迁谪"门"王禹偁罢黄州"条,已载《玉壶清话》卷四及《诗话总龟》前集卷十七,其中王禹偁"三入"二句诗已收入《全宋诗》卷七十一附残句。

2. 校勘:蔡文为抬高《唐宋分门名贤诗话》的文献价值,发现该书与《全唐诗》、《全宋诗》及其作家别集文字有异者,即定前者正而后者误。如所举李昉《寄孟宾于》诗,《全宋诗》卷十三录作"昔日声尘喧洛下,近年诗价满江南"。《唐宋分门名贤诗话》卷五"价"字作"句",蔡文便认为"'诗句'比'诗价'要妥当贴切得多,'价'字拟为'句'之误"。按"诗价"一词,唐代即有之。如张籍《送施肩吾东归诗》"早闻诗价传人遍,新得科名到处闻"。齐己《吊杜工部坟》"城中诗价大,荒外土坟卑"。李昉此诗或袭其语,且"诗价"一词远比"诗句"蕴含丰富。蔡文定"诗价"为误,未免过于武断。

3. 辨异:蔡文引录该书卷三"嘲谑"门"太宗时同年数辈取名"条与刘攽《中山诗话》同条对勘,凡前书有而后书无的文字,即加点标示,然后说:"可知刘攽撰写诗话时有明显的增减加工之迹。"按细勘二条,《中山诗话》文字简省,而《唐宋分门名贤诗话》篇幅冗长,且后者又增"东方虬欲为西门豹作对"一例,故可推知《唐宋分门名贤诗话》由《中山诗话》加工剪裁而成的可能性要大些。蔡文将话说得过死,其主观性不言自明。

4. 诗本事:蔡文引录该书卷一石介提出的"三豪"之说,认为此条材料不见他处,"可补文学史之阙如"。按《唐宋分门名贤诗话》记载有误,石介所赠《三豪诗》不是给石延年,而是给杜默,其《徂徕集》卷二《三豪诗送杜默师雄并序》可证,《诗话总龟》前集卷八载有石介赠杜默《三豪诗》之事，又《东坡志林》卷一、《仇池笔记》卷上均载苏轼批评石介不当推许杜默太甚之语，《苕溪渔隐丛话》前集卷二十五录有东坡此文。蔡文既不能对史料加以考辨，又大意失检，从而铸成大错。

除文献资料方面的失误外，蔡文中还存在着其他的疏漏与不足之处，兹举数例以说明：

1. 对郭绍虞先生《宋诗话考》一书阳戾而阴据。文章第一部分在考证《唐宋分门名贤诗话》之成书时间时，批评郭著误析《唐宋名贤诗话》与《分门诗话》为二书，这是对的。然所列第二条证据系全文移录《宋诗话考》，第197、196页两处文字而不加注明，这种做法极不严谨。

2. 史事不明。蔡文谓残本《唐宋分门名贤诗话》尚有涉及苏洵、苏轼、苏辙、黄庭坚等人的材料，然后发一疑问：“若因为党争，党熙宁而抑元祐，何以无司马光之述？”众所周知，司马光为元祐重臣、旧党领袖，既然是书编者“党熙宁而抑元祐”，当然不会有司马光之述，故蔡文此问实在鹘突。

3. 引文讹误。如第112页第19行将人名“窦元宾”误作“窦元实”(此系间接引语)，第113页第7行“山子马”误作“山子焉”。按“宾”、“实”两字之繁体笔画相近，“马”字繁体亦形似“焉”字，作者认读失误。又同页第5行“郭郑郑东东野”后脱“绛”字。

4. 表述欠规范。蔡文在断《唐宋分门名贤诗话》成书时间之下限时云：“是编残本所论宋人多北宋前期名世者，如杨大年、林逋、寇准、王禹偁、徐铉、梅尧臣、苏舜钦、范仲淹、石曼卿、丁谓、欧阳修、魏野、吕蒙正、文彦博、蔡君谟、文莹、王安石之辈。”按此处所列作家或署其名、或称其字，属体例不纯；又徐铉出生早于杨亿五十七年，丁谓的时代也早于梅尧臣、苏舜钦两人四十年左右，而吕蒙正、魏野去世时欧阳修出生不久，蔡文均将其排列位置颠倒，属时次混乱。其他如说法前后矛盾者，比附失当者亦时有所见。

齐白石"薛蟠体"再议

国画大师齐白石与国学大师王闿运同为近现代史上湖南湘潭籍的著名文化名人,有诗赞其成就云:"湘皋九畹蕙兰滋,天遣人才好护持。一代风流双岳峙,璜翁画卷绮楼诗。"①齐白石三十七岁时正式拜师于王闿运门下,从此两人又有了师生之缘。王闿运对这位私淑弟子的字画与文章均有好评,而独不称许其诗,尝私下场合谓之为"薛蟠体"。王氏虽然当天即将此事记入《湘绮楼日记》,但知道的人并不多。半个世纪后,经著名学者胡适、黎锦熙、邓广铭等编的《齐白石年谱》征引,兼之此时谱主声誉鹊起,学界知道的人渐渐多起来,特别是最近出版的钱锺书读书笔记也抄了王氏这几句话,②所谓"薛蟠体"一说,凡治近代诗者,几乎无人不晓。然何为"薛蟠体"? 王闿运为什么要谑评齐白石的诗为"薛蟠体"? 齐白石的诗究竟是不是"薛蟠体"? 这些问题目前还没有得到很好的回答,值得我们进一步商讨。

一、何谓"薛蟠体"?

薛蟠体,顾名思义,指效仿、模拟《红楼梦》中人物薛蟠诗风而

---

① 潘信中《七绝四首》其四,见中国人民政治协商会议湖南省湘潭市委员会文史资料研究委员会编《湘潭文史资料》第三辑,第 225 页,1984 年 8 月。

② 见《钱锺书手稿集·中文笔记》第四册,第 132 页,商务印书馆 2011 年。

创作的诗歌。薛蟠,字文龙,外号"呆霸王",薛姨妈之子,薛宝钗之兄。其人喜新厌旧,娶夏金桂为妻后,又与金桂陪房丫头宝蟾苟且,并冷落、虐待霸占的香菱。诗而成体,当为大家、名家,艺术上要有鲜明的独创性,然薛蟠只上过几天学,略识几个字,连初通文墨也谈不上,其诗何以成为体?试看小说第二十八回,薛蟠与贾宝玉、蒋玉涵、歌妓云儿等参与冯紫英的酒宴,被贾宝玉一帮人逼着吟"诗",只好硬着头皮断断续续胡诌了一首酒令:"女儿悲,嫁了个男人是乌龟;女儿愁,绣房撺(蹿)出个大马猴;女儿喜,洞房花烛朝慵起;女儿乐,一根苊耙往里戳。"古人行酒令的花样很多,这次聚会贾宝玉规定的办法是:"如今要说'悲'、'愁'、'喜'、'乐'四字,却要说出'女儿'来,还要注明这四个字的缘故。说完了,喝门杯,酒面要唱一个新鲜曲子,酒底要席上生风一样东西——或古诗、旧对、《四书》、《五经》成语。"五人的酒令藏有深意,与人物命运及小说情节发展密切相关。薛蟠酒令中,首二句隐喻第一任夫人夏金桂在薛蟠外出经商遭牢狱之灾后,耐不住寂寞,与宝蟾合谋勾引薛蟠堂弟薛蝌,又与自己过继的兄弟夏三苟且之事(见第九十、九十一回),夏金桂谐音"嫁金龟",男人是乌龟(活王八),自然生出个像大马猴般淘气的孩子;第三、四句暗示薛蟠被赦免出狱后,由薛姨妈做主,将侍妾香菱扶正为"大奶奶"(见第一百二十回),"洞房花烛"一句稍显文雅,第四句就俗不可耐,粗鄙之极了。另一首是按规定要唱的新鲜时样曲子:"一个蚊子哼哼哼,两个苍蝇嗡嗡嗡。"据薛蟠自己介绍,此乃"哼哼韵"。薛蟠才拙,不仅"连酒底儿都免了",连规定的"酒面"也只此两句,就在众人的嘲弄声中,匆匆打住。《红楼梦》擅用"诗谶"式的手法预言人物命运,蒋玉菡的酒底是"花气袭人知昼暖",《红楼梦》的续作者后来还真安排他娶了宝玉的大丫鬟花袭人为妻(第一百二十回)。薛蟠曲子中的"一个蚊子",有的学者主张指李纹。李纹首见《红楼梦》第四十九回,乃李婶娘之女、李纨堂妹，小名就叫纹子。但直到《红楼梦》第一百十五回，王夫人也只说李纹"已经许了人家"，并未实指嫁薛蟠。"两个苍蝇"或指刁蛮撒泼、成天吵闹，且相互勾结，搞的贾府不宁的夏金桂与宝蟾，也未可知。这次聚会中，贾宝玉、蒋玉菡之辈那文雅的酒令没有人记得，倒是薛蟠胡诌的几句诗却爆得"大名"，不为别的，就因薛蟠这一形象写诗没有束缚，不按常规出牌，敢于大胆胡说，整出特点，因而在文学史上众多体派中是赢得并不光彩、颇受讥评的一体。

曹雪芹拟薛蟠之作，《红楼梦》中仅见一诗一曲。综观这两首酒令与曲子可见，薛蟠的诗风一是浅俗直露，符合他做事干脆、说话直爽，不藏着掖着的性格特点；二是低俗粗鄙，语言高度口语化。这两点明眼人一望即知，无须多说；除此之外，薛蟠的诗中分明还突露出了几分蠢呆、霸道之气，此非疯狂之徒不能道。骆玉明《薛蟠与"薛蟠体"》即云："所谓'薛蟠体'者，关键在于'呆'、'霸'二气，也就是敢于直截了当地胡说，非唯浅俗而已。""所以标准'薛蟠体'诗的作者，身份往往非同寻常。"①言为心声，书为心画，此所谓"身份非同寻常"，意在说明薛蟠体的作者不是一般的文人墨客，而是身份非富即贵，无所顾忌、放浪不羁而行为粗鄙的人。且看呆霸王薛蟠的呆狠与霸气。薛蟠因幼年丧父，又受寡母溺爱，故整日斗鸡走马，游山玩水。为人专横跋扈，光打死人，就犯了两回：先是为了与冯渊争夺香菱，喝令手下人将冯渊打死，然后一走了之；第二次犯下人命案是他后来因金桂成天取闹、纠缠，以经商为名，在外躲清静时，与一酒保发生争执，直接用碗砸人脑袋，将其活活砸死，从而酿下牢狱之灾。这样具有呆霸之气的人写诗，自然不会讲究温柔敦厚，委婉含蓄，只会直截了当，毫无顾

① 《雨花》2011年第7期。

忌地瞎诌胡说。

　　文学史上"薛蟠体"的作者不乏其人,民国时期奉系军阀张宗昌便算得上是标准的薛蟠徒弟。张宗昌虽系行伍出身,绰号"狗肉将军"、"混世魔王",但自从1925年当了山东省主席后,转而重视文治。他与前清状元王寿彭主持合并组建新的山东大学,与"民国第一奇人"、"旷代逸才"杨度主持印刷出版《十三经》,还附庸风雅,向王寿彭学写诗,王氏命他专攻薛蟠一体。张宗昌一番苦练,居然整出了本《效坤诗钞》。既然是薛蟠的徒弟,那肯定就少不了薛蟠的霸气,且看他模拟刘邦而写的《大风歌》:"大炮开兮轰他娘,威加海内兮回家乡。数英雄兮张宗昌,安得巨鲸兮吞扶桑。"诗中除突露了点"巨鲸吞扶桑"的爱国感情外,全是粗俗、霸气,以致"轰他娘"这样不堪入目的词汇都写入诗中,已经不是一般地所谓浅俗所能形容了。《求雨》诗的霸气与粗俗也非常人所能道:"玉皇爷爷也姓张,为啥为难俺张宗昌? 三天之内不下雨,先扒龙皇庙,再用大炮轰你娘。"薛蟠喜用数量词,张大帅也心领神会,如《游趵突泉》诗云:"趵突泉,泉趵突,三个眼子一般粗。三股水,光咕嘟,咕嘟咕嘟光咕嘟。"张宗昌最传神的名号是"三不知将军"——兵不知多少,钱不知多少,姨太太不知多少。关于后者,他的《无题》诗自嘲说:"要问女人有几何? 俺也不知多少个。昨天一孩喊俺爹,不知她娘是哪个?"大帅的诗的确没啥文墨,但率真、好笑、粗鄙、霸气,已比薛蟠有过之而无不及了。

　　中国诗歌史上体派众多,靠乱写诗而影响甚大的有薛蟠体与打油体。打油体的诗以俚语俗话入诗,不讲平仄对仗,不能登大雅之堂,但通俗易懂,诙谐幽默,有时暗含讥讽,风趣逗人,当今诗坛写诗完全口语化的所谓"梨花体"、"羊羔体"庶几近之。薛蟠体则不同,其作者如薛蟠、张宗昌之流胡作非为、不学无术,自然不会作诗,勉强胡诌几句,不可理喻,毫无韵味可言,除了具有一般打油诗的浅俗外,还不乏几分得志小人的低俗,其粗鲁鄙陋,常人难于启齿,所以诗曰"薛蟠体",是指被边缘化,游离于主流文学之外的诗体,是一种戏谑、滑稽、俚俗、粗陋,乃至低俗、庸鄙的写作方式,明显带有贬义。

二、王闿运为何要谑评齐白石的诗为"薛蟠体"?

王闿运(1832—1916)初名开运,字壬秋,号湘绮,世称湘绮先生,湖南省湘潭县云湖桥山塘湾人,晚清以来著名诗人,汪辟疆《光宣诗坛点将录》以托塔天王晁盖为喻,谓其为"诗坛旧头领",冠一代诗人之首。王闿运早年曾为权门清客、藩僚,先后主讲成都尊经书院,主办南昌高等学堂,后任翰林院检讨加侍讲、国史馆馆长。咸丰元年(1851)与邓辅纶、邓绎、龙汝霖、李寿蓉成立兰林词社,有"湘中五子"之称。其著作有《湘绮楼诗文集》、《八代诗选》、《唐诗选》、《诗经补笺》、《湘军志》及《周易说》、《尚书义》、《论语注》等三十馀种。湘绮老人晚年回乡散居,下帷授徒,门人甚众。光绪二十五年(1899)正月,同为龙山诗社社友的张登寿介绍齐白石去拜见湘绮老人,齐白石特地拿了自己前此所作的诗文及字画、印章,请湘绮老人评阅。王氏当时观后对白石说:"你画的画,刻的印章,又是一个寄禅黄先生哪。"(《湘绮楼日记》正月二十日)湘绮说的寄禅,是当时湘潭县有名的和尚,自号八指头陀,俗姓黄,名读山,出家后,法名敬安,寄禅是他的法号。八指头陀少年寒苦,发愤自学而成为近代著名诗僧、画家,岳麓书社 1984 年出版有梅季点辑的《八指头陀诗文集》。湘绮将仅上过不到一年私塾,放牛、砍柴、拾粪出身的白石与八指头陀相比,这其实是一个很高的奖赏。其时湘绮老人声誉闻名遐迩,一些人常自诩为"王门弟子"以炫耀。此时的齐白石还只是一个足未出乡里的雕花木匠,默默无闻,因其

27 岁时已拜同乡胡沁园、陈少蕃为师,故迟迟不肯再拜王氏为师。王闿运认为"这人很奇怪,说高傲不像高傲,说趋附又不肯趋附,简直莫名其所以然",曾对湘潭另一位大文人吴劭之说:"各人有各人的脾气,我门下有铜匠衡阳人曾招吉,铁匠我同县乌石寨人张仲飏;还有一个同县的木匠,也是非常好学的,却始终不肯做我的门生。"①张登寿将此事转告齐白石,劝说其拜湘绮为师。齐白石终于被王闿运的厚意所感激,于十月十八日正式拜师于湘绮老人门下,列其门墙,得以耳濡目染,研习诗学,并受其帮助。作为木匠的齐白石终于与铜匠曾招吉、铁匠张登寿成为"王门三匠"之一。王闿运奖掖齐白石的字画与文章,却对他的诗有所看法,私下对张登寿说:"齐璜拜门,以文诗为贽,文尚成章,诗则似薛蟠体。"(《湘绮楼日记》十月十八日)张登寿把此话告诉了齐白石,齐谦逊地说:"这句话真是说着我的毛病了。我作的诗,完全写我心里头要说的话,没有在字面上修饰过,自己看过,也有点呆霸王(薛蟠)那样的味儿哪。"②可见齐白石还是有保留地接受了王闿运当时的批评。所谓"有保留",齐白石称自己的诗"完全写我心里头要说的话,没有在字面上修饰过",与王闿运宗尚陆、谢,模拟《文选》的复古作风迥乎有别。

王闿运为人狂狷谐谑,好读《红楼梦》,不甚看重齐白石早年的诗,谑评为"薛蟠体",这与他本人的诗风、诗学观及身世、学养、性情与齐白石存在着较大的差异不无联系。

首先,在诗歌创作实践上,作为近代诗坛老宿、湖湘诗派魁首的王闿运写诗提倡"不从李杜争光芒,甘与齐梁拈竞病",③浸淫于

---

① 《白石老人自述》第 81 页,生活·读书·新知三联书店 2010 年。下同。

② 《白石老人自述》,第 82 页。

③ 《忆昔行,与胡吉士论诗,因及翰林文学》,马积高主编《湘绮楼诗文集》,第 1588 页,岳麓书社 1996 年。

汉魏六朝诗,刻意模拟,注重用典,格调高古,用语绮丽,其集中《拟鲍明远行路难六首》《拟傅玄历九秋篇》《拟王元长咏灯》《拟曹子建杂诗九首》之类被胡适斥责为"假古董"的诗占了相当篇幅,①仅题中标有"拟"字的诗就多达 60 首,以致陈衍《近代诗钞》评价他的"五言古沉酣于汉魏六朝者至深,杂之古人集中,直莫能辨。正惟莫能辨,不必其为湘绮之诗矣".② 陈子展亦批评湘绮的诗脱离时代:"陈(三立)、郑(孝胥)、樊(增祥)、易(顺鼎)一班人的诗,固然因为要学宋诗,或学唐诗,要学这个,或学那个,泪没了一些个性,弄出些时代错误;但总不如王闿运极端的模仿古人,几乎没有'我'在,几乎跳出他所生活的时代的空气以外。"③与湘绮老人作诗拟古的路数完全不同,齐白石的诗源于生活,是一种创新,不受传统条条框框束缚,非为诗名,外淡内真,一扫当时士大夫诗词的柔媚矫饰之弊。他说:"我作诗,向来是不求藻饰,自主性灵,尤其反对摹仿他人,学这学那,搔首弄姿。"④他的诗语言上不论工拙,不求古雅,质朴自然,不屑用典而方言俗语皆牢笼诗中,亦是传统文人雕章琢句、追求无一字无来历者不敢想、不敢做的。《白石诗草二集》自序讲述自己客居京华后的创作情形说:"枕上愁余,或作绝句数首,觉忧愤之气,一时都随舌端涌出矣。""集中所存,大半直抒胸臆,何暇下笔千言,苦心锤炼,翻书搜典,学作獭祭鱼也。"⑤谭修《七绝五首》其三称赞他的诗是:"火山醒爆墨花妍,童叟咸歌不朽篇。"⑥白石

　　① 见《五十年来中国之文学》,原载《申报》五十周年纪念特刊 1923 年。

　　② 《近代诗钞》,第 322 页,商务印书馆 1935 年。

　　③ 《中国近代文学之变迁》,第 136 页,上海古籍出版社 2000 年。

　　④ 《白石老人自述》,第 107 页。

　　⑤ 《齐白石诗集》,第 38 页,漓江出版社,2012 年。

　　⑥ 中国人民政治协商会议湖南省湘潭市委员会文史资料研究委员会编《湘潭文史资料》第三辑,第 231 页,1984 年 8 月。

的诗"童叟咸歌"、老妪能解,却不合传统文人的胃口。王闿运说白石的诗为"薛蟠体",无非指其粗鄙无文,没有"字字有来历"的底子,而是直抒胸臆的"大白话",是不能登大雅之堂的打油诗。对王氏的这个谴评,后来同乡黎锦熙从两位老人诗风的差异进行了客观、中肯的解释:"湘绮是祖述唐以前的'八代'诗的,对门人要求太高。"①又说白石"常运用口头语来发挥他的创造性,都不为古典作家偏重规格和爱好辞藻者所喜"。②

其次,在诗学渊源与诗学观上,两位老人的背景完全不同。湘绮论诗在形式上与传统诗话不同,多出现于日记、书启、诗序及与友生问答语录之中,初非有意为诗话。其诗论生前由其弟子陈兆奎辑入《王志》一书,身后由门人王简编成《湘绮楼说诗》八卷,另有《湘绮老人论诗册子》。③ 王氏论诗主张学力与功夫,模拟与复古。其《答唐凤廷问论诗法》曰"学诗当遍观古人之诗,唯今人诗不可观","非积三四十年,不能尽知古人之工拙。以三四十年之工力治经学,道必有成。因道通诗,诗自工矣"。④ 又其《论作诗之法》强调"乐必依声,诗必法古,自然之理也","古人之诗,尽美尽善矣","余则尽法古人之美,一一而仿之,熔铸而出之"。⑤ 故陈衍批评"其墨守古法,不随时代风气为转移,虽明之前后七子无以过之也"。⑥ 王闿运心抚手追的摹拟对象中,所谓古人即汉魏晋六朝人,所谓古诗,即汉魏晋六朝诗,其《论诗示黄缪》曰:"作诗必先学

---

① 胡适等编《齐白石年谱》,商务印书馆 1949 年。
② 黎锦熙《齐白石的诗》,见《齐白石作品集·第三集·诗》,第 4 页,人民美术出版社 1963 年。
③ 均见马积高主编《湘绮楼诗文集》,岳麓书社 1996 年。
④《湘绮楼诗文集》,第 2328—2329 页,岳麓书社 1996 年。
⑤《湘绮楼诗文集》,第 2327—2328 页,岳麓书社 1996 年。
⑥《近代诗钞》,第 322 页,商务印书馆 1935 年。

五言,五言必先读汉诗,而汉诗甚少,题目种类亦少,无可揣摩处,故必学魏晋也。诗法备于魏、晋,宋、齐但扩充之,陈、隋则开新派矣。"①白石早年曾对古代诗歌下过一些功夫,如八岁时即从外祖父周雨若入蒙学,读《千家诗》、《三字经》、《百家姓》、《四言杂字》等,对《千家诗》中的诗背得滚瓜烂熟。27岁时又从湘潭名士胡沁园、陈少蕃学诗文。沁园师告诫他说"光会画,不会作诗,总是美中不足";少蕃师亦云:"画画总要会题诗才好,你就去读《唐诗三百首》吧。"②白石读完后,接着又读了《孟子》、《聊斋志异》等书,开阔了写诗的视野,奠定了写诗的坚实基础。其《忆儿时事》诗云:"桃花灼灼草青青,乐事如今忆佩玲。牛角挂书牛背睡,八哥不欲唤侬醒。"七十岁时所作《往事示儿辈》亦回忆说:"村书无角宿缘迟,廿七年华始有师。灯盏无油何害事,自烧松火读唐诗。"32岁后在家乡五龙山成立龙山诗社,自任社长,次年又加入黎锦熙的父亲黎松庵的罗山诗社,彼此谈诗论文,兼及字画篆刻、音乐歌唱。尽管如此,白石主张诗歌创作要发自本心之真情,反对摹仿复古,盲目标榜与追随,更厌恶徒有其表、虚张声势的欺人欺世之举。他在《自传》中明确地指出:"余四十岁以后之诗,樊樊山(增祥)、易实甫(顺鼎)称誉之。五十以后,皆口头语,不为诗也。"他曾将五十岁以前苦吟而成的诗稿付之一炬,并赋《焚稿》一诗云:"旧稿全焚君可知,饥蚕那有上机丝。苦心岂博时人笑,识字无多要作诗。"足见齐白石要保留的是颇受毁誉的"口头语"式的"不为诗"之诗,是他直抒胸臆的生命之作。有论者说白石的诗渊源、浸染于《诗经》、汉魏乐府直至王梵志等诗僧之禅偈,又兼有孟郊与贾岛之意味、金农与郑

---

① 《湘绮楼诗文集》,第2273页,岳麓书社1996年。
② 分别见《白石老人自述》,第65、64页。

板桥之神髓,如"其诗情矫,近得明人神髓,远含郊、岛意味",①又如《借山吟馆诗草》卷首樊增祥《题词》:"濒生书画皆力追冬心,今读其诗,远在花之寺僧之上,真寿门嫡派也。"又说他的诗"苦硬清峭,与冬心无二",按金农字寿门,号冬心,又号花之寺僧。白石虽然也仰慕金农这位技艺精湛的大画家,但却不认同樊增祥的看法。他在《书冬心先生诗集后》三首其一中明确地指出:"与公真是马牛风,人道萍翁正学公。始识随园非伪语,小仓长庆偶相同。"诗中"随园"即清代性灵派诗人袁枚,"小仓"指袁枚的《小仓山房集》;"长庆"指白居易的《白氏长庆集》。由此看来,齐白石认为他的诗即使如樊增祥所说与金农相似,那纯属偶然,如同袁枚自陈其诗与白居易只是"偶相同"一样。

与湘绮老人五古推崇汉魏六朝,七古及五、七言近体宗尚盛唐不同,白石则颇喜宋人诗。如"余十年以来,喜观宋人诗,爱其轻朗闲淡,性所近也"。②所谓"十年"正是作者五十岁前后,远游归来后幽居乡里,生活相对安逸闲适的一段时间。于宋人中,他未提过杨万里,却常引陆游,还把放翁的名句刻过几方闲章,曾说:"余年四十至五十,多感伤,故喜放翁诗。所作之诗,感伤而已。虽嬉笑怒骂,幸未伤风雅。"③并有句:"老把放翁诗熟读,不教肠里独闲愁。"④其喜放翁诗之深意,不仅在于放翁诗清新隽朗、细微深婉,还因为诗人那份御敌抗金的爱国情怀。白石四十至五十多岁正是清末民初时期,历经了甲午海战、戊戌变法、列强入侵、辛亥革命、

① 瞿兑之《齐白石翁书语录》,《古今》第 35 期,1943 年 11 月。

② 《白石诗草二集》卷一《悼诗有序》,见《齐白石诗集》,第 47 页,漓江出版社 2012 年。

③ 《借山吟馆诗草自序》,见《齐白石诗集》,第 4 页,漓江出版社 2012 年。

④ 《乡愁时即读放翁诗,觉愁从古端出去也》,见《齐白石诗集》,第 224 页,漓江出版社 2012 年。

五四运动等系列政治事件,其间他从偏远乡村出发,七年间五出五归,见闻增多,对社会的认识逐渐深刻,故思想上与陆游丧乱诗中的感伤情怀更为接近。

再次,就当时的身份、学养与境况而言,双方亦有不小差距。王氏当时年近古稀,"纵横诗坛六十年","举世仰为泰斗",阅历识见自非凡响,师从者遍及海内。李肖聃《湘学略》誉为:"湘中称名士无双,海内号胜流第一。"①汪辟疆《王闿运传》评曰:"其精思盛藻,近百年来,几无与抗手,光宣后诗人不足以知之也。"②齐氏则仅读过不到一年的村塾,当时只是乡间一个足未出故里、名不见经传的雕花木匠。就经济境况而言,两位老人初次会晤不久在家乡经营的居所即有不小的差距。王闿运早在光绪十四年(1888)从成都尊经书院授学归来,就用自己积攒的年薪和俸禄购田五十亩,修筑平房数间,光绪二十七年(1901),门人为其集资,增其旧制,重修馆舍,湘绮亲为设计并督工,此即真正的湘绮楼。该楼坐北朝南,分为三进,楼里有花园,楼前有水塘,占地面积约1700多平方米;齐白石原居老家湘潭县白石铺杏子坞星斗塘,光绪二十六年(1900),以卖《南岳全图》酬金三百二十两典租老家五里外白石铺莲花峰下的梅公祠,取居室名曰"百梅书屋",又在祠内添盖一小舍,名曰"借山吟馆",取山不为己有,仅借来娱目之意,并作《借山吟馆图》;光绪三十二年(1906)秋从粤返乡(三出三归)后,才以其教画收入在茶恩寺附近的茹家冲购买一栋旧式瓦屋,取名"寄萍堂",并请王闿运写了"寄萍堂"的横额。寄萍堂只是几间破旧的平房,顾名思义,如萍寄一隅,但齐白石很喜欢这个真正属于自己的居所,也喜欢这个堂名,还特地篆刻了"寄萍堂"印章一方。唯其如

①《湘绮学略第十九附旧作湘绮遗书跋》,李肖聃:《湘学略》,岳麓书社1985年。
②《国史馆馆刊》第二卷第一期,1949年2月。

此,从诗歌的主题形态来看,王闿运的诗虽有讽时规政之作,但更多的是拟旧怀古、吟风弄月、赠答酬和一类封建文人的传统题材,柳亚子、胡适、林庚白、陈子展批评他摹仿古人的情感与意境,是形式上的拟古,是"假古董",在现在看来,这些言论虽然说过了头,但大致不差;而齐白石常以"寻常百姓"、"草木众人"自居,他的画"为万虫写照,为百鸟传神",其诗亦专力描写生活中的花草、虫鸟和故乡风俗风景之类。如"叱犊携锄老夫事,老年趣味休相弃。自家牛粪正如山,煨芋炉边香扑鼻"(《画芋》)、"田家蔬笋好生涯,兼味盘餐自可夸。更有不劳栽种力,年年屋角紫藤花"(《画白菜兼笋》),这些诗描写"犊"、"锄"、"牛粪"、"芋"、"炉"、"蔬笋"、"紫藤花",充满了农家的善良与纯真,充满了泥土和山花的芳香,在齐白石的诗文里占了很多的篇幅。

除此以外,王闿运评价齐白石的诗歌为"薛蟠体",还与齐白石当时诗歌创作的实际情形有关。众所周知,王氏所评针对的是齐白石1937年以前的作品。齐氏早年诗稿大多遗失,仅留下两种抄本《寄园诗草》。黎锦熙认为是"白石1902年以前所作",编入《白石诗草补编》(第一编)。《寄园诗草》多为与"龙山诗社"、"罗山诗社"社友如黎松庵、王训、罗醒吾、罗真吾等的交游唱酬之作,少数为写景与题画诗,带有较强的摹仿痕迹,如《夜雨晤子诠弟话旧》:"暮天斜雨锁柴关,别久逢君忆故颜。何幸西窗消永夜,谈心剪烛话巴山。"显然是摹仿李商隐的《夜雨寄北》。① 近人李渔叔《鱼千里斋随笔》卷上"齐璜诗与印"条云:"王湘绮好刻画当时人物,尤喜作戏言,于时流呈诗不佳者,目为'薛蟠体'、'哼哼调',皆戏用《红楼梦》说部故事,以为谑浪也。……白石此时诗笔未成,尚为湘绮嘲弄。"又云,"白石为诗,体格未具,自执贽王门,复与樊云门

---

① 参郎绍君《读齐白石手稿——诗稿篇》,《读书》2010年第12期。

(增祥)、夏午诒(寿田)诸人游,虽日有进境,究非专事声韵,覃精一艺者比也。"①可见,齐白石此时"诗笔未成"、"体格未具",也是其诗受到王氏谪评的关键所在。王湘绮逝世得早,天假以年,让他看到白石后来的诗,也许会有新的说法。

三、齐白石的诗真是"薛蟠体"吗?

齐白石享年九十有馀,一生笔耕不停,勤于诗歌创作,所作3000多首,②自编有《借山吟馆诗草》、《白石诗草二集》,后人编有《白石诗草续集》、《白石诗草补编》、《续补齐白石诗词联语》等。王闿运褒评白石的字画,却谪评其早年诗为"薛蟠体"。胡适在二十世纪40年代末期受白石老人之托,为其编写年谱时,即在"按语"中对王闿运这句不经意的谪评表达了不同意见:"王闿运说齐白石的诗'近薛蟠体',这句话颇近于刻薄,但白石终身敬礼湘绮老人,到老不衰,白石虽然拜在湘绮门下,但他的性情与身世都使他学不会王湘绮那一套假古董,所以白石的诗与文都没有中他的毒。"③胡适曾是白话文学的首倡者,白话诗写作的践行者,见到以浅易、通俗见长的白石诗受到不公正的评价,兼之出于与白石老人不薄的交情,自然要站出来仗义执言,但齐白石的诗为什么不算"薛蟠体",他却语焉不详。

白石老人对自己的诗作颇为看重,曾几次与友人谈起一生艺事,都把自己诗的成就列于书画印之上,曾有诗"雕虫岂易世都知,

---

① 见台湾沈云鹏主编《近代中国史料丛刊续编》(第八十三辑),文海出版社1981年。

② 按湖南美术出版社1996年出版《齐白石全集》第十卷《诗文》共收其诗词联语2170馀首。

③ 胡适等《齐白石年谱》,第11—12页,商务印书馆1949年。

百载公论自有期。我到九原无愧色,诗名未播画名低"①,又尝有"诗第一,印第二,字第三,画第四"之语。齐白石画名满天下,诗名卒为所掩,实则老人之诗源于生活,幽默、诙谐,饶有童心、真趣,虽言俗语浅,然与所谓"薛蟠体"大异其趣。著名诗人艾青《忆白石老人》就高度评价说:"我特别喜欢他的诗,生活气息浓,有一种朴素的美。"②

齐白石的诗不可谓之"薛蟠体",至少可以从以下两个方面得到印证。其一,"薛蟠体"的作者敢于直截了当地胡说,其身份往往非同凡响,诗中充满了呆霸之气,而齐白石生长在乡村,热爱田园,对农村的一草一木,一果一蔬,都怀有十分浓厚的感情,甚至有些偏爱,故其诗源于生活,多写农事,反映的是失意文人特有的蔬笋气。蔬笋气的内涵,一般指诗僧感情的枯寂,境界的寒俭与诗风的清寂、清苦;此词用来进行诗歌批评最早见于苏轼,其《赠诗僧道通》曰:"语带烟霞从古少,气含蔬笋到公无。"作者自注:"谓无酸馅气也。"所谓"酸馅气",原指酸馅制作中发酵气体受热产生的胀气,引证解释为僧家素食,常食酸馅,因以"酸馅气"讥称僧人言词诗文缺乏新意、格调酸腐。故在苏轼看来,无蔬笋气、无酸馅气应该是好诗的标准,师僧道通即是如此。南宋方岳《熙春台用戴式之韵》却谓"有蔬笋气诗逾好,无绮罗人山更幽",此处将"酸笋气"与"绮罗人"并举,意在表明反映文人清寂、清苦生活的诗就是好诗。齐白石乃一介书生,安贫乐道,清白传家,从不讳言其农民、木匠的低微出身,也不走"八股"、"试帖"的老路,不愿在功名上讨出身,甚至不愿纳入"文化圈子",耻与酸腐恶浊的旧式文人同伍,因而不落时流窠臼,不怕笑骂诋毁,不怕"饿死京华",甘于隐居乡野,其真率正

---

① 《门人画得其门径,喜题归之》其二,见《齐白石诗集》,第 235 页,漓江出版社 2012 年。

② 见《光明日报》1984 年 1 月 21 日。

直的赤子之心与诗僧不谋而合，往往为常人所不及。其诗歌创作讲究性灵，不愿像小脚女人扭捏作态，惯于表达乡土内容与生活琐事，无热闹繁华的场面，无铺张绮丽的辞藻，充满泥土气息，意境清寂、诗风清苦，近乎失意文人穷饿愁苦的气味。诗人六十三岁题画白菜时说：“余有友人尝谓曰：‘吾欲画菜，苦不得君所画之似，何也？’余曰：‘通身无蔬笋气，但苦于欲似余，何能到？’”可见，白石老人潜意识里是崇尚做人、写诗要有蔬笋气的。如他的诗“一坯香芋暮秋凉，当得贫家谷一仓。到老莫嫌风味薄，自煨牛粪火炉香”（《芋魁》），“奔驰南北复东西，一粥经营老不饥。从此收将夸旧画，倦游归去再扶犁”（《耕牛》），前诗自叙诗人早年用牛粪煨芋头的情景，后诗写漂泊流离后的归隐生活，“凉”、“贫”、“老”、“薄”、“牛粪”、“粥”、“饥”、“倦游”等词汇无不体现诗人贫寒、清苦的生活情景。

其二，薛蟠体的诗歌低俗粗鄙，充满铜臭气、脂粉气与世俗气，齐白石的诗歌俗中蕴雅，恣肆却不粗豪，不时体现了一股浓烈的孤傲之气。白石老人出身贫寒，一身骨气，除有着一般文人清高傲世、耿直刚毅的可贵品质外，还突露出湘人倔强坚忍、豪放生辣的特有性格。他鄙视权贵，“见官就躲”。1903 年春，友人樊增祥想利用自己在宫内的关系，向慈禧太后保荐他入宫作画，老乡夏寿田也要为他捐个县丞，他都一一谢绝了，并在《藤花》的画面题上“柔藤不借撑持力，卧地开花落不惊”的诗句，又刻上一方“独耻事干谒”的石印以公开表露自己的心迹。1940 年正月，他拒斥日伪，拒绝将画卖给日本人和汉奸，并在门首贴上“画不卖官家”，“官不入民家”，“恕不接见”的告白。

齐白石这种传统文人画家不媚世俗、蔑视权贵的品格在其系列题画诗中得到鲜明体现。他不慕荣华，不贪富贵，其自题《画菊》诗云“穷到无边犹自豪，清闲还比做官高。归来尚有黄花在，幸喜生平未折腰”，与他在《煨芋分食如儿移孙》“儿孙识字知翁意，不必高官慕邺侯"中表现的情趣有异曲同工之妙。白石宁愿在北京做个"流浪者",住在法源寺等寺庙做"半个和尚",背上"外省人"、"外来户"的名声也无怨无悔。又如他画不倒翁,不在于画玩具,而是痛斥肮脏的官场、无能的官吏,故题上诗曰:"乌纱白扇俨然官,不倒原来泥半团。将汝忽然来打破,通身何处有心肝?"(《不倒翁》)又曰:"能供儿戏此翁乖,倒不须扶自起来。头上齐眉纱帽黑,虽无肝胆有官阶!"(《题不倒翁》)甚至用粗犷、直率的语言将其比作掠人害物的硕鼠:"群鼠群鼠,何多如许!何闹如许!既啮我果,又剥我黍。"(《题群鼠图》)讽刺权贵们外表光鲜,实际上胸无点墨、盘剥人民。

齐白石性格耿直,不仅鄙弃权贵,对势利小人同样嗤之以鼻,其《红菊》诗曰:"黄花正色未为工,不入时人众眼中。草木也知通世法,舍身学得牡丹红。"这是以拟人手法,借着菊花的颜色变化讽说世事,以讥刺那些只知随人俯仰的"时人众眼"。他憎恨权贵,也同情底层人民,为弱势群体鸣不平。他为所画《白菜》题句:"不独老萍知此味,先人三代咬其根。"又题:"牡丹为花之王,荔枝为果之王,独不论白菜为菜之王,何也?"大有对不入凡人法眼的普通白菜抱有不平之气。可见白石的题画诗或直陈心曲,或借题发挥,或联类喻比,皆能表达出彼时彼地的处境与心曲。

值得令人尊敬的是,白石自己并不以王闿运的此句谑评为忤,而是终生以王氏为师,敬之爱之,一如既往。《白石老人自述》中曾记到:"我终觉得自己学问太浅,老怕人家说我拜入王门,是想抬高身份,所以在人面前,不敢把湘绮师挂在嘴边。不过我心里头,对湘绮师是感佩得五体投地的。"[1]光绪三十年(1904),齐白石与王湘绮同游滕王阁,王倡议联诗,先唱了两句"地灵胜江汇,星聚及秋期",而"王门三匠"面面相觑,都没有联上,白石惭愧地去掉自己斋

_____

① 《白石老人自述》,第82页。

室"借山吟馆"中的"吟"字,不再妄称"诗人"。王氏去世二十餘年后的 1938 年,白石在北京创作《补长沙超览楼修禊图》(此图现存于香港),并题诗三首云:

> 忆旧难逢话旧人,阿吾不复梦王门。追思处处堪挥泪,食果看花总有恩。

> 送老还乡清宰相,居高飞不到红尘。一日楼头文酒宴,海棠开上第三层。

> 清门公子最风流,乱世诗人趁北流。二十七年深似昨,海棠开后却无愁。

诗中回忆 27 年前在长沙超览楼与湘绮师等宴集赋诗的情景,表达了对往事的深情追忆和对恩师王闿运深深的怀念之情。白石在湘绮门下受益,这是他跳出乡学究圈子的重要转折,也是由民间画师向文人画家的主要转折,然而他自省自己的个性与学养,没有步王氏之后尘,而是别开生面,成就了自己独具一格的诗风。其《白石老人自述》夫子自道:"我的诗,写我心里头想说的话,本不求工,更无意学唐学宋,骂我的人固然很多,夸我的人却也不少。从来毁誉是非,并时难下定论,等到百年以后,评好评坏,也许有个公道。"诚如白石老人自己所言,他的诗技远非完美,缺少传统诗词特有的精致、凝练、含蓄的特点,在语言的打磨、意境的营造上还有所不够,在表现手法上铺陈过多而比兴寄托较少,亦是其受诟病之处。白石老人的诗流播到现在已经百餘年,诗集业已整理出版,过于捧杀、骂杀或置之不谈都不是文学史研究者理应采取的态度,是到客观、公正、全面地评价白石诗歌,还他文学史一席之地的时候了。

学术剪影

先生圆我名校梦

上海滩，十里洋场，花花世界，我向往的并非那鳞次栉比的高楼大厦，而是位于杨浦区五角场附近邯郸路上的复旦大学。《尚书大传·虞夏传》所载《卿云歌》云："日月光华，旦复旦兮。"复旦大学正是以它那革故鼎新、精进不息的精神让我魂牵梦绕，致使我两次虔诚、专一地报考，并最终如愿以偿。二十世纪 90 年代，原湘潭师范学院为争取在 1998 年全国第七次学位点申报中获得硕士学位授予权，加强师资队伍建设，先后派遣多名青年教师外出攻读博士学位。当时中文系尚无博士，系主任周建设教授（现首都师范大学副校长）特地找到我，希望我带头，外出读博，实现系里博士零的突破。

我 1992 年从安徽大学毕业，获硕士学位，后回湖南工作，原拟继续深造，曾于当年 11 月给湘籍著名学者、前此曾有一面之缘的陈贻焮先生写信，表达了欲去北京大学从其读博的愿望。陈先生回信告诉我，他因年近古稀，很少招生了。一年后我们在陈先生的老家湖南邵阳召开的全国咏史诗暨胡曾学术研讨会上再次相见，他建议我报考教研室其他先生的博士，但北大文学史的分段将我过去所学的唐宋文学一分为二，读博一事只好作罢。此次系里要培养博士，又重新燃起了我继续读书的欲望。我与系里另一位青年教师便一起外出联系导师。从杭州到南京，在两地三校"虚晃一

枪"后,我们最后来到上海复旦大学。踏进校门,一种朝圣的感觉
油然而生。前此我在合肥念书时,导师程自信教授多次对我提及
他六十年代初在复旦师从朱东润先生攻读副博士的情形,我也由
此在返家途中顺道参访过复旦,而那不过是观光浏览而已,此次到
来,却是想要入列此校,成为这所"江南第一学府"莘莘学子中的一
员,心中不禁产生紧张、激动与惶恐的复杂情绪。我怀揣着本校陶
敏先生的介绍函,几经周折,在一间低矮、拥挤的平房内找到了与
陶老师交情甚深的陈尚君教授。在陈老师的引领下,我终于见到
了仰慕已久的名师大家王水照先生。先生 2004 年已搬到国权东
路 99 弄文化佳园,住宿条件已经大为改观,但当时还住在校内第
十职工宿舍内。印象中是三房一厅,不到一百平方米,那间最大的
房间自然是书房兼会客室。两壁齐天的书柜装满了琳琅满目的书
籍,南面靠窗是书桌,北面靠墙摆放着一张供客人落座的沙发,中
间还有一个不大的方桌,后来我与师兄弟们偶尔围坐在此上课。
先生在《宋代文学通论》后记中形容他的书房是"堆放杂乱,色调沉
重",后来还为其起了一个古雅而含义甚深的斋名"半肖居"。正是
在这间有些简陋、凌乱而又不失高雅的书房内,先生热情地接待了
我。他温和而谦逊,略显消瘦而精神矍铄,几句温暖的问语,立即
打消了我的紧张感,剩下的只是敬畏、激动与兴奋。前此我曾反复
阅读过先生的《宋代散文选注》、《苏轼》、《苏轼选集》、《唐宋文学论
集》等早期著作及一些经典论文,其学术见解已烂熟于心。迄今给
学生讲苏轼时,我还在用先生在《苏轼》一书中对传主生平所作的
七分法,即早年读书加两次在朝、两次外放与两次贬官。过去读其
书而未见其人,现在我却实实在在地坐到了他的面前,真有点不敢
相信,如同梦中的感觉。我忐忑不安地递上个人简历,并□口气表
达了欲进一步深造,拜先生为师,专攻宋诗与苏轼的想法。先生鼓
励我好好复习英语,加强文学史的阅读,掌握唐宋文学发展、演变

的规律以及经典作家、作品的特点,另外还要求我返校后将硕士论文与已经发表的论文代表作寄他审读。1995年2月18日给我的复信亦云:"温课迎考仍宜以加强外语为主,专业课望按一般常规略作准备。限于有关规定,恕不能多作提示,亦希谅解。"按当时复旦的惯例,考生报考博士时须请两位同行专家撰写推荐书。我请的是安徽师范大学的刘学锴先生与湖北大学的王兆鹏兄。刘老师1995年3月25日来信也表达了同样的意思:"遵嘱已给水照先生写信推荐。王先生让你好好攻外语,其意自明,望在这方面有较充分准备,免得万一有失让王先生为难。"

有了先生的指点与近距离接触,我后来的复习迎考便增加了几分底气与自信。经过数月苦战,翌年五月初,我如期来到复旦参加入学考试。专业笔试"唐宋文学史"还算顺利,记得有道"试论李白、杜甫诗歌创作的异同及其在唐诗发展史上的意义"的题目。我的硕士论文正是"李白歌诗中的神仙世界——兼论中国游仙诗的发展轨迹",①毕业后也撰写过几篇论李白的文章,所以做起来得心应手。口试"中国古代文史哲基础知识"时,记得有道"谈谈宋型文化的特点及对宋代文学的影响"的题目。我当时不知道"唐型文化"与"宋型文化"的提法早在1972年就由台湾学者傅乐成提出,更不了解先生也在关注这一话题,并正在撰写《"祖宗家法"的"近代"指向与文学中的淑世精神——宋型文化与宋代文学之研究》,②仅凭我对这一问题的粗浅理解做了回答,但从先生当时的面带微笑可以看出,他应该对我的答案是比较满意的,从后来的考试成绩也可证实这点。可是基础英语考试时就没那么顺心了。听力考试时,只能听懂一小部分,过去学的多是"哑巴英语";笔试时

---

① 载拙著《唐宋诗史论》,上海古籍出版社2006年。
② 载《海上论丛》,复旦大学出版社1996年。

又因为考试内容太多，没有很好地把握时间，前面的题做得很详细，花费了太多时间，到后面做写作题、阅读理解题时只好草草收官。不到一月，正在复旦读博的同乡黄仁生兄就写信告诉了我结果。果然如我担心的，专业英语与两门专业课成绩均在85分左右，然基础英语"败北"，只考了52分，还远远离复旦60分的分数线差8分。我的心情由前阵子的火热一下降到了冰点，素来比较自负，自认聪明的我受到了前所未有的打击，觉得升学已经无望，没想到复旦不拘一格降人才，还有破格录取的做法。先生见我专业还考得不错，如不能被录取，有些惋惜，加上还有那么多名师向他举荐，程老师甚至通过他在复旦读书时的老师王运熙先生向他间接推荐，所以也很想破例录取我。无奈当年与我同时报考的四名考生中，已经有两名应届生被正式录取。先生当年在春季班中也招了两名，加上一位韩国同学，1995年实际上已经有了五名入室弟子。尚君师则劝我是否改报他师，或许还有被录取的可能，但我那时一心只想师从先生专攻宋代文学，并无其他想法。正当我心灰意冷的时候，有天与先生的电话中得知，半年后的秋季复旦还有一次招生考试。先生鼓励我不要放弃，让我再去一试，专业课程考试可暂时放到一边，集中思想专门复习英语。

于是，我再贾馀勇，一边在株洲南洋桥中学指导本科生教学实习，一边背英语单词与词组，做仿真试题，尤其是聂巧平师姐寄来的复旦大学出版社出版的研究生英语测试题集，反复做了几遍，起得比鸡早，睡得比狗迟，日复一日，再战数月。1995年11月，已经年过而立的我再次踏进复旦招生考试的考场。不出一月，成绩出来了，基础英语比起半年前，好歹进步了3分，但离60分的标准还欠5分，依旧无法正式录取。那段日子里，我苦恼极了，本来英语一直是我的强项。1982年中师毕业后，就是因为英语成绩好，而被分配教高中；硕士入学考试，之所以一锤定音，英语是帮了大忙

的。更主要的是,我从小学读到研究生毕业,身经数战,还没有尝
到名落孙山的滋味。带着失望、苦闷,我受中文系的委派,到湘南
边陲小镇沱江镇讲授中文函授课。那里美丽的风光、独特的民俗、
好客的瑶民、勤奋的学生,多少冲淡了我失学的苦恼。一日课馀散
步,校方负责人急忙叫我去办公室接电话。电话的那端,拙荆彭文
静用无比兴奋的语气告诉我一个惊天大喜讯,言黄仁生兄 12 月 8
日再次来函转告,先生要我赶快办两件事:其一,立即撰写破格申
请书,着重介绍科研成果,开一详细成果目录,并附寄几篇代表作,
以特快专递方式寄给他;其二,收信当日,立即给先生打一电话,他
有话要对我说。为不拖延时间,我索性委托拙荆模仿我的语气"捉
刀",电话则自沱江镇打往先生家中。

那年春节前,我终于如愿以偿地接到了来自复旦大学鲜红的
博士入学录取通知书,圆了我多年来的名校梦、名师梦。入学后,
与杨庆存师兄在校园散步,他告诉我说:"友胜呀,关于你来读博的
事,先生可没少费心,那阵子我常见他手里拎着个袋子往文科大楼
与研究生院跑,路上碰见时,他说湖南有个考生各方面还不错,考
了两次了,英语老是差几分,无法录取。你要知道,先生为人正直、
严谨,一般是不轻易求人的呀。"我以为复旦能破格录取我,是因为
我基础较好,发表了近 20 篇学术文章,与陶敏先生合作整理的《韦
应物集校注》也接近杀青了。原来是蒙先生错爱、不弃,多次"卖毡
帽",才换来了我的入学通知书。听了庆存兄的话,当时一股暖流
涌入我的心房,内心充满了感激。我险些与复旦擦肩而过,是先生
的无私博爱与提携后学的美德,成就了我的名校梦,也由此改变了
我的人生轨迹,使我的学术道路迈上了一个新台阶。我因基础英
语未能达到复旦录取博士生的要求而"让王先生为难",也不幸被
刘学锴先生言中了。

1996 年 3 月 2 日,一个春暖花开的日子。我背负行囊,来到

了昔日梦寐以求的复旦园,正式成了先生的门人,亲炙其学,攻读中国古代文学专业博士学位,研究方向依旧是唐宋文学。这里海纳百川、兼容并蓄,追求思想独立,崇尚学术自由,藏书丰富,名师如云,有着深厚的学术积淀。仅以中文系来说,除去已故十大名师外,当时还有蒋孔阳、贾植芳、胡裕树、王运熙、章培恒及先生等一大批如雷贯耳的著名学者,阵容非常强大,可谓极一时之盛。这是一个多么美好的学习环境呀,我当时暗下决心,一定要在复旦努力学习,决不辜负先生的殷切期望。报到的第一天,还来不及安顿住宿,我就迫不及待地去先生家报到。还是在那个一年多前曾经到过的书房,先生亲自为我制定了三年中并不轻松的学习、科研任务:一是要在较高级别的学术刊物上发表论文若干篇,二是要与其合作从事某个课题研究,三是毕业论文力争出版。现在回想起来,前后两点应该说都很好地完成了,尤其是我的博士论文《苏诗研究史稿》,岳麓书社 2000 年早已出版,韩国新星出版社 2002 年再版,中华书局 2010 年又曾出版过修订版,倒是第二条却因故打了些折扣。

初入师门不久,先生就邀请我与其合作,修订二十世纪 60 年代中期业已完成、"文革"后才由人民文学出版社正式出版的《唐诗选》(上下册)。那是先生 1960 年北京大学毕业,分配到中国科学院哲学社会科学部文学所后参与完成的第二个集体项目。① 先生亲笔起草撰写,长达万馀字的前言(出版时与余冠英先生共同署名),在随后的几年里还掀起了有关唐诗繁荣原因的学术大讨论,先生也有《再谈唐诗繁荣的原因——兼答梁超然、皇甫煃同志》一文作答。② 选本的几位编者当时或已广故,或年事已高,体力不

---

① 按,第一个项目是三卷本《中国文学史》,1962 年 7 月人民文学出版社初版。

② 原载《文学评论丛刊》第七辑,1980 年 10 月。

济,修订任务自然落到先生头上。众所周知,人民文学出版社1978年4月初版的《唐诗选》并非1966年初稿完成时的原貌,而是用的1975年修订过的版本。当时的修订工作主要有重定选目、增补和修改作品注释、作家小传等。为"服从政治标准第一,艺术标准第二的原则",修订本不仅没有删除原选杜甫的《逢江南李龟年》、戴叔伦的《苏溪亭》等伪诗,反而增加了坎曼尔的伪诗《诉豺狼》,黄巢的准伪诗《题菊花》、《菊花》,同时还大幅度地删去了钱锺书先生所做的六十馀首小诗人的诗注,如上册王绩、王勃的诗虽为钱选,但已非钱注。先生征得文学所同意,拟修订整理,恢复选本原貌。接到这一难啃的项目,我丝毫没有懈怠。先生要求我首先将有关此书注释与评价的商榷文章悉数收集。记得当时我已经复印了三十馀篇,还做了不少笔记,草拟了杜甫《饮中八仙歌》一诗的修订样稿。正准备马不停蹄地大干一场时,先生有天突然告诉我,此项目因故停工,主要原因是钱先生那颇有价值的六十馀首小诗人诗注已经无法找到。我由此不舍地停下了刚刚开头的修订工作,偷偷接受了《唐宋词选》的编撰任务(先生不赞成我写作赏析、选注之类的文字),此书后由太白文艺出版社2004年出版。

在我入学前,先生曾带着他的七位弟子合著了一部《宋代文学通论》,到1996年下学期时,该书已进入二校。先生将其中较难,涉及文献较多的两章分配给我校对。我拿到校样后,一头扎进图书馆,逐字阅读,逐条核对引文,结果竟将样稿改得通红,纸上密密麻麻写满了校改文字。后来先生告诉我,我的修改意见大多数是可以接受的。这对我是一次极好的学术训练,有了这次经验,我后来撰写毕业论文时,勤于校对,从而很好地避免了因文献失误而引起的论文质量问题。先生在《复旦学报》1998年第4期上开辟"《宋代文学通论》与宋代文学研究"的专栏,我受邀撰写了该书的书评,我的题目是《以宋型文化建构文学史纲的可贵尝试》,可能是谈的角度新颖,涉及面广,被先生作为头条编发。

　　我读博士的后半期,先生参与了《辨奸论》真伪之争的学术大讨论。先是章培恒与著名宋史研究专家邓广铭两位先生各有一篇争鸣文章,先生则撰写了《〈辨奸论〉真伪之争》,发表于《新民晚报》(1997 年 2 月 15 日)。该文与邓文仅从文意推断为伪作不同,而从版本学的角度,用两条典型材料证明苏轼《谢书》及苏洵《辨奸论》均非伪作,以此"向邓老求教"。当年 7 月,邓广铭先生因病住院,卧床专撰《再论〈辨奸论〉非苏洵所作——兼答王水照教授》予以反驳,①以维护自己的旧说。此文实为邓先生的绝笔之作,1998 年 1 月他即驾鹤西去。先生早在邓文刊出前既已读到友人从编辑部转来的复印文稿。基于邓先生当时病重住院,先生出于对与自己同出北大,也曾在复旦大学(重庆北碚时期)任教过的师辈学者的敬重,并未立即撰文反驳。但"吾爱我师,吾更爱真理",邓先生病逝后,先生与《学术集林》主编王元化先生联系,表示愿意就这一问题继续探讨。征得王元化先生的同意与支持,先生于 1998 年上学期开始撰文,7 月成稿,题曰《再论〈辨奸化〉真伪之争——读邓广铭先生〈再论〈辨奸论〉非苏洵所作〉》,②更明确提出对现存相关载有《辨奸论》刊本作对比校勘的重要性,还提出一条较为有力地支持肯定说的佐证,即《辨奸论》中提及"竖刁、易牙、开方"三人,其名字的排列次序与传统说法不同,却见于苏洵所作《管仲论》,可算是他个人的特殊用法。文章写出后,先生十分慎重,可能是基于上次校对《宋代文学通论》时对我的信任,特地让我阅读样稿,逐条核对引文,以免授人以柄。我也不负先生期望,经过几天的努力,发现了先生文章中的几处疏忽,使文章更臻完美。尤其值得一提的

---

① 载《学术集林》卷十三,上海远东出版社 1998 年。
② 载《学术集林》卷十五,上海远东出版社 1999 年。

是,先生虽不肯放弃自己的学术观点,但对邓先生十分尊重,始终将争鸣与交锋置于正常的学术范围内,表现出了良好的学术风尚。

博士毕业十四多年来,我曾先后介绍先生的大作《苏轼作品初传日本考略》在我校学报刊载,①协助先生承办首届宋代文学国际研讨会,还曾为先生与熊海英师妹的合著《南宋文学史》撰写书评《读王水照、熊海英著〈南宋文学史〉》;②先生也曾推荐拙作《关于苏诗分类注研究中的几个问题》在其主编的《新宋学》(第二辑)上发表,我的博士毕业论文出版时,又拨冗赐序,谬奖有加,并收入其笔记体著作《鳞爪文辑》。③ 但十分遗憾的是,我迄今尚无与先生共同署名的论著问世,复旦读书时他交付给我的以上三项任务或许算得上是我们的学术合作吧,不知先生以为然否?

先生圆了我的名校梦,也成就了我的名师梦。正是在复旦大学这所充满活力与生气的校园里,在水照师的耳提面命、耐心教导下,我奠定了较坚实的古代文学理论基础,初步培养了独立从事学术研究的能力,以致毕业不久即在教学、科研与学科建设上取得了不少成绩,得到了学界同行的一些认可。著名作家柳青曾说:人生的道路虽然漫长,但最紧要的只有几步。复旦的三年,可以说就是我漫漫学术生涯中那极为关键的几步。

先生今年八十寿庆,欣开九秩,但愿他宝刀不老,身心康泰,学术之树常青。

---

① 载《湘潭师范学院学报》1998 年第 2 期。
② 载《文学评论》2011 年第 3 期。
③ 陕西人民出版社 2008 年。

斯人已逝,风范犹存

——忆良师陶敏先生

陶敏先生离开我们已经四年多了,在这一千多个日日夜夜里,他的音容笑貌,他给予我的教诲,他与我之间经历的桩桩往事,不时闪现在我的脑海,令我难忘,催我奋进。

首次见到陶先生是在1993年秋天。那年11月3至8日,全国咏史诗暨胡曾学术研讨会在湖南邵阳市召开,我受邀前往与会,车至湘潭站,恰遇湘潭师范学院的陶先生。湖南师范大学黄仁生兄告诉我,他就是从事唐诗考证的陶敏先生。陶先生个子瘦小,但很精干,话不多,烟瘾大,这是我当时对他的初步印象。会务组安排我俩住宿一个房间,也许有共同话题,我们每晚都谈至凌晨方才入睡。记得他说得最多的是有关唐代诗人事迹考证、诗题人名考证、《全唐诗》存在的疏漏及重新整理等问题,印象最深的是他说《全唐诗》中重出的诗有三千馀首,误收非唐人诗八百馀首,而且《全唐诗》并不"全",其可辑佚者当在八千首以上。我过去一直奉清康熙间御编的《全唐诗》为金科玉律,哪知还有这么多错讹,这对我是一个很大的启示,对古代文献,甚至是流传广、影响大的经典引证一定要谨慎从事。关于唐代诗人事迹及人名考证,他讲得最多的是1988年早已完成、当时尚未出版的《全唐诗人名考证》,编写、出版前前后后,那些不为人知的甘苦。特别提到本来江苏一学者主动提出要与陶先生合作完成此书,后因一些不便提及的原因,无果而终,只好另起炉灶,以一人之力独撰,卡片做了几抽屉,煌煌120馀万字,先用繁体字抄写,换了出版社后又要压缩,改用简体,其工作量之大,可想而知。也许是关于这本书背后的故事知道得太多,《考证》由陕西人民教育出版社 1996 年出版后,我曾经发表书评,刊于《中国文学研究》。[①] 我则向陶先生汇报个人自 1989 年在安徽大学读研究生以来几年中的科研工作,重点讲了关于对硕士论文选题"李白的游仙诗"及陶渊明、李商隐、元散曲、古代文人的生命意识、古代咏梅诗词等研究情况,实际上也就是我当时已经发表的几篇论文的大致内容,还说到了参加几部鉴赏词典编写的情况,其真实想法是希望得到前辈学者的肯定与鼓励,可得来的却是他善意的批评。陶先生说,你这样东一榔头、西一榔头地做学问,一辈子也搞不出名堂来,古代文学的研究内容浩如烟海,人的精力有限,应该在一段时间内,集中研究某个学术问题,才能在该领域内有发言权。第二年 3 月 10 日给我的来函又说:"你笔耕甚勤,收获亦多,所望者能于某一领域锲而不舍,方可大成。"这对我又是当头一棒,其教训之深不言自明。

　　陶敏先生 1992 年获教授职称,以 54 岁的年龄获此"殊荣",即使在当时也并不算太早,这与他坎坷曲折的人生经历有关。陶先生 1938 年 12 月出生于湖南长沙的一个教师家庭,1955 年考入武汉大学中文系,1957 年整风"反右"中,戴上了"右派"的帽子,开除团籍,安排到学校修缮组劳动两年,1959 年 9 月毕业后被分配至位于大连的原辽宁师范学院农场喂猪、养鸭一年有馀。1960 年 10 月辽宁师范学院为其摘帽后,仍留农场,1961 年 4 月学校为换回农业机械,将他交换给省农业机械厂(后改名四平收割机厂)。除

---

① 《评〈全唐诗人名考证〉》,《中国文学研究》1997 年第 4 期。

"文革"中在农村插队落户劳动三年外,陶先生在这家工厂工作前后长达14年,1978年9月调原湘潭师专外语科(1983年2月转中文科)任教。也就是在这次谈话中,陶先生对我说到了他宏大的研究计划与团队建设打算,还说到1978年去武汉大学调查档案时,路遇同学受到冷落,联系湘潭另一所高校时不被接受。我感觉到陶先生是一个有傲气、骨气、志气的人,他评上教授后,婉拒了好友郁贤皓先生欲调他去南京师范大学古籍所工作的美意,立志要在湘潭师范学院开创出一片属于自己的天地。学校很快为他成立了古文献研究室,编制四人,划拨专款,独立工作,业务挂靠中文系。我当时在原常德师专中文系讲授唐宋文学,在安徽大学读研究生时毕业论文写的也是李白,加上这次给他勤学好问的印象,他对我说起了急需引进学术助手的打算,言谈之间流露出欲将我调到他主持的研究室的想法。他还说以后要提高人才培养层次,积极申报硕士点。我校中国古代文学专业正是在他的领衔下,自1998年开始前后两次申报硕士学位授予权,并于2001年国家第八次学位评选中,终获成功,可见陶先生的学术眼光是多么的超前。

就在这次会议上,我也认识了湖南省古代文学学会会长、湘潭大学刘庆云教授,她也表示可以引进我至湘大工作,会后还安排了试讲,我讲授的是李商隐诗歌,接待我的是古代文学教研室主任张桂喜兄,安排我与同去的拙荆住宿在学校松涛山庄。为了表示对陶先生的尊重,并求得他的理解,试讲后第二天即专程到他府上拜谢,这也是我第一次到他家。学校分配给他当时最好的房子,80平方米,三室一厅,女儿已成家别住,母亲住一间,爱人的卧室兼佛堂一间,书房一间,他只好将狭长的客厅隔断,后半部分用作自己的卧房。陶先生在四壁满是书籍的书房接待了我们,当我说明来意,清楚地记得他好长时间没有说话,面有愠色,烟灰已有一人截,掉到了地板上。陶先生的这一细节我看在眼里、记在心里,受到了感动,好在后来湘潭大学给拙荆的工作安排不太如意,我们选择了湘潭师范学院。迄今我在这所学校工作已接近二十三年。

工作调动的事陶先生也没少操心。来之前的 1994 年 5 月,就要求学校评定了我的讲师职称,8 月来时,安排系里老师为我搬运家具,还借来工具亲自帮我维修水龙头。更让我难忘的是,当时快 56 岁的他还骑着自行车载着我到处跑人事关系,为了报销我们全家交给市里的城市增容费 2000 元,不惜与校方主要负责人发生争执。点点滴滴,知遇之恩,无以用言语表达。

来校后,我的编制在古文献研究室,只承担了少量校内写作课与校外的中文函授课。陶先生安排我负责研究室的日常工作,如会务筹备、来访接待、图书采购与登记报账等。学业上要求我与研究室的另一青年老师旁听他给本科生开设的古文献选修课,鼓励我努力备战,迎考博士,介绍我参加在山东兖州召开的李白研讨会(后因复习考博未能与会),还动员我积极申报国家社科基金课题。我能很早地在 2000 年获得此项目资助,与当时在申报书填写时受到的训练是分不开的。

我 1996 年 2 月去复旦大学读博士前在古文献研究室工作的一年半时间里,在学术上接受陶先生指导,最主要的工作是与其合作完成上海古籍出版社约稿的《韦应物集校注》。我们以北京图书馆藏南宋刻书棚本《韦苏州集》为工作底本,以南宋乾道递修本、北图藏宋刻元修本、明刊铜活字本等为校本,并参校《文苑英华》、《乐府诗集》、《唐诗纪事》等诸总集。该书整理设校、注、评三栏。具体分工则是由我(拙荆也曾代劳)将韦集底本十卷(含补遗一卷)的影印件逐句裁剪,贴在古文献研究室定制的专用文稿纸上,留出空白处,再由陶先生进行文字校勘;注释全部由我负责初稿,陶先生再作删改、增补;集评主要由陶先生移录自刘辰翁评点本等书;前言由我负责撰写,附录部分除总评由我负责外,其馀《集外诗文》、《传记资料》、《序跋》、《著录》及《简谱》由陶先生独立完成。我的注释工作在湘潭时已经完成，辑评、前言及部分清样的文字校对，则在上海读书时才蒇事。这项工作当时充分利用了复旦大学图书馆与位于长乐路的上海图书馆古籍部的馆藏，那段时间天天跑上图，中午啃馒头，闭馆乃返，其辛苦可想而知，对清代考史大师王鸣盛所谓"予任其劳而使人受其逸，予居其难而使人乐其易"这句话①，感受殊深。前此，我只做过诗歌的注释工作，对从事古籍整理并不在行，经过此事后，我才对这项学术工作有了初步体会，以致后来与人合作完成《李贺集》（校注汇评），独立完成《苏诗补注》（上中下）等古籍整理工作。中国唐代文学学会会长陈尚君先生《〈中国古典文学丛书〉出版百种感言》评价说："承担《韦应物集校注》的王友胜（与陶敏合作），承担《韦庄集笺注》的聂安福，接受选题时都还不满四十岁，他们的工作都完成得很圆满。"②该书是上海古籍出版社《中国古典文学丛书》中的一种，1998 年 12 月出版，并于 1999 年获第二届全国古籍整理图书奖二等奖、湖南省第五届社会科学优秀成果奖，责任编辑丁如明也由此获得华东地区古籍优秀图书奖一等奖。我 1998 年破格晋升副教授后，2000 年之所以能在短期内再次破格晋升教授职称，除了个人独著的《苏诗研究史稿》及相关国家社科基金项目、权威期刊论文外，这本书及由此获得的科研奖励，是帮了大忙的。

　　陶先生治学非常严谨，旧学功底扎实，读书心细如发，记忆能力超人，为了考证唐诗人名与人物事迹，中华书局出版的《全唐诗》二十五册，他不知读了多少遍，每次阅读都会有新发现。著名语言文字学家杨树达所撰《温故知新说》尝云："温故而不能知新者，其

---

① 王鸣盛《十七史商榷》自序。
② 见《古籍新书报》2009 年 8 月 28 日，第 84 期（总第 240 期）。

病也庸;不温故而知新者,其病也妄。"诚然。每次去他的书房,除了布置任务外,总要拿出一本书或一本期刊,给我讲哪里哪里有问题,说到激愤处,对一些证据不足、草率武断的考证文章不以为然。他教育我读书要细心,立论要从实处着手,还特别要我对当时三篇(部)论著发表批评,除刊登在北京大学《唐研究》(第七卷)上一文为合署外,其他两篇文章均以我的名义发表,①其实主要的材料及核心论点都是陶先生给我提供的。1996年4月17日,我在上海复旦大学读书期间,陶先生给我的来信特别告诫我说:"从师很重要,但根本在于自己。要利用这个机会,除向诸先生请益外,更重要的是自己读书。不要好高骛远,也不要谨小慎微。过于谨慎,眼光太短窄,不能成大器,也容易浪费时间(搞一个作家不如搞一群同时代相关的作家)。好高骛远则易流于空疏。有的理论文章亦如七宝楼台,炫人耳目,但拆碎下来,不成片段。"

　　唐代武平一著《景龙文馆记》、韦述著《景龙文馆记·集贤注记》,以亲历者的身份回忆当时情事,对探讨唐代文馆制度、考察当时人事有重要参考价值。前书已经亡佚,后书虽有民国朱俶所著《集贤注记辑校》、《集贤注记集释》及二十世纪七十年代日人池田温所著《盛唐之集贤院》,然亦多疏漏。为此,陶先生从二十世纪末二十一世纪初复辑二书,在撰《景龙文馆记考》,②我曾为他在复旦大学图书馆代为复印资料。2015年,中华书局将陶先生辑校的遗著《景龙文馆记　集贤注记》列入《中国文学研究典籍丛刊》出版,按例要两份专家推荐书,编辑部马婧博士将这一光荣任务交给我与李德辉兄,我乐于忝充"专家",写了近两千字的出版推荐书。陶

---

　　① 见《〈沈佺期诗集校注〉注释商兑》,《古籍整理研究学刊》1996年第4期;《〈唐宋名贤分门诗话〉中的失误》,《中国诗学》第六辑,1999年。

　　② 载《文史》1999年第3辑。

先生若地下有灵，肯定又会笑我的浅薄无知了。

二十世纪 90 年代初，以苏州大学、河南大学为基地，成立了《全唐五代诗》编辑委员会。陶先生参与其役，被聘为《全唐五代诗》常务编委。他安排我负责整理晚唐诗僧贯休的《禅月集》，随即交给我明虞山毛氏汲古阁刊《禅月集》、《全唐五代诗样稿》、《全唐五代诗》资料索引卡、《全唐五代诗》互现诗处理意见表、《存目诗》表等。由于众所周知的原因，此事因故搁浅。到 2011 年再次由南京大学启动后，此集早已另约他人，故迄今我也未完成陶先生交代的这一任务。每一念此，不禁惶然。2012 年，《中国文化研究》编辑部曾广开教授打电话给我，要我以访谈的形式，介绍陶先生的学术成就、研究方法与学术精神，发表在该刊"名家访谈"栏目。陶先生当时已经病重，经过了多次手术与化疗，在与病魔作斗争。我自然不便打扰，这也成了一项学生永远无法弥补的作业。

陶先生应该也有他的遗憾。湘潭师范学院没有中国古代文学专业硕士点时，只好与湘潭大学联合培养。1998 年陶先生招了一名研究生，在湘潭师范学院上专业课。我也给这位研究生开设了一门选修课，但毕业文凭得由对方发。2001 年有了硕士学位授予权后，他立即安排我到安徽师范大学、河南大学考察调研，了解研究生课程设置与培养情况。2002 年学校首次招生，他终于有了开门弟子，2003 年又招了一名，可学生还没毕业，他却不得不于 2004 年初退休。我与另一老师接管了他尚未毕业的学生，硕士点也由我接替负责迄今。陶先生钟爱学术，退而不休，2005 年受聘为首都师范大学中国诗歌研究中心客座教授，继续他酷爱的科研工作，病逝前还在整理他未完成的几部书稿，其中《元和姓纂新校新证》已经写作过半，《唐五代著述考》也开了头。战士死于沙场，教师终于讲席，陶先生印证了国学大师梁启超的人生格言。

陶敏先生早年历经政治磨乱后，中晚年在学术上奋斗了大半辈子。他曾在《我的人生之路》中总结说:"我的第一个二十年是懵懵懂懂,第二个二十年是战战兢兢的话,第三个二十年就可以说是辛辛苦苦了。"他以惊人的毅力勤勉治学,做出了超迈前修、启发来者的成绩,可谓著述等身,在学界享有极高口碑。复旦大学陈尚君教授评价说:"可以认为,在对唐代基本文献的解读甄辨方面,他是岑仲勉以后成就最高的学者。"①我在他身边学习、工作了将近二十年。他给予我的教诲、帮助与鼓励,是一笔巨大的精神财富,我终生享用不尽。

---

① 陈尚君《陶敏:一生心力献给唐诗研究》,《中华读书报》2013 年 1 月 23 日。

访学归来话韩国

　　中、韩两国1992年建交以来,文化交流不断深入,学术交流日渐频繁。2001年暮秋,受东亚人文学会之邀,我第一次走出国门,赴韩国岭南大学参加学术会议与访学活动。我从上海虹桥机场起飞,约一个小时就到了目的地大邱。飞机行将降落在机场前,我从舷窗外望,除了建筑物上的韩文文字让我感受到异国的新奇外,那一丛丛的银杏在阳光的映衬下一片金黄,美得像幅画,让人沉醉、遐想。我虽在国内目睹过西安观音禅寺内那棵传为李世民栽种,已有1400多年历史的古银杏,但像这样密集成片的银杏林组成的强大阵容,还是对我造成了不小的视觉冲击。

　　岭南大学位于韩国第三大城市大邱市,是全韩面积最大、学生最多的一所私立综合性大学。其前身大邱大学成立于1947年,1967年,韩国当时的总统朴正熙决定将该校与成立于1950年的青丘大学合并,改名岭南大学。韩国前总统朴槿惠1982年担任过理事长,因而该校一直被誉为韩国的"皇家大学"。韩国的综合大学一般都有一两万学生,专业设置齐全,一般有培养师资的职能而少有独立的师范大学校,故在下属的二级机构师范学院与人文学院中,均有培养与中国语言文学有关的系部,如中语中义科即学习中国语言文学,汉文教育科学习韩国古代汉义学,国语国文科学习韩国古代及现当代语言文学。此次会议的全称是"东亚人文学创立总会暨国际学术发表大会",会议主题为"21 世纪东亚细亚人文学的展望",组织者洪瑀钦博士即是岭南大学师范学院汉文教育科教授、慕山学术研究所所长。洪先生是韩国著名的苏学专家,大学与研究生阶段的学习均在岭南大学国语国文科,1974—1978 年在台湾中国文化大学中国文学研究所学习,1979 年获文学博士学位,1983 年在本校出版部出版了他的博士论文《苏东坡文学背景》。笔者也是以《苏诗研究史稿》一文获得复旦大学博士学位,因而我们应该算是学术上的同道。2001 年 8 月在眉山市召开的"纪念苏轼逝世 900 周年暨第十三届苏轼学术研讨会"上,我们一见如故,互赠著作,结下深厚友情。他当即邀请我参加由他具体负责筹备的这次会议,还主动推荐我的苏轼研究论文在他主编的《东亚人文学》上发表。①

　　韩国的学术会议一般分为开幕式、论文发表会与论文讨论会三个阶段。此次会议的开幕式没设主席台,只有主持人与发言人的讲台。到会讲话的岭大校长及资助此次会议的慕山财团董事长和与会代表坐在一起,他们发言的时间均没有超过三分钟。论文发表会按内容分四场同时进行。韩国面积仅 10 万平方公里,当时只有 4700 万人口,当然不可能像中国有那么多人研究同一问题,因而一般学术会议的代表来自不同研究方向,要找到真正的同行专家则比较困难。值得庆幸的是,我的论文讲评人,韩国东亚大学国语国文科崔斗植教授也是研究苏轼的。我提交的论文"苏诗研究史上的几个主要问题"宣读完毕后,崔先生当场给我提了四个颇有学术水准的问题。囿于时间,发表会主席只让我回答其中的两个。分场发表会结束后,全体代表集中一起进行论文讨论会。韩

　　①《苏诗研究史引论》,《东亚人文学》创刊号,2002 年 6 月;《清代苏诗研究的繁盛局面及其文化成因》,《东亚人文学》第 4 辑,2003 年 12 月。

国研究中国学的学者汉语水平普遍较好,普通话说得甚至比我还标准,而包括我在内的一些中国学者却只能依靠会议主办方安排的汉语翻译才能勉强听懂,坐在我旁边的韩国外国语大学唐诗研究专家、东方诗话学会会长柳晟俊教授就不时地替我补充。因正式会议时间仅一天,议程安排得很紧凑,会议开得很晚才结束,但代表们情绪饱满,无一退席,这是值得中国的同行们学习的。韩国学界普遍认为,论文若在大会宣读,即视为发表,所以会议主办方会后给我颁发了发表证书,发给我五万韩元的稿酬,这在国内也很少见。

　　韩国位于朝鲜半岛南部,乃大韩民国之省称,成立于摆脱日本殖民统治后的 1948 年,主体民族为韩民族(朝鲜称朝鲜族),使用同一种文字。朝鲜王朝第四代国王世宗大王李祹(1418—1450 年在位)组织创立了韩文字母,并于 1446 年颁示《训民正音》(即朝鲜谚文),在全国推行,但迟至 1945 年独立后,出于民族自尊与文化自信,才真正推广谚文,废除汉字,汉语目前在初、高中阶段被当作外国语来学习,所以韩国历史上长期以来使用的是中国的汉字。当时在庆北大学任交换教师的同门师兄聂安福(复旦大学)对我在大邱的生活关照不少,他告诉我,即使迟至二十世纪后半期,韩国的部分老年人还能认读繁体汉字,只是发音不同。

　　庆北大学韩国语文学部的南基守博士曾到我下榻的该校国际馆相访,因属同龄,彼此相见甚欢。他是"中国通",对中国文化比较了解。我则不断地向他请教关于韩国教育的体制。他告诉我,韩国的大学有一套比较合理的教师聘任制度,一个系只有四至六人为专任教授,上课不多(平均 1 周上 9 节课)而月薪极高,一般在五百万韩元以上(1000 韩币折合人民币 7 元);专任讲师(副教授)也不多,月薪约三百万韩元;时间讲师不是固定的教师,往往在多所大学兼职,按课时计酬,属于比较辛苦的打工族。我在复旦大学学习时的几位韩国同学,有的当时还只是时间讲师。他们的奋斗目标就是升为专任教授,但这一历程一般要十几年甚至更长时间才能走完。所以在韩国,一个博士毕业生没有固定的工作并不稀奇。教师、学生一般不住在校内,因而偌大一个科(系)仅聘用一个专职人员负责具体服务。系的重大事务由教授会决定,系主任仅是召集者,而且轮流担任,并不是国内所谓的"官"。专任教授在学校均有属于个人的研究室。尽管韩国书价是中国的十多倍,但教授研究室里的私人藏书还是多得惊人,有的教授私宅中还有很多书籍,已经建立了在自己专业领域内进行研究的学术资料库,这些远非一般阮囊羞涩的中国学者可比。我在会前被邀请到洪瑀钦先生府上做客,第二天又与几位同来开会的中国学者一起参观他在学校的教授研究室,亲眼见证了两地的丰富藏书。

作为学校图书馆馆长,我特地参观了岭南大学与启明大学图书馆。岭大图书馆位于校区正中心,有 22 层,是全校楼层最高的标志性建筑。该馆 1997 年设置"古书室",致力于古书与古文书的搜集和整理,还设立了"坟坡文库"、"东滨文库"等十多个文库,馆藏古籍六万多卷,不过中国版古籍的数量不多。启明大学也是一所私立综合性大学,位于大邱市西部卧龙山旁,其前身济众院始建于 1899 年,有教会背景,建筑风格仿照美国哈佛大学。1997 年被美国 180 所大学组成的 CCIS 指定为美国大学生学习韩国语方面的唯一主管大学。在这里,经人介绍,我结识了该校中国古代散文研究专家诸海星教授,在他的研究室曾有小憩。经他介绍,得以参观该校童山图书馆。此馆虽仅 8 层,然藏书、设施与服务均属一流。馆内有"碧梧古文献室",专门收藏与管理古文献。馆藏文献尤其是汉文书籍比较丰富,《四库全书》之类的中国古代大型丛书赫然在架,中国版的新书也不少。令我吃惊的是,我前此与陶敏先生合著的《韦应物集校注》竟然也有收藏。可能是出于这样的原因,我甫一回国,韩国新星出版社的代表就来到我校,表示要再版我已经出版的博士论文。童山图书馆还有先进的监测仪、报警器及恒温恒湿的自动调节设备。管理上充分体现以人为本的理念,读者进入图书馆就像在超市一样方便。书库、阅览室全开架,每层均有刷卡自动收费的复印机,每个阅览室都有可供检索的电脑。我好几次自行取阅图书、复印,再放回原处,图书管理员都没有上前询问。馆门大厅内有自动售货机,出售咖啡、饮料等,地下层设有餐厅、茶室及小超市,很人性化。国内大学图书馆在当时还远没有这些条件。

借此机会,我还顺便参观了一些风景名胜,如汉城的南山塔、景福宫、明洞代表性购物街等,[①]特别是游览了大邱的桐华、海印两寺庙,对韩国佛教文化有了进一步的体会。桐华寺坐落在大邱市东区道鹤洞35号,新罗时代极达和尚所建,时称瑜伽寺,兴德王(826—836年在位)时心地王师重建。该寺四面环山,秀美娇小,风景异常美丽。寺院内的梧桐树即使冬季依然开花,故改今名。桐华寺的大雄殿分正面3间,侧面3间,殿内供奉有释迦牟尼佛、阿弥陀佛、药师如来佛等,与中国的寺庙大同小异。不过,寺院内雄壮的药师如来佛石像却特别引人注目。这尊大佛高17米,洁白如玉。药师如来为药师琉璃光如来(又译为药师琉璃光王如来)之简称,为东方净琉璃世界之教主。以琉璃为名,乃取琉璃之光明透彻,以喻国土之清静无染。据说药师如来曾发十二大愿,愿为众生解除疾苦,消灾延寿,故在东亚各国民间的信徒甚众。药师如来佛圣诞于农历九月三十,我们去的时候,正赶上大批的信男善女前来朝拜,人山人海,好不热闹。在大邱,我见到了三年前在复旦大学留学的韩国同学黄一权博士。他热情地带领我参观了初建于新罗

---

① 按,韩国政府2005年已宣布汉城更名首尔。

时期的世界文化遗产海印寺。该寺位于庆尚南道伽耶山西南山麓，离大邱市中心区约一小时车程，是韩国最著名的三大领主寺之一。海印寺绿树环绕，景色宜人。一权兄告诉我，寺内收藏的《高丽大藏经》最为珍贵，为韩国第 32 号国宝，故特地带我重点观赏。这套大藏经共有 1 496 章、6 568 卷、5 238 万个汉字，雕刻在 8.13 万块木板上，俗称"八万大藏经"，每块木板重量在 3 到 4 公斤，摆满了南北两座版殿的 15 间房。《高丽大藏经》是 13 世纪高丽王朝时期由高宗组织雕刻，完成于公元 1236—1251 年，历时 15 年，均以欧阳询体刻成，八万多块经版如出一手，据称无一错漏，且版式工整、精致，具有极高的文献价值与艺术收藏价值，堪称现存汉文大藏经中质量最精审、内容最丰富，举世公认的标准大藏经和佛教全书。不过，这在韩国并不是第一次大规模雕刻佛经。学术界认为，《初雕大藏经》是从高丽显宗二年（1011）至宣宗四年（1087）雕刻完成，内容完全是中国《开宝大藏经》初雕本的覆刻，后毁于蒙古军队的战火。因此"八万大藏经"被称为《再雕大藏经》，全部藏版于公元 1398 年由文天寺运至海印寺收藏迄今。应该指出的是，海印寺藏经板殿虽没有华丽的装饰和漆彩，然建筑物内部通风、温度和湿度完全自然调节，成就了保存大藏经板绝佳的天然条件，故数百年来从未再遭火灾。我惊叹于韩国人对古代文物的保存技术之高超，更惊叹于高丽时期（918—1392）就已经如此熟练地掌握了木板雕版印刷技术。中国《开宝藏》早在元代就已散佚，国内今存者，仅有两种宋本残卷，而高丽《再雕大藏经》却保持至今，这是他们对世界佛教文化所做出的巨大贡献。

　　韩国历史源远流长，深受中国传统文化影响，这样的例子远非大藏经的雕刻。比如，韩国的国旗就受到明清以来所流传的阴阳鱼太极图灵感的启发而制成，这在中国可谓家喻户晓。在韩国的十来天，我使用最多的韩国货币是千元纸币与百元硬币。千元纸币的正面即印着朝鲜王朝著名学者李滉的图案，而背面则是他为培养弟子所建的陶山书院的图案。李滉（1501—1570）字景浩，号退溪，是朝鲜时期著名的唯心主义哲学家。他一生多次仕隐，据称担任过 140 多个官职，其中 79 次主动请辞。知天命之年后，定居故乡，在退溪建立书院，从事讲学与著述，有《退溪集》（六十八卷）、《朱子书节要》等。在哲学上，他既反对以徐敬德为代表的唯物主义，又排斥佛教和王阳明的主观唯心主义，而特别崇信朱熹的客观唯心主义理论，认为"理"是世界的本原和主宰，如果没有"理"，便没有天地和人类万物。因此，李滉被公认为是朝鲜儒学泰斗，朱子学的主要代表人物，有"东方朱子"之誉。巧的是，与李滉一起被并称为朝鲜思想界"双璧"的李珥（1536—1584），其肖像画也出现在韩国 2006 年发行的新版 5000 韩元纸币的正面，其精通经书、诗文与书画的母亲申师任堂的肖像画，则出现在 2009 年发行的新版50000 韩元纸币的正面。母子同为韩元正面肖像画，在韩国历史上还是首次。李珥 8 岁就能作汉文诗，23 岁时去陶山书院拜李滉为师，33 岁时代表朝鲜国出使明朝，期间著有《精言妙选》，表达了对中国礼义文化的倾慕。百元硬币正面的头像则是朝鲜王朝著名海军将领、朝鲜半岛三大民族英雄之一的李舜臣（1545—1598）。李舜臣自幼熟读《孙子》、《吴子》等中国兵家经典。在十六世纪抵抗日军侵朝（壬辰倭乱）的战争中，担任全罗道左水使、三道水军统制使，与明朝派出的军队一道，共抗倭寇，战功赫赫、功绩卓著。万历皇帝还曾特地赐予他都督印、令牌和斩刀等信物。李舜臣在战争即将取得决定性胜利的露梁海战中壮烈牺牲，在清理其遗物时，发现他的佩刀上，赫然刻着七个大字："一生伏首拜濂溪"，足见其对宋代"道学宗主"、"理学开山"的周敦颐之景仰。

　　韩国人受教育程度较高，综合素质普遍较好，非常讲究文明礼仪。我至今还记得在汉城地铁主动让座，给我口香糖的那位妇女，记得在南山公园停下自己的出租车,步行给我指路的那位司机大叔,记得在加图立大学用手机给我辗转联系卢英顺博士的那位女同学。韩国的交通自动化程度高,私家汽车十分普及;通讯业也走在了中国的前头,国内当时时兴 BP 机,而韩国的普通大学生就已普遍使用手机了。

2007 年 7 月,我再次受邀赴韩国外国语大学(龙仁校区)参加"第五届东方诗话学国际学术研讨会",会议议程及会后的文化考察活动更为丰富,还参观了港口城市釜山及古城庆州,但是,让我终生难忘的还是第一次访学的经历,其情其景,至今记忆犹新、历历在目。

中国古代文学接受研究的历史与现状

——2014 年中国文学传播与接受国际学术研讨会总结报告

  金风送爽，丹桂飘香，在这收获的季节里，2014 年中国文学传播与接受国际学术研讨会经过长久的期待，精心的筹备终于如期在武汉大学举行。来自美国、马来西亚及中国大陆、台湾、澳门的专家、学者 150 馀人齐聚美丽的珞珈山下、东湖之滨，切磋学问、增进品德、交流信息、畅叙友情。刚才，四个小组的代表向大会报告了分会的研讨情况，你们所提交论文的真知灼见已经在潘明福、胡建次、刘勇刚、张再林四位先生的综述中得到反映，并已全文见载于大会提前编印、出版的两本厚厚的论文集中，在这里我就不重复了。下面我想谈谈会议的一些成绩、特点，并借此宝贵的机会，发表一点有关中国文学接受研究的不成熟的感想。

  首先我要说的是，这是一次廉洁、务实、高效、圆满的学术盛会。会议主办方有着高度的党性，认真践行党的群众路线教育实践活动精神，谨守中央的八项规定，如在与会专家的接送站、接送机等问题上就省去了许多繁琐礼节，没有组织文化调研考察活动，更没有发放哪怕是一丁点诸如软皮本、圆珠笔之类的纪念品，会议的用餐也比较节省，大会合影、与会专家通讯录也只有电子版，可谓简朴、简洁，但不失热烈、隆重。会议主办方组织了庞大的接待队伍,他们有热情的笑脸、温暖的问候语,足以让从四面八方远道赶来的每一位与会者不会感到孤独、陌生。会议阵容强大、组织有序,共安排大会发言两场、小组讨论十六场,还根据国际会议惯例,设有评议人,使每一位与会者的学术意见都可以充分表述,并得到同行专家的评议。大会收到中国古代文学传播与接受研究的论文149篇,其中美国学者1篇,马来西亚学者7篇,中国台湾学者5篇,澳门学者1篇,其馀均为大陆地区学者论文。与会者就文学传播与接受这两个较大的话题展开讨论,虽然《论文集》的主编者并没有对论文进行刻意的分类,只是按研究对象的时间为序编排,但我粗略地浏览了一下,还是发现议题比较集中,其中谈文学传播方式,如口头传播、图绘传播、书写传播、影像传播、石刻传播、驿递传播及书集传播的论文就特别多,另外,论及古代文学作家、作品在苏俄、朝鲜、欧美等域外传播和文学传播与政治生态环境关系的文章也不少;就中国古代文学接受研究而言,论及经典作家、经典作品、文学体派的阐释史、研究史的论文也比较集中,还有些论文中虽没有"接受"的字样,但采用了文学接受理论分析文学现象,同样也可视作文学接受的文章。总之,大会提交的古代文学研究论文涉及从先秦到明清各时段,诗词文、戏剧、小说各文体,点多面广,大多数论文材料扎实,理论思维活跃,有自己的独得之见。尤其值得肯定的是,各位学者在学术研讨中有学术的争鸣、思想的交锋,但彼此心无芥蒂,体现了良好的学风、会风与谦逊诚恳的学术品格。可以说,这次会议很好地完成了既定的任务,是一次成功的圆满的学术盛会。

接下来我要说的是:本次会议的最大特点是,与会者绝大多数是博士毕业不久的中青年学者,五十岁以上的学者不多,六十岁以上的就更少,这在我过去所参加的学术会议中是比较少见的。大家提交的论文或是博士论文的延展,或是主持在研的各级各类科研项目的阶段性成果,或是协助自己导师从事科研的辅助成果,但正是你们的到来,提升了本次会议的学术品位与学术含金量。我到会后,看到的熟悉面孔不多,开始以为这是会议的刻意安排。其实这是一个误会,因为自觉地运用文学传播与接受理论从事古代文学研究在我国历史原本就不长,更何况近年来数量庞大的研究生挑选毕业论文选题正面临守旧出新的困境。文学传播与接受是一种全新的研究方法,是对以往文学史只重作家、作品二维研究的一次颠覆与革命,尤其是文学接受的研究方法充分肯定读者在参与作品意义建构中的重要作用,将文学研究的对象从作家、作品拓展到读者,建立起了三维立体的理论框架,从而使古代文学研究的学术增长点成几何级数倍增,而这正好满足了诸多古代文学专业研究生寻找毕业论文选题的需求。我想,从事古代文学传播与接受研究的学者以中青年居多,这是人所共知,不争的事实,是一个好现象,因为它预示了这一研究方法有强大的学术生命力,本次会议厚厚的两本论文集就是很好的证明。

说完了会议的两个特点,我再说说个人有关中国古代文学接受研究方面的一点感想。昨天上午的开幕式中,大会主席王兆鹏教授重点分析了中国古代文学传播研究的历史与现状,以及武汉大学从事这方面研究的科研队伍与科研成果,讲得很好,我完全赞成。我这里只就古代文学接受研究方面发表一点个人不成熟的意见,因为我过去曾有过这方面研究的学术经历,所以说出来供大家参考,并诚恳地接受批评指正。

其一,中国古代文学接受研究的方法不是近十几年才有的,更不是从外国引进的舶来品。众所周知,二十世纪 60 年代在德国文艺理论界活跃着一个康斯坦茨学派,他们就是接受美学理论的开创人,其中尧斯 1967 年发表了《文学史作为向文学理论的挑战》,1970 年伊瑟尔发表了《本文的召唤结构》。该派的核心观点认为:

文学实践应包括文学的生产、文学的流通及文学的接受三个相互衔接,不断递进的方面。当时中国正处于"文革"中,到二十世纪80年代后期,以周宁、金元浦、朱立元等为代表的学者将这一理论译介到本土,二十世纪90年代中期后,古代文学研究界开始运用这一理论从事研究。这方面研究比较早的论文有朱立元、杨明1989年在《复旦学报》发表的《试论接受美学对中国文学史研究的启示》,陈文忠1996年在《文学评论》发表的《古典诗歌接受史刍议》,1998年出现了尚学锋等的《中国古典文学接受史》及陈文忠的《中国古典诗歌接受史研究》两种著作;2000年,中国大陆出现了童庆炳、邓新华的《中国古代接受诗学》,尚永亮的《庄骚传播接受史综论》,台湾出现了杨文雄的《李白诗歌接受史》。二十一世纪后,古代文学接受研究呈蓬勃发展之势,相关论著数十种,论文更多,于是学术界不少人有了我刚才说的那个误会。其实,中国早就有了文学接受的理论,也有了文学接受研究的尝试。如《周易·系辞上》的"仁者见之谓之仁,知者见之谓之知",孟子的"以意逆志",董仲舒的"《诗》无达诂",刘勰的《文心雕龙·知音》,钟嵘的"滋味"说,钟惺的诗为"活物"说就是文学接受的理论;钱锺书的《谈艺录》"陶诗显晦"条,程千帆的经典论文《张若虚〈春江花月夜〉的被理解与被误解》等就是文学接受研究的成功案例。再者,夏传才1982年出版的《诗经研究史概要》、钟优民1991年在台湾出版的《陶学史话》、郭英德等1995年出版的《中国古典文学研究史》等,都是比较早的从事古代文学接受研究的尝试,虽然文名、书名中并没有出现"接受"二字。至于我个人,则早在1992年就刊发过《诗家总爱西昆好,独恨无人做郑笺——从接受美学看李商隐无题诗的研究》的文章,并从1996年开始以苏轼诗歌为个案进行接受史研究,并于2000年出版《苏诗研究史稿》一书。

　　其二,目前古代文学接受研究涉及的内容很不均衡,有些层面还有进一步拓展的学术空间。近十多年来,有关古代经典作家、作品研究史的著作如雨后春笋,蓬勃发展,如崔海正教授还主编了《历代词研究史稿》丛书,这是好事,但古代文学接受研究的方面其实很广,还可进一步挖掘。我们知道:文学接受史是作家、作品艺术生命的延续,是读者参与建构的文学史,其研究对象主要体现在以下三个方面:一是以古代批评家为中心,运用诗话、词话、文话、曲话、剧话、序跋、笔记等接受文本所做的阐释史研究;二是以读者,特别是能揭示文本真义的读者为中心,通过选本、总集等所做的效果史研究;三是以作家为中心,通过对前代经典作品所做的模拟、化用、唱和、改编、续写等产生的影响史研究。学界对前两种研究,即作家作品的阐释史、效果史的研究,已经有了不俗的成果,但就经典作家、作品所做的影响史研究还有待拓展,还有大量工作可做。比如说我的《苏诗研究史稿》中提到"苏学盛于北",苏轼的诗在金代诗坛卓有影响,但金代诗人在诗词创作中如何借鉴、模拟、化用、唱和苏轼的作品,却较少涉及,目前学术界也没有见到这方面的研究论文。我惊喜地看到,本次会议的论文中,武汉大学谢冰清先生的《论弹词〈再造天〉对〈再生缘〉的接受》就是一篇很好的有关经典作品影响史研究的文章。

其三,古代文学作家作品的接受研究当以经典为主,尤以其主旨、艺术在后世阐释与分析中分歧大、疑点多的经典为主,或在历代评价中时高时低、历代研究中时显时晦的作家作品为主。符合这些要素的文学经典或一般作家作品与其所处的政治文化背景、文学生态环境关联度比较大,也与后世文学思潮与文学史观的演变与递进联系比较多,可供研究者发掘与梳理的学术话题自然会丰富多样。如李白的《蜀道难》、白居易的《长恨歌》、李商隐的无题诗、吴文英的词及唐宋诗歌优劣、李杜优劣、苏黄高下之争等等,研究者已经耳熟能详。但有些文学现象大家却未必留意,如周敦颐的《爱莲说》可谓家喻户晓,据初步统计,相关研究论文迄今多达八十馀篇,尚不包括一般中学教师对这篇经典课文的教研文章,但宋至清代的古文选本竟无一选录,吕祖谦编的《宋文鉴》专选北宋诗文,于周敦颐录其毫无文学色彩的《太极图说》,而不收《爱莲说》,这从一个侧面证明周敦颐作为理学家的成绩被过度强调,尤其是南宋胡宏、朱熹、元代《宋史》一步步将他推到"道学宗主"、"理学开山"的地位,而长期以来,他文学家的身份及取得的诗文创作成绩却受到严重的忽视、遮蔽。

　　其四,古代文学作家作品接受研究的相关资料如同一片汪洋的大海、一座丰富的矿藏,异常繁多,值得系统地整理与研究,虽然这并不是文学接受研究,而属文献学研究的范畴。因为,任何对前人文学研究材料的忽视、遗漏,甚至有意地隐瞒,都会导致文学接受与评价的变形、走样,导致对作家作品的曲解、误解,从而得出似是而非的结论。如从事唐宋诗文接受研究的学者过去多满足于引证中华书局出版的《古典文学研究资料汇编》中各作家专卷,还有《历代诗话》、《历代诗话续编》、《清诗话》、《清诗话续编》、《词话丛编》及中华书局、上海古籍出版社出版的有关笔记等。实际上,历代留存的文学接受研究资料远比这要丰富得多,目前已有学者对此相关文献资料进行了整理,但还不系统、全面,还有进一步努力的馀地。如王水照师主编的《历代文话》(复旦大学出版社2007年),煌煌十册,辑录历代文话143种,但仍有大量文话未能收入,其《历代文话续编》的编写工作正紧锣密鼓地进行;祝尚书编的《宋集序跋汇编》(中华书局2010年)汇编了现存宋人诗文别集主要传本(包括重要选本)的序跋,但仍属"汇编",而非"全编",亟待"续编";上海师范大学古籍所编的《全宋笔记》刚刚开始,离500种笔记的目标还任重道远,而元、明、清三朝的笔记全编尚无人着鞭。域外文献、佛道二藏及出土石刻中也有大量可资利用的材料,值得系统发掘、深入研究。资料整理与理论探讨应该齐头并进。

　　各位同仁,中国文学传播与接受研究是一个很大、很有意义的学术话题,是一项需要很多的人用很长的时间,花很大的精力去完成的工作,同时也需要有学术组织去很好的引领、示范。北京师范大学召开了中国文学海外传播国际学术研讨会,建立了中国文学海外传播网站,开展了中国文学海外传播工程的立项;武汉大学成立了中国文学传播与接受研究中心,创办了《文学传播与接受论丛》的学术年刊,组建了70后中国文学传播与接受研究团队等。学术交流方面,2009年,马来西亚马来亚大学主办了首届中国文学传播与接受国际学术研讨会;2000年,湖南科技大学主办了第二届同名会议,岳麓书社2013年出版了此次会议的论文集《中国文学传播与接受研究》;本次会议算是第三届。三次会议邀请的代表具有连续性,我在发会议邀请函时用的是潘碧华女士编印的第一次会议的会员通讯录,谭新红博士发邀请函时使用的是我寄给他的第二次会议的会员通讯录。令人遗憾的是,从第二次会议到第三次会议,我们盼望了四年零一个月,比四年一次的奥运会周期还长一个月。各位专家、学者,特别是在单位掌握着学术资源的专家、学者,可以积极地为学术同仁开展学术交流搭建学术平台,争取第四次中国文学传播与接受会议早日召开。我们期待着。

　　主办或参与主办过学术会议的人都知道,学术会议的筹备、组织是一项十分庞杂、繁琐的工作。组织者需要有愿意为学术共同体进行学术交流搭建学术平台而牺牲个人学术时间的奉献精神,还需要有一定的物力、财力与个人的组织、协调能力。武汉大学文学院以王兆鹏教授为主的会议筹备组和以谭新红博士为主的接待组,为本次会议的圆满召开付出了艰辛的努力,做了大量幕后工作,使为期两天的学术研讨有条不紊,成果丰硕,使到会的专家、学者宾至如归、心情畅快。为此,我提议,让我们以最最热烈的掌声对他们的劳动表示衷心的谢忱!

后　记

　　我从事古代文学教学与研究的时间与同龄人比较，其实并不算长。1982年中师毕业后，在中学舌耕七年。1989年考上安徽大学读研究生，算是跨进了学术研究的大门。1996年初，再度考入复旦大学，师从本师王水照先生，经过系统地专业训练，才算真正摸到了一点治学的门道。学海无涯，涉之越深，所知逾寡，唯笨鸟先飞、勤能补拙。《尸子·劝学》曰："学不倦，所以治己也；教不厌，所以治人也。"二十多年来，深得学思结合、教学相长之理，故于教学、行政之馀，时有练笔，未敢稍有懈怠。近偶搜书箧，发现平时所刊论文已百有馀篇。文章分散各刊，检读颇为不便，因思分门别类，编辑出版，以求教同道、达人。有着"民国历史演义第一人"之誉的蔡东藩说："我伸我见，我为我文。不必不学古人，亦不必强学古人；不必不从今人，亦不必盲从今人。"（《中等新论说文范》）应该说，只有达到了一定学术境界的人才有资格讲这句话，我愿以此自勉。

　　我曾于2006年在上海古籍出版社出版《唐宋诗史论》，收录"李白游仙访道诗研究"、"李白诗歌接受史研究"、"唐代诗歌研究"、"苏轼诗歌接受史研究"、"宋代诗歌选本研究"等五辑专题系列论文，凡35篇。今再择取旧作37篇，揆以内容，厘为七辑，依次为："古代文人心态研究"、"古代文学与文化研究"、"古代诗歌意象阐释"、"唐宋诗歌探赜"、"苏轼散论"、"学术争鸣"、"学术剪影"，题曰《听雨楼文辑》。凡已见载于《唐宋诗史论》者，概不重辑；有关宋诗选本、总集研究的文章，因属本人目前主持的国家社会科学基金后期资助项目"历代宋诗总集研究"的前期成果，亦不再选录。本集所收论文均已在国内外期刊公开发表，其写作时间跨度较长，从1991年发表的处女作《论元人散曲的悲剧意识》，到今年为纪念周敦颐诞辰1000周年而作的《周敦颐诗中的孔颜之乐与林泉之趣》，其间经过了26年。文章的写作风格自然也有所差异。此次集中出版时，我们充实了部分文章的内容，修改了个别语句，调整了有些地方的前后逻辑关系。引文再次作了查核，标注进行了前后统一。凡参考前人、时贤的意见，已于文中注明，不再于书后列参考书目。本集所辑论文虽不敢自得，然均为作者治学的心得与体会，大抵见证了本人学术研究领域从四处开花，到专力一隅，行文风格从追求华彩到崇尚平实的探索过程。集曰"听雨楼文辑"，其实是不得已的办法。因本集的文章内容覆盖面比较广，书名原拟题"中国古代文学探论"云云，责任编辑刘赛博士说，学界类似的书夥矣，区别度不大。真有职业眼光，谢谢他的提醒。"听雨楼"者，乃吾七年前于校旁所购之寒舍也。楼以"听雨"名之，清代以来文人画士所在多见，孙云鹤著《听雨楼词》、王培荀撰《听雨楼随笔》，在下非敢苟同，乃不得不同也。南宋刘克庄有"共极堂中听雨楼，谁知华扁有源流"（《题真继翁司令新居二首·听雨楼》）的诗句，蒋捷《虞美人》亦曰："少年听雨歌楼上，红烛昏罗帐。壮年听雨客舟中，江阔云低，断雁叫西风。　而今听雨僧庐下，鬓已星星也。悲欢离合总无情，一任阶前点滴到天明。"少年追欢逐笑，壮年漂泊孤苦，老年寂寞孤独，一生悲欢离合，尽在雨声中体现。按孔子所说，我早已过"知天命"之年，而今至少也算"壮年听雨"。人生如飞鸿，东西南北，不知何处何时是归属？南方多雨，长夜无眠，独听雨声，于我是常有之事。

本集部分文章系与他人合撰之作，其中《〈全唐五代小说〉得失论》与已故陶敏先生合作，刊于北京大学的《唐研究》；《论中国古代文人的生命意识》、《陶渊明的人生思考与精神超脱》两文为与我的硕士研究生导师程自信教授合作，分别刊于《江淮论坛》、《安徽大学学报》，前文曾被中国人民大学报刊资料中心《中国古代近代文学研究》全文转载，并收入《湖南省新时期社会科学优秀成果荟萃》；《陈与义咏雨诗初探》、《试论王禹偁的咏花诗》、《宋代洗儿诗初论》、《杨万里花卉诗的审美追求与生成契机》、《苏轼对宋丽关系的基本态度及其原因分析》及《〈幼学琼林〉与青少年伦理教育思想初探》等六篇文章为与我指导的研究生许菊芳、刘丽娇、吴春秋、向二香、胡玉尺、侯娟娟合作，分别刊于韩国《东亚人文学》、《武陵学刊》、《中国文化研究》、《杨万里与南宋文化国际学术研讨会论文集》、《云梦学刊》及《华夏文化论坛》等，本人均为第一作者。九篇文章的合作者或是我的老师，或是我的学生，这体现了学术的前后传承，薪火不绝。

学长王兆鹏教授与我从 1991 年在山东莱州一次词学会议结识后，一直对我学业上帮助很大，可以说见证了我的成长。他冒着酷暑，拨冗给拙著写序，谬奖有加。学兄高克勤社长与我交往有年，1997 年与陶敏先生合撰的《韦应物集校注》交稿后，因当时我在上海读书，商讨出版过程中的具体事宜常常是由我代劳。每次去社里，都能得到克勤兄的热情接待。本集的出版，他也支持不少。刘赛兄编校工作非常敬业，从而避免了诸多不应有的错误。校长李伯超教授 2014 年底从湘潭大学调来湖南科技大学工作，与我接触的时间不长，但对我比较了解，一直很关注我的学业，于是有了这部《听雨楼文辑》。这些都是我要说明并感谢的。

2017 年 6 月 30 日于唐风宋韵书屋